MANESSE BIBLIOTHEK DER WELTLITERATUR

JEAN PAUL

Der Komet

oder

Nikolaus Marggraf

Eine komische Geschichte

Nachwort
von Ralph-Rainer Wuthenow

MANESSE VERLAG
ZÜRICH

ERSTES BÄNDCHEN

Vorrede

Die Pflicht der Selbererhaltung verlangt, daß ich hier eine Vorrede zu zwei Büchern auf einmal ausarbeite, zu dem Buche, das der Leser eben in die Hände bekommt, und zu einem andern, das erst, geliebt's dem Himmel, künftig erscheinen kann.

Die Vorrede zum gegenwärtigen Werkchen, wovon schon der erste und der zweite Teil hier fertig vorliegt, braucht nicht lang zu sein. In meiner künftigen Lebensbeschreibung wird man mit einiger Verwunderung lesen, daß ich am *zweiten* Bande desselben länger als neun horazische Jahre[1] – denn schon 1811 fing ich an –, obwohl unter vielen Unterbrechungen, geschaffen und gezeugt. Übrigens gibt freilich nicht eine Polar- und Doppelnacht[2] an sich einen Herkules, wenn der Jupiter fehlt und bloß der Heraklide da ist. Als er endlich fertig war, der zweite Band – welcher so schön hätte der erste sein können –, erhielt ich durch Hände (im Buche selber wird man sie gleichsam mit Händen greifen) einen ganz neuen Band, nämlich den ersten, d.h. alle Baumaterialien zu des Helden Kindheit- und Jugendgeschichte, also zu einer ganzen Vorstadt, die ich erst spät an die Stadt selber anzubauen hatte, wiewohl freilich überall die Vorstädte neuer sind als deren Stadt. Aus Vorsicht werden denn die Geschichten des ersten Bandes und der Jugend des Helden bloß *Vorkapitel* genannt und nur fliegend vorübergeführt, weil man mit Recht zur Hauptgeschichte und zu wahren Kapiteln eilt. Es ist indes in jedem historischen Buche nicht anders, von der jüdischen Geschichte an bis zum Romane, wo anfangs Sprünge Wunder tun und erst später Schritte gut lassen, so daß man in der Geschichte zum Erzählen, wie im Schache zum Spielen, im Anfange mit dem größern Vorteile den Springer und die Königin gebraucht und erst gegen das Ende desselben nur Schritt vor Schritt vermittelst der Bauern zieht.

Ich vertraue den guten Lesern die herzliche Bitte im stillen an, ihren lieben Leserinnen, mögen sie diese nun geheiratet oder gezeugt haben, oder an Kindes Statt angenommen, oder sonst kennengelernt, kein Wort von der ganzen Vorkapitelsache zu sagen, sondern die Vorrede (worüber keine leicht gerät) für sich zu behalten, weil die Guten sonst, wenn sie wissen, daß das beste Historische erst später kommt, nicht aufhören zu überschlagen und Sprünge zu machen, obgleich ihnen schon die körperlichen ein altes Reichsgesetz (nach Möser[3]) ernstlich untersagt.

Was jedoch gutgesinnte Leser tun können, ist, daß sie ihren Leserinnen aus der Vorrede berichten, wie ich bloß für sie nach jedem Vorkapitel einige gefühlvolle Ausschweife gemacht, welche wirklich am Ende des Buchs gesammelt stehen, um durch Zusätze ernster Art den magern Band sowohl zu verbrämen als zu verdicken. In der Tat, ohne alle Ausschweife bliebe der Schweifstern oder Komet als ein gar zu dünner Haarstern in seiner ersten Ferne dastehen, da nicht jeder weiß wie ich, daß er, sobald er nur einmal in seine Sonnennähe gelangt, so gut einen Schweif von zwölf Millionen Meilen vorzeigen wird, als der Elfer Komet[4] nach Herschel trug – um darauf mit Ehren als Bartstern[5] davonzugehen.

Noch ist über den Titel *«Komet»* zu erinnern, daß bei diesem Namen des Buchs niemand zu Gevatter gestanden als dessen Held Marggraf selber mit seiner Natur. Ich hätte daher, um seine Ähnlichkeit mit einem Kometen darzustellen, der bekanntlich sich im Himmel unmäßig bald vergrößert, bald verkleinert – sich ebenso stark bald erhitzt, bald erkältet –, der auf seiner Bahn oft geradezu der Bahn der Wandelsterne zuwiderläuft, ja imstande ist, von Mitternacht nach Mittag zu gehen – und der oft zweien Herrinnen oder Sonnen dient und von einer zur andern schweift – ich hätte, sag' ich, um die Ähnlichkeit mit einem Kometen zu beweisen, nichts nötig, als bloß die Geschichte des Helden selber vorzuführen, worin die Ähnlichkeiten nach der Reihe vorkommen; – nun eben die Geschichte habe ich ja in den folgenden Bänden gegeben, und ich brauche also die ganze Historie hier nicht zu wiederholen oder auch vorauszugehen.

So weit die kurze Vorrede zum *gegenwärtigen* Buche.

Aber die Vorrede zu dem andern, das erst erscheinen soll, hat vielleicht desto mehr zu sagen, da sie sich noch auf nichts Vorhandenes steuern kann. Gerade im politisch-bösen Jahre 1811, da in mir der «Komet Nikolaus Marggraf» aufging, entwarf ich den Plan zu einem großen Romane, welchen ich auf dem Titel *«mein letztes komisches Werk»* nennen wollte, weil ich darin mich mit der komischen Muse einmal in meinem Leben ganz auszutanzen vorhatte; in der Tat wollt' ich mich einmal recht gehen und fliegen lassen, ästhetische und unschuldige Keckheiten nach Keckheiten begehen, ein ganzes komisches Füllhorn ausschütteln, ja mit ihm wie mit einem Satyrhörnchen zustoßen, nicht viele Ausschweifungen im Buche machen und einschwärzen, sondern der ganze Roman sollte nur eine einzige sein und sollte deswegen (vielleicht mit mehr Recht als dieses unschuldige Werkchen) der Komet oder Schwanzstern betitelt werden, weil er wirklich ins Unendliche, in eine Hyperbel hinausfahren und nichts zurücklassen sollte als starken Kometenwein für Leser von Magen und Kopf. Kurz ich wollte in meinem Alter, worin andere Schreiber und Philosophen und Dichter, geistig wie körperlich, durch lauter Funken-Geben zu hohlbauchigen und gekrümmten Feuerzeugen geschlagen und ausgetieft sind, mich als runden Wilsonschen Knopf[6] elektrisch zeigen und vollgeladen mich entladen und unausgesetzt blitzen; – aber, wie ich freilich deshalb mich an den galvanischen unsterblichen Säulen eines Gargantua und Don Quixote unaufhörlich zu laden suchte, dies läßt sich vorstellen. –

Bei der ganzen Sache ist nun nichts zu beklagen, als daß der Verfasser nach seiner offenherzigen Voreiligkeit etwas davon herauspolterte, wie er seit Jahren Papiere aller Art zusammentrage, Herrenpapier und Kartaunenpapier, Trauerpapier mit vergoldetem Schnitte und Staatspapier und Stempelpapier, um alles zurechtzuschneiden und zu leimen zu einem außerordentlichen *Papierdrachen,* den er als eine Spielsache gegen das elektrische Gewölke wolle zum Scherze, zum Untersuchen und zum Ableiten steigen lassen, wenn der rechte Wind dazu bliese. – Aus diesen Zurüstungen, die das Rüstzeug nicht eben hätte zu zeigen gebraucht, wurde nun von Briefwechslern und Reisenden der Schluß gezogen und umhergetragen, gegenwärtiger Verfasser habe, besonders da er den alten Don Quixote immer in Händen hatte, einen neuen unter der Feder, einen detto, nämlich einen Vize-Detto oder Substituten sine spe succedendi[7], und wolle sich zu einem Ehrenmitgliede, wenn auch nicht korrespondierenden Mitglied am spanischen Spaßvogel schreiben, und kurz, es sei von ihm nach so langer Arbeit und Zeit etwas Erträgliches nächstens zu erwarten ...... Himmel, Cervantes! Der Verfasser sollte dir einen neuen Don Quixote nachzuliefern wagen, welcher sogar dem ästhetischen Mockbird[I], Wieland, einem Manne von so großen und mannigfaltigen Nachahmtalenten, in seinem Don Sylvio so gänzlich verunglückte? – Wahrlich du erlebtest dann an deinem Nachahmer und Schildknappen einen neuen irrenden Ritter mehr und müßtest jenseits lachen.

Inzwischen ist das verdrießliche Gerücht nun einmal in Deutschland auf den Beinen und im Laufe und schwerlich einzufangen; ja es steht uns niemand dafür, daß nicht sogar dieser Nikolaus Marggraf anfangs – wenigstens ehe man diese Vorrede und ihn selber gelesen – von manchen als der lang erwartete Don Quixote und oben gedachte Papierdrache in die Hand genommen werde.

Der Drache wird freilich einmal steigen, aber kann es einer, zumal ein so langgestreckter, in der Windstille? Unter dieser wird hier, sieht man leicht, das fünfjährige Karlsbader Zensurprovisorium[8] gemeint, das eigentlich mehr dem Scherze Schranken droht und anweist als der Untersuchung und Aufklärung. Gegen letzte vermögen sogar Licht-Verbote nur wenig; es ist damit wie mit Sonnenfinsternissen[II]: bleibt auch nur ein Stückchen Sonne dabei unbedeckt, so erfolgt keine Abnahme des Taglichtes. Ja ein gewaltsames Anhalten der Völker gibt ihnen

I Mockbird, Spottvogel, oder die sogenannte amerikanische Nachtigall, welche eine nachahmende lebendige Orgel aller Vogelgesänge ist.

II Zachs Ephemeriden etc. März 1805.

bloß einen neuen Stoß zum Vorwärts, wie man in einem Wagen, der schnell stehen muß, einen Stoß vorwärts bekommt. – Der Scherz hingegen schlägt sich an jedem Gitter die Flügel wund. Er begehrt noch mehr Freiheit zu seinem Spielraum, als er benützt, und muß über das Ziel hinaushalten, um in dasselbe zu treffen; daher ist jeder unter seinesgleichen am leichtesten komisch und witzig, weil die größere Freiheit das Aufstellen aller Ideen begünstigt, deren Vielzahl eben zum Begegnen und Befruchten untereinander nötig ist. Der komische Genius gleicht der Glocke, welche frei hängen muß, um einen vollen Ton zu geben, aber dumpf und widertönig erklingt, von der Erde berührt.

Sind freilich die fünf Jahre Provisorium vorüber, gleichsam das Quinquennell[9] für manche Schuldner der Satire, so gehen frische Winde, und lange Drachen können steigen. Ob ich gleich jetzt bloß den *Kometen* mit seinem unschuldigen Schweifchen liefern darf, das nach allen neuern Sternsehern niemand verbrennt, nicht einmal ersäuft, den Drachen hingegen mit seinem Papierschwanze, der leicht einen Gewitterschlag auf mich oder andere herunterleiten kann, zu Hause behalten muß: so wird doch darum weder die Welt noch ich dabei verlieren, sondern vielmehr außerordentlich gewinnen. Kann ich nicht die schöne Zeit von fünf ganzen Jahren zu Hause im stillen dazu verwenden, daß ich die kecksten Satiren auf alles fertig arbeite, um nach dem Ablaufe des Quinquennells sogleich damit bei den Quinquennalien-Spielen als Quinquennalis zu erscheinen – und kann ich mir nicht gleichsam ein Kontingent ad quintuplum[10] von den berühmtesten Philistern, nämlich fünf güldene Ärse[11] zollen lassen? – Oft wünsch' ich mir selber Glück, wenn ich es berechne und bemesse, welche lange Schwanzfedern und breite Flügel ich meinem Drachen anzunähen vermag aus so manchen Papieren, aus Flugschriften und Einlösscheinen – aus Hirtenbriefen und gnädigsten Handschreiben – aus Komödienzetteln und diplomatischen Berichten und Konkordaten, wobei ich die Liebesbriefe und Küchenzettel und Arzeneizettelchen als bloße Bauchfedern gar nicht einmal mitzähle. – Wie, wenn ich nun einen so bekielten Drachen an der Schnur oder Nabelschnur in die Welt lasse: sollt' er bei solchen Umständen nicht so hoch steigen, als ein Meteorstein fällt?

Die Welt merke nur im Meßkatalog auf das Werk, das nach fünf Jahren unter dem Titel *«Papierdrache»* von mir erscheint.

Beschau' ich vollends die günstigen literarischen Zeitläufte, wo schon jetzt so viele herrliche Schreibfedern zu Schwungfedern meines Drachen zu gebrauchen und anzusetzen sind: so sind die Aussichten für ein komisches Werk lachend, das noch fünf ganze Jahre lang ein Zeitalter benutzen und abernten kann, wo so viel für die komische Muse geschieht. Nimmt man fünf Musenberge bei uns an – den englischen, welsch-spanischen, französischen, orientalischen und altdeutschen –: wahrlich, jeder Berg gebiert seine Maus von Gold, folglich eine Ausbeute von fünf goldnen Philister-Mäusen zu den obigen goldnen Philister-Sitzen.

Vernunft – hie und da höheren Orts bloß kaum Landes verwiesen – wird von theologischen Schreibern, wie v. Müller und v. Haller und Harms, viel sachdienlicher in *Ketten gelegt,* aber noch besser von Dichtern gar im *Feuer verflüchtigt.* So weit hat nämlich schon jetzt der Deutsche es im Komischen gebracht und ist ein gemachter Mann in Flögels komischer Literatur[12]; aber vollends nach fünf Jahren, wenn er so fortarbeitet, so darf sich jeder Deutsche, der Teukterer, der Brukterer, der Usipeter, der Cherusker, der Sigamber, der Friese, der Chauke, der Jüte, der Marse und Marsate, oder wen sonst noch Adelung[13] unter die germanischen Cimbern am rechten Rheinufer steckt, er darf sich sehen lassen auf der komischen Bühne. Denn ich schmeichle weder mir noch andern Schriftstellern, wenn ich schon jetzt die britischen sehr verschieden von unsern deutschen finde, indem ich jenen zwar wohl einen Scott und einen Byron zugestehen kann – welche mit sinnlicher, ja leidenschaftlicher Naturwahrheit darstellen und Feuer auf einem festen Erdboden anschüren oder ihre Naphtha phantastischer Flammen aus einer Erdtiefe ziehen –, aber bei ihnen dafür jene deutschen Mystiker und Romantiker nicht aufzutreiben vermag, die uns ein ganz anderes und feineres Feuer ohne Boden geben, das sie in Funken aus den Augen drücken und schlagen, und welche wahrlich nicht spärlich in allen, sogar schlechtesten Taschenbüchern und Romanen ausstehen. Männer (worunter ich auch die Weiber mitzähle), welche, eben weil sie Ländern und Dichtern voll ursprünglicher Wärme und reichen Wachstums und Anbau durch Pflanzungen gar nicht ähnlich sind, desto mehr den Polarländern gleichen, die so zauberisch alle südliche Farbenglut und üppige Gestalten-Aussaat oben in einem kalten Himmel, ohne Wärme von oben oder unten durch bloßen Nordschein vorzeigen, samt dem wunderbar untereinander knisternden Strahlen-Spielleben. – Kurz kühne Sterne erster romantischer Größe in ihren Romanen, welche sich wohl dem unvergeßlichen Kometen von 1811, dessen Kern nach Herschel zwar nur dreiundneunzig Meilen, dessen Nebelglanzmasse aber siebenundzwanzigtausend Meilen betrug, gleichsetzen mögen …

Hier bringt mich die Vergleichung auf meinen eignen, eben im Druck erscheinenden *Kometen* zurück, der etwa bloß dem kleinen, auch im Jahr 1811 erschienenen ähnlich sein mag, an welchem nichts groß war als der Kern.[1] – Für ein besonderes Ge-

---

1 Für Unkundige des Himmels mag hier erinnert werden, daß im Jahr 1811 neben dem großen, durch seinen Schweif und Wein berühmten Kometen noch ein kleiner, weniger gekannter erschienen, der einen Kern nach Herschel von achthundertsiebzig Meilen im Durchmesser hatte, aber nur einen winzigen Nebel um sich her.

schenk werd' ich es übrigens von den sämtlichen Hevelischen Kometographen[14] in den verschiedenen Rezensieranstalten ansehen, wenn sie hinter ihren Kometensuchern die Bemerkung machen wollten, daß der Schwanzstern erst sichtbar wird und noch manche Sternbilder zu durchlaufen hat, eh' er seine Sonnennähe erreicht; denn früher können sie unmöglich die Elemente seiner Bahn berechnen, noch weniger auf einen außerordentlichen Schwanz aufsehen, der den halben Himmel hinunterhängt. Wie gesagt, ich würde die Bemerkung für ein besonderes Geschenk ansehen.

Baireuth, den 5. April 1820

Dr. Jean Paul Fr. Richter
Legationrat

Ur- oder Belehnkapitel,
worin die Beleihung der Leser mit der Geschichte vorgeht, nämlich die Investitur durch Ring und Stab

In der Markgrafschaft *Hohengeis* liegt das Landstädtchen *Rom,* worin der Held dieser vielleicht ebenso langen als bedeutenden Geschichte, der Apotheker *Nikolaus Marggraf,* jetzt im Belehnkapitel von weitem auftritt. Auch der Unwissendste meiner Leser, der nie ein Buch gesehen, kann dieses Hohengeiser Rom weder mit jenem großen italienischen verwechseln, das so viele Helden und Päpste aufzog, noch mit dem kleinen französischen[1], das sich bloß durch Eselzucht auszeichnet. Verständige Leser suchen ohnehin meine Städte und Länder selten auf der Karte, weil sie schon wissen, daß ich meistens, wenn auch nicht verfälschte Namen, doch ganz neue angebe, zu welchen erst spätere Reisebeschreiber die Orte und die Stiche liefern.

Sämtliche Romer nun – so, aber nicht Römer hießen sie sich, noch ehe Wolke[15] so zu schreiben vorgeschlagen – konnten unter dem einzigen ausgemachten Narren, unter dem Großkreuz der Narren ihres Städtchens, sich niemand anders vorstellen als den Apotheker Henoch Elias Marggraf – wegen der Hoffnungen von seinem Sohne –, also gerade den Vater eines Helden, für welchen der Verfasser

1 Ein Dorf im Departement der Deux-Sevres. Siehe in Jägers Zeitungslexikon, von Mannert neu bearbeitet, den Artikel Rom.

dieses mehrere Jahre seines Schreiblebens, wie die Verlagbuchhandlung mehrere Ballen ihres Schreibpapiers, aufzuwenden entschlossen ist. Ob aber Rom recht hat oder der Verfasser und die Buchhandlung und der Apotheker, dies wird die Zeit lehren – die man auf das Lesen dieser Geschichte verwendet. Der alte Henoch Elias war nun ein Männchen, das nicht mit bloßen Federn, sondern über seine ganze kurze Länge hinab mit lauter Flügelchen von Tag-, Abend- und Nachtfaltern besetzt war – überall oben oder unten hinausfahrend und wieder zurückfahrend und sich dann setzend als Apotheker der Stadt. Aufgeräumter, gesprächiger, toller war niemand in Rom als er.

Aber diese springende Lebhaftigkeit eines Affen wird in einem schönern Licht erscheinen, wenn man die gesetzter Denkenden versichert, daß er hinter ihr bloß eine andere Ähnlichkeit, nämlich Hab- und Greifsucht eines Affen geschickt verbergen wollte, weil er alle leere Plätzchen (volle hatt' er gar nicht) sowohl in seiner Apotheke als in seiner Kasse so zu benutzen suchte wie die Bienen die ihrigen, welche jede Zelle, sogar eine eben vom ausgekrochnen Bienenwurm ausgeleerte, sogleich mit Honig nachfüllen. Lustigkeit ist die beste Fledermausmaske des Nehmens, sogar des Geizes; und der Apotheker setzte in seinen lebhaften, aufflakkernden, italienischen Lustfeuern wohl häufig Ehre und Verstand beiseite, aber niemals einen Profit.

Zum Glücke hatt' er nun in seinen Mitteljahren, als er den Erbprinzen von Hohengeis als Reiseapotheker nach den warmen Bädern von Margarethahausen begleitete, auf eine reizende italienische Sängerin getroffen, welche gerade an den Hopstänzen seiner Glieder und Worte besondern Gefallen fand. Da er dieses Gefallen und noch dazu ihre zwei Hände voll Ringe und diese wieder voll Steine sah, so entschloß er sich, Hände und Ringe zu wechseln, bloß aus Liebe gegen ihre Hände (denn an seinem Ringfinger und Fingerring steckte fast nichts), um die Reisende heimzuführen. In der Tat konnte die schöne Sängerin – von welcher die Nachtigall wohl die Stimme hatte, aber nicht Augen und Schönheit – ihr Wachsen, wie Bäume und Tierhörner das ihrige, nach Ringen messen und abzählen; denn welchen hohen Ohren sie vorgesungen, diese lieferten steinreiche Ringe, wenn auch nicht Ohrringe, an ihre Ohrfinger, Zeigefinger, Mittelfinger und Daumen ab. –

Und Margaretha – so wiedertaufte die Italienerin sich deutsch, wie Mara sich welsch – versprach dem unschuldigen Henoch-Elias (der Ringrenner oder -stecher und Steinschneider oder -gräber erstaunte selber) wirklich Hand und Hände zu geben, sobald sie sich nur durch die anwesenden hohen Badgäste hindurchgesungen habe. Der selige, gen Himmel fahrende Henoch![16] – Diesen Aufschub seiner Seligkeit wünschte eben still sein Herz, weil jetzt unerwartet immer so viele Fürsten in Margarethahausen[1] eintrafen, welche anzusingen waren, daß das Margarethahäuser Badwasser, nur schöner als das Karlsbader, versteinern und die Hand mit Juwelen inkrustieren konnte.

Glücklicherweise für die Verlobten bekam die allda badende Fürstenbank auf einmal so viele Feste zu feiern – teils Freuden-, teils Trauerfeste, weil Eilreiter mit Nachrichten sowohl geborner Erbprinzen als gestorbner Apanage-Prinzen eintrafen –, daß die Sängerin fast nichts zu tun hatte, als nur einigermaßen vor ihnen ihre sämtlichen hohen Freuden und Leiden durch die Singstimme auszusprechen. Mitten unter diesen Festgelagen händigte unerwartet Margaretha, reichlich beschenkt, halb von Feierlichkeiten übertäubt, halb vom Singen entkräftet, vielleicht der Fürsten und Höfe selber satt, dem treuen Bräutigam ihre weiße Hand mit den feinen langen Fingern ein; sie wollte lieber den Hoffer und Harrer mit einem prosaischen Ja eilig beglücken als länger mit einem poetischen Sirenen-Nein. Diese schmeichelhafte Eile war dem guten Henoch Elias noch nie begegnet. Und dabei eine solche Göttin an sich zu haben! – Er sah mit ihrer

---

1 Soeben vernehm' ich von einem Liebhaber meines Vorlesens, daß es noch ein zweites Margarethahausen gebe, ein ritterschaftliches Dorf im württembergischen Amte Balingen, ja noch ein drittes, ein Franziskaner *Nonnenkloster* unweit davon mit einigen Höfen und Zehnten. Und wirklich fand ich das zweite und dritte in Jägers Lexikon, von Mannert überarbeitet (Band 2. Seite 273); aber dafür stand das erste oder meines gar nicht darin.

glänzenden und mit seiner närrisch-kurzen Gestalt so kostbar und unbeholfen aus wie ein gesprenkelter Frosch, dem ein aufgeschnappter Schmetterling mit den breiten Flügeln, die der Frosch schwer hineinzustopfen vermag, das grüne runde Maul beflügelt. – Und dabei besaß er an seiner so fürstlich beschenkten Margaretha noch gleichsam jenen schwedischen Bergknappen zur Ausbeute, welcher nach vielen Jahren mit allen reichen Erzadern durchschossen und durchwachsen aus dem Stollen gezogen wurde.

Noch im Bade wurd' er priesterlich eingesegnet.

Nach neun kurzen Februar- oder *Hornung*-Monaten gab die Sängerin dem Reiseapotheker schon die schöne Frucht ihres *Brunnen-Ja* zu pflücken, den Helden dieses Werkes, namens *Nikolaus,* er, wie eine Amphions-Baute[17], gleichsam eine Schöpfung der Töne. –

Müßt' ich mich nur nicht zu weit rückwärts schreiben in einer Woche und Geschichte, wo ich noch nicht einmal vorwärts gekommen: wahrlich, Winke – Schlüssel – Nachschlüssel – Grubenlichter – Notae ad usum Delphinorum – versiones interlineares[18] – Ergänzblätter – Supplement-Bände – complementa possibilitatis[19] und mehr wollt' ich hier einschieben und darüber mich ausbreiten; aber Verfasser langer Werke müssen sich leider ins kurze ziehen, um nicht den kürzern zu ziehen. –

Die Ehe fing schon mit Unehe an; denn mehrere Glanzsteine in den Ringen, die der Apotheker zu

Bausteinen seines Glücks zu vermauern gedacht, wurden als Meteorsteine befunden oder unecht, und der helle farbige Regenbogen auf ihren Fingern, der ihm heitres trocknes Wetter versprochen, ergrauete erbärmlich und wurde selber zu Wasser; nur die Vorsteckringe verblieben echt, nämlich von Gold. Der Apotheker, der in seinem Leben nie etwas verschenkt hatte als diesesmal seine Hand selber, mußte seine Ergebenheit bereuen und den ganzen Tag unbeschreiblich sauer zu allem sehen; und wenn er, der immer vor andern ein aufprasselndes, durcheinander fahrendes, lustiges Feuerwerk war, sich vor Margaretha als das abgebrannte, rauchige, geschwärzte Gerüst hinstellte: so war dies nur ein Anfang. Denn als vollends noch dazu sein Erstgeborner kam: so wußte die arme Sängerin ein Lied davon zu singen von seiner losplatzenden selbzünderischen Natur; wohin sie nur griff, in jedem Winkel und Schiebfache, in jedem Fleisch- und Zuckerfasse, in jeder Hauben- und jeder Pillenschachtel und Nadelbüchse und Bratenpfanne, saß er als Bombardierkäfer und knallte los, wenn sie ihn anrührte, ihr ganzer Lebensweg war voll Selbschüsse gelegt, womit er vor ihr unversehends auffuhr.

Die Ursache war, sie liebte ihren Erstgebornen, den kleinen Nikolaus, ganz übermäßig, nicht einmal zu erwähnen – weil dies erst später eintreten konnte –, daß sie es vier Jahre lang hintereinander tat, als sie schon zwei Töchter nachgeboren und auf das vierte Kind jede Stunde aufsah. Der Kleine hatte zwei medizinische Merkwürdigkeiten, die ihn von seinem Vater so wie von tausend andern unterschieden. Er hatte nämlich auf der Nase zwölf Blatternarben auf die Welt gebracht, als hätt' ihn die Natur schon ungeboren mit diesen Stigmen (Wundenmalen) für das Leben gestempelt und tätowiert, was aber nicht gewesen sein kann, da er später die wahren Pocken bekam und also die Narben früher als die Wunden hatte. Das zweite Wunder war, daß sich im Dunkeln, schon in der Wiege, eine Art Heiligenschein um seinen Kopf ansetzte, besonders wenn er schwitzte, oder später, wenn er sehr betete oder sich ängstigte. Dieser Heiligenschein war wohl weiter nichts als die Bosische Beatifikation[I], nur daß bei ihm das elektrische Laden und Ausstrahlen von selber sich machte, so wie z. B. bei Castilhon in Bouillon, der sich und seinen Schlafrock oft in Flammen stehen sah und überall aus sich mit Fingern Funken ziehen konnte.[II]

Seine Mutter gab nun der Blatternase und dem Heiligenscheine einen Mann zum Vater, an welchem sie sich in Margarethahausen nach der Hochzeit versehen habe, als sie durch ein Zimmer gegangen und der Mann im Finstern zufällig einen so heftigen Heiligenschein aus den Haaren geschossen, daß alle zwölf Blatternarben auf seiner Nase

---

I So nennt man den elektrischen Kopfschimmer an Menschen, die auf einem isolierenden Pechkuchen elektrisiert werden.

II Wilhelms Unterhaltungen über den Menschen. B. 2.

plötzlich erleuchtet geworden und zu zählen gewesen. So schön-natürlich sie aber alles ableitete, so verübte doch in ihr als einer Erzkatholikin die Heiligensucht eine solche Blendgewalt, daß sie die Stigmen und den Nimbus um ihren kleinen Nikolaus heimlich für Titelvignetten und Buchdruckerstökke, für Vorbilder eines künftigen Heiligen ansah, bei welchem der Körper dem Geiste gleichsam vorangewachsen und vorausgelaufen.

Aber die Mutter fand auch einen geistigen Nachtrab des körperlichen Vortrabs schon jetzt an dem bloßen Knaben von kaum vier Jahren; – darum hatte sie ihn so unsäglich lieb; – und dies waren zwei Vorzüge, welche die katholische Kirche am meisten und besonders an Heiligen sucht; nämlich der Knabe zeigte erstens eine ans Wunderbare grenzende Mildtätigkeit, ein gänzliches Unvermögen, Schmerzen zu ertragen, die nicht die seinigen waren, und zweitens eine außerordentliche Phantasie, aber eigner und katholisch-heiliger Art – wie etwa die des Ignatius von Loyola –, welche ihre Darstellkraft nicht nach außen, sondern nach innen gegen den Besitzer selber kehrt und nur ihm, nicht andern vordichtet und vorspiegelt ...... Doch nun kein Tröpfchen Tinte weiter für das Kind vermalt, da es nie mein Vorteil noch Wille sein konnte, im Ur- und Belehnkapitel jemand anders in Handlung vorzuführen als bloß die Eltern. Der Kleine wird noch Kapitel genug füllen als Held.

Dem Pflegevater – so nenn' ich mit Bedacht den

Reiseapotheker, denn jeder rechte Vater ist ein Pfleger und Pflegevater seines Kindes – behagte am Kleinen noch außer dem Verschenken auch Statur und Nase sehr schlecht, weil er die Länge beider mit seiner eignen Doppelkürze und mit seinem kurznasigen und kurzstämmigen Tochterzwei zusammenhielt und dann seine Gedanken hatte. Er hätte sich, wär' er im päpstlichen Rom gewesen, in Margarethens katholischen Beichtvater eingekleidet, um vielleicht ihrer Beichte so viel Sünden abzugewinnen, daß er ihr die Aussetzung oder Alien-Bill[20] eines ihm fremden Kebs- und Vexierkindes oder Volten- und Hokuspokussohnes als Pönitenz im Beichtstuhle hätte auferlegen können. Gelten ließ er's, daß sie den Kleinen aus Mutterliebe und Mutterkirchenliebe in die päpstliche Kirche hineinzulocken suchte – z.B. durch Vorhalten Augsburgischer Heiligenbilder und besonders des heiligen Nikolaus und der heiligen Maria, ihrer Schutzpatronin und Namenschwester. Weniger gab sie dafür sich mit seinen Töchtern ab, welche ohnehin nicht so leicht zur Hölle fahren konnten, da sie nach dem Ehevertrage der Mutter in die allein seligmachende Kirche folgen mußten wie der Sohn dem Reiseapotheker in die protestantische. In einer solchen Ehe sehe ich den Vater ordentlich in einer Halblähmung (Hemiplexie) vor seinen Kindern stehen, mit der fühllosen starren Seite gegen die Töchter gerichtet und mit der andern voll Bewegungen und Zuckungen gegen die Söhne; – die Mutter ist ebenso gelähmt und geteilt, nur nach den umgekehrten Seiten hin – und die Kinder sind es auch wieder herwärts – – Himmel! wie viele menschliche Gefühle wurden von jeher den Altären geschlachtet! ……

Glücklicherweise trat jetzt der Alexander der dicksten Knoten auf, oder vielmehr der wahre Mattheis, der das stärkste Eis bricht oder, wo es nicht ist, macht – der Tod oder die Leichenfrau, die viel stärker und schneller als die Hebamme auf Thronen und andern Höhen die Zeiger der Weltuhr rückt und vorwärts dreht.

Margaretha mußte ihre dritte und schönste und ihr ähnlichste Tochter mit dem Leben erkaufen. Zum Glücke für ihre letzten Stunden, die der alte Elias Marggraf mit keiner Versöhnung versüßte, ging ein Franziskaner-Mönch durch das Städtchen Rom, bei welchem sie die lang entbehrte Beichte ablegen konnte. – Hier fiel dem Reiseapotheker ein, ob er einen alten engen Wandschrank dicht mitten am Bette der Frau, mit einer Tapetentüre nach dem einen Zimmer und einer nach dem andern, nicht zum letzten Male – er stand oft halbe Nächte darin – mit einigem Gewinn benutzen und betreten könne während der Beichte. –

Und da hörte er so deutlich wie der Franziskaner, daß ihr Nikolaus der Sohn eines katholischen weltlichen Fürsten sei, dessen Namen sie zu verschweigen beschworen und der eben seinen Heiligenschein und seine Nasen-Narben auf den Kleinen fortgepflanzt; – und endlich, daß sie für die echten Steine in den Ringen des Fürsten die ähnlichen falschen hineingesetzt, die rechten Juwelen hingegen hinter dem Bilde des heiligen Nikolaus zwischen dem Papier und dem Holzdeckel samt einem Anweiszettelchen aufgehoben, weil sie durch die Steine künftig für eine katholische und fürstliche Erziehung des armen Wesens besser zu sorgen gedacht. – Und sie bitte nun, ihr an Gottes Statt zu vergeben ....

Hier riß Henoch die Schranktüre so weit auf, als das Bett erlaubte, und streckte den Arm darüber hinein und rief: «Ich vergebe, vergebe. – Hab' alles vernommen. – Ich spring' nur um die Stube herum und schieße gleich vor dein Bett und versöhne mich.»

Er sprang auch zur entgegengesetzten Tapetentüre hinaus, aber vor allen Dingen zum Bilde des heiligen Nikolaus, um es einzustecken, und dann erschien er vor dem Bette als ein umgestülpter Ehemann voll Liebeblicke. «Dacht' ich's nicht längst?» sagt' er. «Das lass' ich mir schon gefallen. Fahre hin in Gottes Namen! Ich will unser Söhnchen zu einem Fürsten ausbacken, daß sein Durchlauchtigster Herr Vater Ihre Lust daran sehen sollen, wenn ich ihm den Schelm überbringe .... Und Sie, hochwürdiger Herr Beichtvater, sollen mir bezeugen, daß alles wahr ist und die Mutter es wirklich auf dem Sterbbette in der Beichte so ausgesagt.» – –

In meinen jüngern, frischern Jahren in Leipzig

hätt' ich vielleicht durch langes Jagen ein Gleichnis aufgetrieben, um damit das betroffne Gesicht des Franziskaners notdürftig darzustellen; – jetzt aber bei so späten in Baireuth ist alles Ähnliche, was ich geben kann, etwa die Maulschelle, welche in Hamburg der Stadtphysikus Paul Marquardt Schlegel von einem Kadaver bekam, der unversehends auflebte, als er ihn eben mit dem Messer auseinanderlegen wollte.[1] – Schlegel selber verschied darüber an einem hitzigen Fieber; der Franziskaner kam bloß mit einem milden Zahnfieber davon, das durch das Knirschen des Gebisses das Naturtreiben eines wachsenden anzeigte. Er stotterte mit rauher Bauerstimme heraus: «Negatur; der Ketzer versteht nichts vom Sigillum confessionis (Beichtsiegel), das ich der heiligen Dreifaltigkeit selber nicht öffne. Aber den heiligen Nikolaus hat sie der Kirche vermacht; den verlang' ich.»

«Ich hab' ihn schon in der Tasche», versetzte Henoch, «und Ihr habt Euer Beichtsiegel gebrochen. Ich verklag' Euch künftig, wenn Ihr nicht bezeugt, daß ich die Beichte mitgehört.»

Nun kamen die Hundezähne bei dem Mönche zum Durchbruche, und er rief der Beichttochter zu, er absolviere sie nicht, wenn sie nicht laut der Kirche die Steine vermache. Glücklicherweise aber hatte Schrecken und Schreien die Schwache schon

1 So steht die Geschichte in Vulpius' Kuriositäten erzählt; etwas verschieden aber in Unzers Arzte.

in die letzte Stunde gesenkt, worin die Sängerin zufolge einzelner Zeichen schon ihre eignen schönen Töne aus alten Blütenwäldern herüberhörte. Da nun ihr Mann immer lauter ihr zuschrie: «'s ist vergeben, vergeben; und dein Sohn wird fürstlich erzogen», so kann sie leicht noch einen Lebens-Endtriller mehr genossen und die eheliche Stimme für die beichtväterliche genommen haben.

Der Franziskaner renne immer mit einem Schocke von Weisheitzahnfieber-Ausbrüchen davon und uns aus dem Gesicht; uns allen ist hauptsächlich daran zu wissen gelegen, warum Henoch durch dieses Horchen früher in den Himmel gefahren als die Frau und warum er mit ihr so zufrieden geworden, als hätte sie ihm zum Brautschatze statt eines Fürstleins ein Fürstentum mitgebracht und nachgelassen; denn die abgelauschte Erbschaft der echten Ringsteine konnt' ihn eigentlich mehr gegen sie verhärten als erweichen. Allein der Umstand oder der Mann war dieser: da Henoch ein wahres Knall-Quecksilber von Mensch war, das Schießpulverlärm macht, selten gegen Not und oft ohne Not: so hatt' er sich an Margarethens Sterbbette aus ihrem wenigen Goldschlich[21] und Apothekergolde von Wahrheit auf der Stelle eine der längsten Schlußketten geschmiedet, welche für ihn als eine goldne Gnadenkette oder Ziehbrunnenkette in die Zukunft hinunterhing. Denn er sagte nämlich zu sich – und wahrscheinlich innen in dem Stile, den er außen gebrauchte –: «Kostgelder –

Postgelder – Tafelgelder – Lehrgelder – Beichtgelder – Trankgelder verschwend' ich auf das kleine Markgräflein Nikolaus; und zwar davon dreimal mehr als auf mein jetziges Tochterdrei; nur daß ich dabei die Ringsteine nicht angreife; denn die Zeit wird kommen, die Stunde, die Minute, das Jahr, wo ich mich hinstelle und das Markgräflein seinem hohen Herrn Vater ganz fertiggemacht hinhalte und des Ersatzes der Auslagen (sie sind aber sämtlich bescheinigt) samt einigen Gratialen und Verzugzinsen gewärtig bin. Womit mein hoher Sohn mir noch für seine Person erkenntlich ist, will ich erwarten und mit Jubel empfangen.»

Über das künftige Auftreiben eines Vaters zum Markgräflein war, schien es, Marggraf gar nicht in Angst. «Ich gehe», dacht' er, «bloß der Nase nach, nämlich der fürstlichen pockennarbigen, mit welcher ich dann den Vater auf die gleiche kindliche stoßen will. Hab' ich nur erst ein gekröntes Haupt an der seinigen: die Nebenumstände werden sich schon von selber ausweisen.» – Herr v. Benkowitz[22] in seiner mehr herz- als kunstreichen Gemäldeausstellung der klopstockischen Gemäldedarstellungen bemerkt zwar ganz richtig, daß ein Heldengedicht wie die Messiade die Nase als ein zu gemeines Wort nicht einlasse, sondern auslasse – haben doch vielleicht deswegen, möcht' ich hinzusetzen, viele Helden selber dieses alltägliche Gliedmaß im Heldengedichte ihres Lebens an höhere Schönheiten aufgeopfert –; aber gerade eine Nase erhob des Reiseapothekers gemeines Leben zum Epos, zum Pik mit Nasenlöchern[1], in welche nicht nur Tabakpflanzungen, sondern ganze Tabakpflanzer gehen.

Und sah er nicht noch außer der Nase den väterlichen Heiligenschein vor sich, unter welchem er die Krone, wie unter einem Flämmchen einen Kronschatz, finden konnte, der ihn als Grubenlicht und Feuersäule und Leuchtturm zum Vater führen mußte? – Denn er wollte durchaus alles, Überreichung des Markgräfleins und der Rechnungen, so lange ersparen, bis beide groß genug gewachsen und erstes gut ausgearbeitet, zugeglättet, ausgeprägt und Kopf samt Hand zu Kron- und Zepterträgern mit vielen Kosten abgerichtet, dem Potentaten quaestionis zu überreichen war, so daß dieser das Kind mit in den geheimen Staatsrat gehen lassen konnte. Die Freude des vielleicht gar kinderlosen Fürsten, dem er auf einmal einen Stammhalter einpelze, konnt' er sich gar nicht unbeschreiblich genug vormalen und sie keiner andern gleichstellen als seiner eignen darüber, daß er so was von einem apanagierten oder erbenden Prinzen im Meisenkasten seines Ehebettes wirklich gefangen oder mit den Schlagwänden von dessen Vorhängen einen Wappen-Falken erwischt, womit er künftig hohe Jagd auf Beute machen könne, an die wohl niemand denke. –

---

1 Die beiden Öffnungen des Pik auf Teneriffa sehen nämlich zwei Nasenlöchern ähnlich.

Und so wäre denn das Ur- oder Belehnkapitel zu Ende gebracht und der stärkste Schritt zum ersten Vorkapitel getan. Im ersten kann der Held selber auftreten – in jedem Falle reif, zwar nicht für den Thron, aber doch für das Tintenfaß – und kann bestimmter leiden und handeln und überhaupt das Ding führen, was wir Menschen ein Leben nennen. Denn es war nie mein Vorsatz, ihn nur um einen halben Bogen früher vorzuführen oder anders denn als ein ganz fertiges Kind. Wer wird Embryonen Taufnamen geben, da sie inkognito fortkommen können? Oder wer einem bloßen Fötus ein Ordenband umhängen? Letztes kann erst an die Stelle der abgerißnen Nabelschnur treten, bei neugebornen Prinzen. Alles dies gälte schon, wenn ich hier auch keine Geschichte schriebe, sondern einen bloßen Roman. Denn die Kindheit, wodurch einige Romanschreiber das Spätleben zu motivieren glauben, braucht ja selber wieder motiviert zu werden. Gestaltet der nackte Geist sich seine Gehirn-Organe? Oder destillieren letzte durch Helm und Kolben sich ihren besondern Geist ab? – Oder formen weiches Gefäß und weicher Teig sich einander gegenseitig durch Erharten? Dies hieße aber nur die Aufgabe in zwei Hälften auseinanderrücken, ohne sie doch über irgendeine zu lösen. Kurz vom Helden selber – ich rede noch immer vom Helden des Roman-, nicht des Geschichtschreibers – muß mit einem Allmachtschlage das ganze Wunder seines Daseins und Gipfels voll gegeben sein; und die Zeit kann nicht seiner aufplatzenden Aloeknospe, wie einer italienischen Seidenblume, Blatt nach Blatt einsetzen. Wenn nun dieses die Dichtkunst tut, welche nach Aristoteles noch mehr als die Geschichte belehrt: so muß die wahre Geschichte sich so gut als möglich ihr zu nähern suchen – wie Voltaire in seinen Lebensbeschreibungen Peters und Karls getan –, und ich werde mein Ziel erreichen, wenn ich die historischen Wahrheiten dieser Geschichte so zu stellen weiß, daß sie dem Leser als glückliche Dichtungen erscheinen und daß folglich, erhoben über die juristische Regel: fictio sequitur naturam (die Erdichtung oder der Schein richtet sich nach der Natur), hier umgekehrt die Natur oder die Geschichte sich ganz nach der Erdichtung richtet und also auf Latein natura fictionem sequatur. –

Und so stehen wir denn vor der Façade oder Antlitzseite des ersten Vorkapitels, auf dessen Schwelle wir unsern Helden und Kleinen schon so lange spielen sahen mit seinen – Eltern.

Die ernsten Ausschweife für Leserinnen zum Urkapitel sind: Die Ziele der Menschen – Klage des verhangnen Vogels – Die Weltgeschichte – Die Leere des Augenblicks – Die sterbenden Kinder.

Erstes Vorkapitel,
wie der kleine Nikolaus die Menschen sehr zu lieben weiß

Leser und Leserinnen bekommen nun den Helden dieses Werks, den sie durch unzählige Bände hindurch mir nachziehend begleiten müssen, zum ersten Male in Handlung zu Gesicht, wie er noch seine Mutter hat und neben einem großen Pudel kniet, dem er die ungeheuern Ohren, solange solcher frißt, wie zwei Schleppen über der warmen Schwarz-Suppen-Schüssel in die Höhe hält, damit sie sich nicht eintauchen und beschmutzen oder verbrennen. Feurig und ernst sieht er mit seinen schwarzen Augen und mit der großen welschen Nase darein, und die langen blonden Haare fallen ihm über die Backen, und das sonst zartweiße Gesicht ist bis an die Schläfe rotangelaufen. Er war nämlich mit seiner Seele in den Pudel hineingefahren und stellte sich vor, wie es ihm selber täte, wenn seine Ohren in die Suppe hingen.

Mit dieser Seele nun fuhr er in alles hinein; doch aber in Puppen vorzüglich, und es konnte ihnen kein Glied abgerissen werden, wovon er nicht die Schmerzen am ersten verspürte. Dadurch wird Licht auf die Tatsache geworfen, daß er, ein Knabe, die weiblichen Puppen seiner Schwestern in ihren alten abgeschabten Tagen gewöhnlich an Kindes Statt annahm – nämlich nicht zum Spielen, sondern zum Leimen. Eine arme Schäferin mit ihren Schafen in Moos zu sehen, aber so, daß ihr abgedrehter Arm nur noch am Schäferstabe anpicht – vielleicht gar mit mehreren Schäfchen, denen ihre Baumwolle nicht abgeschoren, sondern geradezu ausgerissen ist (man sieht die bloße Haut von Teig) – oder ein schön geputztes und angefärbtes Ehepaar von Stand in einer Kutsche mit abgebrochnen Beinen (man sieht an den vier Stümpfen das nackte Fleisch von Kleister) – solche schuldlose Wesen dieser Art zu sehen, welche nach der schönen Weihnachtfreudenzeit, vielleicht schon vor dem großen Neujahre, so weit heruntergebracht waren, dies stand er nicht aus, sondern er setzte sich an ihre Stelle und fühlte ihre Leiden und tat, was er konnte, um ihnen Beine, Arme oder Wolle wieder anzukleistern in seinem Lazarett; und mich dünkt, sein Puppenhospital kann wenigstens als Vorhof neben dem Tierhospital in Surate stehen, in welches die weichen Indier sogar Flöhe und Wanzen aufnehmen. Es ist in der Marggrafschen Apotheke eine bekannte Sache, daß er, als seine älteste Schwester, ihm zum Ärger, in das bildschöne Wachslärvchen ihrer schon abgetragnen Puppe mit der Schere einstach, er auch das schwesterliche Gesicht und Haare bedeutend handhabte. – Und warum sollte er sich nicht ärgern? Man kann Mörder werden eines Wachsbildes und Menschenfresser von einem Affen; die Menschengestalt sei uns bis in jeden fernsten Nachschatten heilig – wie dem Türken jedes Papier, auf das er, weil Gottes Name könne darauf geschrieben werden, so wenig tritt, als ein zartfühlender Mensch auf das steinerne verwitterte Gesicht eines liegenden Marmormenschen Stiefel und Ferse setzen wird. – Wenn die Familiennachricht noch dazusetzt, daß unser Nikolaus diese Puppe später, nachdem sie aus einer geputzten Theaterprinzessin und Palastdame allmählich durch den Verbrauch und das Spielen mit ihr zu einem Aschenbrödel geworden, bis sie endlich alles Wächserne, Gesicht, Brust und Hände, abgenützt und verloren, wenn die Familiennachricht berichtet, daß er die zu einem Maden-, nämlich Leinwandsäckchen eingewelkte Puppenmumie in großer Bewegung seines Herzchens ordentlich zu Grabe bestattet und – wie wir uns untereinander im Sarge auf Hobelspäne – sie unter die Sägespäne gelegt, die schon überall aus den Wunden der Leinwand herausrieselten: so glaub' ich nichts lieber und leichter; aber der Himmel (wünsch' ich) verschone künftig ein solches mitseufzendes Wesen mit dem Anblicke jener trüberen beseelten Spielpuppen der Männerfäuste in Lustseuchenhäusern, welche, als Karyatiden fremder und eigner Sündenlasten, auch wie Puppen Glieder und Gestalt hingeben, aber keine von Wachs, sondern vielmehr für solche von Wachs; – ach! er kann diese vergrößerten mit keinem Grabe bedecken, solange sie ihr eignes offnes bleiben ...... Himmel! laß uns schnell vom städtischen Schmerze wieder zur kindlichen Unschuld kommen!

Auf diese Weise ist es sehr erklärlich, wie der

kleine Nikolaus Marggraf, obwohl von verschiedner Kirchenkonfession, doch immer mehr seine katholische Mutter an sich fesselte; welche als Armenfreundin freilich nichts lieber haben konnte als einen Armenfreund wie er. Wohl war er ein Narr aufs Geben. Nur daß er vom Vater nichts dazu bekam als sein bißchen Essen. Einigemal konnte ihm die Mutter nur mit zehn Lügen bei dem Apotheker durchhelfen, als er einer alten zahnlosen Frau, die in der Nacht auf der Gasse über das fürchterlichste Zahnweh in der Kälte geklagt, sein Schnupftuch um die Kinnbacken gebunden und als darauf die Frau und das Weh und das Tuch auf immer wie weggeblasen waren. – Übrigens mögen die Tränen manches Armen, so viel mangelt ihnen und so wenig brauchen sie, mit einem Schnupftuch abzutrocknen sein, das von bloßer Hausleinwand ist und das man ihnen schenkt.

Ich muß mir's gefallen lassen, wenn Weltleute und Weltweise dieses Nachgefühl fremder Schmerzen durch eigne – so wie sein Mitjubeln über fremden Jubel – fast körperlich und ebensosehr aus mitzitternden Nervensaiten als aus seiner dem Herzen vorspielenden Phantasie erklären; ich treffe ja fast das Ähnliche bei dem lieben Montaigne an, welcher einem fremden Husten nachhusten mußte, so wie er sich vom Anblick gesunder Leute zu leben getraute.[1] Stand eine gelbe abgedorrte Bettlerin mit

1 Dessen Essais L. I. ch. 20.

ihrem Gichtreißen in allen Gliedern vor Nikolaus: so steckte er der Hungrigen, um nur selber nicht länger zu siechen und zu hungern, heimlich etwa einen Wurmkuchen oder ein Brechmittel zu, oder einige Pillen, oder was er erwischen konnte; denn er glaubte, sein Vater teile auch alle Arznei*gaben* und Bissen (boli) als Geschenke und milde *Gaben* aus; aber möge nur der Himmel bei ihm besser als bei einem praktischen Arzte dafür gesorgt haben, daß er mit den Laxiertränkchen und Klistieren und Pflastern unter den kränklichen Bettelkindern, denen er die Mittel gereicht, kein bedeutendes Unheil angestiftet.

Wir sahen ihn im Urkapitel bei dem Leichenbette seiner Mutter stehen. Daß er bei solcher Rege der Phantasie nicht an ihrem Sterben mitgestorben, verdankt er eben dieser Phantasie.

Da nämlich die Weiber im Hause bei der tödlichen Niederkunft Margarethens ihre großen eleusinischen Mysterien[23] feierten – die kleinen feiern sie gewöhnlich mehrere Monate vorher –, so vernahm er geheimnisvolle Worte und die Rede, Maria (wie sie außer Margaretha noch hieß) sei in den Himmel gefahren. Dabei sprach der Apotheker seit der Entdeckung seines *Beichtkindes* mit mehr Verehrung von der *Donna* Sängerin. Da nun für das Beichtkind Nikolaus schlechterdings nichts so Unglaubliches und Tolles zu erfinden war, was er nicht in der Minute steif geglaubt hätte, so daß er den ganzen Legendenglauben seiner Mutter in seinen vier Gehirnkammern unterbrachte und doch noch Erker und Eckstuben für alle nordische und indische Fetischerei übrigbehielt –: so ward es ihm nicht schwer, den Tod seiner Mutter Maria für eine Himmelfahrt der Madonna anzusehen und das dagebliebne Kind für ein Jesuskindlein, wie so viele fromme Nonnen nach den mütterlichen Erzählungen dergleichen kleine Jesuskindlein in ihren Zellen in der Wiege hatten und wiegten und anputzten. Das Ineinanderrühren mehrerer Geschichten kann eine neue backen. So warf sich nun seine ganze Liebe auf das schöne Schwesterchen *Libette;* und er faltete die Hände vor ihm und sah ihm stundenlang ins schlafende Gesicht. Nach einigen Tagen war er von Maria Himmelfahrt so feurig überzeugt, daß er versicherte, er habe selber die Maria gen Himmel fahren sehen und sie habe einen sehr goldnen Mantel angehabt. Sein kurzer Irrtum war ein Glück für sein Herz; wie hätte dieses sonst die teuere sinnverwandte Mutter nicht beweinen müssen und die schuldlos muttertötende Schwester anfeinden!

Als der Reiseapotheker seine Regierung über den kleinen Regenten antrat, um ihn zu einem erwachsenen zu erziehen, änderte er sein Moralsystem über die Mildtätigkeit und frischte unablässig den Kleinen zu den freigebigsten Gesinnungen an und stellte ihm vor, wie sehr sie den Menschen zieren; nur schoß er keinen Heller zu ihrer Ausübung her, sondern sagte, sobald er einmal sein eigner

Herr werde – nämlich ein regierender, meinte er und hoffte für sich –, so könn' er verschenken, und zwar nicht genug. Bedeutende Eßwaren mußte Nikolaus als eine Pension im Lande selber, in der Apotheke, verzehren. Das Abschneiden der bisherigen mütterlichen Lieferungen an die Armut, dieser ihrer Karitativsubsidien, peinigte ihn oft an der Apothekertüre, wenn eine zaundürre grauhaarige gelbe Hand sich vor ihm aufsperrte und er nichts hineinzulegen hatte als seine ebenso leere. – Und doch warf er deshalb nicht den mindesten Groll auf den filzigen Vater; so warm ist die kindliche Liebe oder vollends die seinige ......

Mehrere Leser und Feinde der sittlichen Hartleibigkeit Henochs haben gewiß auf den ersten Bogen dieses Werks bedauert, daß ein ihnen längst teuer gewordner Schriftsteller – meine unbedeutende Person meinen sie – jetzt auf so viele Bände und Jahre lang einen Helden anzuschauen und abzumalen bekomme, welcher nach allem, was man aus dem pflegväterlichen Vorbilde und Vorsatze schließen könne, zuletzt und mit den Jahren mit kalten dürren Augen, wie ein Stabs-Wundarzt, über das ganze Wundenfeld der Menschheit schreiten müsse und unter allen niemand verbinden werde als sich zuerst, falls er sich etwa an dem Knochensplitter eines Verwundeten gestoßen hätte ...... Himmel! so seht aber doch vor allen Dingen dem Helden selber ins Gesicht und blickt seine runden Vollippen und die sanfte Bogenstirn und die äußerst zarte lilienweiche und lilienweiße Gesichthaut an, deren Schnee bei der kleinsten Herzbewegung sich, wie ein Schneehügel vor der Abendsonne, mit dünnem Rot bis zu Stirn und Schläfen überdeckt! – Übrigens freilich ein seltsamer Ineinanderbau von welschem und deutschem Gesicht, von schwarzen Augen und lichten Haaren und mächtiger Nase mit weißzarter Haut!

Nur auf *einen* Menschen in ganz Rom war Nikolaus heftig ergrimmt, und dies war der Scharfrichter, der im Frühling vor der Stadt draußen (stark gefoltert hatt' er ohnehin schon viele Leute, wie der Kleine gehört) einem blutjungen Menschen Vatermords wegen den ganzen Kopf abgeschlagen. «O wenn ich nur könnte und der Kaiser wäre», sagte der Knabe, «ich ließe dergleichen Scharfrichter – diese verfluchten Teufel – einsperren und abköpfen, damit sie auch spürten, wie es tut; denn sie fragen ja nach nichts und hauen hin, du lieber Heiland!» – Da er am Tage vor der Hinrichtung das aschenbleiche Kerker- und Richtplatz-Gesicht des Missetäters gesehen hatte: so hatt' er sich in der Nacht unaufhörlich selber auf das Armensünderstühlchen gesetzt und war der langen blanken Schwertschneide, wie einem Malerpinsel, zum Treffen gesessen, so daß er im Gewühle der einander nachziehenden Träume und schlaftrunkner Halbgedanken zuletzt zu glauben anfing, er selber sei auch ein hinlänglicher reifer Missetäter an seinem Vater, dem Apotheker, und zum Köpfen gezeitigt. Erst um elf Uhr morgens, als er die Zuschauer der Hinrichtung zurückkommen sah – er selber hätte um kein Geld zugesehen –, holte er wieder frischen Atem und fühlte sich, so wie den Geköpften, um vieles erleichtert und glücklicher.

Ernste Ausschweife für Leserinnen des ersten Vorkapitels sind: Die Erinnerung an Dahingegangne – Trost der Greise – Unverlierbarer Seelenadel – Sittliche Vollendung – Wärme- und Kälte-Entwicklung aus andern Menschen.

Zweites Vorkapitel,

welches zeigt, wie unendlich viel der kleine Nikolaus war sowohl in der Wirklichkeit als in seiner Einbildung und wie er sein eigner Papst ist und sich kanonisiert, nebst einer Schlägerei dabei

Nikolaus rückte nun in die Jahre, wo es sich von Seiten seiner Talente immer mehr entwickelte, welche seltene er hatte, indem er ein großer Seeheld, ein großer Gastprediger, ein großer Heiliger (der größte Apotheker ohnehin), kurz alles Große war, was ihm eben unter die Hände kam oder unter die Füße; denn seine köstliche Phantasiekraft setzte sich nicht, wie die des Dichters, an die Stelle der fremden Seele, sondern er setzte, wie ein Schauspieler, die fremde an die Stelle der seinigen und entsann sich dann von der eignen kein Wort mehr.

Als z.B. Lavater in Rom kurz nach der Mutter

Tode gepredigt und gerührt hatte: so hielt sich Nikolaus zwei Sonntage hintereinander für Kaspar Lavater den zweiten – bis er am dritten darauf Iffland II. wurde, weil Iffland der erste durchgereiset und von dessen Spielen in der Hauptstadt viel Redens gewesen – und bei einer solchen eignen Metallveredlung unterstützte ihn nichts so sehr, als daß er sich allemal hinsetzte und sich es stundenlang ausmalte, wie alles erst wäre, wenn er den großen Mann tausendmal überflügelte und z.B. eine so kostbare himmlische göttliche Predigt Lavaters hielte, daß die Zuhörer vor Schluchzen und Bußfertigkeit ganz des Teufels würden und ordentlich heulten und stampften und die Kirchgänger sich vor dem Manne niederwürfen und ihn halb anbeteten, wenn er die Kanzeltreppe herabkäme voll seiner unbegreiflichen unendlichen Demut. Auf diese Weise strich nun selber der große Mann die Segel vor Nikolaus, und dieser fuhr lustig mit dem Winde dahin.

Man halte mich hier um des Himmels willen mit keinem Vorwurf auf, daß mein Held nach solchen Beweisen ein Narr sei – ich gedenke wohl noch stärkere zu liefern – und also ganz frisch aus Brands Narrenschiffe aussteige; denn dies ist ja eben bei einer so langen komischen Geschichte mein Gewinn, daß ich für ein Jahrzehnt wie unseres, wo Überchristentum und Überpoesie statt der alten paar Monatrosen und Monatnarren des ersten Aprils und der Fastnacht dauerhaftere Jahrnarren liefern, weil beide ihr tollmachendes Bilsenkraut[I] zum *Fliegen* eingeben, mein Gewinn ist's, sag' ich, daß ich einen Helden aufgetrieben, der den Flug mit ihnen aufnimmt und so toll ist wie nicht jeder. Narrheiten hat, so wie Eingeweidewürmer, jeder vernünftige Mensch, und niemand ist dadurch vom andern verschieden; nur ein langer unaufhörlicher Bandwurm des Kopfes, so wie einer des Unterleibs, unterscheidet die Personen. Insofern dürfte nun den mystischen Musensitzen, Kanzeln und Lehrstühlen wenigstens für dieses Jahrzehnt das Privilegium gebühren, welches die Stadt Troyes besaß, für die französischen Könige die Narren zu liefern.[II]

Ich fahre nun in Nikolausens Knabenzeit fort und stoße darin mit wahrem Vergnügen auf eine Begebenheit, die am schönsten beweisen wird, daß er die Gabe besaß, ohne welche kein Held, am wenigsten ein komischer, gedenklich ist, nämlich die mäßige Gabe zeitverwandter Tollheit samt großen Anlagen zur Wahrheit und zur Unwahrheit. Im Christmonate, dem eigentlichen Erzählmonate, pflegte Nikolaus gern seine Schulkameraden mit Erzählungen, und zwar am liebsten von Heiligengeschichten, zu beschenken, weil er in diesen die schönsten unglaublichsten Wunder – die mannig-

I Bilsenkraut gibt, eingenommen, das Gefühl des Fliegens. Die Hexen haben es wahrscheinlich in ihre Einsalbungen gemischt. Eschenmaiers magnet. Archiv. B. 3. St. 1.

II Geschichte der Stadt Paris von Saint-Foix. B. 4. Flögels Geschichte der Hofnarren.

faltigsten Teufels-Charaktermasken – die gräßlichsten Martern – und die feinsten Erhaltungen, nur die der Köpfe nicht[I], liefern konnte, da er sie aus der besten und nächsten historischen Quelle geschöpft, aus seiner Mutter. Dabei verstand er besser als die größten Bollandisten[24], Heiligengeschichten mit solchen neuen guten Zügen zu bereichern und das geschichtliche Kunstwerk oder Stückwerk eines Heiligen, wie römische Restauratoren ein marmornes, durch solche frische Glieder zu ergänzen, daß man geschworen hätte, man habe eine ganz neue frische Geschichte vor sich.

Nun gab er am sechsten Dezember, gerade am Festtage des heiligen Nikolaus, seines Taufpaten, den die katholische Mutter gern in seinen Schutzpatron verwandelt hätte, da gab er abends der Welt, nämlich einem gebildeten Knabenzirkel um den Ofen herum, nebst einigen Magenmorsellen die Heiligengeschichten seines heiligen Herrn Paten. Er trug aber in der Dämmerung das Leben und die Verdienste des Bischofs Nikolaus so feurig vor, daß die Zuhörer leicht einsahen, warum er der Schutz-

---

I Leicht kommen nämlich Blutzeugen aus heißen Ölkesseln, aus Wasserschlünden, aus brennenden Scheiterhaufen, aus Teufels- und Menschenklauen mit dem Leben davon, aber das Köpfen nachher halten sie nicht aus, sondern kommen daran um. – Das Köpfen hat überhaupt etwas so Vorzügliches, daß bloß durch dessen häufiges Wiederholen ein Scharfrichter die Doktorwürde gewinnt; hängen hingegen mag er noch so viele oder rädern und ersäufen: so wird ihm doch der Doktorhut nur für das Abnehmen der Köpfe auf seinen gesetzt.

patron nicht nur der Schiffer, sondern auch aller Russen geworden. Er berichtete, daß dessen Bild im russischen Riesenreiche an so viel tausend Wänden hänge und noch mehr tausend Verbeugungen erhalte, weil zuerst ihm jeder eine mache, der eintrete. Aber wie warm floß erst seine Rede, als er den Schirmherrn des Weltwassers und des Foliokaisertums vor den Zuhörern – sämtlich Schüler der lateinischen oder deutschen Schule – gar als den Schutzheiligen ausstellen konnte, der sich niederbückte zu den Schulen als der Schutzpatron derselben, indem er der kleinern Schüler sich annehme, sie ansporne und fördere und ihnen am Niklastage die herrlichsten Eßwaren zu Tür und Fenster einwerfe. Und als er vollends in der Erzählung auf die Ölquelle aus dessen Grabe stieß, aus welcher so viele Kranke sich gesund geschöpft: da konnt' er es sich gar nicht anders vorstellen, als daß der Erzbischof, wie tausend schlechtere heilige Märtyrer, enthauptet worden – ob er gleich selber so wenig davon gehört als die allgemeine Weltgeschichte –, und er setzte also die Märtyrerkrone, die er erst auf dem Sessel fertig geschmiedet, unter lauter Tränen dem armen geköpften Bischof vor allen Hörern auf.

Seine Herzbewegung bei dem unerwarteten Schicksal eines solchen Menschenfreundes war unbeschreiblich. Jetzt sah er im Spiegel den bekannten elektrischen Heiligenschein, den sein eigner Kopf, wenn er sich sehr erhitzte, ausdampfte. Nun war kein Halten der Rührung mehr denklich. «Vielleicht», fuhr er unter heißem Weinen fort, «hat mich der heilige Märtyrer zu seinem Nachfolger auf der Erde ausersehen und hat meinen Kopf von Kindesbeinen an mit einem Schein angetan, zum Zeichen, daß ich so gut geköpft werde wie er. Und in Rußland, wenn sie diesen Schein sehen und dabei hören, daß ich mich Nikolaus schreibe, werden sie mich für einen Betrüger und Nachmacher ihres Schutzpatrons halten und mir deshalb den Kopf wegputzen. Ach! mit Freuden werd' ich zu einem Märtyrer und einem Heiligen, wenn's auch ein kleiner ist, und zu einem Schutzpatron der Schüler, um nur allen recht zu helfen. Ja ich will schon jetzt für euch fürbitten, und zwar immer länger, je länger ich werde. Ich vermahne euch alle aber insgesamt zum Fleiße und lernt brav, vorzüglich das Schreiben und Lesen, und die Exzeptionen in der Langischen Grammatik, die merke jeder besonders. Jedoch euer Freund und Fürbitter werd' ich verbleiben auf der ganzen kurzen Laufbahn, die ich hienieden zu wallen habe bis zu meinem frühen Grabeshügel.»

Hier konnt' er vor Bewegung nichts mehr vorbringen als statt der Worte einige Gerstenzuckerstengel, welche dem bewegten Zuhörerzirkel ordentlich lieber und süßer vorkamen als die längsten Dornen seiner Märtyrerkrone und alle Strahlen seines Haarabglanzes.

Ich mache gar kein Geheimnis daraus, daß er in

der einsamen Nacht nach diesem Erzählabende, die ihm erst den Kopf recht heiß anstatt kalt machte, ohne Bedenken sich an seine selige Mutter mit dem Gesuche wandte, den Herrn Bischof, da sie gewiß bei ihm sei, durch Fürbitten dahin zu vermögen, daß er als ein Wundertäter mit Heilöl und als ein Retter der Schiffbrüchigen für seinen Namenverwandten auch etwas tun und ihn schon bei Lebzeiten mit einigen Kräften zum Beglücken der romischen Schüler versehen möchte. Wie gesagt, ich mache kein Geheimnis aus der Sache. Wenn Zinzendorf als Kind Briefe an den Heiland schrieb und zum Fenster hinauswarf, weil er sie, bemerkte der Graf, finden würde; oder wenn er gar mehrere Stühle um sich setzte und sie zu erbauen suchte durch eine kurze Predigt, als wären sie ordentlich besetzte Kirchstühle[1]; ja wenn sogar Lichtenberg Zettelchen mit Fragen an Gott unter den Dachstuhl legte und sagte: «Lieber Gott, etwas aufs Zettelchen!» – so wird mich niemand überreden, daß mein Held anders gehandelt als der Professor und der Graf.

Dies bewies er so schön am Tag darauf. Er schritt durch die romischen Gassen mit Würde, ohne einen einzigen Sprung, er hob den Kopf mehrmal gen Himmel, als woll' er etwas daran sehen, und senkte ihn schwer nieder, weil er darin viel hatte, und blickte einige Schuljugend, als sie *aus* der

1 Spangenbergs Leben I. 30. 32.

Schule mit Sprüngen rannte, *in* welche sie nur mit Schleichen wallfahrte, ganz bedeutend an, aber doch milde, weil ihm war, er habe als Schutzpatron sie mehr zu lieben und zu bedenken.

Einen wildesten Springinsfeld, namens Peter (sein Vater hieß *Worble*), der, die Bücher im Riemen über den Kopf schleudernd, ihm auf dem Schulheimwege entgegentanzte, hielt er an und sagte zu ihm mit ungewöhnlichem Ernste: da er gestern bei seiner Geschichte nicht gewesen, so mög' er heute kommen und die andern mitbringen, er wolle sie wieder geben und etwas Süßes zu essen dazu. Peter versetzte: «Wer wird nicht kommen? – Mache nur kein so hochtrabendes Leichenbittersgesicht dazu!» –

Jetzt aber wünschte ich, bevor ich die Sache hinauserzählt, wohl zu wissen, ob irgendein Mann, der eben gelesen, wie Nikolaus zugleich sich und andere in die Gaukeltasche steckte, noch den Mut behält, sein Scheidewasser aufzugießen und in den Reden eines Muhammeds, Rienzis, Thomas Münsters, Loyolas, Cromwells und Napoleons das, was solche zeittrunkne Männer andern vorspiegeln, rein von dem, was sie sich selber vorspiegeln, abzusondern und so durch eine Hahnemannsche Weinprobe[25] ihren *Schein* niederzuschlagen aus ihrem *Sein.* Es wird aber schwerlich ein Leser diese Scheidung zwischen den Wassern[26] versuchen, wenn er merket, daß er nicht einmal meinem noch unerwachsenen Nikolaus gewachsen ist, der noch viele Jahre hin hat zu dem seines erwachsenen Namenvetters auf Helena[I] –

Und herrlich bestätige ich meinen Satz, wenn ich fortfahre. Die gestrige Hörergesellschaft samt Peter Worble erschien, und Nikolaus teilte sein Süßes aus – dieses Mal aus Mangel an Geld süße Mannakörner, die bekannte biblische Speise in der Wüste, obwohl eine Kinderlaxanz[27] in der Apotheke; – denn Geben war ihm so zur zweiten Natur geworden wie seinem großen Namenvetter auf Helena das Nehmen, welcher letzte dem heiligen Nikolaus, der nach der Legende sogar an der Amme bei heiligen Zeiten fastete und erst abends sog[II], nur so weit nachahmte, daß er statt seiner die Amme selber, die Jungfer Europa, fasten ließ und für seine Person fortsog. – Nun wollte der Kleine die Erzählung noch tausendmal frischer und farbiger als tags vorher auftragen – obgleich ich meines Orts bedacht hätte, nur das Körperliche kann man wiederholen, selten das Geistige –, und er strengte sich tapfer an; ein paar Babeltürme höher suchte er heute seinen Bischof zu stellen, zumal da er selber ihm seit gestern um manches nachgewachsen war bis zu einem halben Weihbischof; wahrlich er wollte mit Gewalt sich und alle außer sich und in Schwung bringen. –

Es ist hier weder Zeit noch Ort, dem Keimen

I Napoleon heißt bekanntlich Niccolo oder Nikolaus.
II Breviar. roman. fest. Dec.

und Treiben der Mannakörner tiefer nachzugehen und daher zwischen Gehirn und Gedärm alles gehörig zu vermitteln: genug, Nikolaus hätte ebensogut die Erfurter Glocke samt dem Turme in Schwung gebracht als sich oder sonst einen Jungen. Nun weiß ich nicht, war es unglücklicher oder gewählter Zufall, daß er seine Heiligengeschichte bei brennendem Lichte versteigerte, wie in manchen Städten mit Waren geschieht, die mit auslöschendem zugeschlagen werden; kurz die Zuhörer von gestern baueten darauf, er werde wieder mit dem Haarschein dasitzen, wenn das Licht weg sei. Als daher der kleine Peter dieses ausschneuzte, damit endlich die Haarglorie zu sehen wäre: so stand der Kopf ganz lichtkahl und ohne die geringste Fassung oder Einfassung im Finstern; an abbrennende Zündkraute oder Feuerwerke heiliger Triumphe war nicht zu denken. Da sang Peter die sehr einfältigen Kinderverse (sie stehen entweder im Wunderhorn oder in den grimmischen Wäldern) spottend ab: «Nikolaus, fang die Maus, mach mir ein Paar Handschuh draus.» – –

Ich glaube nicht, daß ich es schildern kann; aber so viel berichten will ich doch, daß auf der Stelle Nikolaus aufsprang und an sich und jeden andern Nikolaus oder an einen Verehrer desselben mit keiner Silbe mehr dachte, sondern den kurzen Peter Worble an den Haaren mit einer Geschwindigkeit an die Erde legte, die ich am besten Niederreißen nenne – und zwar alles dies bloß zu dem Endzweck, auf der

Kehrseite Peters auf- und abzuspringen, gleichsam wie auf der Harzscheibe eine *elektrische* Korkspinne oder sonst eine elektrische Figur[28], welche tanzt.

Er trat ihn natürlich bloß darum mit seinen Füßen, um das geistige Unkraut, so weit es körperlich zu tun war, umzutreten. Schade war's, daß der Junge nicht zweimal so lang gewesen: das kleine Weihbischöfchen hätte nicht so oft dieselbe Stelle bei ihm zu treten gebraucht. Inzwischen mit jedem Eilschritte – Peters Glieder stellten die Springhölzer in einem Vogelbauer vor – prägte er ihn mit einem andern Namen aus: «Du Satanas! – du Höllenbesen! – du Höllenbrand!» –

In die Länge hielt Peter, wie jeder, eine solche Verknüpfung von Verbal- mit Realinjurien, von Wort- mit Tatbeleidigungen nicht aus, sondern drehte und schnalzte sich unverletzt empor und faßte den künftigen Schutzheiligen bei der besten oder heiligsten Seite, nämlich bei den Haaren der Heiligenphosphoreszenz und leitete sonach an diesen einen neuen, steilrechten[29] Wettstreit ein ...... Rede oder schreibe nur aber niemand etwas wider die Wildheit, worein jetzt Nikolaus vollends verfiel, als einige riefen, da er unter dem Balgen zu phosphoreszieren anfing. «Niklas, du hast den Heiligenschein wieder auf!»

«Den lebendigen Höllenschein hab' ich», rief er, «der Teufelsbraten hier hat mich um Himmel und Hölle und alles gebracht, und da steh' ich», und sah in den Spiegel, als ihn Peter losließ.

«Ja», fuhr er fort und fing an zu weinen, «ich seh' es, ich sitze schon leibhaftig in der Hölle und brenne voraus – kein Heiliger darf sich raufen und die Menschen mit Füßen treten.» – Je länger er sich im Spiegel besah, desto mehr rührte er sich selber: «Ich fahre nun zum Teufel und hätt' ein solcher Schutzheiliger werden können.»

Vergeblich wollten einige, aus Mitleid über das Abjammern, ihn trösten und sagten, Peter habe ja angefangen und er werde das Treten schon vergessen; ja dieser selber versetzte weinerlich komisch: «Meinetwegen!» Jetzt wurd' er von andern so sehr gerührt wie vorher von sich: «Trete mich nur», rief er, «jeder, wer will – Peter, du zuerst. – Hier lieg' ich» (er blieb sitzen). «Ich werde ohnehin kein Märtyrer mehr und bin nichts.»

Ich habe nirgends weniger Zeit als hier, es scharfsinnig genug auseinanderzusetzen und genau vorzuwägen, wie viele Tropfen *wahrer* Schmerz in dieser Herzens-Mixtur, wie viele *eingebildeter* und sogar wie viele *vorgespiegelter* enthalten ist. Genug, dem Herzen ist's, zumal bei poetischen Naturen, wie der Hand, welche bei harten Körpern, die man in sie gedrückt, nach einigen Sekunden nicht mehr fühlt, ob sie noch darin sind oder schon heraus.[1]

Den Knoten des Helden zerschnitt ein Leuchter mit Licht, der ihm von selber den heiligen oder höllischen Schein abnahm. Aber da er nichts mehr

1 Darwins Zoonomie. B. 2.

vom Heiligen erzählen konnte, ging die kleine Kirche oder Gemeinde desselben fort, und nur Peter blieb gleichsam als Tröster da. «Ich für meinen Teil frage nichts darnach», fing Peter mit der Hand in der Weste an, «aber ich spüre, du hast mir in der Eile die untern Rippen abgeknickt, sie sind viel kürzer als die obern.» Erschrocken befühlte ihn Niklas und fand die kurzen Rippen; ein bittrer Schmerz stand in seinem Gesichte. «Verschlägt nicht viel», sagte Peter, «die Rippenendchen werden sich wohl nur umgebogen haben am Bauche.» Zum Glück riß Niklas seine Weste auf und hielt seinen Leib mit dem fremden zusammen, um beider organische Lesarten zu vergleichen. Da er nun auch bei sich die kurzen Rippen antraf, so tat er aus dem Abgrunde einen Sprung in die Entzückung und rief: «So wollen wir auch nun, Peter, die besten Kameraden bleiben, die es nur gibt; und wenn du deine Geckereien mit mir machst, so will ich dich nicht mehr niederschmeißen, ob ich gleich länger bin, sondern ich verharre dein ewiger, höchst beständiger Blutfreund.»

«Ein Wort, ein Mann!» versetzte Peter, «ich schlag ein, du läßt dich manchmal von mir zum Narren haben, und ich unterschreibe mich dein ewiger Freund.»

So schlossen beide eine ewige Freundschaft, welche lange in diesem Buche dauern kann; die in Handdrücke verwandelten Fußtritte dienten statt des Blutes, das sonst bei mehreren Völkern Freunde sich ausritzten und ineinander gemischt auf ihre Freundschaft tranken.

Nun war Nikolaus durch die Selber-Unheiligsprechung aus allen Legendenträumen geweckt; und er trug seinen Heiligenschein nur wie eine dünnere feinere Krone, als ein feuriger lichtvoller Kopf. –

Ich weiß nicht, soll ich zum Beweise seines ewigen Wohlmeinens und Irrmeinens noch die kleine Geschichte geben, die bald nach der großen vorfiel. Es lag nämlich in einem zu Vorstadthäusern führenden Durchgange zwischen langen Staketenmauern von Gärten gewöhnlich so viel gute Gartenerde von Kot, und die umhergeworfnen Spitzsteine, die sonst ein gutes Stadtpflaster vorstellen konnten, lagen so weit auseinandergesäet, daß Nikolaus am Sonntage mit Erbarmen zusah, wie bei Regenwetter ganz alte Mütterchen und kleine Töchterchen mit den weißesten Strümpfen von der Welt nach den wie Sonnen auseinandergerückten Steinen umhersetzten und meistens fehlsprangen. Andere Menschen in Rom konnten es täglich sehen und aushalten – so wie oft ein ganzes Dorf jahrzehntelang den Querstein in einem Hohlwege umfährt und befährt und vermaledeiet, ohne daß einer aus dem Dorfe sich die Mühe gäbe, den Querstein aufzuladen und den eisgrauen Jammer wegzufahren –; aber Nikolaus konnte dergleichen nicht, sondern dachte als Mensch und Weginspektor. Er brachte deshalb bei schönem Wetter jedesmal einige Steine in den

Durchgang mit und warf sie in so wohltätigen Entfernungen auseinander, daß er das erbärmliche Wetter kaum erwarten konnte, wo die weißesten Strümpfe so gut und besser über alles schritten als bei staubendem. Weg- und Pflastergeld dafür entrichtete dem kleinen Wegaufseher niemand als seine eigne Freude darüber, dieser schönste Wechsel auf Sicht. –

Aber da trat jemand auf, der ihn mit einem andern bezahlen wollte. Es hatte nämlich der Unteraufschläger oder Rendant[30] Schleifenheimer, der an den langen Staketenmauern sein schönes Gartenhäuschen besaß, von wo aus er jeden Passanten dicht an den Augen, ja an den Händen hatte, längst die stets zunehmende Versteinerung des Durchgangs verdrießlich wahrgenommen, welcher bei trocknem Wetter eine wahre Kunststraße geworden war, mit losen Steinen aufgefrischt, denen man, wie ein Fuhrmann, immer auszuweichen hatte. Zum Glücke sah der Unteraufschläger aus dem Gartenhause herab, als der kleine Weginspektor wieder einen ansehnlichen Straßenbaustein getragen brachte und ihn in schickliche Weite von andern Springsteinen gerade unter des Rendanten Fenster zu ordnen suchte. «Ei, du bist's», sagte sanft der Aufschläger; und griff, als Nikolaus aufstehend die Mütze abnahm, herunter und sammelte in der Eile so viel von dessen blonden Haaren als nötig in die Faust, um an ihnen den Inspektor wie eine Aufziehbrücke aufzuziehen oder wie einen Anker. Als er ihn nun wie eine Hängspinne fest im Hängen und Schweben hatte, schüttelte er ihn in der Luft mit Macht, wie etwa der Jäger einen an den Ohren aufgehobenen Hund, und ließ ihn dann als eine Zug- und Fallbrücke schnell wieder fallen ...... –

Viele und verschiedne Wesen werden hienieden in die Höhe gezogen und da im Schweben erhalten – Diebe und Gefolterte an Seilen – Loyola durch seine Andacht – Hellseherinnen am bloßen Daumen ihres Magnetiseurs – Hähne und ihre Luftfahrer[31] durch Luftbälle – Fische an Angelschnüren – der eingesargte Muhammed durch Magneten – inzwischen fuhr unter allen diesen Wesen keines in der Geschichte so unbändig über das Erheben auf als der Weginspektor, da er wieder stand; die brennendsten Schimpfflüche flogen, jeder mit einem Pflastersteine geladen, in das offne Fenster des Aufschlägers; nach wenigen Minuten war in das Häuschen für das aufreißende Zugpflaster der Schleifenheimerischen Hand das halbe aufgerißne Steinpflaster eines Wegs geschleudert, welcher vielleicht, nach Namenähnlichkeit vom appischen, trajanischen, flaminischen Weg, der nikolausische oder nikolaitische[32] hätte können genannt werden, wenn er ganz geblieben wäre, oder auch, nach Laut von König- oder Kaiserstraße, die Marggraf-Straße.

Da ihn endlich Würfe und Worte etwas angegriffen hatten – zehnmal mehr als den Gegner – und er alles im Häuschen totenstill hörte: so überfuhr ihn plötzlich der Schlaggedanke, der Aufschläger liege oben halb erworfen unter dem Gestein und schweige daher. Der Boreaswind des Zorns sprang in den lauen Zephyr der Wehmut um – und der Saulus der Steinigung ging als Paulus nach Hause; – ich will es aber nicht drucken lassen, was er oben unter dem Dachboden empfand; es sei jedem genug, daß er verzweifelte und unter einem zufällig einfallenden Leichengeläute schon das künftige des erworfenen Aufschlägers vernahm, in welches noch sein eignes Armensünderglöckchen hineinschlug – bis er endlich so glücklich war, seinen Vater unter der Apothekentüre herauspoltern zu hören: «Wohl! Ich höre. Ich will ihn ja auswichsen, daß er Öl gibt – und damit holla, Herr Schleifenheimer!» Dies war doch einiger Trost. – –

So glücklich war schon des Helden Knabenzeit. Denn diese kleinen Dornen der Phantasie – wie die eben gezeichneten – werden ganz von dem vollen Rosengebüsch derselben bedeckt. Da die Vergangenheit und die Zukunft, die beiden reichen Indien der Phantasie, um ganze Quadratmeilen größer sind als der Punkt der Gegenwart, diese Erdzunge zwischen beiden: so kann man mit den Silberflotten der Phantasie schon die Ausgaben der Gegenwart bestreiten. Daher macht sie immer in der Jugend glücklich und nur im Alter unglücklich, wo ihr die neue Welt der Zukunft schon genommen ist und nur die alte der Vergangenheit noch mit ihrer Nebelküste nachschimmert.

Hat sich nun einmal die Phantasie zum größten

Glück eines Menschen der *ersten* Form der Anschauung a priori – welche, wie jede Leserin aus ihrem Kant wissen kann, die *Zeit* in ihrem Dreiklang von Vergangenheit, Gegenwart und Zukunft ist – bemächtigt und sie zu ihrem Brennspiegel und Vergrößerspiegel ausgearbeitet und zugeschliffen: so hat sie natürlicherweise die zweite kantische Form der Anschauung a priori als ihren zweiten Pfeilerspiegel in ihrer Gewalt, nämlich den *Raum,* der in nichts anderes einzuteilen ist als in das Nächste und in das Fernste oder in Mittelpunkt und Umkreis. Aber was ist das bißchen Mittelpunkt des Besitzes gegen die unzähligen Quadratmeilen der Ferne, die stets viel größer als die Nähe ist und allein durch die Phantasie erobert und genossen wird! –

Man kann sich nun denken, wie weit und breit Nikolaus' Himmel war, da ihm alles gehörte, was er nicht hatte. Dem Sprichwort entgegen, war ihm eine Taube auf dem Dache viel lieber als ein Pfennig in der Tasche; dort hatte er also einen ganzen Taubenflug, gegen eine dünne Pfennigbüchse hier. So zog ihn die Kirchturmfahne – zumal von der Abendsonne rotgeglüht – unbeschreiblich an, bloß weil er sie nie anzufühlen hoffen konnte; denn wäre sie ihm vor die Füße gefallen, so hätt' er sie liegen lassen und mehr sehnsüchtig nach der Turmstange geblickt. Wenn er als Kind in ein Wachtelhaus guckte und innen den langen Rittersaal und die Dreh-Erker ansah und das weiche Tuch, das nicht, wie bei uns, die Stubendiele ist, sondern die Stubendecke belegte; und wenn er sich vorstellte, wie er, falls er drinnen herumliefe, so schön in die Erker springen und ganz ins Freie und in die Apotheke sehen könnte und die vergoldeten Türmchen dazu über seinem Kopfe hätte: so hätt' er sich gern in einen Wachtelkönig verwandelt, um in einem solchen Bauer, der gerade recht zweckmäßig aufgehangen war, das häusliche Glück der Einschränkung mit der freiesten Aussicht in die Apotheke und in die Welt zu verknüpfen.

Wenn nun Nikolaus auf einer so seltnen Musenberghöhe seiner Phantasie, wie wir sehen, stand – die beiden Gehirnhügel, welche diese, nach Gall, wie zwei Parnaßspitzen innen besitzt, müssen sich folglich außen sehr erhoben haben –, daß er, sobald er sich oben umsah, bei einigem Nebel, wie ein Mann auf dem Ätna, ganze neue Länder und Städte in den Lüften hängend antraf, die niemanden gehörten als seinem Auge, wenn er, sag' ich, auf solcher Höhe das Fremde so vergrößert erblickte: so konnt' ihm auch das andere Glück nicht abgehen, daß er, wie der Reisende auf dem Brocken seine Gestalt im Nebel als Riesenbild erschauet, sich selber ungemein vergrößert wahrnahm. Ja er übertraf hierin manche neuern Dichter. Obgleich diese das Wundervermögen der Einbildkraft, welche wie Midas alles, was sie berührt, in Gold verwandelt, natürlich am allernächsten Gegenstande zuerst versuchen und sich selber vergolden, vom Kopf bis zum Fuß: so findet ein solcher am Ende sich doch nur als den größten Dichter, als einen Musengoldsohn aus dem goldnen Zeitalter, aber als nichts Weiteres, nicht als den größten Meß-, Heil-, Ton- oder sonstigen Künstler. Nikolaus hingegen sah sein Bild im obengedachten Brockendunste, als wie durch ein Polyedron oder Vieleckglas, zu einer Galerie großer Männer vervielfältigt. Denn es kam nur auf die Bücher, die er las, und die Sachen, die er eben treiben mußte, an: so war er einen Tag lang zweiter Friedrich der Zweite – darauf ein starker Kotzeluch auf dem Klavier – dann ein wahrer Franzose wegen der französischen Grammaire – häufig, wenn er wollte, ein halber Linné, da er täglich in die Apotheke lieferte und den botanischen Provisor und die einsammelnde Kräuterfrau hörte, und ein zweiter Marggraf der Chemiker, weil er teils ein entfernter Verwandter desselben war, teils der Adoptivsohn seines chemischen Vaters. – Freilich war er dies alles nicht auf einmal an *einem* Tage, sondern er nahm sich die nötige Zeit und war so erst nach Gelegenheit immer einer der berühmtesten Männer nach dem andern.

Und ich weiß nicht, was mehr zu seiner wahren Glückseligkeit hätte beitragen können als eben dieses seltne Vermögen, so viel zu sein. Es beschränkt einen Mann unglaublich, wenn er sich bloß für einen großen Dichter halten muß – oder bloß für einen großen Philosophen, oder Weltmann, oder sonst für etwas einzelnes Großes, indes hundert andere Große um ihn stehen, die er alle nicht ist; und doch möcht' er so gern nicht *eine* Glanzfarbe allein haben, sondern den ganzen Regenbogen mit allen sieben Farben auf einmal vorstellen. Dagegen gibt es wohl keine andere Hilfe, als daß einer, der z.B. nur ein ausgezeichneter Dichter in irgend *einem* Fache ist, auch in den übrigen Dichtfächern groß zu sein sich vorstellt oder vornimmt und so statt des Regenbogens doch ein Tautropfen ist, der einen Regenbogen spiegelt. – Mir selber als epischen Geschichtdichter – denn was ist die Geschichte anders als ein Epos in Prosa – kommt Nikolausens Viel- und Großmännerei am meisten zupasse, da, wenn in einem Heldengedicht, wie im homerischen, jede Wissenschaft und alles zu finden sein muß, es dann immer viel dazu hilft, wenn sie alle schon im Helden selber sitzen.

Zuweilen mußte wohl unser Nikolaus durch dieselbe Phantasie, die ihn zu allem machte, etwas ausstehen, wenn sie ihm alles nahm; aber es war nicht von Dauer. Es sind mir mehrere solche Fälle erinnerlich; – ich will aber nur des einen gedenken, wo er öffentlich die Kirchenbuße ausstand, in der Kirche vor allen Zuhörern gescholten zu werden, weil er von einer fischdummen Katechismusschülerin das in einem fort zagende und zuckende Gesicht der antwortlosen Unwissenheit aus Mitleid durch zu lautes Vorauseinhelfen wegzubringen getrachtet: «Wer berechtigte Euch zum Einblasen?» hatte der Katechet gesagt. In diesem und ähnlichem

Falle pflegte Nikolaus sich vor seinem Freunde Peter Worble einen langen alten Esel zu nennen, aus dem nichts werden könnte als höchstens ein Stiefelputzer oder ein Subjekt[1], und er ersuchte Petern, ihn vor den Kopf zu schlagen oder sonst mit guter Manier von der Welt zu schaffen.

Jedoch wie kurz war ein solcher dunkler Zustand gegen die langen hellen Zwischenräume, wo er vor den Stadtschülern ganz frei sich lobte und nicht das kleinste Treffliche verschwieg, das er in sich antraf. Er eröffnete geradezu, er wisse hundert Dinge aus seinen Büchern, die sie alle erst lernen müßten, er habe einen ganz besondern Kopf, und daher leuchte derselbe auch oft; und sie würden schon sehen, was er einmal werde; – denn wenn man es nur recht mache, so werde man, denk' er, einer der berühmtesten Männer mit der Zeit; freilich anfangs sei keiner gleich berühmt. – Und dies brachte er alles mit so wenigem Stolze und so unbefangen und mit so froher Überzeugung vor, jeder werde darüber im höchsten Grade erfreuet und keiner zweifelhaft sein, daß ich's ihm wohl vergönnt hätte, wenn es so gekommen wäre. Aber für prahlendes Lügen wurde wärmste Offenherzigkeit genommen, selber von Stadtschülern, denen er bei öffentlichen Prüfungen mehrere Gedächtniskügelchen aus der Apotheke geschenkt. Die wärmste Liebe heilt keine verwundete Eigenliebe, und die

1 So heißt in manchen Gegenden der Apothekerjunge.

größte Freigebigkeit vergütet nicht die kleinste Lob-Entziehung. Leichter gönnen sogar gute Menschen dem andern jedes Glück, sogar das unverdiente, aber nie das unverdiente Lob.

Nur fehlte Nikolaus darin, daß er sich nicht auf die Weise lobte, wie sich jeder von uns. Der bescheidne Mann geht nicht weiter, als daß er rot wird und einige Vorzüge zwar wirklich eingesteht, es aber dem andern überträgt, das lange *Und-so-weiter* oder Etcetera anzuhängen, in welches die Unzahl der übrigen hineingeht. Leider sprach Niklas selber sein ganzes Etcetera aus und war außen nicht um ein Wort stolzer als innen: dergleichen erbost. Haben freilich auf der andern Seite bescheidne Männer das Ihrige getan und von sich, wie wohl jeder von uns, viele Mängel und nur wenige matte Verdienste zugestanden, in dem festen Dafürhalten, der Zuhörer werde das Und-so-weiter derselben schon statt unserer aussprechen: so ist der Krieg erklärt, sobald er's nicht tut. Kündigte nicht schon in ähnlichem Falle der König Karl Gustav von Schweden einen Krieg der Krone von Polen an, weil sie im schwedischen Titel ein P.p. oder pp. (oder Und-so-weiter oder Etcetera) weggelassen und dadurch den Sumsdorfer Frieden gebrochen?[1] Und wurde deswegen für die Schweden nicht der Name Etceterati erfunden? – Es kann ihn aber jeder von uns gebrauchen und sich einen Etceteratus nennen; weggelas-

1 Lichtenbergs Taschenkalender. 1781. S. 73.

sene «pp.» am Ende sind wie weggelassene P. P. oben am Briefe, welche bedeuten Praepositis praeponendis, so wie jene postpositis postponendis. –

Es ist nun Zeit, daß wir endlich zum dritten Vorkapitel und zum Apotheker Marggraf gelangen, welcher dem kleinen Fürstsohn eine Art von fürstlicher Erziehung geben will, um die Kosten dafür wiederzugewinnen. Ist aber nicht schon ein guter Schritt zu einem Fürsten zurückgelegt, wenn Nikolaus selber alle die verschiedenen großen Leute ist, die er kennt, anstatt daß sonst Hofleute bei einem erwachsenen Fürsten oft jahrelang zu arbeiten haben, bis sie ihm das nämliche beibringen und er es glaubt?

Nachschrift

Da in diesem Kapitel eines gewissen Knaben Worble gedacht wird und da es gerade derselbe ist, der viele Jahre später das berühmte magnetische Gastmahl gegeben: so will ich die Beschreibung davon sogleich hier einschichten; es wird aber auffallen.

Das große magnetische Gastmahl des Reisemarschalls Worble

Magnetische Gastmähler können nur wenige Menschen geben, Fürsten und Kapitalisten am allerwenigsten. Desto lieber ist es mir, ob ich gleich nicht mit an der Tafel saß, daß der Reisemarschall Peter Worble die Sache machen konnte, der unter allen Tischen, den Spiel- und den Schreib- und Sessiontisch nicht ausgenommen, keinen so gern hatte als den Eßtisch; nur mußt' es kein einsitziger, sondern ebensowohl etwas an als auf ihm sein. Ein Mitesser war ihm ein halbes Essen; er genoß zu seinen Speisen immer gern einige Gäste, ja er hätte auf eine Nachtigall, welche die gesangreichen Italiener so gern – verspeisen, ein paar Gäste eingeladen und den Vogel in der Luft geschickt zerlegt, wär' er einem solchen Braten mit seinem Beutel gewachsen gewesen.

Es fiel zum Glück gerade in die Zeit eines Mittelalters, wo er halb bezahlen und halb entlehnen konnte, daß er seine Menschenliebe und Eßliebe durch das große magnetische Gastmahl befriedigte, das ich eben zu beschreiben habe. Künftig wird man noch genug davon lesen, daß dieser Peter Worble der stärkste Magnetiseur war, welchen nur die Geschichte aufführen kann nach einem Puysegur, der sogar einen widerspenstigen lachenden Postillion von weitem zur Ruhe brachte, oder nach einem Pölitz in Dresden, der an einer Tafel bloß durch Handauflegen auf die Achsel auf der Eßstelle einschläferte. Worble freilich war gar noch darüber hinaus; er übersprang und überflog alle Grade der Einschläferung so mächtig, daß er sogleich bei dem Erwachen anfing, nämlich bei dem Hellsehen. Es sei nun seine durch Marksuppenanstalten verdoppelte Körperkraft – oder seine zwei sechsten Finger an den Händen, die er, wie Katzen und Löwen unter dem Gehen ihre feinen Schneidekrallen, gewöhnlich einschlug und die er folglich ohne Abnutzung geladen erhielt – oder sei es sein verstecktes Magnetisieren mit den Fußzehen – oder weil es überhaupt magnetische Goliathe geben kann, auf die man erst künftig mehr achten wird – oder es sei, was am wahrscheinlichsten, dies alles zusammengenommen die Ursache davon, kurz Worble brachte durch Anschauen und allmächtiges Wollen und unsichtbares Fernhauchen und Finger- und Zehenhandhaben die magnetischen Wunder des Hellsehens, der Sinnenversetzung, der Anschmiedung an den Magnetiseur, zu welchen andere Monate brauchen, in Minuten zustande.

Unter allen Wundern war nun dem guten, ebenso spaß- und menschenliebenden als essenliebenden Reisemarschall Worble das bekannte das liebste, daß ein Hellseher jeden Bissen und Tropfen schmecken mußte, den sein Magnetiseur zu sich nahm. Nie aber zeigte sich sein gutes Herz und seine Freigebigkeit, so wie seine herrliche Magnetkraft, in schönerem Lichte als bei dem berühmten Gastmahl, das er in der *Stadt Wien* – so heißt der Gasthof – einer ansehnlichen Gesellschaft von kranken und hungrigen Männern aus verschiedenen Ständen gab.

Er ließ nämlich in der gedachten Stadt Wien eine große Tafel mit zweiunddreißig, wenn nicht mehr Gedecken bereiten und bestellte zwei Gänge der ausgesuchtesten Speisen, jedoch von jeder Speise nur eine Portion, und zwar für sich allein. Unter den höchst bedeutenden Gästen (um doch einige näher anzugeben) erschienen ein philosophischer Ordinarius, der an seiner neuen Philosophie, weil sie hinter den drei andern frühern Philosophien nicht abgehen wollte, halb umkam vor Hunger und vor Ärger – ein außerordentlicher Professor der Jurisprudenz, der sich an Napoleons rheinischer Bundesakte zu einem erlangischen *Glück*[33] über das römische Recht, nämlich zu einem *Glück* über das neudeutsche hatte hinaufkommentieren wollen, aber damit samt dem Bunde sitzengeblieben war, gleichfalls siech und arm – mehrere Schulmänner voll Eßlust und Nahrungssorgen – ein Prälat und ein Propst und noch einige Klosterleute, sämtlich krankhaft genug, weil sie immer sowohl vor dem Essen gegessen als nach dem Essen – desgleichen einige Hofleute, aus demselben Grunde preßhaft[34] – und ein paar Landleute von Stand, aber durch Krieg herunter und erdfarbig – und ich könnte noch fünf oder sechs Gäste anführen.

Nachdem nun der Reise- und Futtermarschall seine Gäste mit Handdrücken und Fußscharren – nicht sowohl aus Achtung als aus magnetischer List – empfangen hatte und vor die so kunstreich wie Schwüre gebrochnen Tellertücher setzen lassen: bracht er sie alle, noch eh' sie ein Tuch entfaltet hatten, auf ihren Eßstühlen in Schlaf, und sie faßten sich alle (so wollt' er's still als Magnetiseur) wie Brüder an den Händen an, woran sie sich auch unter dem ganzen Essen forthielten, und sahen sämtlich hell.

Jetzt ließ er eine köstliche Sardellensuppe auftragen und leerte zwei Teller davon mit solchem Wohlbehagen ab, daß die Professoren und die Schulmänner einstimmig versicherten, sie hätten zum ersten Male eine so feine Suppe geschmeckt, als er sie darüber fragte und ihnen die trocknen Suppenteller weggenommen wurden und andere vorgesetzt.

Es wurde ferner aufgetischt moskowitisches Rindfleisch und ein Krebspastetel, nebst gebacknen Froschschenkeln. Der Reisemarschall schickte, noch eh' er nur das Messer genommen, die Bemerkung voran: er habe mit Vorbedacht, damit die Parität und Duldung der Römisch-Katholischen und der Protestanten am Tische so gut wie in Deutschland erhalten werde, auf heute, wo kein Fleischtag sei, für die Bekenner der römisch-katholischen Kirche die Krebse und die Frösche bestellt; wenn er aber das moskowitische Rindfleisch esse, so werd' er natürlich dafür sorgen durch ein recht starkes Wollen[1], daß niemand von den Katholiken etwas davon schmecke, sondern nur die Protestanten. Allein hier fielen ihm zwei katholische Hellseher in die Rede, der Prälat und der Propst, echte *Maul-*

1 Bei mehreren Magnetiseuren kam es bloß auf ihr starkes Wollen an, daß die Hellseherin Gesprochnes nicht höre u. s. w.

christen, aber im schönern Sinne, nämlich im Schmecksinne, Männer, welche das Sprichwort: Blut (der Märtyrer) ist der Samen der Kirche (sanguis semen ecclesiae) auf ihr eignes anwandten und dessen nicht genug durch Verdauen zu machen wußten, diese gaben ihm die Nachricht, daß sie für ihre kränkern Jahre, so strenge sie auch in ihren gesündern das Fasten gehalten und sich bloß auf die von der Kirche erlaubten Fastenaustern, Fastenforellen, Aale, Salme, Seekrebse eingeschränkt, sich Fastendispense erwirkt hätten und daß er also das moskowitische Rindfleisch und alles andere Fleisch ihnen so gut wie sich selber könne schmecken lassen. – Auf diese Weise konnte denn der Marschall als schottischer Eß- oder Logenmeister seine Loge zum hohen Lichte[35] ausgesucht traktieren sogleich bei dem ersten Gerichte. Es wäre überhaupt nicht zu sagen, wie herrlich es allen geschmeckt, da er zu essen anfing, hätten nicht die paar Landleute von Stand einen zu großen Ekel an den Froschschenkeln verspürt, die ihnen sein Kauen mit zu kosten gegeben; die einfältigen Landleute konnten sich gar nicht in Franzosen und Frösche, nämlich in den Geschmack daran, hineinversetzen, und Worble hatte zum Unglück in der Eile ganz vergessen, es zu wollen, daß sie nichts davon schmeckten.

Darauf bewirtete unser Bienenwirt – um so mehr einer zu nennen, da die Bienen sich bei jedem Bienenwirte ihren Honig selber machen müssen – den geistlichen Bienenstand, besonders den

Prälaten und Probst, mit einem Austerragout, welches ihm so gut schmeckte, daß er den weltlichen und tonsurierten Leckermäulern sich aufopferte und anderthalbe Teller mehr verzehrte, weil man ihn von zu vielen Seiten darum ersuchte; aber freilich konnt' er damit eine ebenso seltene als unschuldige Freude machen, da die guten Leute, welche bisher zu ihrem Magenschaden vergessen hatten, daß man, wie an Purgiermittel, Eide und Messen, ebenso an Essen bloß nüchtern zu gehen habe, nun auf einmal so viele Austern durch ihren Verdaugeschäftträger genießen konnten, als sie nur wollten, ohne das geringste Magenfieber. Was die mitessenden Hofleute betrifft, sie waren vollends außer sich über den Wirt, und sympathetisches Mitgefühl ihrer Geschmacknerven mit seinen zeigte ein Herz, das fühlte, was der andere fühlt, und an fremder Freude teilnahm, was weit schwerer ist als Mitleid.

Dieses üppige Genießen der ganzen eingeladenen Kostschule – nämlich einer Schule zum Kosten – dauerte von Schüssel zu Schüssel fort; beschränkte Landleute, darbende Schulleute und Klosterleute, magere philosophische Ordinarien und juristische außerordentliche Professoren der rheinischen Bundakten erfuhren nun an sich selber, wie gespickte Hechte schmeckten und gebratene Duck-Enten und große Prügelkrapfen und Rehziemer und gestiefelte Mandelköche. Unaufhörlich erkundigte sich der Reisemarschall bald bei dem einen, bald bei dem andern, ob er mehr von einem Gerichte begehrte, und nahm gern sogleich noch eine Gabel oder einen Löffel voll, indem er jedem die Furcht einer Überladung auszureden suchte und sich auf den Senf berief, den er als die beste Magen- und Gedächtnisstärkung zu allem reichlich nehme. Dabei wurde echter Kometen- oder Elferwein[36] nicht gespart, ein Gewächs, das über manches mitspeisenden Zechbruders Zunge gar noch nie gekommen war, ja, eigentlich zu sprechen, auch jetzt nicht darüberkam. – Und was mußten vollends die Land- und die Schulleute denken und empfinden, als die Superweine großer Tafeln durch den feststehenden Elfer, gleichsam als Bravourarien durch ein Singspiel, sich schlängelten, nämlich Vorgebirgs der guten Hoffnung-Wein, ungarischer Ausbruch, vesuvischer lacrymae-Christi Ausbruch? – Sogar dem Reisemarschall stieg so viel davon in den Kopf, daß die hellsehende Schlafkameradschaft zuletzt etwas in den ihrigen bekam.

Als endlich die Gesellschaft satt und froh genug geworden und Worble zum Abschlusse der Verdauung noch ein Gläschen Anisette d'Amsterdam, dessen Stärke jedem einheizte, genommen: so hob er die Tafel auf und beurlaubte sämtliche Mitesser, gleichsam die Milchbrüder seiner Kost-Amme, mit der geistreichen und lebendigen Tischrede: «Mög' Ihnen doch allen mein wohlgemeintes Traktament, so gut es in der Stadt Wien zu haben war, einigermaßen geschmeckt haben! – Es hätte wohl besser ausfallen können, ja zehntausendmal besser, und gern hätt' ich (ich darf es sagen) Bayonner Schinken aufgetischt und Straßburger Pasteten samt polnischem Salat, desgleichen gefüllte Zungen von Troyes und Kälber von Rouen und Hähne von Caux und Kapaunen von la Fleche und Rotkehlchen von Metz; mit Freuden, wie gesagt, hätt' ich damit bewirtet; aber die Sachen waren nicht zu haben: konnt' ich doch kaum in der Stadt Wien gebacknen Katzendreck auftreiben und sächsisches Christscheit[I] und abgetriebene Wespennester[II] und boeuf à la mode und pommersche Gans. Indes war doch das Essen (dies beruhigt mich) gesund und leicht. Wenn nach dem Koran in jenem Leben die Speisen durch die Schweißlöcher abgehen: so kann ich schon jetzt von den meinigen dasselbe versprechen, da ich Ihnen, so wie nach Strabo die Perser den Göttern von den Opfertieren nur die Seele darbrachten, etwas ebenso Geistiges am Gastmahle aufgetischt, nämlich den *Geschmack,* das einzige, aber beste, was der Kenner eben an Kunstwerken hat und womit er sie genießt.

Ich selber danke freilich der vortrefflichen Tischgenossenschaft den größten Genuß, um so mehr, da ich ungern allein genieße und hierin den Manichäern ähnlich bin, welche in der Taufe schwuren, nie-

I Wie beides zu machen, steht im schwäbischen Kochbuch von J. Christiana Kiesin S. 284 und S. 312.

II Wie diese zu machen, siehe baierisches Kochbuch von Klara Messenbeck. 6. Auflage, B. I. S. 481.

mals ohne Gesellschaft zu essen[I], auch dem Romanschreiber Hermes[37] beifalle, welcher Gelehrten das einsame Essen so eifrig abrät. Wahrlich, wer den andern keinen Anteil an seinen Genüssen zuläßt, ist mir eine wahre Drohne, die wohl Honig einsammelt und saugt, aber nur für sich allein, indes ein Besserer der Bienenwirt ist, der zwar auch den Honig genießt und zeidelt, aber ihn stets in harten Wintern mit den Arbeitbienen teilt. So handelt oft z.B. der gute Fürst, wenn er offne Tafel hält und dadurch vielen hundert offnen Mäulern von Hungrigen den Himmel offen zeigt, so daß, wie zuweilen bei den Römern dem einen Erben die Kunstmünzen (numismata) vermacht wurden, dem andern aber der Genuß, sie anzuschauen[II], hier das gaffende Volk der zweite Erbe ist und recht ansieht. – – Und so wünsch' ich Ihnen sämtlich zwei gesegnete Mahlzeiten zugleich, nämlich nach der jetzigen auch die nächste, da Sie, wie ich wünsche, wenn ich Sie durch Gegenstriche aufgeweckt und nach Hause gegangen, sich etwas bei dem Wirte bestellen und den Appetit befriedigen sollen, den ich nach Vermögen mit meinen schlechten Speisen zu schärfen getrachtet, so wie man von Platos spärlichen Gastmählern gerühmt, daß die Gäste darauf immer besondern Hunger verspürt.»

*

I Fueßlins Kirchen- und Ketzerhistorie. B. I. S. 121.

II L. 28. II. de usu fruct.

So wurde denn der große magnetische Eßkongreß in der Stadt Wien geendigt, von dessen Pracht und Fülle ich schon so viel Rühmens vernommen. Und in der Tat war es wohl bloße Bescheidenheit, wenn der Reisemarschall sich mit einem Fürsten verglich und sein schmackhaftes Gastmahl mit einer offnen Fürstentafel, von welcher kein Zuschauer das Geringste schmeckt. Wahrhaftig, was hat selber bei dem an sich trefflichen Gabelfrühstücke des Kaisers Napoleon in Erfurt der ganze an der Tafel nahestehende Kongreß von Königen, Herzogen, Generalen, Ministern und Hofräten, worunter selber ein Wieland stand, von welchem man es eben aus seinen Briefen weiß, was hat der ganze Kongreß mehr davon gehabt als das Zusehen? Und war das offne Gabelfrühstück wohl etwas Besseres als ein Bild der Rheinbundakte, an welcher der außerordentliche Professor sich zum Pandekten-*Glück* emporarbeiten wollte? – Hingegen der Kongreß in der Stadt Wien, wo vom Hofmann an bis zum Schul- und Landmann alles in zwei Gängen schwelgte und sogar sich berauschte, kann anders sprechen vom Reisemarschall. Ja kaum war die Tafel aufgehoben und jeder aufgeweckt und der Reisemarschall zur Türe hinaus: so ließen sich (er zahlte unten noch in der Wirtstube an der Zeche seiner Portion) Schulleute und Landleute (sie hatten etwas im Kopfe) ganze Stücke gemeines Privatfleisch herauftragen und stillten den schönen Hunger (so wenig hatte die feine französische Küche ihren Magen verderbt) mit wenigem Reellen, indes zum großen Gastmahl viel magnetischer Aufwand für die Zungenresonanzböden nötig war, so wie die Engländer kleine Ausgaben mit Metallgeld abtun, aber große mit Papiergeld. – Kurz man darf es wohl noch einmal wiederholen: wo war ein ähnlicher froher Kongreß wie in der Stadt Wien, und wo kam so viel auf die Zunge, wenn auch nicht in den Leib?

Ernste Ausschweife zum zweiten Vorkapitel sind: Der Mensch ohne Poesie – Einsamkeit der Menschenseele – Der Atheist – Der Dichter – Geistige Erhabenheit der Berge.

Drittes Vorkapitel,

wie Nikolaus fürstlich erzogen wird – und der Pater Josephus geheilt – und der Armgeiger de Fautle getränkt und ausgefragt

Ich habe im Belehnkapitel den Apotheker Marggraf am Grabe seiner Gattin in lauter Freude über das Glück stehen lassen, daß Fürsten, welche an bloßen bürgerlichen Hofbedienten das Mitmachen der Hoftrauer bestrafen, diesen doch zuweilen an Hoffreuden und ersten Wiegenfesten kleiner Prinzen schönen Teil vergönnen; denn der Apotheker hatte seinen guten Teil, den Prinzen, im Hause. In manchen frohen Stunden konnte Marggraf sich nicht enthalten, mit unglaublicher Schlauheit und Vieldeutigkeit auf Nikolaus hinzuweisen und zu sagen:

«Ja, ja! Da, da! Der liebe Nikel! – Ich habe hier ein kleines Markgräfchen, aber nicht jeder hat's.» – Da er nun selber Marggraf hieß, der Markgraf von Hohengeis aber noch keinen Prinzen hatte: so konnt' er so sehr mißverstanden und verstanden werden, als er nur wollte. Ehrverlust spürte er nicht viel mehr als andere Leute Blutverlust, die ein fliegender Hund im Schlafe anbeißt. Zum Glück haben überhaupt Männer, die durchaus etwas vor sich bringen wollen, es sei an Höfen oder im Handel, die Naturgabe, daß sie mit ihren breitesten Ehrenwunden den Helden der Walhalla gleichen, die jeden Tag aus Gefechten die gefährlichsten Wunden mit ihren luftigen Leibern holen, jedoch jeden Morgen sie wieder zugeschlossen antreffen.

Elias Henoch hatte nun einen kleinen Potentaten von drei oder vierthalb Fuß zu erziehen vorbekommen und solchen freilich künftig gut ausgearbeitet abzuliefern; aber wie er es machen sollte, da in der ganzen Nachbarschaft aus Prinzenmangel kein einziger Prinzenhofmeister zu haben war, der ihm etwas hätte vormachen können, dies wäre für den Apotheker eine wahre Aufgabe gewesen, hätt' er solche sich gemacht; denn er konnte ebensogut einen Elefanten (was die Römer getan) auf dem Seile tanzen lehren, als einen Potentaten regieren.

Inzwischen schickt' er ihn vor der Hand in die Stadtschule.

Zum Glück bekam er einen pädagogischen Formschneider in die Hand. Es traf sich nämlich herrlich, daß der Exjesuit und Pater Josephus, der als künftiger Prinzeninstruktor des *** Kronprinzen nach dessen Hofe durch Rom gehen wollte, allda von seinem eignen Körper als einem Schlagbaum angehalten wurde, welcher ihn in die Marggrafsche Apotheke als ein heimliches Kontumazhaus[38] auf einige Wochen einwies. Der Hof, wohin er ging, wurde von reinen strengen Sitten beherrscht, welche gewöhnlich mehr unter einer Fürstin als unter einem Fürsten regieren. Da nun der gute Josephus, wie Proserpina[39], unter dem Blumenpflücken der Freuden in eine dumme Art von Orkus geraten war: so wollt' er vorher inkognito im Landstädtchen Rom bei dem verschwiegnen Apotheker sich so gut herstellen lassen, als in diesem, wenn nicht unschuldigen und goldnen, doch *quecksilbernen* Zeitalter möglich ist. Dädalus gab einer hölzernen Venus durch Quecksilber lebendige Bewegung[I]; und noch bleibt dieses Halbmetall stets in heilsamer Verbindung mit der Göttin und hilft auf die Beine.

Der Exjesuit oder der Dominus ac Redemptor noster-Jesuit[II] kannte überhaupt seine zweifache Würde, als Jesuit von der großen Observanz und als Prinzenlehrer, viel zu gut, als daß er nicht als ein ungefallner reiner Engel – und wie wohlgebildet, gesittet, jugendlich und freundlich war nicht sein feines Gesicht! – hätte auftreten sollen; daher ließ

I Beckmanns Geschichte der Erfindungen B. 4.

II So heißt die Bulle, welche die Jesuiten aufhob.

er sich mit Freuden von der Krätzmühle des Apothekers zermahlen und sein Gold mit Quecksilber verquicken, um aus ihr nach dem Verrauchen des Quecksilbers ganz schlackenlos herauszukommen als gereinigtes glänzendes Gold. –

Und einen solchen treffenden Prinzenlehrer und Schatz besaß nun der Apotheker umsonst im Hause und konnte ihm unbesorgt seine ehelichen Geheimnisse anvertrauen, da er dessen uneheliche als Faustpfänder des Schweigens in Händen hatte.

Der Pater Joseph erklärte zu Marggrafs Freude: er habe Nikolausen bald das Prinzliche angemerkt in den hohen Phantasien, so wie leicht aus den Geistesgaben gemutmaßt, daß er nicht Marggrafs Sohn sei, sondern irgendein Bastard, weil Bastarde nach der Geschichte so viele Talente zeigen. Vor allen Dingen riet er ihm, den jungen Fürsten die Geschichte, und zwar die seines Hauses studieren zu lassen; da aber das letzte noch auszumitteln sei: so möge Nikolaus den gothaischen Taschenkalender oder sonst einen recht auswendig lernen, nämlich das genealogische Verzeichnis aller regierenden Häuser in Deutschland, ja in Europa. Da man nicht wisse, fuhr er fort, mit welchen von so vielen hohen Häusern der Prinz verwandt sei: so hab' er sich die Linien und Seitenlinien jedes einzelnen Hauses und alle Geburt-, Vermähl- und Kröntage samt allen Prinzessinnen einzuprägen, um dann leicht, wenn er zu den Seinigen komme, auch den entferntesten hohen Verwandten mit allen Taufnamen sogleich zu kennen; dies werd' ihn außerordentlich empfehlen, und jeder werde Lunten riechen.

Der dankbare Pater Joseph übernahm, außer den Stunden seiner Verquecksilberung, sogar selber die historische Professur bei dem Prinzen und überhörte ihm gern die verschiednen, vor der Hand noch nicht mutmaßlichen Stammbäume; und der gothaische Taschenkalender war hier ein schöner Plutarch und Schröckh[40]. Dabei frischte der gute Jesuit das äußerst trockne, bloß mit Lettern gezeichnete Namenregister mehr farbig auf durch die Wappenkunde – diese fürstliche Bilderbibel – und suchte so durch die heraldischen Tiere mehr Leben in die Sachen und Namen zu bringen; denn ein Wappenbuch bleibt um so mehr ein heraldisches Hierozooikon[1] für den Adel, als darin die edelsten Raubtiere ihre Tierherrschaft ihm als dem Löwenwärter und Falkenmeister unterordnen.

Wenn mein Held mir in Zukunft einige Ehre macht und den Lesern lange Freude: so haben wir wohl das Wichtigste davon bloß dem trefflichen Erzieh- und Studienplan des Dominus ac Redemptor noster-Jesuiten zu verdanken; der kostbare Fürstenspiegel, den er während seiner metallischen Kurzeit für den Erzieher Marggraf goß und schliff und mit dem nötigen toten Quecksilber als Folie belegte, stellte den so wahren Grundsatz auf: der Prinz soll

1 So heißt das Werk, worin Bochart über alle in der Bibel vorkommende heilige Tiere seine Erläuterungen gibt.

kein Vielwisser werden, aber ein Vielerleiwisser; und wie er schon als Soldat in wenig Wochen sich von unten auf bis zum Oben diene und die Stufen von Schildwache – Korporal – Lieutenant – Hauptmann – Major – Obersten nicht auf einer Schnekkentreppe, sondern auf einer Sturmleiter auflaufe, so daß er schon ganz oben herunterschauet, wenn man ihn kaum unten gesehen und die andern Kameraden noch alle auf der Folterleiter liegen: so könne und müsse er noch mehr als Wissenschafter alle Felder des Wissens schnell übersehen aus der Vogelperspektive, wenn er die rechten Luftschiffer von Lehrern gehabt zum Aufsteigen. Non scholae, sed vitae discendum, sagte Josephus; d. h., der Fürst habe nicht für Lehrstuhl und Schreibepult zu lernen, sondern für die Hoftafel, für den Spieltisch und für die Sessel im Schauspiel und Konzert; wisse er etwas zur Hälfte, so werde immer jemand da sein, der die andere Hälfte voraussetze oder anflicke; daher kenn' er selber für eine fürstliche Erziehung keine wichtigern Werke und keine mehr ad usum Delphinorum (zu Kronerben-Gebrauch) als Reallexika oder Sachwörterbücher; denn erstlich werde in ihnen die größte *alphabetische* Ordnung beobachtet, bei dem übermäßigen Reichtum an allen Wissensartikeln; und zweitens könne ein geschickter Lehrer leicht aus ihr Ordnung nach Sachen zusammenklauben. Er wußte aber damals dem Apotheker aus literarischer Unkunde kein anderes Erziehwerk vorzuschlagen als das Zedlerische Universallexikon[41]. –

Himmel! wäre doch meinet- und des Prinzen wegen schon damals wenigstens die erste Auflage des «Conversationslexikons» bei Brockhaus zu haben gewesen! Wie wäre seine Bildung, auch ohne die Supplementbändchen, so viel reicher und zeitgemäßer ausgefallen! Denn mit diesem bloßen Lexikon von zehn Bänden getrau' ich mir jeden Prinzen oder sonst einen für Hof- und «Konversation» bestimmten jungen Menschen vollständig zu bilden, wenn ich's recht mache und die Artikel der nämlichen Wissenschaft aus dem Zehnersystem der zehn Bände systematisch zusammentrage und geschickt zusammenschweiße; ob ich gleich gern zugebe, daß ein gewöhnlicher Prinzenhofmeister, der den Prinzen bloß nach der festen Buchstabenordnung des Lexikons ausbilden wollte, anfangs immer nur einen ABC-Schüler liefern würde, bis erst nach langer Zeit ein DEFGHIKLMNOPQuRSTVWXYZ-Schüler dastände.

Endlich nahm der schöne, wie eine Jungfrau junge und milde Pater Joseph nach dem Ablaufe seiner Verquickungen von dem Apotheker mit vielen weichen Danksagungen Abschied; dieser aber, dem nie mit Worten viel gedient war – ausgenommen mit seinen eignen –, preßte dem entquecksilberten glänzenden Jesuiten noch das Versprechen ab, daß er ihm durch einen Feldscherer[42], einen alten Freund in der Hauptstadt, von Zeit zu Zeit die wichtigsten Schritte wolle schreiben lassen, die er dort in der Erziehung des Kronprinzen tue, damit

Henoch sie in Rom bei seinem bloßen Erbprinzen gleichen Alters bloß nachzumachen habe. Natürlicherweise mußte Josephus die Sache dem hitzigen Manne zusichern; denn dieser wollte gern in der Erziehung mehr zu viel als zu wenig tun – als Egerie[43] und Gesetzgeber eines künftigen Gesetzgebers –; er wollte den künftigen Vater mit vielleicht einem bloßen Fürstenhute durch einen Sohn überraschen, der sogar eine königliche Metallkrone zu tragen gelernt und folglich noch leichter sein Fürstenhütchen aufsetzte und schwenkte, so wie bei den Griechen der Läufer seine Kunst in bleiernen Schuhen einübte, um nach Abzuge derselben noch behender zu laufen. –

Und bald fingen nun die pädagogischen Stricknadeln oder Poussiergriffel nach den besten Mustern sich zu bewegen an. Der Feldscher berichtete, der Potentat habe einen Musiklehrer bekommen: sogleich war der Stadtkantor in der Apotheke, welcher für seine Wassersucht noch die Rechnungen schuldig war und der vier bis sieben der schwersten Klavierstücke dem kleinen Nikolaus einschmieden mußte, damit seine Finger künftig, wenn er den Zepter darin hätte, durch die Tasten in Erstaunen setzten. Nur zu leichte Stücke lernte er nicht spielen.

Der Feldscher hatte kaum geschrieben, das Französische werde getrieben: wozu wäre ein alter Tanzmeister in Rom herumgegangen, wenn ihn nicht sogleich Henoch zum Sprachmeister des Markgräfchen installiert hätte, damit er in kurzem keine geringern Wunder täte als Pfingstwunder? Da Henoch nämlich vom Pater Joseph gehört hatte, daß Fürsten an vornehme Fremde, die ihnen vorgestellt werden, bloß Fragen – französische – zu tun haben, nicht aber Antworten zu geben, welche vorzureizen gegen den Respekt laufe: so konnte der Apotheker den französischen Unterricht vor der Hand fast um die Hälfte ohne die geringste Einbuße des fürstlichen Parlierens abkürzen, wenn der Kleine aus den Gesprächen in der Grammaire bloß die französischen Fragen auswendig lernte ohne die Antworten darauf, welche nur der andere zu geben und zu verstehen hatte.

Der Apotheker griff zu diesen Erzieh-Abbreviaturen aus mehr als einer guten Ansicht; er wollte nicht nur seinen fürstlichen Nestling so früh als möglich fertig und gleichsam auf den Kauf gemacht haben – jede Minute kann ja der Fürstvater aufs Theater springen aus dem Lager –, sondern er wollte auch künftig recht viel für das Erziehen einnehmen und jetzt recht wenig dafür ausgeben. Ein vernünftiger Sparhals wird zwar zuweilen, wie Friedrich der Einzige, Feste veranstalten; aber ihnen wird, wie nach der Sage denen Friedrichs, immer ein Taler fehlen, wenn er nicht gar lieber mit dem fehlenden Taler das ganze Fest bestreitet; und er erwartet, wenn er auch mit einer Flasche Wein beschenkt, als vernünftiger Mann die leere Flasche zurück, so wie bei der Vorsetzung von einem Glas Wein natürlich das Glas.

Noch wohlfeiler hatt' es Henoch, als aus der Erziehhauptstadt auch die Nachricht einlief, daß der Kronprinz eben Unterricht im Kartenspielen nehme, vielleicht das wichtigste Stück im ganzen Studienplan. Wie dem Fürsten die Jagd als ein Tierkrieg empfohlen wird, so das Spiel als ein Papierkrieg, da die Karten eigentlich Staatpapiere und Territorialmandaten im kleinen sind. Ein König wird nie auf seinem Frisierstuhle oder am Schreibpulte oder auf dem Sattel Audienz erteilen; aber wohl wird er an feierlichen Tagen am Spieltische hinter der Stuhllehne Große empfangen und Gehör geben; ordentlich als wenn das Bild des Kartenkönigs, den er in der Hand hat und ausspielt, einigermaßen das in den Sitzung- und Audienzzimmern über dem leeren Sessel aufgehangne fürstliche Bildnis vorstellte, so wie er wieder mit den Königbildern der Karte sein eignes Bild auf dem Gelde gewinnt oder verspielt. Ich erwäge dabei nicht einmal ernsthaft, daß ein Spiel Karten von jeher in hohen Händen den Handatlas von seligmachenden Himmelkarten abgegeben, da hohe Personen an langer Weile oder langer Zeit so außerordentlich leiden, daß sie, um solche nur etwas zu verkürzen, genötigt sich mit den Karten, ihren periodischen, einzigen *Zeitblättern* der Abende, verbinden müssen.

Glücklicherweise konnte nun der Apotheker diesmal selber den Privatdozenten machen und das Schulgeld oder Kartengeld eigenhändig verdienen; denn er hatte die besten *adeligen* Spiele längst auf seinen Reisen gelernt, wie Whist, Piquet, Boston, Tarock und L'Hombre zu vier Personen mit dem Mort; wie er aber natürlicherweise gar erst die *bürgerlichen* mag verstanden haben, den Saufaus, den Kuhschwanz, das Grobhäusern, den dummen Hans und das Sticheln, darüber ist *eine* Stimme. Gleichwohl schrieb er als Kartenmentor nicht *einen* Heller Lehrgeld an, den er wohl so gut für sich wie für andere Prinzeninstruktoren seines Nikolaus hätte fordern können; das Höchste, was er sich erlaubte, war, daß er die einzelnen schwachen Spielschulden in Rechnung brachte und ansummierte, welche Nikolaus täglich bei ihm machte, weil der kleine Prinz vielleicht das Spiel anfangs nicht genug verstand.

So trug nun Henoch jahrelang in ein Buch, das er Kronschuldbüchelchen überschrieb, mit musterhafter Vollständigkeit und Treue und mit Belegen alle Ausgaben für den angenommenen Prinzen ein – jeden Strumpf und jeden Bissen – alle Medizingroschen und Schmerzengelder – alle seine Lieferungen in adoptivfürstliche Küche und Keller und Schule – am meisten aber die Schul- oder die Lehrgelder als die wichtigsten; daher er für die verschiednen Wissenschaften, die ein trefflicher Kandidat aus dem Zedlerschen Universallexikon vortrug und abtat, ebensoviel verschiedner Lehrer in Rechnung brachte; was ohnehin schon früher seine Richtigkeit gehabt, da die Wörterbuchsartikel ja von ebenso vielen Verfassern mußten ausgearbeitet werden.

Der Apotheker, der sich in der Welt nichts lieber machte als Hoffnungen, hatte schon in frühern Jahren noch vor Ankunft des Exjesuiten die größten aus dem kleinen Nikolaus zu schöpfen gewußt, indem er ihn mit den schönsten kindischen und einfältigsten Wendungen der Erzieher ausholte: «Nikelchen! denk an mich, du bist etwas außerordentlich Vornehmes. Schon mit mir bist du verwandt; und das ist viel; denn ich stamme geradezu von der Seitenlinie des so berühmten Chemikers Andreas Sigismund Marggraf in Berlin ab – Der Mann wurde aber anno 1709 geboren und ist daher 1782 gestorben. Dort in seinen Büchern steht's, wie viel er konnte; und alle Provisoren sind etwa Esel gegen ihn.»

Nikolaus versetzte: «Ich heiße ja auch wie er und kann wohl noch mehr werden, da er schon tot ist und ich noch lebe.»

«Außerdem», fuhr Henoch fort, «bist du wohl gar mit einem Fürsten verwandt, der gewiß dein leiblicher Vater ist und einmal schon kommen wird; denke aber!» Hier wurde Nikolaus blutrot vor Freude: «Ach wie herrlich», rief er, «wenn ich zwei Herren Papas hätte, und Sie sind schon so gut! Der andere wäre also der große Herr Markgraf in seiner Residenzstadt, der gegen alle Leute so gnädig ist?»

Henoch versetzte: «Ei, Gott bewahre! – Aber dein Vater wird schon kommen und dann sich nennen, wenn er dich an Kindes Statt und zum Landes-Vater annimmt. Dann kommt das Schwere, und du mußt so gut regieren können wie er. Bedenke aber, was du dann für gelehrte und vornehme Leute um dich bekommst, die du alle regieren mußt; und noch die unzähligen Dörfer und Städte voll Menschen dabei; – Nikelchen! wie willst du es da machen?»

«Sehr schön», versetzte er, «so wie unser Herr Markgraf; ich will unter die Armen recht viel Geld auswerfen; und Ihnen werd' ich, sobald ich nur das Gold und Silber kriege, die neue Hofapotheke kaufen und den Schwestern einen prächtigen Staat – und alle die Bettler in meiner Markgrafschaft lass' ich neu kleiden und bestelle auf dem Markte ein herrliches Essen für sie. Ich will schon noch mehr tun und vor allen Kindern recht freundlich den Hut abziehen, wie unser Herr Markgraf.»

Welche lachende Aussichten schon frühzeitig für den Kebsvater Marggraf! – Aber ohne Fürstvater häufte er Hoffnungen und Rechnungen von Jahr zu Jahr in seinem Kronschuldbüchelchen auf; er sah immer mehr, daß er am Ende selber mit der lebendigen Reichspfandschaft, mit Nikolaus, nach dem Schuldner und dessen Physiognomie umherreisen müßte, und wartete nur auf Zeit. Er brachte freilich ein kleines Münzkabinett von Gold- und Silberstücken mit hohen deutschen Gesichtern zusammen; aber war jemals auf einem Taler eine fürstliche pockengrubige Nase aufzutreiben, die sich ihm zum Zeigefinger oder Fühlhorn der dunkeln Vaterschaft ausstrecken konnte? Und was war vollends statt des Heiligenscheins auf Münzköpfen anders zu finden als ein Lorbeerkranz? – Ja wär' es nicht viel besser und närrischer gewesen, wenn er in den damaligen Reichsanzeiger die Anzeige hätte setzen lassen: «Ein junger Prinz, mit zwölf Blatternarben auf der Nase und mit Heiligenscheinen auf dem Kopfe bezeichnet, mit den besten Zeugnissen und mit allen Vorkenntnissen zum Regieren versehen, sucht seinen Herrn Vater; und ist das Nähere in der Expedition des Reichsanzeigers gegen frankierte Einsendungen zu erfahren» – wäre dies nicht viel besser und toller gewesen? fragt' ich.

Ich sollt' es hoffen; auch schickte der Apotheker wirklich später eine fast ähnliche Anzeige ein, die aber aus Mangel an Einrückgebühren für eine Satire gehalten und aus diesem doppelten Grund nicht aufgenommen wurde.

Reißen alle Stricke, dachte er zuletzt, so begleit' ich als sein Prinzengouverneur den Narren auf ein Jahr nach Leipzig auf die Universität und ziehe später nicht nur die nachträglichen Einkünfte eines Gouverneurs, sondern komme auch unter so vielen Meßfremden am Ende hinter den Vater.

Er war nicht abzubringen; gleich einem Pharaospieler setzte er immer höher auf die zögernde Karte.

In diesen Zeitraum fiel die für mehrere Vorkapitel dieser Geschichte wichtige Begebenheit, daß ein alter Bekannter – von Margarethahausen her – auf seiner vierten Reise um die Welt – nämlich um die musikalische – einen Sprung in die Apotheke tat, um da ein gutes Glas Doppelcourage zu trinken, nämlich der berühmte Bratschist Mr. de Fautle, ein rundes dickes gallisches Männchen mit wetterleuchtenden Augen und umfahrenden Windmühlarmen. Der erfreuete Apotheker erinnerte sich – und ihn – sogleich, daß er ihn im Bade habe zu den Liedern seiner sel. Margaretha geigen hören; – mit Vergnügen ersann und entsann sich de Fautle, daß er Madame an mehr als einem Hofe mit seiner Armgeige begleiten helfen. Eigentlich wußt' er nichts mehr davon; denn Ansässigen bleibt wohl der Reisende im Kopfe sitzen, aber diesem nicht jeder Ansässige, vor welchem er vorüberrollt. Ein solcher welt- und hofkundiger Armgeiger, für welchen es eher zu wenige als zu viele Höfe gab, fiel dem Apotheker als ein guter *Kometensucher* eines Fürstvaters in die Hand. Der Bratschist versicherte, er habe vor allen großen und kleinen Höfen wenigstens zweimal den Bogen gezogen, kenne alle Fürsten persönlich, wisse aufs Haar, welcher regierender Herr eine Glatze unter dem Fürstenhute trage und welcher nicht, und er drückte auf seine Fürstenkenntnis noch durch die Nachricht das Siegel, daß einige Wagen voll Prinzessinnen, deren Namen ihm sogleich beifallen müßten, weil er vorgestern vor ihnen gespielt, unfehlbar durch Rom gehen würden. Nur führte er starke Klagen darüber, daß ein reisender Dakapo-Künstler immer so lange warten müsse, bis man ihn so weit vergessen habe, daß er wiedererscheinen könne mit einer neuen Auflage von dal segno; ja daß manche schon bei *bis* sagten: *tant pis*[44]. Und allerdings möchte man wohl wünschen – da die Wiederholung nicht bloß die Mutter der Studien ist, sondern hier auch die Säugamme des Studienmachers –, daß einige kultivierte Weltteile mehr entdeckt würden, damit ein Tonkünstler erst größere Zwischenräume bekäme, um sein eigner Zwilling, Drilling, Vierling zu werden; ja was die fahrenden Deklamatoren anlangt, so wäre sogar zu wünschen, sie durchreiseten keine andern als die unentdeckten Weltteile.

Der Apotheker, der sogleich an ihm den Mann zu finden glaubte, aus welchem etwas herauszuholen sei, zog ihn nach den ersten Gläsern Doppelcourage in sein Laboratorium, um ihn als alten Freund mit den übrigen zu bewirten. Anfangs warf er zum Ausfragen nur von weitem die Fragen wie Leuchtkugeln hin, ob er nicht vor manchem gekrönten Haupte gespielt, das sich unter seinem Thronhimmel oder Betthimmel härme darüber, daß es Tausende von Landes-Kindern beglücke und doch so viele ihn näher angehende natürliche Kinder in Bädern, Forsten, Hauptstädten elend sitzen lassen müsse, da es sie gar nicht kenne. Aber wie er nun auf der einen Seite sich in den Gram so herrlicher Fürsten recht tief hineinfühle – fuhr Henoch fort, obwohl nicht in dem langen Periodenbau, den ich ihm hier, der Zierde wegen, leihen muß –, so stell' er sich auch auf der andern ebenso lebhaft den Wonnetanz vor, in welchen ein solcher Herr – der vielleicht in seiner eignen Ehe keine Mißgeburt, geschweige eine Geburt erschwungen – hineingeraten müßte, wenn plötzlich eine geheime Gesellschaft Pflegeeltern aufträte und ihm alle seine verstreuten Kinder oder enfants perdus[45] lebendig vorführte; – ja sogar dann möchte der Fürst ziemlich jubeln (wenn nicht gar am meisten), falls ein gewissenhafter Mann auch nur einen einzigen, aber völlig auserzognen frischen Fürst-Sohn ihm wie ein Männchen aus der Uhr beim Glockenschlage vor die Augen springen ließe; und wenn er selber sich nun gar als den Überbringer des Sohns vorstelle, als einen stillen bisherigen Wundertäter am kleinen Kronwesen, seines möglichen Lohns gewärtig und gewiß – – – «Oh, Monsieur de Fautle!» rief Henoch, «wahrlich ich sehe den Pflegevater, den man so ungemein belohnt, ordentlich vor Lust in die Höhe springen vor Seiner Hoheit, dem Vater!» –

Der Armgeiger horchte mit gespitzten Ohren; zwar viel Dummes hatte er bisher als musikalischer Specht und klopfender Baumläufer an Thronen und Stammbäumen vernommen und manche närrischen Sätze gehört – wozu er jedoch seine Tonsätze für sein Instrument nie zählen wollte –; aber solche Sätze waren ihm niemals in Paris und auf der ganzen Reise zu Ohren gekommen. Er begann daher: zwanzig, fünfzig, hundert, hundertundfünfzig – gerade so viel natürliche Kinder zähle Leopold, der

Großherzog von Toskana[1], sonst ein so gütiger Herr, der aber wisse, daß keine Fürstenbank lang genug sei, um sie daraufzusetzen. – Er wollte sich, fuhr de Fautle fort, nicht einmal auf sich selber berufen, welche Menge weiblicher Bekanntschaften (man erstaune darüber) er schon auf seinen Kunstreisen gemacht, und wie wenig ihm bei seiner *Instrumentalmusik,* die ihm notdürftig forthelfe, mit einer Zahl untergelegter lebendiger *Vokalstimmen* als Texten gedient sein würde – und zwar mehr Schreier denn Sänger – pardieu! er würde, wenn sie alle ihn ansängen, verzweifeln, und hätt' er noch einmal so viel Doppelcourage getrunken als heute bei einem so werten Kunstfreunde. Stell' er sich aber gar einen armen Fürsten vor nach seiner großen Tour durch das Länder-Drei und nach den kleinen Tanz-Touren in seinem eignen – und mit seinen Apanagengeldern und mit seinen Finanzkammern – und mit den zarten Rücksichten auf seinen hohen Stand, dessen Elite gerade durch das würde verwundet werden, was im bürgerlichen als eine Pflicht gegen natürliche Kinder gelten soll – stell' er sich einen solchen Fürsten vor: wahrlich! er möchte keiner sein. – Und dann beschloß er ruhiger: «Und überhaupt welchem deutschen Fürsten wären die Familienstreitigkeiten nicht bekannt, die unser großer Louis XIV.,

1 Diese Angabe stellt nebst der andern von zweihundert gemißbrauchten Mädchen im ersten Hefte der Fragmente über Italien.

der nicht einmal die große Tour gemacht, zwischen seinen legitimierten Prinzen und den Prinzen von Geblüt zu erleben hatte!»

Etwas Verdrießlicheres konnte der Apotheker nicht zu hören bekommen; aber in der Hoffnung, vom Armgeiger nicht durchschauet zu sein, stellte er, indem er langsamer einschenkte, sich an, als springe er auf etwas anderes und könne sich nicht sogleich auf den Namen eines gewissen Fürsten besinnen, der damals im Bade Margarethahausen gewesen und der, wie er sich dunkel erinnere, eine närrische Nase mit zwölf Blatternarben gehabt. «Wie hieß er aber doch?» sagte Henoch. De Fautle konnte auf nichts kommen. – Da es nun zur Darstellung einer Physiognomie und deren Nase wohl keinen bessern Handgriff gibt als die Vorzeigung einer ähnlichen: so stellte der Apotheker dem Armgeiger auf einige Minuten seinen Nikolaus mit den Worten vor: «sein leiblicher Sohn sei dem Fürsten durch ein Versehen der Mutter wie aus den Augen geschnitten.» Aber der ebenso listige als lustige Franzose, schon längst über alles stutzig, schauete nun durch das Bratschen-Efloch oder eirunde Herzloch in den ganzen innern Apotheker hinein und erboste sich ingeheim unglaublich darüber, daß ein dünner Apotheker, während er selber nur der musikalische Hollandgänger und Grönlandfahrer bei Fürsten war, so prahlende Ansprüche auf Verhältnisse mit ihnen verriet. Er drückte sich daher – seine Eitelkeit war zehnmal größer als seine Höflichkeit und Dankbarkeit und sein gegenwärtiger Durst – über höhere Nasen und Blattern mit einer Roheit aus, daß ich gerne, um den Ausdruck etwas gemildert wiederzugeben, zu dem Gleichnis greife: die Höhenmessungen mancher Hohen geschehen, gleich denen der Berge, durch – Quecksilber.

Als der Geiger mit seiner Doppelcourage abgegangen, blieb dem Apotheker nicht viel von einer einfachen zurück. Auch wuchs sie nicht sonderlich, als die vom Bratschisten angekündigten Wagen mit Prinzessinnen richtig eintrafen, sondern der Mann wurde etwas krank.

Was aber Nikolaus wurde, als die Prinzessinnen ankamen, werden wir nirgends besser erfahren als im vierten Vorkapitel, wo sie wieder abgehen.

Ernste Ausschweife des dritten Vorkapitels sind: Annahme sittlicher Unarten – Jacobi, der Dichter und Philosoph zugleich – Die leidenden Kinder – Anschauung der Größen und der Kleinigkeiten – Staatsleute – Politisches Gleichnis und Gegengleichnis – Kanonieren bei Geburt und Begräbnis.

Viertes Vorkapitel

Liebschaften in die Ferne nebst dem Prinzessinraub

Bis auf diese Zeile wurde mit keiner der Liebe des Helden gedacht, und die Welt wartet noch auf das erste Wort davon; – und das soll auch kommen –; denn ob wir alle gleich noch in den Zeiten der Vorkapitel leben, wo die Helden nirgends zum Vorschein kommen als im Hintergrunde: so weiß doch jeder Leser, was Liebe ist, nämlich der hebende Sauerteig der Jugend – die Bienenkönigin des jugendlichen Gedankenschwarms – das Baummark des Lebens, das alle jungen Herzen haben, so wie alle junge Pflanzen, indes ein alter hohler Stammrumpf leicht ohne Mark fortgrünt und das Herz im Spätalter sich verknöchert und ausleert und für nichts mehr schlägt als für sein Blut.

Auch brauchte Nikolaus nicht erst auf die Zufuhr zu warten, welche etwa die oben gedachten Wagen voll Prinzessinnen in seinem Herzen auszuladen hatten, um es zu füllen. Wahrhaftig, es stand nie leer, und er liebte hinlänglich; nur wußt' es keine Geliebte, denn er betete jede Dulzinea[46] immer in solcher Ferne an und hielt ihr in so tiefem Hintergrunde auf den Knien sich als personifizierten Liebhaber hin, daß keine etwas erwidern konnte, die nicht ein Sehrohr der Blicke und ein Hörrohr der Seufzer in der Tasche hatte. Eine aber, die seine Arme gestreift hätte, wäre für ihn nichts Möglicheres als ein Regenbogen gewesen, dessen Fuß an seinen gestoßen.

Indes blieb ihm noch Kühnheit genug übrig, daß er seine jedesmalige Geliebte häufig zu sehen suchte, entweder von seinem Fenster aus, wenn sie am Markttage ihrer Mutter das Körbchen zum Einkaufen trug – oder in der Kirche vom Chore herab, wenn sie unten in den langen Tulpenbeeten der weiblichen Kirchbänke blühte und nickte. Ja er hatte sogar einmal (verwegen genug) seine Liebe einer himmlischen jungen Freiin von .... innerlich erklärt und sich kein Bedenken daraus gemacht, sie jeden Morgen während ihrer Sing- und Klavierstunden zu sehen, indem er auf den Turm stieg und aus dem Schalloch heraus solche mit einem schlechten Fernglase aus ihrer Stube zu sich hinan- und hinaufzog. Auch einer bloßen Pfarrtochter hatt' er, während sie in der Apotheke auf die Zubereitung einer Schachtel voll Markgrafenpülverchen[47] für einen Schreihals von Wiegenkind warten mußte, im Vorbeigehen sein Herz schweigend geschenkt; – und wie oft entzückte ihn darauf das ihrige, wenn er spazierenging und den Kirchturm ihres Dorfs in der Ferne stehen sah. Der runde Turm war ihr Schattenriß und Gipsabguß und Steindruck, ja noch mehr; denn sie hörte ihn täglich läuten.

Ein furchtsamer Leser wird sich verwundern – so wie desto mehr ein gutmütiger sich erfreuen –, daß Nikolaus es zuweilen bis ins Kecke trieb und einer oder der andern Geliebten ein Geschenk machte durch die dritte Hand. Letzte war meistens seine Schwester Libette oder zuweilen sein Freund Peter Worble; denn in der schönen Zeit des Vorjünglings wird dem Freunde alles, sogar das scheueste Lieben gestanden, nur höchstens, wie hier, der Geliebten selber nicht. Freilich waren Geschenke die feurigsten Werthers- und Saint-Preux-Briefe[48], die er nur aufsetzen konnte; und als er einmal (er war noch sehr jung) seinem verschenkten Herzen noch ein Marzipanherz an die kleine minderjährige Göttin nachliefern konnte: so war er freilich so glücklich, damit die Glut des seinigen auszudrücken.

Was nun unser Seelenbräutigam für alles verlangte, betrug nicht viel über einen Blick, einen ordentlichen; – Gegengeschenke aber am allerwenigsten, etwa bloß das fremde Herz selber ausgenommen. Nur einmal wollte ihm das Glück so wohl, daß er von einer geliebten Jungfrau von zwölf Jahren nichts geringeres habhaft wurde als ihre Puppe, die sie aus ihren früheren aufgehoben. Himmel! diese Puppe war ja nicht viel weniger als die Braut selber. – Hat denn kein Leser irgendeine blutjunge geliebte Leserin, damit er sich es denken kann, was er selber empfinden würde, wenn er eine Kindheit-Puppe von ihr in Händen hätte, welche sie unermüdet herumgetragen, so oft geputzt, so herzlich geküßt, gelobt, ans Herz gedrückt? Würde ihm nicht das kleine lederne oder wächserne Mädchen ordentlich ein Medaillonbild, eine ausgebälgte Milchschwester, eine Ersatzmännin der geliebten Leserin sein? Ja würde er die Puppe nicht für eine Vorläuferin und Vorweserin achten und ihre Brust für eine Parallelstelle der seinigen? – Wenigstens tat es Nikolaus.

Und so lustwandelte denn der junge Mensch in einem wahren [zugeriegelten Paradies der Liebe,] indem er eine Eva-Geliebte stets bei sich behielt, stündlich sah und hörte und küßte, in Kirchen und Schulen, auf der Wiese und auf dem Kopfkissen und überall; denn er trug sie, wie gesagt, klug genug bloß in seinem Kopfe herum, der mit seinen vier Gehirnkammern ihr Bienenkönigin- oder Weiselgefängnis war – ihre Stifthütte – ihr Schwanenhäuschen – ihre Brautkammer – oder wie man sich sonst zierlich-bildlich auslassen will.

Dabei war er nun bei aller der Menge von Geliebten, die er allmählich in sich hineinbekam, so treu und beständig, daß er keiner nachtrug, wenn er mit ihr brechen mußte. Mit dem Bruche war er zwar auf der Stelle da, wenn die Geliebte ihn beleidigte und sein Anblicken – von welchem, dacht' er, sie etwas wissen hätte sollen – ihm nicht zufällig mit eignem vergalt; oder gar wenn sie vor seinen eignen Augen die ihrigen aus wahrer, obgleich ihr unbewußter Treulosigkeit auf einen Nebenbuhler fallen ließ; aber alles, was er tat, lief dahinaus, daß er den Blickwechsel aufhob ohne allen Wortwechsel; und er war durchaus nicht imstande, einer solchen Ungetreuen den Hals zu brechen oder auch nur das Herz, oder ihr rote Tränenaugen einzuimpfen, oder einen schlechten Kerl von Bräutigam; er stieß die Unglückliche nicht eigentlich aus dem Herzen, sondern er schob sie nur aus der linken Herzkammer von der größten Pulsader weg und hinaus in die rechte näher an die Hohlader; und hier in diesem Hintergrunde konnt' er noch immer ihr Köpfchen untern andern Köpfen ragen sehen.

Ja ich treib' es mit diesem Beschreiben noch weiter; nicht zu zählen waren die Frühlinganfänge mit ihren Himmeln, noch auszumessen und zu ersteigen die hängenden Gärten, noch zu heben die schweren Freudenblumenkränze, welche er jeder Landes- oder Herzens-Verwiesenen in den Stunden zuteilte, wo er eben sich vorträumte. Nun erst gar was er vollends einer liebenden Geliebten reichen und wünschen würde, dies male sich einmal ein vernünftiger Mensch aus! Er kann es aber nicht.

Indes die drei angelangten Wagen mit Prinzessinnen warfen sein ganzes Herz um, und sämtliche Geliebten fielen heraus; es mußte aber auch Platz gemacht werden für eine neue, so glänzende Jungfrau, welche allein zwei Herzkammern nebst Herzohren recht gut ausfüllen konnte.

Es war gerade im schönen Lebensjahre des jungen Marggrafs, wo die Erde dem frischen Menschen wie eine Sonne unter den Fußsohlen liegt und zu ihm emporscheint, als die angekommenen fünf Fürstinnen – wohl keine über dreizehneinhalb Jahr alt – an einem Sommerabende Arm in Arm den Lindengang des Schloßgartens zu Rom auf- und niederwandelten. Mondstrahlen und Mondschatten, Lindenblüten und Bienen – diese flogen sogar auf abgebrochne Lindenzweige in hohen Händen – schienen gaukelnd den fünf weißen Jungfrauen nachzuziehen; und der Apotheker Nikolaus folgte wieder jenen. Da er keiner bestimmten Prinzessin ins Gesicht sehen konnte, um sich im

Verlieben darnach zu richten: so schlug er hinter dem Rücken dem ganzen Grazien-Fünf sein Herz zu und ging mit seinen fünf Wundenmalen hinterdrein. Er hatte eine besondere Kraft, sich nach Gefallen zu verlieben, sobald man ihm nur einige Stunden Zeit dazu gab; er konnte sein Herz, wie andere ihren Nasenknopf, nach Willkür bewegen. Vollends in Prinzessinnen sämtlich hatt' er sich, so viele es deren auch geben mochte, schon seit Jahren im voraus verschossen; denn etwas Schöneres konnte, wußt' er, gar nicht leben als eine; daher wo und wie eine auch wäre, so subskribierte gern sein Herz auf das ihrige.

Von den gekrönten fünf Jungfrauen hatte nun gar das Volk – zumal das weibliche, welchem gerade der Neid gegen weibliche Reize und Kleider auf nachbarlichen Stufen das wärmere Preisen der gefürsteten auf den unerreichbaren eingibt – in allen Gassen und Buden Prachtbilder ihrer Schönheit, auf Goldgrund gemalt, aufgestellt, und die gemeinste Schauermagd lobte so inbrünstig wie ihre Herrin. Aber alle diese Lobreden auf das Gesicht wirkten nicht so tief in sein Herz als die andern Lobreden auf die fünf fürstlichen Herzen, auf deren Mildtätigkeit und Leutseligkeit und ihr unaufhörliches Verschenken, welches das Volk gerade an Fürsten mehr lobt als an jedem andern, weniger reichen Geber. Und freilich braucht man kein junger Nikolaus Marggraf zu sein, um der Allmacht des Bundes der Schönheit mit der Hilfe und Güte zu unterliegen; eine Vereinigung wie die der begeisternden Weinrebe mit dem Fruchtbaum oder die der Glanzfarben eines Edelsteins mit seinen Heilkräften. – Und nun lasse man noch das zugleich bezaubernde und menschenfreundliche Gesicht gar unter einem Fürstenhute hervorblicken – an ein Königin-Diadem will ich nicht einmal denken –, so wird wohl niemand ein großes Geschrei darüber erheben, daß Nikolaus sagte: es ist wahrlich des Guten zu viel und des Schönen.

Er behielt aber im Schloßgarten, als er Vorausverwundeter den fünf Ungesehenen nachfolgte, wenigstens so viel Verstand und Furcht übrig, daß er keinen Versuch machte, die Fürstinnen zu überholen und vor ihnen vorüberzufahren – er hätte in diesem Falle die junge Madonnengalerie äußerst schnell übergleiten müssen und nirgends einwurzeln können –, sondern er ging immer langsamer, wie seine Pulsadern schneller, weil er voraussetzte, daß sie alle oben vor dem zusperrenden Drehkreuze des Lindengangs sich umwenden und ihm folglich den ganzen Blumenstrauß von Lippen und Wangen in die Hand, nämlich in das Auge liefern müßten. «Vier oder fünf Schritte vom Kreuze», dacht' er, «halt' ich ohne Hut still, und sie müssen dann vor mir langsam vorüberstreichen mit ihrer Sonnenseite, und ich bekomme die volle Ladung. Und dabei bring' ich auch die heraus, die die wunderschöne Redestimme hat.» –

Es lief anders ab.

Die lustigen kleinen Huldgöttinnen gingen über das Drehkreuz hinaus; und drei waren schon hindurch; als sich aber die beiden letzten hurtig durchhaspeln wollten, drehten sie auf einmal entgegengesetzt das Kreuz und standen so fest. Die Richtungen stellten die schönste Unordnung wieder her, zwei Durchgegangne sahen sich nach den Gebliebnen um, eine fünfte zog allein etwas voraus. Zweien Grazien zugleich sah er nun geradezu ins Gesicht, und er schwankte in der Wahl, bis auch die dritte im Drehkreuz umkehrte zum Vollmachen des Grazien-Dreiklangs. Diese Herrliche bekam dafür – denn sie hat wahrscheinlich die wunderschöne Redestimme, dacht' er – sein Herz auf der Stelle und büßte es auch nicht eher ein, als bis gar die vierte sich umwandte, in der Tat eine Venus Urania[49], ein wenig länger, ernster, erhabener und etwas allmächtiger als ihr Grazienhof. «Das ist etwas anderes, und wenn sie vollends die wunderschöne Redestimme hat: wahrlich!» dachte Nikolaus und schenkte daher der Venus auf ewig sein schleunigst zurückberufnes Herz.

Natürlich hatten die Fürstinnen, als sie den langen, immer nachschreitenden Menschen erblickt, der jetzt gar mit dem Hute an der Erde paßte und schilderte, den Rückzug angetreten, um ihn nicht länger hinter sich zu wissen, und hatten daher alles Geschütz der Gesichter umgewandt und ihm entgegengerichtet. – Himmel! warum hatt' er so wenig Herzen, nämlich nur eines anstatt eines ganzen

Postzugs davon, um sich damit dem Triumphwagen dieses Tetrarchats von vier Fürstinnen vorzuspannen – dies waren seine Gedanken, als die heilige Tetraktys oder Vierzahl nahe vor seinem Auge und Hute durch das Drehkreuz durchschlüpfen mußte.

«Amanda!» riefen auf einmal einige Prinzessinnen der fünften, gedankenvoll vorausgezognen nach; aber ohne die wunderschöne Redestimme. Amanda sprang um wie ein Wind und eilte, vielleicht schneller als der hohe Stand erlaubte, zurück; so trug sie ihr ganzes Gesichtchen mit den großrunden Augen, woraus ein mildes Ätherfeuer fortloderte, und mit dem vollen Lippenmund samt der glänzend-abgerundeten Stirne, obwohl über einer Nase, die fast mehr ein Näschen war, vor sich voraus und gerade dem an dem Drehkreuze haltenden Nikolaus aufgedeckt entgegen.

Zwei Minuten vorher hätte Nikolaus darauf geschworen und Leib und Leben zum Pfand eingesetzt, daß er oder ein anderer niemals die Liebe empfinden könnte, die jetzt in ihn hineingefahren war – nichts Ähnliches hatte sich je in der ganzen Gegend seines Herzens zugetragen – er war ein anderer Mensch, ein verklärter Nikolaus, eben erst auferstanden aus dem Grabe des platten Erdentreibens.

Da er sah, daß Amanda zum Durchschlüpfen hereilte, so drehte er verbindlich mit dem wenigen Verstande, dessen er noch mächtig war, ihr das Drehkreuz offen entgegen und hielt sie so in der

Hummerschere desselben wider sein Wissen in Haft. Jetzt sah er im Hintergrunde des langen grünen Hutes ihr reizendes Gesicht recht nahe, das halb im zarten Rosenscheine der Abendsonne blühte mit dem feucht-schimmernden Augenpaare im Schatten. Aber vergeblich und lächelnd rückte sie an der Krebsschere; er selber wollte mit der Gabel zugleich die Jungfrau bewegen – denn der Verstand war dahin –, als sie mit der wunderschönen Redestimme ohne allen Verdruß und Spott bloß immer sagte: «ich danke, ich danke», damit er endlich das Kreuz fahren und sie gehen ließe. Dahin kam es denn auch wirklich zuletzt; und sie dankte freigelassen ihm noch mit einer freundlichen Verbeugung.

Darüber war ihr Strauß, ein Orangezweiglein – mit vielen Blüten und einer unreifen Orange – entfallen; – und Nikolaus sprang ihr und den Blüten nach, um sie einzuhändigen. Aber sie lehnte mit einer kleinen verneinenden Handbewegung, welcher ein liebreicher Blick alles Harte eines Neins benahm, das Annehmen ab. Es wird schon für mich schwierig, zu entscheiden, ob dieses Abtragen eines Durchgangzolls an den Apotheker mehr einer stolzen Fürstlichkeit, die nichts schuldig sein will, oder einer verlegenen Eile, oder einer belohnenden Güte zuzuschreiben ist. Aber der letzten schrieb der Apotheker alles zu – und zerlief fast neben ihr vor Dank.

Anzuführen für unsern Nikolaus Marggraf ist

hier viel; denn er hörte, als sie den Gespielinnen zuflog, auf eine Frage der letzten, die sich vermutlich auf den eingebüßten Blütenzweig bezogen, mit eignen Ohren Amandas Laute heraufgeweht: «Tut aber nichts! der liebe Markgraf wird es schon zu nehmen wissen.» Da nun der bescheidne Nikolaus nie bei seinem Geschlechtnamen an den regierenden Markgraf dachte – wie denn keiner von uns, er heiße Richter oder Kaiser oder Engel, Schneider, Becker, Wolf, Kuh, Ochs, sich dabei an die uneigentlichen Namen erinnert –, so konnt' er aus ähnlicher Bescheidenheit hier nicht wohl anders glauben, als man habe bloß ihn selber gemeint anstatt des Markgrafen.

Jetzt wurde sie ihm am schönsten; denn Schönheit ist Verkörperung der Liebe, und daher ist keine Schönheit so glänzend, daß sie sich nicht sonnenartig vergrößerte hinter der Aurora der Liebe. Als er Amanda den Baumgang mit der oben gedachten heiligen Prinzessin-Vierzahl hinuntergehen sah: wurde diese bloß zu einer Professor-Wagnerischen in Würzburg[50] – oder die vorigen vier schönen Figuren wurden zu vier syllogistischen Figuren[51], durch welche zwar etwas geschlossen werden kann, aber kein Bund; doch sah er ihnen, als den Palastdamen seiner Königin, gern nach.

Was noch von seinem Verstande aus diesem Phönix-Brande übriggeblieben, legte er dazu an, daß er, anstatt der nach Hause gehenden Quintuple-Allianz ehrerbietig nachzusetzen, durch das Drehkreuz in einen dunkeln Laubengang hineinflog. Es soll noch der Anfang eines spätern Gedichts vorhanden sein – das ich aber nicht gesehen –, wo er singt und sagt: «Wer kann Sonnen folgen, wenn sie in den Ozean sich senken» – dies heißt vielleicht: wenn Prinzessinnen sich nachts nach Hause begeben in die Eiderdunenwogen.

Er setzte sich in eine durchdämmerte Laube und hielt den Blütenstrauß und berauschte damit den schönsten Traum seiner Jugend. Denkt kein Leser daran, daß er das Schönste hatte, was ein Mädchen zum Erinnern geben kann, eine Blume, deren lebendiger Duft zu einem Heiligenscheine desselben wird? Ist nicht eine solche Blume schon ein Blumenkranz? Was ist eine Tasse mit eingebrannten Blumen, ja eine Weste mit aufgenähten, gegen lebende oder gar gegen Orangeblüten, deren fremder Edenduft aus fernen Paradiesen herzuwehen scheint, wo die Liebe wandelt und winkt!

Auch fand er gar in einem Blütenkelche einen Tropfen; – ließ ihn vielleicht Amandas Auge fallen, wie Blumenmaler immer einen Wassertropfen anbringen, als wären alle Blumen Freudenblumen, worin freilich die Träne nicht fehlt? Marggraf zweifelte nicht einen Augenblick daran; aber ach! wäre nur dieser Tropfen unvertrocknet, wie etwa einer in Bernstein, zu erhalten!

Um das Schönste, was er noch in der Laube zu genießen hatte und was nicht zu sehen war, beneid' ich ihn noch heute, nämlich um Amandas wunderschöne Redestimme, welche in einem fort in seinen Herzohren bis zu den Kopfohren hinauf nachklang. Es gibt solche Stimmen, welche aus der Brusttiefe wie lauter Anreden des Wohlwollens und Tröstens aufsteigen und ordentlich das Herz suchen, dem sie recht helfen können; Redestimmen, schöner als Singstimmen, weil sie länger reden und weil sie nur Eignes, nicht wie diese Fremdes aussprechen und weil sie nicht, wie die Flöte, bezaubern wollen und kaum, wie die Harmonika, erweichen, sondern nur, wie das Waldhorn, liebevoll ins Herz hineinreden wie Ruf aus der Ferne. So nämlich klang Amandas wunderschöne Stimme bloß täglich, wöchentlich, jährlich; – nun aber gar diese Stimme in der Festzeit der Liebe, in den Geisterstunden des Herzens – – Himmel! wenn dann Nikolaus sie zu hören bekäme! …

Denn vernünftigen Männern wird wohl schwerlich sein Glauben an die Liebe einer Prinzessin lächerlich erscheinen, wenn sie ernsthaft bedenken, daß er schon von jeher als ein aufrechter Träumer ohne Deckbett umherging, welchem kein Glück und Unglück seines Lebens zu unwahrscheinlich vorkam, sobald es nur groß genug war, z.B. das, gekrönt – oder geköpft – oder verewigt – oder ein Bettler zu werden – oder ein Millionär, falls nicht Trillionär.

Als Dichter könnt' ich allerdings sein Glauben und Lieben um vieles motivieren, wenn ich anführen wollte, daß er ja ein, obwohl nicht geborner

Prinz war, doch ein gezeugter; aber ich würde hier zum ersten Male im ganzen Buche lügen und dichten; denn er selber glaubte gar nicht daran; und zwar aus zwei Ursachen. Erstlich hatte der alte Apotheker in späterer Zeit der Reife sich immer sparsamer und dunkler mit Winken und Zeichen von dessen fürstlicher Abstammung benommen, vielleicht weil er mit einem natürlichen Sohne von Geburt nicht recht auszukommen fürchtete. Aber zweitens hätten doch alle Winke nichts verfangen, da Nikolaus dem Apotheker weniger glaubte als dem eignen Glauben an seine Mutter; wie eine Heilige sah er sie seit seiner Kindheit *auf* den Wolken stehen; hätte aber nicht *in* diese die nur uns beglaubigte Fehltat die Mutter versenkt und verhüllt?

Hundertmal mußten Amandas paar Worte und paar Blicke vor seiner Seele umkehren und vorüberziehen, und immer strenger und unparteiischer tat er sich dar, daß sie am Ende selber das Drehkreuz festgehalten, um nur nicht fortzukönnen. «Bin ich nur einmal», sagte er sich, «der stille Gegenstand ihrer Flammen oder Flämmchen: so brauch' ich keine Geburt, sondern nur einen Krieg, und darin tu' ich mich hervor und werde dann leicht, was sie haben will. Aber darauf, o Gott, soll auch die Unbeschreiblich-Gute, die mich jetzt schon in meiner unscheinbaren Gestalt im Park sogleich und innig anerkannt und wohl Tausenden vorgezogen, von mir auf meinen Händen getragen werden ihr Leben lang, und ich will eine Liebe und

Sorge für sie haben, als wäre sie ein Tausend Unglückliche auf einmal, und sie soll gewiß nie weinen.»

So stellte Nikolaus in seiner Laube immer mehr Träume hinter Träume, und der aufgegangne Mond überzog sie vollends mit Schimmer und Leben; aber er sah in ihm nicht den Mann im Mond, sondern die Jungfrau im Monde, vom himmlischen Heiligenschein einer ganzen Welt umgeben zur Anbetung für den Erdbewohner. So war er jetzt alles, was um ihn war, die Lindenblüten, die Bienen, die Luna. Wie duftete, wie sog, wie glänzte sein Leben!

Freilich nahm er, wie erwachend, aus der Mondhelle ab, daß es ehr Nacht sei, und er trat aus der Laube. Da lag ein Gartenhaus, das er vorher im Schatten gar nicht wahrgenommen, im vollen Mondlicht da, und – die fünf Prinzessinnen standen hintereinander und sahen aus *einem* Fenster heraus und den Apotheker an.

Sein Schreck ist nicht zu malen – ausgenommen von einem Porträtmaler – «Nimmermehr haben sich die Fürstinnen», sagte Endymion zu sich, «zum Beschauen meines Laubensitzes so zusammengereihet.» Auch setzte er mit starken Hut-, Arm- und Rückenschwenkungen, die er nun machte, kein Köpfchen in Bewegung. Sind's Geister? fragte er sich, doch ohne besonderes Schaudern, weil die Nacht in Lindenduft schwamm, in Lunas Tage und in seinem Traume. Als er endlich mit entblößtem

Kopfe noch näher trat, fand er die festen Fürstinnen sämtlich auf einem langen Tische stehend – als Wachsbüsten.

Sie hatten nämlich zu einem eigensinnigen Künstler nach Rom reisen müssen, um vom Bossierer als Unionperlen zu Wachsperlen nachgedruckt zu werden.

Zur nächsten und oben am Fenster stehenden Prinzessin hatte wohl irgendeine überirdische Freundin seiner Träume gerade Amanda ausgesucht. – Und hier stand er nun an der stillen, sonst so hoch über ihm schwebenden Gestalt ganz nahe; und ihm war, als atme sie leise; ihm war, als sei die milde Abendsonne vom Himmel herabgeflossen und habe sich dicht vor seine Brust gelagert und fasse ihn mit ihren umherrinnenden Goldwölkchen ein. Er war nicht imstande, vor der Büste den Hut aufzusetzen; er hätte ebensoleicht vor einer ganzen Hoftafel die Weste aufgeknöpft. Sie vollends anzurühren – etwa ihre Stirn mit seinen Lippen – war ihm ebenso möglich, als etwa die Taube des heiligen Geistes zu rupfen und zu braten.

Da aber alle Menschen doch am Ende nach Hause gehen, so tat er's ebenfalls, aber so spät als möglich. Die Nacht wäre die seligste seiner Tage gewesen, hätt' er sich nicht nach dem Morgen gesehnt; denn er flog nun in jenem Traumstücke unseres Lebens, wo der Mensch mit seinem Herzen noch als Schmetterling über Blumenbeeten gaukelt, indes er später als ein verwehter Zweifalter unter einem

Schlagregen oder auf einem Eisberge oder neben einer Luftkugel über den Wolken ermattet zappelt. – Italien stand als Gewürzinsel in Wasser neben seinem Kopfkissen, der Orangenstrauß.

Durch den frühesten Morgenbesuch bei Amanda benahm er sich die Nachtangst, sie sei gewiß weggetragen worden aus dem Gartenhause. Er fand sie noch – lasse man mich nicht wieder darüber reden –; aber als er zurückkam, fand er das Urbild nicht mehr in der Stadt – darüber ist eher zu sprechen. Die fünf Prinzessinnen waren nämlich abgereiset in demselben Inkognito,worin sie gekommen waren; die Landstadt war außer sich und vor Nachfragen außer Atem.

Dies hatte die wichtige Folge, daß Nikolaus in der nächsten Nacht auf dem Kopfkissen, das ohnehin die Grubenzimmerung oder das Erdgeschoß der kühnsten Luftschlösser der Menschen ist, einen der kecksten Baurisse ausführte, den ich nur kenne, nämlich den, die Prinzessin zu stehlen, ich meine das Wachs dieser Bienenkönigin seines Honigs. Denn was blieb ihm eigentlich von der ganzen Geliebten noch übrig? Nicht einmal ihr Name, nur Bild samt Strauß. Dies überlegt' er nun im Bette sehr kaltblütig und warmblütig; und er sah es endlich ein, daß er als ein echter Ritter handle, wenn er ein Prinzessinräuber werde und etwas für sie tue, indem er sie entführe, wenigstens gleichnisweise. «Ja mir wird immer wahrscheinlicher», sagt' er zu sich, «daß sie irgendeinem elenden dummen dünnen greisen Prinzen, den sie durchaus nicht ausstehen kann, zu ihrem Jammer, wie ich aus der Träne im Strauße und aus dem einsamen Vorausgehen nur gar zu gut sehe, sollte erbärmlich angeheftet werden; wozu sonst das Wachs als zum Wichsen des Zwirns bei dieser Ehe-Nähterei, und der dumme Prinz will vorher ihr Bild sehen! – Aber desto mehr wird sie mir danken, daß ich den Mut besessen, es ihm vor der Nase wegzunehmen.»

Allein der Morgen sprengte sein Luftschloß in den Äther; er konnte vor Abend nicht hoffen, wieder kühn zu werden. Dazu kam noch eine Betrachtung: es ist zwar leicht, einen Diamant, ja eine Prinzessin zu rauben; aber höchst schwer, dergleichen zu bergen und zu decken; und in der ganzen Apotheke wußt' er einen Schutz- und Schattenwinkel, eine verwahrte Heiligenblende für eine gekrönte Geliebte so wenig auszumitteln als auf der weiten Sonne eine Schattenlaube. – In ordentlicher Angst, als sähe man ihm die Diebfinger an, die er auf dem Kopfkissen nach Büsten und Kronen ausgestreckt, beschlich er von fernen das Gartenhaus, um nur zu sehen, ob etwas zu stehlen vorhanden geblieben. Das Etwas stand noch da. Diesem gegenüber erstaunte er selber über seinen nächtlichen Wagevorsatz, die Raubbiene eines solchen Wachses voll geistigen Jungfernhonig zu werden, und er fing ordentlich an, sich vor dem Mute zu fürchten, den er nur gar zu gewiß äußern werde.

Und der blieb auch nicht aus, sobald er sich niedergelegt. Zuerst fiel ihm eine ausgesuchte Nonnenzelle für seine Amanda ein. Es war solche eine alte erbärmliche Stutz- oder Standuhr. In ganz Rom gab es keine so schlechte, nicht bloß weil sie unförmlich groß war, sondern auch leer und ohne Uhr. Denn das stehende Räderwerk war schon unter der Regierung der verstorbenen Margaretha in Gang gebracht, nämlich herausgefahren worden vom kleinen Nikolaus, um mit den Rädern seine bunten Weihnachtfuhrwerke zu bespannen. Was aber noch ganz unbeschädigt dastand, waren die Außenseiten, das Zifferblatt mit seinen ausruhenden Zeigern und die Rückentüre mit dem Schlüssel zum Aufsperren.

In dieses Uhrgehäuse konnte nun die Prinzessin eingebracht werden und da ihr Inkognito fortsetzen.

Gegen Mitternacht, die ein Regenguß noch verfinsterte, ergriff ihn der Mut und hob ihn aus dem Bette. Am Tage ist man kühner gegen Geister, in der Nacht gegen Menschen. Liebe macht ohnehin, wie listig, so kühn gegen jeden, und nur gegen das Geliebte scheuer und einfacher. Er nahm in die Hand ein bloß mit einem scharfen Feuerstein geladenes Pistol zum Zustoßen und zum Funkengeben, und an den Arm einen Hand- oder Deckelkorb, um die Fürstin hineinzustellen. Mit diesem Bucentauro[1] seiner symbolischen Vermählung am Arme gelangte

1 Der Name des Schiffs, auf welchem sonst der Doge von Venedig sich mit dem Meere vermählte.

er ungesehen vor dem stillen Brauthause an; – und da standen nun nahe unter seiner Hand die schönsten Rosen und Lilien zum Brechen, welche je außerhalb des lebendigen Urbilds geblüht und welche der Mond zwischen fliegenden Sturmwolken im Vorbeigehen verklärte. Jetzt hätte Nikolaus viel Zeit zum Lösen einer der schwersten Aufgaben gebraucht, wie und auf welche Weise es nämlich zu machen sei, eine solche Schönheit und Fürstin nur anzufassen, anzupacken, ja einzupacken – schon mit den zwei Lippen zu berühren, schien ihm zu frei, geschweige mit den zehn Fingern –; aber die Nacht und die Sturmnacht und die Drohungen der Nachbarschaft setzten ihm geschwinde Hände an zum Ergreifen und Gefangennehmen des guten stillen Mädchens.

Mit außerordentlichem Glücke brachte er die Fürstin-Braut nach Hause und in die Stutzuhr hinein, in welche er sie, mit dem Antlitz gegen das Rückentürchen gerichtet, einsperrte, damit er sie, wenn er mit dem Uhrschlüssel aufmachte, sogleich vor sich hätte. In der Nacht dachte er an nichts als an seinen Petrusschlüssel zum Himmelreiche, womit er am Morgen jede Minute aufsperren und außer sich kommen könnte. –

Ich wollte, ich wäre Nikolaus Marggraf und er Friedrich Richter dahier, der mich nach Vermögen schilderte!

Als um fünf Uhr morgens die Sonne auf die Standuhr schien, wollt' er vor Wonne fast daran zweifeln, daß er darin einen nahen sonnigen Himmel verwahre, welcher ihm sogleich erscheine, sobald er nur eine einzige Wolke zurückschlage, das Türchen. Er wagt' es auch, das gekrönte Köpfchen zum ersten Male am hellen Tage und unter seinem Privatdache zu sehen und die Stifthütte aufzumachen, nachdem er seine Stubentüre vorher zugemacht; aber er trat bald darauf wie ehrerbietig zurück und sah in den Spiegel, worin er die Fürstin, wie im Wasser die verfinsterte Sonne, anschauete, also nur ein Spiegelbild eines Wachsbildes eines Seelenbildes, insofern der äußere Mensch den innern abdrückt. O ihr höhern Geister! welchen weiten Weg von Nach- und von Urbildern hat der Mensch zum wahren Ich! – Als er ihr freilich geradezu und lange ins Gesicht sah: rollten ihm so dicke Liebe- und Wonnetränen herab, daß er viele wild aus den Augen wegschlug – die andern fraß er unterwegs mit den Lippen auf –, damit ihn ohne sein Getröpfel die Sonne mild und warm anglänzte. – Mich wundert dabei nichts an der Entzückung; es macht sich nur kein Mensch von dem Perlenglanze und Diamantfeuer, womit eine Fürstin in einer Landstadt sogar von der gemeinsten Phantasie umzogen wird, einen rechten Begriff, wenn er nicht etwa auf dem Dorfe wohnt, wo es noch feuriger hergeht.

Aber in Rom wurden um zehn Uhr in den Mäulern aller Gassen Feuertrommeln genug gerührt von Zungen: «das Gesicht der Prinzessin sei gestohlen.» Die Juristen in allen Stadtvierteln schlugen sich sämtlich zueinander in dem Punkte, daß der Wachs-Raub ein Majestätverbrechen sei, ja sie beriefen sich – da die Sache von sich selber sprach und sie überhaupt nicht die gelehrten Stellen darüber im Philostrat, Sueton und Tacitus kannten – nicht einmal auf die königlichen Bildsäulen im großen Rom, vor welchen eigne Sklaven zu prügeln, Kleider zu wechseln, seine eigne Statue höher zu stellen so gut die Majestät beleidigen hieß, als sie in einem gekauften Garten mit zu erstehen; – und hier war das Bildnis gar in einem Deckelkorbe weggetragen.

Nikolausen war nicht besonders zumute bei der Sache; und er wußte einige Tage nicht zu bleiben, zumal nachts im Bette, wo ihn die Träume stachen und bissen; denn am gewissesten war er seiner Verhaftung und schmählichen Hinrichtung, wenn spät etwa die Schelle der Apotheke – für ihn die Armensünderglocke – gezogen und unten von naher Lebensgefahr gesprochen wurde und von einer – Mixtur dagegen. Aber ich wundere mich, daß er und mit ihm so viele tausend Leserinnen, denen ich die Sache zu lebhaft vormale, sich ohne Not abängstigen. War er nicht selber so klug gewesen, daß er nicht nur die plumpe sperrige Standuhr auf den Kräuterboden hinaufgetragen, sondern auch – um diesen Zurückzug zu maskieren – anderes Gerümpel dazu, das schon so lange, wie er sagte, den Platz verbauet? Sogar den Orangenstrauß hatte euer

Held, ihr gar zu besorgten Leserinnen, mit in den Witwensitz der Prinzessin eingesperrt, als gäb' es in der Welt nur den, den er aufgelesen; ja auch ihren Wohlgeruch hätte er als eine Wolkensäule für einen Spion gefürchtet, wäre diese nicht in den ganzen Dampfhimmel des Kräuterbodens zerflossen. – Und legte er, der sonst vor lauter Phantasie dumm in die unbedecktesten Fallen trat, gerade in dieser Sache nicht so viel Schlauheit an den Tag – wie denn Phantasten, Kinder und Landleute die größte bei unerwarteten und peinlichen Gelegenheiten zeigen –, daß er im Stadtlärmen über die gestohlne Prinzessin nur flüchtig mitsprach und nicht einmal den Namen des Urbilds zu erfragen suchte? –

Aber ich will euch, lieben Leserinnen, ihr glänzenden Zitternadeln des männlichen Lebens, nicht etwa für diesen einzelnen Fall herzhaft machen, sondern euch fragen, warum ihr bei manchem Romanenblatte, sobald es nicht das letzte ist, euch so sichtbar abängstigt – ja bei so vielen andern Blättern – bei jedem Rockblatte – bei einem Tischblatte – bei jedem Blättergebäck – kurz fast bei allen gezähnten (dentatis) Blättern des Lebens. Höchstens bei den paradiesischen Feigenblättern weniger! – Wahrlich, die Lieben wissen zugleich oft nicht, wann sie zu furchtsam und wann sie zu kühn sein dürfen.

Ernste Ausschweife des vierten Vorkapitels sind: Der unverwelkliche Brautkranz – Erstarkung der milden Jungfrau – Weibliche Reize in der Ehe.

Fünftes Vorkapitel
Krankenbettreden – der Prinzengouverneur

Im vorvorigen Vorkapitel warf ich es hin, daß der alte Apotheker krank geworden. Wenn ein Autor von einer Person in seiner Geschichte voll Wahrheit und Dichtung dergleichen anmerkt, so ist's so gut, als habe das Leichenhuhn geschrien oder die Person sich selber gesehen, und im nächsten Kapitel kann man sicher an ihrem Aufkommen zweifeln. Wenigstens Elias Henoch lag ohne sonderliche Hoffnung darnieder; und allerdings war dem Armgeiger de Fautle viel von dieser Niederlage aufzuladen. Lange schon fiel es jedem, der den Apotheker liebte, schmerzlich auf, daß er anfing, freigebig zu werden und desgleichen gesetzt; ein doppeltes Todesanzeichen eines lustigen Filzes, als Charakterabwerfen, gleichsam die letzte Häutung der Seidenraupe vor dem Einspinnen! – Um die Grenzen eines Vorkapitels nicht zu überschreiten, muß manches übersprungen werden, bis der alte Apotheker auf dem Bette todkrank in einem seidnen Schlafrock etwas aufrecht sitzt und Nikolausen vor sich bescheidet. «Prinz Nikolaus!» redete er ihn an. «Sie hören, daß Sie ein solcher sind und daß ich auf keine Weise Ihr erlauchter Herr Vater bin, sondern ein anderer. Daher nenn' ich wirklich in der kurzen Zeit, die ich noch lebe, aus Anstand Sie Sie, so wie Sie mich bisher zu benennen beliebten. Ihre selige Frau Mutter aber ist meine Frau und bleibt solche.» – –

Gewiß wird niemand behaupten, daß Prinz Niklas einer der traumlosesten Jünglinge gewesen, oder ein gar zu heller nüchterner Philosoph und Zweifler, der wegen der Menge der Pflastersteine an keine Meteorsteine glauben kann; aber gleichwohl mußte dieser Prinz bei der seltsamen Anrede annehmen, Henoch sei fiebertoll und in kurzem des Todes, und er widerlegte aus Wehmut und Liebe kein Wort.

Der Alte ging ruhig weiter: «Sollte Sie nun Ihr durchlauchtigster Herr Vater künftig, wenn Sie Ihn finden, zur Rede stellen, ob ich Ihnen die standmäßige Erziehung geben lassen: so brauchen Sie Ihm nichts zu zeigen als dieses Haupt- oder Kapitalbuch nebst der Strazza[52], worin alle Ausgaben für Ihre fürstliche Bildung samt den Belegen und Quittungen auf das pünktlichste zu finden sind; auch Ihre Kenntnisse und conduite werden sehr dazu beitragen, nämlich zum Beweise der gedachten Erziehung; und es war freilich nicht alles so vollkommen wie an einem Hofe durchzuführen aus Mangel an Pagen und an einer Instruktion höhern Orts und besonders aus gänzlichem Mangel an Truppen, was das Kriegsmetier anbetrifft.»

Nikolaus bekam jetzt das Kapitalbuch und die Strazza in die Hände. – – Himmel! es war wirklich so, und das erste Überblättern zeigte ihm aus den ersten Überschriften der verschiedenen Rechnungen, daß die Rede keine Traumtochter des jetzigen Krankenbettes war. «Wahrlich, kein Heller ist zu viel oder zu wenig angesetzt, mein Prinz», beteuerte Henoch dem in ganz andere Betrachtungen gestürzten und versunkenen Nikolaus, «aber vor allen Dingen geruhen Sie hier das Dokument Ihrer Legitimierung zu empfangen.» Er übergab ihm einen netten Pergamentbogen, worauf er die Ohrenbeichte der Frau samt der Gegenwart des Paters beschrieben, beschworen, besiegelt und unterzeichnet hatte.

Kein einziger Hauptpunkt dieser vielen Vorkapitel war darin vergessen, und er hatte auf diese Weise den Prinzen durch den Beweis zu legitimieren gesucht, daß er ein natürlicher Sohn sei von einem – Fürsten, der also seinerseits wieder zu legitimieren habe.

Noch in das stumme Lesen des Fürstenbriefs redete der Apotheker, der den heftigen Bewegungen in Nikolaus' Gesichte die rechte Laufbahn geben wollte, aus Ungeduld hinein: «Wenn Sie in einer frommen Gemütbewegung sind, mein Prinz, wie ich ersehe: so beschwör' ich Sie bei Ihrer vornehmen Geburt, nehmen Sie sich meiner armen drei vaterlosen Waisen an, die ich, wie sich's auch gehörte, sehr über Sie vernachlässigt habe.» –

Wie es nun nach der Lesung der Standerhöhung im Kopfe des Prinzen herging und wie darin hundert Gedanken auf einmal um seine Seele sich stritten: davon entwerf' ich in der Tat nur ein elendes Bild – ich habe aber kein besseres –, wenn ich das Treiben *in* seinem Kopfe mit dem Treiben *am* Kopfe eines Mannes vergleiche, welcher in London sich außer Hause in einer Bude altmodisch frisieren läßt: vier Menschen haben ihn zugleich bei den Haaren – einer macht ihm hinten den Zopf – ein zweiter Locken rechts – ein dritter Locken links – ein vierter arbeitet auf dem Scheitel umher – den fünften will ich noch mitrechnen, der das Brenneisen erhitzt, aber nicht einmal den, der nachher rasiert, was zusammen fünf Pence kostet. – So nun, nur heftiger, fuhr alles unter Nikolaus' Hirnschale aneinander – Träume erdrückten Träume – Eltern, Schwestern, Fürsten, Fürstentöchter überrannten sich – und er stand mitten in einer Sternallee einer vielseitigen Zukunft und sah rund um sich in blühende Gänge hinaus: Himmel! welche Menge Aussichten bis an den Horizont hinan!

Endlich nahm der junge Nikolaus des Kranken Hand und sagte: «Bestürzt bin ich genug – ich muß aber alles glauben. In jedem Falle gebe ich Ihnen das Fürstenwort, Herr Vater, daß ich, sobald ich künftig meinen Vater gefunden, alles leisten werde, was Sie nur verlangen, und noch weit mehr; ich kenne die Pflichten meines künftigen hohen Standes ganz und habe mich oft genug in ihn versetzt. Glauben Sie mir, ich regiere viel sanfter als so viele Fürsten in der Geschichte, und jeder hat es unter meinem Zepter gut. Ich weiß noch nicht, was ich mir auf die Tafel setzen lasse; aber auf die Tafeln meiner Untertanen muß das Nötige kommen, und wenn die Bauern unter Heinrich IV. am Sonntage ein Huhn im Topfe haben, so essen meine in den Wochentagen noch die Hühnersuppen und die Eier. – An Günstlinge oder Mätressen ist bei mir nie zu denken, und meine göttliche Gemahlin ist genug und hilft, ich weiß es, mit beglücken, so daß alles wirklich blüht unter mir – O Gott, es ist unverantwortlich, wie manche Fürsten Länder pressen und quetschen, die sie ebensogut beglücken könnten wie ich.»

«Mein gnädigster Prinz!» fing der Apotheker an, dem diese Freigebigkeit ungemein gefiel.

«Lassen Sie», unterbrach ihn Nikolaus, «die steife Hofetikette, und tun Sie gerade so, als wäre ich Ihr Sohn noch.»

«So werden Sie also», fuhr jener fort, «mit Freuden bei Ihrem durchlauchtigsten Herrn Vater nicht nur die vollständige Bezahlung aller bescheinigten Ausgaben erwirken, sondern noch besonders meine verschuldete Familie und Apotheke bedenken.»

«O Gott!» erwiderte Nikolaus, «wahrlich es würde unglaublich und prahlhaft klingen, wenn ich sagen wollte, was ich alles tun werde.»

«So stoßen Sie», versetzte Henoch eilig, welcher gar nichts Schöneres kannte als einen solchen glänzenden offnen Reichtum des Herzens, «zuletzt noch etwas zu Ihren Wohltaten dazu: lassen Sie einem Manne, der über fünfzehn Jahre seines Lebens an Ihrer fürstlichen Erziehung gearbeitet, ohne bis jetzt dafür einen Kreuzer zu sehen, nach seinem Ableben eine Art von Grabdenkmal mit seinem Apothekerwappen setzen, besonders um nur dem Hundedoktor zu zeigen, wie viel ich gewesen, ob er gleich nie für einen Skrupel bei mir verschrieben, aus Bosheit.» – Nikolaus konnte sein Ja nicht ohne nasse Augen aussprechen. Er war wohl mit mehr Recht gerührt, als er nur wußte; denn ein Geiziger bekümmert sich um kein Denkmal für sein Grab; tut er's aber, so liegt er nicht mehr weit von der Höhle, in die er kommt.

Der Apotheker streckte ihm jetzt die Hand entgegen, aber nicht aus Rührung, sondern zugeklappt, weil er etwas darin hatte. «Ein Hauptschritt», sagte er, «müsse noch geschehen und der Prinz die Universität Leipzig beziehen, damit sein hoher Herr Vater auch nicht das Geringste von dem vermisse, was an einem Prinzen zu suchen sei, und man könne mit der Sache nicht genug eilen, damit er, falls er seinen Vater nicht gefunden, die leere Apotheke je eher je lieber übernehme, indem er selber sein Leben schwerlich über drei Tage noch treibe.»

Nikolaus wollte stark gerührt einfallen, aber jener fuhr fort: «Um die Kosten des akademischen Jahrs mehr als zu decken», sagte er, «so hab' ich, mein Prinz, da kein einziges Stipendium in dieser heimtückischen Stadt zu erhalten war, dieses noch einzige Diamantchen aus dem Ringe Ihrer seligen Frau Mutter ausgehoben und aufgehoben, denke aber damit für mehr als eine Person auszulangen.»

Der Diamant war ohne Frage – denn es bedarf

hier keines besondern Zeugnisses – drittehalb hundert Gulden im vierundzwanzig Fuß[53] unter Brüdern, geschweige unter Juden wert. Da nun sonst der Apotheker eine Verbindung mit den Menschen gleichsam für eine innige Ehe ansah, worin nach dem Gesetze Schenkungen verboten sind, oder auch die Menschen für eine Art Bettler, welchen etwas zu geben die Polizei untersagt: so trieb er durch dieses unverhoffte Gutsein nicht nur alle die Kälte, welche Kinder immer gegen geizige Eltern haben, aus Nikolaus' Herzen hinaus, sondern auch so viel Liebe hinein, daß der Jüngling sich der wehmütigsten Bewegungen vor dem höchst ruhigen Manne nicht schämte und enthielt, der bisher als ein Vater gegen ihn gehandelt, ohne einer zu sein.

«Wie gesagt», fuhr Elias fort, «für mehr als *einen* Mann reicht schon der Stein; denn da ich selber nicht mit Ihrer Erlaucht die Universität beziehen kann, wie ich bisher gehofft, um auf irgendeine Art den unentbehrlichen Prinzen-Gouverneur, ohne welchen keine Prinzen auf Akademien zu lassen sind, vorzustellen: so muß ein anderer dazu gesucht werden. Mich dünkt aber, ich habe so etwas an einem wackern geschickten gesetzten Jüngling bei Jahren und von schönem Ernste gefunden, welcher, da er selber auf Universitäten gehen will, bei seiner Armut gern für einige fünfzig Taler den Gouverneur machen wird, zumal da er bisher das Glück Ihres herablassenden Umgangs genossen.»

Nikolaus konnte durchaus nicht auf den Menschen kommen.

«Ihr Schulfreund Peter Worble, mein Prinz?» fragte der Vater.

Jeder Peter in Rom wär' ihm leichter eingefallen als dieser Peter Worble, den er, wie wir längst wissen, in einem Vorkapitel mit Füßen getreten und welchen er seitdem mit Bruderarmen an sich geschlossen. Denn Peter war gerade der Gegenfüßler oder Gegenköpfler dessen, wofür ihn Elias ansah. Aber kein Irrtum war natürlicher. Erstlich wies er vor dem Apotheker im Vorbeigehen die Kunstwörter aller Wissenschaften auf, sogar der Scheide- und Apothekerkunst, so daß der pharmazeutische Mann glauben mußte, Peter sei in dem Lande bewandert und einheimisch, dessen Sprache er rede, ob er sie gleich nur zu einer gestohlnen Parole für seine Anspielungen verbrauchte. Zweitens was seinen erwähnten Ernst anbelangt, so war dieser bloß ein Scherz; anstatt einer satirischen Ader hatt' er ein ganzes satirisches Schlag- und Blutadersystem und machte immer Spaß, hauptsächlich bloß zum – Spaß; aus Lust, nicht zur Unlust, und der seinige glich gutem Schießpulver, das auf der Hand aufbrennen muß, ohne einen schwarzen Flecken nachzulassen. Auf seinem Gesichte erschien kein Zeichen, sondern er hatte auf die komische Maske, in der er sein Leben spielte, stets eine, wenn nicht tragische, doch heroische gedeckt. Diesen festgestrickten Muskelernst, womit der Apotheker ihn immer reden sah, hatte dieser für gesetztes gehaltenes Gouverneur-Wesen genommen. Doch nach dem Scherze (keine Sekunde früher) fuhr zuweilen das pockennarbige Gesicht lachend auseinander, und es kamen auf die hängende Backenhaut viele Lichter und in die grauen Augen etwas Glanz. . . . . .

Fände man nur in Vorkapiteln Zeit dazu, welche völlig fehlt, so wären vielleicht Lesern, welche zu wissen wünschen, wann sie lachen sollen, wenn sie einen Spaß machen, ob *vor,* oder *unter,* oder *nach* demselben, oder ob in einem fort, brauchbare, aber neue Winke zu geben; gleichwohl aber weiß ich die Mehrzahl zu schätzen, welche ihrem Spaße recht lange ihr Lachen vorausschickt, damit es für ihn das fremde vorbereitet, wie etwa ein Bedienter in Hamburg auf den Leuchter, womit er die Gäste hinunter begleitet, selber ein kleines Goldstück legt, als hab' es einer von ihnen gegeben, um damit die übrigen zum Nachlegen aufzumuntern. –

Der Prinz umarmte den Scheinvater in der Überraschung. War nicht Peter sein bester und tollster Freund, und war nicht dieser ihm als seinem Pole, wie einem Magneten, als ein Gegenpol eingeboren und eingeschmolzen? Hatt' er ihm nicht bisher alle seine Luftschlösser anvertraut und den Spaßvogel darin herumgeführt, ohne ihm im geringsten übelzunehmen, daß er in seinen größten spanischen Luftschlössern und böhmischen Dörfern herzlich lachte über alles, über ihren Baustil und ihre Verzierungen – über ihre Säulenordnungen und Karyatiden – über die Grubenzimmerung und Grundlage der Luftschlösser – bis zu ihren Türstöcken und Deckengemälden und Aussichten darauf? – Aber er wußte, Peter hänge an ihm doch fest. Und er selber hatte ihn besonders wegen dessen Armut lieb, weil Peter wirklich nichts hatte, der Prinz aber wenigstens wenig. Worble hatte – obwohl zum Versenden auf die Universität so fertig wie ein in Holland gebratner und in Butter eingepackter Krammetsvogel zum Überfahren nach dem Kap der guten Hoffnung – schon anderthalbe Jahre im Hafen geankert, um auf Geld und Wind zu warten. Sein Vater – zur sogenannten französischen Kolonie in Rom gehörig – war nichts als ein dürrer Friseur, mit noch einiger Puderbleichsucht an Hut und Rock aus vorigen Zeiten, ehe die jetzigen so viele Locken, Toupets, Zöpfe und Perücken der Menschen mediatisiert und säkularisiert hatten, daß ein Haarkräusler und ein Schulmeister als zwei Mitarbeiter an Köpfen chinesische Goldfische vorstellen, welche ungefüttert jahrelang lebendig auf Prachttafeln aufgetragen werden können. Jedoch schon in früherer Zeit sah die Welt nichts seltner als einen feisten Haarkräusler, weil ihn das Pudermehl immer abmagert, er mag es nun anstäuben – wodurch Schwindsucht –, oder er mag es gar entraten – wodurch Hunger entsteht.

Gehen wir nun von einem solchen Vater zu dem Sohne über, so erklärt sich's, daß er nichts hat, und jeder kann ihm das Zeugnis der Armut (testimonium paupertatis) nach Leipzig mitgeben, um so gewissenhafter, da überall Armut leichter und gewisser zu erweisen ist als Reichtum. Peter hatte bisher, um in Leipzig sein eigner Konviktorist[54] und Stipendiat zu werden, sich etwas (was er immer wieder durchbrachte) zusammenzubringen gesucht durch alle nur erdenkliche Stunden, die er den Kindern in den verschiednen erdenklichen Wissenschaften gab; wobei er doch in müßigen noch seinem Vater, der mehr die Außenwerke der Köpfe bedachte, ziemlich bei weiblichen Perücken beisprang.

Als Nikolaus das Beglücken seines Vaters wahrnahm, vergaß er in der Freude, daß er ein Prinz war, und wollte selber zu ihm rennen; aber der Apotheker fand Herbestellen schicklich. Peter kam gesprungen; und Henoch fragte ihn, ob er sein Wort des Schweigens geben und halten wollte. Peter antwortete: «Ich bin ein Fuchs, und der geht gehetzt, wie die Jäger wissen, immer geradeaus; denn ich mache nicht, wie der Hase vor den Hunden, Rück- und Seitensprünge. Ich könnte Ihnen tausend mir anvertraute Geheimnisse offenbaren, sogar von Ihrem Herrn Sohne hier, aber Sie mögen warten.» Nikolaus untersiegelte es und sagte mit Feuer: «Konnt' ich je mich auf meines teuersten Freundes Versprechen steuern: so weiß ich, ist es diesesmal in der Zukunft» – welche Rede Peter wegen des feierlichen Anstandes, da er noch nicht wußte, daß Nikolaus von Geburt war, nicht sowohl feierlich fand als recht lächerlich. Als aber endlich der Apotheker – und dazwischen der Prinz, der gern seine neue Weltkugel mit *einem* einzigen Ruck ins volle Licht vor den Liebling gedreht hätte – diesem die Meer-, Land- und Luftwunder der Vergangenheit erzählte – ihn in die Kapitalbücher und Erziehscheine gucken ließ und als todkranker ernster Mann den Prinzen Prinz nannte – und als Worble gar vernahm, er solle dessen Gouverneur in Leipzig werden: so tat er an den Apotheker – um Zeit und Kraft zum Sammeln seines Ernstes und seiner Gesicht-Muskeln bei einer, wie es schien, zweiköpfigen Tollheit aufzutreiben – furchtsam die Bitte, man möge ganz kurz einen der wichtigsten Vorträge, die er je gehört, rekapitulieren, damit er alles einer solchen Wichtigkeit gemäß ermesse.

Scheinvater und Scheinsohn rekapitulierten alles miteinander. Zuletzt zeigte jener noch gar den kleinen Diamanten als Grund- und Schlußstein des an allen Ecken schimmernden Zauberschlosses der Zukunft vor; und der Prinz trug die Nachricht nach, welchen Anteil und Splitter Worble vom Edelstein erhalte; ein Splitter, der in dessen Augen bei seinem langen Hunger nach Essen und nach Wissen ein Balken sein mußte.

Jetzt fing er eine lange ehrerbietige Rede an und sagte beiden Herren für ihr Vertrauen Dank, das er sehr zu erwidern suchen werde. – Den wärmsten Anteil, fuhr er fort, nehm' er besonders an der hohen Abstammung seines hohen Schulkameraden, weil ein Fürst in jedem Fall das Höchste sei, was er sich denken könne, wenn er auch nur berücksichtige, daß ein solcher schon als Kind in der Wiege Orden und Hofstaat bekomme, Oberhofmeister nebst zwei Kammerherren und Tafeldiener und Türhüter und einen Kammerheizer – und wie ein solcher Herr Kröpfe heilen und Feuer besprechen, was kaum glaublich, und, gleich Louis XIV., fremde Übersetzungen von Julius Cäsar unter seinem Namen herausgeben könne, was eher zu glauben – und daß er später auf dem Throne, ja noch früher fast für unfehlbar gehalten werde, aber sein Minister desto weniger; – er erstaune, wenn er das Glück betrachte, das einer teils ausbreiten könne, teils selber genieße, daher er auch häufig Vater genannt werde, wie Silenus ausschließend wegen seiner Väterlichkeit in allen Dramen Papa[1] – und wenn er nun erst die Ehre und die Ehrenbezeigungen bedenke, die solcher einnehme, so daß er überall als Muster am Hofe steht und alle ihm, wenn er, wie z.B. der König Heinrich der Zweite in Paris, einen Unterrock statt der Hosen anzieht, es nachtun und die ihrigen ausziehen und weiblich auftreten – – «Oh, man kann wahrlich dazu gratulieren, mein Prinz!» beschloß Peter und umging die Duzbrüderschaft, in der er mit ihm von Jugend auf gelebt.

---

1 nämlich παππος. Creuzer in Daubs Studien B. I.

Über alle Maßen gefiel dem Apotheker diese erste Huldigung und der ganze Ernst, den Peter in jedem Worte zeigte. «Ich sehe mit Vergnügen, künftiger Gouverneur», sagte Henoch, «daß ich in meinem Manne nicht fehlgegriffen und daß Sie Ihre Gouverneursgage nicht umsonst verdienen werden.»

«Und wie sollt' ich anders», versetzte Worble, «da ich sie in meinen Umständen schon brauche; ich kann sagen, ich lebe wie der Biber bloß von Rinden, wenn's auch keine Baumrinden sind; und wenn das Leben ein Schauspiel ist, so finden geschmackvolle Kunstrichter, welche verlangen, daß der Schauspieler nicht reell auf dem Theater essen soll, an mir ihren Mann.» –

Es wird doch, hoff' ich, kein Leser Worbles gelehrte Anspielungen einem erst nach der Hochschule sich einschiffenden Jüngling als zu unwahrscheinliche und mir bloß geraubte absprechen. Diesen Leser müßte man sonst daran erinnern, daß gegenwärtiger Verfasser selber tausendmal mehr Gleichnisse für seine «Grönländischen Prozesse» schon im ersten Jahr seiner akademischen Laufbahn in Leipzig, also in einem noch jüngern Alter herausgebracht und herausgegeben. Denn Worble war, als er von Henoch zum Prinzenhofmeister installiert wurde, gerade anderthalb Jahr älter als ich, nämlich neunzehn und ein halbes Jahr. – Eben diese Ährenlese aus ganz entlegenen Wissens-Feldern, wovon Worble kein einziges besaß und besäete –

ob's bei mir derselbe Fall, errate die Welt –, hatte ihm bei Henoch die hohe Achtung und das Prinzen-Gouvernement so leicht erworben, als wäre Henoch Nikolausens Vater gewesen.

Als der Apotheker eröffnete, was er von ihm als Gouverneur erwarte und fodere – daß er den Prinzen überall begleite und dessen Cortège mache, mit ihm die Kollegien besuche und recht die Wissenschaften treibe: so kehrte sich Peter mit einer kleinen, aber feierlichen Stegreifrede gegen den Prinzen und tat ihm darin ohne alles Du und Sie die Erhabenheit der Wissenschaften für Fürsten artig genug dar. –

Der alte Testamentmacher, der bisher Zeit genug zu allen Klauseln gehabt und verwandt, setzte ihnen noch als Spitze die letzte auf, daß man in Leipzig durchaus nicht mit den Ansprüchen fürstlicher Würde auftreten dürfe, indem man diese aus Mangel an Apanagegeldern nie genugsam behaupten und also den hohen Vater kompromittieren könnte, wenn er früher oder später erschiene und sein Wort dazu spräche, sondern – testierte Henoch – man müsse unter einem gewissen Inkognito fortleben, das längst die größten Potentaten beobachtet, und dazu halt' er die bisherigen Namen und Titel am füglichsten. – «So behalt' ich denn auch mein Inkognito als Gouverneur vor den Leuten bei», sagte Peter, «und wir bleiben vor den Leipzigern ein paar alte gute romische Schulkameraden; sind wir aber unter uns hinter vier Mauern, so tritt freilich das

Kognito ein, und wir kennen uns, und er tritt als Prinz auf und ich als Gouverneur.»

«Das verhüte doch Gott, mein Worble», versetzte der Prinz; «auch dann, wenn niemand dabei ist, verbleiben wir im alten Du und Du, und ich kann und will für nichts Besondres von dir traktiert sein – auf dem Throne sogar will ich's zeigen, Peter.»

Letzter tat nun an den Apotheker furchtsam und bescheiden die Frage, wie es denn aber zu halten sei, wenn beide aus Leipzig, ohne den erhabnen Herrn Vater gefunden zu haben, wieder nach Rom heimkämen. «In meinem geschriebnen Testamente», versetzte Henoch, «ist der Fall bedacht, und Sie werden darin für solchen, mein Prinz, ersucht, Ihre chemischen und botanischen Kenntnisse aus Liebe gegen Ihre drei Schwestern zu benützen und die Apotheke so lange zu übernehmen, als Sie noch keine Regierung übernommen; natürlich bleibt bis dahin alles weitere verschwiegen.» –

So weit des Apothekers letzter Wille, dessen Aussprechen vielleicht der Natur noch die stärkste und letzte Spannung gegeben; denn bald darauf sank sie in sich zusammen, und er starb entweder am Herzpolypen oder an dem Lungenschlagfluß nach Dr. Hohnbaums Theorie[55].

Es gehört nicht in Vorkapitel, schon der Kürze wegen, das weitläuftige Berichten, wie viele Liebe Nikolaus dem armen, an seinen Hoffnungen verhungerten Pflegevater jetzt nachgezahlt, die er bisher dem Vater schuldig geblieben, und wie viele

Auslegungen und Argwöhnungen er sich reuig zu Herzen gezogen; kurz Henoch genoß nun den Vorteil der Unsichtbarkeit unter dem Grabstein, dem dicksten Schleier des Menschen. Wenn Nikolaus freilich noch eifriger das Grab seiner Mutter suchte und sich auf dieses wie auf eine Thronstufe setzte, um nach seinem wahren Vater in der weiten Welt zu blicken: so nehme man ihm dies nicht so übel wie hundert andere Dinge.

Der erste Gebrauch, den er von seiner künftigen Thronbesteigung machte, war, daß er auf den Kräuterboden hinaufstieg und die Türe an der Standuhr aufschloß, worin die Prinzessin wohnte, die er längst (es war Ahnen seines fürstlichen Geblüts) gestohlen hatte. Als er vor der wächsernen hohen Geliebten zum ersten Male ebenbürtig als Prinz stand und er ihr in die festen treu-unverrückten Augen der Liebe hineinsah, welche ihn einmal im Park so freundlich und fast ordentlich alles voraussehend angeblickt: so ließ der ebene zusammennähernde Boden ihres und seines Standes nach einem solchen unverhofften Zuschütten der gegenseitigen Kluft der Geburt – in deren Tiefe er vor einigen Tagen mit Schrecken hinuntergesehen – so warme Paradiesesflüsse der Liebe in alle Kammern seines Herzens laufen, daß es hätte zerspringen mögen vor Lust und Liebe. – Und wie gern und feurig hätte er jetzt auf die einsamen Rosenlippen Amandas einen Kuß gedrückt, bei welchem nur sein Herz wäre Zeuge gewesen! – Aber weder das Wachs noch seine Achtung für die Geliebte ließen einen zu; und er hielt sich in den engsten Grenzen der zartesten platonischen Liebe gegen die Büste.

Daß er seinen künftigen Vater mit der Pockennarbennase und dem Heiligenscheine einmal finden werde, war ihm wohl unter allen Dingen, wie das wichtigste, so das gewisseste, nur ausgenommen das Anerkennen und Legitimieren durch ihn, das allerdings (sah er) noch gewisser war, da es nicht mehr, wie das Finden, von außen und Zufall abhing, sondern von innen und Herz. – So war er denn ein froher gemachter Mann, der für seine ganze Luftschiffflotte nun einen Aker hatte, den er auf die Erde und auf einen Thron fallen lassen konnte, um unten anzukommen; denn bisher hatt' er seine Anker mehr nach oben in den Äther ausgeworfen, wo sie der Tiefe wegen nicht Grund faßten. Als er nach einigen Tagen den Schulkameraden und Gouverneur Peter wiedersah: wußte er mit dem alten Schul-Du einen gewissen höhern, seiner Geburt gemäßen Anstand so leicht zu verknüpfen, daß der Gouverneur über dreißig Einfälle darüber hatte. Prinz Nikolaus hatte nicht halb so viele erwartet; denn er hatte, ob er gleich Peters Weise kannte, gedacht, dieser habe den am Krankenbette vorgezeigten Ernst wirklich besessen und alles geglaubt, was er gesagt oder gehört. Aber er vergab es gern; und er mußte ihn ohnehin haben, weil Peter der einzige in ganz Rom war, mit dem er frei über seine Kronerbschaft sprechen konnte, mochte auch der Kauz dazu spaßen, wie er wollte. Der Prinz blieb doch, was er war, wenn der Gouverneur ihm die Frage vorlegte, aber weniger im Ernst als Scherz: «ob er denn nicht – wenn in China bei der Erlöschung einer Dynastie der Kaiserthron sich erledigt und zur vakanten Stelle sich sogar Schuster, Köche, ja Räuber melden – schon seines fürstlichen Geblüts wegen ganz andere Ansprüche habe; ja schon als bloßer Apotheker mehr als ein gemeiner Soldat in Algier, wo jeder im Regiment als präsumptiver Kronerbe anzusehen ist.» –

«Bon!» versetzte aufgeräumt der Prinz; «so scherze man denn weiter!»

Der zweite Gebrauch, den er – nach dem ersten des Treppensteigens zur geliebten Prinzessin – von seinem künftigen Regierungantritt machte, war, daß er unaufhörlich in Rom durch die Straßen auf- und abging und einen Menschen nach dem andern grüßte; er wollte seiner Menschenliebe etwas Rechts zugute tun. Da er schon seit Jahren nichts lieber machte als eine Verbeugung samt Gruß, weil er allen Menschen gern eine kleine Freude geben wollte, und doch nichts anderes dazu hatte als eben seinen Hut, in welchem er ihnen seinen geistigen Hutzucker der Liebe präsentierte und vorhielt: so freute er sich, daß er zugleich als Prinz sich herablassen und dadurch den unansehnlichen Gaben, die er mit dem Weihwedel des Hutes umhersprengte, einen bedeutenden Wert, wie man künftig einsehen werde, erteilen konnte. Und in der Tat, er hat recht, daß er einen Gruß so hochhält, eine der kürzesten Bewegungen des Mundes und Hutes, und doch ausreichend, um einem Vorbeigehenden auf der Gasse ein Freudenblümchen anzustecken und mitzugeben, das so lange frisch bleibt, bis er um die Ecke herum ist oder vor einem neuen Gruße vorbei. Der Verfasser dieses wendet daher mit Freuden jahraus, jahrein einige Hasenhaare seines Hutes daran, um ihn besonders vor denen zu ziehen, die dergleichen gar nicht mehr erwarten, als da sind z.B. abgelebte verwitibte Honoratioren, überhaupt ältliche Damen, so wie junge, noch nicht teetischfähige Mädchen von vierzehn Jahren, für welche die männliche Höflichkeit venia aetatis (Alters-Erlaß) ist, und vernachlässigte abgesetzte Männer, die kein Teufel kennen will. Zu einiger Ersparnis des Filzes schreitet er dafür vor kecken, hochbaumigen Amtmenschen, die auf dergleichen Gewehr-Präsentieren passen, und vor Offizieren, die jeden auf einen Schuß und Gruß fodern, bedeckt fürbaß.

Aber der Prinz Nikolaus fing seine künftige Regierung nicht bloß damit an, daß er in der Stadt mit der Säemaschine des Hutes herumging, womit er die Krönmünzen der Grüße an allen Gassen auswarf, sondern er trug sich auch besonders mit den Planen, wie er einmal die Menschen, wo auch die wären, die ihm sein Vater dazu gebe, unerwartet beglücken wolle. Und oft nach einem langen Spazieren lagen um Rom die Dörfer ordentlich im Sonnenscheine des Glückes vor ihm, den er innerlich auf sie während des Gehens geworfen. Glücklicher, wenn auch noch von niemand als mir anerkannter Prinz, den keine Kronschulden und keine Minister des Innern abhielten, in jeder Sackgasse bei jedem Glockenschlage deinen Untertanen so viel zu bewilligen, als sie und du nur wollen; und das Land, das du in deinem Kopfe voraus regierest, blüht unter dir so dauerhaft! Und kein Feind von außen überzieht, keiner von innen unterhöhlt es! – Solche Länder wären den meisten Fürsten zu wünschen.

Da er aber immer öfter neben dem Hute auch den Beutel zog, um landväterlich etwas zu schenken – nur nicht genug war's ihm, und er sagte, er würde sich schämen, wenn man wüßte, wer er sei –, und da sich im Sonnenfeuer seiner Liebe immer mehr vom akademischen Diamante verflüchtigte: so hielt es Peter für Pflicht, schon in Rom sein Prinzengouvernement anzutreten und ihm zum schnellen Beziehen der Akademie (zumal wenn er etwas übrigbehalten wollte, um als ausstudierter Prinz sich in der Apotheke zu setzen) die stärksten Gründe – schwächere, Peters eignen Vorteil betreffend, bracht' er nicht einmal vor – ans Herz zu legen.

Und mein eigner Vorteil ist es auch, denn ich kann nicht genug eilen, um zum letzten Vorkapitel zu kommen.

Ernste Ausschweife des fünften Vorkapitels sind: Die prophetischen Tautropfen – Der Dichter auf dem Krankenbette – Der Regenbogen über Waterloos Schlachtfeld – Das Gefühl bei dem Tode großer Menschen – Alte und neue Staaten.

Sechstes und letztes Vorkapitel,
worin des Prinzen akademische Laufbahn gut, aber kurz beschrieben wird

Mit Recht sagt' ich am Ende des vorletzten Vorkapitels: ich kann nicht genug eilen, um zum letzten Vorkapitel zu kommen; denn ich kann ja in diesem nicht genug eilen, um endlich in das erste Kapitel zu gelangen.

Ich denke, ich koche die Geschichte der akademischen Laufbahn zur angenehmen Sirupsdicke ein oder dämpfe sie hinlänglich ab, wenn ich sie so erzähle wie folgt:

«Prinz und Gouverneur zogen miteinander in ihrem Inkognito nach Leipzig und blieben da ein paar Jahre in einem fort darin, bis sie wieder nach Rom heimkehrten. Nikolaus hatte dort unter allen Vätern von Geburt, welche zuweilen durchreiseten, nie seinen eignen angetroffen, sondern war mit seinen Heiligenstrahlen und zwölf Nasennarben ohne Vorbild ungekannt stehen geblieben. Nie vergaß der Prinz seiner Würde und Abkunft; indes mußte er sich doch hauptsächlich auf Pflanzenkunde und Scheidekunst[56] legen, um sich als geschickter Apotheker in Rom zu setzen, zumal da schuldenshalber die Marggrafsche Apotheke bald unter dem Strohwisch wegzugehen drohte. Lange konnte er sich ohnehin aus zwei Gründen nicht auf der Universität aufhalten, da erstlich der Diamant durch ihn und Peter so glücklich verflüchtigt und geschmolzen worden, als wäre der eine ein Brennspiegel, der andere Bockblut[1], und da er zweitens nicht die Stunde erwarten konnte, wo er seine geliebte Prinzessin, von welcher er so lange Zeit geschieden und ohne eine einzige Zeile ihrer Hand gelebt, wiedersehen durfte; denn sie hatte ihn nicht dahin begleiten können, da er sich nicht getraute, sie sicher genug einzupacken, weil zwar eine Stoßwunde am Fleisch, aber nicht die kleinste an Wachs wieder verwächst. Da überhaupt in großen Städten die träumerische Phantasie einschrumpft, aber in kleinen aufschwillt, wo keine Größe durch einen beschämenden Maßstab zurückscheucht: so legte ihn besonders das kaufmännische Leipzig mit seinen hohen Häusern recht unter die Pflanzenpresse und drückte ihn erbärmlich platt und fahl, bis er erst wieder in Rom in einige Blüten schoß.» ......

Und so ist nun, glaub' ich, das ganze sechste und letzte Vorkapitel, wo die Leipziger Studentenjahre mit ihren sämtlichen Auftritten darzustellen waren, im ganzen gedrängt und eutropisch genug zu Ende gebracht, soweit ein neuer Eutrop sich dem alten klassischen Eutropius[57], dem Abkürzer der römischen Geschichte, im Verkürzen gleichstellen darf. –

Jetzt endlich darf ich's heraussagen, wie alles steht, und daß ich bisher nicht ohne viele Hinterlist gegen die ehrlichen Leserinnen geschrieben. Es

1 Nur Bockblut löset, wie Lessing in seinen antiquarischen Briefen aus Plinius bemerkt, den harten Stein auf.

fängt nämlich die wahre Geschichte – Nikolaus' und seiner Freunde eigentliche ordentliche ungestörte Historie – erst im nächsten *ersten* Kapitel an; schreitet aber freilich dafür so strenge ohne alle Vorkapitel von Tag zu Tag, von Stelle zu Stelle fort – nicht wie in den sechs Vorkapiteln manches, zumal Kleinstes überfliegend –, daß ich die Zeit- und Raumeinheiten wahrhaft beobachte und den ganzen historischen Weg nicht als ein lyrisches *Flügelpferd,* sondern als eine gute epische *Flügelschnecke* zurücklege, ähnlich der naturhistorischen im Meere, welche als Wurm mit zwei häutigen flügelähnlichen Flossen darin schwimmet, sehr schöne Farben hat, Leibspeise der Walfische ist und sich bei den Naturforschern Clio nennt, ein Name der geschichtlichen Muse, den ich wohl vom Seewurm auf mich als dichterischen Geschichtforscher übertragen mag.

Die Umstände bei der Sache sind hauptsächlich diese, daß ich die sechs Vorkapitel oder ihre historischen Bruchstücke erst überkam, als ich schon die sogleich folgenden zwölf ordentlichen Kapitel völlig ausgearbeitet hatte und sogar flüchtig gefeilt. Da ließ sich weiter nichts anderes machen – einzuweben waren die breiten Stücke nicht –, als sie etwas geschickt vorzustoßen und sie dem Werke als ein Vorwerk anzubauen. Es wurde dazu eine gewandte leichte Hand verlangt. Leser rennen gewöhnlich und sind am wenigsten aufzuhalten und einzufangen, wenn sie eine wahre bestimmte Geschichte in der Ferne vor sich erblicken. Ich durfte daher auf keine Weise den Vielkopf, wie Wolke das Publikum höflich und schicklich übersetzt, etwas davon merken lassen, daß die historische Hauptsache erst später im nächsten Kapitel anfängt – denn über die Überschrift «Vorkapitel», die etwas verraten konnte, ging der Vielkopf wie gewöhnlich hinweg –; und doch durft' ich wieder auf der andern Seite nur kompendiarisch darstellen und gallische Flüge statt deutscher Schritte machen, weil ich sonst ein ganzes Buch einem schon fertigen Buche hätte vorauszuschicken gehabt[1] und weil ich mich selber in das eigentliche rechte Geschichtwerk zurücksehnte.

Auf diese Weise glaub' ich eine der schwersten Aufgaben eines Geschichtschreibers nicht unglücklich gelöset zu haben, indem der größte Teil der Leser wirklich mit mir bis hieher dicht vor das erste Kapitel gekommen ist. Die wenigen andern Leser, welche sich etwa mit Überspringen aller Vorkapitel

---

1 Wurde mir doch von einer gewissen Person, die ich nicht zu nennen brauche, die oben in der Geschichte mitspielt, ernsthaft angesonnen – als man meine Willfährigkeit zu der bisherigen Vorgeschichte wahrnahm –, diesem Vor-Bande oder Vor-Teile wieder einen Vor-Band, also den Urkapiteln Ururkapitel vorzuhängen und vorzuspannen, wie es etwa mit den Vorgeschichten des Erdballs geht, der täglich rückwärts (nicht bloß vorwärts) älter wird; aber ich versetzte sehr ernst und fest: «Deutschen Lesern kann man viel ansinnen, jedoch nicht alles, und es ist überhaupt nicht meine Gewohnheit, ihnen eine Geschichte auf irgendeine Weise lange vorzuenthalten, nicht einmal durch erlaubte Ausschweife.»

sogleich hieher an das erste Kapitel gemacht haben, halt' ich hier vielleicht zeitig genug an und halte ihnen vor, um sie zurückzutreiben, ob sie einem Autor, der ihnen achtunddreißig Jahre seines Lebens durch seine Feder schenkte, wohl *eine* halbe Stunde, einundzwanzig Minuten und zwölf Sekunden abschlagen können; denn wahrlich keinen Deut mehr kann das Lesen der sechs Vorkapitel ihnen kosten, sobald der Rechnung im allgemeinen Anzeiger nicht öffentlich vom Anzeiger selber widersprochen wird, daß ein ordentlicher Mensch, der in sechzehn Sekunden seine gedruckte Oktavseite durchliest, ein ganzes Alphabet von Druckbogen in einer Stunde, zweiundvierzig Minuten und vierundzwanzig Sekunden durchbringen kann. –

Und so mach' ich mich, nachdem ich so glücklich mit Sechsen angekommen bin, vergnügt weiter und arbeite, während der Leser die nächsten zwölf fertigen Kapitel durchgeht, ungestört und gemächlich an den darauffolgenden hinten fort; endlich kommt der Leser aus seinen Kapiteln nach und findet mich in meinen; ein köstliches Leben von allen Seiten! – Und ich gewinne am meisten dabei. –

Damit indes der gute, nie genug zu lobende Leser, der sich durch die bisherigen sechs Vorkapitel-Wochentage durchgeschlagen bis zum Sonntage des ersten Kapitels, sogleich wisse, von welchen Zeiten und Umständen dasselbe zu erzählen anfängt: so soll es ihm hier mitgeteilt werden. Nikolaus ist seit der Zurückkehr aus Leipzig teils um einige Jahre älter geworden, teils um manches Goldstück ärmer (der Diamant ist ohnehin längst fort). Der Prinzengouverneur Peter Worble hat beinahe gar nichts und ist seitdem zwar vielerlei geworden, aber nicht viel. – An Thronbesteigungen denkt vor der Hand kein Mensch, und Gott dankt man schon in der verschuldeten Apotheke, wenn man nur etwas zu beißen anstatt zu beherrschen hat. – Übrigens legte sich Nikolaus, noch bevor er Weisheitzähne hatte, etwas auf den Stein der Weisen ...... Doch genug; sonst erzähl' ich ja beinahe das erste Kapitel, eh' es nur da ist, und mich dünkt, in ihm selber ist immer noch Zeit genug dazu.

Buchbindernachricht nach dem Abdrucke des Vorstehenden, für den Leser

Eben nach einigen Monaten bringt mir die fahrende Post aus Heidelberg die abgedruckten Vorkapitel, und ich sehe mit Erstaunen, daß diese, wenn gar die ernsten Ausschweifungen für die Leserin in die Presse nachgesendet werden, allein einen ganzen *ersten* Band des *Kometen* vollmachen, so daß die Kapitel mit der eigentlichen Geschichte, wovon bisher so viel Redens gewesen, erst im zweiten auftreten. Eine sehr verdrießliche Sache für mich, da mir so manches Wink-Reden wäre zu ersparen gewesen, hätte ich den Abdruck der Vorkapitel vorher in Händen gehabt. – Auch wird die Leserin leider den ganzen Tempel des Werks nach der Stiftshütte beurteilen. Es gibt nun aber weiter keine Hilfe, als daß ich in der Vorrede, die ich zum Glücke noch zu schreiben habe, die ganze Sache erzähle und jeden darauf vorbereite, daß er den zweiten Band abzuwarten hat. Von der andern Seite aber kommt mir, so viel seh' ich wohl ein, der Zufall des vollmachenden und zweibändigen Abdrucks besser zustatten als die feinsten Maßregeln, die ich selber nur hätte nehmen können, damit die Leserin nicht aus historischem Hunger die Vorkapitel überhüpfe; denn den ganzen ersten Band, den sie vom Bücherverleiher holen läßt, kann sie nicht überspringen, sondern sie muß ihn für ihr Geld so lange lesen, bis sie den zweiten bekommen. – Und so ist alles gut.

*

Ernste Ausschweife des sechsten und letzten Vorkapitels sind: Die Wohltäter im Verborgenen – Die Kirchen – Leiden und Freuden – Traum über das All.

ANHANG
der ernsten Ausschweife für Leserinnen

Ernste Ausschweife des Urkapitels für Leserinnen

Die Ziele der Menschen

«Ist nur dies noch getan und jenes errungen und alles nach Wunsch gegangen: so bin ich im Hafen und ruhe schön», sagt der Mensch; und er läuft wirklich in einem Hafen ein, den er sich, wie zuweilen die Seefahrer, in einen Eisberg ausgehauen; auch bleibt er darin, bis der Hafen entweder fortschwimmt oder wegschmilzt.

*

Klage des verhangnen Vogels

«Wie unglücklich wär' ich», sagte der eingesperrte Vogel, «in meiner ewigen Nacht ohne die schönen Töne, die zuweilen zu mir wie ferne Strahlen eindringen und meinen verfinsterten Tag erhellen! – Aber ich will auch diese himmlischen Melodien in mich prägen und wie ein Echo sie nachüben, bis ich selber mich mit ihnen in meinen Finsternissen trösten kann.» – Und der kleine Sänger lernte die ihm vorgespielten Melodien nachsingen; da wurde das verhangende Tuch aufgehoben, denn zum Erlernen war die Verfinsterung geordnet gewesen. – Ihr

Menschen, wie oft habt ihr nicht ebenso geklagt über wohltätige Verfinsterungen euerer Tage! Aber nur dann klagt ihr mit Recht, wenn ihr nichts darin gelernt. – Und ist nicht das ganze irdische Dasein eine Verhüllung der Psyche? Möge sie nur, wenn die Hülle fällt, mit neuen Melodien auffliegen!

*

Die Weltgeschichte

Schauet das Menschengeschlecht an, in welchem Jahrhundert ihr wollt: es wird euch immer Ausbreitung und Übergewicht der Sünder und Verdorbnen darstellen und die Reinen und Besten nur in Ausnahmen, gleichsam als kleine Eisstücke vorzählen, die einsam im salzigen Weltmeere süßes Wasser bewahren. Wie muß vollends das Menschengeschlecht, wenn es in den Zeiten sich und sein sündiges Übergewicht verdoppelt hat, aussehen? wird man fragen. Viel besser, ist die Antwort; denn es bleibt auch darin dem verdorbenen Weltmeer ähnlich, daß aus diesem bloß reines süßes Wasser aufsteigt, womit die Berge unsere Erde tränken; und daher konnten aus den düstern Jahrhunderten sich helle entwickeln und aus den jüdischen sich christliche. Das Böse wirft wie ein verfinsterter oder nächtlicher Weltkörper zuletzt seinen Schatten nur in den leeren Abgrund und verfinstert nur im Fluge.

Gäb es für das Herz nichts als den Augenblick, so dürftest du sagen: um mich und in mir ist alles leer; aber liegt da nicht die lange Vergangenheit hinter dir und wächst täglich, und die Zukunft steht vor dir, und deinen Winter umschließt ein Frühling und ein Herbst? – So gleicht auch das leerste Leben den großen Wüsten in Indien, um welche waldige Ufer ewig grünen.[1]

*

Die sterbenden Kinder

Ein Polymeter

Die Ephemeren sterben alle in der untergehenden Sonne, und keine hat je in den Strahlen der aufgehenden gespielt. – Glücklicher ihr kleinen Menschenephemeren! Ihr spieltet nur vor der aufgehenden Sonne des Lebens und flogt über einer frischen Welt voll Blumen und sanket, noch ehe der Morgentau verlosch.

1 Nach Humboldts Bemerkung.

Die Erinnerung an Dahingegangne

Ein Polymeter

Kein Toter, so rieten die Alten, mache mit den Lebendigen die Fahrt, sogar seine Asche erregt die Wogen und droht den Sturm und Untergang. O wie anders und schöner begleitet ein Dahingegangner das Herz auf der Fahrt des Lebens, das ihn in sich aufbewahrt und das im Geschrei und Gepränge des Außen immer zu ihm hineinblickt! – Wie erwärmt und erhebt den Sterblichen ein geliebter Unsterblicher, gleichsam ein überirdisches Herz in einer Erdenbrust![1]

*

Trost der Greise

Verzage nicht, edler Menschengeist, wenn deine Kräfte sich verdunkeln, weil dein Erdenleib sich vor den Jahren beugt und entfärbt und endlich niederlegt. In einer Sommernacht schimmerten einst die Blumen in ihrem Tau vor dem blendenden Monde,

1 Ein Mensch, der einen unersetzlichen Verlust fortliebend in sich tragen muß, erhält gegen jeden andern, aber Glücklichern eine höhere Stellung im Handeln.

jede mit silbernen Perlen geschmückt; als der Morgen nahte, wurden sie trübe, die Perlen verloren den Glanz, denn ihr Mond erblich und ging unter, und nur kalte Tränen blieben in den Blumen. Siehe! es ging die Sonne auf; da glänzten die Blumen wieder, aber Juwelen statt der Perlen spielten in ihnen und schmückten den neuen Morgen. – – Auch dir, o Greis, wird künftig eine Sonne aufgehen und deine verdunkelten Tautropfen verklären.

*

Unverlierbarer Seelenadel

Es gibt einen Seelenadel, dessen der Glückliche, dem er angeboren ist, sich nie entsetzen kann selber durch ein Leben voll Verirrung; und immer werden ihn Glanzspuren davon sogar in den heißesten Tagen der Jugend und in den frostigsten eigennützigsten des Alters von gewöhnlichen Seelen in ihrem Fallen und ihrem Steigen unterscheiden, so wie ein mit wenigen Goldblättchen umlegter Kupfer- oder Silberstab immer mit dem Golde bedeckt erscheint, werde er auch durch immer engere Löcher dünner gezogen und meilenlang ausgedehnt.

*

Sittliche Vollendung

Der Triumphbogen der Sittlichkeit ist ein Regenbogen, durch welchen noch kein Sterblicher gegangen und den keiner über seinem Haupte gehabt, einen ausgenommen, der aber selber als Sonne unter den Wolken stand.

*

Wärme- und Kälte-Entwicklung aus andern Menschen

Wie wenig braucht der Mensch Wärme oder Kälte, um sie dem andern mitzuteilen und sich und ihn heiter oder trübe zu machen. Der Morgen wandelt Reif zu Tau, der Abend Tau zu Reif. Mensch, willst du der Morgen oder der Abend sein, unter Edelsteinen oder auf Schnee wandeln?

Ernste Ausschweife des zweiten Vorkapitels

Der Mensch ohne Poesie

Der Mensch, welcher das Leben bloß mit dem Verstande ohne innere Poesie genießt, wird ewig ein notdürftiges mageres behalten, wie glänzend auch das Geschick dasselbe von außen ausstatte; es bleibt einem Herbst voll Früchte und Farben, welchem der Zauber der singenden Vögel fehlt, oder den großen nordamerikanischen Wäldern ähnlich, welche tot und trübe schweigen, von keiner Singstimme beseelt. Wohnt aber ein poetischer Geist in dir, der die Wirklichkeit umschafft – nicht für andere auf dem Papier, sondern in deinem Herzen –, so hast du an der Welt einen ewigen Frühling; denn du hörst unter allen Gipfeln und Wolken Gesänge, und selber wenn das Leben rauh und entblättert weht, ist in dir ein stilles Entzücken, von welchem du nicht weißt, woher es kommt; es entsteht aber, wie das ähnliche in den blätter- und wärmelosen Vorfrühlingen des äußern Wetters, von den Gesängen im Himmel.

*

Einsamkeit der Menschenseele

Wenn du in der Schlacht, wo Tausende mit dir wirken und stürmen, mitten in der blitzenden donnernden Menschenwelt stehst und mitglühst: so siehst du keine Einsamkeit, sondern eine ganze Menschheit um dich; – und doch ist eigentlich niemand bei dir als du. Eine einzige Bleikugel, welche als ein finsterer Erdball in deine Himmel- oder Gehirnkugel dringt, wirft das ganze Schall- und Feuerreich der Gegenwart um dich fern hinunter in die Tiefe, du liegst als Einsiedler im Getümmel, und hinter den zugeschloßnen Sinnen schweigt die

Welt; dieselbe Einsamkeit umschließt dich, ob dir in der entlegnen Waldhütte oder auf dem Pracht- und Trommelmarkte des Todes die Sinnen brechen. Neben dir bluten die andern Einsiedler, jeder in seiner zugebaueten Kerkerwelt. – Wenn aber auf diese Weise, was aus der Ferne als Menschenbund gesehen, in der Nähe nur eine Menschentrennung wird und ein Einsiedlerheer, ein unauflöslicher Nebelfleck zusammenfließender Sonnen ist, welche in der Wahrheit sich voneinander durch Weltenräume scheiden; – und wenn dieses, was für die Prunkstätten des Lebens gilt, ebenso für jede andere Stätte gilt: ist denn nichts vorhanden, damit der einzelne nicht einzeln bleibe, sondern sich zu einem Ganzen und Großen vereine? Ja, ein Wesen lebt von Ewigkeit, das alle Wesen zugleich bewohnt und beherbergt und so alle einander selber zunähert. Wir sind Sennenhirten, jeder auf seiner Alpenspitze fern vom andern, aber der Gesang geht zu den Hirten über die Abgründe hinüber und herüber und wohnt und spricht von Berg zu Berg in denselben Herzen auf einmal. So sind wir alle nicht allein, sondern immer bei dem, der wieder bei allen ist und in welchem alles von innen und außen zusammenfließt; und dies ist Gott, durch den allein das Größe und Liebe wird, was in der Welt Größe und Liebe scheint. – Und so bleibt denn auch nicht einmal unsere letzte dunkelste verschlossenste Minute einsam.

*

Der Leugner einer lebendigen Gottheit muß, da er unmittelbar bloß mit den Wesen seines Innern umgehen kann, sobald ihm das höchste darunter unsichtbar geworden, in einem starren toten All dastehen, eingekerkert in die kalte, graue, taube, blinde, stumme, eiserne Notwendigkeit; und wahrhaft ist für ihn nichts mehr rege und lebendig als sein flüchtiges Ich. So steht, wie er, der Wanderer auf dem Eismeere und den Eisbergen der Schweiz, rundum Stille – nirgends ein Wesen, das sich bewegt – alles starrt unabsehlich weit hinaus – nur höchstens zieht zuweilen ein dünnes Wölkchen hinauf und scheint sich zu regen in der unermeßlichen Unbeweglichkeit. Ja, wenn er Gott verloren aus seinem Glauben und vollends noch dazu in Unglück und Sünde zugleich geraten ist: so gleicht seine Einsamkeit jenem andern, fast der bloßen Vorstellung zu schmerzhaften Alleinsein eines in seiner Holzhütte zur Hinrichtung angeketteten Brandstifters, welchen Holzhaufen immer höher und breiter umbauen und einschlichten und der nun in der Hütte ganz einsam das Heranbrennen zum Sterben an der Kette erwartet.

*

Der Dichter

Seh' ich im Gedichte nicht den Dichter als Menschen, sagt der eine, so sind mir alle seine Spieglungen des Großen bloße Vorspieglungen. Und seh' ich, sagt der andere, im Gedichte nichts weiter als den lebendigen Menschen, der es gemacht: so hab' ich sein Gedicht nicht nötig, denn die Alltäglichkeit steht auf allen Märkten feil. Aber der rechte Dichter vereinigt beide, weil das Gedicht ein Strom ist, der wohl den Boden zeigt, worauf er fließt, aber ihn durchsichtig macht und unter ihm in einer größern Tiefe, als er selber hat, den unergründlichen Himmel ausbreitet und spiegelnd ihn mit dem obern verwölbt.

*

Geistige Erhabenheit der Berge

In der Ebene ist der Berg erhaben; aber auf diesem wird es jene. Man braucht freilich auf keinen Mastbaum zu steigen, um die Ebene des Meers erhaben zu finden; aber das Meer gewinnt seinen Vorzug der Erhabenheit vor der Ebene teils durch die größere Ausdehnung, teils durch seine Beweglichkeit, welche die Wogen zu Millionen Gelenken *eines* unermeßlichen lebendigen Riesen beseelt. Eine unabsehliche Ebene vergeistigt sich erst durch die Ferne zu einem verbundnen Ganzen und durch die Wohnungen der Menschen zu einem lebendigen. – Ein Berg gewinnt erst durch die Ferne seine Erhabenheit; in der Nähe wäre ein hochsteiler bloß eine Aufeinanderbauung von Türmen, und ihm gingen zu seiner romantischen Größenmessung der waagrechte Maßstab und die Wolken unter seinem Gipfel ab. – Romantisch erhaben ist eigentlich weniger der Berg als das Gebirg; nur dieses steht als die lange Gartenmauer vor fernen länderbreiten Paradiesen da, und wir steigen mit der Phantasie aus unserem beengten Bezirk hinauf auf die Scheidewand und schauen hinunter und hinein in das ausgelegte Länder-Eden. Stehst du jedoch selber wirklich auf der Scheidemauer zwischen deinem Lande und dem fernen: so verklären sich auf dem Tabor[58] der Höhe beide zusammen, und deines schimmert als Vergangenheit und das ferne als Zukunft hinauf, und nichts ist kalt und kahl als der Boden unter deinen Fersen. – Aber warum bewegen und erheben uns ferne Waldungen viel weniger als Gebirge? Ja warum, wenn diese das Herz ausdehnen, schränken jene, obwohl auch Höhen, es zuweilen ein? – Rükke und tauche die Wälder nur tief und fern genug unter den Gesichtkreis, daß sie als niedrigere Wolkenstreifen sich hinzuziehen scheinen: so üben sie, wie ja sogar die Ebene, die Zaubermacht der Ferne aus. Näher hingegen herangestellt, so hebt der Wälderzug die Seele nur wenig, aus vielen zusammenwirkenden Nebenumständen, z.B. weil er zu keiner bestimmten Gipfelhöhe sich schließt – weil also die Phantasie sich auf keine zum Umherblicken begeben, sondern sich in die enge Tiefe versenken und darin nur zerstreuete Menschen, Köhler, Jäger, Diebe finden kann – weil er uns nur mehr mit der Länge erscheinen kann, welche ohne die erhebende romantische Breite nur eine undurchsichtige dünne Baumlinie ist. Hingegen sieht wieder ein Turm, der aus der an sich nicht erhabenen Waldung dringt, uns romantisch-erhebend an – was er auf einem Berge nicht täte –; aber wie viele Strahlen brennen hier zu *einem* Punkte zusammen! Eine in einen Wald verhüllte, von ihm umgitterte und beschattete Sammlung von Menschenherzen – die lange Waldung wieder als beherrschter Garten an die Gemeinde gedrängt – der Turm als offner lichter Sonnenweiser des aus den Schatten heraufbetenden Seelenbundes – die aufgedeckte Geselligkeit in der Waldwüste – das Sehnen der Verschatteten nach uns, das in uns wieder zu einem nach ihnen wird – – und Himmel! wie viel andere Farbenpunkte mögen sich noch erst heimlich ineinander verflößen, bis sie uns zu einem erhabenen Gemälde werden! – So wäre eine *Größenlehre* der Phantasie zu schreiben – ebenso unerschöpflich als die mathematische –, wenn man die ästhetischen Größen auf neue Weisen gruppierte und darüber die Aussprüche des Gefühls vernähme und aufnähme.

Ernste Ausschweife des dritten Vorkapitels

Annahme sittlicher Unarten

Manche schöne richtige Handschrift bei Jünglingen und Jungfrauen fand ich nach Jahren voll verzerrter, unleserlicher, ausschweifender Buchstaben; und nichts war daran schuld – Nachlässigkeit am wenigsten – als die drei Dinge, daß die Schreiber recht viel, folglich recht eilig und abgekürzt schrieben, daß sie aus Vorliebe für manche Buchstaben diese recht ausschweiften und daß sie endlich sich nicht in ihre eigne Unleserlichkeit hineinzudenken vermochten. – Ist es viel anders, wie manche schöne Seele in ihre Unarten gerät? Die häufige Wiederkehr derselben Verhältnisse – die Eiligkeit ihrer Behandlung und Abfertigung – die Vorneigung zu gewissen Äußerungen – und das Unvermögen, sich sich selber unähnlich zu finden und das allmählige Abarten von sich wahrzunehmen, dieses Ursachen-Drei kann machen, daß ein sanfter Mensch ohne sein Wissen ein auffahrender wird oder ein großmütiger, ein karger u. s. w.

*

Jacobi, der Dichter und Philosoph zugleich

Man zeige mir nur den zweiten Schriftsteller, dessen Herz so trunken nach Liebe dürstet und von Liebe überquillt, indes zu gleicher Zeit sein Geist so scharf einschneidet und so philosophisch die Welt abschält, und das eigne Herz dazu. Und so gab uns dieser Unvergeßliche Liebe und Wahrheit auf einmal und glich dem Magneten, welcher sowohl anzieht und trägt als am Himmel orientiert und zeigt als Kompaß.

*

Die leidenden Kinder

Die Kirche nennt die Kinder als die ersten Märtyrer des Christentums, nämlich die von Herodes ermordeten. Aber noch sind die armen Kinder die ersten Märtyrer in der Weise, wie man ihnen das Christentum predigt – ferner in der Ehe zwischen physisch- oder zwischen moralisch-kranken Gatten – und die Märtyrer der meisten Kenntnisse. – – Oh, schafft die Tränen der Kinder ab! Das lange Regnen in die Blüten ist so schädlich.

*

Anschauung der Größen und der Kleinigkeiten der Erde auf verschiednen Standpunkten

Wie die Seele sich erhebt, verkleinert sich ihr das Gepränge des Lebens, die Höhen der Gesellschaft und alles, wovor die Menge kniet und erschrickt; das Geringfügige aber nimmt der gehobene Geist liebender wahr, das Wiederkommende, die kleinen Freuden und Ehren und Ziele des Lebens, ohne doch sich selber in sie zu verlieren. So wiederholt sich hier geistig das Körperliche, daß dem Menschen auf einem hohen Gebirge die Höhen sich erniedrigen, aber dagegen die Täler sich ausbreiten.

*

Staatsleute

Nichts wird ihnen schwerer, als den Unterschied zwischen mechanischen und zwischen organischen Kräften im Körperreiche zu übertragen ins Geisterreich und als denselben durchgreifenden anzuerkennen; und zwar darum, weil sie Gewalt und Gesinnung nicht scheiden, sondern sich einbilden, da Gesinnung Gewalt gibt, so gebe Gewalt Gesinnung. Seht, mitten in dem weichen süßen Pfirsich setzet sich die Steinhülse des Kerns zusammen; und diesen Stein spällt nicht der Druck, sondern das sanfte Treiben des Keims. So bildet im Staate die öffentliche Meinung eine Gewalt, welche die Keime der Zukunft beschirmt und die nicht zu durchbrechen ist.

*

Politisches Gleichnis und Gegengleichnis

«Es ist Büchergeschwätz», sagte ein Staatsmann, «daß in England oder in Nordamerika die Meinung des Volks oder gar ein Geist der Zeit Regierende beherrschen kann oder soll. Das Wort des Herrschers treibt oben allmächtig, wenn er will, das Ganze und sogar wider den Volks-Strom; denn wie will dieser Strom, nenne man ihn Geist der Zeit oder Meinung des Volks, sich selber entgegenströmen, gleichsam entzweigeteilt, und sich selber bekämpfen und beherrschen? Da blickt das Schiff an, der Staat ist ja ein Admiralität- und Kriegschiff und ein Kirchenschiff zugleich, und seht zu, ob dieses Schiff je ohne Hilfe von oben, nämlich ohne den Wind und die Segel, die ihn auffangen, und ohne den Mastbaum dazu, jemals durch und gegen das Wasser kann getrieben werden!»

Während der Rede kam ein wunderbares Schiff dem Hafen zugeflogen, ohne einen Mastbaum und ohne Segel, mit einer gefährlich rauchenden hohen Feuermauer, geradezu gegen den Wind und wider die Wellen treibend; und der Minister fragte: «Was ist aber dies für ein Haus, das sich ordentlich selber bewegt und verrückt und das noch dazu in Feuergefahr kommen kann?»

Zum Glücke stand ein Gegengleichnismacher neben ihm und konnte versetzen: «Ein Dampfschiff ist's; *Wasser* wird durch *Wasser*, das mit *Feuer* im Bunde steht, besiegt und beherrscht – keine Winde sind nötig, bloß Räder, welche an den gewaltigen Dämpfen umlaufen, und keine Ruder sind nötig als das stille Steuerruder. Ja diese Macht eines durch bloßes Feuer entbundnen Wassergeistes scheint über das Wasser fast so vermögend zu sein als die Macht des Zeitgeistes über das Volk.» Dieses war das Gegengleichnis.

*

Kanonieren bei Geburt und Begräbnis

Die Fürsten kündigen ihr Ankommen wie ihr Abgehen – es sei nun von Städten oder vom Leben die Rede – durch Kanonen an, also durch Mord- und Blutzeichen. So bezeichnet die Sonne ihren Aufgang und ihren Untergang in den Wolken mit keiner andern von den sieben Lichtfarben als mit der roten.

Ernste Ausschweife des vierten Vorkapitels

Der unverwelkliche Brautkranz

Rosa hatte am Brauttage ihren Geliebten sterben sehen; aber ein sanfter Wahnsinn kam zu ihr und wurde ihr Tröster. Sie suchte jeden Tag weiße Blumen zu einem Kranze und stellte sich damit geputzt auf sein Grab und blickte umher und sagte: «Er wird schon kommen, wenn er mich im Mondschein mit dem Brautkranz sieht, und wird mich heimführen.» – Sie ging den ganzen Tag mit den weißen Blumen herum, wurde aber sehr betrübt, wenn sie abends welkten und Blätter fallen ließen. «Er kommt bloß nicht, weil mein Brautkranz nicht hält», sagte sie und nahm statt der Lilien weiße Rosen; aber auch ihnen flatterten Blätter davon, wenn sie auf dem Grabe stand und ihm entgegenschauete, und sie sagte: «Oh! es wollen nur die Dornen bleiben, und der Geliebte wird nicht kommen.» –

Da suchte eine Freundin sich ihres Irrtums zu erbarmen und spielte ihr statt der wahren Rosen seidene, mit einem Tröpfchen Rosenöl beseelt, in die Hand. Sie trug nun den ganzen Tag einen Rosenkranz, woraus kein Blättchen entfiel, und stellte sich abends mit froh-zitterndem Herzen recht früh auf den Hügel und blickte umher und sagte: «Heute kommt er, gewiß, gewiß; denn mein Brautkranz hält.» Sie stand im seligsten Vertrauen und Umherblicken so lange, bis sie ermattet, aber nicht verzagend zum Halbschlummer niedersank. Als endlich der Vollmond aufging und mit scharfen Strahlen ihre Augen traf: da fuhr sie enzückt zusammen und griff nach dem Rosenkranze und sagte: «Siehst du meinen Brautkranz, Geliebter?» Und sie sank unter im Wonnemeer der Freude und starb.

*

Erstarkung der milden Jungfrau

Bringet das weiche biegsame Herz in die Ehe und gebt ihm Kinder: so wird es euch unerwartete Kräfte des Widerstandes zeigen und statt des jungfräulichen Gehorchens vielleicht Befehle. Im süßen Fleische des Pfirsichs bildet der Kern eine beschirmende Steinrinde um sich; und nicht dem äußeren Schlage, bloß dem warmen linden Drucke des Keimes von innen gibt der harte Panzer nach und tut sich auf.

*

Weibliche Reize in der Ehe

Mit bloßen Reizen, leiblichen oder geistigen, in der Ehe zu fesseln hoffen, ohne das Herz und ohne die Vernunft, welche allein anknüpfen und festhalten, heißt eine Blumenkette oder einen Blumenkranz aus bloßen Blumen ohne ihre Stengel machen wollen.

Ernste Ausschweife des fünften Vorkapitels

Die prophetischen Tautropfen

Ein zu weiches und weises Kind beklagte an einem heißen Morgen, daß die armen Tautropfen gar nicht lange auf den Blumen hätten funkeln dürfen wie andere glückliche Tautropfen[1], die die ganze Nacht unter dem Monde leben und blinken und noch am Morgen bis zum Mittag in den Blumen fortglänzen; «die zornige Sonne», sagte das Kind, «hat in ihrer Hitze sie aus den Blumen getrieben oder sie gar verschlungen.» Da kam an diesem Tage ein Regen mit einem Regenbogen, und der Vater zeigte hinauf: «Siehe, droben stehen deine Tautropfen im Himmel und glänzen in Pracht, herrlich nebeneinander gesellt, und kein Fuß tritt mehr auf sie; denn merke, mein Kind, vergehst du auf der Erde, so entstehst du im Himmel», sagte der Vater; aber er wußte nicht, daß er weissagte; denn bald darauf starb das zu weiche und weise Kind.

*

1 Verfliegt der Tau sogleich bei Sonnenaufgang: so kommt nachmittags Regen und Gewitter. Bleibt er lange funkelnd liegen: so bleibt der Tag hell.

Schon halb geschieden vom Leben lag der Dichter auf dem Siechbette, und die Nacht war um ihn, nur am Himmel standen die Sterne hell mit ihren entfernten Tagen. Einmal malte er sich sein Begraben aus samt den Tränen, welche strömen würden, wenn die Glocken, die bisher ihn und seine Liebenden nur zu froh- und zu weh-milden Gängen begleitet und gerufen, auf einmal die Liebenden zu einem letzten Gange ohne ihn rufen und läuten würden: da wurde er durch das zukünftige Leichengeläute zu weich und matt und sich selber zu wichtig. Auf einmal fing mitten in der Nacht ein Geläute aller Glocken an, und ihm war zugleich, als streife erschütternd etwas über und durch ihn. Ein Angstgeschrei kam: es ist ein Erdbeben und läutet die Glocken! – Nun schämte sich der Dichter seiner vorigen Trauer, und er erhob sein Herz und fragte sich: wenn die Erde zerreißt und eine Welt sich selber und tausend Bewohner zu Grabe läutet: wer bist denn du, daß du aus dem Leichengeläute eines kleinen weggeflognen Wesens etwas machst? – Aber die Erderschütterung hatte heilend den Kranken berührt, und seine Totenglocke wurde noch nicht gezogen.

*

Der Regenbogen über Waterloos Schlachtfeld

Als endlich statt der Mordgewehre nur noch die zerrissenen Glieder rauchten und statt der Kämpfer nur noch die Verwundeten gehört wurden, sich nichts mehr bewegte als die Zuckung, und als der Tod sein meilenlanges niedergeschnittenes Erntefeld ansah, das Durcheinandersterben der Menschen und Tiere auf *einem* Lager: so erschien in Morgen ein Regenbogen, als wolle der Himmel die blutige Erde mit dem linden Verbande aus Farben umschließen – Für die brechenden Augen war der Ehrenbogen in Morgen hingestellt mit seinen Blumenfarben und mit dem Himmelblau und mit dem Erdengrün und dem Morgenrot; der Siegerkranz, vom Himmel gereicht und halb von der Erde verdeckt; der halbe Zirkel der Ewigkeit, in welche das Herz zieht, wenn es sich verblutet hat. Und wie vormals nach der Sündflut der erfreuliche Bogen als Zeichen der künftigen Verschonung gegeben wurde: so stand er nach einem so langen Blutregen über Europa als ein Friedensbote am Himmel, daß nun aufhören werde das Vertilgen der Menschen und die Ebbe und Flut des vergossenen Brüderblutes. Deutet das himmlische Zeichen nie anders, ihr Könige!

*

Die Ewigkeit hat Großes und die Vergangenheit hat große Menschen genug und die Zukunft ihrer noch mehr; aber wie wenige hat immer jede Gegenwart, die schmale Erdzunge zwischen den beiden Geisterweltmeeren! Man kann in einem erlaubten Sinne sagen, der Untergang einer bevölkerten Häuserzahl durch Erdfall und Wassersturz wiege in der geistigen Welt oft weniger als der Untergang eines Kraftmenschen, der wie alles Große eigentlich nur *einmal* erscheint; daher der Beiname des Einzigen bei Friedrich II. so überflüssig, ja zweideutig gewesen. Wenn wir erleben müssen, daß mehrere ausgezeichnete Geister hintereinander sterben: so ekelt uns das Leben an, die Erde wird uns zur Waise, und man glaubt einsam ohne Vater zu sein, weil sie nun ihre großen Gedanken, die wir nicht kennen, nicht mehr unten bei uns denken. Als Herder starb, hatte der Verfasser – und er hofft, noch mancher Deutsche – ein Gefühl, wie es den Reisenden auf dem höchsten Gebirge faßt, drückt und hebt, wenn vor ihm unten die Erde als eine verflossene Nebelebene und als ein verstummter Schauplatz liegt und über ihm der Himmel schwarzblau ohne ein Leuchtwölkchen steht, aber ihn aus dem dunkeln Abgrunde blitzend anschauet bloß mit einer einzigen, scharfen, kalten Sonne. – Denn so stehet das Auge eines aufgestiegnen Genius in der Ewigkeit und sieht uns an ……

Unser noch so junges neunzehntes Jahrhundert scheint für uns Deutsche das Sterbejahr des vorigen zu sein, wenigstens das der Großen, die uns Dichter oder Weltweise waren; denn geboren, d. h. erschienen ist uns aus den ineinanderfassenden Enden beider Jahrhunderte noch kein Ersatz. – Aber wozu die ganze Betrachtung oder überhaupt jede Trauer um verlorne Geister, zu welchem Nutzen? – Zum Nutzen derer, die wir noch haben, indem wir nämlich unsere Trauer durch das Schonen und Achten der Genien ausdrücken, welche entweder als neue Himmelkörper ihren Bogen mit erst wachsendem Lichte hinaufsteigen oder als alte den ihrigen schon hinuntergehen und nur noch kaltes Licht auf die früher von ihnen gewärmte Erde werfen.

*

Alte und neue Staaten

Die neuen Staaten, weniger auf einem ethischen Wurzelgeflechte als Ganzes ruhend, verlangen tägliche Nachhilfen und Erinnerungen zum Gedeihen und sind einträgliche *Gemüsgärten,* die in jedem Jahre neu gepflanzt werden; aber die alten Staaten sind *Obstgärten,* die, einmal angelegt, von Jahr zu Jahr ohne neue Ansaat reichere Früchte geben und höchstens das Beschneiden bedürfen.

Ernste Ausschweife des sechsten Vorkapitels

Die Wohltäter im verborgenen

Ein Polymeter

Verhülle dich immerhin, wenn du bloß wohltust. Auch dein Verhüllen ist ein Wohltun. So gleichest du den Cherubim des Propheten[59], welche mit zwei Flügeln ihr Gesicht zudeckten und ihre Füße mit zweien; aber ein Flügelpaar streckten sie aus und flogen damit.

*

Die Kirchen

Polymeter

Euch verdrießt, daß der Krieg in eure Tempel die Verwundeten sendet, als ob Wunden die Tempel entweihten. Stehen sie ja den am Geiste Schwerverwundeten offen, den Sündern und den Irren; und diese entweihen sie leichter als der matte Krieger mit seinem Blute.

*

Leiden und Freuden

Da wir ein matteres Gedächtnis für Größe und Zahl der Leiden haben als für Freuden: so vergessen wir mit ihnen leicht auch, welche Früchte uns ihre

Stechpalmen getragen. Aber diese Früchte sind vielleicht unserem Kopfe noch unentbehrlicher als unserem Herzen. Um alles zu lieben, die Menschen und das Große bis zum Kleinen hinunter, langt ein frohes Dasein schon zu; aber um alles zu sehen, die Menschen, das Leben und noch mehr sich, dazu gehört Schmerz. Das geistige Auge wird durch das körperliche vorgebildet, das die Tränenwege täglich befeuchten müssen, damit die Tränen ihm Beweglichkeit geben, die Lichtstärke mildern und aus ihm fremdartige und feindselige Körper sanft forttreiben. Wir bemerken es nicht, daß wir eigentlich den ganzen Tag weinen – ich rede vom körperlichen Auge.

Aber doch unterscheidet die Leiden. Die einer schönen Seele sind *Maifröste,* welche der wärmern Jahrzeit vorangehen; aber die Leiden einer harten verdorbnen sind *Herbstfröste,* welche nichts verkündigen als den Winter.

Jede schwere Leidenslast erscheint uns als eine Niederdrückung und Versenkung auf immer, als ein angehangner Grabstein, welcher den Verurteilten in die Tiefe ziehen soll; aber vergessen wir denn, daß die Lasten so oft nur Steine gewesen, die man Tauchern anhängt, damit sie hinabkommen zum Auffischen der Perlen und dann bereichert aufgezogen werden?

Die Freude fliegt als ein so schönfarbiger, schmeichelnder, nichts verletzender Goldfalter um uns; nur legt und läßt er so oft Eier zu gefräßigen

Raupen zurück, welche viel und lange verzehren, bis sie sich wieder entpuppen zu leichten Goldfaltern.

Der Geist allein erschafft die Zeit; nun wohl: so miß deinen kürzesten Tag der Freude mit einer Terzienuhr und deine längste Nacht des Trübsinns mit einer Achttaguhr.

Großen Seelen ziehen die Schmerzen nach, wie den Bergen die Gewitter; aber an ihnen brechen sich auch die Wetter, und sie werden die Wetterscheide der Ebene unter ihnen.

Wir verwundern uns nie über den Sonnenaufgang einer Freude, sondern über den Sonnenuntergang derselben. Hingegen bei den Schmerzen erstaunen wir über den Hyadenaufgang[60], aber den Untergang des Regengestirns[61] finden wir natürlich. Himmel! was hat unser Herz für eine seltsame Astronomie gelernt!

Es gibt noch süßere Freudentränen als die im Wachen – es sind die im Traume.

Daß die Menschen sich, ohne zu erröten, über das Wetter beklagen und ärgern, ist ein Beweis, wie die Empfindung die hellste Einsicht überstimmt; es ist bloß eine Wiederholung der Lausanner Prozesse mit Raupen, und nicht einmal so gut als die alten Anklagen der zauberischen Wettermacher. Da jeder *Nebelhimmel* das Gebräude von Erde, Mond und Sonne ist und so unabänderlich entsteht als die *Nebelflecken* des – Sternhimmels: so ist es ebensoviel Unsinn, wenn wir uns über unsere matte bewölkte Sonne ärgern, als wenn wir über den noch mattern Sonnenschein der zahllosen Milchstraßen-Sonnen klagten. In beiden Fällen wollen wir, daß sich die Welten nach uns – nicht wir uns nach ihnen – richten, und der Meteorstein soll auf seiner langen Reise nach der Erde stets durch ein Abbeugen (Klinamen) epikurischer Atomen[62] einige Schritte von unserem Scheitel anlanden; und wir zanken und tadeln, wenn es nicht geschieht, indes bloß wir freien und voraussichtigen Wesen zu tadeln sind, daß wir die gezwungne äußere Natur nicht genug berechnen oder auch hartnäkkig mehr unsern Wünschen nachtraben, als den fremden Himmelzeichen folgen.[1] Räumen wir nun uns eine solche Ungeduld über Wetterübel ein, also eine über das ganze, ineinander gekettete Erdsystem: so läßt sich schließen, wie wir uns vollends in die geistige Hitze und Kälte und Stürme der *freien* Menschen fügen werden; denn niemand von uns bedenkt, daß er hier den alten Wetter-Mißverstand wiederholet, da wir erstlich über fremde Geister-Freiheit unmittelbar gerade nicht mehr vermögen als über fremde Körper-Notwendigkeit, und da zweitens jene, sobald sie in dieser erschienen, nur eine neue Sklavin der Natur mehr ist.

---

1 Eigentlich rechnet unsere Phantasie nur die Ebene oder die Mitte zwischen oben und unten wegen ihrer alltäglichen Erscheinungen zur Körpernatur; in den Himmel aber und in die Erdtiefe, also in die Unsichtbarkeit, kann sie die unsichtbaren Geister der Willkür verlegen und daher über Gewitter und über Erdbeben wie über geistige Willkürlichkeiten klagen.

O das eigentliche große Unglück, das immer mit dir zugleich auch deine Mitbrüder trifft, erscheint nur selten, desto öfter kehren deine Irrtümer und Fehler zurück und verdunkeln und erkälten dein Leben; so wird der Erde die Sonne nur selten durch den Mond verfinstert, aber desto häufiger und verdrießlicher durch die eignen Wolken bedeckt.

Kein Mensch krümmt sich so feige zur Erde, daß er bekennt, er werde jeder Art von Schmerzen erliegen und gar keine bekämpfen und ausdauern. Nun aber dann, wenn du einmal kämpfen und trotzen willst, so darfst du kein Leiden ausnehmen, sondern mußt dich gegen alle stellen, aus demselben Grunde gegen größte wie gegen kleinste, und alles entweder durch Licht der Besinnung auflösen oder durch Verhärtung des Gefühls aushalten, was da kommt, donnernde Wolken und donnernde Menschen, ein Gerstenkorn im eignen Auge und einen Basiliskenblick im fremden. Auch wär' es ja widersinnig, wenn du nur gegen Bienenstiche, aber nicht gegen Schlangenstiche dir bei der Vernunft oder der Religion die Salben verschriebest oder dir von ihnen nur den verstauchten Fuß, nicht den gebrochnen Arm zurechtdrehen ließest. – Der meisten Leben gleicht dem Wasser, das nur auf *einem* Punkte Sonnenglanz hat und rund herum dunkel bleibt; zieht nun ein Wölkchen über den Punkt: so ist alles finster gefärbt. Allein dein Leben gleiche lieber dem Diamante, der von Natur aus bloß auf *einem* Punkte strahlt, dem aber die Schnitte der

Kunst auf allen Seiten neue Lichtflächen geben, so daß er nirgends finster ist. Bleibe denn nicht bloß in *einer* Lage heiter, sondern, wie auch das Schicksal dich wende und wo es dich verdecke: so könne fortleuchten.

*

Traum über das All

Ich las die Betrachtungen[1] über den gemeinen alten Irrtum, welcher den Raum von einer Erde und Sonne zur andern für leer ansieht und vollends den ungeheuern von Sonnensystemen und Milchstraßen zu den nächsten. Die Sonne füllt mit allen ihren Erden von dem Raume zur nächsten Sonne nur das 3 149 460 000 000 000te Teilchen aus. Himmel! dacht' ich, welche Leerheit ertränkte das All, wenn nichts voll wäre als einige schimmernde verstäubte Stäubchen, die wir ein Planetensystem nennen.

Dächtet ihr euch das Weltmeer ausgestorben und lebenleer und die bevölkerten Inseln desselben so groß wie Schneckenhäuser: so beginget ihr doch einen viel kleinern Irrtum des Maßes, als der über die Welt-Leere ist; und die Seegeschöpfe begingen einen noch kleinern, falls sie das Lebendige und Volle nur im Meere fänden, aber über diesem

1 Krüger in einer vortrefflichen Abhandlung im Archiv der Entdeckungen aus der Urwelt, von Ballenstedt, B. 1. Heft 1.

den hohen Luftkreis für einen leeren unbewohnten Raum ansähen. Wenn (nach Herschel) die fernsten Milchstraßen in einer Weite von uns liegen, daß ihr Licht, das heute in unser Auge kommt, schon vor zwei Millionen Jahren ausgegangen, so daß ganze Sternenhimmel schon erloschen sein könnten, die wir noch fortschimmern sehen: welche Weiten und Tiefen und Höhen im All, gegen welche das All selber ein Nichts würde, wär' es von einem so weiten Nichts durchzogen und zuletzt umfaßt! – Aber können wir denn einen Augenblick lange die Kräfte vergessen, welche ab- und zuströmen müssen, damit nur die Wege zu jenen fernsten Weltküsten unsern Augen schiffbar werden? Könnt ihr die Anziehkraft auf eine Erde oder Sonne einsperren? Durchströmt nicht das Licht die ungeheuern Räume zwischen der Erde und dem fernsten Nebelfleck? Und kann in diesen Lichtströmen nicht ebensogut eine Geisterwelt wohnen als im Äthertropfen des Gehirns dein Geist?

Nach diesen und ähnlichen Betrachtungen kam mir nun folgender Traum:

Mein Körper – so träumte mir – sank an mir herab, und meine innere Gestalt trat licht hervor; neben mir stand eine ähnliche, die aber, statt zu schimmern, unaufhörlich blitzte. «Zwei Gedanken», sagte die Gestalt, «sind meine Flügel, der Gedanke *Hier,* der Gedanke *Dort;* und ich bin dort. Denke und fliege mit mir, damit ich dir das All zeige und verhülle.»

Und ich flog mit. Schnell stürzte sich mir die Erdkugel hinter dem reißenden Aufflug in den Abgrund, nur von einigen südamerikanischen Sternbildern bleich umgeben, und zuletzt blieb aus unserm Himmel nur noch die Sonne als ein Sternlein mit einigen Flämmchen von nahe gerückten Kometenschweifen übrig. Vor einem fernen Kometen, der von der Erden-Sonne kam und nach dem Sirius flog, zuckten wir vorüber.

Jetzt flogen wir durch die zahllosen Sonnen so eilig hindurch, daß sie sich vor uns kaum auf einen Augenblick zu Monden ausdehnen konnten, ehe sie hinter uns zu Nebelstäubchen einschwanden; und ihre Erden erschienen dem schnellen Fluge gar nicht. Endlich standen die Erdsonne und der Sirius und alle Sternbilder und die Milchstraße unseres Himmels unter unsern Füßen als ein heller Nebelfleck mitten unter kleinen tiefern Wölkchen. So flohen wir durch die gestirnten Wüsten; ein Himmel nach dem andern erweiterte sich *vor* uns und verengerte sich *hinter* uns – und Milchstraßen standen hintereinander aufgebauet in den Fernen, wie Ehrenpforten des unendlichen Geistes. –

Zuweilen überflog die blitzende Gestalt meinen müden Gedanken und leuchtete, ferne von mir, als ein Funke neben einem Stern, bis ich noch einmal dachte: *Dort,* und bei ihr war. Aber als wir uns von einem gestirnten Abgrund in den andern verloren und der Himmel über unsern Augen nicht leerer wurde und der Himmel unter ihnen nicht voller und als unaufhörlich Sonnen in den Sonnenozean wie Wassergüsse eines Gewitters in das Wassermeer fielen: so ermattete das überfüllte Menschenherz und sehnte sich aus dem weiten Sonnentempel in die enge Zelle der Andacht, und ich sagte zu der Gestalt: «O Geist! hat denn das All kein Ende?»

Er antwortete: «Es hat keinen Anfang.»

Aber siehe, auf einmal erschien der Himmel über uns ausgeleert, kein Sternchen blinkte in der reinen Finsternis; – die blitzende Gestalt flog in ihr fort – zuletzt gingen auch alle Sternhimmel hinter uns in einen dünnen Nebel zurück und schwanden endlich auch dahin. – Und ich dachte: «Das All hat sich doch geendigt» – und nun erschrak ich vor dem grenzenlosen Nachtkerker der Schöpfung, der hier seine Mauer anfing, vor dem toten Meer des Nichts, in dessen bodenloser Finsternis der Edelstein des lichten All unaufhörlich untersank; und ich fand nur noch die blitzende Gestalt, aber nicht mich Einsamen, weil sie mich unerleuchtet ließ.

Da antwortete sie meiner stummen Angst: «Kleingläubiger! Blick auf! Das uralte Licht kommt an.» Ich blickte auf, schnell kam eine Dämmerung, schnell eine Milchstraße, schnell ein ganzes schimmerndes Sternengewölbe; jeder Gedanke war zu lang für die drei Augenblicke. Seit grauen Jahrtausenden war das Sternenlicht auf dem Wege zu uns gewesen und kam aus den unergründlichen Höhen endlich an. – Nun flogen wir, wie durch ein neues Jahrhundert, durch die neue Sternenkugel. Wieder kam ein ungestirnter Nachtweg, und länger wurd' es, eh' die Strahlen eines entlegnen Sternhimmels uns erreichten.

Aber als wir fortsteigend immer die Nächte abwechselten mit Himmeln und wir immer länger eine Finsternis hinaufflogen, eh' unter uns ein altes Sternengewölbe ein Fünkchen wurde und erlosch – als wir einmal aus der Nacht plötzlich vor einen Nordschein zusammenlodernder, um Erden kämpfender Sonnen traten und um uns her auf allen Erden jüngste Tage brannten – und als wir durch die schauerhaften Reiche der Weltenbildungen gingen, wo überirdische Wasser über uns rauschten und weltenlange Blitze durch den Wesen-Dunst zuckten, wo ein finsterer endloser bleierner Sonnenkörper nur Flammen und Sonnen einsog, ohne von ihnen hell zu werden – und als ich in der unabsehlichen Ferne ein Gebirge mit einem blitzenden Schnee aus zusammengerückten Sonnen stehen und doch noch über ihm Milchstraßen als dünne Mondsicheln hängen sah: so hob sich und beugte sich mein Geist unter der Schwere des All, und ich sagte zur blitzenden Gestalt: «Laß ab und führe mich nicht weiter; ich werde zu einsam in der Schöpfung, ich werde noch einsamer in ihren Wüsten; die volle Welt ist groß, aber die leere ist noch größer, und mit dem All wächst die Wüste.»

Da berührte mich die Gestalt wie ein warmer Hauch und sprach sanfter als bisher: «Vor Gott besteht keine Leere; um die Sterne, zwischen den

Sternen wohnt das rechte All. Aber dein Geist verträgt nur irdische Bilder des Überirdischen; schaue die Bilder!»

Siehe! da wurden meine Augen aufgetan, und ich sah ein unermeßliches Lichtmeer stehen, worin die Sonnen und Erden nur als schwarze Felseninseln verstreuet waren; und ich war in, nicht auf dem Meere, und nirgends erschien Boden und nirgends Küste. Alle Räume von einer Milchstraße zur andern waren mit Licht ausgefüllt, und tönende Meere schienen über Meere und unter Meeren zu ziehen, und es war ein Donnern wie das der Flut und wieder ein Flöten wie von ziehenden Singschwänen, aber beides vermischte sich nicht. Das Leuchten und das Tönen überwältigte sanft das Herz; ich war voll Freuden, ohne zu wissen, woher sie zu mir kamen, es war wie ein Freuen über Sein und Ewigsein, und eine unaussprechliche Liebe faßte, ohne daß ich wußte wofür, mich an, wenn ich in das neue Licht-All um mich sah. Da sagte die Gestalt: «Dein Herz faßt jetzt die Geisterwelt; für Aug' und Ohr gibt's keine; sondern nur die Körperwelt, in der sie regiert und erschafft. Nun schaue dein geschärftes Auge, armes Menschenkind; nun fasse dein träumendes Herz!» – Und das Auge schauete zugleich das Nächste und das Fernste; ich sah die ungeheuern Räume, durch die wir geflogen, und die kleinen Sternhimmel darin; in den lichten Ätherräumen schwammen die Sonnen nur als aschgraue Blüten und die Erden als schwarze Samenkörner. –

Und das träumende Herz faßte: die Unsterblichkeit wohnte in den Räumen, der Tod nur auf den Welten. – Auf den Sonnen gingen aufrechte Schatten in Menschengestalt, aber sie verklärten sich, wenn sie von ihnen zogen und im Lichtmeer untergingen, und die dunkeln Wandelsterne waren nur Wiegen für die Kindergeister des lichten All. – In den Räumen glänzte, tönte, wehte, hauchte nur Leben und Schaffen im Freien des All; die Sonnen waren nur gedrehte Spinnräder, die Erden nur geschoßne Weberschiffchen zu dem unendlichen Gewebe des Isis-Schleiers[63], der über die Schöpfung hing und der sich verlängerte, wenn ihn ein Endlicher hob. Da, vor der lebendigen Unermeßlichkeit, konnt' es keinen großen Schmerz mehr geben, nur eine Wonne ohne Maß und ein Freudengebet.

Aber unter dem Glanze des All war die blitzende Gestalt unsichtbar geworden oder nur heimgegangen in die unsichtbare Geisterwelt; ich war mitten im weiten Leben allein und sehnte mich nach einem Wesen. Da schiffte und drang aus der Tiefe durch alle Sterne ein dunkler Weltkörper fliegend das hohe Lichtmeer herauf, und eine Menschengestalt wie ein Kind stand auf ihm, die sich nicht veränderte und vergrößerte durch das Nahen. Endlich stand unsere Erde vor mir und auf ihr ein Jesuskind; und das Kind blickte mich so hell und mild und liebevoll an, daß ich erwachte vor Liebe und Wonne. – –

Aber nach dem Erwachen hatte ich die Wonne

noch, und ich sagte: «Oh! wie schön ist das Sterben in der vollen leuchtenden Schöpfung und das Leben!» – Und ich dankte dem Schöpfer für das Leben auf der Erde und für das künftige ohne sie.

ZWEITES BÄNDCHEN

Vorrede zum zweiten Bändchen,
nebst wichtigen Nachrichten vom neuen Traumgeberorden

Der neue Traumgeberorden ist für uns alle eine Erscheinung von einem so umgreifenden, überschwemmenden Einflusse, daß ich, da man auf ihn die Augen der Welt nicht eilig genug richten kann, nicht nur diese ganze Vorrede dazu benütze, in der ich ohnehin sonst nichts zu sagen habe, sondern auch das Morgenblatt, welches diese Vorrede noch einige Monate vor der Erscheinung des *«Kometen»* liefern kann.

Wahrlich dieser Bund ist auch ein Komet oder Bartstern, aber sein Bart, fürcht' ich, droht ganz andere Umwälzungen als ein körperlicher mit dem längsten Schweife.

Ich las nämlich im neuesten Archiv für den tierischen Magnetismus[1] einen Brief, worin Herr Wesermann in Düsseldorf, Regierungsassessor und Ober-Weginspektor, Mitglied der Rotterdamer, Jenaer und Düsseldorfer gelehrten Gesellschaften, dem Herrn Professor Eschenmayer die Nachricht mitteilt, daß er durch bloßes Wollen seine Gedankenbilder den Schlafenden als Träume zuführen

1 Band 6. St. 2. 1820. S. 135 ff.

könne und sie in der Entfernung von einer Achtelmeile bis zu neun Meilen träumen lasse, was er wolle. So stellte er z.B. einem Hofkammerrat G.[I], der in dreizehn Jahren weder ihn noch eine Zeile von ihm zu Gesicht bekommen, auf einer Reise zu ihm seine Ankunft im Traume mit völligem Gelingen dar. So setzte er einem Doktor B., der von ihm eine Probe dieser Traum-Einimpfung begehrte, in der Ferne einer Achtelmeile eine nächtliche Schlägerei in den schlafenden Kopf, und dieser träumte sie wirklich. Auch zweien Freunden (erzählt er), dem Geheimrate H. und dem Doktor der Rechtswissenschaft W., seien ähnliche Versuche geglückt[II], andern jedoch weniger.

Ich kann mir nicht denken, daß irgendein Mensch diese Erfindung der Traumbildnerei kann gelesen haben, ohne über die Gewalt, womit nun in fremde Seelen einzugreifen ist, fast noch mehr in Sorge als in Freude zu geraten. Was wären dagegen die Erfindungen der Luftschifferei oder der Flugkunst, welche stets nur im Reiche der Körper, nicht der Seelen umzuwälzen vermöchten! – Meine eignen Begriffe darüber hab' ich wohl nirgend so stark ausgedrückt als in einem Briefe an den Herrn Polizeidirektor *Saalpater* in …., den ich deshalb zweimal abdrucken lasse, als wär' er bloß für das Publikum geschrieben.

I Arch. S. 137.

II S. 138.

Der so geschickte Saalpater ist freilich nur in einem Ländchen angestellt, das unter den jetzigen neununddreißig deutschen Staaten nicht nur das vierzigste, sondern auch das allerkleinste ist, da es zur jetzigen Ostermesse, für welche wir Bayern hundertundzweiundfünfzig Werke geliefert, nicht imstande war, so viele Werke wie Kurhessen zu steuern, das bekanntlich (nach dem Meßkatalog) ein einziges – es war ein Volksmärchen – in die Welt geschickt; der kleine Staat mußt' es mit ganz und gar nichts bewenden lassen.

Inzwischen kann sich das Ländchen doch einen Minister des Innern und einen Minister des Äußern halten, wovon der eine, da das Innere nur ein Punkt ist, nicht sonderlich viel vorstellt, der andere aber desto mehr, da das Äußere – das überall größer ist als das Innere – ganz Deutschland und so viel von Europa in sich faßt, als man will. Mit diesem großen Minister berät nun der Polizeidirektor Saalpater das Wohl des Ländchens und Europas selber bisher so geschickt, daß beide bestehen und alles bleibt, wie es ist. Saalpater ist nicht bloß Unter- und Oberzensor aller im Ländchen verfaßten Bücher, sie mögen herauskommen oder nicht – und der Zeitungen ohnehin –, sondern auch der Verfasser eines mehr gründlichen als gemäßigten Werkes gegen die Preßfreiheit und Bücher-Umtriebe, das nächstens erscheinen wird und das schon die Zensur des Unter- und Oberzensors selber passiert hat.

Nun weiß ich nicht, an wen ich mich mit meinen Bedenklichkeiten über einen möglichen neuen Traumbund oder Traumgeberbund hätte schicklicher wenden können als an einen Mann wie Saalpater, der als Zensor und als Autor im Bilde die Verdienste zweier Seevögel verknüpft, nämlich indem er als Fregatte (Pelicanus aquilus) mit vierzehn Ellen breiten Flügeln in der größten Höhe den kleinsten Fisch, welcher auffliegt, wahrnimmt und stößt, und als Sturmvogel sich auf den Mastbaum setzt und dem Schiffer die Sturmwinde anmeldet. –

Ein solcher Mann bringt es, als ein wahres politisches Wetter-, ja Donnerwettermännchen, am besten heraus, wo Traumgebergesellschaften aufkommen, wie sie zu Werke gehen, wie ihnen zu wehren; denn hier kommt es so unglaublich viel auf Einziehung unbedeutender Nachrichten, auf Eigenmachen seltener Kleinigkeiten an, durch welches ein warmer Kopf eben dem Schörl oder Aschenzieher[64] gleich wird, der, heiß gerieben, die Spreu und Asche, womit der Wind nur spielt, sich anzieht und umlegt, ganz und gar vom Magnete verschieden, der nur Schweres sich und seinesgleichen anzieht und abstößt. Dabei hatt' ich noch die Nebenabsicht, sein patriotisches, aber überflüssiges Handeln und Schreiben gegen den Geist der Zeit – welcher wie eine überladene Büchse sogar unter dem Zerspringen doch seine Ladung dem Ziele zutreibt – lieber auf eine neue Gefahr hinzulenken, wo gegen Traumgeber noch viel, ja alles zu tun ist, was nur ein Mann in seinen Verhältnissen – denn nicht jeder Saalpater hat einen Minister des Äußern zur Stütze – durchzusetzen vermag.

Hier ist nun mein Schreiben an den Polizeidirektor, das erst nachher durch dessen Antwort den rechten Wert für die Welt bekommt.

Euer Hochwohlgeboren

übersende ich anliegend wieder ein Stück des Eschenmayerschen Archivs; diesmal jedoch in der Besorgnis, daß Sie einen wichtigern, ja stärkern Feind darin zu bekämpfen finden, als der Magnetismus ist, dessen endliche Unterdrückung Ihnen in Ihrem Lande so überaus schön gelungen; was sonst in der Arzneikunde eben nicht so leicht der Fall ist; denn obgleich z.B. in Heidelberg 1580 nach den Statuten jeder Doktor einen Eid abzulegen hatte, innerlich nie Quecksilber und Spießglas[65] einzugeben[I]; oder obgleich in Dijon Einimpfung der Menschenblattern mit dreihundert Livr. bestraft wurde[II]: so war und ist später doch nichts so häufig *in* und *an* Kranken zu finden als Quecksilber und Impfpocken.

Allein da zieht ein ganz frischer Feind – obwohl

I Baldingers Magazin etc. B. 3. St. 6.

II Allg. deutsche Bibliothek. 1. Abt. Anhang 37–52. S. 187.

ein Absenker und Nachkömmling des Magnetismus –, nachdem alles geschlagen ist, von neuem ins Feld und harceliert Polizeidirektoren; und wir haben eine wahrhaft skandalöse Zeit. Zwar schon Paracelsus versprach und verstand, jedem die Leute, die er im Traume sehen wollte, darin erscheinen zu lassen; aber hier kam es doch auf den Mit-Willen des Schläfers an.[1] Aber dagegen halten Sie nun, bester Polizeidirektor, was der Herr Ober-Weginspektor Wesermann verkündigt und durchsetzt! Er selber freilich ist ein guter Mann und schwärzt in fremde Köpfe beliebige Träume nur als ausländische Waren aus den Gewürzinseln des Lebens ein. Auch werd' ich selber am Ende des Briefes Ihnen mehrere Heilkräuter und Freudenblüten aufzeigen, deren schlafendes Knospenauge ein wohlwollender Traumgeber in den fremden Schlaf einimpfen kann; aber wiegt wohl – und brauch' ich dies einen in Geschäften grau gewordnen Saalpater noch zu fragen – einiger mögliche gute Gebrauch den grenzenlosen Mißbrauch auf, der mit Traumgeben zu treiben ist? Ist es hier mit Träumen wohl anders beschaffen als mit Büchern? Auch diese teilen Lichter und Freuden und Sitten und Herzstärkungen in jeder Messe aus – und ich liefere ja selber jedes Jahr meine Werke, wenn auch nicht die allerbesten –;

1 Leben und Lehrmeinungen berühmter Physiker am Ende des sechzehnten und Anfang des siebzehnten Jahrhunderts, von Rixner und Siber. Heft 1.

aber was kann auf der andern Seite leichter und weiter Irrtümer, Beleidigungen, freche Anfälle aller Art, Herzschwächungen und Herzgifte und kurz alles Böse verbreiten als gerade die Bücher; und wer verkennt dies weniger als ein Saalpater, der sie so oft verbieten muß?

Die Gewalt ist nie zu berechnen, die ein Traumbildner über jeden hat, der im Bette liegt; denn kein Nachtriegel und kein Nachtlicht sichert und niemand kann sich wehren gegen die Träume, die jener in den Kopf wie Nachtraubvögel fliegen läßt, und die alles wegtragen können. Der Traummacher kann jedem, sobald er seine Nachtmütze aufsetzt, die Bischofmütze abnehmen – den Koadjutorhut – den Doktorhut – die Lorbeerkrone – die Krone; und die unschuldigsten und angesehensten Leute von der Welt kann er so lange hänseln, als er will und die Leute die Augen zu haben.

Einer kann z. B., wenn er ein boshafter Rezensent und Traumbaumeister zugleich ist, mir meine Schlafmütze zu einer Sanbenitomütze[66] verdrehen und mich jede Nacht träumen und lesen lassen, daß gegenwärtiges neuestes Werk «der *Komet,* eine kosmische Geschichte» – um ein altes bekümmert sich ein Schriftsteller weniger – zu matt gepriesen und zu stark herabgesetzt, daß es gevierteilt wird vom Kramladen und autodafeziert von Pfeifenköpfen, weil ich darin – könnt' er mich träumen lassen – jeden andern mehr überträfe als mich. Wäre dies freilich christlich gedacht?

Traumeinbläser (die Bettlade ist ihr Souffleurkasten) sind imstande, die ersten feurigsten Liebhaber der Theaterzeitungen als bloße Lampenputzer auf der Traumbühne anzustellen und die Theaterdirektoren und -könige als Statisten; wer wehrt's ihnen? Oder ein bürgerlicher Traumbildner macht sich nichts daraus, nimmt einen langen Knotenstock und prügelt damit den vornehmsten Staboffizier, der ihm in seinem ganzen Leben nichts gesagt und angetan als bloße Beleidigungen, welche höchstens ein Edelmann und ein Offizier übelzunehmen und zu ahnden hat, aber keineswegs ein Bürgerlicher, einen solchen hohen Beleidiger prügelt der niedrige Beleidigte so lange in dessen Bette mit Händen ohne einen adeligen Bluttropfen im Pulse durch, bis der Mann grimmig aus der Haut und aus dem Bette fährt ohne alle Genugtuung.

Wenn der Regierungsassessor Wesermann einer Madam W. ein ganzes Gespräch, das er mit zwei andern Personen über ein Geheimnis hielt, durch die Traumpost ins Bette ablieferte: so schließen Sie leicht, mein Saalpater, bis wie weit eine ordentliche Traumgeberbrüderschaft die Sachen zu treiben vermöchte. Es ist aber eigentlich eine sehr klägliche Aussicht. Ein paar Traumgeber können sich verabreden, einander meilenweit Staatsgeheimnisse anzuvertrauen; denn sie machen miteinander gegenseitige Wach- und Schlafzeiten für die Traumtelegraphen aus – Spionen aller Art sind gar nicht zu zählen noch zu fangen – Generale schlafen zu bestimmten Nächten in ihren Zelten, und die Spionen träumen ihnen die feindlichen Stellungen vor, und alles wird geschlagen. – Die gefährlichsten Grundsätze und freiesten Bücher werden umsonst verboten, sie werden von Kopfkissen zu Kopfkissen verbreitet und machen die eifrigsten Anhänger, und ein Nonnen-Dormitorium wird zuletzt eine Propaganda von allem. Denn Träume, sobald sie oft genug wiederkommen, bekehren allerdings, wie das Beispiel des vorigen Heiden und nachherigen Kirchenvaters Arnobius beweiset[I]; ja man sollte – es nebenher zu sagen – fast vermuten, daß manche geschickte Kanzelredner, von Arnobius' Beispiel ermuntert, ihre Zuhörer absichtlich in den Schlaf bringen, um sie darin mit den nötigen Träumen zu bekehren.

Hier teil' ich noch einen Argwohn mit, der einen Saalpater vielleicht auf mehr Gedanken bringt. Ich bin nämlich seit dem Lesen des Archivs – denn jetzt pass' ich mehr auf – völlig überzeugt, daß eine Traumgebergenossenschaft wirklich existiert und daß sich daraus sehr wichtige Erscheinungen erklären.

Wenn man nämlich manche Staaten ansieht, wo nichts versäumt wird, um sie nicht bloß mit einer China-Mauer, sondern auch mit einem Kirchengewölbe oder einer Bleibedachung[67] hinlänglich zu bedecken gegen außen; wo aber doch jedes Jahr

I Bayle art. Hieronym.

neue Lichtmaterie durchsickert, weil Völker die Zahl ihrer Geburtjahrhunderte, wie die Menschen die ihrer Geburttage, durch die Zahl der *Lichter* auf dem Kuchen oder (bei Königen) durch die der Kanonenschüsse, also durch Lichter und Feuer zugleich anzeigen; – wenn man, sag' ich, dennoch so gut verwahrte Staaten so hell findet: so stutzt man anfangs. Man fragt sich mit Recht: wozu dient's, daß man die einsichtigsten Geschäftmänner hat, welche den Grenzstein des Stehenbleibens, den wahren terminus[I], der des Kapitoliums Grundstein war, mit ihren Gansfedern bewachen, wenn die Zeit als Saturn den Stein immer wieder verschlingt? – Und der beste Staatsdiener und Saalpater wird dabei endlich matt und der Sache satt.

Aber ich wittere eben hier Fußstapfen der Traumbündler, welche die Bettladen zu Treib- und Lohkästen[68] ihres fliegenden Unkrautsamens machen und den Leuten vor dem Angesichte aller Zensur- und Mautbeamten ihre Grundsätze vorträumen und sie jede Nacht mehr aufklären. Der Nachträumer der Aufklärung wird es dann wie der Nordamerikaner machen und wird nach dem Erwachen alle Gaben des Traumes in der Wirklichkeit haben wollen, so daß die Polizei die Leute or-

I Der unförmliche Stein Terminus, den Saturn statt des Jupiters verschlungen, wich, als Tarquin das Kapitolium bauete, zufolge der Augurien allein unter allen Göttern dem Jupiter nicht, und er blieb daher dort zum Anbeten liegen. Lactant. Inst. l.I. de fals. religione c. XXI.

dentlich wie die Falken am Schlaf hindern müßte, um sie zu bändigen.

Es ist bekannt und betrübt, daß keine Personen auf ihren Lagern mehr von wahren Vorhöllenträumen besucht und gebraten werden als Leute von Stand, denen gerade traumloser heiterer Schlaf der Landleute noch nötiger ist als dem gesunden Volke. Linsen[1] sind's schwerlich, die hier etwa als Samenkörner von Traum-Distelköpfen aufgingen, da hohe Herrschaften für ganz bessere Linsengerichte, als Esau seine Erstgeburt, ihre Wiedergeburt verkaufen; ob aber nicht boshafte Traumbündler, die selber wenig zu beißen und zu schlucken haben, die unschuldigen Großen mit Schaugerichten verzerrter Träume bewirten – dies, mein Polizeidirektor, ist wenigstens eine Frage, die sehr Ihre Prüfung verdient.

Seit ich das neueste Stück des magnetischen Archivs gelesen, kann ich mich der Vermutung nicht erwehren, daß manche Mönche, wenn sie so oft die sündhaftesten, ihrem Gelübde der Enthaltsamkeit mehr entsagenden als zusagenden Träume ausstehen, wohl von boshaften protestantischen Traumgebern verfolgt werden. – Aus nichts anderem wäre es sonst erklärlich; denn die Patres haben die reinsten Sitten und die reinsten Lehren – genießen viel öfter als andere den Umgang mit Nonnen, deren Beispiel und Anblick schon Weltliche auf andere

1 Linsen geben nach Sanktorius böse Träume.

Gedanken bringt – sind überhaupt mehr die Lampenputzer als die Ofenheizer ihres von ihnen verachteten Leibes, weil schon das Gelübde der Armut allein ihr Fleisch genugsam kreuzigt. – – Und nun, woher soll es denn kommen, daß Männer, die vom Volke noch früher kanonisiert werden als vom Papste, daß solche, gleich dem betrunknen Alexander, gerade im Schlafe merken, wie die Menschen sind, und daß sie ordentlich an sich selber des Schwärmers Gichtel[1] Meinung von Adam bestätigen, der zuerst im Schlafe Magen, Gedärme, Leber und alles in sich hineinbekommen; von wem, sag' ich, kann ein solches Nachtgarn des Teufels über die frommen Männer gezogen werden? Lutheraner, vermut' ich, die sich aufs Traumgeben verstehen, erfischen sie mit dem Garne.

Jedoch will ich nicht eben alle Katholiken vom Traummitarbeiten freigesprochen haben; ich bin ein so redlicher Protestant wie Sie. Sehr gut könnten z.B. katholische Beichtkinder von Stande, aber aus dem Traumgeberbunde, wenn sie etwa zu schwer an ihren Sündenlasten (wie leicht sind am Hofe dagegen die Staatslasten!) zu tragen hätten, ihren frommen Hofbeichtvater die Nacht vorher alle ihre Sünden im Traume in eigner Person begehen lassen, um sich am Tage aus Zartheit teils die umständlichere Beichte zu ersparen, teils die härtere Pönitenz. –

---

1 Walchs Kirchenhistorie § LV.

Und ich will es Ihnen nur von mir selber gestehen, schätzbarer Herr Polizeidirektor, daß ich seit der Bekanntschaft mit dem Ober-Weginspektor Wesermann gleichfalls meine schwachen magnetischen Kräfte zu zwei Traum-Einimpfungen nicht ohne Glück, aber zu sehr wohltätigem Zweck, versucht habe; in der einen legt' ich einen ehelichen Zwist bei, in der andern hieb ich mich mit einem Husaren. Da ich nämlich hörte, daß ein Ehepaar in nichts einig war als in dem Wunsche und Vorbereiten der Ehescheidung: so strengte ich mich an, daß ich mehrere Nächte hindurch die Leute förmlich voneinander schied, als ein vollständiges ganzes verträumtes Konsistorium mit allen Räten, Akten und Kosten und was dazu gehört. Seit meiner wiederholten Scheidung *im* Bette mehr als *vom* Bette hör' ich nun in allen Teezirkeln, daß die Leute sich einander am Tage wieder zu lieben anfangen; – was wohl am besten beweiset, daß mir das Vorträumen gelungen und daß sie wirklich auf den wächsernen Flügeln des Traums auseinanderflogen und sich und die Sache auseinandergesetzt. Denn bekanntlich ist die Scheidung ein gutes Ehe-Aphrodisiakum und der Scheidungsbrief eine Auffrischung des ersten Liebesbriefes, indem es mit einem bösen Gatten wie mit einem bösen Zahne geht[1], welcher, sobald man ihn ausgezogen und in die Kinnlade – beinahe Bettlade hätt' ich gesagt – wieder einsetzt

1 Unzers medizinisches Handbuch. B. 2.

und einbeißt, nicht im geringsten mehr schmerzet, sondern nur schmückt.

Einen anderen Traumfall hatt' ich mit einem Husarenrittmeister, einem Gelehrtenfeind, der sich schon seit Jahren gern mit mir gehauen hätte – weil er den kleinsten satirischen Hieb auf sich zu lenken weiß –, wenn es nicht gegen seine Ehre liefe, wie er sagte, einem elenden Bürgerlichen oder Bücherschreiber mit dem Säbel den Kopf zu spalten oder auch nur einen Finger wegzuhauen. Diesen Rittmeister fordere ich nun jede Nacht, wenn wir beide die Schlafhauben aufhaben – gleichsam unsere Sturmhauben –; und er muß sich mir im Bette stellen, und ich adle mich nicht einmal, was ich so leicht im Traume könnte. Nun ist es aber kläglich, dabeizustehen und es anzusehen, wie ich den Husaren zurichte mit meinem Säbel – rechts und links, in die Quer und die Länge, vierfingerig, dreifingerig, zweifingerig, einöhrig wird er gehauen in den verschiedenen Nächten, und nur den Schädel läßt man ihm sitzen als Untersatzschale der Husarenmütze und des Lebens. Darauf laß' ich ihn um Schonung flehen und mir mehr als einen Dank sagen, daß ich ihn meines Säbels und des Durchhauens gewürdigt. – Es muß aber mein Traumgefecht wirklich in ihm vorfallen – fragen will ich ihn nicht –, weil er, wenn ich ihm begegne und als Sieger ihm etwas stolz ins Gesicht schaue, mich äußerst erbittert anblickt, was dem gedemütigten Husaren gern zu vergeben ist, da er sich für seine Demütigungen nicht rächen kann. –

Allerdings sieht ein einsichtvoller und rücksichtloser Mann wie Sie von selber, daß die Traumbildnerei gerade wie die Schriftstellerei sich auch zu guten herrlichen Zwecken (ich möchte mir schmeicheln, in der einen und in der andern Beispiele gegeben zu haben) verwenden läßt. Ein Benediktiner, erzählt Isibord (Breviar. num. 26.), hatte in der Nacht vor dem Morgen, an welchem er eine Purganz nehmen wollte, den Traum, daß er die Sache schon im Leibe habe; und siehe da, am Morgen war auch die Wirkung vorhanden, und die gekauften äußern Pillen brauchte er gar nicht zu verschlukken. – Nun ließe sich recht gut denken, daß ein Arzt die Abführmittel und Brechmittel, die er dem Patienten verschreibt, ihm so lange vorträumte, bis sich Wirkung einstellte. Ein Hofmedikus könnte zarten höheren Personen statt der ekeln Pillen Träume eingeben, und in öffentlichen Krankenanstalten könnte der Staat manchen Apothekerzettel in der Tasche behalten, wenn der Spitaldiener oder Krankenwärter als Vorträumer der Arzeneien anzustellen wäre und man nichts in der Apotheke zu machen brauchte. Oder man könnte auch der Staatskasse (wie schon jetzt, aber ohne Vorteil der Kranken geschieht) Arzeneien ansetzen, die gar nicht gegeben worden, sondern nur geträumt. – Die Ekelkur[69], die mancher Arzt oft bei Wachenden ohne seine Absicht durch sein Äußeres macht, könnte er bei Schlafenden, wo es nötig, durch sein Inneres ausführen; und so würden die Jünger des

Äskulaps, den schon die Griechen den Traumsender genannt, sich des Meisters durch die Träume würdig zeigen, die sie uns unmittelbar und ohne Druckpapier vormachten. Ja, ob man nicht auf Schiffen und in Festungen, wo zuweilen die Arzeneien ausgehen, statt dieser die Apotheker selber verschreiben könnte, da ihre treffliche Einbildkraft gewiß ohne Kräuter gute Brech- und Abführmittel machen könnte: dies würde bald die Zeit lehren, nebst den erfoderlichen Nächten.

Allenthalben vermißt man noch an Höfen und auf Thronen gerade für die ganze eine Hälfte des Lebens alle Hoflustbarkeiten, Spektakel und Hoffeste, und nur die andere hat dergleichen einige, die wache; so daß mithin die schlafende noch ein ganz unentdecktes Amerika oder eine neue Welt der Himmelkugel oder Glückkugel blieb, weil hohen Herrschaften in der Kunst, *allzeit* fröhlich zu sein, (der ars semper gaudendi) jeden Tag zehn Stunden fehlen, wenn nicht mehr. Dagegen gibt's nun kein anderes Mittel, weil der Hof nicht in einem fort für das Vergnügen wach bleiben kann, als einen geschickten Vorträumer, der's den Frommen im Schlafe beschert. Ein solcher wäre als der wahre eigentliche Maitre de plaisirs für die Nacht anzustellen, wo jeder seine Himmelfahrt nach dem Betthimmel hielte und in der Ruhe das rechte rheinische Lustschloß Monrepos[70] anträfe. Da nun ein Nacht- und Traumfreudenmeister oder Intendant des plaisirs lauter Freuden anordnete, die keinen einzigen Gulden kosteten – weil alle unmittelbar von Gehirn an Gehirn abgeliefert werden –: so könnten auch die Landstände und die Kammern gegen die Freudenfeste und diese Lustlager ohne Soldaten nichts haben; denn keine Landesschulden würden gemacht, weil der Maitre de plaisirs ein wohlfeiler Fliegenschwamm wäre, womit die Kamtschadalen sich durch dessen Aufgüsse wahre Edenträume und sich die Bettlade zur Nektar-Braupfanne machen.

Wenn ich weiter nachdenke, lieber Polizeidirektor, wahrlich das schwere Beglücken der Menschen würde gar zu himmlisch leicht gemacht, sobald man es ganz in seine Gewalt bekäme, bloß durch Träume zu erfreuen – Wunden zu schließen nach dem Schließen der Augen und den geplagten Menschen, wenigstens solange er liegt, aufrecht zu erhalten. Wahrlich, ich würde keinem Schläfer als eine gebratene Taube[1] in den Mund und Magen fliegen, sondern ich würde mehr den kostbaren Rubin vorstellen, der die lieblichsten Träume erzeugt. Einem Blinden setzte ich so lange gute Augen ein, als er sie zu hätte, und herrliche Nachtstücke des Frühlings und Sternenhimmels wollt' ich um ihn herhängen. Und da der Traum uns gerade verlorne Gestalten unserer wärmsten Sehnsucht am hartnäk-

1 Haller in seiner Physiologie führt aus Sanktorius an, daß genossene Linsen und Tauben häßliche Träume erzeugen. Nach Derhams Physikotheologie gibt der getragne Rubin schöne Träume.

kigsten verweigert: so wäre mein erstes, einer sehnsüchtigen Mutter die Tochter wieder an das Herz zu führen, die auf höhern Welten lebt, oder auf eine Nacht den Sohn nach Hause zu bringen, der auf fernen Schlachtfeldern übernachtet. Gott weiß, was ich noch täte; unschuldigen Gefangenen nähme ich ohnehin in der Nacht die Kettenringe ab; und zarten Prinzessinnen steckt' ich schöne Eheringe an und ließe einer schlafenden Diana-Göttin einen wachen Endymion erscheinen. – Ich triebe es weit.

Inzwischen bleibt es doch ebenso wahr als gefährlich – denn wenige würden so vorträumen wie ich –, daß die Erfindung des Traumgebens, wie die des Bücherschreibens und Druckens, die Entdekkung einer neuen Welt und dadurch die Verdopplung und Umkehrung der alten ist – –; und dies ist's eben, worüber man einen Saalpater hören will und zu Rate ziehen. Unmöglich können Sie in Ihrem künftigen Werke gegen die gewöhnliche Preßfreiheit über die Gefahren der ähnlichen Traumgeberei wegschlüpfen; Sie müssen die wichtige Sache erwägen, und wär's auch nur in einem magern Appendix. In solcher Hoffnung verharr' ich etc.

Dr. Jean Paul Fr. Richter

Kaum hatt' ich den 1. April diesen Brief an Herrn Polizeidirektor Saalpater abgeschickt: so bekam ich von ihm – dem fast von Akten erdrückten Geschäftmanne – schon in diesem Monate die Antwort; und zwar eine so unerwartete und wichtige, daß ich gewiß nicht getadelt werde, wenn ich der Welt nicht erst in dieser Vorrede zum zweiten Kometenbande, sondern schon im frühern Morgenblatte die Beweise überlieferte, daß der so sehr bedenkliche Traumbund wirklich existiert und schon tätig ist.

Saalpaters Schreiben leg' ich hier wörtlichtreu und vollständig dem Publikum vor und lasse nur da, wo ich's zweckdienlicher finde, Bedeutendes aus. Denn da Saalpater den guten, langen, weiten, breiten deutschen Reichsstil fertig schreibt, von welchem (wie ich hoffe) in den deutschen öffentlichen Kongreß- und Bund-Verhandlungen noch nicht so viel untergegangen als vom Reiche selber: so war bequem jede Seite auszulassen, wenn auf der abgedruckten dasselbe stand, so daß auf diese Weise nur der *Nach*druck, nicht der Nach*druck* wegblieb. Hier ist der Brief.

Wohlgeborner Herr,
besonders hochzuverehrender Herr Legationrat!

Ew. werden gar bald aus den öffentlichen Blättern ersehen, welche heilsame Wirkungen Dero geehrtes vom 1. April hervorgebracht. Schon seit geraumer Zeit hielten nämlich fünf magnetische Studenten aus Berlin sich in unserem Staate bloß zu ihrem Vergnügen, wie sie im Fremdenbuche des Gasthofs vorgespiegelt, auf; und zogen solche schon dessentwegen mein ganzes Augenmerk auf sich, weil sie sich die fünf Vokale nannten und sich niemalen anders schrieben als Ah, Eh, Ih, Oh und Uh. Dabei war doch manches nicht zu verkennen, was seit ihrem Aufenthalte im Staate Wunderliches vorfiel, ohne daß es recht zu erklären gewesen; denn Träume der verdrießlichsten Art fingen seit dem Übernachten der angeblichen Vokale nächtlicherweise im ganzen Lande an einzureißen, wovon drei Exempel von Schlafenden Euer Wohlgeboren anstatt aller übrigen dienen mögen. Nämlich Seine Exzellenz der Herr Minister der auswärtigen Angelegenheiten wurden überaus gemartert mit unschicklichsten Träumen, als wären Solche in Ungnade gefallen, ohne Pension entlassen, Dero hohe Familie vom Hofe verwiesen. Auch mir unwürdigen Subjekte kam es drei Nächte hintereinander vor, ich würde unter vielem Freudengeschrei auf dem Schloßplatze geköpft und trüge darauf den enthaupteten Kopf, nachdem man mir vorher einen hohen, hinten ausgehöhlten halben Maskenkopf aufgesetzt, mit beiden Händen ans Schloßtor, um ihn bei den Ohren neben einem angenagelten Hühnergeier[71] anzunageln. Endlich wurden sogar Seine Durchlaucht mit den unehrerbietigsten Träumen beunruhigt, indem es wenige Dienerversehen und Untertanenklagen im Lande gibt, welche bisher jeder treue Diener vor seinem Fürsten aus pflichtschuldigster Schonung geheimgehalten, die nicht Höchstdenselben in allen Träumen vorgekommen wären, seit die Vokale da sind, ordentlich als wären die Landstreicher Landstände, welche einem höchsten Herrn alles Elend ausplaudern, wenn es nur wahr ist, ohne sich darum zu bekümmern, wie es einem alle Untertanen liebenden Fürsten schmerzet.

Wie ich nun die fünf Studenten schon längst politischer Umtriebe für verdächtig gehalten, so war vollends nach den eingegangenen Fingerzeigen in Ihrem Schreiben, hochverehrtester Herr Legationrat, weiter kein Zweifel mehr, daß die Personen zu einem neuen Traumbunde gehörten und sich träumerische Umtriebe erlaubten. Ich nahm daher vor allen Dingen die fünf Vokale in Verhaft und ihre Papiere in Beschlag. – Und siehe da, schon aus ihren Tagebüchern wies sich's sonnenklar aus, daß sie zur neuen geheimen Gesellschaft der Traumbündler gehörten; es ist aber solches Komplott das gefährlichste und strafwürdigste unter allen, angesehen ein Traumbündler nächtlicherweise durch gewaltsamen Einbruch in die verschlossenen Schlafkammern dringt und allda sein politisches und sonstiges Gaukelspiel in allen Köpfen treibt und weder durch Wache noch Schlösser abzuhalten ist. – Nicht zu spät wurden darauf die fünf Bündler zu Protokoll genommen, so wie aus den Tagebüchern die dienlichsten Extrakte gemacht; und biege Ihnen sowohl Verhöre als Auszüge hier an. – –

*

Aber ich beuge vielleicht besser hier den Verhören vor, da ein Jurist, als Wörterlatitudinarier[72], für das schöne blatt- und stachelreiche Gesträuch, worein er seine Beeren kleidet, mehr Platz bedarf, als Morgenblätter und Vorreden übrighaben. Der Auszug der Protokolle folgt jedoch:

Die fünf Traumdirektoren geben zu Protokoll, daß sie unterwegs in verschiedenen Städten sich aufgehalten, aber bloß um da zu übernachten und zu wachen. – Auch leugnen sie ganz, daß sie dem Minister und dem Polizeidirektor böse Träume gemacht, aber sie sind erbötig, die Träume von Kopfverlieren, Ehreverlieren, Stelleverlieren und dergleichen aus beider geistigen und körperlichen Natur durch physiologische Kettenschlüsse befriedigend abzuleiten. – Ferner tun sie sämtlich die Frage, wer ihnen, wenn jemand greulich geträumt, beweisen könne, daß sie gerade gewacht, oder wer ihnen verbieten wolle, die Welt, wenn nicht durch Predigten, doch durch Träume selig zu machen und sogar, wie Titus[73] für einen Tag getan, es zu beklagen, wenn sie eine Nacht ohne Beglücken vorübergelassen. – Und endlich wollen sie, versichern solche, nichts weniger als fünf Vokale oder Selbstlauter für hebräische unpunktierte Staaten voll lauter Mitlauter vorstellen, da diese an Kabinett-Ordres und Inquisitionen und an jeder Pairie und Mairie ihre guten matres lectionis hätten; welche Ausdrücke Saalpater mit Recht ebenso anzüglich als unverständlich fand.

Hiemit hätt' ich denn den protokollarischen Sachzwergen die juristischen Pump- und Pluderhosen des reichen schönen Vortrags ausgezogen; aber die Welt wird sich schon mit den Zwergen begnügen.

Auch aus Saalpaters Auszügen der traumbündlerischen Tagebücher geb' ich deren hier fünf, von jedem Studenten nur ein Vortraumstück und Nachtstück; aber die Welt wird sich mit Saalpater nicht genug verwundern können, daß diese Vokale, die sich für die fünf Treffer des Staats und des Schlafs ausgeben, immer nur Nieten jeden Schläfer ziehen ließen.

Der magnetische und traumgeberische Student *Ah* erzählt in seinem Tagebuch den Vortraum, daß er einem ebenso reichen als behutsamen Sparhalse, der ohnehin nicht viel Schlaf genoß, das bißchen davon versalzte, indem er ihn darin in einem fort zu verschenken zwang. Der Mann, der nichts lieber verdauet hätte als, gleich dem Krebse, seinen eignen Magen, wurde durch den Studenten genötigt, jeden fremden zu füllen und die halbe Stadt, nämlich die hungernde, zu Gaste zu bitten, ja seine schönsten Kapitalien, die er alle auf sein Testament als auf den Adelbrief seines Gewissens aufhob, an öffentliche Anstalten, Schulen und Arbeithäuser zu verschwenden. Dabei stand nun der Menschenfreund nicht etwa bloß die nächtliche Qual der verschenkenden Traumbilder aus, sondern am Tage mußt' ihn auch die Besorgnis verfolgen, daß er sich durch dergleichen gegen das Geld abhärte und zuletzt es wirklich herzugeben anfange.

Der Student *Eh* gesteht in seinem Tagebuche die gemeinschaftliche Mißhandlung eines begüterten Landpfarrers. Sie ließen den exemplarischen Seelenhirten drei Sonnabende hintereinander seinen aufgehäuften zweijährigen Sackzehend in seinem Bette um den jetzigen Spottpreis an Juden verhandeln, zu einer Zeit, wo gewiß noch nicht jede Hoffnung eines Mißjahrs und nassen Sommers verschwunden ist; – was aber dem Seelsorger dermaßen zusetzte, daß er die an sich frohen Osterpredigten mit einer so kläglichen Stimme vortrug, als sei ihm schon das Brot gebacken[74]; und in der Tat waren nicht, wenn nach der alten Sage Ameisen dem schlafenden Midas Getreide auf dem Munde ansammelten, die Studenten vielmehr Ameisen, die es dem Pfarrer vom Maule forttrugen? Wollen die fünf Vokale sogar fünf Gerstenbrote[75] sein und auf diese Weise das Volk abspeisen? – Unerhört!

Sämtliche magnetische Studenten aus Berlin überhaupt gingen unterwegs nicht redlich mit Weibern um, welche sich zugleich kostbar und nackt kleideten, sondern sie taten, als wären sie als die fünf klugen Jungfrauen für die fünf törichten beordert. Wenn einige von diesen, indes die ersten Eltern nach dem Genusse des verbotnen Apfels sich ihrer Nacktheit schämten, sich der ihrigen gerade rühmten und freueten: so trugen ihnen dies die magnetischen Studenten nach, bedachten aber nicht, daß eine heutige Eva gerade umgekehrt die Schlange zum Anbisse des verbotenen Apfels verführen will, ich meine die eleganten männlichen Brillenschlangen, welche jedoch die Brille nicht, wie die naturhistorische, auf dem Rücken gemalt, sondern auf die Nase gesteckt tragen. Die Studenten waren vielleicht über die Mode, welche für Brust und Rücken nur den halben Anzug nimmt, nur aus dem Grunde verdrießlich, aus welchem Kotzebue und Hufeland darüber klagten, daß man die Selterflaschen nur mit *halben* Korken zugemacht verschicke, weil dadurch der halbe Geist des Wassers verfliege.

Nun war (laut Tagebuch) der Student *Ih* in einer Residenz gerade gegen eine Weltdame besonders erbost, eine junge Sechsundvierzigerin, deren Blütenäste an Spieltischen bis ins Zwanzigste durch Kunst gebogen überhingen und an welcher, so wie an manchen alten ergänzten Statuen in Rom nur *ein* Sechstel alt ist, vielmehr ein ganzes Sechstel jung war. Der Vokal nahm die Dame daher jede Nacht vor einer Ballnacht und führte sie auf einen geträumten Hofball, wo ihr, sooft sie lächelte, die falsche Zahnperlenschnur aus dem Munde rollte auf die Halsperlenschnur herab; und wenn sie mit ihrem jungen Wangenrot vor einem Spiegel vorbeiging, so war sie – die Schminke mochte noch so unverfälscht aufgetragen sein – aus der Rotgießerin eine Gelbgießerin geworden. Was ihre Kleidung anbelangt, welche dem Busen und Nacken fehlen sollte, weil sie bei ihren Jahren die älteste Mode des Paradieses mit der neuesten der Zeit zu verschmelzen suchte, so ließ ihr dies der boshafte Student Ih im Vortraume nicht zu, sondern er verkorkte, verpetschierte, inkrustierte, emballierte die Dame auf dem Hofballe so lange, bis er sie zu einem Mädchen in Holland umgesetzt, das der Schönheit und Gesundheit halber gewöhnlich ein Hemd trägt und ein Wollentuch auf der Brust und ein Kamisol dazu, samt einer Weste mit Ärmeln[1] – dann einen Wollengürtel samt Hosen – dann einen wollnen Rock – dann einen kattunenen – darauf eine kattunene Chemise – und einen Mantel mit Watten gefüllt – endlich drei Paar Strümpfe, nebst ein Paar Sockenschuhe mit Pelz darüber als Schluß von unten und drei Mützen als Schluß von oben. – Himmel! dergleichen möcht' ich nicht einmal in Holland anhaben! – Endlich versteht sich ohnehin, daß der erbitterte Traumvorturner, der bekannten Beobachtung Herders und anderer zum Trotze, nach welcher Träume in das schönste Jugendalter zurückversetzen, die Dame gerade um ebenso viele Jahre auf den Bällen vorausaltern ließ. Zu hart! –

Etwas gelinder – aber nicht viel – wurden vom vierten magnetischen Studenten *Oh* Damen in einer kaufmännischen, an sich gut handelnden, aber bös sprechenden Mittelstadt, wo er mit den andern übernachtete, mitgenommen und traumärztlich be-

1 Vertraute Briefe aus Holland 1797.

handelt. Je kleiner die Stadt, desto kleinlicher die Nachrede, und nur eine große duldet Großes. Da ein weiblicher Tee- oder Trinkzirkel erstlich sich selber beobachten muß – um alles dem nächsten mitzuteilen –, dann alles dem gegenwärtigen mitteilt, was er in vorigen Zirkeln und Zirkeltangenten beobachtet hatte: so sah in jener Mittelstadt eine Damenreihe mit den vier Fühlfäden der Ohren für Abwesende und der Augen für Gegenwärtige und mit der Zunge, welche überall ihre Spuren ließ, nicht anders – um ein possierliches Gleichnis vom Studenten Oh zu entlehnen – in ihren weit aufgesperrten Reusenhüten aus als wie ein lebendiges Konchylienkabinett[76], wo aus den weiten Schnekkengehäusen die Köpfchen mit den *vier* Fühlfäden schauen und dann alles überziehen, worüber sie ziehen. Keine Namen wurden ganz gelassen als die verschollenen oder begrabenen, die sich hinter einem Grabstein wehren und decken konnten. Wie schon die Witwe aus der Asche ihres Mannes die beste Lauge für ihren zweiten zu dessen Weißwaschen siedet; ja wie überhaupt die Verstorbenen von Jahrtausenden her gleichsam die *Wäscher* und die *Ärzte* der Lebendigen werden, so wie die Leichen sich in *Seife*[1] verwandeln und die Mumien sonst in Apotheken zu *Arzeneimitteln* verschabt wur-

---

1 Auf dem Gottesacker des Innocens (der unschuldigen Kinder) zu Paris wurden ganze Schichten in Wallrat verwandelt gefunden. Crells chemische Annalen von 1792.

den: so wurde auch in den gedachten Zirkeln das Verstorbne geschickt zur Seifenkugel und Laxierpille, zum Wasch- und Heilmittel des Lebendigen verarbeitet. Der Tee war am Ende ein Entweihwasser für Namen, die kein Weihwasser verdienten, oder ein Strafbier, das noch dazu, ungleich dem Strafbier der Handwerker, nicht von dem Gestraften bezahlt wird, sondern von dem Strafenden. – Die Verbreitung solcher Strafurteile war unglaublich und musterhaft; denn jeder Teewasserzirkel floß wieder in neue Zirkel ein, und so hörte es, wie das Ineinandergehen der Wasserringe auf einem Teiche, gar nicht auf. Der Student Oh tat nun weiter nichts im Vorträumen, als daß er jede Verfasserin oder Verlegerin eines Strafurteils mit einem Gygesring[77] unsichtbar in einen Zirkel nach dem andern stellte, wo man einer jeden den reichlichen Ehrensold (wenn's nicht vielmehr ein Unehrensold zu nennen ist) für die gefertigten Urteile gewissenhaft auszahlte – das Gute der Urteilverfasserin wurde von selber vorausgesetzt und bloß ihr Böses hinlänglich dargetan und aufgedeckt; – und so mußte eine solche bewölkte Sonne den glänzenden Tierkreis von Teezirkeln durchlaufen. – – Jede Mittelstädterin war im Bette außer sich und litt viel und wollte das Hassen von ihren Freundinnen kaum ihren Ohren glauben; denn keine erinnerte sich – obgleich jede dasselbe getan – bei dem Teezirkel, da er eine Art Kriegsgericht gegen Abwesende ist (das Ätherflämmchen der Teemaschine will das Biwakfeuer vorstellen), daß die sanftesten Wesen von der Welt den Bewohnern der Freundschaftinseln ähnlichen, mit deren Gutmütigkeit Cook und Forster uns alle beschämen, die aber doch ihre Feinde lebendig verspeisen. Und was ist Namenzerreißen anders als eine subtile Menschenfresserei, zu deren Eingeschneizel der Tee die Tunke und Salzlacke sein mag? –

Im Tagebuche des fünften magnetischen Studenten, namens *Uh,* zeichnen sich besonders die Nächte aus, wo er einer Fürstin und ihrer Oberhofmeisterin in einem gewissen Staate statt der Nachtmusiken arge Nachtfröste gibt. Der Staat ist in Rücksicht der Quadratmeilen nicht näher bestimmt, wo Freiheit und Gleichheit auf schöne Weise geschieden sind und völlige Gleichheit nur außerhalb des Hofs und wahre Freiheit nur an diesem herrscht, so daß das Land ein Schachbrett ist, auf welchem man mit Steinen oder Dame (nicht mit Figuren) spielt und wo folglich alle Steine auf allen Stellen einerlei Wert haben, die ausgenommen, welche in die Dame kommen, d.h. an den Hof. Aber eine so uralte, ja adelig-alte Rangordnung wollte dem Selblauter Uh leider nicht schmecken, sondern er versuchte sie (laut seines Tagebuchs S. 66) wenigstens bei Nacht im Schlafe der – Fürstin und ihrer noch strengern Oberhofmeisterin umzustoßen; er träumte nämlich ihr und der grauen Hofmeisterin drei oder fünf Nächte (die Zahl ist zu unleserlich) vor, daß beide wirklich an der fürstlichen Tafel mit Weibern zusammensäßen, welche entweder von Natur bloße bürgerliche waren oder doch als Edelfrauen an bürgerliche, wenn auch tafelfähige Diener vermählt. Dem Fürsten, durch seine männlichen Beamten schon an bürgerliche Gast-Einschiebsel oder Beiessen gewöhnt, wollte der Vokal nichts vorträumen – aber bei der Fürstin und der alten Oberhofmeisterin hatt' er offenbar die Absicht, sie gegen die Nähe der Bürgerlichen vorher im Schlafe abzuhärten und den Hof durch Weiber allmählich an Männer zu gewöhnen. Aber freilich weiß ich dann nicht mehr, wenn es den Traumbündlern gelingt, was ein Hof ist, sobald der *Respekt* fehlt. *Respekt* nennen nämlich die Kupferstichhändler den reinen glänzenden Raum, welcher den grauen unscheinbaren Kupferstich umfaßt und liebt, und nach dessen Abschneiden das Blatt um mehrere Gulden weniger gilt; – der Stich mit seinen Figuren stellt hier das Volk vor, das vom Glanzraume des Hofes in gewisser Weite bleiben muß, damit dieser es vom goldnen Kron-Rahmen genugsam trenne. – Und was kann am Ende die Folge sein, wenn der magnetische Student das Innere der adeligen oder italienischen Schule mit der Galerie der bürgerlichen oder niederländischen Schule durchschießt? Die erste Folge ist wechselseitige Verwechslung aus Mangel des Unterschieds; aber die zweite ist die wichtigere für den Bürgerlichen, der immer ein gewisses republikanisches Feuer einbüßt, wenn er am Hofe aufsteigt, wie die an Zepter und Thron angestengelten Hofleute beweisen; daher manche Länder recht verständig den Bürgerlichen so behandeln wie die Welschen den Weinstock[I], den sie unaufgerichtet auf dem Boden fortkriechen lassen, weil er da mehr Feuer gewinnt als deutsche Reben, die man am Geländer aufrichtet.

*

Von hier an nimmt statt der Tagebücher wieder Saalpater das Wort und schreibt sein Schreiben zu Ende:

Dahin ist es denn vielleicht bloß durch den Magnetismus, welchen leider noch manche Staaten öffentlich erlauben, endlich gediehen, daß wir einen neuen Orden, einen Traumbund, wirklich vor der Nase haben, der so gewiß existiert als der Tugendbund[78], falls er nicht gar mit ihm zusammenfällt, wobei nur dies das Allerbeklagenswerteste ist, daß man den Bündlern weder durch Ohr- und Augenzeugen, noch durch Augenschein, noch durch probatio semiplena, noch major et minor[79] beizukommen vermag, weil ihre Gedanken (oder Vorträume) nicht zu verhaften und vor Gericht zu stellen sind, sondern die Bündler es stündlich ableugnen können, wenn sie auch damit die gefährlichsten Träume angestiftet. Das Beste wäre allerdings, solchen Menschen ohne weiteres das Handwerk, nämlich

I Schultes Briefe über Frankreich auf einer Fußreise.

den Kopf vor die Füße zu legen, was Sie gewiß als guter Jurist auch täten, wenn uns nicht überall die Gesetze bei allem Guten, was man tun will, im Wege ständen. Ich erinnere mich noch sehr wohl, wie Ew. Wohlgeboren, als Sie noch in Leipzig praktizierten und schon damals zwei Bände Prozesse drucken ließen – grönländische, glaub' ich, denn vorbekommen habe solche nicht –, ich erinnere mich, sag' ich, wie Sie mich sehr oft in scherzhafter Anspielung Galgenpater anstatt Saalpater geheißen; aber in der Tat wär' ich in jetzigen Umständen nichts lieber als dergleichen, um die fünf magnetischen Vokale zum Galgen zu begleiten. –

Aber werden Sie es nach allem diesen wohl glauben, daß wir jeden noch die fünf Inkulpaten haben frei und ledig der Haft entlassen müssen, ganz ungestraft und unversehrt, ja der Minister mit Pässen und ich (unter uns) mit einigen Reisegeldern?

Denn solange die Inkulpaten im Kefter saßen, war's nicht auszuhalten im Bette, und ich mußte, um bei meiner Wenigkeit anzufangen, sobald ich mich niederlegte, erwarten, daß ich gevierteilt würde, oder gesäckt, oder mit Zangen gezwickt, oder mindestens mit Ruten gestrichen, so daß das Bette ordentlich mein eigner Rabenstein[80] war. Aber auch nicht mehr wurden Seine Exzellenz der Herr Minister geschont, sondern Solche mit Halseisen und Reichsacht versehen, ferner in effigie[81] aufgehenkt dicht an Denenselben selber, und auf Deren Stern, wie bei einem Sternschießen, geschossen. Ja

Seiner Durchlaucht wurden in jeder Nacht aus der Gaukeltasche der Traumgeber neue jammernde schreiende Untertanen vorgestellt, welche noch dazu, was wohl das Betrübteste, wirklich im Lande zu finden waren, sobald man sich darnach erkundigte. Inzwischen wurden die Schuldigen erst nach Ableistung der Urfehde fortgelassen, daß sie sich an einem Staate, der ihnen so väterlich nachgesehen, nicht durch weitere Vorträume vergreifen wollten.

Ew. Wohlgeboren könnten freilich bei Ihren so ausgebreiteten Konnexionen mit Verlegern und Druckern mehr tun als alle Gerichte, wenn Selbige in einem Ihrer nächsten Werke die Augen der Welt auf die Traumbündler lenken wollten. Der ich etc. etc.

Saalpater

Da nun das nächste Werk kein anderes ist als der zweite Band des Kometen: so hab' ich hier, und zwar schon in der Vorrede dazu – ja noch früher im gegenwärtigen Morgenblatte –, die Welt gewarnt und somit meine ganze Pflicht getan.

Was übrigens diesen zweiten Teil von Marggrafs Lebensgeschichte selber anlangt, so hab' ich schon anfangs dieser Vorrede angemerkt, daß ich eigentlich keine Vorrede vorauszuschicken, sondern nur des Helden Geschichte nachzuliefern habe, welche denn in der Tat hier endlich auftritt. – Möcht' ich doch selber zu den Traumbündlern gehören, aber nur in der Dichtkunst, diesem ersten und letzten Traumgeberorden, um meinen nachträumenden Lesefreunden nur Schönstes und Bestes vorzuträumen!

Baireuth, den 12. Mai 1820

Jean Paul Fr. Richter

Erstes Kapitel,
welches durch Judengassen, Rezepte und einen offnen Himmel den Leser spannen will

Sämtliche Klubisten, Harmonisten und Klassinisten waren schon versammelt, nämlich der Freimäuerer, der Zuchthausprediger und der Hofstallmaler; nur die Ressourcisten fehlten noch, nämlich der Apotheker Nikolaus Marggraf. Endlich eine ganze Stunde zu spät langte der Jüngling an und hatte drei Himmel zugleich auf seinem etwas eingefallenen bleichen Gesichte. Da ihn sein Freund, der Freimäuerer Peter Worble, fragte, warum er gerade heute bei der Wiedereröffnung des Klubs der letzte sei, sonst doch immer der erste und eiligste, so versetzte der Apotheker: «Was ist viel zu fragen? – Nur vor allen Dingen, Peter, hinaus und einen herrlichen Punsch gemacht! Denn wahrlich heute ist ein Tag, wo mir fünfthalbe Gulden ein Pappenstiel sind.»

Der Freimäuerer Worble sah ihn mit dreifachen Fragezeichen an und dachte gar nicht daran, sich hinaus und an den Punsch zu machen. Das ganze Kränzchen war in Erstaunen, zwar nicht im geringsten über die Freigebigkeit, allein über den ungeheuern Reichtum, und nahm mit allen sechs Händen den Trinkfreitisch an; denn es war keiner im Kränzchen (den Apotheker ohnehin mit eingeschlossen), der etwas hatte, und der ganze Klub konnte jede Stunde ohne Hindernis vom Donner erschlagen werden, oder von Mesmer[82] magnetisiert, so wenig Seidenes hatt' er an.

«Bloß die Judengasse», setzte Marggraf dazu, «hat mich etwas aufgehalten. – Ich sollte aber heute an einem so herrlichen Tage den Bettel gar nicht erzählen, da es doch bloß elende Schuld- und Geldsachen betrifft. – Meine teuersten Freunde! Heute an diesem Morgen hab' ich endlich nach so manchen Täuschungen die feuerfeste Hoffnung gewonnen und gleichsam in Händen, daß ich aus meinem chemischen Ofen ein Gebäck herausziehe, das mich wirklich zu reich macht für einen Privatmann: es geschieht aber dies noch dazu schon künftige Woche am ersten Jahrmarkttage.»

Kein einziges Gesicht des Klubs erstaunte, jeder paßte auf etwas viel Neueres. «An einem solchen Tage nun», fuhr Nikolaus fort, «kann man wahrlich nicht fromm und demütig genug sein; ich machte daher einen Spaziergang durch die Judengasse, wo meine meisten Gläubiger gar zu armselig aufeinanderhocken. Vom vorigen Jahre her erinnerte ich mich noch, daß die Juden heute ihr Hamannsfest oder Purim hatten und sie mir also, und wär' ich der Gasse auf beiden Seiten schuldig, in ihren Feierkleidern nichts anhaben könnten.» –

Hier gab der Zuchthausprediger *Süptitz* mit den Händen starke Zeichen – mit den Augen starrete er geradeaus –, daß alle mit ihren Reden ein wenig warten sollten auf seine; denn er wollte einfallen, war aber noch im langen Veranstalten zu einem

Niesen begriffen. «Ich bemerk' es nur im Vorbeigehen», fing er an, nachdem er zweimal genieset, «einem Manne, der als Denker auf alles in und außer sich zu reflektieren hat, ist Niesen eine Pein, weil er innerlich den Anstalten so lange zusehen muß, bis die Nase losbricht, und noch dazu wird zweimal genieset, was nach Aristoteles (ich unterschreib' es aber nicht) aus der Zahl der Nasenlöcher fließen soll. – Womit ich Sie aber unterbrechen will, Herr Apotheker, ist die Anmerkung, daß Sie in der Judengasse in einem gewaltigen Irrtum gestanden; ich kann aber, wie Sie wissen, nicht den kleinsten anhören, ohne ihn zu widerlegen. Die jüdischen Feste sind nämlich in unserem Kalender bewegliche, aber nicht feste Feste; und Purim fällt heuer viel später, wenn nicht früher. Die Juden schlagen dann an Hamanns Fest[83] heftig mit den Hämmern in den Schulen, um den Hamann gleichsam von weitem figürlich zu treffen.»

«Ich empfand's wohl», versetzte Nikolaus; und nun erzählte er die Folgen seiner Kalenderverrechnung, wie aus dem zweiten, ja fünften Stockwerke die halbe Judenschaft herabgefahren und einen Hof von Gläubigern um ihn gezogen und wie er den Zug wie ein Drehseiler mit jedem Rückschritte immer mehr verlängert habe.

«Daran erkenn' ich», sagte Peter Worble, «den treuen, beständigen Schuldner; der hat immer vor andern den Trost voraus, daß, wenn ihn auch alle Freunde und alle irdischen Güter verlassen, doch die Gläubiger bei ihm bleiben und an ihm festhalten. Mancher Habenichts kann hier ein größeres Gefolge aufweisen als oft ein Prahlhans. Ich für meine Person darf sagen, daß ich selten ohne feste Anhänger bin, die oft mehrere Straßen mit mir gehen. Auf den philippinischen Inseln[1] stellt nach dem dortigen Glauben ein Arzt die Kranken bloß dadurch her, daß er sie sämtlich hinter sich nachziehen läßt; daher man dort einen geschickten Doktor an dem gassenlangen Patientenschwanz erkennt. So nun stell' ich mir Gläubiger leicht als solche Leidende vor, die ebenfalls dem Gemeinschuldner als ihrem Kreisphysikus stets nachfolgen und nachlaufen, in der Hoffnung, dadurch von ihm hergestellt zu werden. – – Am Ende aber, Nikolaus, hattest du doch recht gehabt und bist zum Hamannsfest der Juden und unter ihre Hämmer gekommen als Juden-Antichrist; und wie lief's denn ab?»

Herrlich, versetzte Marggraf, sei die Sache abgelaufen; denn er habe zum Glücke seinen Hauptgläubiger, den Schächter und Sänger *Hoseas,* auf der Gasse getroffen und diesen durch die Vorstellung und Beteuerung seiner außerordentlichen Einnahme am künftigen ersten oder zweiten Jahrmarkttage dahin vermocht, daß er ihm den am Jahrmarkte fälligen

1 Weylands kleine Abenteuer B. 12, nach Renouard de Sainte-Croix. Am Ende träfe dieser Glaube mit dem neu-magnetischen zusammen, daß der Körper des Arztes selber als Arzeneikörper wirke.

Wechsel von hundert fl. in einen frischen von zweihundert fl. – oder sei's mehr gewesen – umzuschreiben zugelassen, wofür der Jude mit einigem Judendeutsch den Gläubiger-Aufruhr auf der Stelle gestillt.

Der Freimäuerer und sogleich darauf der Hofstallmaler *Renovanz* schlugen über die ungemessene Wechsel-Potenzierung die Hände über den Kopf zusammen. Marggraf fuhr aber fort: «Der närrische Schächter hält ein Paar hundert weggeworfne Gulden gewiß für ein Wagstück, bloß weil er weiß, daß ich zu Hause nicht viel mehr Bares besitze, als was ich heute mit Ihnen, meine Herrn, recht aufgeräumt vertrinken will; aber ein Jude bleibt ein feiges Schaf. – Und nun, Peter, hurtig den Punsch gemacht! Heute will ich alles außerordentlich geschwind.»

Das fortdauernde Erstaunen der Gesellschaft, das sich bloß auf seinen bisherigen Glauben an den Stein der Weisen und den darauf versicherten Wechsel bezog, hielt er noch immer für ein anderes und sagte: «Sie erstaunen mit Recht, daß ich fünfthalb Gulden habe; aber man höre nur!»

Er steckte folgendes Licht in dieser Geldsache an. Lange nämlich hatte er auf seinem Dachboden einen Viertels-Zentner alter Rezepte von seinem Großvater, der sie nach Apothekersitte gleichsam als peinliche Akten für künftige Richter der Ärzte aufbewahrt: als ihm ein Gewürzkrämer unbesehens für ein Pfund dieser Heilblätter vom Baume des Lebens – falls er sie zum zweiten Male zu Geld machen wollte, wie deren Schreiber zum ersten Male getan – zwei Batzen bot. Erstaunlich anfangs! Mit *solcher* Gewürzkrämerei wär' unter Napoleon der halbe Buchhandel zu heben! – Aber es war anders, später wurde glaubwürdig herausgebracht, daß der Gewürzhöker nichts als der Unterhändler mehrerer Dorfbalbiere und Wundärzte gewesen, welche zu einem Gesamtkaufe dieser fünfundzwanzig Pfund Lebenssicherheitkarten zusammengeschossen hatten, um die Rezepte von neuem zu verschreiben und so immer etwas Kunstgerechtes, wenn auch nicht Zweckmäßiges, zu rezeptieren. Aber ob nicht die redlichen Quacksalber mit ihrem (Makulatur-)Pfunde so gewuchert, daß manche Rezepte, welche dem offizinellen Arzte unter den Händen aus Dummheit zu Urias- und Frachtbriefen an Charon oder zu päpstlichen Schenkbriefen der neuen zweiten Welt geworden, sich jetzt zu Schenkbriefen und Quartierbillets der hiesigen Welt durch eine günstige Losziehung aus ganzen Pfunden von Heilmitteln umgesetzt: – dies zu untersuchen, gehört wohl in ein anderes Kapitel als in ein erstes, wiewohl ich nicht verhehle, daß ich hierin meiner Meinung bin.

«Nur gut», sagte der Freimäuerer, «daß man die Nilquelle des heutigen Punsches weiß; dein anderes Geheimnis von der Goldküste, am ersten Jahrmarkttage entdeckbar, ist mir seit Jahren halb und halb bekannt. Singe nur dein altes Lied von Goldmachen und Goldsäuere und materia cruda vor den Herrn bis auf den letzten Vers wieder ab, während ich draußen am Punsch arbeite. Ich will aber,

Bester, einen glühenden Plättstahl in die Bowle stoßen – das Ingredienz kostet nichts, und man hat seinen guten Stahlpunsch. – Jetzt aber fang an, hinter meinem Rücken dein Lied zu singen! – Hab' ich mir nur erst mit einigen Güssen Punsch den Kopf warm gemacht, so will ich dir deinen schon waschen, dafür daß du das Geld, das du nicht hast, ins Judenviertel hineinwirfst und zum Fenster und Rauchfang hinaus und Metalle rot färben willst anstatt türkisches Garn.»

Ich könnte nicht sagen, daß Nikolaus auch nur das kleinste Zeichen von Empfindlichkeit äußerte; vielmehr lächelte er ihm nach und sagte zum Maler: «Er schießt gewaltig neben hinaus, unser guter Freimäuerer – ich will jedoch gern auf ihn warten mit dem Geheimnis; – es dürfte aber leicht von etwas Gewinnreicherm die Rede sein als von bloßem Machen des Goldes – auch andere Sachen sind auf der Erde zu machen» – und dabei sah er ganz entzückt in die Abendsonne hinaus.

Die Leser des ersten Kapitels dieses Kunstwerkes müssen wissen, daß Worble seinen Freund nie öfter zwickte und ihm mit seinen Krebsscheren die Hand drückte – die Gebärden waren bloß kleinere Krebsfüße –, als wenn dieser die Nachricht brachte – was er in jedem Vierteljahr dreimal tat –, jetzt endlich sei er von dem *großen Werke* nur noch ein oder anderthalb Tage (ein paar Stunden mehr oder weniger sind nichts) entfernt und er erwarte nächstens getrost von Gott das Gold. Denn von der seligen Adventzeit des Goldes an (wußte eben Worble) datierte der Apotheker wie jeder Alchemiker ein frommes Kirchenjahr seines Herzens; er hielt nämlich sein aufprasselndes Raketenzornfeuer auf den Boden nieder und angefeuchtet, um den Geber des großen Werks mit nichts zu entflammen. In diesem Zustande des gebundenen Feuers hetzte ihn Worble am liebsten, um seinem Ansichhalten zuzusehen und die äußere Milde mit dem innerlich erstickten Fluchen zusammenzuhalten.

Da der Hofstallmaler Renovanz den Apotheker, der ihn angeredet, in einer so freundlichen Laune fand: so drückte er eine längst angelegte schußfertige Bitte ab, die auf den zeitigen Stößer in der Marggrafschen Apotheke ging, welchen Nikolaus sehr liebte. Er fing also an – konnte aber in sein schön geformtes, etwas abgeblühtes Gesicht mit griechischer Nase und in seine Grau-Augen nicht so viel Liebe hineinlächeln, als wohl zu Bitten gehört, weil er letzte lieber abschlug als vortrug –: Herr Marggraf, fing er an, habe seine Studien in der niederländischen Schule mehrmal zu unterstützen versprochen, wenn das Gold fertig wäre; aber er könne schon jetzt der Kunst, ohne einen Heller Kosten, einen bedeutenden Dienst erweisen. «Prügeleien», sagt' er, «sind äußerst selten bei Malern und nicht genug von ihnen gesucht; und doch seh' ich nicht ab, warum die niederländische Schule sich hierin will von der italienischen beschämen lassen, welche die herrlichsten Kindermorde, Schlachtstücke und jüngste Gerichte aufhängt und dabei an Stellungen und Verkürzungen unsäglich erbeutet. Sie wissen längst, wie ich mich auf Prügel- oder *Schlag*stücke lege, vielleicht mehr als manche *Schlacht*stücke in Kenners Augen wert; aber leider ist bloß der Pinsel mein Prügel, und überall fehlt mir eine Akademie[84]. Sie besitzen nun, Herr Apotheker, an Ihrem Stößer *Stoß* (so heißt, glaub' ich, der Mensch) ein Musterbild, das mit seiner kurzplumpen, eckigen, sich abhetzenden Wackelgestalt und mit seinem trefflichen Ausdrucke eines lebhaftdummen Feuers den besten Ostade[85] nicht entstellen würde. Gott! wie wäre ein solcher kunststoffhaltiger Mensch nicht zu verwenden für die Kunst, wenn Sie wollten! Hat doch der Graf Orlof für den Maler Hackert ein ganzes Schiff in die Luft springen lassen zum Abzeichnen.[86] Was wäre gegen so etwas die Gefälligkeit, wenn Sie Ihren Stoß bloß ausprügeln ließen in meiner Gegenwart, damit ich, so gut es ginge, ihn als Akademie benützte und flüchtig zeichnete! – Um des Himmels willen nehmen Sie die Sache nicht von der unmoralischen Seite! – Wahrlich ich mein' es nur so, daß der Stößer sich selber herumschlüge mit jemand. Sie haben zum Beispiel Ihren baumlangen, langsamen, eiskalten, faultierischen Rezeptuar[1], das

1 Defektuar heißt in den Apotheken der Gehilfe, der im Laboratorium arbeitet und die fehlenden Artikel anschafft und zubereitet; der Rezeptuar besorgt auf dem Rezeptiertische die Rezepte. Trommsdorf verlangt, daß beide immer ihre Ämter wechseln.

gerade Gegenbild Ihres Stößers. Diesen wollt' ich durch drei oder vier Gläser Couragewasser, die ich gern aufwendete, leicht mit dem Stößer – dem müßt' ich wohl auch eines geben – in ein Wortgefecht verwickeln, daß er gegen Sie recht tapfer loszöge – da er Sie ohnehin nicht achtet – und der Stößer wieder seinerseits noch unbändiger für Sie föchte, bis es dahin käme durch einige schelmische Aufmunterungen von meiner Seite, daß beide sich wirklich einander in die Haare gerieten. Dann käme ohne Zweifel der kurzbeinige Defektuar unter den langatmigen Rezeptuar zu liegen .... nun das Zappeln, Gabeln, Sicheln der Glieder und die tausend Gesichter auf dem tollen Gesicht – – Bei Gott! Herr Apotheker!» – –

Da nun der Stößer Stoß mit aller Innigkeit, Treue und Glaubigkeit einer eingeschränkten Seele am Apotheker hing und bekleibte und diesen für den größten Geist ansah, der ihm je in den Kopf gekommen oder auf die Welt, so daß Nikolaus keinen Menschen auf Erden hatte, der ihm so aufrichtig glaubte, wenn er sich lobte, als Stoß: so war ihm bei der Erbosung über den Antrag, eine so gute Seele zu mißbrauchen, welchen er an einem solchen heiligen alchemischen Tage mit der größten Gelassenheit aufnehmen mußte, nicht besser zu Mute als einem Gesandten, welcher an einem großen Hofe die erste Audienz und zugleich das schrecklichste Bauchgrimmen hat und doch dabei ganz aufrecht bleiben muß – zur Ehre seines Hofes –, so gern er sich, wie immer, tief bücken möchte, ja zusammenkrümmen für solchen Fall. – «Kein Wort weiter, köstlichster Künstler!» versetzte der Apotheker, heftig auf- und abschreitend und mit verzognen Gebärden, da er nur der sanftesten Worte mächtig geblieben. «Warten Sie nur noch bis zum Jahrmarkte! – Hab' ich Ihnen nicht schon längst bedeutende Summen für Ihre Kunst und folglich auch zu Modellen versprochen? – Und heute versprech' ich Ihnen, bei Gott, noch zweimal größere, mein herrlicher Ostade!»

«Nun, ein bißchen Raffael bin ich wohl auch gern mit», versetzte der Stallmaler und wollte im völligen Unverstehen des Marggrafischen Ansichhaltens die Prügel des Stößers durchsetzen, bis der Zuchthausprediger Süptitz ihn fragte, ob er denn gar kein Stück vom Psychologen sei und nicht im geringsten aus allem wahrnehme, wie sehr Herr Marggraf sich selber beherrsche.

Da trat endlich Worble mit feurigen Augen hinter der Punsch-Zisterne ein, für welche er selber alles abgerieben, ausgepreßt, zugesetzt und eingekocht hatte, um, wie er versicherte, alle Zeit bis zum Amen zu versäumen, in welcher der Apotheker gewiß seine lange alte Rede wieder gehalten über seine nächste Annäherung zum sogenannten *großen Werke* – dem schlagenden Goldherze aller Goldadern – und über alles, was er darauf tun werde, und was so lange schon bekannt geworden. Ja er habe, setzte er hinzu, um nur länger auszubleiben, fünf oder sechs Gläser Punsch voraus getrunken, und er bitte recht flehentlich, man soll' ihn einschenken und ausreden lassen, weil er gern reden möchte, und zwar viel. Die Hauptsache war nämlich, daß der geldlose und daher tranklose Peter nun etwas im Kopfe hatte, womit er sein Heiligen-Januars-Blut[87] flüssig machen konnte; er war von früher Zeit daran gewöhnt, seinem Pegasus, wie man auch prosaischen Pferden tut, etwas Geistiges zu trinken zu geben, damit er besser flöge, und er behauptete, er wisse die Stunde, wo er trockner sein werde als irgendein Kompendium oder ein Kaufmannsbrief oder eine Schrift aus der Wiener Kanzlei, nämlich die sei es, wo er verdurste. Er fing an: «Ich lasse mich mit kochendem Punsch abbrühen, wenn ich etwas anderes vorbringen will als die Rede, die Herr Marggraf über das große Werk, zu welchem er nur noch anderthalbe Tagreisen hin habe, und über alles, was er dann mit zehn Goldfingern (jetzt hat er nur zwei) und mit zehn Goldzehen vorhabe, unter meinem Punschkochen an Sie alle gehalten.» – Aber der Klub schüttelte Nein. Dies kam dem Freimäuerer zwar ungelegen; denn er hatte sich draußen unter dem Punschmachen und Kredenzen eine der längsten Reden in dessen Namen ganz fertig ausgearbeitet und nur die Punkte und Kommata im Kopfe ausgelassen; aber er fuhr fort: «Meinetwegen! In jedem Falle hat er unstreitig so gesagt: Da die Grunderde des Goldes aus Phlogiston[88] und einer gewissen Säuere bestehe: so brauche man weiter nichts zu erfinden – denn das Phlogiston sei zum Glück schon da – als die gewisse Säuere, um dann das konstantinische Pulver zu machen, womit Sebald Schwärzer bei dem höchst sel. sächsischen Kurfürsten Augustus anno 1584 wirklich tausendvierundzwanzig Teile unedle Metalle in das pureste Gold verkehret habe.»

Hier fiel der Apotheker ein: «Und ist die Tatsache an sich nicht ja eine der bekanntesten? Denn gerade im sechzehnten Jahrhunderte stand neben der Kirchenverbesserung zugleich die Metallverbesserung am sächsischen Hofe in Flor; ja setzte nicht dieser Sebald Schwärzer auch unter Augusts Nachfolger, unter dem Christian I., die Arbeit so lange fort, bis er den Kaiser Rudolph II. mit seiner Person beglückte? Und führt man denn statt aller andern Folgen seiner Arbeit nicht am liebsten bloß die Klagen an, welche die gemeinen Arbeiter darüber erhoben, daß der Kurfürst sie in lauter ganzem Gold oder in Gülden bezahlte, indessen die Reichen den Profit hätten, die Scheidemünzen zu schlucken?»[1]

«Sagt' ich's denn nicht?» versetzte Worble. «Jetzt hat er gar zum dritten Male seine Rede gehalten, denn seine erste hielt ich eben zum zweiten Male. Inzwischen fahr' ich still fort in deiner Rede, in welcher du gesagt haben wirst (wenn du anders auf die Metapher verfielst), daß nun die *Goldsäuere* keine

1 Wieglebs Untersuchung der Alchymie. S. 250.

sauere Wiese mehr sei, worauf du deine Hoffnungen weidest, sondern ein stärkender Sauerbrunnen für alle deine Kräfte: weil du in einigen Tagen die Sache erwischest. Ich sollt' es fast selber glauben. Was du aber, du Goldsohn, du Goldvater, du Goldkoch, mit deinem goldenen Zeitalter anheben willst, stellst du ja ganz offen in deiner künftigen Rede dar, worin du wörtlich sagen wirst (doch ohne die nette Einkleidung, die ich dir leihe):

‹Hab' ich einmal statt des bisherigen Apothekergoldes unfigürliches Waschgold, und hab' ich mich in meinem Brauofen zu einem Goldsohn des Glücks hinaufgekocht: so brauch' ich wahrlich nichts weiter im Überfluß als schlechte Metalle, damit zu diesen gemeinen Kristallmüttern die Goldsäuere den englischen Gruß sagt und ich den Messias bekomme, welchen ich brauche, und ich bin fast, was ich will. Nicht gerade alles, was ich als Millionär und Billionär und Trillionär tun will›, fährst du fort, ‹führ' ich an (denn ich will überraschen); aber gesetzt, ich würde Fürst, weil ich natürlicherweise, insofern ich so viel Gold machte (denn nähere Ansprüche verschweig' ich), daß ich eine und die andere verpfändete Markgrafschaft um das Doppelte auslöste und spaßeshalber z.B. wirklich Hohengeis zu regieren bekäme: so weiß ich kaum, was ich täte vor Freude. Glücklich gemacht würde ohnehin jeder – die Armen – die Armendeputation – der Hof- und der Regimentstab – jeder sonstige Stab – meine vielen Kollegien – Denn von jenen Fürsten, welche in ihren Nächten, die noch teuerer und länger sind als ihre Tage, dem Lande das *Fett* absaugen und nur die *Tränen* ihm lassen, wie Nachtlampen das Öl aufzehren und nur das Wasser verschonen, von solchen Fürsten bin ich dadurch unendlich verschieden, daß auf meinen Gassen ein Geldbeutel leichter als ein Armer muß zu finden sein; und mein Land hört man zwei Meilen weit jauchzen, wie man jetzt einen Weltteil im andern heulen hören kann. Um aber die Sache zu begreifen, so erwägt doch nur, wodurch ich alles so glücklich mache, wie ihr seht! Ich, als ein tragbares Potosi[89], als ein Taschen-Goldschacht, bezahle mit meinem Golde jede starke Einfuhr; Hungrigen und Durstigen läge bloß die Privat- und Partialeinfuhr in eigne Magen-Häfen ob; ja ich könnte mir mit großen Kosten Bettler aus allen Ländern verschreiben, um sie als Reiche durch den Schub[90] über die Grenze zu schicken. Es ist mir widerlich und zu abgeschmackt, wenn man meine künftige, aber feste Einrichtung, daß ich jährlich, statt der drei hohen heiligen Feste, an jedem Sonntage eines samt den nötigen Feiertagen einfallen lasse, damit angreifen will, daß die Leute dabei zu wenig verarbeiten würden, als ob ich nicht an *einem* Feiertage mit dem faulen Heinze[1] mehr verdienen könnte als das halbe faulenzende Markgrafentum oder das halbe schwit-

1 Oder Athanor, ein chemischer Ofen, darum so genannt, weil man seltner nachzuheizen braucht.

zende; und diesem schenk' ich ja, was ich will. Seh' ich denn nicht voraus, wie köstlich die Sachen gehen? Was kann ich nicht allein schon zu meinen Namentagen, Geburttagen und Wiedergeburt- oder Tauftagen für ungeheuere Summen herschießen zu Ehrenbogen, Vivat-Tränken, Geldauswürfen, Cocagne-Bäumen! – Gegessen wird in meinem Lande wie in keinem, nämlich delikat, indianische Hühner soll Worble› (er nimmt's mit Dank an) ‹zugleich mit indianischen Vogelnestern ausnehmen; und Wein zahlt statt des Einfuhrzolls den Ausfuhrzoll, aber den stärksten, nämlich ebensoviel in Geld oder Wein als die Ausfuhr beträgt, besonders für Weine wie solche: Clos de Vougeot, Madera Malvoisie und Hochheimer sogenannter Dom-Presenz und sonst Bestes.

Mein ganzes Land soll ein großes Bette der Ehren und Ehrengelage sein. Wenn in Schwyz in der Schweiz der barfüßige Betteljunge so gut mit seinem Sonnenschirme geht wie der Bauer auf dem Mistkarren: so kann jeder von mir ein Ordenkreuz erhalten, nur daß vielleicht der Adel seine Andreaskreuze[91] vorn und das Volk sie wie Kreuzfahrer auf dem Rücken tragen muß, und ich bin aller Orden zeitiger Commandeur. Ja es ist die Frage, ob ich nicht Preismedaillen statt des großen Geldes und Ehrenpfennige statt des kleinen einführe, bloß damit der ganze Staat sich darf sehen lassen. Zur Elite des Landes und Fürsten und der Hoftafel ließ' ich das Dessert- oder Nachtischbesteck von Messern,

Löffeln und Gabeln, das an allen Höfen kleiner ist, weil es golden ist, eben darum kolossal herumgeben und größer als das silberne, und aus einem goldenen Vorleglöffel versuchte man Eise.

Aber Fürsten müssen auch› (wird unser Marggraf fortfahren) ‹Verstand zeigen, und einen mehr als fürstlichen, und Lunte riechen und immer wissen, wo der Hase liegt. Darum bin ich zu meinen durchdachtesten Gesetzen, so wie verpflichtet, so erbötig. In meinem Landescodex sollte man z.B. finden: kein Goldmacher werde im ganzen Lande geduldet – kein Arzt mache Arzeneien – der Stand der Apotheker teile, wie Ärzte zerfallend, sich in Viehapotheker, Leibapotheker, Wundapotheker, Proto-Apotheker u.s.w. – dem so arm machenden Überreichtum werde durch starke Geldstrafen des Geldes unter dem Namen Surplus-Steuer und zwar so nachdrücklich gesteuert, daß solche Steuerpflichtige auf ihren Münzen zu lesen glauben, was in mehreren Zeiten auf päpstlichen stand: vae vobis divitibus[1], worauf sie solche Münzen heute lieber als morgen aus den Händen wünschen müssen. Aber solche Störenfriede in meinem schönen Markgraftum seh' ich schon voraus, ja noch schlimmere, welche gerade, wenn ich und das Land die Freude selber sind und wir uns vor Lust kaum zu lassen wissen, krächzen und greinen und tun, als fräßen sie viel in sich und bissen überall schmal. Aber solche

1 Weh' euch Reichen!

Landes- und Rabenkinder, die verdrießlich sind, nehm' ich beim Kragen und setze sie fest und stekke sie, sollte auch meine ganze Markgrafschaft daraus bestehen, ins Loch. Aber Himmel! wer hätte dergleichen unter meiner Regierung erwartet?› (Ich freilich am ersten, lieber Apotheker; denn du beugst dich, wie gewöhnlich, ins Gegenteil deiner Rede um, wie bei der Ewigkeitschlange der Kopf den Schwanz beherbergt; aber du kehrest wieder schön das Umkehren um, weil du unerwartet so fortfährest, wenn du mehr getrunken:) ‹In jedem Falle soll es niemand in meinem Markgraftum herrlicher haben als meine vorigen trefflichen Hauptfreunde; denn mein Renovanz wird bekanntlich aus einem Hofstallmaler zum Leibtiermaler, mein Zuchthausprediger wird mein Kabinett- und Hofprediger, und vollends mein Worble, der Freimäuerer, der Mann ohnegleichen, soll, wenn ich die Ehescheidung von seiner Frau und alle seine Schulden bezahlt habe, dieser soll und muß, ob es gleich seine Verdienste weniger belohnt als bezeugt, der nächste an meinem Throne bleiben, oder der Donner soll in den ganzen Bettel fahren. Amen!› – Dixi – dixisti![92]» –

Peter Worble setzte von jeher mit Vergnügen den entzündlichen Apotheker durch seine Übertreibungen in Zorn und Brand, weil er ihn schnell abkühlen, wieder erhitzen und wieder lüften konnte; am meisten aber versuchte er, wie schon gesagt, sein Einheizen und Überheizen, wann Nikolaus gerade den Stein der Weisen, wie einen Grabstein eines auferstehenden Erlösers, zu heben dachte, zumal da solcher schon einige Male durch eine entlockte Aufwallung den nahen Stein verscherzt zu haben glaubte.

Aber dieses Mal verschoß sich Peter. Sie ist nicht zu beschreiben, die Gelassenheit, mit welcher der Apotheker ihm freundlich die Hand über die Punschschüssel hinüberreichte und zu ihm sagte: «Mein gar lieber Freund, du weissagst besser, als du weißt, und ich könnte im Ernste wohl größere Dinge verheißen als du im Spaße; denn ich darf Ihnen allen beschwören, daß ich durchaus nicht den Stein der Weisen oder das bloße Goldmachen gefunden – wie Sie vielleicht aus meiner heitern Stimmung schließen wollen –, sondern daß ich wirklich eine ganz andere Erfindung so gut als in Händen habe, mit welcher man freilich neben dem Goldmacher, der mit der seinigen nur als ein Mittelmann und Millionär erscheinen kann, als ein Billionär und Trillionär dasteht.»

Peter versetzte: «Was mich dennoch wundert; denn bisher hat jeder vernünftige Mensch geglaubt, daß ein einziger Gran vom Weisen-Steine dreihundertvier Millionen Taler und eine halbe an Gold liefere, zumal da ein Stückchen davon in Nußgröße, das ein Adept vor Helvetius[93] geprüft, zu zwanzig Tonnen Gold ausgereicht hätte[1], nach allen Zeugnissen.»

1 Baldingers Magazin für Ärzte B. 3. St. 6; – aus Möhsens Leben von Thurneisser S. 18.

«O mein Freund!» fuhr Nikolaus fort, «es gehen jetzt Sachen in der chemischen Welt vor – aber keine drei wissen es, und darunter gehör' ich vielleicht. Gold freilich konnte bisher jeder machen, der's verstand als Adept. Allein es gibt, das weiß Gott, noch andere Sachen. Kommt nun jener herrliche chemische Jahrmarkttag, an welchem ich mir selber meine Krone aufsetze und meinen Zepter in meine Hände gebe: so werd' ich ein solches Kleeblatt von Freunden, das mich schon zu einer unscheinbaren Zeit zu würdigen gewußt, wo mich das hiesige dumme Rom und der Landhauptmann noch schlecht erkannten, in meinem vielleicht zu glänzenden Zeitabschnitt nicht vergessen, geschweige verachten; fern sei von mir jener dumme Stolz, womit ich mich stelle, als kenn' ich Sie nicht; wahrlich ich werde stets – und hätt' ich einen Thron auf meinem Kopfe – mit Ihnen umgehen, als wären wir die ältesten Freunde, was ja auch wirklich so ist. Daher geb' ich hiemit jedem von Ihnen meine Hand,» (er bot sie am Tische umherreichend an und warf die Gläser um, weil er sich selber bis zu Tränen und zu dunkeln Augen gerührt) «daß ich Ihr Wohl künftig vor jedem andern ausschließlich bedenken werde – und zwischen mir und dir, Worble, bleibt es nach wie vor beim Du, wie du wohl durch gewisse Verhältnisse auf unserer akademischen Laufbahn die gewisseste Hoffnung davon haben kannst.» Er zielte auf sein Duzen im Prinzenstande.

Hier starrte sogar der sonst so vielwortige Freimäuerer ihn stumm-dumm an, als habe der Apotheker aus seinem chemischen Luft- oder Windschiff zur Erleichterung ordentlich sein zu gewichtiges Gehirn als Ballast herabgeworfen und nur die leere Gehirnschale als Korkrinde behalten. «Wenn ich weiß», sagte endlich nach langem Einatmen Worble, «wo mir der Kopf steht oder wo dir, so will ich mich fressen.»

Der Prediger Süptitz, den jede Unordnung fast körperlich abpeinigte und welcher daher liegende Trinkgläser nicht sehen konnte, stellte sie auf und sagte: eh' er etwas über alles sage, halt' er's für seine Pflicht, vorher länger darüber nachzudenken. «Ich», sagte Renovanz, «wüßte wahrlich nicht, was viel dabei zu denken wäre.»

Kaum aber hatte Nikolaus die ersten zwei Gläser Punsch verschlungen, als er aufsprang und sagte: heute wiss' er nirgend zu bleiben – er möchte gern in Gesellschaft sein und doch auch in der Einsamkeit – und Worbles Spaßrede habe vollends hunderttausend ernste Gedanken in ihm aufgewiegelt und ihn ordentlich in Brand gesteckt – er müsse nach Hause und sich aufs Kanapee legen, um seine Zukunft noch vorher in Gedanken recht ungestört zu genießen, ehe sie da wäre. Diese Bruchstücke warf er in die verschiedenen Winkel hinein, wo er Hut und Stock, die männlichen Lehnträger, suchte. Worble bat ihn flehentlich, einer ganzen Gesellschaft doch nur einigen *Wind* zu geben, was er denn außer sich noch verwandle, da es kein Gold sei. Da berührte der Apotheker mit dem Stocke eine unter dem Ofen liegende Kohle und sagte die sehr bedeutenden Worte: «Die weiche Kohle wird bald eine harte, die finstere eine durchsichtige – und leuchtet so lange wie die Sonne.»

Aber aus der Kohle, welche er zum Grundstein seines Ehrentempels, wie eines ephesischen der Diana[94], zu legen erklärte, war wenig Licht zu ziehen, weil sie im damaligen Alter der Scheidekunst nur durch ihre Kraft, faules Wasser, faules Fleisch, faule Luft zu reinigen, im Rufe stand. Worble konnte sich nichts Vernünftiges dabei denken als eine Sinnbildlichkeit, nach welcher die Kohle dem Apotheker Luft, Fleisch und Wasser seiner modernden Lebensverhältnisse wieder ausreinigte, und unter Kohle wäre die Hoffnung gemeint; aber bisher hatte sich sein alchemisches Schatzgeld immer wie das des Teufels bloß verkohlt. Worble fragte endlich: «So sag's einmal in des Henkers Namen, eh' du gehst, was du machst statt Golds?» –

Nur selten wird es witzigen Köpfen im gesellschaftlichen Leben so gut, daß sich alle Umstände um sie her zum Abbrennen eines lange schußfertigen Fortissimo-Schlagwortes herrlich so zusammenstellen, wie etwa im Palais royal[95] die Sonnenstrahlen durch ein Brennglas eine Kanone immer um zwölf Uhr abfeuern. Aber Marggrafen sollte das Glück beschieden sein, daß er gerade mit Hut und Stock unter der Gartenhaustüre stand und gute Nacht sagte und sich dann mit dem überschwangern Kernwort umwenden konnte: «Was ich mache, fragst? – *Diamanten,* Worble!» Darauf schloß er Mund und Türe und ging mit ungesuchter Würde und mit dem Kopfkissen im Kopfe nach Hause. –

Hätt' er gesagt, er mache Kaiser – oder kaiserliche Banknoten – oder Heldengedichte – oder Reisen um die Welt – oder perpetua mobilia (Selbbewegmaschinen): man hätte sich im Klub nicht stärker gewundert als über seine Diamanten; denn damals war die später von Biot, Pepys und Davy entdeckte vornehme Verwandtschaft der Kohle mit dem Diamant noch ein Geheimnis. «Diamanten?» wiederholten alle, aber jeder anders betonend. – «Psychologischen Grundsätzen zufolge», fing Süptitz an, «kann ich mir seine neue fixe Idee (dafür muß ich sie wahrlich nehmen) wohl erklären; wie man in der Liebe nach dem Fehlschlagen des kleinern Versuchs mit Glück zu einem kühnern greift, so hat ihn der alltägliche Gedanke des Goldes schon an den höhern der Diamanten gewöhnt …… Aber sehr heiß ist der Punsch! Es ist sonderbar genug, aber in meinem Leben hab' ich noch keinen Punsch getrunken, der nicht entweder zu heiß war oder zu kalt, anstatt gerade recht. So regiert alle flüssige Sachen ein böser Geist. Wenn ein guter Kopf einen brauchbaren Taschenwärmemesser für Suppe, Kaffee, Punsch erfände: die Menschen würden ihm bei aller Lächerlichkeit am Ende danken und brauchten selten zu blasen.»

Der Hofstallmaler – unter jene Leute gehörig, denen man ihrem Gefühle nach ordentlich die Ehre abschneidet, wenn man sich selber eine große antut, ja die sich über einen schon in der Erde liegenden oder in Nordamerika stehenden Schultheiß ärgern können, der sich allein für einen Kopf angesehen und die Rest-Welt bloß für den Rumpf dazu – war am meisten gegen Marggraf aufgebracht, zumal da er ihm das Abprügeln des Stößers abgeschlagen. Der Apotheker, erklärte er frei, fall' ihm mit seinen Anmaßungen zuletzt doch zur Last –. Gern seh' er ihm seine Kunstkennerei, wovon jeder andere Künstler eine Malerkolik[96] bekäme, aus Billigkeit nach, weil ihn nun einmal sein Vater zu einem Allwisser verzogen, der alles vorstellen wolle –; nur aber sein verfluchtes eingebildetes Krösus- und Mogulswesen sei nicht auszuhalten; und einem aufrichtigen Freunde, der ihn gern gebessert sähe, könnt' es ordentlich erwünscht kommen, wenn ihn der Schächter Hoseas wirklich am Jahrmarkte festsetzen ließe und er so als Krösus statt seines Stößers im Kerker *sitzen* müßte, ohne daß er beim Sitzen einen Porträtmaler zum Abzeichnen bekäme.

Der Freimäuerer trank erst aus und schenkte sich ein und sagte ganz vergnügt: er hoffe zu Gott und zu seinem Troste, der Apotheker gehe aufs Fabrizieren *falscher* Diamanten aus; denn dieser schöne optische Betrug mit Steinen bleibe in jedem Falle wenigstens solider als die Goldbrennerei; vom

Apotheker als einem Scheidekünstler lass' es sich schon erwarten, daß er die sogenannten diamants du Temple oder von Alençon, die weiter nichts sind als bloße Kristalle oder sonst durchsichtige Steine, zum Glänzen vom Feuer entfärbt, den wahren Diamanten viel trügender nachmachen werde als ein dummer Handarbeiter. – Gedächte der Tor freilich, was der Himmel abwende, keine falschen zu machen, sondern bloß wahre: so wär' es dem Himmel geklagt – damit tanz' und stampf' er sich immer tiefer in seinen grünen Sumpf hinein. – –

Er trank deshalb stärker, für sich und ihn zugleich; der Stallmaler aber eigennützig nur für *eine* Person, und der Zuchthausprediger hielt es für Pflicht, nicht mehr Gläser zu sich zu nehmen, als wenn der Geber mittränke, und dividierte daher unaufhörlich leise den Punschnapf mit vier.

Zweites Kapitel,
oder das Nötigste über den Klubs-Klub oder die Gesellschaften-Gesellschaft

Man hat die gute Bemerkung gemacht, daß dichtende Geschichtschreiber an drei Orten anfangen können, entweder am Ende (wie Homer) oder in der Mitte (wie viele Deutsche nach Horaz) oder am Anfange (wie die Franzosen und Moses). Ich habe mich bei meinem Anfange im vorigen Kapitel mehr den Deutschen zugeschlagen, doch in den Vorkapiteln etwas dem Moses hin geneigt und habe daher viel früher fortgefahren als angefangen. Ich hielt eben dabei den großen Unterschied zwischen dem Menschen im Leben und zwischen dem Menschen in dichterischer Geschichte fest. Der Mensch im Leben, auch der unbedeutendste, macht nie mehr Aufsehen in der Welt als zweimal, nämlich wenn er in sie und wenn er aus ihr tritt, kurz sie sieht nur zum Fenster hinaus, wenn er zum Taufstein und wenn er zum Grabstein getragen wird, eine Geburt und eine Leiche blickt jeder sehr an; – aber den langen Mittelweg von einem zum andern legen tausend Taglöhner, Kinder, Weiber, Schreiber, Höker, Stammhalter, Majoratherren, Grafen ohne sonderliches Aufsehen und ohne viel Glockengeläute und Kanonendonner der Welt zurück – so daß wirklich für die Welt der Mensch ein Bissen (bolus) ist, den ein organischer Leib nur zweimal verspürt, erstlich wenn er eintritt in den *Schlund,* zweitens wenn er austritt aus dem *After,* zwischen beiden aber ungefühlt durch den ganzen Unterleib durchrückt. – Aber wie ganz anders geht es einem Menschen in der dichterischen Geschichte: hier genießen und bewundern ihn die Leser gerade am wenigsten, wenn er oder das Buch anfängt und wenn er oder das Buch aufhört, denn sie legen es weg; aber wohl das, was zwischen dem ersten und dem letzten Blatte steht, ergötzt und ergreift sie stark; so wie er selber sein Geboren- und sein Begrabenwerden weniger spürt als sein Zwischenleben.

Alles überhaupt in der Welt ist sehr närrisch; besonders die Hauptsache derselben, und ich habe oft Gedanken darüber, die zu nichts führen.

Wer gegenwärtiges dichtend-historisches Werk für eine Alpenreise hält – worin den Leser Seltenheiten und Größen aller Art, Nadelberge (aiguilles) und Alpenrosen und Schnee- und Wasserfälle wohl leichter bestärken als widerlegen –, dem sind einige Vorkenntnisse vom Klub, vom Freimäuerer, vom Zuchthausprediger und Maler so nötig als einem schweizerischen Bergreiser eine Karte, des General Pfyffer Alpen aus Kork[97], ein Führer und ein Maulesel.

In der Handelstadt Rom blühten vier gute Kränzchen, welche, um sich auszuzeichnen als deutsche, sich nach vier fremden Völkern nannten, nämlich englisch, französisch, griechisch und welsch, oder Klub, Ressource, Harmonie und Kasino. Es gehört weit mehr in meine allgemeine Geschichte deutscher Klubs als in diese Geschichte, daß im Anfange des neunten Jahrzehnts des vorigen Jahrhunderts die gedachten Romer Kränzchen ganz ins Welken und Entblättern gerieten. Daher untersuch' ich hier nicht, ob damal mehr die Mainzer Klubisten[98] den romischen einen bösen Geruch und dadurch etwas anhingen – zumal da überall ein politischer Spürhöllenhund (Cerberus) mit sechs Nasenlöchern schnupperte und wedelte – oder ob am meisten der damalige Landhauptmann in Rom die armen vier Kränzchen allmählich auseinanderzausete und verstreuete. Meine Privatmeinung ist mehr für letztes; denn der Landhauptmann war ein Mann, welcher den Bürger ungern an einem Sonntage, aber gern an sechs tüchtigen Werkeltagen hindurch sah und der nur *einen* Jubel liebte, das Dienstjubiläum (Dienstfeier). Alle Billardbeutel und Puderbeutel in Strick- und Scherbeutel des Staates umstricken zu können, hätt' er gern noch bei seinen Lebzeiten von seinem Landesherrn oder von Gott erfleht. Nach dem Tode mußte er ohnehin in das himmlische Jerusalem einziehen, wo in keiner einzigen Gasse ein Arbeithaus steht und wo so viele tausend Vollendete bei so vielen Kenntnissen und so starken unsterblichen Leibern und unverwüstlichen Gliedmaßen die schöne Ewigkeit mit Faulenzen hinbringen. Wie zarten Seelen, war ihm unter allgemeinen Lustbarkeiten das Seufzen nahe, aber freilich nur als einem «allgemeinen Kameralkorrespondenten» des Staats; und seine Rede ist auch außer Rom bekannt, daß er in der Weihnachtzeit an einem Tannenbaume mit mehr Vergnügen einen Gehenkten antreffe als Marzipan und Nüsse, weil im ersten Falle doch der Baum noch lebe. Überhaupt war er kein verächtlicher Mann, sondern die Polizei, Finanzerei und Strenge leibhaftig.

Es steht daher unter seinen Verdiensten um Rom dieses nicht zuletzt, daß er die oben gedachten vier Gesellschaft- (Sozietät-) Inseln[99] dermaßen zu lichten, auszuroden und ordentlich zu entvölkern wußte, daß am Ende auf jeder nur *ein* Eiländer übrigblieb, nämlich im Klub Worble – in der Harmonie Süptitz – in der Ressource Marggraf – und im Kasino Renovanz; daher hieß nachher in der Stadt (was Millionen Durchreisende nicht begreifen konnten) Worble nur der Klubist – der Prediger der Harmonist – der Apotheker der Ressourcer – und der Maler der Kasiner. Die ganze Namensache wäre an sich zu klein; da ich jedoch in einem solchen großen dichterisch-historischen Werke mit diesen vier Kartenkönigen des ganzen Spiels öfters vermittelst ihrer Spitznamen zu stechen habe: so kann ich mit Vergnügen die Spitz- und Ehrennamen hersetzen, weil ich weiß, wie das Studium meines ganzen Werks gewinnt, wenn der Leser die Namen hier auswendig lernt, um damit seinem fliegenden Autor munter genug zu folgen.

Der neue Zustand der entvölkerten Gesellschaft-Inseln konnte nicht dauern. Warf es wohl für einen geselligen Mann, z.B. für Süptitz den Harmonisten, besondern Genuß ab, wenn er allein so dasaß in der Harmonie und rauchte und er keine einzige Seele (nicht einmal seine eigne) zum Harmonieren vor sich hatte, sondern nach ausgeklopfter Pfeife als stiller Solo-Harmonist aus der Ungesellschaft nach Hause schleichen mußte? Oder ging es dem Klubisten Worble besser? – Ich glaube, viel schlimmer. Wie es Schreibmenschen, so gibt es auch Sprechmenschen, die (z.B. die Hofleute) nur durch zweite Menschen zu ganzen werden und welche, um viel Witz, Scharfsinn, Feuer zu haben, durchaus Zuhörer bedürfen. So einer aber war der Freimäuerer, welcher ohne System und von Gedanken zu Gedanken, wie im Genusse nur von einem Tage zum andern lebte. Kann sich denn die Welt wundern, daß er auf den vernünftigen Gedanken geriet, ob nicht aus *vier letzten Dingen*[100] der vorigen vier ökumenischen Kirchen- oder Sakristeiversammlungen, nämlich aus ihnen sämtlich, ein ganz neues haltbares, vier Mann hohes Kränzchen als erfreulicher Nachflor zu bilden und zu flechten wäre?

Der war zu flechten. Die vier Kränzchen wurden *ein* Kranz, die vier Eiländer schifften ab und mieteten zum Anlanden eine neue Gesellschaftinsel, nämlich ein artiges Gartenhäuschen an einer der schönsten Ecken des herrlichen Rheins, der hier das Lustgefilde mit einem seiner majestätischen Arme vermittelst des Ohrfingers (denn das Flüßchen ist mehr zu hören als zu sehen) berührt und entzückt.

Freilich auf diese Weise und nach einem solchen Zusammentreten und Zusammenstehen von vier Stammhaltern und Endlingen aus ebenso vielen Kränzchen war es kein Wunder mehr, wenn der Gesamtklub eine solche sozusagen fast vierschrötige Festigkeit gewann, daß selten ein Mitglied den Gesellschaftsaal – das erwähnte Gartenhäuschen – betrat, ohne ein zweites anzutreffen oder ein drittes, ja das vierte dazu, welches den ganzen geselligen Cercle zuründete, wovon schon der Anfang des ersten Kapitels ein Beispiel vorgezeigt. Die Sitzungen wurden gern in die schöne Jahrszeit verlegt, wo Leuchter und Ofen am Himmel hingen ohne eine Rechnung des Wirts.

Drittes Kapitel,
welches das Nötigste über Worble beibringt, nämlich ungewöhnliche Kirchengesänge, ungewöhnliche Köche, ähnliche Winkelhochschulen und Eßtische

Ich habe zwar im zweiten Kapitel das Versprechen gegeben, einige Vorkenntnisse vom Klub, vom Freimäuerer, vom Zuchthausprediger und vom Hofstallmaler (es sind meine eigenen Worte) mitzuteilen; aber ich bin nicht mehr gesonnen, es ganz zu halten, sondern ich will bloß vom Freimäuerer – um desto früher zum Apotheker in sein so viel versprechendes Laboratorium zurückzukommen – das vorausschicken, was ich nachzuholen habe nach seiner Rückkehr aus Leipzig, wo er Student und Prinzengouverneur gewesen. Der Maler und der Prediger mögen vor der Hand dem *Pinsel* des Lesers bloß unter ihrem Handeln und Wandeln *sitzen.* Worble ist ein Mann, der schon mit dem ersten Aufgange oder Bande des «Kometen» erschien und sich daher täglich mit dem Sterne vergrößert und von welchem jeder Freund des Helden etwas Späteres wissen will, zumal bei seinen so gar erbärmlichen Umständen. Auch hab' ich im vorigen Kapitel noch versprochen, die Namen Harmonist, Ressourcer,

Kasiner durch ein so großes Werk fortzubehalten; aber mein deutsches Ohr – dies merk' ich schon in diesem Kapitel – stürbe an einem solchen widerdeutschen Echo, und ich wüßte auch nicht, wer mich, als Mitglied mehrerer Gesellschaften für deutsche Sprache, je zum Halten eines solchen sprachwidrigen Versprechens zwingen könnte. Überhaupt werd' ich mich öfters der wahrhaft nützlichen, schon im gemeinen Leben eingeführten Freiheit, zu versprechen, ohne zu halten, bedienen in einem-historisch-dichtenden Werke, wo ich durch die angenehmsten Versprechungen ohne Erfolg und Frucht dem Leser gleichsam prächtige *gefüllte* Blumen reichen kann, die eben dieser Fülle wegen bekanntlich als unfruchtbar nichts tragen. Und warum sollen überhaupt Schriftsteller ihr Wort zu erfüllen verpflichtet sein, da sie dasselbe ja den Lesern bloß schriftlich geben, ohne alle hypothekarische Versicherung, ohne Pfandverschreibung und ohne landesherrlichen Konsens? Die Leser sind höchstens die chirographischen (handschriftlichen) Gläubiger derselben und kommen folglich in die fünfte Klasse, die nichts bekommt.

Unter den Kränzelherrn – so schreib' ich von Kränzchen gern statt Klubisten, nach Sprachfolge von Kränzeljungfern – war Worble im Wert der zweite und hieß (wie gedacht) der Freimäuerer. Nur Rom nannte ihn so; sonst finden sich nirgend Belege, daß er wirklich Bruder gewesen; und bedeutende Logen, zu welchen ich nicht gehöre, wollen ihn nicht kennen. Denn daß er häufig prahlte, er kenne und beichte gar keine Mauerer-Geheimnisse, und daß er immer ungefragt sich ganz unwissend hierüber anstellte, diese vorgespiegelte Unwissenheit ist noch kein festes Merkmal eines Freimäuerers, zumal an einem Menschen, der zu oft lachte und selten ein wahrhaft ernstes Gesicht schnitt, ausgenommen im Schlafe, wo er zuweilen soll tränend ausgesehen haben.

Ich erkläre mir aber den Beinamen daraus, daß in gewissen Städten, besonders Residenzstädten, z.B. Weimar, Paris, die höhern Kreise Personen von Gewicht gern mit bloßen Spitz- und Beinamen taufen und rufen; so lief z.B. Diderot in der Pariser großen Welt bloß unter dem Namen Chaise de Paille herum.[1] Ist es ja sogar vom alten Rom bekannt, daß dasselbe ohne weiteres sagte *«Der Große»* und damit unter so vielen damaligen Geistergroßen niemand verstand als Cnäjus Pompejus, den Großen. Späterhin konnte man freilich diesen Beinamen nicht ohne den Taufnamen beilegen, weil man, da in jedem Lande ein Fürst der Große ist, so viele Große durch etwas voneinander absondern mußte. – Am glaublichsten hatte Worble den Namen Freimäuerer vom einfältigen Rom erhalten, weil dieses einen Mann nicht zu taufen wußte, der keinen festen Charakter hatte, sondern seinen Torzettelcharakter in jedem Staatkalender wechselte.

1 Correspondance inédite de l'Abbé F. Galiani. T. I.

Er war, wenn auch nicht ernst und reich, doch sonst das meiste und wußte fast alles wenigstens halb, nur die alten Sprachen weniger. Vom Musenpferde war er auf der hohen Schule abgesessen und auf das juristische Streitroß gestiegen – von diesem hatt' er auf das ärztliche Trauerpferd[101] voltigiert – und zuletzt hatt' er den geistlichen Palmesel beschritten, um auf ihm vor das Abend- und Liebemahl eines Freitisches hinzureiten. Sein Einzug-Esel warf ihn aber bald an Schädelstätten ab. Es war kein Segen bei seinem Leben, etwa seinen Frohsinn ausgenommen, denn sein Prinzengouvernement in Leipzig wollte wenig sagen. Allerdings warf später das Glück einen der wärmsten Sonnenstrahlen auf ihn: es ließ ihn den allgemeinen Neid seiner Vaterstadt dadurch auf sich ziehen, daß er darin Orgelschläger (Organist) und unterster oder fünfter Schullehrer (Quintus) in *einer* Person wurde; ein trefflicher Anfangposten, von wo an er, sobald er nur durch die fünf Hunger-Rechenspezies oder Fasten-Akte der fünf Schulämter mit ebenso vielen Gerstenbroten sich durchgefristet hatte, in jedem Fall die größte Aussicht vor sich bekam, ein Landpfarrer zu werden und zu Geld zu kommen und zu einer Frau dazu.

Aber er wurde zu früh seines Amtes entsetzt. Von den tausend Ursachen setz' ich nur zwei hieher, wovon die eine den Orgelschläger, die andere den Quintus betrifft.

Die erste war sein stehender komischer Charakter der italienischen Komödie, welcher in den ernstesten Kreisen des Lebens Schnurren und Schnacken[102], und zwar nicht nur Wort-, sondern Tatschnurren umherfahren ließ; und der besonders – dies fällt eben in der folgenden Tatsache so auf – statt eines einzelnen lieber eine ganze Menschensammlung ins lächerlichste Licht stellte. Wenn er nämlich in der Nachmittagkirche einen Kirchengesang zu spielen vorbekam, der teilweise bis in die Oktave mit gestrichenen Noten hinaufging: so fing er ihn (z.B. den Choral «Straf mich nicht in deinem Zorne») sogleich in einer Tonart an, die etwa um zwei bis drei Töne höher lag. Anfangs hielt es die Gemeinde auf den mittlern Tonleitersprossen noch gut aus. – Es hörte sich wohl fremd an, aber doch noch erträglich. – Darauf aber, wenn die Kreuz-Erhöhungen mit dem musikalischen Doppelkreuze erschienen und der singende Kirchsprengel sich oben auf den obersten Staffeln der Tonleiter versammeln und arbeiten mußte: so brach der Jammer der Kirche los, und ihr wurde sehr zugesetzt. – Einige Bassisten und Tenoristen retteten sich noch notdürftig, daß sie in der Eile sich zu elenden Altisten verschnitten; aber andere kreischten geradezu hinaus oder stürzten sich aus Verzweiflung in die erste beste tiefere Oktave hinab, und oben hingen im Freien ängstliche Fistelstimmen über der Tiefe. – Am meisten aber zu beweinen waren die singenden Weiberstühle, welche, ungleich den Männerstühlen, sich nicht geben wollten, sondern sich lieber vom Leitseile des Chorals so hoch aufziehen ließen, aus dem einmal gestrichenen F in das zweimal gestrichene A, aus diesem in das dreimal gestrichene C, daß ganze Bänke voll Kirchengängerinnen, wenn sie sich nicht ganz in ein Nichts verpfiffen, sich dermaßen heiser überschrien, daß es klang, als ob sie einander schimpfen wollten und vor Wut es nicht weiter vermöchten. Die ganze Kirche war eine streitende mit Stimmen; nur begriff das arme abgehetzte Singbabel gar nicht, wie alle mitten im Frieden unter der Hand gegeneinander so wild gemacht worden. Es soll ein bekannter Ton-Virtuose – vielleicht zu verwöhnt von den neuern köstlichen Klangwerkzeugen, deren *himmlische* Namen (wie Uranion, Apollonion, Äolodikon) so sehr an Wohlklang die Orgel übertreffen – auf anderthalb Tage Ohrenbrausen davongetragen haben, bloß weil er vor der trompetenden Kirchengemeinde vorbeigegangen war während ihres Kräh-Tutti. Ernst und heiter indes regierte der Freimäuerer auf seinem Orgelstuhl das ganze klingende Spiel; welcher überhaupt, wie er sagte, die Figuralmusik der Nachmittagkirche nicht für zu ernsthaft genommen, sondern mehr für ein übendes Conservatorium der Singstimmen angesehen wünschte, in welches man den geistlichen Schafstall leite oder läute.

Doch vergesse ein ernster Richter nicht, zu des Mannes Entschuldigung zu erwägen, daß Worble zu andern Zeiten, wenn die Gesangstücke gerade tiefes

Ton-Gefälle hatten (wie z.B. das «Eine feste Burg ist unser etc.»), dem vorigen Fehler völlig entgegenzuarbeiten suchte und den Choral um drei, vier Töne tiefer als gewöhnlich anschlug; nur zog er freilich dadurch (ein neuer Unfall) die Kirchengänger in einen tiefen dunkeln Baß hinunter, daß bloß einige feste Bier- und Stroh-Bassisten sich unten halten und ausbrummen konnten. Hingegen der ganzen weiblichen Pfarrgemeinde setzte er dadurch Dämpfer (Sordini) auf, und die Beichttöchter ließen den Beichtsöhnen zum ersten Male das letzte Wort.

Die kirchliche Obrigkeit sah den Tönen, die ohnehin nicht zu verhaften und abzuhören waren, anfangs durch die Finger, bis sich der zweite Grund zur Absetzung anbot.

Der Kränzelherr Worble hielt sich nämlich als unterster Schullehrer einen untersetzten kurzen Bedienten, welcher allen weiblichen Arbeiten, besonders der wichtigsten für ihn, der Kocherei – deshalb hieß der Mensch nur sein Koch –, hinlänglich gewachsen war. Das Beispiel, sagte er, womit er in seinem wichtigen Schulamte vorzuleuchten habe, lasse nicht wohl zu, daß er eine weibliche Bedienung halte; denn so fest er auch im sittlichen Sattel zu sitzen glaube (er berief sich auf seine Eingezogenheit), so hab' er doch Fleisch und Blut (in den sechzig Puls- und den vierzig Blutadern) und vierundvierzig Nervenpaare und außer dem Körper noch eine ganze Seele voll Erbsünden; ja wäre selber die Magd eine heilige Madonna und er ein heiliger Engel Gabriel: er stände dennoch für nichts; denn mit manchen Größen der Unschuld sei es wie mit den Buchstaben in der Algebra, die sich bloß durch Nebeneinanderstehen miteinander vermehren (multiplizieren).

Der Koch versah übrigens seinen magern Dienst sehr gut und mehr aus Liebe als für Geld, hielt sich am liebsten zu Hause und lief gegen abends, wo sonst die Menschen, wie im Sommer die Flußwasser, *am wärmsten* sind, keiner Seele nach. Gewöhnlich kommen Köche und Metzger (einander ohnehin im Morden verwandt) bald zum Fleisch, sowenig sie viel Fleisch genießen, denn der nährende Dampf desselben mästet sie. So wurde auch der Koch des Quintus täglich wohlbeleibter, jedoch schwerlich vom Nährdampfe des Fleisches, da dieses selber selten in die Küche kam. Am Wiegenfeste Worbles aber, wo der Koch mehr Fleischstücke als gewöhnlich ans Feuer zu setzen und ungewöhnlich zu arbeiten hatte, fing der junge Mann zu – kreißen an und kam wirklich nieder und machte unsern Kränzelherrn zum glücklichen Vater eines wohlgebildeten Mädchens, so daß dieser auf einmal zwei Geburttage oder zwei Wiegenfeste, wozu nur *eine* Wiege nötig war, feierlich begehen konnte. – Bald nach der Entbindung vollzog der Freimäuerer die eheliche Verbindung mit dem Koche öffentlich am Altare als stiller Altarist oder Altardiener an Aphroditens Altar.

Fast stärker noch als das Transponieren (Übertragen) in eine andere Tonart scheint hier das Transponieren in ein anderes Geschlecht, nämlich des Kochs in eine Köchin, die Obrigkeit bewegt zu haben, daß sie den Transporteur (Überträger, sonst ein mathematisches Instrument) absetzte und ihm keine Schule mehr überließ als seine neu errichtete Töchterschule, die jetzt bloß aus dem Mitglied bestand, das er und der Koch hineingeschickt.

Darauf ging's dem armen verehelichten Teufel etwas hart, und an seinen Unbesonnenheiten hatte er zehnmal länger zu verdauen und abzuführen als andere an ihren schwärzesten Sünden. Der Koch konnte jetzt nichts kochen als etwa Gift und Galle und Gardinen- und Fastenpredigten gegen den Mann – und es war nicht einmal Bratenholz zu bräunen, geschweige einen Braten über ihm. –

Indes verlor Worble weder Leicht- noch Frohsinn noch Farbe, sondern sah so braunrot aus wie ein Schornsteinfeger am Sonntage, wenn er sich selber gefegt und gewaschen. Ja er behauptete, er setze die Stadt, nämlich Huter, Schneider und Schuster, in Nahrung, da er diesen immer etwas aufzufärben, zu wenden, zu flicken und zu besohlen gebe. Er tat oft an die scheltende Frau – um sie mit dem, was sie seine Unverschämtheit nannte, zu strafen – die Frage, ob er nicht wie andere reiche Kaufleute von Verkaufen lebe und ob nicht in seinem ostindischen Hause wie in einem glücklichen Lande nur der Ausfuhrhandel, z. B. von Gerätschaften, Erbstücken, Kleidern, blühe; ja er drang stärker ein und fragte, ob denn ein Rock, wofür man einige Braten erhandle, nicht eben der wahre tätige (aktive) Bratenrock sei, so wie es ähnliche Bratenhosen, Bratenbetten gebe, desgleichen für den Abend ähnliche Abendmahlkleider, für das Decken des Tisches solche Tischtücher; ja so wie man Predigtbücher durch bloßes Verkaufen zu aktiven Kochbüchern veredeln könne.

Einem Menschen, wie der abgesetzte Koch, der sein Kind zu säugen und Kost jetzt weniger mit Händen als mit den Milchdrüsen zu bereiten hatte, würden solche Reden wenig Nahrung gegeben haben, wenn Worble sich nicht an hundert Griffe, Handhaben und Krücken hätte halten können. Besonders ging er auf seinem glatten, schlüpfrigen Lebensteige mit einem guten Alpenstocke in der Hand, mit seinem gelehrten Federkiel, womit er bald Gelegenheitgedichte, bald Inkognito-Predigten, bald Devisengedichte für Zuckerbäcker, bald juristische Arbeiten machte, bald Zeitungartikel für entlegene Zeitschreiber.

Weit wichtiger für seine Stadt und seine Küche war es, daß er eine Winkelhochschule stiftete, worin er nur Kinder als schultafelfähig annahm, die stift- und tafelfähig waren oder höchstens von bürgerlichen kleinen Bankiers. Er schloß unadelige Kinder darum aus, weil er seine Schule eine aphoristisch-enkyklopaidische Reallehrschule hieß, d.h. eine Sachschule, worin aus allen Sachwissenschaften, als z.B. Sternkunde, Völkerkunde, Scheide-

und Pflanzenkunde, Tier- und Staatenkunde, Heil- und Rechtskunde, die nötigsten abgerissenen Sätze, und zwar vermischt in reizendem Abwechsel, ohne allen strengen alphabetischen Zusammenhang der französischen Enzyklopädie oder auch des Konversationlexikons vorgetragen wurden und auswendig gelernt; es blieben daher Schreiben, Rechnen, Religion, Sprachen als zeitfressende und zusammenhängende Kenntnisse ausgeschlossen. Aber dadurch wurde auch der junge sieben- und neunjährige Adel dermaßen in die Höhe geschraubt, daß er in Gesellschaften imstande war, in die einstöckigen Gehirnkammern der Gerichthalter und Buchhalter, der alten dicken Rittergutbesitzer und der alten mageren Großkaufleute mit unerhörter Gelehrsamkeit wie mit einem Spiegel, den ein Knabe vor der Sonne bewegt, ein umherfahrendes Lichtstück zu schicken und ihnen mit Leidner Flaschen und mit Bologneser Flaschen – mit Saturns-Ringen und mit Päpste-Ringen – mit Hollandgängern und mit Grönlandfahrern – mit westfälischen heimlichen Gerichten und mit Frankfurter Pfeifergerichten – mit Torsos und mit Rumpfparlamenten – mit der ungemeinen Last von zweihundertachtzig Zentnern, womit die gemeine Luft uns drückt (die Hofluft und die Kriegknalluft nicht einmal gerechnet) – mit den unglaublichen vierzehntausendsiebenhundert Meilen, welche die Erde in dieser und jeder Stunde durchrennt – mit den hohen sieben Brocken des Harzes, welche erst aufeinandergesetzt den Chimborasso geben – und mit den unendlich fernen Fixsonnen, deren Licht seit der Schöpfung noch immer auf der Reise zu uns ist, kurz mit solchen Sachen vermochte der junge Adel den Edel- und Kaufmännern ins Gesicht zu wetterleuchten und zu fahren; und, was die Weiber anlangt, diese vollends außer sich zu setzen. Himmel! wie sehr mußte sich dadurch der junge Adel von dem sogenannten gelehrten Adel unterscheiden! Und wie lange hätte die Hochschule in Blüte stehen können! –

Aber Worble war einmal zu einem J.P. geboren: –

– nämlich ausgeschrieben französisch zu einem Jean Potage,

– oder englisch zu einem Jack Pudding, oder John Bull,

– oder kurz zu einem Menschen, der immer mit seinem P oder B anfängt,

– zu einem Polincinello, oder Pagliasso, oder Bajazzo, oder Buffo, oder im Portugiesischen Bobo,

– kurz, zu einem Possenreißer,

– Pritschenmeister,

– Pickelhering.

Daher opferte er immer den Grazien, den komischen; am meisten aber opferte er, wenn er Schulstrafen, nämlich bloß Ehrenstrafen auszuteilen hatte. Er ersann sich täglich neueste: man machte die Schulstubentüre auf und trat mit größtem Erstaunen vor Köpfe mit ausgeleerten aufgesetzten Zuckerhüten, sowohl blauen als violetten, als Strafkappen – ferner vor leinwandne Unehrenordenbänder auf dem Rücken wie Tragbänder – vor umgestülpte Papierkronen mit den Zacken in den Haaren – vor zwei Zöglinge mit Pfeifen im Maul, womit jeder den andern auszupfeifen hat – vor Unehrensäbel, rechts angehangen – und hölzerne Ehrenflinten, von der Linken gehalten – und kurz vor eine närrisch in Lachen und Grinsen gehälftete Unterrichtsstube.

Natürlich war dies Personen von Abstammung soviel, als würden ihnen die Ahnen zu Dutzenden gestohlen, und sie riefen daher ihre Gesandten aus der Hochschule zurück.

An sich hielt Worble diese Plage, so wie die längere, nämlich seine Frau – wenn sie mündlich blitzte oder schneiete –, so männlich aus, daß er gleich dem Zaunkönige gerade im schlechtesten Wetter am stärksten sang und sprang. Nur griff die Armut ihn stark an seiner zartesten und empfindlichsten Seite an, ich meine seinen Gaumen. Er trank nämlich nach seiner Gewohnheit nichts lieber als das Beste – zu welchem Trinken er besonders das Essen rechnete, weil dieses nach reinen Physiologien[1] nichts als ein langsameres, dickeres und erst auf der Zunge frisch von den Speicheldrüsen aus Speise-Malz gebrauetes Getränke sei –; aber bloß aus Ar-

1 Die Ansicht Worbles ist ganz richtig; denn weder die Zunge kann das Feste schmecken, noch der Magen es benützen, ohne daß es in das Nasse aufgelöset worden.

mut hatte er nichts, nämlich keinen Trank und Aß. In diesen Umständen tat er, was möglich war, und schaffte sich von den kostbarsten Weinen, die es gab, sowohl bei Versteigerungen als von Weinhändlern die echtesten Verzeichnisse oder Sortenzettel an und genoß dann in Körben und Fudern manches köstliche Gewächse von weitem, indem er die Zettel langsam durchlas und als Laie, wie bei einer katholischen Kelchberaubung, gerade das Geistigste zu sich nahm, das eben allein im Vorstellen sitzt. Im Essen war dasselbe zu machen; er konnte sich gütlich tun durch Kochbücher, welche er durchging, indem er beständig dachte: es bedeutet (crede et manducasti[103]). Ein solches beschauliches (kontemplatives) Gaumleben setzte ihn öfter instand, wie ein spanischer König sich hundert Gerichte an *einem* Mittage auftragen zu lassen, ja sich wie Heliogabalus Gastmähler zu geben, Millionen an Wert; denn Kochbücher achten kein Geld. Aber wie herrlich und noch besser als aus einer Hofküche hätte der arme Teufel erst speisen können, wäre schon damals der Almanac des Gourmands zu haben gewesen! – Hätt' er darin nicht bloß die Eier allein auf fünfhundertunddreiundvierzig französische Kocharten zubereitet erhalten: à l'allemande – à la bonne femme – à la commère – au Père Douillet – à la Jésuite – au Basilic –? Ja hätt' er nicht zum Ehrenmitglied der «gastronomischen Akademie» (d.h. des gelehrten Bauch- oder Magen-Vereins), welche Grimold de la Regnière[104] hinter seinem Almanac nachgeschaffen, aufsteigen können, um bloß in einem Briefwechsel ohne allen Tellerwechsel feinste Gerichte zu kosten, von welchen ich nur wenigstens den Namen zu wissen wünschte?

Verfass. dieses bekennt gern, daß er in Paris bei diesem wahren Nutritor (Ernährer) einer Akademie, für deren Sekretär er sich nur ausgibt, zuerst speisen und seine Hand – früher als irgendeine weibliche weicheste voll härtester Steine – ergreifen würde, und wär' es nur, um zu ihm zu sagen: «Schon lange, lieber M. Grimold de la Regnière, wollt' ich eine Hand drücken, die, obwohl eine linke[1], (Sie sollten die rechte noch haben) Essern trefflich vorschneidet so wie vorschreibt; ich fasse gern den Mann an, der das Jahrhundert, nämlich das Pariser, aus der Sinnlichkeit zu heben sucht, indem er es aus dem tiefsten Sinne, dem des Gefühls (dem fünfsechstel Sinn), sanft zum höhern des Schmekkens steigert; wie kurz ist dann der Weg vom Munde zur Nase und zu den Ohren und Augen, diesen geflügelten Dienern der Geistigkeit! – Es ist nicht Ihre Schuld, wenn nicht aus Ihrer Hand ein großes Volk hervorgeht, welches dem Walfisch gleicht, an welchem die Zunge der köstlichste Teil ist, derenwegen daher die kriegerischen Schwertfische den ganzen Walfisch entleiben.»

Da die Zunge Ausfuhr der Worte und Einfuhr

1 Am besten sagt' ich's wohl in einer Note deutlich, daß er die rechte verloren.

der Bissen betreibt, nach der Bibel aber nur Ausfuhr verunreinigt, und da der Almanac des Gourmands gerade diese verbietet und unter dem Schmecken Schweigen anbefiehlt: so möchte wohl mit der Zeit der gastronomische Sekretär Regnière der Urheber oder Bildner eines reinern höhern Menschenstammes werden, welcher schlechtere Güter als Tafelgüter verschmäht und stets den klassischen Boden der – Schüsseln aufsucht und beerbt.

Aber die Lesewelt reise endlich von Paris wieder nach Rom zurück zum Kränzelherrn Worble.

Der hat nun nichts – ausgenommen Geschmack und Hunger – und lebt aus Mangel an einem gastronomischen Sekretär halb von den guten Stükken seiner Küche, in welche er ganze Schweine, deren Schinken, pommersche Gänse, Hamburger Rindfleisch – lauter treffliche, vom Maler Renovanz nach dem Leben gemalte Küchenstücke – aufgehangen, um sie, wie Madonnenbilder, anzuräuchern und anzubeten und mit platonischer Liebe zu genießen. Ein Dutzend weißer Pfefferkörner, die er täglich verschluckte, sollten seinen Straußenmagen, zu dessen Füllung ihm Metalle gebrachen, nicht nur noch mehr stärken zur Eßlust – weil doch Hunger eine Art von Vorkost ist –, sondern die Körner sollten auch als neue Farbenkörner durch den Appetit Renovanzens Küchenstücke besonders heben, weil freilich dessen *Braten* nicht so gut gemalt waren als Raffaels irdene *Teller,* die man noch in Dresden verwahrt und ansieht. So nahm denn

Worble sogar körperliche Nahrung schon geistig in Bildern zu sich, wie wir die geistige Ambrosia (Freiheit, Vaterlandliebe, hohe Tugenden) entweder in den herrlichen Federzeichnungen der Alten (dessins à la plume) oder in großen Altarblättern oder in guten Kupferstichen und Steindrücken wirklich besitzen und genießen. – –

Wird nun wohl ein gutherziger Leser den Hunger des armen, in einer so schlechten Haut steckenden lustigen Worble erwägen, ohne recht herzlich zu wünschen, daß sein Freund Marggraf womöglich den Stein der Weisen oder sonst ein Edelgestein erfinde, damit er doch dem guten alten Nagetier am Hungertuche etwas zu essen schenken könne? Was der gute Apotheker nur aus der Apotheke geben konnte, das gab er ihm – besonders wenn er in seinem alchemischen Vorparadiese stand, wo der Fluß der Goldsäuere in den Goldpison und Paktolus[105] zu fallen und ihn ins Paradies zu flößen versprach –; natürlich bestand es nicht in Lebens-, sondern nur in Verdaumitteln (Stomachalia) und wenigem Aquavit. Und beide liebten einander überhaupt immer stärker, seitdem der Thron, worauf sich Nikolaus zu setzen gedachte, wie durch einen Erdfall mit allen Thronstufen eingesunken war bis auf ein schmales Spitzchen; Worble liebte ihn wärmer, weil er ihn so wenig beglücket und so bleich geworden sah; und Nikolaus hatte jenen noch zehnmal lieber, weil er ihn nicht beglücken konnte, wie er doch an Henochs Sterbebette so gewiß versprochen. Aber warum hatte er den Scherzvogel so gar sehr lieb? Darum: Wörble war sein Schulfreund. Beide hatten miteinander von demselben Schulbakel Prügel, auf derselben Schulbank Anfanggründe, von demselben Lehrstuhle gelehrte Mittel- und Hintergründe, von demselben Rector magnificus das akademische Bürgerrecht erhalten.

Es ist etwas Unverwüstliches in dieser Jugend- und Schulen-Freundschaft, zumal wenn keine spätere Ortferne einen kalten Zwischenraum in das jugendliche Lauffeuer der verbundenen Empfindungen bringt. Oder könnt ihr denn vergessen, wie man liebt, wenn man einander noch im Morgenrote des Lebens und vom Morgenlichte der Wissenschaft beschienen sieht – wo man nicht ängstlich Wert gegen Wert, nicht Ähnlichkeiten gegen Unähnlichkeiten, nicht des Standes, kaum des Talentes abwiegt und wo man, von derselben Sonne des Wissens auf eine gemeinschaftliche Bahn gezogen, Lernen ins Lieben verwandelt und in der Waffenbrüderschaft sich auf dem Feldzuge für die Wahrheit berauscht? Denn wenn sogar später in der Lebens-Kühle uns jeder Mensch zum Unvergeßlichen wird, dem wir uns in irgendeiner *ersten* Erscheinung des Lebens verbunden – und sei es in einer *ersten* Heirat im Spätalter, sei es in unserm *ersten* Feldzuge mit den Zeitgenossen –: wieviel mehr wird Herz dem Herzen einwachsen, wenn die Ideale der Kunst und der Wissenschaft und der Jugend befruchten! Der Jüngling ist dem Jünglinge ähnlicher als der Mann dem Manne, wie der Knospe die Knospe ähnlicher als die Blüten einander. – Und so denke denn jeder bei diesem Spiegelbild einer weit rückwärts gezogenen Zeit an seine schon liegenden oder noch aufrecht stehenden Jugendgenossen!

Daher hielt das Band der Freundschaft zwischen Worble und Marggraf eben seines alten Gespinstes wegen recht fest und färbte sich nicht ab. Jeder war so recht für den andern gemacht, und sie schmeckten sich einander gut. War auf der einen Seite Worble dadurch Marggrafs Mann, daß er gleichsam mit einem offenen Warenlager und Fruchtspeicher der besten Sachkenntnisse behangen einherging, aus welchem jeder, der wie der Apotheker ein Gelehrter sein, nicht scheinen wollte, nehmen und sich die Gehirnkammern füllen konnte: so war wieder auf der andern Seite Marggraf für Worble dadurch sehr schätzenswert, daß er leicht in jenes Licht zu setzen war, das der Freimäuerer gern auf die Menschen warf und welches man im gemeinen Leben das lächerliche nennt. Wie manche Sorgenstunde versüßte ihm Marggraf durch die komischen Seiten, die er ihm fast ohne Wissen zeigte und die nachher den Freimäuerer, der sie zum Belachen verarbeitete, immer so fröhlich machten. – –

Sollte man nicht denken, ich hätte den Zufall selber ersonnen, daß gerade jetzt ein Polizeibedienter auf der Gasse *klingelt,* der das Wiederbringen eines weggekommenen *Diamant*ringes gegen ansehnliche

Erkenntlichkeit verlangt, gleichsam als woll' er im Schauspielhause dieses Buchs *klingeln,* damit der abgetretne Diamantheld wieder auf die Bühne komme? Denn im vierten Kapitel: «oder man hat viel, wenn man begraben wird wie ein Fürst» bring' ich wirklich den Apotheker wieder, obwohl ohne ein anderes Gratial zu verlangen als mein Bewußtsein einer aufrichtigen Rückkehr von den bisherigen Ausschweifungen im dritten Kapitel.

Viertes Kapitel,
oder man hat viel, wenn man begraben wird wie ein Fürst, desgleichen so getrauet wie einer

Der Apotheker war, wie wir längst gelesen, aus dem Klub nach Hause gelaufen. Er kam mit der von Worble geschmiedeten berauschenden Krone im Kopfe an und schauete vor allen Dingen nach dem chemischen Brütofen seiner Diamanten. Sein Stößer Stoß ruhte vor dem faulen Heinze[1] mit dem gegen das offne Ofentürchen gebückten Kopfe, zu schlafen scheinend. Als ihn Marggraf leise wecken wollte, fuhr er nicht auf oder um, sondern guckte fort und rief: «Morbleu! das geht ja, wie es Gott nur haben will, morgen früh ist entweder ein oder der andere scharmante Diamant fix und fertig, oder ich

1 Bekanntlich ein chemischer Ofen, dessen Form das immerwährende Nachschüren entbehrlich macht.

will, so wahr ich lebe, gelogen haben wie ein verfluchter Windsack.»

«Lieber Defektuarius!» versetzte der Apotheker und sah immer froher ins Blühen seiner Kohlen hinein, «ganz wohl! Und von dem kleinsten Diamante glaub' ich's selber fest. Hab' ich Ihn denn nicht bisher für einen der gescheitesten Diener irgendeines Herrn gehalten?»

«Lieber wollt' ich auch ganz viehdumm sein, Herr Prinzipal, als kein ordentlicher gescheiter Diener, der die Sachen und Öfen seines Herrn Prinzipals so gut besorgt und heizt, als er nur nach seiner wenigen Einfalt versteht», sagte Stoß.

Die langen Freudenblicke, die der Apotheker in den Ofen als in eine Diamantengrube warf, waren für den Stößer ebenso viele beweisend aufgereckte Schwurfinger, daß die Sache schon richtig sei und ausgemacht; denn er hielt mit eigentlichem *Köhlerglauben*[106] die Kohlenmeiler seines Herrn für die versprochenen goldenen Berge und glaubte ihm alles, weil er nur dessen Stößer war – und weil er an ihm hing – und weil er die Öfen heizte. «Leg Er», sagte Marggraf endlich, «Seine dumme Tiegelzange weg; sieht Er nicht, daß ich Ihm die Hand drücken will?»

«O sacre Diable!» sagte Stoß nach dem Drucke und wusch und scheuerte mit den trocknen Händen das Gesicht und war überhaupt halb außer sich vor Lust, «ich will's Ihnen gerne stecken, warum wir am Montage die Diamanten so gewiß bekommen, als das Vaterunser im Amen ist. Es haben drei Schöpsenköpfe mir aus List Stein und Bein schwören müssen, daß sie mir am Montage allerhand leihen wollten; – nun kann's uns an einer spendabeln Woche nicht fehlen.» Das aberglaubige Volk hält nämlich Abborgen am Montag für ein Zaubermittel zu einer gesegneten Woche, und darauf rechnet Stoß. Der Adel nimmt vielleicht mit mehr Recht dasselbe von jedem Wochentage an.

«Ich lege mich jetzt», sagte der Apotheker, «hier auf dies Kanapee und sinne aus; schweig Er ein wenig.» Marggraf wollte sich nämlich auf ein ernstes Austräumen und Ausmalen des von Worble nur lustig abgeschatteten Fürstenstuhles legen, um dessen Thronhimmel mit Deckengemälden und Sternbildern zu überziehen. Oder deutlicher: er ging an die Baute eines *Ätherschlosses.* – –

Ich wollte, ich dürfte voraussetzen, daß die Leser den Unterschied zwischen Luftschlössern und zwischen Ätherschlössern, anstatt ihn zu vergessen, machten. *Luftschlösser* an sich kennt und baut jeder, sie sind das letzte und höchste Stockwerk auf jedem *Lust*schloß – etwa wie auf der Peterskirche die Doppel-Rotunda –; nur daß am höhern Luftschloß oft durch Baukosten das tiefere Lustschlößchen verwittert und zerbröckelt. Inzwischen dürfen wir Untertanen uns schon von der Hoffnung einige teure Baurisse zu solchen Luftkugelrotunden zu verschaffen suchen; nur den Fürsten sollten spanische Schlösser und böhmische Dörfer bleiben. Ein

Baulustiger eines neuen Jerusalems über seinen Giebeln und Türmen erliegt dem Schwerdrucke und Passatsturme der Lüfte, in die er hineinbauet.

Hingegen wie anders, höher, leichter werden *Äther*schlösser dem Bauherrn fertig! Es wird nämlich ein dergleichen Schloß leicht dadurch auf- und ausgebauet, daß man nichts wünscht und sucht, sondern es nur so macht wie der Apotheker Marggraf oder wie viele, die ich kenne, z. B. ich.

Sieht (mein' ich) ein tüchtiger fleißiger Bauherr der Ätherschlösser, also unser Apotheker vor allen, etwa einen außerordentlichen Luftspringer: so malt er sich unter dem Zuschauen vor, wie es vollends wäre, wenn er's zehnmal weiter triebe; dann springt er heimlich in sich von einem Tore zum andern durch Springwasser hindurch, bringt ein gefülltes Glas aus diesen mit, ja er setzt über eine vorüberfliegende Wolke hinüber und kommt auf einer entfernten wieder zum Vorschein; und nun denkt er sich das allgemeine Erstaunen über den Wolkenspringer, gegen welchen der arme Seiltänzer nur ein rückgängiger Seilermeister ist. – Vernimmt er eine große Sängerin, die alles übertrifft und rührt: sogleich setzt er sich hin und gibt sich solche Mara-Töne[107], eine solche Diskanthöhe, unbegreiflich wachsend aus einer solchen Baßtiefe, und dabei so unerhörte Fertigkeiten, daß er die ganze weibliche Zuhörerschaft zu warmem Brei auf den Sesseln zerflossen vor sich sieht und daß sogar die Männer fallsüchtig durcheinanderzucken und einige vor horchendem saugenden Anhalten des Atems gar ersticken, worauf er selber so ruhig, als hätt' er nichts verrichtet, nach Hause geht, um da von den nachgelaufenen Bekannten mit Bewunderung sich umrungen zu sehen. – Rücken verschiedne mit Ruhm bedeckte Heere ein, welche die Stadt zu toll anstaunt: so ist er auf der Stelle (in seinem Kopfe) ein außerordentlicher Held-Riese, entweder Pantagruel der Sohn oder Gargantua der Vater oder Grandgousier der Großvater, kurz ein Generalissimus der Welt, und geht als solcher den Heeren bloß allein (stich- und schußfest an Achilles Ferse und Sigurds Schulter) ganz gelassen mit seinem mähenden Degen in der Rechten entgegen, dabei doch sich mehr auf die Linke einschränkend, womit er Mann nach Mann bloß aus einer Compagnie in die andere überschleudert. Auf gleiche Weise stellt sich der Bauherr von Ätherschlössern bei allen großen Gemälden, Büchern, Jagden, Riesen, Zwergen die Wirkung vor, die es hätte, wenn er Colossäa lieferte, wogegen jene zu elenden Fuggereien einkröchen. Und wer unterließ die weniger als Marggraf! Solche Ätherschlösser werden aber ohne Baugerüste und Baurechnungen – bloß mit eigenen ausgedehntesten Baubegnadigungen – aufgeführt, so hoch man will (denn wie schon Luftschlösser größer sind als Bergschlösser, da der Luftkreis fünfzehn Meilen höher über dem Erdkreis steht, so noch mehr Ätherschlösser, weil Äther die Luft einschließt und schrankenlos überschwellt); – – ohne zähen Wunsch der Erfüllung, ohne Neid und Gier – noch leichter als einen Traum, den man nicht palingenesieren[108] kann, sieht man ein Schloß entfliegen, das jede Minute schöner nachzubauen ist. Kurz dergleichen Ätherbauten bleiben nach Bauverständigen unter allen Werken die harmlosesten, selber die der Liebe und die Außenwerke der Festungen nicht ausgenommen. –

Als der Apotheker auf dem Lotterbette lag, ging er, wie gedacht, an die Baute des Ätherschlosses, indem er dasselbe (wie Menschen pflegen) auf sein fertiges festes Luftschloß, zu welchem er durch die Edelsteine in der Diamantgrube längst den Grundstein gelegt, aufsetzte, da Luft den Äther leicht trägt und beide zuletzt ineinander verlaufen.

«Wenn Er wüßte, Defektuar», fing langsam Marggraf an, «was für Himmelfahrten ich mir jetzt im höchsten Grade lebhaft denke, ein ganz himmlisches Leben für uns beide, welchem gegenwärtig nichts fehlt, als daß es noch nicht da ist, sondern erst mit den Diamanten kommt; aber wie wollt' Er das wissen, Stoß!» – –

«Fi! Ob ich's weiß oder nicht, ein so himmlisches Leben sucht seinesgleichen und war von jeher mein Leben», versetzte Stoß und geriet vor dem Apotheker in acht oder neun mimische Entzückungen über einen durchsichtigen Himmel, welcher gar nicht genannt war, geschweige gewölbt noch gestirnt.

«Mein Stoß», sagte Nikolaus, «wenn Er sich besonders verwundern will, so muß Er erst hören, wie ich mir alles deutlich ausmale, was ich genösse, wenn ich ein regierender Herr würde und eine Krone bekäme und meinen Zepter dazu. Eine Unmöglichkeit wär' es am allerwenigsten. Wenn man Premislause[109] im Böhmen vom Pfluge wegnimmt und zu Königen aushebt; – wenn Pizarros, die nicht einmal lesen und schreiben können, statt der Schweine Reiche der Inkas zu hüten und zu regieren bekommen und Lima zur Residenzstadt; – ja wenn gar Lakaien, wie ich gewiß gelesen[I], bloß darum zu Fürsten emporgestiegen, weil sie vorher uneheliche Kinder derselben gewesen und zu ehelichen legitimiert geworden: so ist's ja noch natürlicher, daß zu einem Apotheker als dem viel edlern Wesen zuerst gegriffen wird und er auf den Thron gesetzt, der ihm vielleicht aus mehr als einem triftigen Grunde gebührt. – Jedoch was ist denn dies? Kennt Er, ich bitt' Ihn herzlich, den Didius Julianus?»

«Au voleur! Ich mag den närrischen Menschen kennen oder nicht, so bleibt doch alles wahr, was Sie von ihm sagen wollen.»

«Didius lebte zu seiner Zeit im großen römischen Reiche und erstand, als eine Prätoren-Kohorte[II] von fünfzehntausend Mann dasselbe öffentlich verstei-

I Ein Lakai des Marquis de Carpegna wurde anfangs des vorigen Jahrhunderts vom neapolitanischen Fürsten Brancaccio, der keine ehelichen Erben hatte, auf einmal als sein unehelicher gerufen, dann zu einem ehelichen legitimiert und endlich zum Fürsten erklärt. Theatr. Europ. T. XVII. S. 346 des Jahres 1705.

II Er will sagen Prätorianer.

gerte, das ganze lange Kaisertum um tausenddreihundert Taler, an jeden Mann fünfzehntausendmal zahlbar; wurde jedoch baldigst samt seinem gekrönten Haupte enthauptet, als Septimius Severus sich die römische Kaiserkrone von seinen Soldaten zuschlagen ließ, weil er mehr geben konnte, nämlich zweitausendsechshundert Taler jedem. Wenn Er nun bedenkt, wie außerordentlich groß das römische Reich – weit ausgedehnter als ganz Europa wegen seiner andern einverleibten Weltteile – gewesen gegen eine kleine deutsche Markgrafschaft, die ich ja zu jeder Stunde mit einem tüchtigen Diamant bezahlen will: so wird Er wissen, Stoß, von was die Rede ist. Jetzt sind vollends die Zeiten, wo mancher Thron, weil alles unten um ihn herum rebelliert, für Geld zu haben ist, und ich kann Königen, die ihren abstehen, dafür vielleicht etwas bieten, wenn es dort im faulen Heinze zu etwas kommt.»

Der Stößer schnappte heftig mit der Tiegelzange auf und zu und sagte entzückt: «Peste! darin kommt's freilich zu 'was. Und daß Sie in drei Kuchen auf einmal Bohnenkönig geworden[1], das muß

1 Wer unter den am heiligen drei Königtage gebacknen Kuchen den einzigen trifft, worin eine Bohne steckt, wird der König des Festes. Warum man die Bohne zum Kronen-Diplome wählt, ob, weil die Alten mit ihr verdammten oder weil sie den schweigenden Pythagoräern unleidlich oder weil sie schwer verdaulich war und dem Denker durch Blähen schadet, dies bedarf nicht der geringsten Untersuchung, da ein Kuchenbäker an all dergleichen gar nicht denkt.

manches bedeuten. Aber was wollen wir lange passen, wir können ja König werden ohne einen Heller Diamant, da Sie doch, wie jeder hofft, so gut ein echt fürstliches Hurenkind sind wie der Bediente vorhin, der's auch bis zum Fürsten gebracht. – Aber freilich brauchen tu' ich's so sehr wie Sie; ich muß ganz neu herausgekleidet werden vom Stiefel bis zum Kopf – betrachten Sie nur, was ich an Sonntagen anhabe, und an Werkeltagen bin ich gar ein Haderlump. Peste! wenn ich daran denke, wie Sie mich Halunken so gnädig ausstaffieren werden, sobald Sie in Gold und Silber stecken – haben mir schon jetzt so viele Kleinigkeiten spendiert, wo Sie selber schmal bissen und nichts hatten.»

«Leg Er mir», sagte Nikolaus, «noch das Fußkissen unter das Kopfkissen, ich liege zu tief. – Aber um Gottes willen, wer von uns spricht denn davon, daß ich heute oder morgen, dir nichts, mir nichts, ein regierender Fürst werde? Hör Er's besser, daß ich mir nur recht lebhaft vormalen will, wie es stände, wenn ich den Fürstenmantel umhätte. Und da gesteh' ich gern voraus, daß ein Paradies, soviel ich sehe, in das andere führt und des Guten, das ich sowohl stiften als genießen kann, gar kein Ende ist.»

Hier rieb sich Stoß die Hände vor Lust, vor möglicher.

«Aber bild Er sich doch nicht sofort ein, ich werde im Fürstenmantel Ihn mit jeder Kleinigkeit ansingen, die einen Fürsten so groß macht, und wie warm ich mich z.B. schon in der Wiege betten würde als Fürst; denn ich hätte als Kind meine Orden und Regimenter und einen Hofstaat – es besteht aber solcher aus einem Oberhofmeister, zwei Kammerherrn, einem Kammerheizer, einem Tafeldecker und Türhüter –»

«Oh! Sacre! das wäre!» rief Stoß.

«Was wäre», versetzte Nikolaus, «da ich die fürstliche Kindheit längst verabsäumt? Aber dies will ich mir denken, was ich als Fürst genösse, wenn ich mich so recht herunterlassen könnte bis zu jedem Bürgerlichen und nun der Augenzeuge der unbeschreiblichen Freuden wäre, welche so arme, vom Thronhimmel um ganze Himmelleitern entfernte Teufel über einen so nahen Fürsten empfinden müßten, gerade als ob sie einen hohen Fixstern unten in der hohlen Hand hielten. Welche Luftsprünge würde Er z.B. machen, wenn ich mich mit Ihm – ich will Ihm nicht einmal *einen* Groschen schenken – so recht vertraulich unterhielte, als kennt' ich Ihn schon längst!»

«Ganz natürlich», versetzte Stoß, «und hinterher steckten Sie mir doch viel genug in die Tasche.»

«Aber was ist alles Herablassen eines Fürsten, lieber Mann, gegen ein ordentliches *Inkognito* desselben, das allein schon wert ist, daß man ein Fürst wird, da Untertanen sich keines Inkognito anmaßen dürfen, indem sie ja niemals so überall bekannt sind als ein Fürst. – Da hab' ich denn schon früh in meinen Tölpeljahren mir es lebhaft gedacht, wenn ich etwa so in einem bloßen blauen Überrocke ohne Stern und Stein (denn ich will den Fürsten verstecken) in der erbärmlichsten Novembernacht in eine enge einstöckige Bettelgasse schliche, durch die mit Lumpen geflickten Fenster hineinsähe in die dampfende Stube voll Kinder in Viertelhemden, die in die Kartoffelschüssel ohne Salz hineingriffen – – Denk Er sich doch einmal, ich bitt' Ihn, hinein in die Sache, wenn Er nun in Seinem Überrocke ohne Seinen Fürsten-Stern in die niedrige Stube schritte und ganze Hände voll auf die Kartoffeln würfe» ……

«Corbleu!» versetzte Stoß, «aber doch nicht alle meine Dukaten würd' ich vor die Hungerleider schmeißen, sondern viele für mich wegstecken, und ich ließe eben vorher fünf oder sechs wechseln fürs Bettelzeug.»

«Um Gottes willen», rief Marggraf, «wer spricht denn von Ihm und Seiner Knauserei! Damit Er aber nur einigen Begriff von mir als Fürsten bekommt, so wollen wir spaßeshalber meiner fürstlichen Leichenbestattung nachfolgen.

Schon vorher wird der ganze Hof schwarz gemacht, von jedem Kavalier an bis zu den Zimmern und Degen, und keine Perücke darf sich pudern. Den größten Höfen wird mein leider zu frühes Abfahren geschrieben. Ich selber liege in Samt auf einem hohen Paradebett, neben mir Kommandodegen, Zepter und Stab, und werde strenge von den vornehmsten Kammerherrn in ganz langen Trauermänteln bewacht; dabei häng' ich noch als mein

Porträt an der Wand und stehe in Wachs gebosselt auf einem Sessel und bin oft genug da. Er kann sich leicht denken, daß das ganze in eine solche Trauer versetzte Land nach der Trauerordnung weder schießen, noch tanzen, noch orgeln darf, nur läuten, aber letztes in jedem Neste eine Stunde. Wem zu Ehren glaubt Er wohl, Defektuar, daß eine so allgemeine Landtrauer angestellt wird? Mir bloß, Stoß, mir, der markgräflichen höchstseligen Leiche.»

«Diable! – Wahrlich diese meine Nase gäb' ich drum, wenn mich der liebe Gott einen solchen Tag an Ihnen und Ihrer Leiche erleben ließe.»

«Wenn ich mich denn auf dem Paradebette mit meinen Armen ausstrecke und mein ganzes Gesicht daliegt, sehr weiß und etwas eingefallen, und ich freilich die Augen zu habe wie ein Schlafender, aber doch ganz anders als in der Schlafzeit, nämlich zierlich gekräuselt, gepudert und angezogen bin: so werden unter den Untertanen, die meinen Fürstenglanz zu beschauen kommen, ganz gewiß die einen und die andern, wenn nicht gar alle, erscheinen, welche daran denken, wie oft ich mit den Armen, die nun so starr sind und lang, ihretwegen umhergegriffen zum Beschenken und wie ich mit den jetzt unverrückten schneeweißen Mienen ihnen sonst vieles Glück lächelnd zugesagt und heruntergelangt vom Throne; und wenn sie dies alles so in der Seele zusammennehmen, so werden wohl viele vor Tränen kaum zu bleiben wissen, weil sie der armen Leiche nichts mehr vergelten können. Und ich möchte jetzt fast selber so treuen Herzen nachweinen und mich vom Paradebette emporheben, wenn ich noch Kräfte hätte und Verstand, bloß um die trostlosen Wesen etwas aufzurichten und zu erfreuen.»

«Das rührt wohl einen Stein, Ihre fürstliche Güte und Gnade», sagte der Stößer und ließ seine Tränen laufen, weil er die herrschaftlichen sah.

«O so sei Er doch nicht allzunärrisch!» sagte Marggraf. «Ist denn ein Wort wahr von allem, und red' ich nicht hier mit Ihm? Horch Er lieber aufs andere!

Hierauf werd' ich nun – denn ich bin noch lange nicht begraben – mit Sorgfalt aufgeschnitten und sowohl das Herz und die Zunge als das Gedärm wird mir aus dem Leibe genommen» …

«Wer», fragte gelassen Stoß, «darf sich dergleichen unterfangen?»

«Sowohl meine Leibärzte als die Leibbalbiere», versetzte Marggraf.

«Die impertinenten Hunde! – Und das wollen Sie mit ansehen, daß an Ihnen herumgeschnitten wird wie an einem Stückchen Vieh? – Wo soll bei solchen Umständen der Respekt und ein ehrliches Begräbnis herkommen, wenn die Leute einen vornehmen Prinzipal, wie neulich den Missetäter, zu einem Wurstgehäck zerschnitzen? Ein solcher Herr verdiente wohl hundertmal in einem Tage sein ehrliches fürstliches Begräbnis. – Und wer darf ihn denn, wenn er tot ist, noch tödlich verwunden, da es bei Lebzeiten keiner probiert und ihm nur einen Ohrlappen abschneidet? – Alle Pest über die Bestien! – So wollt' ich doch gleich ...», schloß er und stampfte den Nachsatz mit dem Absatze des krummgetretenen Stiefels heraus.

«Etwas höher muß ich noch liegen», versetzte der Apotheker. «Hol Er vom Bett draußen noch ein Kissen. – Aber, guter Mann, laß Er sich endlich beibringen, daß alles vom Hofe nur geschieht, um mich, in mehrere kleinere Ganze zerfällt, gleichsam heftweise in mehrere Kirchen beizusetzen; daher spannen sie eben meinem bloßen Herzen, das über keine anderthalb Pfund Gewicht hat, vier Pferde vor, die es in die Kirche ziehen, welcher diese besondere Auszeichnung widerfahren soll; übrigens begegnet mir, wenn sie alsdann auch das Gehirn und das Gedärm besonders bestatten, weiter nichts Größeres, als was dem Kaiser Leopold erwiesen wurde, dessen Herz und Zunge man in einem goldenen Becher, überschrieben: ‹cor Leopoldi primi Romanorum Imperatoris mortui die Maji 1705› in die Lorettokapelle beisetzte, das Gehirn und Gedärm aber in der Hofkapelle in einem vergoldeten Kessel mit der Umschrift zur Ruhe brachte: ‹Intestina Leopoldi etc.›»

«Wird auch einmal», fiel der Stößer ein, «eine besondere Auferstehung geben, wenn der Tote seine Siebensachen aller Orten zusammenschleppen muß und sein Hirn bei dem einen Kapellmeister liegt und sein Herz bei dem andern. Ih Fi!»

«Jetzt lieg' ich endlich (Er stört nur stets) zum Beisetzen in die Fürstengruft ganz fertig da. Wenn ich nun, da mir ja das Schönste zu wählen freisteht, annehme, ich stinke so stark wie andere gekrönte Leichen im Verfaulen: so erhalt' ich gleich mehreren Fürsten die Gelegenheit, zweimal begraben zu werden, gleich wie man die französischen Fürsten zweimal tauft.»

«Wie oft werden denn Kaiser und Reich- und andere Kurfürsten eigentlich begraben, wenn schon Herzen und Gehirne ordentlich zur Ruhe gebracht worden?» fragte Stoß.

«Heiliger Gott!» versetzte Marggraf, «hier ist ja mehr von Särgen die Rede, wovon der eine volle mit dem ausgeweideten leeren Leibe still von den Hofkavalieren an Tellertüchern kann eingesenkt werden; es ist dies keine Einbildung, sondern im deutschen Hofrechte von Friedr. Karl von Moser erster Band 1761 gegründet und erzählt, daß Tellertücher durch die Sarggriffe gezogen und so die fürstliche Leiche langsam von den Herrn hinabgelassen wird. Aber die Hauptsache bleibt immer der leere oder Paradesarg; wovon einmal ein zinnener in Wien (nach Herrn von Moser) zweiundvierzig Zentner wog und in Kupfer gestochen herauskam mit vielen Beschreibungen. Jetzt aber wollt' ich, Er sähe lebhaft die tiefe Trauer um mich – den Leichenwagen mit einem Doppelpostzug – und die getragenen Schleppen sowohl der Trauermäntel als des Leichentuchs, und wie die Stangen des Thronhimmels zwar von vornehmen Kammerherrn fortgebracht werden, aber dessen Schnüre von noch vornehmern – wie Pferde gar nicht geritten werden, sondern geführt» – –

«Morbleu! All die Pracht!» sagte Stoß und klatschte auf die Knie.

«Und da gibt's keine Wachskerze, keinen Heroldstab und Pferdeschwanz und nichts, um das nicht Boy gewickelt wäre – und da hört Er gedämpfte Trauertöne und gedämpfte Pauken und Kanonaden und Salven bei der wirklichen Einsenkung» – –

«Wie dämpfen sie denn die Kanonen und die Salven?» fragte Stoß.

«Ich soll es erst noch hören; – durch Pulver vielleicht. Du vergißt aber über den Bettel das Trauerpferd mit den prächtigsten Diamanten am Schwanz und das Paar Kavaliere, die es führen. Schaue noch schärfer im Zuge auf das Freudenpferd hin, ein herrlicher Springer, die rote Schabaracke ganz mit Gold und Diamanten durchzogen, und der Reiter darauf mit seinem emaillierten Harnisch und vergoldeten Helm und seinem Degen in der Rechten sticht allen in die Augen und kurbettiert …… ich wollte, ich säße darauf und paradierte!»

«Coquin!» sagte Stoß, «das ist gerade mein Gedanke. Aber warum sprengt denn der Goldmann jetzt mitten unter die gedämpften und geflorten Leute und Sachen 'nein?»

«Er will nur auf dem Pferde die Empfindungen

meines Thronfolgers ausdrücken und es zeigen, wie sich ein solcher darauf freuet.»

«Das könnte aber der Narr», versetzte Stoß, «heimlich in seiner Stube verrichten und die Trauerleute nicht so mitten in ihrem besten Betrübtsein aufhalten. Meinetwegen reit' er in die Hölle, ich seh' ihm nicht nach.»

«Stoß! Nichts wird aufgehalten; denn ohne Grenzen dauert der Jammer um mich im ganzen Land fort, und alle Freuden scheinen mit mir wie vergraben; und an sechsundvierzig Leichenpredigten über mich in Regal-Folio (so viel erlebte Kurfürst August I. von Sachsen nach seinem Hintritte) werden mit Kupfern und Samtbänden an alle freundschaftliche Höfe verschickt – damit sie es lesen, wie man mich auch nach meinem Tode lobt und erhebt –, und jeder Mensch von Geburt und Hof trägt wochenlang seine schwarzen Strümpfe und Degen und angelaufnen Schuhschnallen und brennt sich vor dem neuen Fürsten sozusagen nur langsam weiß; ja ein Trauern um mich vorigen Landesherrn wird so hoch gehalten, daß nur höchster und hoher Adel und Staatbeamte sich desselben erfreuen, gemeines Bürgerwesen hingegen sich von jeher keiner öffentlichen Traurigkeit um mich unterstehen durfte.»

«Der Donner! So steht's? – Ich denke aber, ich kann so gut über Ihr dummes Sterben vor der Zeit mich ablamentieren als irgendein anderer Flegel von Adel, und keiner soll mir's wehren, wenn ich kohlschwarz gehen will von der Gurgel bis zum Knorren; ein redlicher Defektuarius kann wohl so gut seine paar Ellen Flor um den Arm spulen als ein Referendarius und läßt seine Schnallen schwarz anlaufen. Ist denn ein verständiger Stößer schlechter als ein dummes viehisches Reitpferd, das bis an den Hintern in Flören stecken darf und das doch sich nicht so viel aus höchstseligen Königen macht als sein Reitknecht? So haben uns die großen Hansen schon die besten Lustbarkeiten genommen, nun wollen sie uns noch um ein paar Trauern bringen. Mir komme keiner; auf den öffentlichen Viehmarkt stell' ich mich hin und heule bitterlich und schwenke einen langen Flor am Hute und schreie aus: ‹Ja, ja, ich trauere gleichfalls, mir nichts, dir nichts, ich kenne meinen Herrn Landesherrn wohl länger als ihr alle, schon als er noch als armer Prinzipal auf dem Kanapee lag, und es ist, als säh' ich ihn noch vor mir.›»

«Das tut Er ja ohnehin. Mehr Kissen! Ich muß viel höher liegen. Mach Er nur nicht so gar viele Umstände – als ob ich Ihn nicht vor meinem Hintritte dermaßen adeln könnte, daß Er so traurig und schwarz erscheinen kann wie nur irgendein Mann von Geblüt! Und sollt' ich vollends – wer kann's wissen – gar wie Karl der Große[1] bei lebendigem Leibe meine fürstliche Leichenbestattung feiern, um selbe etwas mit Gesundheit zu genießen: so

1 Er meint Karl V.

seh' ich ohnehin auf Ihn besonders, und ich verspreche Ihm (halt Er mich beim Wort) jede Hoftrauer um mich zu erlauben, die Er nur wünscht.» (Hier küßte der Stößer sich beide auf den Mund gelegte Hohlhände.)

«Aber, mein Freund, dies alles ist nur hochfürstliche Beisetzung; jetzt betracht Er erst hochfürstliches Beilager, das lange vorher zu halten ist, und sag Er mir, wie Ihm wird nach dem vorigen. Denn mein erster Blick vom Throne herunter wird nach einem fürstlichen Brautbette geworfen. Freilich *ein* Fürstenglück wird mir dabei abgehen, nämlich daß ich wie andere Kronprinzen schon in meiner zarten Kindheit mit einer äußerst blutjungen Prinzeß wäre verlobt gewesen. Indessen, Stößer, bleiben himmlische Prinzessinnen, die man erst in ihren zwölften, dreizehnten Jahren anzubeten bekam, auch noch reizend, ja reizender und lieben gern Geliebte. Solche können jetzt neunzehn Jahre alt sein und auf Reisen ...... Stößer, bild Er sich nur nicht aus Einfalt ein, daß Er mich versteht» ....

«Ich dachte, was mich bisse», antwortete Stoß.

«Steck Er», fuhr Nikolaus fort, «lieber alle Kissen auf einmal unter, ich will ganz aufrecht liegen. ... Ich muß etwas haben schildern wollen, Stoß! – Ja, das Beilager gekrönter Häupter. Wir wollen nur etwas davon nehmen, da wir's in der heutigen Nacht doch nicht durchbringen. Wahrlich, der Himmel sind zu viele unter einem Thronhimmel und Betthimmel, wenn man nur vom überreichen Bilde an zählt, das der hohe, nie gesehene Bräutigam, mit zahllosen Diamanten gestirnt, an die ebenso hohe Braut ablaufen läßt, bis zum Vor-Beilager desselben durch einen Gesandten! –

Ich möchte ordentlich meinen eigenen Gesandten und Bevollmächtigten selber vorstellen und als solcher (so fordert's Etikette hoher Häupter), mit *einem* Arm und *einem* Fuße im Harnisch, ganz öffentlich beiliegen im Brautbette neben dem Schwerte, das mich von der andern Puissance[110], von der hohen Braut, gehörig abtrennt, die neben der Schneide desselben unbesorgt ruht. Wenn ich nun gleich darauf aus einem bloßen Selber-Plenipotentiarius[111] mich auf einmal in den wahren Entrepreneur von hohem Haupte selber umsetzte und als Factotum oder Fac-simile aufträte – denk Er sich die Sache, und sei Er ganz still.»

«Bin ich nicht still, und versteh' ich ein Wort vom ganzen Handel?» fragte Stoß.

«Nachher kommen, das versteht Er gleich, kleine unschuldige Feste, welche hohe Häupter seit Jahrhunderten einige Tage nach Beilagern zu begehen pflegen und worunter ich mich besonders auf die sogenannten Bauernhochzeiten und -wirtschaften freue.

Der hohe Bräutigam stellt einen rohen Bauer vor und die so liebliche Prinzeß seine bäurische Braut, und jeder Hofmann macht den nötigen Landmann dazu. Da wird denn von hölzernen Tellern gespeist und aus hölzernen Schleifkannen getrunken, freilich lauter maskierte Delikatessen sind's. Hatte nicht der dänische Hof sogar ein besonderes Dorf bei Kopenhagen liegen, Amak genannt, wo die königlichen Herrschaften jedesmal nordholländische Bauern wurden und nach den elendesten polnischen Böcken oder Dudelsäcken tanzten?»[1]

«Helas! nach dem Dudelsack kann jeder Mensch und jeder Bock springen, der auch keine Herrschaft ist.»

«Was weiß Er von Fürsten, die sich herunterlassen wollen! Ich treibe aber» (hier drehte der Apotheker die Beine vom Kanapee herab) «hochfürstliche Lustbarkeiten in meinem Geiste noch viel weiter, und statt der Bauern können Honoratiores gespielt werden und desto mehr ergötzen. Wie, wenn das hohe Brautpaar z.B. statt der Bauernwirtschaft eine Apothekerwirtschaft wählte? Neueres kenn' ich in *dem* verbrauchten Fache nichts. Stell Er sich vor, ich stellte als Fürst einen Apotheker vor, die Fürstin meine Frau und Er (denn Er bleibt bei mir) einen Stößer! – Gott! Stoß, wenn wir alle dergleichen würden!!» rief der Apotheker und stellte entzückt sich auf die Füße.

«Goddam!» versetzte Stoß, «jetzt sind wir's schon, freilich nur so im Ernste, aber wenn wir's einmal gar zum Spaße wären, o Ventre saint gris!»

Da Marggraf einmal zu Fuße war, ging er zu Bet-

1 Einleitung zur *Ceremoniel*-Wissenschaft der großen Herrn etc. von Julio Bernhard von Rohr. 1729. Seite 825.

te und übergab sich luftigern Träumen. Beide sahen den ersten Diamant schon darum am künftigen ersten Jahrmarkttage so gut als in ihren Händen, weil sie sich über den Verbrauch desselben so deutlich und freudig verständigt hatten. Ein gutes Paar Geister! Jeder wechselnd der Gläubiger und der Gläubige des andern. Der Apotheker steht als überreife Ähre da, auf welcher der Stößer als ein Samenkorn schon ausschlägt und keimt, ohne andere Wurzelerde zu haben als eben die Ähre selber; oder, in einer mehr außereuropäischen Metapher, Marggraf senkte als Lianenbaum den Stößer als einen Ast von sich in den Boden nieder, damit dieser wieder daraus aufwüchse zu ihm heran und wieder herab und hinauf. Jeder war die Halbkugel des fremden Himmels, und so klebte sich aus beiden ein ganzer zusammen. – – Desto begieriger ist man auf die nächsten Kapitel, wo sich so viel für das ganze Buch, ja für das ganze Lesepublikum entscheiden muß.

Nachschrift. Es wird vielleicht geschickter *hier* als *später,* wo man vor lauter wichtigsten Ereignissen kaum zu sich und zu Wort kommt, von mir aufgeklärt, warum der Stößer so sehr französisch flucht und schwört. Da er nämlich ganz und gar kein Französisch verstand und doch immer deutsche Leute um sich sehen mußte, welche, ohne ein Wort mehr davon zu verstehen, täglich Briefabschriften – Besuch- und Abschiedblätter (pour faire visite, et pour prendre congé en personne) – Billets de Concert –

Haustürüberschriften (au noble jeu de Billard) – und dergleichen in bester französischer Sprache schrieben: so wollt' er ihnen auch nicht wie ein Narr nachbleiben, sondern sich angreifen und die Schreiber überflügeln durch vieles französisches Sprechen. Er schnappte und pickte daher jeden französischen Fluch, Schwur und Schimpf, welcher Deutschfranzosen von Stande oder gemeinen Franzosen im Deutschsprechen entfuhr, sorgfältig auf, samt der besten Aussprache, die er nur hörte, und hielt die Wörter vorrätig für den täglichen Gebrauch. Die Wahl gerade der Schimpf- und Fluchwörter war gut; denn da nach einigen Philosophen, z. B. Herder, die ganze Sprache mit Ausrufen anfing und diese überhaupt am häufigsten einzuflechten sind – daher schon der Star durch Fluchen und Schimpfen aus Dichtkunst in Sprechkunst, aus dem Vogelsange in die Menschenprose übergehen muß –, so setzte Stoß sich dadurch in das Ansehen eines Stößers von Welt, der sich auszudrücken weiß. Nur konnt' er mitten in seinem Sprachreichtum nicht das Vergreifen in den Flüchen und Schwüren vermeiden, sondern pflegte oft *diable* auszurufen, wo *Mon dieu* nötig war, oder *à merveille,* wo *Fi,* oder *au voleur,* wo *plait-il* erwartet wurde, was aber weniger auf Rechnung seines Herzens als seiner gänzlichen Unkunde aller Gallizismen zu schreiben ist. Aber über den Mißbrauch von Goddam ist er doppelt entschuldigt, und zwar durch seine doppelte Unkunde englischer und französischer Sprache zugleich. Er hatte diesen schönen englischen Fluch wohl hundertmal von einem Pariser Atheisten der Revolution gehört und konnte ihn also wohl nicht anders als für einen französischen nehmen.

Fünftes Kapitel,

worin am ersten Jahrmarkttage Neuestes vorgeht mit Diamanten – mit Drachendoktoren und ihren untersuchten Apotheken – und mit Doktordiplomen

Am ersten Markttage des sogenannten Frühlingsmarktes früh morgens mußte nach Marggrafs bester Rechnung der erste fertige Diamant im chemischen Ofen erscheinen und scheinen, und zwar solche neue Wunder darin tun, als mir noch nie unter den alten vorgekommen: Dies alles weiß jeder voraus, der die vorigen Kapitel nur im Vorbeigehen geborgt und gelesen. Auf den Abend des Diamantfundes hatt' er seine halbe Basen- und Vetterschaft zu einem großen souper fin eingeladen, um sich allein als frischen Kapitalisten zu zeigen. Das Geld zur Bewirtung wollt' er heute seinen drei Schwestern sogleich nach dem Verkaufe des Edelsteins reichlich in die Hand zuwerfen. Vergeblich hatte seine Schwester Libette vorgeschlagen, etwa den vierten oder fünften Markttag zu seinem Glanz- und Gasttage sich auszustechen, weil sie hoffte, bis dahin sei ihm die Goldkocherei versalzen und dann ohnehin jede andere Kochmaschine zurückgestellt. Aber eine Art von Übermut, der ordentlich durch das stärkere Setzen auf *eine* Karte vom Schicksale das Gewinnen erzwingen will, ließ ihn, wie früher den Wechselschreiber, so jetzt den ersten Markttag behalten.

Hier muß ich der Leser wegen, die sonst auf dem Romer Jahrmarkte gewesen und nur zwei Meßtage kennen wollen, bemerken, daß sie recht haben, daß aber der Landhauptmann dem Geiste und Körper der Zeit nach Vermögen folgte durch Vermehrung der Markttage und durch Verminderung der Festtage. Wenn jetzt auf der einen Seite Apostel- und Marientage in den Sonntagen mit ab- und weggefeiert werden – man will sie, scheint es, den wahren Sonntagen gleich schätzen –; und wenn der dritte Festtag in den ersten und zweiten hineinzieht und sich darin ungesehen mit begeht – ob es gleich noch viel weiter zu treiben und nach dem Muster des Allerseelentags ebensogut ein einziger Allersonntagetag für das ganze Jahr anzusetzen wäre –: so hält man sich wieder schadlos, daß man auf der andern Seite die profanen Meß-Börsentage desto mehr ausdehnt und sie mit einem und dem andern Nach- und Vorschabbes verstärkt und durch Meßwochen und die stillen oder Karwochen vergütet, an welchen ohnehin nur der Handelgeist der Zeit gekreuzigt und verraten wird. – –

Am frühen Morgen ging Marggraf *langsam* die Treppe hinab zum chemischen Ofen und betete unterwegs unter dem Frühgeläute und sah sich überall nach kleinen zufälligen Wahrsagereien seines Glücks oder Unglücks um. Vor dem Ofen saß seit Nachmitternacht der Stößer und reichte ihm die Tiegelzange zum Herausheben des großen Werks und sah hoffend genug aus. Der Edelstein wurde aus seiner Kohlenmutter in einen Kühlofen gebracht, und Apotheker und Stößer warteten die Abkühlung zum Prüfen ab. Endlich wurde er der Klingenprobe unterworfen. Der Stein ließ sich so gut an, daß er fast alle Fehler zeigte, die ein echter Diamant nur haben kann: er war unförmlich wie die sogenannten Käsesteine unter den Diamanten – er hatte viele gelbe Knoten und mehr als eine Ritze – er hatte Körner oder Points, die das Schleifen hindern – er hatte jene grauen matten Stellen, die der Juwelier an Diamanten Gendarmes nennt. Allein das weniger Angenehme bei dem Funde war, daß er von den Tugenden eines Diamants keine vorzeigen wollte: – die Feile schnitt in ihn – er mit seinen Kanten schnitt in nichts – in Vitriolöl konnte man ihn zwar kochen, aber zu seinem größten Schaden – er war weder vom ersten, noch zweiten, noch dritten Wasser – und als ihn Marggraf leicht mit dem Hammer schlagen wollte, zerfuhr er gar in so viele Stücke wie früher Polen und gleich diesem und ungleich dem echten Diamant in unähnliche Teile.[1]

1 Die Stücke, welche vom Diamant unter dem Brennspiegel abspringen, behalten völlig Figur, Eckflächen und Spitzen des Ganzen bei. Krünitz' Enzyklop. B. 9. Diamant.

Der Apotheker ließ vor Ohnmacht den Stundenhammer seines Unglücks sich auf die Fußzehen fallen, welche gleichfalls in Ohnmacht lagen und nichts verspürten. Der Stößer Stoß, welcher bisher den Ankerproben des Edelsteins schweigend und bloß mit einem langen aufzuckenden Farbenklavier auf dem Gesichte zugesehen hatte, fuhr bei dem tödlichen Hammerschlage mit seinem Agitakel (eine hölzerne Keule zum Pflastermischen) heftig in die Höhe (weil er sich verwundern wollte) und gefährlich bei den Schläfen seines Herrn vorbei und sagte: «So ist also unsere ganze Herrlichkeit ein Hundedreck aus album graecum[112]!»

«Defektuar!» hob Nikolaus gelassen an, «wenn Er mich jetzt mit Seiner Keule ermorden oder sonst von der Welt wegraffen wollte: so hätt' Er ein gutes Herz, und der satanische Teufel hätte mir nichts mehr an, und ich wär' in meiner Ruhe. Er sieht nun an mir einen armen geschlagnen Mann vor sich, einen tausendmal geschlagnen Mann. Stadt und Land rottieren sich heute zusammen und pfeifen mich aus; Vettern und Basen stellen sich ein und schauen abends zu, wie ich aus der Haut fahre vor Elend – und zeig' ich mich öffentlich, so steh' ich vor der Welt wie ein ganzer vom Kopf bis zum Fuße langer Podex da. Ach großer Himmel! noch erst vor ein paar Tagen sah ich so hoch von Thronen auf Romer und Hohengeiser herab – Und jetzt sitz' ich da .... Er kann nun auch passen, bis Er neu gekleidet wird und aus Seinen Lumpen kriecht – –

O Gott!» rief er und schlug mit geballten Händen in zwei Tropfen der Augen, «wie hätt' ich alle Menschen zu Ehren bringen wollen und in die größten Freuden setzen, wäre mir das verdammte Diamant-Machen gelungen. – Ach erbarmender Heiland! – Hat Er kein Sacktuch?»

Stoß ertrug gern und viel von seinem Vorgesetzten, Stoßwinde des Zornes, es sei in Scheltworten oder in wirklichen Stößen, Launen, Befehle, ja alles; aber Tränen desselben hielt er nicht aus, sondern er schnauzte ihn dann ohne weitere Rücksicht an: «Da ist», versetzte er, «der Lappen. – Alle die Wetter, wenn Sie freilich ein Mann wären, der nur für einen Heller Verstand besäße, in *der* Sache jetzt nämlich: so dächten Sie nach und guckten in den Ofen. Ist denn unser mittlerer Diamant schon fertig oder gar unser größter? Und ist der größte nicht dreimal mehr unter Brüdern wert als der lumpige winzige, der noch dazu unecht ist? Und sagen Sie nicht selber immer, der wird erst gegen Abend gar? –»

«Gott gebe dergleichen!» versetzte Nikolaus, gemildert durch den Gedanken, daß sein Aufbrausen als eine Sünde die chemischen Prozesse der übrigen Diamanten störe. «Vor der Hand stampf Er Seinen Arsenik dort klar, da Er doch jetzt nichts anderes zu tun hat» – und er klaubte gebückt unter Tränen, die ungesehen fielen, die Splitter von dem Vor-Diamanten auf. Der Diener aber suchte seinen Herrn durch ein besonderes Geständnis aufzurichten: «Ich will's nur herausplatzen», sagt' er, «die ganze Fatalität rührt bloß von mir boshaften Esel her; heute gegen Morgen, wo der Stein schon leuchtete, fass' ich aus bloßer Teufelei die Kätzin (ich kann sie nun im Märzen nicht leiden) mit der Tiegelzange am linken Ohr an und zwicke sie ganz höllisch (denn sie konnte nicht herum). Jetzt hab' ich den Spektakel; denn jeder Schaden, den man am Morgen einer Katze antut, bringt auf den ganzen Tag Unglück ..... Wetter! dort kommt wieder ein Unglück. Sollte man sich doch heute in seine eignen Hosen verkriechen, wenn man hinein könnte», rief Stoß und stampfte grimmig in den Mörser voll weißen Arsenik mit so geringem Bedacht hinein, daß er nicht einmal Mund und Nase gegen das Fluggift zuband.

Der *Drachendoktor* zog die Gasse zur Untersuchung der Apotheke herauf.

In Rom waren nämlich (es ist eine stadtkundige Sache) zwei Apotheken offen, die *Hundapotheke* (es ist eben die unseres Marggrafs) und die *Drachenapotheke;* jede hatte ihr Namentier, wie ein Schlitten, in hölzerner Abbildung vorgespannt. Ebenso gab es da zwei Ärzte, welche man, da sie Brüder waren, dadurch unterschied, daß man den, welcher nur aus der Drachenapotheke verschrieb, den Drachendoktor, und den andern (den Verschreiber aus der Marggrafschen) den Hundedoktor hieß. Nun hatte der Landhauptmann jeder Parteilichkeit in der jährlichen Untersuchung beider Apotheken dadurch vorgebeugt, daß immer nur der feindliche Arzt die ihm verhaßte Apotheke zu prüfen und auf die Apothekerwaage zu setzen bekam, weil zu hoffen war, daß so dessen Galle die beste sympathetische, ja antipathetische Tinte (liquor probatorius[113]) aller Essenzen, Mixturen, Extrakte, Dekokten, Salben, Theriaken sein würde, welche das gemeine Wesen nötig hätte.

Daher hält nach der Geschichte gerade der Drachendoktor die Heer- und (Destillier-) Helmschau in der Hundapotheke, welche sich freilich lieber in die Probiertiegel des Hundedoktors geworfen hätte, weil dieser überhaupt mit dem Hunde um die Wette mit Schwanz und Zunge wedelte, der Drache aber Feuer spie samt Galle und Gift.

Kein Unglück kommt allein, sondern nach einem Lug-Diamant kommt in die Apotheke ein Lug-Drachendoktor – so sagt das Sprichwort, meinet aber damit nicht, daß das zweite der Sohn des ersten sei, sondern vielmehr, daß zwei wildfremde Pfeile aus Osten und aus Westen nacheinander eintreffen und treffen. Will jemand weich hierbei sein, so kann er sagen: «Ich wollte, ich wäre das Schicksal, ich hinge dem Apotheker zwar etwas an, aber nicht zweierlei, nicht den Vexier-Diamant und den Drachendoktor auf einmal; auch ein Schicksal muß ein menschliches Herz haben.» – Allein eben hier zeigt es eines: lieber in die offne Wunde die zweite gebohrt als erst in die verharschte; und lieber sogleich nach dem ersten Fingerglied das zweite abgehauen; denn zwei Schmerzen werden fast zu einem. Wie sehr ich recht darin habe, seh' ich am Apotheker, welcher gleichgültig darüber aussah und sagte: «Heute ist mir alles einerlei, und ich bin von jedem Teufel, der will, zu holen.»

Viel vom letzten brachte der Drachendoktor auf seinem Gesichte mit, das sich schon zu einem Kerbholze künftiger Apotheker-Schulden ausgeschnitten. Höflich und abgespannt empfing ihn Marggraf. Der Stößer aber umwickelte Mund und Nase, um nur nicht zu grüßen und um giftiger zu stampfen. Nach Marggrafs Höflichkeiten ging der Doktor schweigend an den Gestellen der Arzeneien hin und her und schüttelte den Kopf. Endlich zeigte er auf eine Pfeffermünz-Schublade mit dem Stocke und mit den Worten: mentha piperita Linnaei. Er griff hinein und zog heraus und sagte: «Fauler Fisch! Ist dies nicht ein Blatt der menthae viridis Linnaei? Betrug! – Sind dies nicht zwei Blätter der menthae aquaticae Linnaei? Unerhört! – Sind dies nicht drei Blätter der menthae sylvestris Linnaei? Ei Verfälschung und kein Ende!»

Hier machte der Stößer ein ihm nahes Fensterchen auf, damit der Luftzug den Giftstaub von ihm seitwärts mehr nach der Seite zu bliese, wo die Luft- und die Speiseröhre des Drachendoktors standen und einsogen; es ist aber klar, daß er den Doktor mit dem Luftzuge nicht sowohl erfrischen als vergiften wollte. Unerwartet trat der Freimäuerer Worble ein, welcher dem Geburttage eines neugebornen Diamanten oder dessen ersten Wiegenfeste beizuwohnen kam: als eben der immer dicker gefrierende Apotheker nicht wußte, was er sagen wollte. Der Drachendoktor fuhr fort; er roch an zu stark eingedickte Ochsengalle und stampfte und rief: «Branstig!» – Er forderte Mohnsaft, beleckte ihn und rief: «Süßholzsaft darunter, ei so soll dich doch!» – Er ließ mehrere Fächer voll Rinden, Pulver, Kräuter herausziehen und überfuhr sie flüchtig, lachte aber darüber, wenn gar nichts daran auszusetzen war. – Er befühlte und zerbröckelte die spanischen Fliegen und sagte: «Uralt, seh' ich!» – Er nahm ein Wurzelmesser und ein Wiegenmesser (zum Kräuterschneiden) in die Hand und fuhr mit den Handballen über die Schärfe und sagte: «Schneiden nicht den Teufel, spür' ich.» – Einmal wollte der Apotheker erklären und bestreiten; da hob jener den Kopf in die Höhe und befahl langgedehnt: «Sich nur nicht gerechtfertigt!» – Dann ging er weiter und an den Rezeptiertisch, er foderte Galläpfel und legte eine Handvoll in die Waage und rief: «Zu schwer, falsch, Wind!» Darauf nahm er einen aus der Schale und schlug mit einem Pflasterbrett leicht auf ihn; wider alles Erwarten zerbrökkelte sich eine graue Tonschale und deckte (die gewöhnliche Verfälschung) einen bloßen Stein auf; «und das ist ein Gallapfel, Herr?» fragt' er und steckte das Steinobst und die Tonhülse zu sich.

Dem Apotheker drehten sich Unmuttränen drückend hart unter den Augäpfeln herum und empor, und er konnte nur stotternd im Gefühle seiner Truglosigkeit aufschreien: «Ja, es ist ein Gallapfel und wird einer sein, aber ich bin an diesem Markttage ein Kind des Unglücks und werde überall aufs Haupt geschlagen und aufs Herz; aber es kann noch einen Gott geben, der sich meiner annimmt, wenn's zu spät ist!»

Der Freimäuerer, längst auf feurigen Kohlen stehend, die er lieber auf des Doktors Haupt gesammelt hätte, war unterdessen, da er die übrigen Galläpfel des Schubfachs durchgefingert, weder auf glatte noch auf schwere gestoßen; «sonderbar», sagt' er, «auch kein einziger falscher ist sonst noch im Fach, alles echt.» –

Der Drachendoktor, nicht jener bessere teuflische Hexendrache, der in den Schornstein Lebensmittel trägt, sondern jener spätere, der den Menschen holt, versetzte auf alles nichts, sondern prüfte fort. –

Der Stößer tat ihm hinter dem Tuche die unerhörtesten Grobheiten an, welche man zum Glück nicht hörte. – «Nein», fing Worble wieder an, «auch nicht *ein* falscher Sodomsapfel ist mehr unter den andern zu finden, und ich wundere mich doch …»

«Was stößt hier der Mensch?» fragte der Doktor, den Mörser musternd. Veit Stoß stieß stärker und tat, als versperre und verspünde sein Mund- und Nasengitter auch seine Ohren, und stampfte stumm fort. «Weißen Arsenik», sagte Marggraf. «So seh' ich schon voraus graue Kreide darein eingeschwärzt», sagte der Drachendoktor und holte sich zum Beweise mit einer Fingerspitze eine Prise weißes Giftpulver – rieb es – und sagte: «Graues oder kreidenartiges ist darunter.» – Und nach mehreren glaubwürdigen Geschichtschreibern, die vor mir liegen, hatte er wirklich recht; denn etwas von dem weißlichen Ton des Gallapfels war von seinen Fingerspitzen in den Arsenik übergegangen. Nicht alle Jahrhunderte wird ein so ausgezacktes vollgeschriebenes Gesicht geschnitten, als jetzt an Stoßens Vorderkopfe hing. Doch hatte auf diesem die Natur der Kunst vorgearbeitet; denn sein Gesicht sah, besonders um den Mund herum, stets wie eines aus, das in grimmiger Kälte lachen will, ein weinerlich-freudiges festgefrornes Breitzerren. Mit diesem und der heißen Tobsucht im Blicke hob er eine Hand voll Gift für den Doktor heraus, gleichsam sagend: so lecke, wenn's nur Kreide ist.

Marggraf konnte nun nichts mehr vorbringen und vorhalten, er lag erlegt, aber nicht aus Furcht. Das Anstaunen der Bosheit lähmt so gut die Zunge als das Anstaunen des Werts; und ein mildes Herz gerinnt tödlich vor einem grimmigkalten.

Worble – der sich gerade in solchen dickluftigen Hundegrotten[114] des Zanks frisch gekühlt verspürte und den zankenden Männern im feurigen Ofen am liebsten als Schneemann vorstand – fing an: «Herr Stadt- und Landphysikus! Wenigstens zeigt unser Herr Hundeapotheker in dieser Sache den Mann, der mehr aufs Lebenlassen, wenn auch nicht aufs Beleben ausgeht; denn alles, was etwa zu fehlen scheint, besteht in Mordmitteln – Opium und Rattengift sind unschädlicher gemacht – spanische Fliegen durch Alter entkräftet – Galläpfel und sogar Messer ihrer Schärfe beraubt – und was Bitteres etwa in der Apotheke zu echt und zu inspissiert (eingedickt) wäre, ist, wie Sie besser wissen als ich, die Ochsengalle.» – Auch auf die geschwächte *Pfeffer*-Münze würd' er gut angespielt haben, wäre er früher angelangt.

Schon in Schriften, deren Zweck und Geist man doch angekündigt kennt, werden Ironien wenig verstanden, noch mehr aber im gemeinen Leben und von noch gemeineren Seelen; daher fuhr der Drachendoktor auf und sagte, es für wörtliche Entschuldigung nehmend: «Mein Herr, weder Sie noch der Apotheker verstehen den Henker von der Heilkunde: zu so etwas müßten Sie erst Doktoren sein.»

«Wenn wir's aber wären?» versetzte Worble und sagte mit vielen Gebärdungen dem zaudernden Apotheker ordentlich einen Befehl ins Ohr. Nikolaus, der freilich sich auch darum unter solche Schmählasten niedergebogen hielt, weil er sie für Prüfungen seiner Zornenthaltung bei alchemischen Prozessen ansah, der aber überdies in dieser Hölle halb niedergebrannt dastand, so daß mit seiner fleischfarbnen Asche Lüftchen spielen konnten, ließ sich endlich in Gang bringen. Mit einem breiten dicken Pergamente kam er zurück. Worble hielt es aufgeschlagen dem Scharfrichter der Apotheke vor das Gesicht.

Das Pergament war der medizinische Doktorhut, den der Apotheker in Erfurt erhalten. – –

Etwas über eine Minute lang sah der Drachendoktor wie ein gewaschner, aber gefrorner Mantel aus, der seine von der Wäschstange ausgespreizten Ärmel wie Arme ausstreckt und dadurch einem leibhaften Mensch gleichsieht. Plötzlich taueten ihm seine Ärmel-Arme auf, und er ließ sie an die Schenkel anschlagen, griff zu einem langen lauten Gelächter und wehte sich selber zur Glastüre hinaus.

Der halb eingeäscherte Marggraf genoß wenigstens jetzt das schwache Glück, einem schwarzen Räucherkerzchen zu gleichen, welches Knaben auf einem über ein Gefäß mit Wasser gedeckten Papiere so lange zu einem Aschenkegel abbrennen, bis es sich durch das Papier durchglüht und plötzlich im Wasser wieder als schwarzes Kerzchen, nur kleiner, aufersteht. – –

Über eine so wichtige Sache als Marggrafs Doktorhut hat die lesende Welt alles erdenkliche Licht zu fordern.

Schon längst, noch ehe Nikolaus nach Gold und Diamanten ging, fand er's höchst verdrießlich, nichts als den Koch und Tafeldecker des die ganze Kranken-Stadt traktierenden Arztes vorzustellen. Hoch stehen die Doktoren da und wetzen – wie es Schnitter zum Begrüßen vorbeigehender Leute von Stande tun – ihre schimmernden Saturns-Sensen, und Hoch und Niedrig spricht von ihnen, indes der arme Sensenschmied der Arzeneien, der Apotheker, ungenannt (ausgenommen von einer zweideutigen Neunerprobe der Neunundneunziger[115]) hinter seiner halben Glastüre steht und vor ihren donnernden Triumph-Arbeitwagen sich bis ans Holz der Türe niederbeugt. Marggraf stand so etwas nach seiner Rückkehr vom akademischen Leipzig, wo er so viele Vorlesungen gehört, in die Länge nicht aus; lieber verordnete er eigenhändig sich und andern manches und machte aus der Sache, was wirklich gar zu kühn, kein Hehl. Denn traf ihn einmal der Drachendoktor mitten im Heilen an, das er, wie die Pharisäer dem Heilande am Sabbat, so ihm an seinem siebentägigen Apotheker-Ruhetag verboten: so konnt' er ihm etwas Tüchtiges auf den Kopf geben, weil letzter nicht gedeckt war mit dem Doktorhute, als dem besten, wenn nicht Minervens-, doch Mambrins-Helm[116] kopfloser Ärzte.

In dieser Sache fand niemand einen gescheiten Ausweg als Worble zuletzt. Dieser trug dem Apotheker vor, er wolle sich in Marggrafs Namen in Erfurt examinieren und sich darauf unter den Doktorhut oder die Doktorhaube bringen lassen und dann letzte auf den rechtmäßigen Nameneigner übergehen heißen. Die Wahrscheinlichkeit des guten Erfolges liege am Tage, sagt' er; denn da Nikolaus auf jede Frage der Fakultät mehr als eine Antwort, ja zu viele Antworten habe, und darunter sogar unpassende: so würden ihm wegen seiner großen Phantasie und Ängstlichkeit alle diese Antworten und

Ideen wie ein aufgejagter Eulenschwarm durcheinanderfahren und keine im Tumulte zu greifen sein oder am Ende die unrechte; – aber etwas anderes sei es mit ihm beim Doktorexamen: im Stande der höchsten Ruhe und Kälte werd' er dasitzen und antworten, weil er, in Marggrafs Namen sprechend, ja keine andere Unwissenheit zu verraten hätte als eine fremde, weshalb überhaupt jeder sich sollte in fremden Namen prüfen und in eignem krönen lassen. – – Marggraf wußte durchaus nichts Gründliches, was er diesem Vorschlage entgegenzusetzen hatte, und nahm ihn daher mit beiden Händen an.

Beide fuhren mit ihren Pässen (eine zweihundertjährige Disputation de flatibus[117] war vorher sauber abgeschrieben) nach Erfurt ab.

Allerdings lass' ich hier deutlich Erfurt statt E–t ausdrucken; will aber deshalb dieser berühmte Musensitz mit mir darüber gerichtlich zerfallen: so erwägt er nicht, daß ein dichterischer Geschichtschreiber durchaus Ortfarben auf seine Altarblätter streichen und ich einen bekannten Musensitz aufstellen muß, gesetzt auch (wovon ich mir aber den Beweis erbitte), ich löge im casu in terminis[118].

Unter dem Erfurter Tor tauschten beide ihre Pässe um, und jeder gab sich allenthalben für den anderen aus.

Aber Himmel, wie meisterhaft ließ sich Worble examinieren und promovieren! Was der Apotheker aus der Heilkunde nur gelernt, ja was er nicht einmal gelernt, dies alles wußte der Freimäuerer flink auf Befragen so trefflich und als ein so siegender Campio und curator litis[119] im gelehrten Gefechte herzusagen, daß Marggraf zum ersten Male in seinem Leben durch seinen Prinzipalkommisarius[120] auf diesem akademischen Reichstage sich selber übertraf und als Ohrenzeuge sich siegen hörte. Natürlich errang er den geistigen Stirnmesser, den Hut, und Worble wurde der Schmutztitel seines Doktortitels.

Außerhalb des Tors tauschten beide die Pässe zurück, und Marggraf bekam das Diplom. Hundert Ärzte werden fragen, warum Worble bei seiner Armut nicht selber den Doktorhut vor den Leuten herumgetragen und vorgehalten und in ihn Verlassenschaften seiner Patienten eingesammelt; aber er versetzt ihnen ganz richtig, er gleiche zu sehr dem berühmten Doktor Platner und Haller und ähnlichen Großärzten, welche, im Besitze der schönsten Heilkünste, gleichwohl die angeborne Kunst, sie anzuwenden, bei sich vermißten und daher sich mehr darauf legen mußten, wieder geschickte Heilkünstler (es sei durch Schreibpulte oder durch Lesekanzeln oder durch Paß-Wechsel, wie er jetzt) als geheilte Kranke hinter sich zu lassen; und sogar große Juristen (z.B. Carpzov) haben ihr eignes Testament falsch gemacht; und so können große theoretische Ärzte oft noch mehr einen eines zu machen zwingen. Auch Verfasser dieses getraut sich, einen Advokaten zwar zu parodieren und nachzuspielen, aber nicht, ihn zu spielen. –

Ich mache diese Vermählung mit der Wissenschaft durch einen Gesandten gern bekannt; denn sie hat außer ihrer allgemeinen Wichtigkeit für dieses Werk noch die besondere, daß sie die Ehre so mancher krönenden Universitäten und Doktorhutmacher retten kann, weil sie am leichtesten erklärt, warum ein oder der andere Wasserkopf oder Luft- und Erd-, aber kein Feuerkopf den akademischen Kurhut trägt. Es schickte nämlich öfter, als man weiß, ein Schleicher ohne Kopf in seinem Namen einen so herrlichen geistigen Ersatzmann in das Katheder-Schlachtfeld, daß dieser notwendig einen Koadjutorhut heimbringen mußte. Solchen nimmt darauf der Absender als geistiger Kronerbe in Empfang und weiß ihn trefflich zu benützen, weil er sein Gehirn gleichsam zum leichten kleinen Kissen gebrauchen kann, das sonst die Damen in den Haaren trugen, um darauf das Hütchen festzustecken. Früher mögen leicht – obwohl jetzt schwer, wo ja die Pässe als Vor-Steckbriefe den ganzen Reiseleib abschreiben – Späße dieser Gattung vorgefallen sein, die man heute noch nicht kennt. Wer steht und bürgt uns z. B. dafür – ich habe einige Gründe, so zu fragen –, daß nicht der alte schäkerhafte Kant sich unter dem Namen irgendeines matten Kantianers für diesen hat examinieren und als dessen philosophischer Lehnträger zum Doktor machen lassen, um nachher das Patent dem jungen Menschen zu schenken, welcher alsdann mit einigem kantischen Sprachschatze die Täuschung leicht fortführte? –

Wir begeben uns in die Apotheke zurück. Stoß riß sich vor Entzücken über seines Herrn Doktorhut die Arsenik-Binde vom Maule, um nur unter dem Giftstampfen den Kopf umzuwenden und zu sagen: «Sacre! alle die Hagel! Alle die Pest! Ouais! Juchhe! Ich muß 'naus!» – Er sprang sogleich vor den stillen festen Rezeptuarius, der in seinem Kämmerchen vor seiner kleinen Nebenoffizin hantierte, welche meistens aus Tieringredienzien, aus Fuchslungen, Luchsgehirn, Hechtgräten, Krötenhäuten und vorzüglich aus den verschiedenen offizinellen[121] Drecken bestand, womit er nach der Anleitung der «Neuvermehrten Dreckapotheke»[1] im stillen die wunderbarsten Kuren machen konnte. «Siehst du, Esel», sagte Stoß, «der Prinzipal ist auch ein gemachter Doktor, und zwar aus Erfurt, und wir können von nun an auf den Drachendoktor husten; aber er wird wohl besser kurieren als du mit all deinem Dreck.» Der Rezeptuar antwortete bloß: «Wer konnte das riechen?» – Er fuhr wieder in die Apotheke zurück unter lauter freudigem Murmeln: «Doktor! Doktor!»; welche unbändige Entzückung ihm leicht zu verzeihen und zu gönnen ist, da er vorher so waffenlos den Demütigungen seines Herrn zuhören mußte.

---

1 Neu-Vermehrte heylsame Dreckapotheke, wie nemlich mit Koth und Urin fast alle, ja auch die schwerste, giftigste Krankheiten u. s. w. curiret worden, u. s. w. von Kristian Frantz Paulini. Franckfurth am Mayn, in Verlegung Friedrich Knochen und Sohns. 1714.

Desto weniger konnte sich Worble in das nachdunkelnde Gesicht des neu ausgerufnen Doktors finden; bis er endlich die Ursache davon erfuhr, die Zerstörung des marggrafschen Jerusalems oder vielmehr des ersten Tempels oder Diamants; denn ein zweiter Tempel oder Diamant war noch in der Baute und in den Kohlen. Nun verschattete sich wieder Worbles Gesicht; seine bisherige Hoffnung, Marggraf lege sich auf falsche Steine, war durch die traurige Nachricht zu Wasser geworden, daß er bloß nach echten gestrebt und festgezielt.

Wenn der Ausgang Strafen auflegt, so schärfe man sie nicht noch durch Worte; Schweigen und Blicke sind schon Schärfungen. – «So seh' einer doch!» fing Worble an. «Inzwischen bei dem Abendessen, das ohnehin schon am Feuer stehen wird, muß es sein Verbleiben haben; denn du gibst den Doktorschmaus und lässest das Diplom auf einem Teller herumlaufen, und nächstens kurierst du nebenbei ohne Abbruch deiner ehemaligen Versuche. Wie wird sich der Hundedoktor (er nahm deine Einladung durch mich recht freundlich an) heute über den neuen Kollegen erfreuen!» Hier sprang er als ein unaufgelöster Logogryph[122] vom Apotheker fort. Dachte Worble mehr auf das Abendessen als an das Unglück? Oder wollt' er mit jenem den Apotheker trösten helfen, weil der Mensch unter dem Essen und Trinken (wie der Jude dabei überhaupt den Hut) den Freiheithut aufhat?

Hastigen Lust-Menschen werden selten ihre bessern Absichten angesehen; der Freimäuerer war in der guten fortgeeilt, bei den Wechseljuden und Gläubigern Marggrafs nach Vermögen einen Wetterableiter gegen das Gewitter zu verfertigen, das er, in den morgen fälligen Wechsel gewickelt, für den Apotheker zum Erschlagen in der Tasche trug. Er versuchte viel bei dem Schächter Hoseas – er bot vor dessen Ohren alles, was christliche und jüdische Beredsamkeit vermochte, auf, zum Erlasse des Wechselarrestes am zweiten Markttage – er schlug sich zum Bürgen vor, ja zur Ausstellung eines noch höhern Wechsels und zu jedem Verhafte – er tat noch viel mehr, was weder er noch der Jude ausgeplaudert und man also gar nicht weiß – – aber alles, was Besonderes erfolgte, war, daß der Schächter Hoseas, welcher zu allem den Kopf schüttelte, um einen Tag früher, nämlich eben den ersten Markttag, bei dem Apotheker erschien, um diesem sein Gesicht als einen bald zu entsiegelnden Verhaftbefehl und allerhand andere häßliche Nebengedanken vorzuhalten.

Übrigens wäre Worble wirklich für Marggraf ins Gefängnis gegangen, schon weil es etwas Neues war, oder weil das Kerkerfieber vielleicht zu einem Verdaufieber seines an sich unverdaulichen Kochs oder Weibs werden, oder weil er in dem Schuldturm gemächlich in einer Kasematte und Grenzfestung gegen andere Gläubiger sitzen konnte, oder weil er seinen Freunden, wie seinen Neigungen, gern opferte und viel für sie verschluckte, sogar fremden Gift und Ausfall, nur keinen einzigen Einfall. Allein Hoseas wollte sich an ein so leichtes Windspiel, wie Worble war, nicht halten, welchen, wie den Windhund, seiner kurzen Haare wegen wenig Flöhe (Sorgen) beißen konnten. Es war sonst dieser Hoseas außerhalb der Geldsachen ein guter Mann und gebildet genug von Welt, Sprachen und dergleichen – er schätzte Geister – er empfand Herzen – verstand Scherze – trieb Scherz – – nur aber mit keinem Schuldner ohne Geld, das bei diesem jüdischen Hellseher nicht wie bei einer Hellseherin dem Magnetisieren und Rapportsetzen Abbruch tat, sondern vielmehr Vorschub. Wie bei den Juden das Schächter- und das Kantoramt vereinigt sind, so verwaltete er auch beide, wie uneigentlich, so auch figürlich zugleich gewissenhaft, das erste unter Schuldnern, das andere in Gesellschaft; und so ist mancher Mensch ein vielseitiger Pferdeschwanz, dessen Haare hier als Schlingen erdrosseln, dort als Haarseile herstellen oder als Fidelbogensenne bald zur Folter auf dem Arme, bald zur Musik von demselben gezogen werden.

Der Schächter und Kantor Hoseas wollte bei dem Apotheker *vor* dem Verfalltage die Höflichkeit selber sein – denn zur Grobheit hat man immer noch Zeit, wenigstens die Verfalltage – und sich mit höflichen Fahnenschwenkungen durch die Fragen zeigen: *wann* er morgen am gelegensten komme; aber Marggraf versetzte barsch: «Zu jeder Zeit»;

denn dem Schreibfingerrecht des Wechselstellens folge doch das Faust- und Tatzenrecht des Wechselarrestes. Jener wollte noch höflicher fortfahren und ihn nicht verstehen; da fuhr der abgehetzte Apotheker fast stößig wie ein Parforce-Hirsch wider ihn und sagte aufgebracht, er solle sich am rechten Verfalltage herscheren, aber heute sich fortscheren. So schießen – könnt' ich als Dichter singen – auf einem Schiffe, das in Brand gerät, sich die Kanonen selber los. Hoseas erwiderte sanft genug, er komme gern morgen wieder; und fügte bei: «Sollte wohl ein Kaiser von China bloß von seinem Acker und Pflug leben können?»

Ich vermute, daß er vielleicht damit auf Marggrafs Goldtiegel oder auf dessen zu selten in die Hand genommenen pharmazeutischen Pflug anspielte, als welche beide ihm so wenig Brot eintragen als dem chinesischen Kaiser das jährliche Prunk-Ackern. Es sollte mir aber lieb sein, würd' ich eines andern belehrt.

Wenigstens jüdisch ist der Einfall, nämlich witzig. Wenn man sich fragt, warum die Juden außer der andern kurzen Ware auch die des Witzes häufig führen, so antworte man sich vielerlei: die Gedrungenheit des Talmud schärft zum Witze – ihr kaltes Verhältnis gegen die Menschen als Kauf- und Verkaufkunden ist, wie andere Kälte, dem witzigen Nordscheine günstig – von Christen, Türken und Heiden in Blockadezustand gesetzt, greifen sie zu ihren letzten Waffen, zu den Scherzreden, bei dem

Verbot der Ernstworte – ihr Leben ist ein ewiges Reden und Überreden und das Warengewölbe ihr Sprachgewölbe; dadurch wird ihr orientalisches Feuer in elektrische Witzfunken zersprengt, und ihr Talent wird aus einem Geschäftträger der langen Wissenschaft der Aufwärter und Läufer des Augenblicks. –

Was mich hindert, noch zwanzig andere Mütter des jüdischen Witzes anzuführen – z.B. vorzüglich diese, daß weniger eine gewisse gemäßigte Alleinherrschaft als eine gemäßigte Sklaverei den Ausbrüchen und Springwassern des Witzes durch die Unterdrückung der republikanischen Redeströme ungemein aufhilft, wie jetzige Griechen, letzte Römer, vorige Franzosen beweisen – was mich daran hindert, sind drei Schwestern des Apothekers, welche nach dem Abtritte des Juden mit Küchenzetteln eintreten, um, mit ihrem Dreizack einigermaßen das Peinigen des Diamantenmachers fortzusetzen im nächsten Kapitel – –

Sechstes Kapitel,

worin ein Dutzend heitere Kirmesgäste anlangt, um sich bei dem niedergeschlagnen Apotheker noch mehr aufzuheitern

Ich muß es leider als Geschichtschreiber ruhig tragen – um nur geschichtlich fortfahren zu können –, daß das Schicksal so unter meinen Augen und meiner Feder den armen Apotheker von der Wade bis zur Nase in ein großes spanisches Zug- und Blasenpflaster einkleidet und einschlägt, unter welchem er wie unter dem spanischen Mantel der Folter zu einer Riesenblase auflaufen soll. Gleichwohl muß ich als redlicher Mann die Sache weitläuftig erzählen.

Ich habe schon berichtet, daß Marggraf seine in Rom und Umgegend ansässige Sippschaft zu einem Glanzessen eingeladen, damit sie, nachdem sie lange genug zu ihm hinabgesehen, endlich zu ihm hinaufsähen, wenn er anstatt auf der Schwitz- und Ruderbank auf einmal auf einem hohen Schatzkasten oder Goldbergwerke säße. Besonders erpicht war er darauf, daß der Glanz seiner erfundenen Diamanten als ein warmer befruchtender Sonnenschein zu allererst auf die erfrornen (weniger auf die erkältenden und erkalteten) Anverwandten falle, so früh als nur möglich, damit er sie sogleich bei seinem ersten Wohltun dazu vor sich hätte. Oh! wie wollt' er Nest nach Nest entzücken und ätzen! – Aber warum hatt' er so viele Steinfresser und Steinschneider auf einen Meteorstein von Juwel eingeladen, der ja erst noch vom Himmel fallen mußte? Es war ein Gefühl in ihm, als könn' er durch die Verlegenheit, der er sich absichtlich bloßstelle, dem Schicksal die Hilfe abzwingen, wie etwa ein Feldherr sich und seinem Heere selber die Wege des Rückzugs abschneidet, um gewisser zu siegen. – Dabei hatt' er noch von Glück zu sagen, daß seine Schwester Libette ihn sehr geschickt betrogen und wenigstens an vier der allervornehmsten Verwandten, die sie einzuladen gehabt, mit keiner Silbe gedacht, sondern bloß die verarmten, die weniger begehrten und nötiger bedurften, dringend um die Ehre des Besuchs gebeten, indes umgekehrt die zwei andern Schwestern gerade die bettelhaften unterschlagen wollten.

Nun rückte endlich der wolkige Nachmittag mit seinem Abend an, der das Donnerwetter in sich hatte. Man weiß in großen Städten wenig, wie viel in kleinen ein Jahrmarkt ist, und vollends eine Eßeinladung dabei. Dazu kommt, daß schon, wenn man bei Geld ist, an keinem Vormittage verdrießlichere Gesichter geschnitten werden, als wenn auf ihnen nachmittags ein Freudenfest aufglänzen soll. Noch herber aber sind diese Vorhöllen des Himmels – von welchen der Stadtadel besser als ein Dante ein Lied singen könnte –, wenn gar nicht einmal die Gelder zu haben sind, sondern man die Gläubiger und Juden früher bitten lassen muß als die Gäste und Christen. Es ist einem solchen betrübten Tage, wo abends die Gäste in Galakleidern und Freuden erscheinen, nachdem den ganzen Tag vorher die Wirte vielleicht die ihrigen versetzt und sonst alle Art Geburtschmerzen des Festes ausgestanden, vielleicht ein froher Anstrich nur durch den Einfall zu geben, daß ebenso (wenigstens sonst) in Wien[1] abends der ganze Hof in Gala erscheinen mußte, wenn am Tage der Kaiser oder die Kaiserin abzu-

1 Mosers teutsches Hofrecht. B. 2. S. 444.

führen eingenommen oder zu erbrechen oder sonst zu medizinieren, weil der Hof dadurch seine Freude über die gute Wirkung äußern sollte.

Was sind aber alle kaiserlichen Brechmittel und Mittelsalze gegen des Apothekers Wehen und die hysterischen Anfälle durch seine Schwestern! Zwei traten nämlich (aber viel zu spät am Tage) vor ihn, versehen mit ihren Speisezetteln, und eröffneten ihm: Geräuchertes, Gesalzenes, Gesäuertes hätten sie nach Vermögen zusammengescharrt; jetzt fehl' es nur noch an frischen Sachen, die man zu essen und zu trinken brauche; da er nun heute Geld zu bekommen und herzugeben versprochen, so sei es hohe Zeit, alles Nötige auf dem Markte einzukaufen, und hier seien die Zettel des Nötigsten; – – auf welchen auch alles treulich stand, was für den Souper-fin-Abend lebendig zu erhandeln, abzurupfen und abzuschuppen, zu schinden und zu schaben, zu sengen und zu brennen war …… Himmel! aus wie vielen Marterstunden der Tiere glühen und löten die Menschen eine einzige Festminute der Zunge zusammen! ….

Jetzt trat Libette, die dritte Schwester, ein, und Nikolaus sagte: «Allerteuerste, sieht's wirklich mit dem Abendessen so gut aus, wie deine guten Schwestern mir versichern wollen?»

«Ich weiß nicht», sagte Libette, «was sie versichert haben.» – Aber Nikolaus ließ sich auf nichts ein als auf seinen Jammer oder auf den Leidenkelch oder die Zornschale, die er heute unverfälscht und von Wasser ungeschwächt ausleeren wollte. Der Mann war diesen Vormittag von vier Uhr an gehetzt und geheizt vom faulen Heinz – vom Drachendoktor – vom Schwesterpaar und vom eignen Ich; und doch durfte er als frommer Alchemist, zumal neben dem noch im Brütofen liegenden zweiten Diamante, nicht auffahren, aufprasseln oder außer sich kommen vor Ingrimm, sondern er mußte gefaßt auftreten; und dies tat er sogleich. Er trank einen ganzen Schoppen Luft aus und reichte den Schwestern den leeren Seidenbeutel, mit Perlen verziert, und sagte: «Könnt ihr vielleicht den Perlenbeutel versetzen und auf das Faustpfand ein paar Groschen auftreiben: so richtet nur das Gastmahl aus; Geld selber aber führ' ich heute nicht bei mir.»

Zwei Schwestern – denn Libette schwieg – setzten aus Bosheit dazu, sie hätten sich auf seine heutige Einnahme aus dem Ofen ganz verlassen (wiewohl in Wahrheit keine nur je daran geglaubt), weil er sie noch gestern darauf vertröstet. «Du milder schwesterlicher Dreizack», erwiderte er, «ich habe diesen Morgen den medizinischen Doktorhut aufgesetzt, und ich möchte gern den heutigen Ehrentag einigermaßen vergnügt verbringen ohne Nahrungsorgen für eine Eß-, wenn nicht Freßgesellschaft von zwölf Mann ohne die Kinder. Und dies heute um so lieber; denn morgen werd' ich ohnehin in Wechselgeschäften ins Stadtgefängnis abgeführt und sitze dort fest. Wär' es denn nicht zu machen, Lieben, daß man die ganze Mannschaft abbestellte und einlüde etwa auf bessere Zeiten? – Ach, sinnt nach!»

Hier fuhren die drei Spitzen des Dreizackes auf und beeidigten zusammen, dies sei Unmöglichkeit und überhaupt keine Manier; arme Familienschlucker kämen deshalb weit hergelaufen – und wo wären die vornehmen jetzt auf dem Markte aufzufinden – und der Hundedoktor und die drei Kränzelherren und alles von Stand und die eigne Familienehre fänden sich beleidigt – und es wäre ohnehin unmöglich. – –

«Wenn dies so ist, wie ich selber glaube», sagte Marggraf am allergelassensten, «so erscheinen demnach abends sämtliche zwölf geladene Apostel und dabei die übrigen samt Kindern, und der einzige Vetter Hofpauker ißt allein für zwölf, und der Kutscher ist der Zentaur mit zwei Mägen für Speis und Trank, und mein Freund, der Hundedoktor, will seinen Wein: Wein aber, glaub' ich, ihr lieben drei Höllenrichterinnen, haben wir wohl nicht im Hause – und heute wollt' ich erst echten Ausbruch zapfen lassen, was aber nicht gegangen – und daran würd' es sogar gebrechen, so wie auch an Mandeln, wenn ihr euch auch nur mit dreißig oder vierzig Katzendrecken und Nonnenfürzchen[1] zeigen woll-

1 Zwei Backwerke; die ersten sind Rosinen und Mandeln, an einen Faden gereiht, in Schmalz gebacken, gezuckert und süß übergossen; – die zweiten sind Apfelschnitte, in einen Brei von Mehl, Milch, Käse und Eiern und Franzwein getaucht, in Butter gebacken und mit Zucker bestreut. Frauenzimmerlexikon. B. 1.

tet. Bloß Katzen und Nonnen ohne Wein und ohne Mandeln wollt' ich leichter auftreiben. Sonst übrigens leg' ich und ihr, meine gute Dreifelderwirtschaft, mit dem Essen Ehre genug ein. Die Gäste müssen mit ihren Tischen ein artiges Hufeisen vorstellen. Die blutverwandten Mägen, die ums Hufeisen hersitzen, legen wir gewissermaßen in Essig, in Salz und Rauch; wir legen nämlich in sie bloß Gesäuertes, Gepökeltes, Geräuchertes – Vieh haben wir zwar nicht frisch, doch hat der Stößer unten im Keller Krebse mit Käse gemästet, ja der gute Mensch kann noch im Stadtweiher nach Froschkeulen zu einer Potage krebsen – Zu Prügelkuchen[1] und Serviettenklößen haben wir schon Servietten und Prügel in den Händen und fehlt es bloß an Rosinen und Mandeln ...... O Himmel, o Himmel!» rief er auf einmal und bewegte heftig die gebognen Arme vor ihnen, als schaukle er ein Kind darin. «Und so sitz' ich heute in meinen alten Tagen zum Spektakel am Hufeisen und habe den Doktorhut auf dem Kopf und das Tellertuch im Knopfloch, und die Anverwandten sitzen dem Missetäter mit ihren Tellertüchern entgegen und sehen sich nach etwas Guten um, das die Tellertücher beschmutzt oder betropft: – – so fahr' ich ja leibhaftig als eine mit Teufelsdreck beschmierte

---

1 Der Baum- und Prügelkuchen wird an einem besonders dazu geschnittenen Holze gebacken, auf welchem der Kuchen sich selber am Feuer umwendet.

Taube in den ganzen Taubenflug und stöbere meine Verwandten auseinander – und die Kränzelherrn trumpfen mir niedergearbeiteten Manne nach Gefallen auf .... O Gott, ihr Seelenschwestern, hintertreibt's, ich kann nicht, ich will nicht, ich soll nicht – – ach ich muß wohl! Dem Himmel erbarm' es: dort unter den Schusterstangen feilscht schon der Vetter Pauker mit den Seinigen, und in allen Buden stehen Basen. – Es zieht näher. Lauft nur entgegen und sagt allen, abends bei dem Souper-fin und bei meinem Doktorschmause sei ich zu haben. Jetzt putz' ich mich auf, ich steh' gern meine Höllen aus. Zündet nur Räucherkerzen im Gastzimmer an und fangt die ersten Schüsse des anverwandten Stromes höflich in meinem Namen auf. Bestellt auch das Essen aufs herrlichste und fragt mich gar nicht wie.»

«Lieber Bruder», fing endlich Libette an, die ihm gegen die Weise seiner Schwestern gern alles Unangenehme verschwieg und die übrigens ebenso gewöhnt war an seine ihn erleichternden Selbergeißelungen und Klagdithyramben als unaufmerksam auf alle Evangelien seines Gold- und Stein-Machens, «bereits ist schon alles gebacken, gezuckert, abgeschlachtet, sogar abgezapft – und dem Hundedoktor wird der Wein besser schmecken, als wir uns nur wünschen. – Wer wird auf dich und deinen Ofen warten? Die Weiber können auch Gold machen. Die Hauptsache ist jetzt nur, daß du dich anziehst.»

Närrisch genug wollt' er aber in seinem leichten Jammer bleiben – er schreibe sich an diesen libris tristium[123] ordentlich heiter, und es schlag' ihm gut an, merkt' er – und suchte nun in einer frischen Verzweiflung zu sein über sein Anziehen und Fertigwerden. Er fand sich darin unterstützt, da er jetzt vor dem Gasthofe aus der Halbkutsche eines Einspänners eine ganze heilige Familie seiner Verwandtschaft springen sah und den Hundedoktor in das nachbarliche Krankenhaus schreiten, aus welchem er als Gast in des Apothekers Hatzhaus wahrscheinlich eintrat. «Stößer», rief er, «um Gottes willen alles schleunigst gebracht, Schuhe, Westen, Uhren – Sie ziehen schon heran, und ich bin noch splitternackt.» Er fuhr im Zimmer auf und ab und ärgerte sich über den ganzen summenden Marktplatz und über den Markgrafen von Bronze, der so steinern und kaltblütig im Springbrunnen das steigende Pferd ritt als Verzierung der Stadt. «Guter Stößer Stoß», sagte er zum ankleidenden Diener, «sei Er vor allen Dingen nicht so pfeilschnell und hastig. Sieht er, der Strumpfzwickel läuft gerade am Schienbein herauf, zerr Er ihn doch auf den Knorren hin. Ich habe mir's eingebildet, da ziehen sich drei Westenknöpfe an ihren Fäden lang aus und gerade am Nabel; knöpf Er nichts zu, ich will den ganzen Abend die Hand einschieben, ums zu verdecken, wie einer, dem ein Ärmel statt des verlornen Arms in die Weste geschoben ist. – Nicht einmal die Uhr kann ich einstecken, denn niemand im

Hause läßt ein zerbrochnes Uhrenglas machen. Mein Bart ist auch handhoch aufgeschossen; aber glaub Er nur nicht, daß Er jetzt in Seiner Hastigkeit an mir herumsäbeln und ihn und die Gurgel abschneiden darf. – Er sieht aber aus allem, was ich für einen Doktorschmaus in meinem Notstall halte, etwa wie eine Diebin, die im Zuchthaus niederkommt und Wochenbetten hält. Sogar unser elender Pudel ist elend geschoren und tanzt mit seinem Kopf-Toupet und Schwanz-Haarbeutel wie ein Narr auf und ab, weil er aus dem Anziehen schließt, ich gehe wie andere glückliche Menschen auf den Markt – und Er selber macht mit Seinem weinerlichen Gesichte eben nicht die glänzendste Kirmes-Figur .... Wie der ganze Markt vor dummem Jubel blökt und der Viehmarkt dazwischen hinein! – Und die Straßenjungen gucken herauf und trommeln und trompeten mich an und schauen sich wohl nach meinen Luft- und Jammersprüngen um .... Sieht Er, Stoß, so weit ist's mit Seinem Prinzipal heute gekommen; lauf Er aber ins Laboratorium hinunter und schaue Er nach den Kohlen.»

«Ich wollte, ich wäre schon fort!» sagte der Stößer höchst verdrießlich. – –

Schleunigst kam er wieder und meldete mit einem unbeschreiblichen Gesichte: «Die Kohlen im Heinze sind alle maustot und kohlschwarz, aber es schießt etwas darin Strahlen über Strahlen, und muß es etwa der Diamant sein.»

«Sollte wohl», versetzte bleich und leise Marggraf, «Gott so allgütig sein gegen mich Sünder und Hund?» und lief hinab.

Siebentes Kapitel,
oder der zwanzigkaratige Grundstein zur Geschichte wird gelegt

Ein echter Diamant war im chemischen Ofen fertig geworden und funkelte umher; damit kann schon ein siebentes Kapitel beschließen, das zehntausend neue beginnt.

Achtes Kapitel,
oder wie der Diamant, desgleichen der Schächter Hoseas echt und hart befunden werden

Der Apotheker zog mit einer Zange die blitzende Schlacke heraus und ließ den Stößer mit einem Hammer wacker auf beide schlagen: der Stein hielt sich.

Er ließ ihn festkneipen und feilte daran mit einer englischen Feile: der Stein hielt sich.

Er und Stoß hauchten dessen Glanz an: letzter hielt sich.

Er legte den Stein auf einen Amboß und schlug mit einem Schmiedehammer gewaltig auf ihn ein: er bekam ein Grübchen, nicht der Stein, sondern der Amboß.

Folglich hatt' er nach allen Proben seinen ersten Diamanten verfertigt. –

Seltsames Menschenleben! Nichts als ein dünner undurchsichtiger Augenblick scheidet oft deine Hölle von deinem Himmel; und wie wir zuweilen in Träumen die Knochen marklos und Füße und Hände angekettet fühlen, plötzlich aber der Zuck des Erwachens uns voll Kraft und Bewegung in frisches Leben schickt, so reißt das Schicksal die Kette eines langen Qual-Traumes auf einmal durch eine Minute entzwei, und der Mensch erhält seine frohe Freiheit wieder und – wacht. – –

Außerordentliche Lehrer der Seelenlehre (Professores extraordinarii) werden auf ihren verschiedenen auseinandergelegenen Lehrstühlen den Heischesatz aufstellen, daß der Apotheker, welcher bisher schon vor den bleich gezeichneten Himmelkarten seiner Hoffnungen geblendet und wie außer sich gerissen stand, nun gar vollends im wahren Himmelwagen seßhaft, welcher um die Himmelkugel rollt, vor Schwindel des Jubelns sich gar nicht weiter werde zu lassen wissen. Es ist nicht meine Schuld, wenn ich diese so zuversichtlich hingestellten Paragraphen der Seelenlehrer gänzlich umwerfe. Denn der Apotheker suchte in der Überwonne ein Zweifler und sein eigner Dissenter zu werden und wollte sich Gedanken machen: «Die Sache ist ja aber kaum zu glauben, Stoß», sagt' er, «– es wäre zu viel, ein Diamant – Schon ein ungeschliffner Karat gilt seine fünfundzwanzig Taler, vier Karate gelten sechzehnmal mehr, denn die Steine werden nach den Quadratzahlen ihres Gewichts bezahlt; aber hier sind vollends mehr als zwanzig Karate auf einmal, und an die Größe künftiger Diamanten denk' ich nicht einmal mit einer Silbe. – Mehr Proben wenigstens sollten wir machen, sollten den Stein ins Verkalkfeuer werfen, sollten ihn in Vitriolöl kochen und nachsehen. – Ach! freilich ist er echt und recht echt, und diese schwachen Proben sind jetzt nach den allerstärksten wahre Possen …… O Stoß! so weit ist es endlich durch Gottes Güte gediehen, und wir sitzen nun beide im Sattel …. Lasse dich umarmen, du alter Kalefaktor[124] des faulen Heinzes …. Scheue dich nicht ehrerbietig; wer verdient mehr als du, daß man ihn umhalst? Warst du nicht der Mann, der manche Kohle nachschürte und auf sie blies und der mit der Zange hin- und herwandte, in der Nacht aufstand und hundert Dinge tat?»

Unter der Umarmung geriet der Stößer außer sich über lauter Himmel (jeder Arm und jede Lefze Marggrafs war schon ein Himmel); er schluchzete gerührt und schimpfte auf sich selber, als sei er dergleichen gar nicht würdig als ein solcher Schubjack, und beinahe hätt' er sogar den Apotheker angefahren vor Jubel über die allererste Umhalsung eines langjährigen Prinzipals. – Himmel! wie könnte oft eine einzige Umarmung eines bewunderten Mannes seine Schüler mit geistigen Geburten auf ein ganzes Leben befruchten und *ein* Körper einen Geist mit einer Geisterwelt schwängern!

Der Stößer setzte eine Reibschale (oder war's eine Abrauchschale) als Kappe auf den Kopf – er kegelte ein Drahtsieb vor sich hin – er rief zum Fenster hinaus. Juchheh! – er warf sich dem trocknen, eben schnupfenden Rezeptuarius um den Hals – der ihm ins Gesicht niesete mit der Frage: «Hat man seinen Schuß, seinen Raptus, seinen Raps?»

Aber er antwortete: «Jawohl, ich habe alles in der Welt und brauche nichts mehr als ein seliges Ende und damit holla! und ich mache mir heute aus nichts etwas und juble nach Gefallen.» Zum Glück schickte ihn endlich sein Herr zum Juden Hoseas, um den kostbaren Stein vom Herzen zu haben und das Geld in der Hand.

Es konnte oben unter dem Gedränge der neuen Himmel den obgedachten Seelenlehrern Marggrafs freudige Zweifelsucht nicht durch die Bemerkung erklärt werden, die erst jetzt folgt. Das Glück nimmt, wenn es aus einem fernen zu einem nahen wird, eine Größe an, durch welche es teils zweifelhaft, teils so reizend erscheint, daß wir mit Beweisen seines Daseins kaum zu sättigen sind; und auf diese Weise hindert, wie die Größe des Unglücks den Unglauben, so die Größe des Glücks den Glauben. –

Hoseas erschien wahrhaft vergnügt; als ein kaufmännischer Steingelehrter (Litholog) der klassischen oder idealen Steine erkannte er sogleich auf den ersten Blick am Diamante den Apotheker als den Ritter des echten diamantnen Vlieses und staunte heimlich einen so großen Mogul der Zukunft an. Um desto mehr leuchtete ihm die Notwendigkeit ein, daß er das Steinchen für unecht zu erklären und die stärksten Zweifel aufzuwerfen habe, um für sein bares Geld wenigstens so viel zu gewinnen wie der Apotheker, der statt Geldes bloße Kohlen aufgewandt. Als dieser zur Wiederholung aller Proben, gleichsam zur Helmschau des Adelsteins zu greifen anfing: so wehrte er aus Zärte den meisten und versicherte, er zähle am meisten auf sein Herz. Nur zuletzt erst, als der Diamant rein erprobt dalag, ließ ihm der Jude kein gutes Haar – ein Käsestein war er ohnehin – voll Federn und Knoten innen – finnig aber auch dabei, d. h. schwer zu schneiden – matter Stellen oder gendarmes genannt gar nicht zu gedenken.

Der Apotheker wollte den herrlichen Walfisch von Stein, den er sich zum Verspeisen gefangen, ungern wie einen gemeinen Kochfisch durch Zerdrükkung der Gallenblase desselben verbittert haben; er fuhr deshalb auf und an und schlug eine niedergesetzte Committée vor, welche aus dem in der Marktzeit eben anwesenden Hofjuwelier zusammengesetzt sein sollte. Aber da schon wieder war Hoseas der Mann, wie er sein soll, der lieber dem Apotheker schönes Vertrauen zeigen wollte, als einen zweiten Bieter in der Stein-Versteigerung neben sich sehen; und schlug daher jenen aus und selber in den Handel ein.

Nach den geschichtlichen Papieren, die vor mir liegen, und der gewöhnlichen Diamantentaxe zufolge, nach welcher für den Karat eines geschliffnen Diamants fünfzig Rtl. bezahlt werden – für den ungeschliffnen nur die Hälfte – und nach der von Jeffery aufgestellten Regel, daß das Gewicht des Steines mit sich selber verdoppelt wird (mithin einer von fünf Karat für einen von fünfundzwanzig Karat gilt) und diese Summe wieder mit dem Kaufschilling (so daß ein Diamant von fünf Karat an tausendzweihundertfünfzig Tl. gilt), nach allen diesen Ansichten kann der Schächter Hoseas unmöglich mehr als etwas über die Hälfte betrogen haben; denn obgleich der Diamant zwanzig Karat (ungeschliffen) wog und der wahre Preis mithin nur zehntausend Tl. genau berechnet betrug: so zahlte ihm doch der Jude viertausendsechshundert und einen halben Taler willig aus. Gegen jeden, der im Handel wie im Spiele keinen Bruder anerkennt und in dessen Augen der Jude hier zu wenig entnimmt und gewinnt, rechtfertige ich ihn leicht, wenn ich erwägen lasse, was er selber sagt, daß er den Stein dem Apotheker darum etwas zu teuer bezahle, weil er bei dem Verkaufe seiner künftigen Steine sich seines Schadens zu erholen getröste. Auch daß Marggraf den Wechsel anderthalb Tage vor der Verfallzeit sich vom Kaufschilling abziehen lassen, rechtfertigt den freigebigen Hoseas. Gern gibt der Jude Geld um *eine* Minute später oder holet es um *eine* früher, weil die Minute aus sechzig Sekunden besteht, von welchen jede ihre sechs Prozent – und wär' es nur der Phantasie – abwirft. Denn jeder hat einen andern Zinsfuß: der eine nimmt Zinsen vom Monate, der andere von der Minderjährigkeit; der eine bessere von dem Augenblicke und der andere die besten von der Ewigkeit.

Neuntes Kapitel,
worin das Nötigste gegessen und erklärt wird

Mit Extrapost, in Eilmärschen hätte Marggraf gern seine drei Klubisten, besonders den Freimäuerer Worble holen lassen – um sie sogleich an seiner Edenpforte als Pförtner und Gärtner zu empfangen –, wären sie alle nicht früher gekommen.

Er zeigte ihnen den Geldsack und sagte: «So ist die Sache, und Gott hat es so haben wollen und mich gesegnet; freilich bin ich jetzt sehr wohlhabend. Mit diesen unechten Diamantensplittern fing es am Morgen an.»

Worble – nach einigem Aufhellen der Wahrheit – weinte ordentlich zwei Freudentropfen (in jedem Auge einen) und faßte mit beiden Händen Marggrafs Achseln, sagend: «So wär's wirklich wahr, Doktor, Himmels-Mensch, ich bitte dich um Gottes willen? – Oder haben dir die Juden nur die Gelder vorgestreckt? – Aber verdient hättest du wahrlich die Erfindung und mußtest bisher so miserabel und im bloßen einherziehen wie fast die brasilischen Neger, die mit nackten Leibern die Diamanten suchen müssen, um keine einzustecken – – Meinetwegen mag das Gleichnis ganz falsch hier passen. Ich gratuliere dir herzlich und will nicht Worble heißen, wenn ich künftig einen andern Wein auf deine Kosten trinke als Siebenundzwanziger, oder Sechsunddreißiger, oder Achtundvierziger, oder doch Sechsundsechziger. Nur treibe das Diamant-Machen fort, bis du das wirst, was du schon bist, wie du weißt von Leipzig her.» – Er spielte fein auf den Prinzengouverneur und auf das Fürstwerden an.

Der Stallmaler Renovanz konnte die Freude über Marggrafs Beglückung gar nicht ausdrücken, sondern begnügte sich zu sagen: «Das lass' ich mir doch gefallen, besonders wenn die falschen Diamantsplitter nicht wiederkommen. Ich möchte sagen: der Diamant oder die Freude hat über den besondern Bau Ihres Gesichts ordentlich Glanz verbreitet.» Er gehörte unter die wenigen Menschen, welche nicht recht und nicht heiß Glück wünschen können. Der Zuchthausprediger nahm sehr ernst Marggrafs Hand und sagte: «Dieser Handdruck allein kann Sie ohne alle Worte und Wörter meiner wahren Teilnahme an Ihrer Freude versichern, wenn auch nicht schon mein Gesicht sie vor Ihnen hinlänglich genug ausspräche.» – Sogleich schnitt er das verdrießlichste im ganzen Zimmer und riß seine Linke mit dem Ausruf aus Marggrafs Hand: «Du Teufel! – Die Rechte gehört Ihnen.» Es war aber nichts, als daß der befeuerte

Held des Tages die gemästeten Finger des Predigers, um den Handdruck herzlich zu erwidern, sehr stark mit seinen hagern Fingern an den dikken Ehering angepreßt hatte, wie zum Daumenschrauben. Die Anrede an den Teufel ging aber nicht auf den Apotheker, sondern auf den Teufel selber, über welchen der Prediger ein eignes System bei sich unterhielt.

Großen schönen Vorteil brächt' es dem ganzen neunten Kapitel, wenn meine Leser sich in ähnlichem Jubel-Babel und frohesten Umständen befunden hätten und etwa wären unerwartet z. B. auf Thronen gesetzt worden, oder nur unter Heilige, oder (wie lebendige römische Kaiser) gar unter die Götter, oder auf irgendeinen Sitz der Seligen, bloß damit ich ihnen nicht lange vorzumalen brauchte, wie einem armen Manne, wie der Apotheker, auf Freuden- und Menschen-Strudeln zumute ist, wenn sie ihn so heben, so drehen, so schwenken. Solche gekrönte oder kanonisierte oder vergötterte Leser würden am leichtesten einen Marggraf leibhaftig sich denken, um welchen auf allen Höhen seiner Zukunft Freudenfeuer lodern und welcher von da in ein Kanaan sehen kann, wo *Milch* und *Honig* in Gestalt von *Butter*wochen und *Honig*wochen fließen. – –

Aber mit welchen Kräften, mit welcher Ordnung stell' ich die Unordnung und Wirrwarre der Freuden der Ankömmlinge, der Fragen, kurz alles dar, was folgt und ich jetzt darstelle? Unordnung der Darstellung ist vielleicht Darstellung der Unordnung, muß ich hoffen!

Alles strömt und stürmt auf den Mann ein, sein Innen und sein Außen.

Die drei Schwestern erscheinen, die er mit Geldsäcken bewirft, sie aus Höllenflüssen in Goldflüsse umsetzend, und er muß die Wogen ihrer Verwunderung dabei rauschen hören, weil sich ihnen die Sache nicht im geringsten aufklären will und der feindselige Stößer sie nach seiner Weise keiner Aufhellung gewürdigt –

Der Hundedoktor erscheint, welcher sich am meisten über den Doktorhut verwundern will und darüber sein gehöriges Licht verlangt –

Die verschiedenen pharmazeutischen Verwandten erscheinen, sowohl weitläuftigste als vornehmste, mit lauter Kindern, von Müttern umgeben –

Der Lohnkutscher aus Hohengeis, ein bloßer Gevatter, erscheint, welcher drei Romern Kirmesgäste zugefahren hatte, um selber als ein Gast des Apothekers abzusteigen –

Der Beikoch aus der markgräflichen Küche erscheint, um die marggräfische in der Hoffnung zu kosten, sie schmecke zehnmal niedriger als seine –

Der Vetter Hofpauker erscheint, der erst lange sein Vorgestern und Gestern nach- und abessen will, eh' er sich mit seinem Magen nur an das Heute machen kann, geschweige an das Morgen, so leer und laut wie sein Paukenfell ist sein Darmfell –

Der hagere dürftige Vaterbruder erscheint, der

Goldarbeiter, ein brennender, aber kahlköpfiger Kopf, der von seiner Hitze, wie von Köchen ein gebratener Hase, nirgend mit Haaren aufgetragen wurde als an den Läuften, wovon später die Vorderläufte auf dem Tische zu sehen waren –

Noch mehrere erscheinen (z. B. die Silberdienerin, die zweite Frau des Goldarbeiters) und wollten alle (ich beteur' es) jeder in sein besonderes persönliches Erstaunen und Erfreuen hineingeraten und beides nach Vermögen zu erkennen geben – –

Ein größeres Gäste-Sammelsurium und Fragen- und Antworten-Chaos ist mir in der Geschichte noch schwerlich vorgekommen, nicht einmal in der gegenwärtigen bis jetzt und in dieser Zeile; denn später in der nächsten will sich sogar dieser Wirrwarr noch vergrößern – –

Die bunten Basen aus Landstädten erscheinen, eigentlich mehr schönfarbige Blumenstäbe als Blumen selber – wiewohl jeder Stab sich für die junge Blume eben hält, die unter dem Namen Töchterchen an ihn geheftet ist –, welche lackierte Stäbe sämtlich nur darum auf die Einladung das Haus betreten hatten, um dessen Verfall und den Anzug der drei Schwestern selber zu sehen und zu beklagen –

Der Schächter und Kantor Hoseas erscheint wieder, welcher zum zweiten Male bittet, daß Marggraf ihn bei dem noch in der Geburt arbeitenden größern Diamante im Angedenken behalte –

Der Stößer Stoß erscheint nirgend und überall,

hat ein neues grünes Jagdkleid an (in der Eile war bei den Juden kein anderes versetztes Kleid zu kaufen) und zeigt in seiner Freude statt des Menschenverstandes viel Feuer, wie ein Knabe Lustfeuer aushaucht, der auf einen vorn brennenden Span hinten zwischen den Zähnen hinbläst –

Sein Gehilfe, der Rezeptuar, erscheint und will kalt und zweifelhaft bleiben und über nichts erstaunen, und ich weiß nicht, warum ich die Schlafmütze nur herpflanze –

Kurz der Teufel und seine Urgroßmutter erschienen (die Großmutter hatte in Frankreich Geschäfte). – –

Vor der Hand auch etwas wohltätig wäre Marggraf noch gern an diesem Polterabende gewesen; und mit besondern Freuden wär' er im Finstern verkappt in die Vorstadt, wo die Armut ihr Lustlager in kleinsten Häusern voll Volkmenge[1] aufgeschlagen, hinausgeschlichen und hätte als die Göttin Fortuna die Bilderblenden[125] der Jammergestalten mit einem Abendrote vergoldend beschienen; – wiewohl er sich im Drängen der Zeit auf sechs oder sieben Hände voll Kreuzer einziehen mußte, womit er aus dem Fenster in der Eile den goldnen, nämlich kupfernen Regen mit vielem Verstand immer in entgegenstehende Ecken warf, damit er die auflesenden Jungen

1 Größe der Häuser steht im umgekehrten Verhältnis mit der Menge der Bewohner, und auf einem Rosenstocke wohnen mehr Läuse als auf einem Gärtner desselben.

und Bettler durch Hin- und Zurückrennen vor dem Quetschen und Prügeln bewahrte.

Aber noch ein andrer Wirbelwind trieb ihn in seinem Äther um, derselbe, welcher schon öfter mich, wie gewiß auch den Leser, obwohl im kleinen, gezerrt. Bekommen wir beide z.B. einen der schönsten Briefe voll wahren, aber sehr großen Lobs: so durchfahren wir das Schreiben höchst eilig, drücken uns entweder nur die Hauptsachen ohne die Nebensachen ein, oder diese ohne die Hauptsachen, und wollen es erst später ganz anders und wie vernünftige Menschen genießen; denn jetzt sind wir in unbändiger Hast, den Brief unter die Freunde zu bringen. Nicht viel besser geht es mir mit einem herrlichen tiefen Buche, das ich mit der größten Flüchtigkeit überlaufe, weil ich es gern langsam auskosten will, sobald ich es nur von dem Freunde wiederhabe, dem ich es deshalb nicht eilig genug leihen kann. –

Bloß noch tausendmal ärger wurde Marggraf von zwei entgegengesetzten Himmelpolen gezerrt. Ein Pol zog ihn zur Tischgesellschaft, der andere zog ihn zur Traumeinsamkeit, kurz er wurde zugleich am Schurzleder vorwärts und am Hinterleder rückwärts gelenkt. War es nicht seine größte Begierde und Glückseligkeit, Verwandte, Feinde und Freunde, Gönner und Neider in seine jetzige Insel der Seligen zu führen – seine Fahrt dahin samt allen Stürmen und Sandbänken warm zu beschreiben, ohne gerade darum alles aufzudecken – und

Seekarten zu geben, worin manches leer gelassen ist – und von seiner Insel selber einen kleinen Atlas aufzublättern? Konnt' ihm von vornen etwas lieber und angenehmer sein? – Dies war das Ziehen des einen Pols. Aber von der andern Seite zog der andere hinten am Bergleder ebensostark zur Einsamkeit voll Ätherschlösser. Konnt' er nicht auf dem Bergleder einfahren in den stillen Schacht und darin das Glänzen der unterirdischen Schätze anschauen? Konnt' er nämlich nicht sich auf sein Lotterbett legen und *seinen* unabsehlichen Himmel sich recht austräumen (er lag so ungehindert da) und mit Phantasie-Füßen von einem Weinberggipfel und Tabor zum andern als Gemse springen und sich erlaben an den unendlichen Aussichten unter ihm umher?

Überlegte er freilich einige Minuten dieses Austräumen genauer und dachte sich vorläufig hinein: so sah er schon unten in der Stube voraus, er werde droben sich wieder herab unter die Zuhörer sehnen, damit sie ihm an seinem schweren Freudenhimmel durch Aushören seiner Schilderungen tragen hälfen. Nur entzündete dann – dies sah er wieder aus diesem Voraussehen voraus – ein solches Schildern wieder auf der andern Seite den Trieb nach dem Traumbette so sehr, daß der Apotheker vor Zweifel nirgend zu bleiben wußte, wenn es nicht etwa da war, wo er bisher aus Höflichkeit gewesen. Also blieb er, wo er war.

An Entzückungen sich freuen heißt an den umhergerückten Brennpunkten eines Brennspiegels sich erwärmen. Der Mensch kann keine Freude *ganz* bekommen; so wie der Maler kein Meisterstück in der Dresdner Galerie ganz kopieren darf, sondern der letzten stets ein Glied zurücklassen muß, z.B. (wie ein politischer Schriftsteller) vom Midas die Ohren[126]. –

Das Gastmahl wird endlich aufgetragen. Es war nach allen Nachrichten, die ich darüber einziehen können, eines der besten, die je in der Geschichte geglänzt und gedampft; und der Pauker und der Kutscher und alle Kinder wurden satt.

Marggraf konnte gar nicht fassen, wie Libette bei so wenigem Gold und Kredit der Apotheke so unerwartete Mundvorräte beischaffen können, sondern übersah ganz und gar, daß sie mehrere verlorne Sohns-Braten erst eine Stunde *nach* der Diamant-Entdeckung zubereitet gekauft, weil sie den bunten Basen zeigen wollte, man sei von jeher nicht arm gewesen.

Noch nie im Leben hatte sich Worble so froh gegessen – wie getrunken – als hier bei dem Apotheker, der sonst so wenig ein Haus machen konnte als eine Schnecke, die nur ihres macht. Er wußte, der faule Heinz erstatte und verbürge alles. Auch zweitens war er unter allen am frohsten über den Frohen. Die innige Freude am großen Glück eines Freundes spricht höhere Liebe aus als dieselbe Teilnahme an dessen Unglück.

Es tut mir nur leid, daß der Zuchthausprediger –

der nicht nur der größte Philosoph in Rom war, sondern auch der einzige – so wie Renovanz sowohl der größte als einzige Maler allda – sich nicht betrank. Aber dazu brachte ihn nicht das beste Weinglas in der Welt. Seine Angst war zu groß, er werde alsdann zu aufgeweckt und kapp' ab, zapf' an, fenstr' aus, kurz nehm' es mit irgendeinem Mann, der's nachträgt, oder gar einem Millionär, wie der heutige Apotheker, auf. Niemand fürchtete seinen Witz so sehr als er selber, da er wußte, daß in ganz Rom niemand so viele witzige Einfälle wie er – – gelesen. Seine Angst halt' ich aber mehr für Hypochondrie. Ich habe mehrere treffliche Männer gekannt, welche das ganze Jahr mitten unter den witzigsten beißenden Werken und Menschen zubrachten, so auch hohe diplomatische Männer, welche die ganze französische Literatur auswendig konnten, ohne daß im geringsten ihr deutscher Stil kürzer oder ihre eignen Einfälle gesalzen wurden oder sonst nach Witz schmeckten; so vermag auch der Seefisch, z.B. der Hering, obwohl im salzigen Ozean geboren und genährt, das Salz so gut zu zersetzen, daß sein Fleisch süßlich bleibt und er erst tot außer dem Wasser wieder in Salz gelegt werden muß, um schmackhaft zu werden – was gewissermaßen bildlich auch mit gedachten Männern in Satiren geschehen kann. Er hatte sich zu seiner Amtwürde den Kopf nach oben weit nach dem Himmel zurückgeschnallt und wollte erhaben genug und ehrwürdig aussehen, eine so lästige Kopfhaltung wie die, womit man im Vatikan Raffaels Logen oder sonst Deckenstücke genießen muß.

Der Stallmaler trank, so viel er wollte, weil er sich nur leer, nicht voll trinken konnte oder begeistert; seine größte Tischfreude war der entzückte Gebärden reißende Stoß, der immer noch in die Physiognomie hineingeriet, worin er ihn so gern malen wollte.

Unter dem Essen erwartete man das Wichtigste, nämlich eine ausführliche Schöpfungsgeschichte des Diamanten; und einige einfältigere Blutfreunde des Apothekers, die sowohl in als außer sich arm waren, gestanden gern, daß sie die Sache nur darum recht erzählt zu hören wünschten, damit sie sich selber solche Steine machen könnten.

Eigentlich sind wir alle, ich und die Leser, im Grunde dieselben Blutfreunde und möchten herzlich gern die Wege einer solchen edeln Versteinerung zu unserm eignen Besten erfahren und erlauschen, besonders ich.

Fleiß und Mühe der Nachfragen hab' ich daher mehr, als ich sagen will, darauf verwandt, um Marggrafs kleinstes Wörtchen aus seiner Tischrede über die präexistierenden Keime, Samentierchen, Muttertrompeten, Geburtstühle und Geburtzangen des glänzendsten Sohns des Jahrhunderts – so nenn' ich mit Recht den Diamant – für mich aufzutreiben und andern redlich darzureichen. Aber noch wollte mir kein einziges Steinchen gelingen; und ob der Leser glücklicher eines zusammenbringt, erwart' ich sehr gespannt nach der Herausgabe dieses komischen Werks.

Marggraf hob denn an: wie er schon von Kindesbeinen an alle Wissenschaften geliebt und ziemlich getrieben, sogar Regier- und Hofwissenschaft. Herr Worble sitze da und könne bezeugen, daß er in Leipzig fast alle Professoren gehört, vom burschikosen oder burlesken Dr. Burscher an bis hinauf zum philosophischen Arzte Platner.

«Und um Gottes willen», rief er aus, «warum soll denn ein Mensch nicht alles werden können, wenn er Zeit und Mittel hat, oder doch es wollen? – Natürlich aber behielten die meinen Verhältnissen zunächstliegenden Wissenschaften immer einen gewissen Vorrang; und darunter gehörte, Herr Kollege,» (er meinte den Hundedoktor) «zuerst die Heilkunde. Daher nahm ich in Erfurt den Doktorhut an.» –

«Ich war dabei», fiel Worble ein, «als er ihn aufsetzte, und heute hat er ihn endlich auf mein langes Bitten aus dem Hutfutteral herausgeholt.»

Ein anderer als Marggraf hätte vor dem eigentlichen Großwürdeträger oder Hutträger Worble kaum der Sache erwähnt; aber seitdem er sich selber aus einer dunkeln Kohle zu einem glänzenden Edelstein hinaufgebrannt, war ihm der Doktorhut nicht viel mehr als eine Scheibe Ehrenfilz, ja nur Hasenhaar und Schöpsenhaar; – gleichwohl wollt' er nicht einmal hier Haar lassen.

«Jetzt aber, Herr Kollege», sagte der runde frohe

Hundedoktor, ein Wohllebe-Mensch, der in jedes Glas, z. B. in ein Einmachglas oder in ein Deckelglas, tiefer und lieber guckte als in ein Arzeneiglas oder in ein Blutprobeglas, «werden Sie, da Sie Diamanten haben, uns armen Stadtärzten doch nicht die Kundschaft verderben.»

Hier hielt Worble, ehe Nikolaus nur antwortete, ihm eine Tüte voll Gedächtnisküchelchen aufgemacht vor und bat ihn, einige davon zu verschlukken, wie er selber häufig ganze Dutzend kurz vor dem Examen zerkäuet, um gut darin zu bestehen; «großes Glück», fuhr er fort, «zerlöchert das Gedächtnis so arg als großes Unglück; Pfeffermünzscheibchen stärken nun dasselbe unglaublich, und du behältst künftig leicht, wie wir alle um dich her uns schreiben, ich mich nämlich Worble, Herr Zuchthausprediger sich Süptitz, Herr Hofstallmaler sich Renovanz, du dich Herr Marggraf und so jeder sich anders.»

Nikolaus hatte kaum drei Gedächtnisküchelchen verschluckt: so sagte er, eben erinnere er sich, daß er in Erfurt statt seiner habe den Freimäuerer examinieren lassen und daß er erst von ihm den Doktorhut angenommen. Kurz er erzählte zu Worbles und des Hundedoktors Erstaunen den ganzen Hutwechsel mit der offenherzigen Wahrhaftigkeit, wie sie nur der Dank für einen solchen Glücktag und das Bewußtsein eines Diamantthrones verlangen und erleichtern konnten. Süptitz aber staunte. – Und nun gestand er freimütig, daß er bloß darum den Doktorhut angenommen, damit er ohne Hindernis und Einwand alle seine Kuren mit der Goldtinktur machen könnte, die er früher zu erfinden vorhatte. «Aber ich gestehe gern, daß ich die hohe Kunst, echtes Gold scheidekünstlerisch zu machen, gegen die viel höhere des Diamantmachens aus guten Gründen – mocht' ich auch darin vorgerückt sein wie wenig andere – bald fahren ließ. Ich konnte mir nicht verbergen, daß Gold wirklich wenig einträgt, gehalten gegen ein nur mäßiges Diamantmachen, und eine Diamanten-Haselnuß hier wiegt Goldstangen dort auf. Schon als Deutscher ist jeder verpflichtet, lieber Diamanten als Gold zu machen; ja sogar als Europäer. Unser europäisches Gold ist so gut als das amerikanische; aber wie elend stechen die abendländischen Diamanten in Schlesien, Ungarn, Böhmen gegen die südamerikanischen ab! Europa, sagt' ich zu mir, muß zeigen, was man machen kann! Weiter wollt' ich aber nichts.

Wenn ich schon als Kind bei einem Tautropfen an den Diamant dachte und beide einander in Glanz, in erstem, zweitem, drittem Wasser ähnlich fand, nur daß der Tropfen rund ist und weich: so konnte dies noch nichts Erhebliches geben. Aber da ich in Newton las, welche auffallende Brechkraft des Lichts im Diamante erscheine: so schloß ich auf der Stelle mit ihm auf Wasserstoff (gas hydrogène), aber freilich auf unendlich verdichtetern. Raub ihn, sagt' ich zu mir, den Metallen: so zerfallen sie in mürben Kalk; verleib ihnen solchen wieder ein: siehe, sie glänzen und starren. Nun stieß ich auf einen andern ausgezeichneten Körper – denn ich arbeitete ja täglich damit –, welcher bei dem Verbrennen gerade so viel kohlensaures Gas als der Diamant gibt; und wer ist dieser andere Körper? Die Kohle. Desto mehr kommt es dann noch auf den Fund eines dritten Körpers an, welcher das Oxygen, das von der Kohle bisher am stärksten angezogen wurde, noch stärker anzieht und es von dieser abtrennt: so hat man statt der Kohle seinen Diamant in der Hand. Ich kann daher nicht aussprechen, wie wichtig dieser dritte Körper im ganzen Prozesse ist.» –

Jetzt paßte das ganze Eßgelag sehnsüchtig auf den dritten Körper auf, und der kahlköpfige Goldarbeiter bestand aus lauter Gehörknöchelchen. –

«Diesen aber», fuhr Nikolaus fort, «werd' ich auf keine Weise nennen, zumal da ich ihn nicht einmal recht anzugeben weiß. Schon der trockne Weg, aber noch mehr der nasse, auf welchem man zur Baute eines Diamanten gelangt, ist so gebogen, so zickzack, daß ich nicht meinem besten Freunde als Wegweiser dienen möchte. Neben meinem faulen Heinze steht der kleine babylonische Turm, der meine Feuer- und Wolkensäule und mein Leuchtturm ist, der wahre Torre del Filosofo des Ätna[127]; aber ob ich gleich bisher nur Kupfergeld daran wenden konnte, so hat er mir doch schon *Prinz*metall[128] geliefert. Ich merke selber, daß ich nicht deutlich werde[I]; aber dies kann auch meine Absicht nicht sein. Die verwickelten Nebenwege bei der Sache sind so wenig zu zählen, daß man auf den Gedanken verfallen könnte, ein höherer Genius, wovon wir gar keinen Begriff haben, fließe durchsichtig mit ein. Wer weiß inzwischen das Gegenteil so entschieden? – Wenn vollends tausend unbemerkte Handgriffe dazukommen, die man unter dem Diamantschaffen unbemerkt macht; oder wenn gar (was das Wahrscheinlichste, aber eben nicht das Mitteilbarste bei so weit aussehenden Operationen ist) irgend magnetische Bezüge (Rapports) meines Körpers mit Leitern und Nichtleitern, die ich scheidekünstlerisch bearbeite, mich gleichsam zum Alleinschöpfer der Steine hinaufschraubten; ja wenn auch kein anderes Wunder bei der Sache mitwaltete als das alltägliche, daß nur gewissen Menschen Säen und Pflanzen gerät oder vor Weibern in gewissen Verhältnissen der Wein unter dem Abziehen umschlägt, wie mir dann selber der erste Diamant gänzlich umgeschlagen: so muß ich meine Versuche wenigstens noch oft und mit

I Er meint offenbar mit dem Turm die voltaische Säule; welche auch Davy in England, nur weniger glücklich, zum Verwandeln der Kohlen in Diamanten angewandt. Zur Bestätigung führ' ich noch an, daß er oben von Kupfergeld spricht; aber aus Kupferstücken bestehen ja in Ermangelung des Silbers und aus Zink die galvanischen Schichten; und das Prinzmetall wird bekanntlich aus Kupfer und Zink (nebst wenigem Zinn) verfertigt. Dabei überseh' ich indes nicht, daß er versteckt genug die gewonnenen Diamanten für Metall zu seinem Prinzwerden erklärt.

gleichguten Ausgängen wiederholen, bevor ich ein bestimmtes gutes Rezept zum Machen eines Diamanten mitzuteilen vermag.

Und dann, wann ich's endlich habe, teil' ich es natürlich niemals mit. Wie würd' es mit allen gekrönten Häuptern beiderlei Geschlechts aussehen, wenn ich ihre Kronjuwelen so gemein machte wie Haarnadeln? Schon Borneo, Bengalen und Golkonda gehen mit ihren Beispielen vor und lassen immer nur wenige Diamantgruben zum Erhalten des Hochpreises bearbeiten.[1] Durch mich soll es am wenigsten geschehen, daß der russische Hof, dessen größter Diamant siebenhundertneunundsiebzig Karate wiegt, oder auch der französische, dessen Grand-Sancy oder eigentlich Cent-six es wenigstens bis zu hundertundsechseinhalb Karaten treibt, an Glanz einbüßen, und sogar den Hofrat Beireis[129] will ich mit seinem Steine schonen. Aber dann muß ich allein das Geheimnis behalten und völliger Herr über die großen Diamanten, die ich mache, sein, um sie nötigenfalls zu verhehlen. Aber wahrlich kein Mensch in Europa soll einen so sanften Gebrauch von seinen Juwelen machen als ich von meinen; am Ringfinger will ich sie nicht tragen (bloß einige nötigste), sondern in der ganzen Hand, und zwar versilbert, um sogleich alle Notleidende sowie alle Wissenschaften und alle Künstler und alles zu unterstützen. Denn niemand kann den Menschen,

1 Krünitz' Enzykl. Art. Diamant.

zumal den erbarmungwürdigsten, so gut sein wie ich, und ich habe mich heute ordentlich gefreuet, daß es so viele Bettler auf dem Markte gab, denen allen zu helfen ist; und ich möchte vor Liebe fast weinen, ihr guten Herren und Damen!» –

Der kahlköpfige Goldarbeiter dachte nebst ein paar andern Gästen ungemein tief über manches nach. –

Ich will sogleich eine wichtige Nachschrift über gute Diamantenrezepte machen, sobald ich nur das Kapitel mit seinen Begebenheiten zu Ende gebracht. –

Jetzt schon nach seiner Rede konnt' er es nicht lassen, daß er einige sehr arme Anverwandte vom Tische in die Küche hinauslockte und sie da vorläufig beschenkte, um noch unter dem Essen ihrer seligen Dankbarkeit gegenüberzusitzen; denn sie etwa erst beim Abschiednehmen von der Schwelle aus mit einem übervollen Herzen plombiert unter das Bettkissen von sich wegzuschicken, dabei hätt' er wenig gewonnen, da er die Ausbrüche ihrer Seligkeit nicht lange genug vor sich gehabt hätte. Denken und bedenken aber konnt' er heute am allerwenigsten, und etwa gute genaue Linienblätter sich in einem Zustande, wo er mit rauschenden Freudenfittichen bewachsen war und er vor Flügeln auf keinem Beine stehen konnte, innerlich vorzureißen, wär' ihm am Tische nicht leichter geworden, als sich in einem Schnellsegler balbieren oder in einem Luftschiffe Korn ausdreschen.

Desto besser reden konnt' er; und dies tat er denn. Nur wenige Menschen genießen in besonderem Grade das Glück des Arsenikkönigs auf St. Helena, welcher an seiner Tafel nicht nur der Tongeber, auch der Tonnehmer sein konnte und seinen Marschällen unter den Tischreden nichts ließ als die Ohren. Aber der Apotheker als Diamant-König oder -regulus durfte sich und alles aussprechen, und er konnte, wenn er wollte, nicht nur behaupten, daß zweimal zwei entweder mehr oder weniger als vier gebe, sondern auch daß es geradezu vier ausmache, was man höhern Orts oft nicht gern hört. Überhaupt kann ein reicher Wirt manches an seiner Tafel gegen die Mathematik durchsetzen.

Dem Apotheker schmeckte sein Reden über sich immer süßer, so daß er vor den Ohren des Freimäuerers wieder in seine Jugend und deren Plane mit aufrichtigem Selberlobe hineingeriet – ob ich gleich jedem lieber mit der Zukunft, die noch nicht reden und widersprechen kann, großzutun rate als mit der Vergangenheit, der das Reden nicht zu verwehren ist –; und kein Herz wurde wohl durch seine Selberschildereien so sehr gerührt als sein eignes. Leider aß Worble unaufhörlich unter dem Beifalle, den Nikolaus sich selber abnötigte, Pfeffermünz- oder Gedächtnisscheiben und bot auch ihm dergleichen mehrmal an. Ich halte dies für wahre Intoleranz des fremden Selberlobs. Wenn hohe Häupter ausländische Münzstätten – z. B. die Pariser – mit ihren Besuchen beehren: so ist's etwas Gewöhnliches, daß die Münzmeister unvermutet unter dem Prägstocke eine neue funkelnde Ehrenmedaille, worauf viele Lorbeern und Legenden für die Häupter eben abgeprägt worden, vorholen und überraschend überreichen. Allein auf ähnliche Weise und mit näherem Recht schlagen Neureiche, wenn sie andere in ihrem eignen Münzhause herumführen, auf der Stelle Ehrenmünzen auf sich selber und weisen sie auf, und man erstaunt über die Kunst.

Auf einmal fiel in Marggrafs Reden die türkische Musik draußen ein, die gewöhnlich am Jahrmarkte gegen zehn Uhr durch die vollen Straßen zieht und den prosaischen Jubel durch einigen poetischen verklärt. Da er nun in seinen kleinen engen Jahren, gerade in solchen Meßnächten weniger von seinen Eltern bewacht, gewöhnlich mit den Kindern der Gäste und Fremden im Hause den prächtigen Tönen nachschwamm im breiten Knabenstrome: so ergrünte jetzt die ganze Kinderzeit vor ihm, und das heute so oft bewegte Herz bekam von den Tonschwingungen einen neuen Schwung. Wie auf dem Theater ein im Prunkzimmer rasch aufschießender Vorhang plötzlich auf denselben Boden einen Garten stellt: so wurde jetzt an seinen Glanzsaal die kindliche Spielwiese gerückt. Er erzählte allen Gästen, er sehe sich ordentlich, wie er sonst so froh und unter so seltsam drückenden Ahnungen einer Zukunft als Kind mitgelaufen; und er bekannte, daß diese selige alte Musik gerade heute an einem so schönen Tage besonders in ihn eindringe.

Aber schon daß er darüber sprach, überfüllte ihm das Herz und – gegen sein Streben – auch die Augen. Er stand auf, trank ein Glas recht tapfer aus, um sich fest anzustellen, und begab sich davon. Der Stößer, den Hunden ähnlich, die ihren Herrn in Gesellschaft immer ausspähend anblicken, war ihm heimlich hinterdrein gewedelt, bis er ihn zuletzt durch die Türspalte auf seinem Zudeckpolster mit dem Bauche liegen erblickte. Stoßen kam es vor, als seufze sein Herr, und er deutete es auf Leibgrimmen oder so etwas. Aber bloß Ton- und Freudenfülle und Augenfülle und weichste Zerschmolzenheit hatten den Apotheker auf das scheinbare Krankenlager geworfen. Nun nahm der Stößer vollends wahr, wie jener sich mühsam in die Höhe richtete und auf dem Bette zu knien suchte, wo er, wie es schien, außer dem Fingerkreuzen wenig mehr von einem Gebete als die Worte zusammenbrachte: «O du allgütiger, allieber Gott!» Stoß, dem noch immer das Bauchgrimmen im Kopfe steckte, fiel am wenigsten auf ein Dankgebet, womit sich die überfüllte Brust etwa lüften wollte, sondern er fuhr ins Zimmer und fragte, was ihm Dummes passiert sei, da er ja so bete in der Not. «Ach», sagte Marggraf mit gebrochner Stimme, «nichts als lauter Gutes, wie Er weiß, und deswegen dank' ich Gott! – Aber geh Er, und wart Er den Gästen auf. Warum schleicht Er hintennach?»

«Pardieu! will ich denn unten was sagen vom Bett», versetzte der Stößer, «wenn man mich fragt?»

Heftige Freude ist ein Blitzstrahl, der am unschädlichsten am Golde frommer Gesinnung und durch Wasser der Rührung niedergeht.

Aber nach Stoßens Gebet-Störung mußte Marggraf zu einem andern Ableiter seines Freudenfeuers greifen. Himmel! wie sehr hat der Mensch nicht nur im Glücke das Unglück, auch in der Rührung die Schranke zu bedenken! Denn hätte Marggraf ein wenig dieses bedacht, und hätt' er nur überhaupt sich erinnert, wie der Teufel jede Gelegenheit abpaßt, dem Menschen allen Zucker und sogar das gewöhnliche Salz (denn Zucker ist auch eines) zu versalzen: so wäre der Held eines solchen Tages schwerlich in der Nacht auf der Gasse mit einem Gefolge aufgetreten, an welches kein Leser – ich wette die ganze kommende Nachschrift darauf – denken wird.

Aber so – weil er eben nichts erwog – ging er aus dem Bette zum Unteraufschläger Schleifenheimer aus Pisäckendorf, demselben Manne, der in einem Vorkapitel aus seinem Gartenfenster herausgelangt und unsern Helden als Knaben an den Haaren in die Höhe gezogen.

*

Nachschrift des guten Rezepts zu echten Diamanten

Ich schäme mich nicht, zu bekennen, daß ich aus Marggrafs Baurede über seinen ersten Diamanten wenig Haltbares zum Nachmachen zu ziehen vermocht und eher dadurch dümmer geworden als klüger. So hole doch der Henker seinen Schlüssel zu seinem alchemischen Schatz- und Schmuckkästchen, wenn dieses mit einem Vexier- und Kombinierschlosse zugeriegelt ist! – Auch der gute Leser wird ebensowenig als ich nach dem längsten Studium des Marggrafschen Rezeptes weder durch Kochen noch durch Rösten auch nur einen Diamanten für eine Glasermeisterfaust, geschweige für einen Fürstenringfinger zur Welt fördern. – Und dieser Umstand ist um so betrübter, da dem Leser selber schon so viele vom Apotheker zustand gebrachte Diamanten wirklich durch die Hand gelaufen, und zwar in den Jahren 1789 und 90; denn die damalige auffallende Menge von Steinen, welche man für Einfuhr der französischen Auswanderer zum Teil ansehen wollte, ist jetzt leicht erklärt, da, wie der Leser von mir weiß, der Anfang der marggrafschen Geschichte gerade in jene Jahre gefallen.

Dazu kommt noch etwas, das noch weit mehr auffallen und kränken kann. Nämlich mehrere Jahre später nach dem Kirmesgastmahl – so daß folglich Marggraf seine frühere Erfindung mußte selber gemacht und nirgend gestohlen haben – behauptete *Davy* in England, Kohlen zu Diamanten, nur daß die Edelsteine etwas gelblicht und dunkel ausfielen, versteinert zu haben durch die voltaische Säule; was freilich hinterher gar darauf hinausgelaufen[1], daß er

1 Flörkes Repertorium des Wissenswürdigsten etc. etc. B. 1.

die Kohle bloß zu einem Körper abgehärtet, den wir in der Chemie gewöhnlich Anthrazit oder Kohlenblende nennen. Aber auffallend genug ist, daß der spätere Brite so sichtbar mit dem frühern Deutschen zusammentrifft, und man kann sich kaum der Vermutung erwehren, daß etwas Ähnliches, wie zwischen Leibniz und Newton in Rücksicht der Erfindung der höhern Analysis, hier zwischen Marggraf und Davy in Beziehung auf die des Diamanten, der gegen Metalle auch eine unendliche Größe ist, obwalte, besonders da das Tischgespräch schon durch den aufmerksamen Goldarbeiter konnte verbreitet worden sein. Auch die voltaische Säule Davys unterstützt mich; denn der Turm neben dem faulen Heinze war vermutlich eine und sie die wahre Mutter des Edelsteins, der Heinz aber nur der Brütofen für dieses Ei.

Um indes chemischen Laien – besonders weiblichen Geschlechts – in einer so wichtigen Sache doch einiges Licht mehr zu geben, als der Apotheker angezündet, hab' ich über das Verhältnis zwischen Kohle und Diamant mit unsäglicher achttägiger Mühe (denn Chemie versteh' ich nicht) folgende chemische Tabellen entworfen:

100 Teile kohlensaueres Gas
17 T. Diamant | 83 T. Oxygene

100 Teile kohlensaueres Gas
28 Kohle { 17 Diam. / 11 Oxyg. / 28 } | 82 Oxyg. | Nach Guyton.

Nach *Biot* und *Arago* besteht der Diamant aus Kohlenstoff und Wasserstoff. Verbrennt jener: so bildet der Kohlenstoff mit dem Oxygene kohlensaueres Gas und der Wasserstoff mit dem Oxygene Wasser, wie folgendes Schema zeigt:

	Diamant		
Kohlensaueres Gas	Kohlenstoff Oxygene	Wasserstoff Oxygene	Wasser

Nur wollte im Diamant der Wasserstoff und folglich bei dem Verbrennen das Wasser sich noch nicht finden lassen; aber vermutet ist der Stoff längst geworden aus des Steins großer Brechkraft des Lichts.

Wenn ich jetzt dazusetze, daß nach *Pepys* und *Allens* Versuchen die Kohle so viel Oxygen zur Verbrennung bedarf als der Diamant – denn es geben 28,46 Kohle oder Diamant mit 71,54 Oxygen hundert Teile kohlensaueres Gas (fixe Luft): so sieht schon ein scheidekünstlerischer Laie, daß diese Versuche ungemein mit den marggrafschen übereintreffen, hingegen mit denen von *Biot* und *Arago* weit weniger. Die Zeit muß freilich zwischen beiden entscheiden; nur nimmt sie sich immer so gar viel Zeit zu allem.

Zehntes Kapitel,
worin beschenkt und ausgeprügelt wird – nebst der Schlacht bei Rom

Der Unteraufschläger Schleifenheimer (so heißen in Hohengeis, wie in Baiern, Rendanten[130] auf deutsch) war von jeher der türkische Erbfeind und Antichrist des marggrafschen Hauses gewesen. Seitdem aber sein eigner Sturz den Kassen-Stürzen einer Untersuchung nachgefolgt, dachte niemand in der ganzen Apotheke an ihn als heute der Apotheker nach dem Gebete.

Der Mann war in den frühern Zeiten abgesetzt worden, bloß weil er gern kastrierte Ausgaben der fürstlichen Einnahme veranstaltet und die sanktorische unmerkliche Absonderung am Staatskörper, als wär' es sein eigner Leib, gut unterhalten hatte. Besonders hatt' er gern, wenn er vornehme Gäste bekam, die öffentliche Kassen-Zisterne, wie man auch mit den Wasserwerken in Marly[131] bei Feierlichkeiten tut, immer springen lassen, wodurch er wider seinen Willen machte, daß, als die markgräfliche Kommission eintraf und am Hahne der Maschine drehte, nichts springen wollte. Überhaupt hatt' er sein Haus zu sehr wie einen katholischen Tempel gehalten, immer offen für jeden, bis er selber mit herausging.

Schleifenheimer nahm bald den Charakter eines pauvre honteux[132] an und ankerte in der Vorstadt in einer Dachkammer und ohne einen andern treu gebliebenen Gast als seinen Hunger; das Hemde war sein Sommerkleid, das Bett sein Winterpelz, den er selten ablegte; sein Bratenrock und Galakleid war ein grünseidner Schlafrock, welchen er anlegte, sooft er von seinem Dachfenster heraus der Gasse unten mit seiner Büste gleichsam einen Besuch abstattete.

Konnt' es nun für den freudetrunkenen Marggraf einen gelegnern Einfall geben als der, eine unten und oben versiegelte Geldrolle von hundert fl. in Vierundzwanzigkreuzerstücken einzustecken und einem dürftigen verschämten Feinde unerkannt durch das Geschenk einer solchen Saitenrolle wieder Metall zum Bezug seines saitenlosen Schallbogens zu liefern? Er konnte unterwegs dessen Freude über die lange Wachskerze von Geld, die er dem armen Teufel von Heiligen weihte, und die schöne Erleuchtung von dessen Bodenkammer, wenn das Geld in den papiernen Lichtmanschetten herabbrennen würde, sich gar nicht unbändig genug vorspiegeln.

Nur wäre dem pauvre honteux schwer in der Nacht beizukommen, ja etwas beizubringen gewesen, wenn nicht der Apotheker unten vor dem versperrten Hause gleichsam auf einer Himmelleiter zu einem der besten Gedanken gekommen wäre. Es war nämlich eine Bauleiter an das nur von Armen bewohnte Haus (es lag außer der Stadt) einige Ellen von dem Dachfenster Schleifenheimers angelegt. Marggraf entwarf ohne vieles Nachdenken sogleich den Plan, die Leiter ans Fenster anzurücken und zu besteigen und oben auf ihr den stumpfen Geldkegel hineinzuwerfen. Das Fenster war zwar nicht offen, aber doch einige Scheiben; und erleuchtet war im ganzen schlafenden Bettelhause kein einziges.

Indes hatte der Teufel, der als der allgemeine Nachtwächter der Erde aufbleibt und arbeitet, einen romischen Nachtwächter vor die Bauleiter geführt und ihn von weiten sehen lassen, wie Marggraf eben an ihr rückte und schob. Der Nachtwächter wollte kaum seinen Augen trauen – zumal da eines von Glas war –. Weil er sich aber für versichert hielt, daß der Dieb noch lange an der Leiter zu lenken habe, so schlich er ruhig davon, um sich einen Häscher und Gehilfen zum Einfangen des nächtlichen Einbrechers zu holen.

Er kam gerade mit einem trunkenen Häscher aus der nächsten Schenke zurück – dem er seinen Stab vorstreckte, damit der Mann teils angreifen, teils stehen könnte –, als Marggraf auf der obersten Sprosse vor dem Fenster stand und in der Hand den silbernen stumpfen Blitzableiter des Unteraufschlägers hielt, aber bei dem Lärmen sogleich einsteckte. Die Fanggenossenschaft aber, die nur das Einstecken der Sachen und darauf das der Menschen begriff und den Apotheker schon aus der Kammer mit dem Diebs-Sackzehend zurücksteigend glaubten, umzingelten und umfaßten die Bauleiter und schrien wechselnd: «Räuber, Schleifenheimer, Räuber!»

Kein Mensch ist wohl leichter zu fangen als

einer, der auf einer Leiter steht. Der Apotheker mußte geradezu den Rückzug antreten und von hinten den beiden Hebungsbedienten in die aufnehmenden Arme sinken, wollt' er nicht mit der Leiter umgeworfen werden. «Was Sakrement habt Ihr oben eingesteckt?» war die erste Frage des trunkenen Schergen; er gab sich aber selber durch einen Griff in Marggrafs Tasche die Antwort, nämlich den Silberkegel. «Herr Schleifenheimer!» wurde allgemein gerufen. «Sie sind bestohlen!»

Anfangs hatte der Unteraufschläger die Rufe «Schleifenheimer! Räuber!» viel zu sehr auf sich allein nach der Mischungsrechnung bezogen und also nichts von seiner Existenz gezeigt – wie denn gewisse Menschen, wie nach den Orthodoxen der Teufel, gern ihr Dasein geleugnet sehen –; aber da er die schöne Distinktion zwischen Stehlen und Bestohlenwerden in seinem Bette vernahm: so trat er im seidnen Schlafrock ans Fenster und gab dem Häscher, der die Geldwalze emporhob und fragte, ob ihm nicht der Spitzbube diese tausend Gulden gestohlen, kopfnickend die Antwort herab, er komme den Augenblick, so wie er wäre, im Nachthabit. Er war sogleich auf den Seidenflügeln herabgeflattert. Der Apotheker blieb anfangs noch so gelassen, daß er einwandte, er habe dem Herrn da ein kleines Präsent mit der Rolle machen wollen; über welche Ausflucht die beiden Fänger herzlich lachen mußten. Der Häscher schwur, er habe ihn damit heraussteigen, und der Nachtwächter versicherte, er habe ihn das Geld einstecken sehen. Schleifenheimer, dem der Häscher die Rolle hinhielt, versetzte: «Mein ist es allerdings; mit meiner eignen Hand steht ja darauf geschrieben: hundert fl. rh. in vierundzwanzig kr. Unteraufschlägerei Pisäckendorf.»

«O Sie ewiger verfluchter Todfeind!» rief Marggraf und riß grimmig dem Schergen den silbernen Klöppel aus der Hand, welchen der seidne Schlafrock zum Läuten seiner großen Glocke einsetzen wollte. «Räuber!» schrie der Dreiklang. Der Häscher suchte seinen Stock emporzubringen, der Nachtwächter hielt das Horn in die Luft.

Da kam der Jude Hoseas, der seinen Diamantenherrn im Gefechte erblickte, gelaufen mit einem feinen Sommerdegen, auf welchen er eben etwas weniges geliehen hatte. Die Fänger hielten ein und wollten dem vornehm-angezognen Herrn Bericht erstatten; aber dieser ergriff vor allen Dingen Marggrafs Partei und hörte nur ihn und konnte darauf den Unteraufschläger fragen, ob er an ihn nicht selber alle Pisäckendorfschen Einkünfte vom vorigen Jahre habe einliefern müssen und ob er wohl wage, sich zu dieser Geldrolle zu bekennen.

Die Sache ist auf *einer* halben Seite erklärt. Nämlich das Markgrafentum Hohengeis war mit dem verfluchten Übel geplagt, daß es zwar Geld hatte, aber nie genug, und daß es zwar Auflagen und Schulden machen konnte, aber nie genug. Es waren – dies soll erstlich schuld daran sein – die obern Staatsrechner bis zum Fürsten hinauf mit dem Augenübel behaftet, womit Pentheus von den Göttern für seine Neugierde nach den Mysterien des Bacchus heimgesucht worden, mit dem Übel, alles *doppelt* zu sehen – was indes Bacchus' besten Freunden auch ohne Strafe begegnet –, hauptsächlich doppelt den Inhalt des Privatbeutels und des Kammerbeutels, wovon folglich der eine die Verdopplung des Nehmens und der andere die des Ausgebens motiviert, eine Sache, die unter dem Namen Kameral-Verrechnung bekannter ist. – Dabei war nun – zweitens – der Umlauf des Geldes sehr geschwächt durch den Durch- und Ablauf desselben, welchen jeder, der (wie ich) kein Hohengeiser Landeskind ist, ohne Gefahr Hof-Verschwendung nennen kann. In Hohengeis griffen gar beide Schöpf- und Gießräder ineinander, weil der aussterbende Fürstenstamm, wie andere Bäume vor dem Ausgehen, stark blühen wollte.

Ist indes ein Land mit dem Geld-Durchfall (Diarrhoe), mit dieser Nervenschwindsucht (nervus rerum gerendarum) befallen: so befolgt die Regierung mit Recht Galenus' Regel, während der Krankheit selber böse Gewohnheiten, wenn sie auch die Mütter derselben sind, nicht abzudanken, und setzt also unter dem Verarmen ärztlich das Verschwenden fort. In diesem Falle werden Finanzräte und Minister – römisch zu reden – gelinde zu den Metallen verurteilt und haben solchen überall nachzugraben.

Hier sah man nun im Markgraftum, wie in

einem Neuspanien, daß das verachtete Judentum ebensogut im Finanzwesen wie früher in der Religion die Unterlage des Christentums sein könne. – Juden gaben und nahmen schön – Das Neue Testament und Evangelium des Finanzwesens wurde in Hebraismen geschrieben – Für die Minister, jüdische Proselyten des Tors[133], war der Judentalar ein gutes Schwimm- und Korkkleid – An der Uhr des Staats waren zwar Christen das Schlaggewicht, aber Juden das Gehgewicht – Kurz es war noch viel schöner, als ich's hier male, und ich wünschte wohl einmal durch ein solches Land zu reisen. – –

Schleifenheimer, welcher die Frage des Juden über die Ablieferung der Geldrolle verstanden, wollte nicht gern seine Amtehre zum zweiten Male verlieren, sondern versetzte: «dieses Geld mein' er auch nicht, sondern das andere, das der Apotheker, sein alter Todfeind, der auf der Leiter bei ihm eingebrochen, noch müsse in der Tasche haben.»

In diese wollte der Scherge fahren, aber Marggraf entzog ihm mit der Linken den Alpenstock, mit welchem der Trunkne besser stehen wollte, und brachte auf seiner Stirn mit der langen Geldstange den hinlänglichen Windstoß zum Umfallen an. Jetzt nun begann das Treffen, und ich glaube nicht, daß ich je ein hitzigeres beschrieben, oder auch Napoleon im Moniteur; man sieht aber, was Menschenkräfte vermögen, wenn sie sich aufmachen.

Anfangs der Schlacht bei Rom – so heißt sie allgemein – war der Feind dreimal so stark und bestand aus dem Nachtwächter, dem Unteraufschläger und dem Schergen, der mit seinem ganzen umgeworfnen Körper oder corps den Boden besetzte oder belegte. Marggraf war bloß so stark wie er selber; denn der Schächter mit seinem Sommerdegen war kaum für eine bewaffnete Neutralität anzusehen. Mit dem linken Flügel konnte der Apotheker, weil er ihn bloß in der Linken hielt, nämlich mit dem Alpenstock, nur schwach operieren und ihn wenig oder nicht entfalten; ja es mußte ihm genug sein, damit das Ochsenhorn des Nachtwächters zu beobachten und abzuhalten, welcher nicht mit der Spitze des Horns, wie die Stirn des ersten Besitzers, sondern mit dem stumpfen weiten Ende die Ausfälle tat und sehr geschickt es so gut zu Hieb als zu Stoß, folglich sowohl gegen Schultern als gegen Bauch zu führen wußte.

Aber mit dem rechten Flügel, in der rechten Hand, mit der Kreuzerstange, hieb er schnell auf alle Glieder des Schleifenheimerschen Gesichtes unter beständigem Rufen ein: «Da, da, nimm das Geld, da stiehl's, du Lügner, du ewiger verfluchter Todfeind!» – Dieser suchte still bloß die Rechte des Apothekers zu entwaffnen und fing unaufhörlich nach dem Stoßgewehr, um dessen Spitze abzubrechen. Der Häscher fiel dem Apotheker statt in den Rücken gar in die Fersen und suchte ihn daran zur Niederlage zu nötigen. Der Nachtwächter setzte sich in den Besitz seines linken Arms, welcher den

Stock leitete, (der ganze linke Flügel wurde dadurch untätig gemacht) und wollte ihn als Krieggefangenen fortführen: als Marggraf zwischen zwei Feuern – dem Miniercorps des Schergen unten und der Seitenbewegung des Nachtwächters oben – mit einer Tapferkeit focht, daß der letzte ein gläsernes Auge einbüßte und wie die größten Feldherrn, Ziska, Hannibal, Bajazeth, Philippus, nur einäugig kommandierte – und daß aus des Unteraufschlägers Nasenlöchern, die dem Stangenkanaster der Geldrolle am stärksten ausgesetzt waren, Blutbäche flossen, welche sich am Kinne zu einem roten Judas-Spitzbärtchen paarten – und daß er selber, unbekümmert, was er am Häscher ertrete, mit den Füßen vorrückte, dabei grimmig rufend: «O ihr Sünder sämtlich! Wollt' ich doch heute so liebreich sein und Gott Dank bringen – und ihr setzt mich hier in solche verfluchte Teufelswut, ihr Teufel, ihr Unmenschen, ihr Unchristen!»

Noch schwankte gänzlich der Sieg. Der Schächter Hoseas, der mit seinem Sommerdegen der Schlacht hätte, wie man glaubt, den Ausschlag zu geben vermocht, wollte durchaus nicht ziehen, um das verpfändete Mordgewehr nicht mit Menschenblut zu beflecken; nicht einmal mit der Scheide wollt' er ernsthaft dreinstechen und schlagen, weil er zu beschädigen fürchtete, nicht den Feind, sondern den Parisien. Ja als er endlich durch den Zorn des Häschers, der unten alles anpackte – bis sogar des Juden Schuhschnallen –, so weit gereizt und gewonnen war, daß er zur Verteidigung seiner Füße den Sommerdegen bei der Spitze ergriff und mit dem Gefäße plötzlich losbrach und über die Hände des Feindes herfiel: was waren die bedeutenden Folgen eines so späten Feld- und Nachzugs? Melden nicht alle uns bekannte Kriegberichte, daß der Häscher im Grimme das Degengefäß mit der Hand gefangen und die Scheidenspitze gewaltsam durch Hoseas manschesterne Hosen getrieben, so daß nicht nur der Jude geschrien: «Ich bin durchstochen», sondern auch der Häscher unten im Dummsein: «Hilfe! Der Hoseas hat mich erstochen»? – Aber sind dies die Siege, auf die ein Marggraf an seinem Diamanten-Triumphtage mit Ehren zählt?

Glücklicherweise war schon lange das Gerücht vom Anfange der Schlacht bei Rom in die Apotheke getragen worden. Der Stößer fuhr als Reserve heraus. Ruhiger folgte ihm der Hofstallmaler, welcher seinem Pudel die Laterne, womit das Tier gewöhnlich ihm vorlaufen mußte, vorher anhing und anzündete. –

Auch Süptitz war ziemlich gesetzt von weitem nachgegangen, hatte aber, sobald er das Gedränge der Anfälle auf den Apotheker wahrgenommen und daraus den Schluß abgezogen, daß dieser sich übermäßig wehren und um sich schlagen müßte, sich aus Schonung für ihn davongemacht, um nicht als Zeuge gegen seinen Wohltäter aufgerufen zu werden, wenn dieser der Übeltäter an irgend jemandes Gliedern geworden wäre.

Stoß stürzte sich mitten ins dickste Schlachtgetümmel und stellte darin im Kriegfeuer ein Lauffeuer vor – eine Lauferspinne – einen Schachspringer – einen Hopstänzer – einen Harttraber (zumal für den liegenden Schergen) – einen Hüpfpunkt (punctum saliens) – ein äußerst schnell hin- und herfliegendes corps war er, weil er sonst keine andern Kräfte hatte. Auch zu rühmen ist der Eifer, womit der Stallmaler zu den allertapfersten Taten anspornte mit den Worten: «Stößer, zugestoßen! – Nur aufgewichst! – Niemand geschont beim Henker!» Denn der Maler wollte recht lange das köstliche Schauspiel festhalten, daß der Pudel, der sein Laternenlicht wie eine Leuchtkugel auf das Schlachtfeld warf, durch den tiefen Stand seiner Nachtsonne am Halse eine ungewöhnliche malerische Beleuchtung auf alle gekreuzten kämpfenden Beine so wie auf den Mittelgrund, den Häscher, fallen ließ: – etwas Schöneres war Renovanzen nie vorgekommen, noch auf keinem Gemälde.

Aber Stoß – von zu schwacher Natur und zu kurzer Statur, keineswegs gewachsen den beiden langen Flügeln, dem Nachtwächter und dem Unteraufschläger (denn vom durchbrochnen, nämlich umgebrochnen Zentrum des Heers, vom Häscher, ist ja keine Rede) – merkte bald, daß er wenig erfechten würde, wenn er nicht, anstatt taktisch, ganz strategisch verführe. Es war also reine Strategie, daß er den Nachtwächter umging, bis er ihm in den Rücken und darauf in die Haare fallen konnte, welche letzte er durchaus behaupten und ziehen mußte, um ihn daran, indem er ihm zu gleicher Zeit mit der Handkante einen hinlänglichen Schlag auf den Übergang von der Nase zum Mund erteilte, behend umzureißen. Schön wurde der strategische Plan ausgeführt. Den Unteraufschläger hingegen, dessen seidner Schlafrock ihm ungebunden entgegenflatterte, faßte er bloß an solchem an und benützte den langen Rock geschickt wie ein Seil, womit Holzhacker eine halb durchsägte Tanne nach einer bestimmten Seite hinzufallen zwingen; und suchte ihn rücklings neben den Nachtwächter zu legen; – was ihm jedoch nicht in einer solchen Schnelle gelungen wäre, daß er sogar selber ihm nachfiel, hätte nicht zur nämlichen Zeit der Apotheker glücklicherweise wieder mit dem Sturmbalken der Vierundzwanzigkreuzerstücke die Stirn des Aufschlägers berennt. Kriegverständige sehen ohne mein Erinnern, daß es ganz die vorige Strategetik war.

Noch aber war der Sieg nicht ganz entschieden, als herrlich und recht unverhofft der papierne Sturmbalken zerfuhr und alle die Stücke, womit er geladen war, die Vierundzwanzigkreuzerstücke, auf den liegenden Postzug von Kriegern schossen. Wieder ein neues Gefecht im Gefecht! Jeder vergaß alles, sich ausgenommen, und haschte – der Häscher, der, wie die Morgenstunde, einiges Gold oder Geld im offnen Munde hatte – der Nachtwächter – der Unteraufschläger besonders – sogar der Stößer, der dem Feinde nichts gönnte – auch der hosendurchstochne Hoseas bückte sich und erhob – mehrere Zuschauer streckten sich selber nieder, und der liegende Kriegschauplatz langte über den stehenden hinaus – Marggraf schüttelte gar den Stumpf von Vierundzwanzigern gleichgültig über die Silberhochzeitgäste herab und schritt unangetastet und hurtig davon.

So hatte das *Fallen* seines *Staatpapieres* ihm Sieg und Frieden gebracht. Was das darauf entstandne Nachtreffen oder den Sukzessionkrieg über die Kreuzerstücke anbelangt, so gehört es nicht in meine Geschichte des wichtigen Treffens bei Rom, so kunstgerecht in der Ausführung, so weitgreifend in seinen Folgen, die noch dauern!

Zu erzählen ist nur noch, daß Marggraf matt, blaß, stumm sich nach Hause begab und darin sich allen Gästen durch Einsperren entrückte. Dem Freimäuerer Worble, welchem er unweit des Kriegschauplatzes begegnete, soll er auf seinen scherzhaften Glückwunsch gar keine Antwort gegeben haben. Ich berühre mit Fleiß diesen für den Feldzug so geringfügigen Umstand, weil ich den Feinden des Freimäuerers, welche daraus gern eine marggrafsche Mißbilligung seiner Neutralität und Furchtsamkeit erschließen und so den Freund des Apothekers in Schatten stellen wollen, hier offenherzig sagen will, daß Marggraf bloß aus tiefem Schmerze über die heutige erste (eigentlich zweite) Kränkung seiner Ehre und über die zerreißende kälteste Unterbrechung seiner weichsten Gefühle gegen die Scherze Worblens stumm geblieben; aber ganz und gar nicht aus Empfindlichkeit über dessen furchtsames Beiseite-Stehen während der Schlacht. Der Apotheker wußte so gut als wir, nur noch früher, daß der Freimäuerer unter allen Dingen in der Welt nichts so besonders scheuete und floh als – Prügel; und auch diese nur wegen möglicher Wunden davon; denn sonst war er tapfer genug; und wie oft hatt' er nicht selber gesagt: «hundert Dinge woll' er ertragen als ein Mann, Schimpfreden, Beutelleere, Hitze und Kälte, auch einigen Hunger und Durst so ziemlich; man spüre dergleichen nicht unaufhörlich, oder wenn man schläft. – – Verfluchte Wunden hingegen, welche Tage und Nächte lang fortstechen und fortbeißen, die seien für wenige gemacht, und kein Held habe sie gern. – Noch dazu müsse man sich solche von andern im Fluge geben lassen nach fremder Willkür ohne irgendeine Übereinkunft, wie breit etwa, wie tief und wo. – Daher verliere auch Prügeln, das sonst jeder dichterisch-komische Kopf so gern in der Darstellung der Kunst genieße, ja durch bloßes Heraussehen aus dem Fenster, auf der Stelle allen poetischen Wert für den Dichter, wenn er selber mit seinem Leibe hineingerate.»

Elftes Kapitel,
worin ein höchstes Handschreiben endlich ernsthafte Anstalten zu einem Anfange der gegenwärtigen Geschichte trifft und worin man an manchen Dingen mehr gewinnt, als an Verstand verliert

Ich möchte wohl wissen, ob am Morgen darauf irgendein Romer aus dem Apotheker klug werden konnte, besonders die Schwestern, welche da gerade auf die größten Nachkirchweihen der Freude so entschieden aufsahen – oder sein Freund Worble, der so vielmal ganz vergeblich und ganz heftig an die verschlossene Arbeit- und Geburtstube der Diamanten anklopfte, daß Marggraf innen wider Willen stark rufen mußte, vor drei Tagen seh' er keinen Menschen an – oder vier oder fünf seiner einfältigsten Blutverwandten, welche ganz sich in ihn zu finden glaubten, wenn sie es für wahre Grobheit ansahen, daß er von ihrem Abschied keinen Abschied nahm – oder sogar der scharfblickende Stoß, der am faulen Heinze saß vor einem werdenden Dinge wie ein größter Diamant und welcher zwei Nächte lang ohne Not ins Feuer guckte, ob ihm gleich sein Prinzipal befohlen hatte, zu Bett zu gehen und nicht in einem fort so zu wachen wie er selber. –

Die Sachen standen aber freilich so – und darum wurde niemand daraus klug –: das Doppelspiel des Schicksals, das den Apotheker an demselben Tage wie zu einer Folter recht in die Ehrenhöhe hinaufgezogen, um ihn schnell auf den harten Lasterstein einer Diebschande herabfallen zu lassen, hatte durch den Sturz sein ganzes Herz erschüttert und dadurch das Gehirn dazu. Es war ohnehin mehr, der letzte Aufzug der Nacht, als sein schon von den andern Aufzügen des Tages vollgedrücktes und ermüdetes Herz noch zu tragen und zu fassen vermochte. – – Überlegte man nur überhaupt sorgfältiger, wie kleine, sogar unverdiente Brandwunden der Ehre doch von einem unauslöschlichen, gleichsam griechischen Feuer[134] geschlagen werden – wie das gute Bewußtsein sie nicht ganz löschen und kühlen kann, falls man nicht etwa eine so kleine öffentliche Schande wie zuweilen in London auf einem Pranger aussteht, wo die Zuschauer, anstatt mit faulen Eiern, als bessere Richter mit frischen Blumen bewerfen: so würde ein gutes Herz, das so gern und so leicht von den Leiden der Dürftigkeit mit *einer* Gabe erlöst, noch eifriger den Ehregebeugten mit allen Zeichen tröstender Achtung aufzuhelfen trachten, da ein Mensch dem andern leicht das Tadeln, folglich noch leichter das Loben glaubt. – Es gibt wenige Schmerzen, welche nicht alle Menschen oft, wenigstens einige Male geduldet hätten und dadurch ertragen gelernt; aber dem Schmerze einer öffentlichen Beschämung bleiben die meisten Glücklichen entrückt, und ein Unglücklicher bleibt ihm erliegen, weil er ein ganz neuer erster ist.

Im letzten Fall war Marggraf. Daher wollte er

sich retten und rächen; er mußte Rom beschämen; er wollte den allergrößten Schöpfungtag erleben, den sechsten, nämlich den Geburttag eines größten Diamanten, und dann, mit langen Goldsäcken an jedem Gliede behangen, vor Rom sich hinstellen und die Frage tun: «Kennst du mich, du grobes Nest? – Bestiehl mich nun, du Rabennest!»

In ihm war nämlich Lust und Hoffnung vorhanden, von den heiligen drei Königen (leicht so zu nennen, weil Diamanten, nach Art der Metallkönige, Kristallkönige sind), da ihm nach dem unechten Steine oder König (auch unter den drei Weisen war einer ein Mohr) ein echter gelungen war, endlich den dritten, glänzendsten zu machen, der nicht weniger wöge als hundertundsechsunddreißig und dreiviertel Karat.

Kurz er wollte wirklich einen *Regenten* machen.

Nun ist freilich ein Regent leichter in einem Fürstenhause als in einem faulen Heinze oder in einer voltaischen Säule zu machen; aber es ist ja hier offenbar die Rede bloß von jenem großen Diamant, «Regent» oder auch «Pitt» genannt, welchen zuletzt Pitts Feind und Opfer, Bonaparte, besessen haben soll.[135]

In stummer schwüler Versenkung in sich selber nahm er dem emsigen Diener die besten Arbeiten ab, mit welchen dieser sich gern für die Gespräche schadlos gehalten hätte, die ihm gleichfalls entzogen und verboten worden. Denn der Stößer hatte mehrere zum Erheitern angelegte Bauten von Triumphpforten für die Tapferkeit des Herrn und von Triumphpförtchen für die des Dieners einstellen müssen; Marggraf wollte von der Nachtwächter-Nacht durchaus nichts hören. Essen und trinken wollt' er auch nur wenig; welcher Nebenpunkt dem anhänglichen Diener so wehe tat, daß er sein eignes verstärkte, um sowohl das Fasten des Magens auszudauern als das Verhungern und Verdursten seiner eignen Zunge, über welche kein Tropfen und Bissen von – Worten gehen sollte. Er sagte recht ernsthaft in der Apotheke: «Keine Dienerschaft hält's in die Länge mit einem Prinzipal, der fastet, aus, wenn sie nicht dabei viel ißt und frißt.»

Schon in der ersten Nachtwache glühte Marggrafs Gehirn mit dem Ofen fort und wurde selber ein fauler Heinz; denn der sonst Lüfte und Köpfe abkühlende Morgen wurde für ihn vielmehr ein wahrer Kühlofen, dessen Hitze die Arbeiter kennen. Zuweilen murmelte er: «Ein Prinz von Geburt ist kein Dieb, ganz und gar kein Dieb.»

In der zweiten Nachtwache schlug sein Geistes-Brand ganz hell aus ihm heraus. Das bisher versperrte Wachsbild der Prinzessin und Geliebten Amanda, das er sogar vor dem vertrauten Stoß als sein erstes und einziges Geheimnis verborgen gehalten, holte er selber in der Standuhr aus seiner Heiligenblende unter dem Dache herab und machte weit die Standuhr auf und stellte zwei Lichter davor, um das holde Köpfchen wie einen Trost, wie einen Engel unaufhörlich anzuschauen.

Es war schon in der Nachmitternacht, als er das unbewegte, wenn auch nur mit tauben Blüten, aber vom Helldunkel verklärte Gesicht, auf das er seine von Feuer geblendeten Augen lange emporgeheftet, feierlich anzureden anfing, halb träumend, halb schauend, Inneres und Äußeres verschmelzend:

«Amanda! Steh mir bei und gib das Zeichen, daß ich dich wiederfinde! – Bei Gott», rief er, «sie bewegt die Augen und die Hände und steht mir bei!» Da aber die Wachsbüste nur Augen, keine Hände hatte: so sah er ohne Frage im Halbtraum eine andere Gegenwart und Erscheinung, als außen vor ihm stand. – Stoß sah gar nichts als den Seher.

«Amanda, himmlische Gestalt!» fleht' er sehnsüchtig, «gib mir ein gutes Zeichen, daß ich meinen Vater finde! – O sieh doch, Stoß, wie sie Ja nickt!» – Dieser blickte hinauf und fing selber vor lauter Angst zu sehen an und sagte: «Ach, Herr Gott!»

«Oh, du teuerster, liebster Vater, du willst deinen Sohn aufnehmen? – Ach sieh, ach sieh! Er macht's so mit den Armen nach mir!» rief Marggraf und streckte die seinigen aus. Er sah nämlich im fernen Spiegel seine eigne Gestalt, die er der Ähnlichkeit wegen für die väterliche hielt und an welcher er bloß sein eignes Armausbreiten und seinen eignen elektrischen Haarschein wahrnahm; aber durch das bisherige Fortglühen seines ganzen Wesens hatt' er sich im eigentlichen Sinne selber magnetisiert, und alles Innere gestaltete sich also leicht zu Äußerem. «Ich sehe vom alten Herrn gar nichts», versetzte

Stoß, welcher glaubte, der alte Apotheker Henoch sei erschienen, «aber ich bin auch kein Sonntagkind.»

Marggraf schauete wieder zu Amanda hinauf und bat: «Himmlisches Wesen, gib mir ein Zeichen, daß mein Werk gelingt, gelungen! – O Gott, sie reicht mir die Hand und hat schon den Diamant am Finger», rief er, ohne nach dem Ofen hinzusehen.

«Mir ist auch so was», sagte Stoß. «Wenn dergleichen ist, so kann ja der Stein fertig sein und herausgelangt werden.» Das Gehirn des Dieners fing am faulen Flecke des herrschaftlichen Kopfes, wie ein Apfel am andern, Fäulnis auf! Während Marggraf noch immer mit den Augen in die blauen des Bildes eingesunken blieb und, statt zu bitten, nur zu beten schien: faßte der Stößer gläubig mit der Zange den Pitt, nämlich den Regenten, ich meine den Diamant, und schrie im Heben und Wenden: «Peste! er strahlt doch wahrlich, so wahr ich hier sitze.»

Es dämmerte schon der Morgen heran, als das Steingut herauskam und fortblitzte. Mit Mühe brachte und weckte Stoß den Seher aus seinem Anschauen des geträumten Steins zum Anschauen des wirklichen, und Marggraf fragte: «Ist etwas damit vorgegangen?» – Schweigend wurden endlich einige Haupt-Ankerproben und Wasserproben damit gemacht.

Der Stein bestand jede – und ich versichere es hier auf mein Wort der ganzen Welt!

Haltet den Atem an euch, teilnehmende und voreilende Leser! – Marggraf sagte endlich ruhig: «Echt!» und änderte das Gesicht nicht. Stoß sah begierig in sein Gesicht und paßte bloß auf ein Signal darin, um alle seine Jubel-Lärmkanonen zu lösen und seine Freudenfeuertrommel zu rühren; Marggraf aber gab kein anderes Signal als das, sich fertig zu machen und mit ihm zum Juden Hoseas zu gehen; und als der Stößer doch einigermaßen seiner Freude Luft machen wollte und französisch aufzurauschen anfing: «Paix! Bon! Peste!», so verbot es Marggraf mit Handwinken und mit den leisen Worten: «Ruhig, kein Wort mehr!» Stoß tat es so ungern als möglich, schnitt aber doch einer ihm zum Ausfragen nachlaufenden Schwester ein so flämisches grinsendes Gesicht, als zu seinem Schweigen unentbehrlich war. Weil der Apotheker mitten in der weiten, vielleicht über Jahrzehnte reichenden Freude mit unverletzter Besonnenheit die Standuhr der Prinzessin so wie das Zimmer sorgfältig verschlossen hatte: so verfiel der scharfsinnige Stößer auf die Vermutung, das Bild sei gar eine wundertätige Heilige – und die angezündeten Kerzen und der an Marggrafs Kopfe phosphoreszierende Heiligenschein und die galvanische Säule, in welche vor einigen Tagen große Opfertaler wie in einen Altar gelegt worden, ließen ihn denken (und er fand es nicht unmöglich und unrecht), daß ein katholisches Heiligenbild auch an Protestanten Wunder verrichte und sie reich mache, wie Christus Heiden gesund – und er fühlte sich lebhaft von seinem Glaubenbekenntnis so viel abzustehen geneigt, als zu einem katholischen Gebet an eine Heilige gehört.

Dem Schächter und Sänger Hoseas wurde der Regent, nämlich der Regal- und Imperialfolio-Diamant, vorgehalten ...... Es würde meine Kräfte nicht übersteigen, hier das Gemälde zu liefern, sowohl von den Ausrufungen, Staun-Gebärden, Wortflüssen, Kauf-Fechterspielen und blauen Dünsten des Schächters auf der einen Seite, als von der ganz neuen Kürze, Festigkeit, Würde des Apothekers auf der andern, so wie auch von dem hohen Rate und Sanhedrin[136] beigerufner Juden, Notarien, Stein- und Rechtskundigen; – denn ich hätte nur des Juden Schwüre nachzuschreiben nötig, daß der *Regent* (denn ebenso viele Karate wie der berühmte wog er nicht nur, sondern noch sieben darüber), daß dieser Regent ungewöhnlich *gepanzert* sei durch gendarmes[I]; daß er points und Stroh in sich habe und der Regent schwer zu polieren oder ein sogenannter diamant de nature sei und daß die Hälfte des Wertes, welche der Schneider oder diamantaire übriglasse, gut noch zwei Drittel unter Brüdern einbüße – – dadurch, wie gesagt, wäre die jüdische und juristische Seite geschildert; auf der andern aber, wie leicht wäre Marggrafs neues Fürstenwesen durch seine Äußerungen dargestellt: Gewinn

I So nennen die Juweliere große Flecken oder matte Stellen.

sei ebensosehr unter seiner Würde als Streit deshalb, nur möge man sein gutwilliges Aufopfern nicht mit kaufmännischer Unkenntnis verwechseln. – Mit Vergnügen flöcht' ich hier den ganzen Diamantkaufbrief in seiner völligen Ausführlichkeit, wie er körperlich vor mir liegt, auf diesem Bogen ein – zumal da vielleicht durch das Kaufinstrument meinem wenigstens historisch wichtigen Werke doch für einige zweifelsüchtige juristische Leser mehr Glaubwürdigkeit zuwüchse –; aber ich halt' es (sonst tät' ich's gern) nicht für recht, so viel unschuldige Leser dem juristischen Gehölze zuzutreiben, welche mit einer so lebhaften, gewiß nicht tadelhaften Ungeduld vor das ungeheure Palais royal und Eskurial auf einmal gestellt sein wollen, zu welchem der Diamant-Pitt den Grundstein gelegt.

Sollt' es uns nicht genug sein, sogleich bloß folgendes zu erfahren? Nämlich der Apotheker wurde bei dem Verkaufe des Steins so oft als möglich über die Hälfte verletzt (durch laesiones ultra dimid.[137]) und bekam daher nur mehr oder weniger zehntausend fl. rheinischer Währung auf der Stelle in Geld ausbezahlt – denn die halbe Judengasse schoß bei –; und ebenso viele auf Papieren zugesichert. – Hätt' er freilich nur sieben Tage warten wollen (aber eingesperrte Glut jeder Art trieb alle Räder seiner Natur heftig um); ja nur fünf: so hätte ihm der Hofjuwelier der Hauptstadt Hohengeis mit Freuden das Doppelte bewilligt, um endlich auch einmal in seinem hagern Juwelierleben fünfzig Prozent unter lauter Schwüren seiner zu großen Einbuße in das grüne Spiegelgarn seines Beutels einzufangen. –

Als Marggraf seine neuen Krontruppen (viele tausend gekrönte Köpfe stark) in seiner Stube und auf seinem Tische hatte – denn natürlich werden die verschiednen aufgestellten Geldrollen gemeint –: so setzt' er sich nieder und schrieb folgendes hohe Umlauf-Handschreiben an Worble, Süptitz und Renovanz:

Liebe Getreue! Wir tun euch hiemit zu wissen, daß Wir die fürstliche Würde, die Uns Gott längst durch Unsere Geburt verliehen, fortan öffentlich durch zweckdienliche Mittel behaupten können und wollen, wohlwissend, daß es der Vorsehung aus weisen Absichten gefallen, Uns im dürftigen, ja niedrigen Stande eines Apothekers aufwachsen und erziehen zu lassen, um Uns durch das Bekanntmachen mit so vielen Leiden der dienenden Stände teils von aller Überhebung einer höhern Geburt – über welche der Fürst so gar leicht die Verwandtschaft mit andern, gleichfalls wie er von demselben Adam abstammenden Menschen vergißt – auf der einen Seite zu bewahren, teils um auf der andern Unser Herz, so warm und mild es auch von Geblüt sein mag, noch mehr für jeden Menschenbruder, der Elend hat und Trost begehrt, zu erweichen und aufzuschließen; – alles dies wohlwissend und wahrhaft dankbar anerkennend, daß Wir auf diese Weise in Deutschland und in der Wirklichkeit ebenso glücklich zu Unserer Ausbildung als Privatmann erzogen worden wie Prinzen zuweilen im Morgenland und besonders in Romanen, z.B. von Wieland im goldnen Spiegel[138] – ein Fall, der überhaupt viel öfter vorkommen muß, da sonst nicht so viele sich aus Wahnsinn für Prinzen halten würden –: so sind Wir gesonnen, nicht länger als bis zur künftigen Woche in einer Stadt zu verweilen, welche Unser Mißfallen in großem Grade und neuerdings an einem wichtigsten Tage vom frühen Morgen bis in die tiefe Nacht sich zugezogen.

Wir wollen deswegen Uns in gedachter Woche, gleich so vielen andern Prinzen, auf fürstliche Reisen begeben, um ausländische Länder zu sehen – deren Höfe zu studieren – von langer Arbeit auszuruhen – Gelehrte und Künstler auszumitteln und aufzumuntern – und hauptsächlich in so manche Wunde Öl zu gießen, die Wir auf Unserer Lustreise am Wege offen finden werden.

Ob Wir gleich nach außen hin vor der Hand in einem Al incognito zu bleiben gedenken: so wollen Wir doch in Unserer Nähe Unsrer Würde nicht entsagen. Da Wir aber zu Unserem Reisegefolge und Hofstaat am liebsten Personen auswählen, deren Treue und Anhänglichkeit Uns schon früher erprobt geworden: so ernennen Wir hier den sogenannten Freimäuerer Worble zu Unsrem Reisemarschall, den Waisenhausprediger Süptitz zu Unsrem Hofprediger und den Künstler Renovanz zu Unsrem Hofmaler und wollen jedem von ihnen den halbjährigen Gehalt von tausend fl. rh., welchen der Leibpage Stoß mit dem Handschreiben überbringt, dergestalt vorauszahlen, daß die Reisekosten von uns besonders getragen werden. Die übrigen Hofstellen bleiben offen und werden erst unterwegs mit den tüchtigen Subjekten besetzt. Solches haben Wir hiemit verfügen wollen.

Rom 1790

Nikolaus

Wenn mehrere versuchte[139] geheime Kabinetträte und Sekretäre dieses eigenhändige Hand- und Kabinettschreiben in einem solchen Grade verworren, quer, breit, kurz und lang finden sollten, daß sich jeder bedenken würde, nur den eignen Namen darunter zu schreiben, geschweige einen gekrönten: so überlegt wohl keiner von ihnen, daß Marggraf gar keinen andern Sekretär dazu gehabt und genützt als nur sich selber; daher auch diese Selber-Wahlkapitulation als die erste und nötigste Handlung betrachtet werden muß, die er unter seiner eignen Regierung vornahm. Und doch weiß er – so schwer sonst in *einer* Hand Zepter und Feder zu halten sind – diese so zu führen, daß er wenigstens sein Ich durch alle Beugfälle hindurch, wie der kleinste Fürst, eigenhändig groß anfängt.

Oben wurde des Stößers als Leibpage gedacht. Marggraf hatte nämlich mündlich, noch eh' er die

Gehalte forttrug, zu ihm gesagt: «Zu gleicher Zeit erteil' ich Ihm die Chargen eines fürstlichen Kammerdieners und Leibhusaren und Leibpagen; goldner Tressenhut und Tressenrock verstehen sich von selber, und Er kann Seinen Anzug nicht zu kostbar wählen, um Seinen Herrn zu ehren. – Freuet Ihn dies recht? Zeig Er mir's frei; Er weiß, wie mich's freuet, wenn man mir seine Freude nicht verheimlicht.»

«Ach, ich armer toller Hund», versetzte Stoß, der heute zum ersten Male vor Freuden weinte, «ich kann's jetzt unmöglich, aber morgen oder abends.»

«So will ich Ihm nur sagen», fuhr Marggraf fort, «daß sein Amt bei einem Fürsten weit wichtiger ist als Er denkt; – Er zieht den Fürsten an und aus, Er hat in Krankheiten und Nächten und immer etwas bei ihm zu tun; und da kann Er gerade auf feine Weise die Gelegenheit benutzen, mich einzunehmen für oder wider Leute, und hat immer mein Ohr. Wahrlich Sein Einfluß ist fast unwiderstehlich, und ich habe in der Tat sehr viele Ursachen, gegen Ihn, da ich Ihm so zugetan bin, recht auf meiner Hut zu sein.»

«Ach allerliebster Gott! tun Sie doch das vor einem solchen Erzspitzbuben wie ich, mag ich auch die Ehrlichkeit selber sein.»

Zwölftes Kapitel,

woraus man erst sieht, was aus dem elften entstanden, und daß in jenem eine Sitzung ist, und die Berichterstattung derselben

Die drei Neubeamten mochten nun von Marggraf denken, was sie wollten, so viel sahen sie wenigstens, daß die Säcke voll Besoldungen vor ihnen standen, und konnten sich leicht entsinnen, daß sie der Stößer die Treppe hinaufgetragen und hingesetzt. Keiner von den dreien wußte, ob er sie annehmen sollte oder nicht, sondern jeder behielt sie vor der Hand.

Worble rannte in der ersten Bestürzung in die Apotheke und fand daselbst die drei Schwestern schon in der zweiten, dritten und vierten – denn die jetzt weitläuftigern Anverwandten des Fürsten saßen zuerst mitten in Prinzessinsteuer[140] und Witwenkassen und Nadelgeldern, kurz in Geldern, welche ihnen Nikolaus geschenkt, und tropften noch vom goldnen Platzregen. – Der Stößer ferner hatte im Vorbeilaufen sowohl Dummheiten, die er glaubte, als andere, die er ersann, zusammen ausgeteilt und unterwegs die glänzendsten Nachrichten von einer Heiligen und Wundertäterin, die er nicht mehr zu nennen wisse, beschworen und gegeben. Auch der Apotheker selber war, eh' er zum zweiten Male ausging, zum ersten mit drei großen Schauls auf den Armen wiedergekommen und hatte es vor den drei Beschenkten flüchtig bedauert, daß er in künftiger Woche auf Reisen gehen und sich überhaupt als Fürst in mehr als einem Sinne von ihnen entfernen müsse.

Gerade gegen die Schwestern hatt' er sich über seine Herkunft nur keck und kurz erklärt, wovon die Ursache allerdings zu untersuchen wäre.

Zum zweiten Male war er mit Geldern und Leuten ausgezogen, um in aller Eile, als gäb' es einen Tag später keine Kutschen und Pferde mehr, sowohl diese und Kutscher einzukaufen als noch tausend andere Sachen.

Der wirkliche Reichtum war da – sahen sie alle –, aber mögliche Tollheit auch. Nur eine oder zwei seiner Schwestern – welche bei der Auferstehung früher ihre Kleider als ihre Knochen gesucht und aufgelesen hätten – fanden in den geschenkten Schauls alle Spuren eines wackern Verstandes.

Ehe Worble kaum das größte Erstaunen ausgeteilt und angehört hatte, kamen noch der Prediger und der Maler nach und halfen weiter staunen, besonders den Schwestern, welche von ihnen Marggrafs neueste Geldauswerfungen bei seiner Selberkrönung erfuhren.

Ganz Rom hatte ohnehin der Stößer erschüttert, weil er über jede Gasse, durch die er ging, den Schneckenschleim und Laich seiner Berichte gezogen. Sterbende sollen allda (ist Worblen zu glauben) der Neuigkeit wegen eine halbe Stunde länger gelebt haben; – ein verdienter alter Soldat, der seine Frau mit Füßen getreten und noch dazu mit scharfen hölzernen Stelzfüßen, soll von ihr herabgestiegen sein, bloß um das Nähere von der Sache in Ruhe zu erfahren. – Wer nur Deutsch konnte, beobachtete die rhetorische Regel und fragte: quis quid ubi quibus auxiliis cur quomodo quando?[141] – Alle Peters-Kuppeln und Kapitolien im welschen Rom waren Streusand gegen den Edelstein im Hohengeiser – Regenten aus allen fürstlichen Häusern standen auf ihren verschiednen Thronen umher und ragten empor, aber kein Mensch sah hinauf, jeder war nur auf den steinernen harten Pitt oder Regenten erpicht – – Aber warum denn, bitt' ich, läßt der Mensch sich die weite Brust, welche ganze Universalhistorien und Universa beherbergen kann, vom Gewebe einer Winkelspinne ausfüllen und sagt dem All, wie einem schlechten Mietmanne, die Wohnung auf, damit sich ein Endchen Ding einquartiere? – Aber warum, frag' ich fort, lass' ich mich denn selber durch Fortfragen von dem elenden kleinen Stadtgelärme dermaßen einnehmen, daß ich das Große der Geschichte vergesse und mit Mühe erst so fortfahre wie folgt? –

«Für so vieles Geld», redete Libette die drei Herrn an, «könnten wir wohl alle unser bißchen Verstand und Unverstand zusammennehmen und darüber beratschlagen, wie einem so guten Manne zu helfen sei.»

Der Zuchthausprediger fing als der erste Vorstand der gelehrten Sitzung zuerst zu stimmen an und äußerte sich nicht ohne Scharfsinn so:

In nichts find' er sich für seine Person leichter als

in des Herrn Marggrafs Tollgewordensein. – Von dessen früherer Erziehung aus Gründen gar nicht zu sprechen, so habe schon das bloße ungeheure Glück, statt eines großen Loses sogar das allergrößte zu gewinnen, womit die andern Lose auch zu gewinnen wären, den besten Kopf verdrehen müssen; zu diesem *Fluge* sei nun noch gar der *Fall* von der Leiter gekommen, der durch den Abstand das Gehirn doppelt erschüttert habe – Gleichwohl wäre noch Besinnen möglich geblieben, hätten nicht die Nachtwachen, wodurch sogar Tiere, wie Falken, um Verstand und um Erinnerung des vorigen Wesens kommen, ihm beides von neuem beschnitten, wiewohl sogar in diesem Falle sich fragen ließe, ob er ohne den Fund des Regentdiamanten auf den Gedanken einer Regentschaft gefallen wäre. – – «So aber, mes Demoiselles, konnte schlechterdings jeder Seelenkenner nichts anderes erwarten als eine wahre fixe Idee; etwa von wirklicher Tollheit. Sind denn nicht alle Menschen bei weit mattern Veranlassungen dahin gekommen, für weit unwahrscheinlichere Wesen als für Fürsten sich zu halten, der eine sich für einen Gott den Sohn, der andere für einen Gott den heiligen Geist, der dritte sich für gläsern und der vierte buttern, der fünfte (ein großer Theolog zu Oxford) für eine Flasche oder bloß für einen Topf ein sechster, zu geschweigen der Hähne, Rüben, Gerstenkörner, wofür noch andere sich angesehen, was doch alles nicht so menschenmöglich ist als ein Fürst, da dergleichen existiert?» –

«Gelehrtester Herr Prediger», rief Libette aus, «daß mein Bruder sich etwas in den Kopf gesetzt, glauben wir ja alle gern und sitzen deswegen hier; wir wollen nur aber wissen, was zu tun ist und ob man wie ein Narr dem Narren so zusehen soll.»

«Nun ist aber das Erwünschte bei der Sache», fuhr Süptitz fort, «daß er sich wirklich für einen Fürsten hält und somit dem bekannten Professor *Tittel* in Jena gleicht. – Dieser sah sich gleichfalls für einen an, und zwar für einen römischen Kaiser sogar; – man nannte von weitem eine Macht, sogleich ließ Tittel die seinige ins Feld rücken –; indes er in allen andern Punkten, zumal auf dem Katheder, so vernünftig war und las, als säß' er auf gar keinem Throne. Mit demjenigen Verstande, den Herr Marggraf noch hat, läßt sich also anfangen und der verlorne sich gleichsam wieder einfangen, wie man große Stockfische mit kleinen ködert.» Aus diesen Gründen war Süptitz der stimmenden Meinung, man müsse ihn reisen und gewähren lassen; denn wörtlicher Widerstand, wie hier in Rom am ersten zu befürchten sei, presse und höhle die fixe Idee nur noch tiefer und fester in sein Gehirn – die heitern Zerstreuungen der Reise, der Wechsel neuer Ideen heile Leib und Geist – und ein geschickter Seelenlehrer, der ihn begleite, könne unvermerkt hier mit Blick, dort mit Wort, heute umschleichend, morgen ganz ansprengend, die Spielwalze seiner Ideen so glücklich verschieben, daß sie ein ganz anderes Lied vorspiele.

«Sie reisen demnach hoffentlich», sagte Worble, «als Seelenlehrer und Hofprediger mit und arbeiten am Manne und stellen ihn her?» – Wider Erwarten brachte der Prediger starke Bedenklichkeiten zum Vorschein, die Züchtlinge seines Kirchsprengels hintanzusetzen, da es größere Pflicht sei, Bösewichtern geistlich beizuspringen als bloßen Wahnsinnigen – wiewohl oft die Polizei Zuchthäusler und Tollhäusler unter ein Dach gebracht –; indes setzt' er diesen Bedenklichkeiten wieder seinen unschuldigen Wunsch entgegen (und schwächte jene damit genug), auf einige Reisen zu gehen, um vielleicht sowohl seinem beschwerlichen Fettwerden als seinem immerwährenden Geistanspannen einigen Einhalt zu tun.

Als ihm Worble diese Ausleerung der Fettzellen und der Gehirnkammern recht ernstlich anriet und ihn daran erinnerte, wie oft er ihm selber vorgeklagt, daß er für die Kanzel seiner Kirche (zumal bei heftigen Nutzanwendungen) endlich zu dick und feist werde, so wie sein Ringfinger für den Ehering, auf dessen Durchfeilen er sich ungern vorbereite, so versetzte Süptitz wiederum: «Wahr genug! – Inzwischen erklär' ich hiemit, lieber bleibe ich daheim, eh' ein Reisegeld mich bestimmen soll, unterwegs den Herrn Apotheker für einen Fürsten auszugeben; höchstens etwa werd' ich seinem Eigennamen Marggraf, nach der Weise der Süddeutschen, den Artikel vorsetzen und bei den Leuten sagen: *der* Markgraf.»

Dem Frohauf Süptitz – den Worble ein lebendiges Pro-contra oder Fürwider hieß – versetzte Renovanz, um gleichfalls abzustimmen: «Ich will bersten, tu' ich auch nur dies, gesetzt er nähme immerhin mich unter der lästigen Bedingung mit, ohne welche ich nach dem Testamente meines Vaters ohnehin nicht verreisen darf.»

«Oh», sagte Libette, «Ihren phantastischen Bruder packt er so gern mit auf als Sie; was ist dem närrischen Verschwender jetzt ein Narr mehr oder weniger!» – –

Der gute Leser, für den ich ja alles tue und für welchen allein (und für niemand andern) ich eine so lange Geschichte ausarbeite, soll wahrhaftig nächstens das Kapitel, worin über den Bruder des Malers der vollständigste Aufschluß gegeben wird, in die Hand bekommen. Nur jetzt muß vor allen Dingen fortgefahren werden.

«O meinethalben!» fuhr Renovanz fort. «Maler aber haben von jeher sich nach keinen Fürsten gefügt – Holbeine und andere haben vor Königen, die sie malten, Tabak geraucht – Tiziane haben sich von Kaisern, die nur zusahen, Pinsel aufheben und zulangen lassen. – Und dabei waren dies noch Fürsten von Geburt und Geblüt .... Was gibt's aber hier an echter Fürstlichkeit für einen Künstler? – Ohnehin hoff' ich unterwegs dem Herrn Apotheker wohl wesentlichere Dienste als jene Künstler ihren Fürsten – denn malen werd' ich ihn überdies noch oft genug müssen – zu leisten, wenn ich, da er doch jetzt sich als Fürst noch mehr denn sonst als Hunde-Apotheker für einen Kenner der Malerei wird geben wollen, mit den nötigsten Kunsturteilen aushelfe, die er in den verschiednen Kunstsammlungen, die er besieht, zu fällen hat. Ich dächt' wenigstens.»

«So denkt doch», unterbrach Libette, «jeder nur an sich, keiner an meinen Bruder.»

«Mich nehmen Sie aus», versetzte der Maler, «denn nach meinem Urteile soll er gar keinen Tritt aus Rom versuchen. Er muß als Mente captus, als Imbecile, als veritabler Narr seinen Vormund und Curator bekommen, der sein Vermögen bewacht – man könnt' ihn sogar für einen Verschwender erklären.»

Da stimmte Worble ab und fuhr auf: «Wie, ein Mann, der, wie eine Harnblase, jeden Monat Steine erzeugen kann, und zwar die edelsten, der soll kurz gehalten werden? Einen lebendigen Diamantbruch, ein ganzes europäisches Brasilien im kleinen, das uns wenigstens Westindiens diamantne Ketten zerbröckeln könnte, will man aufhalten in seiner Arbeit? – Beim Teufel! wenn er sich nun von heute an hinsetzte und nichts mehr machte? – Oder soll er mit seinem Glanze in diesem modrigen Neste verschimmeln, sich wie eine Fackeldistel in der Wüste abblühen? – Meinetwegen halt' er sich für die heilige Pforte[142] oder für den heiligen Stuhl: ich werd' ihn gemäß dem Range in seinem Kopfe anreden, und wenn er sich für den Beherrscher von Darfur in Afrika ansehen wollte, der hochtrabend genug[1] sich den Ochsen, den Sohn eines Ochsen, den Ochsen aller Ochsen schreibt: ich würde meine bisherige Duzbrüderschaft mit ihm ohne Anstand fahren lassen und ihm seine Titel geben. – Der Henker! dort kommen ja eben Seine Durchlaucht mit einem neuen Wagen und Kutscher herabgefahren, und Stoß steht hinten auf.»

Er war's in der Tat.

Zwei Schwestern, welche bloß für einen Kopfputz Kopf genug hatten, gaben in der Eile nur die kurzen Stimmen ab, daß es für die Ehre der Marggrafschen Familie allerdings am geratensten sei, wenn ihr verrückter Bruder ihnen und der Stadt keine Schande mache, sondern in der Fremde sein Wesen triebe. – – «Ho, ho», versetzte Libette, «mich laßt nur mit. Und sollt' ich in ein Paar Hosen und Stiefel hineinfahren und als die einzige Frau unter dem Männergesindel mitlaufen:» (hier nickte Worble recht beifällig und sagte: o göttlich!) «so soll mein guter blinder Bruder nicht ohne eine gescheite Schwester herumreisen, die ein bißchen auf ihn sieht; denn es gibt gar manche Schelme unterwegs, Herr Worble!»

Eben trat der Apotheker ein; leichter ruhiger Anstand, verbindlichstes Lächeln, eine gewisse Würde verkündigten den Fürsten. «Ihro Durchlaucht haben wir», hob Worble an, «sämtlich in

1 Browns Reisen in Afrika.

corpore unsern Dank darbringen wollen; auch haben wir vorher eine heutige leichte Sitzung über das Mitreisen gehalten, von welcher ich Ihnen, Sire, einen kurzen Bericht abzustatten wünsche!» – So hatt' er angefangen, in der festen Erwartung, der Apotheker werde bei seinem vollen Absprung von der Duzbrüderschaft seine Leute kennen. Aber der Apotheker erwiderte: «Damit werden Sie mich unendlich verbinden, Herr Reisemarschall» – und warf so den betroffnen Marschall beinahe aus seiner Rolle, weil dieser seinen halben Ernst gar mit einem ganzen aufgenommen sah. Dabei hatte Marggraf seinem sonst schreienden Sprachton einen solchen Dämpfer (sordino) aufgesetzt (hohe Personen sprechen fast unhörbar, hatt' er gehört), daß er unendlich schwer zu verstehen, sogar zu beantworten war.

Der Freimäuerer erstattete jetzt einen gedrängten Bericht, nicht ohne leichte Bosheit gegen die zwei Mitbesoldeten. «Wie konnten Sie», wandte sich darauf der Apotheker mit ausnehmender Leutseligkeit und Grazie zuerst an Renovanz, «mein bester Herr Hofmaler, nur *einen* Augenblick daran zweifeln, daß ich Ihren Herrn Bruder mit größtem Vergnügen und ganz auf meine Kosten in mein Gefolge aufnehme, wenn ich damit einen solchen Künstler wie Sie gewinnen und um mich behalten kann? War dies freundschaftlich genug gedacht?» Renovanz verbeugte sich schweigend, aber doch um zwei Pariser Linien tiefer als sonst.

«Auch Sie, Herr Marschall, können Ihre Gemahlin mitnehmen», fuhr Nikolaus fort.

«Durchlaucht!» versetzte Worble mit ptolemäischen Kreisen und Windungen und Wendungen auf dem Gesichte, «diese laß' ich wohl nirgend lieber als zu Hause. Mach' ich mich auf einige Zeit weg von ihr: so tu' ich's hauptsächlich, weil ich eben auf zweierlei ausgehe, welches in der Ehe so wichtig ist, in der wohl manche Wetterwolken unterlaufen: Ich wünsche nämlich durch mein Verreisen es dahin zu bringen, daß wir uns beide nacheinander stark sehnen, nicht nur sie sich nach mir, sondern auch ich mich nach ihr, was beides jetzt der Fall nicht sein will. Die Ehe – auch meine – hat das Besondere, daß man – die Frau vollends – darin zwar sehr liebt, aber auch verteufelt brummt; so wird man dadurch auffallend jenem frommen Manne[1] ähnlich, welcher bei dem Namen Gott, so gottesfürchtig er war, aus Gemütkrankheit ihn immer so zu lästern gezwungen war, daß ihm selber grausete; die eheliche Liebe selber erhält sich unter der Schneedecke der ehelichen Zänke ganz warm. – Zweitens will ich meine Abwesenheit zu noch etwas machen, nämlich zu einer Hahnemannschen Weinprobe[143] gegenseitiger Tugend und Treue; ich will versuchen, ob sie mir in der langen Abwesenheit und ob ich ihr unter den großen Versuchungen treu bleiben kann. Dies ist das wenige, was ich mit

1 Sulzers Schriften. B. 1. S. 105.

vielem habe sagen wollen, Durchlaucht! Sonst hab' ich noch andere Gründe genug zum Mitreisen, die nicht einmal so ordentlich lauten.»

Der Apotheker nahm zwar den kühnen Scherz in seiner Gegenwart liebreich auf; doch lächelte er nicht laut, sondern wandte sich schnell so an Süptitz: «Wie herzlich gern, Herr Prediger, säh' ich Sie, so wie Ihre Gemahlin, auf meiner Reise zugegen! Es sollte Ihrer Gesundheit so gut zuschlagen wie, hoff' ich, der meinigen.» – Erst aus spätern Papieren ersah ich, daß Nikolaus unter seinen Reisezwecken sich auch den vorgesetzt, seine am chemischen Feuer vergelbten Jugendrosen in freier Luft rot aufzufrischen, um schöner bei der Schönsten anzulangen. «Ohne weitere Frage», sagte er zu sich, «stellt jeder sich nach einer Reise viel blühender vor, und die Freude des Wiedersehens tut denn auch noch dazu.»

«Herr Marggraf!» versetzte Süptitz, «mein Herr Markgraf von Hohengeis muß wohl in jedem Fall erst um gnädigsten Urlaub von mir gebeten werden; aber ich werde daher erst nach einigen Tagen indirekt – unmittelbar wollt' ich sagen, jedoch beides, so wie direkt mit mittelbar wegen des Gleichklangs zu verwechseln, gehört wohl auch unter die unerkannten Leiden des Menschen – alle Beschließungen überbringen können.» – –

Damit ich aber meine mir so lieben Leser und Käufer auf keinem halben Bogen lang die Angst aushalten lasse, einen solchen Mann wie Süptitz auf

Marggrafs Reisen einzubüßen: so soll ihnen sogleich dieses Kapitel mitteilen, was ich im nächsten hätte berichten müssen. Frohauf Süptitz hatte nämlich das Eigne, daß er zu einem Gott getaugt hätte, welcher, um eine kurze Zeit zu erschaffen – sei sie auch noch so lang –, vorher eine ganze Ewigkeit a parte ante nach den Philosophen dazu haben muß: – so lange beratschlagte er sich mit sich und seiner Frau. Letzte aber setzte ihn jetzt erstlich vor lauter Bewunderung – denn ihr Ehe-Haupt war ihr das Haupt der Christenheit und ein Christuskopf des Wissens –, zweitens vor lauter Liebe – denn für sich und ihr Wohlsein gab sie keinen Groschen, aber für jenes und ihn alles – in noch größere Schwankungen, als er schon litt, weil sie teils gern zu Hause bleiben wollte, gegen welches er ihr seinen Mangel an einer Kranken- und Gesunden-Wärterin einwarf, teils gern mit dem Männerzuge gehen, wobei er ihr dessen mögliche Verstärkungen, deren Ende gar nicht abzusehen war, und ihre einzige weibliche und priesterliche Würde vorhielt. «Mein Hauptanliegen dabei ist ja bloß, daß du nicht so viel nachdenkst, sondern etwas magerer wirst», sagte sie.

Daß Frohauf nun nicht bis diese Stunde noch dort sitzt und fortfährt, abzuwägen und zu überschlagen, verdanken wir bloß seiner Diebgemeinde, die in *einer* Nacht den gordischen Knoten durchschnitt! Es traf sich nämlich glücklicherweise für alle Parteien, daß der Spitzbubenverein im Zuchthause sich zu einem Ohnehosenbund[144] oder -klub verknüpfte und daß das ganze Schelmenkonklave – nur darum so hart wie Kardinäle vermauert und so karg beköstigt, damit jeder selber sich zu einem heiligen Vater erhebe – sich eines Bessern besann und glücklich durchbrach und den Zurückzug antrat, ohne auch nur einen Mann oder die geringste Kindermörderin einzubüßen. Nicht einmal einen ehrlichen Mann hätten die Schelme zurückgelassen, wäre einer im Zuchthause dagewesen; zum Glück aber war ihr Zuchthausverwalter selber keiner, sondern hatte diese Habeas-corpus-Akte[145] für diese armen Inkorporierten bestätigt und war mit ihnen als Räuberhauptmann davon gegangen. Es ist noch nicht historisch ausgemittelt, ob zu dieser Aufhebung der Selberleibeigenschaft, nämlich zu diesem Stürmen der Bastille von innen heraus, nicht das damalige französische von außen hinein die Schelme hauptsächlich bewogen hat. Der Leser erinnere sich nur – was er ohne seinen größten Schaden nie vergessen kann –, daß die gegenwärtige Geschichte, die er hier aus mir als der Quelle zu schöpfen hat, gerade im Anfang der französischen Revolution vorgefallen. Das Diebgesindel fand sich ja von seinen Obern ebenso gebunden und gedrückt wie Frankreich, ja es hielt sogar mit einigen Frankreichern (die ich aber für damalige Emigrés halte, welche sich in der gallischen Kreuzschule selber veniam exeundi gegeben) die Marmorsäge gemeinschaftlich an der Hand. Davon aber anderswo! Wichtiger ist für uns der Umstand, daß die Zuchtleute ihre kleine Bastille nicht sowohl abgebrochen als angezündet. Dies hatte den für unsere Geschichte kaum zu berechnenden Erfolg, daß mit dem Zuchthause auch dessen Kirche in Rauch aufging und dadurch unser Süptitz weit längere Ferien überkam, als auf der Universität Coimbra gegeben werden, wo sie jährlich nur acht Monate dauern. Denn jetzt konnte er jahrelang abwarten, bis die Stadt den Schafstall und die dazu nötigen Böcke für den Seelenhirten wieder zusammenbrachte, besonders da Rom vielmehr sich tausend Glück dazu wünschte, daß die Kirchgänger die Mühen und Kosten eines Selber-Schubs unaufgefordert übernommen. Kleinere Sünder und ehrliche Schelme aus der Stadt, die sonst auch in der Zuchthauskirche hospitiert hatten, konnten künftig in anständigeren Kirchen bekehrt und gebessert werden, in der Stadtkirche, in der Schloßkirche, in der katholischen.

Kurz der Zuchthausprediger Frohauf Süptitz wurde Hofprediger des Apothekers und nahm Ruf und Reisepaß an, was eben zu erweisen war und den Lesern frühzeitig zu erzählen ......

Wir sind nun wieder ins Zimmer zurück, wo, wie gedacht, gesessen und gestimmt wurde. – Der Fürst hob endlich die Sitzung auf, entließ aber jeden mit solchen aufrichtig-gemeinten Anerbietungen der Fürsorge, mit solchen herzlichen Ausdrücken seiner Hoffnung, ihnen allen, und wer etwa noch sich anreihen würde, den Reiseweg durch lauter Freuden zu verkürzen, daß seiner Schwester Libette ordentlich Tränen in die Augen traten über sein gutes Herz und seinen kranken Kopf und sie ganz verdrießlich die Reisegesellschafter ansah, welchen jenes und dieser etwas eintragen sollte.

Nach der Entfernung der Mitreiser befahl Libette ihren Schwestern, aus dem Zimmer zu gehen, weil sie so gut etwas zu sagen habe als jeder; denn der vortragende Rat Worble hatte sie (er wollte mithin mehr als gewöhnlich zart erscheinen) in seinem Stimmen-Protokoll ganz ausgelassen. «Bruder», fing sie an, «denn *eine* Mutter werden wir gottlob doch haben – ich will mitreisen; höre mich aber aus.» Jetzt stellte sie ihm – sie konnte eine Schwester Rednerin[146], ja eine Kanzelrednerin sein – mit sanftem Nachdruck vor, wie sie bisher am meisten für ihn gesorgt, sowohl für seine Pflege als für seine Freude, und wie sie, ob man sie gleich den wilden rauschenden Ruprecht nenne, doch ihn immer so weich auf den Händen und Fingern getragen wie ein Grasmücken-Ei – sie fragte ihn, wer wohl seine Bedürfnisse und Nöten und Süchteleien besser kenne als sie aus einem langen Beisammenleben – («das werd' ich hart empfinden», sagt' er dazwischen, «aber stark ertragen») – sie bat ihn, selber zu entscheiden, ob es nicht gut sei, wenn ein doch von weitem Blutverwandter sich seiner und seiner Gelder ein wenig annehme gegen blutfremdes, durstiges Hofgesindel, das einen Zapfhahn nach dem andern in ihn stechen und einbohren werde.

«Sie mögen stehlen», sagt' er, «ich mache einen Diamanten und bleibe vergnügt.»

«Und vergnügt, mein Bruder?» erwiderte sie und faltete die Hände und blickte zu ihm starr mit solchen liebewarmen, liebefeuchten Augen hinan, daß seine selber trübe wurden und er mit beiden Händen ihre gefalteten lange umschloß, eh' er sich endlich zur Frage verfügte: «ob es aber je die Delikatesse des Geschlechts erlaube, daß eine Dame als die einzige unter lauter Männern sei, gleichsam eine Blume im Forst; hier besonders sitze der Hauptknoten.»

«Wenn er nur da sitzt, so gibt's noch Trost in der Welt», versetzte sie; «ich werde dein Hofnarr, Herr Marggraf, und habe Hosen an und sage Du zu dir, wie zu allen deinen andern Narren! Ihr nennt mich ja ohnehin immer den Tyroler Wastel.»

Eine kühne Frau errät selten ein Mann; denn ihre Mißgriffe wie ihre Griffe fahren über den Kreis der Klugheit hinaus. – Mit dieser unvorhergesehenen Kleidung und Rolle hatte sie das schon lange stehende Heer von Marggrafischen Einwendungen auf einmal zerschlagen; es flohen alle Einwendungen ihres Geschlechtes – ihrer bürgerlichen Abkunft – ihres lustigen mannhaften Poltertons – einiger Unbildung – und des Du; und er nahm ihre Mitreise an und um so leichter an, da sogar Hofnärrinnen von fürstlichem Geblüt an großen Höfen, bemerkte er, nichts Unerhörtes seien.[1] Nur wurde ausgemacht, daß sie einige Tage vor ihm sich aus der Apotheke verlieren und dann in Tracht eines Tyrolers sich zu ihm finden sollte, damit nicht einmal seine Freunde, geschweige ein anderer in seinem Gefolge, je errieten, wer sie wäre. Sie versprach es ihm um so leichter, da sie es den Freunden sagen und sie um Blind- und Stummsein bitten wollte. – –

Aber welche rüstige Eile der Reiseanstalten! Marggraf wäre noch lieber aus Rom geflogen als gefahren; und einen solchen Schwangern-Ekel, eine solche Wasserscheu empfand er vor der Stadt, die ihn so lange für einen Bürgersohn, für einen Übergeschnappten, ja neuerdings für einen Spitzbuben angesehen, daß er nicht einmal die Freude kosten wollte, etwa eine oder die andere Armengasse zu beschenken. – – Ich sollte hier fast über die Erscheinung einen Augenblick philosophieren. Wie oft kommt sie nicht vor in manchem Fürsten- und Ministerleben, diese Ortscheu! Welche Kleinigkeiten gehören nicht dazu, um eine Wagentüre mit dem Kronwappen auf immer vor einer Stadt zuzusperren oder sie gar auf so fernen Umstraßen vorüberzulenken, daß man die nächsten nach der gedachten Stadt niemals auszubessern braucht! – Und doch hat ein solcher Ort-Ekel das Eigne, daß ich

1 Z.B. als die Kaiserin Katherina 1717 nach Berlin abging, nahm sie die Fürstin Gallizin als Hofnärrin an und mit.

oben von solchen Orthassern die Metaphern von Schwangern und Gebißnen, welche nicht etwas Ursprünglich-Verhaßtes fliehen, ganz glücklich gebraucht und daß die Sache noch viel weiter geht. Denn ein guter Mensch wie Marggraf konnte *sämtliche* Romer kommen lassen und *alle* ziemlich lieben, nur aber den Rest der Stadt nicht ausstehen, den er im Kopfe hatte.

Nach allem, was bisher gewiß ausführlich erzählt worden, müßt' ich nun gar zu wenig von Welthändeln verstehen, wenn ich nicht voraussehen wollte, daß im nächsten Kapitel der Auszug aus Rom unfehlbar erfolgt und daß Marggraf samt allen seinen Freunden – und Lesern, setz' ich dazu – an der Grenze in neue Länder übertritt. – Ist denn nicht schon alles Kostbare bestellt und bezahlt, was im nächsten Kapitel kommen muß, weil es unentbehrlich ist, und hat Marggraf irgend etwas nicht gekauft? Ja hat nicht sogar der Schächter Hoseas sich selber eingekauft zu einem Hofjuwelier desselben und will mitreisen – für schwache Reisekosten und mäßigen Gehalt –, um nur sich dem Apotheker stets als den treuen Diamantkäufer bereit zu halten, welcher die Funkelsteine, wie elektrische Funken, aus seinen Händen in fremde weiterleitet?

Dreizehntes Kapitel,
worin aus Ägypten ausgezogen wird und vorher das gelobte Land aufgepackt und mitgenommen und darauf ein Bettelzug und ein Kandidat der Theologie erscheinen

Wenn man an der Grenze auf einer Anhöhe stand: wahrlich, schwerlich sah man je einen prächtigern Zug oder einen seltnern.

Alles fuhr entweder, oder ritt, oder ging; jedoch nach Belieben – ein pfeifender pockengrubiger Vorreiter, welches Worble war, der Reisemarschall – ein herrlicher Leib- und Staatwagen, fast ein halbes niedliches Vorzimmerchen, mit vielem versehen, worin der Fürst Marggraf selber saß, gegenüber der Prinzessin-Braut aus Wachs in ihrer Standuhr – zu beiden Seiten reitend das Regiment Marggraf, aus zwölf teils invaliden, teils angeworbenen braven Haustruppen bestehend, als starke Bedeckung gegen künftige Spitzbuben – dicht hinter dem Staatwagen des Apothekers ein seltsam bedeckter mit dem Stößer, der vor dem aufgepackten faulen Heinze und der voltaischen Säule saß, in Arbeit, und neben ihm der Rezeptuarius mit einem verdrießlichen Gesichte und seiner vollständigen Dreckapotheke im Sitzkasten – ein niedliches Vis-à-vis mit dem Hofmaler Renovanz, gegenübersitzend seinem ätherisch und wächsern gebaueten schönen Bruder, welcher schlief – gleich darauf eine Reisekalesche mit dem Hofprediger – und dann ein schwerer Kutschkasten mit dem Schächter Hoseas, der sein jüdisches Küchengeschirr und einen Bei- und Kochjuden mit hatte – darhinter noch gar ein leerer Zeremonienwagen für künftiges Frauenzimmer – und alles dies vollends geschlossen mit einem Küchen- und Kellerwagen und mit einer Fuhre, worauf manche Eheweiber aus dem Regiment Marggraf hockten .....

Die Pracht schon an sich überstieg alles; aber was war diese gegen die allgemeine Freudigkeit und Bewegung! Hier sprengten einzelne Reiter die Linie herab, um zu decken und zu sehen – dort hielt sich hinten Süptitz an seinen Wagen an, um sich magerer zu laufen – der Fürst steckte aus rechtem und aus linkem Kutschenschlage das aufgeheiterte Gesicht heraus, um zu sehen, ob jedes andere lächle – der Reisemarschall, wie gesagt, pfiff – so mancher vom Regiment stieß in sein Horn – ein paar Pferde wieherten – ein Lenzwind blies – der Rezeptuar schnupfte – Renovanzens Bruder schlief und nickte – und endlich hinter der Reiselinie galoppierten gar zwei Leiterwagen mit Ochsen nach und waren mit Krüppeln, Lumpengesindel und Bettlern geladen.

Letztes veranlaßte den Apotheker, einen Flügeladjutanten an die Leiterwagen, welche, wie es schien, vergeblich nachzurädern suchten, eilig abzuschicken, um sie zu befragen, was sie haben wollten. Einstimmig riefen die Leute vom Wagen herab: sie kämen bloß aus Rom und wollten betteln bei ihm.

Da nämlich die dortige Armen-Negerei viel von Marggrafs Almosen-Ausgüssen gehört, ja früher etwas davon bekommen, aber die so schnelle Abreise eines solchen Allvaters der Weltwaisen nicht vermutet hatte: so hatten sie sich sämtlich zur Miete zwei Ochsenwagen zusammengeschlagen, um etwa der Wolke von Goldregen nachzukommen, um noch im Lande einige Tropfen aufzufangen, ehe sie über die Grenze gezogen war. Der Plan war doch gut.

Kaum hatte der Flügeladjutant die Antwort der Leiterwagenmannschaft überbracht: so befahl der Fürst und Apotheker, auf der Stelle zu halten, damit sie näher heranführe; und es wurd' ihr sehr günstig von weitem zugewinkt. Sie fuhr bei Marggrafs Wagen vor – und er sah nun wirklich auf der Landesgrenze die *letzten Romer,* gute vollständige Sansculottes[147] oder politisches Freiheitsein nur aushaltende, nicht ausbreitende Ohnehosen, Ohnestrümpfe, Ohneärmel und Ohnehemden, und was sonst noch zu Kleidern gehört und fehlt. In ziemlicher Ferne konnte man sehen, wie er dem Regimentstabe von Bettelstäben zuwarf und nachwarf – nämlich zu viel; denn ein oder zwei Stelzbeine fielen mühsam auf das lebendige Knie, das sie noch hatten; die Weiber riefen «Herr Jesus» und warfen die Arme in die Höhe und die Kinder die Ärmchen. Nur einer glaubte bei diesen Konstantinischen Schenkungen, es hätte mehr gegeben werden können; und dies war Marggraf selber, welcher seinen Zorn gegen Rom und das neuliche Verschließen seiner Hand vor Armen ordentlich auf der Grenze abzubüßen suchte.

Indem Worble auf einer Anhöhe vor dem Grenzwirthause hielt, damit alles davor frühstückte, sah er auf der entgegenstehenden Straße einen dürren Jüngling mit offner Brust und fliegendem Haare, und mit einer Schreibtafel in der Hand, singend im Trabe laufen. Der Mensch machte gleichfalls vor dem Wirthause oben halt und schauete unverrückt in das neue Erntefest der Armut hinab. Er sah immer erfreuter aus, und endlich weinte er gar darüber. Dem Reisemarschall gefiel der geistige Teilnehmer an den körperlichen Teilhabern, und er knüpfte ein Gespräch mit der Frage an: «Bleibt wohl schön Wetter, mein Herr?»

«So schön wie die Jahrzeit und der Auftritt unten», versetzte der Mensch, «denn in fünf Minuten weht es.» Als Worble den Kopf schüttelte, bat ihn der Jüngling, versuchsweise von der Morgenwolke gegenüber den Kopf wegzudrehen, nur fünf Minuten lang, und ihn darauf wieder hinzuwenden, so werd' er sie sehr durchlöchert erblicken, zum Zeichen anfangender Auflösung; denn der Mond kulminiere dann eben über Amerika.

Zu Worbles Erstaunen traf alles pünktlich zu; aber es war sehr natürlich, denn der junge Mensch war ein Wetterprophet, wie nachher noch mehr einleuchten wird, und wußte folglich so gut wie ich, daß der Mond täglich viermal mit einer kleinen Wetteränderung, und wär' es Verdünnung des Gewölks oder neuer anderer Wind, seine Bahn bezeichne, nämlich erstens bei seinem Aufgange, zweitens bei seinem Untergange, drittens bei seiner Vollhöhe (Kulmination) über uns und viertens bei der andern über Amerika.

Worble sah als Reisemarschall auf der Stelle ein, daß ein echter Wetterprophet unter allen Stücken eines vollständigen Reisegepäcks das nötigste sei; und ohne sein schmeichelhaftes Erstaunen zu verbergen, befragte er den Propheten um den Namen. «Wer soll ich anders sein», versetzte der Prophet, «als der Kandidat *Richter* aus Hof im Voigtlande?»

Meine Leser werden erstaunen, der Kandidat war demnach niemand anders als – ich selber, der ich hier sitze und schreibe. Denn kaum hatte Worble den Namen gehört, so fiel er dem Kandidaten um den nackten Hals à la Hamlet[148] und begrüßte ihn als den trefflichen Verfasser der *Auswahl aus des Teufels Papieren,* dessen versteckten Namen er in Gera von dem Verleger Beckmann erfahren hatte und der eben, wie jetzt bekannt, der meinige ist. Der Verleger brauchte schon damals kein Geheimnis aus meinem Namen zu machen, weil mein Buch selber eines blieb und zu Makulatur wurde, wenigstens zu einer erfrorenen Scheinleiche, welche erst durch das Erwärmen von den spätern lebendigen Geschwistern wieder die Augen aufschlug.

Der Reisemarschall holte den Kandidaten, der

seine Freude über einen dritten oder vierten Leser seines Buchs kaum weitläuftig genug auszusprechen wußte, mit Mühe aus, ob er eine Lustreise auf Kosten des Herrn Marggrafen Nikolaus mitzumachen Lust in sich spüre; er versprach ihm, da Durchlaucht ohnehin noch keinen großen Schriftsteller und keinen eigentlichen Wetterkundigen von Profession in ihrer Suite besäßen, ihm die Stelle auf der Stelle zu verschaffen, sobald nur der Fürst vor der Kneipe halte und den Pferden zu saufen geben lasse. – Wer bekam bei diesen Worten statt eines Veilchen am Wege einen ganzen Vorleglöffel voll Veilchensyrup in die Hand? wer anders als der arme Kandidat Richter, der auf einmal, nachdem er so viele Jahre in Hof unter Kaufleuten und Juristen mit seinem aufgedeckten Halse und langem Flatterhaare bestäubt und unscheinbar hingeschlichen, sich im Gefolge und Pfauenrade eines Fürsten als einen langen Glanzkiel sollte mit aufgerichtet sehen, in täglichem engsten Verkehr mit lauter Hofleuten, nach deren Bekanntschaft er schon damals hungerte und durstete, um später endlich Werke wie einen Hesperus, einen Titan u. dergl. der Welt zu liefern, Werke, die sie ja gegenwärtig hat und schätzt und worin eben Höfe treu und täuschend aufzutreten hatten!

Der Apotheker hielt an und stieg aus – der Reisemarschall stellte den Kandidaten ihm vor – der Fürst sah ihn scharf an, aber unendlich mild – der Marschall hob Richters Talent, sowohl im Schreiben als im Prophezeien, sehr heraus – kaum aber war nur Worbles halbe Bittschrift zu Ende: so wurde vom Fürsten dem Kandidaten der Theologie aus Hof die Bestallung zum Prophetenamt mündlich zugefertigt mit allen Nutznießungen und Privilegien des Amts, wie solche auch immer Namen haben mochten. –

Was den Freudenkehraus oder Lustpolterabend in des Kandidaten Gehirnkammern anlangt, so war solcher so laut und verworren, daß mir darüber alle die witzigen Verschrobenheiten ganz entfallen sind, womit der junge Mensch dem Fürsten seinen Dank darbringen wollte, weil er es damals für seine gesellige Pflicht ansah, jeden Satz zu einem kurzen, scharfen, blanken, dünnen Gegensatz auszuschleifen. Wer es freilich wußte, wie der Kandidat in Hof, gleich faulem Holze, gedrückt und zerdrückt, doch nicht auszulöschen war, sondern zerkrümelt und unter manchem Wasser fortleuchtete: der mußte, wenn er nur halb so gutmütig dachte wie er, ihm den glänzenden Glückwechsel so gönnen wie ich. Desto schöner ist, was er selber einige Stunden später dem Reisemarschall auf die Frage, ob ihn die jetzige, wie es scheine, fliegende Himmelfahrt nach der vorigen Fegfeuerfahrt nicht vielleicht zum Schwindeln und Herausfallen aus seinem Poetengange und gradus ad Parnassum[149] bringe, entschieden zur Antwort gab: «Herr Reisemarschall! Nicht *den* Dichter acht' ich am meisten, welcher im Unglück, sondern jenen, der im Glück und in der

Muße treu der Muse bleibt. Der gar zu gewöhnliche Mensch und Schreiber, Herr von Worble, ist ein *Wind,* der nicht eher als in zerfallenen Gemäuern und Engen sich hören läßt, obwohl auch da nicht sonderlich; hingegen der rechte Dichter und Mensch ist ein *Ton,* der sich an keinem äußern Widerstand erst erzeugt, sondern sich nur verdoppelt, zu einem schönen Echo.» Was denn auch der Kandidat redlich gehalten bis jetzt, wo er den Gesandtschaftrat-Titel hat und Jahrgehalt und immer noch fortschreibt, als hätt' er keinen Kreuzer im Vermögen. – – –

Leider ist nur hier schon der zweite Band zu Ende; aber freilich, wie sehr ich wünschte, ich hätte lieber den dritten fertig und schlösse ihn hier, kann ich kaum sagen. Denn wenn ich mich so auf die mosaische Anhöhe dieses unseres historischen Kanaans stelle und hineinschaue und sehe, welche Begebenheiten im künftigen Bande herankommen – und welche Länder sich ausbreiten teils mit Milch und Honig, teils mit Schwefelmilch und Weinsteinrahm und Sauerhonig – wenn ich nur betrachte, was schon die beiden vorigen Bände für Bruttafeln und Wespennester und Heckkästen und Treib- und Gebärhäuser von Menschen und Sachen gebauet, welche alle im Frühling des dritten Bandes lebendig herausfahren und summen und sausen und brausen müssen, unter andern Renovanzens Bruder und der Kandidat Richter und die Hofnärrin Libette und Marggrafs Hofhaltungen und Haus- und

Hofsuchungen in den verschiedenen Städten, und die Städte dazu und der Zuchthausprediger mit seinen seltenen Leiden und Sätzen – und wenn doch dies alles gar nichts und nur Bettel ist gegen die neuen Leute, welche aufstehen und zum Gefolge stoßen, wovon der ewige Jude allein schon jede Erwartung und mehr als ein Kapitel erfüllen kann – ja wenn sogar wieder schöne Heckkästen und Treib- und Gebärhäuser für noch spätere Bände zum größten Reize des dritten ausgezimmert und angestrichen werden: so sollt' es mich nicht zu sehr wundern, wenn mancher Leser noch lieber sein eignes Ende erlebte als das Ende dieses Bandes, da zumal das eine gerade einen Himmel aufmacht, das andere aber einen verschiebt.

Aber erst in der Michaelismesse 1821 fährt der dritte Band oder Himmel auf Frachtwagen in hohen Ballen nach Leipzig. Ein kleiner, wenn auch schwacher Vorschmack wär' es freilich, wenn ich hier die Moralien, die sich aus einigen künftigen Kapiteln ziehen lassen, geben wollte. Ich will es gern, da es leicht und kurz zu machen ist, weil jede Moral stets kürzer ausfällt als die Fabel oder Geschichte vorher. Aus dem siebzehnten Kapitel folgt die Moral: die Hebel der Jahrhunderte und Völker sind benützte Augenblicke; nur durch das Drehen des Minutenzeigers kannst du unschädlich den Stundenzeiger bewegen. – Aus dem achtzehnten Kapitel fließt diese: sei ein Ja oder Nein, aber kein Dazwischen; weder der lange Bart des Mönchs und des Juden noch das balbierte Kinn fallen verdrießlich ins Auge, sondern nur der wochenlang stehendgebliebne Bart eines Taglöhners oder Gefangnen. – Aus dem zwanzigsten fließt diese: ihr Staat- und Geschäftmänner, sehet doch die Philosophie und Poesie, welche kein kameralistisches Gewicht aufzeigen, darum nicht für unwichtig, sondern gerade für die geistigen Imponderabilien an, welche den körperlichen gleichen, die, wie z.B. das unwägbare Feuer, Licht, Anziehen und Abstoßen, allein erst das Gewichtige und Körperliche zusammensetzen und zersetzen und beherrschen. – Aus dem siebenundzwanzigsten: tragt doch nicht, ihr gesetzten steifen ritterlichen Menschen, auch an den Pantoffeln Sporen – und ihr feurigen, spannt dem Leichenwagen keine Hengste vor. – Aus dreien nahen Kapiteln fließt diese: das Volk ist ein gerader Stamm, aber alle Späne, in welche ihn die Staats-Drechsler teilen, krümmen sich. –

Und endlich aus dem letzten Kapitel: «Ende gut, alles gut, mithin auch der Anfang.»

DRITTES BÄNDCHEN

Vorerinnerung

Meine Kapitel sind viel zu lange; ja ganze Büchelchen wären daraus zu binden. Seh' ich dagegen die netten Kapitelchen der neuern Schreiber an – oft stehen zwei auf *einer* Seite als seltene Franzbäumchen, und noch dazu ist nicht einmal etwas daran, kein Zwergobst –, so gefall' ich mir nicht mit meinen Langschub-Kapiteln, und ich gönne den Schreibern von kurzer Ware gern den verdienten größern Ehrensold, den sie dabei bezwecken. Kapitel sind steinerne Bänke auf der langen Kunststraße eines Kunstwerks, damit man ausruhe und überschaue; aber die Bänke dürfen nicht stationenweit auseinanderstehen. Der Leser, der die vorläufige Inhaltanzeige kaum ansieht, vergißt sie vollends bei einem langen. Ich habe daher in diesem dritten Bande zum Vorteil der ganzen lesenden Welt die Einrichtung getroffen, daß jedes Kapitel mit allgemeiner Inhaltanzeige sich wieder in kurze Unterkapitel mit bestimmter zergliedert. Letzte glaubte man nun nicht treffender und gefälliger benennen zu können als *Gänge;* z. B. des vierzehnten Kapitels erster Gang, zweiter Gang u. s. w. Mag man nun dabei an eine Gasterei oder an eine Mühle denken, so kann man von jeder sagen: sie hatte so und so viel Gänge. Aber warum will man nicht lieber an die bloße Reise des Helden denken, die ja ohne Gänge ohnehin nicht gedenklich? – Nur das einzige, was ein Gang nicht ist in irgendeinem Kapitel, ist ein Krebsgang und ein Fleischergang.

Vierzehntes Kapitel

Das Zollhäuschen – Jeremiaden von Frohauf Süptitz – Kirchengütereinkauf – der Artillerist Peuk mit seiner Stockuhr – Dorf Liebenau – Bau der Mobiliar-Residenz – Liebebrief an Amanda – Allerhöchstes Klistiernehmen und -geben

Dessen erster Gang

Kleindeutschland – der Vorfrühling – das Zollhäuschen – Wetterklagen des Predigers – einiges Wetterlob des Kandidaten

Die große Reise des Fürstapothekers sollte von der Markgrafschaft Hohengeis, dieser äußersten Spitze des Land-Runds *Kleindeutschland,* durch die beiden Brennpunkte desselben bis zur zweiten Spitze gehen. Leider ist nur bis zu gegenwärtiger Minute und Zeile Kleindeutschland im Gegensatze von Großdeutschland so unglaublich wenig bekannt und beschrieben, daß ein Deutscher gewiß tausendmal mehr von Großpolen und Kleinrußland weiß, indem man wirklich in so dicken Länderbeschreibungen wie Büschings, Fabris und Gasparis sogar den Namen des Landes vergeblich sucht und folglich in guten Karten noch weniger davon antrifft. – Zu erklären ist die Sache leicht, wenn man sich erinnert, wie wir Deutsche von jeher statt eines geographischen Nosce-te-ipsum (Erkenne dich selber und dein Nest) lieber die Kenntnisse von den fremdesten und fernsten Ländern aufjagen und daher zum Beispiel die österreichischen Länder nur als Straßen kennen, die vor Italien liegen und dahin hinabführen; so wie wir die zugänglichern Schönheiten Salzburgs liegen lassen auf der teuern Wallfahrt nach der steilen Schweiz. Das Eigne durchreisen wir nur, um das Fremde zu bereisen. – Ich darf daher keck behaupten, daß in dieser Reisegeschichte mehrere Ortschaften und Länder vorkommen, wovon wir die erste erschöpfende Beschreibung und die ersten Kartenrezensionen noch heute durch die allgemeinen geographischen Ephemeriden erhalten sollen. Oder sind denn die Fürstentümer Scheerau, Flachsenfingen, Hohenfließ so wie die Städte Pestitz, Kuhschnappel, Flätz, Rom und so viele andere, von welchen ich (und zwar als der erste, soweit meine geringe Belesenheit reicht) einige Nachrichten als Beiträge zur Kleindeutschlands-Länderkunde geliefert, sind sie seitdem nur im geringsten näher untersucht und beschrieben worden von so vielen Reisenden und Erdbeschreibern?

Bloß das Landstädtchen *Krähwinkel* nehm' ich aus, welches in Kleindeutschland im Fürstentum Flachsenfingen (ganz verschieden von einem Dorfe in Norddeutschland) liegt und wovon ich die ersten Nachrichten[1] bei Gelegenheit einer da spielenden

1 Im *heimlichen Klaglied der Männer,* das 1801 bei Wilmans erschien. Kotzebues Kleinstädter kamen erst einige Jahre später heraus.

Geschichte gegeben. Kotzebue hatte nun die Gefälligkeit, das von mir zuerst beschriebene Städtchen mit seinen Kleinstädtern zu bevölkern und sie darin handeln zu lassen, als wären sie darin geboren. Indes hätte er – wenigstens haben die andern Namenvettern in Norddeutschland sich darüber bekanntlich im Druck beschwert – wohl irgendwo anmerken mögen, daß ich zuerst ihn in das Städtchen gebracht; an sich zwar eine wahre Kleinigkeit, sowohl für den Kotzebueschen Nachruhm als für den meinigen; aber die kritisch-geographische Welt will doch genau wissen, wer von uns beiden Amerika zuerst aufgefunden, ob eigentlich Kolumbus oder ob Vesputius Amerikus, der zu deutsch Emmerich heißt; und ich berufe mich hier auf den Herrn Kapitän Kotzebue, der ja selber entdeckte.

Im ganzen belohnen mich meine Werke wenigstens durch die Beruhigung, daß ihnen und besonders dem gegenwärtigen, sollten sie auch zu dünne poetische Ausbeute darreichen, doch geographische genug übrigbleibt, welche sie zur Nachwelt aus einer Jetzt-Welt hinüberbringen kann, wo unter allen Karten während der freundschaftlichen Friedenschlüsse keine durch geschickte fausse melange[150] so sehr gemischt werden als Landkarten. Für mich wird es noch immer Schmeichelei genug bleiben, wenn ein künftiger Pomponius[151] Mela – gleich jenem Geographen, welcher (nach Addisons Zuschauer[152]), das Heldengedicht Virgils aufmerksam durchgegangen, nicht um die poetischen

Schönheiten, sondern um die geographischen Nachrichten von Italien darin aufzufischen – gleicher Gestalt das lange Prosa-Epos des *Kometen* weit mehr wegen der trocknen Notizen, die ich über Kleindeutschland mitteile, als wegen der dichterischen Schönheiten und Blumen durchstudiert und liebgewinnt, die ich in einem fort unterwegs verstreue, um der geographischen Kunststraße sozusagen das Trockne zu benehmen. – –

So fange denn endlich die wahrhaft wichtige Reise an!

Die Reisezeit war nicht trefflicher zu wählen, denn es war Lenzanfang, folglich der 21. März; im März aber zu reisen, ist sehr köstlich, zumal wenn man vor Staub kaum sein eignes Wagenrad oder sein Stiefelpaar sehen kann. Welche ausgehellete Herzen schlugen von Marggraf Nikolaus an bis zum Kandidaten und Stößer hinab – welche beide nun vollends stilltoll waren vor Lust –; denn es fehlte an nichts, weder an Himmel noch an Erde!

Das Himmelblau sah aus wie eine junge Jahrzeit; als wär' es anders gefärbt, so sehr erschien alles Älteste neu – die Tannenwälder ergrünten lustig unter ihren Schneekronen, als wär' es im Winter anders – gelbe Gänseblümchen und gelbe Schmetterlinge, immer die ersten im Herauskommen, trugen neue chinesische Kaiserglanzfarben auf die bisher erdfarbige Erde auf – das welke Herbstlaub der Büsche rauschte zwischen den lebendigen jungfräulichen Knospen, aber das Rauschen war viel schöner als das andere des noch ziemlich frischen Fall-Laubs im Herbste. Der Vorfrühling kann sich zwar nicht zu den Menschen hinstellen wie der Nachsommer und zu ihnen sagen: «Sehet, was ich auf den Armen und Zweigen habe, und ich will's euch zuwerfen»; – er braucht vielmehr selber Kleider und Früchte; aber ihr liebt ihn doch wie ein nacktes Kind, das euch anlächelt.

Der Wetter-Kandidat Richter sprach sich darüber passend gegen den Reisemarschall Worble aus, welcher neben ihm saß und fuhr. Worble hatte nämlich, da er mit dem größten Vergnügen sah, daß wenigstens einer aus des Fürsten Gefolge den Fürsten für keinen Apotheker ansah, sich mit Richter in den leeren Zeremonienwagen gesetzt – den leeren Gaul ließ er nachreiten –, um ihn als einen weniger Kleingläubigen als Großgläubigen ganz vollzupacken mit lauter halbwahren, aus einer besondern Linkerhand-Ehe der Wahrheit mit der Lüge erzeugten Berichten von Marggrafs Jugendleben, für welche er recht leicht das ganze Gefolge als Zeuge stellen konnte. Der Durchlauchte Herr Vater, erzählte er, habe den Fürsten absichtlich im strengsten Inkognito einem Apotheker zum Erziehen anvertraut, damit er ohne die leiblichen und geistigen Giftmischereien des Hofs zu einem gesunden gewandten Honoratior großgebildet würde. «Es ist von da aus», fuhr er fort, «mein Freund, nur ein Katzensprung zu einem regierenden Herrn, indes von einem Bauer, zu welchem wohl manche Romanschreiber, z.B. Wieland, ihre Fürstenkinder lächerlich genug verpuppen, ein gar zu langer Weg bis zu den Sitten und Kenntnissen eines Regenten aufläuft. Und mit wem hat ein Fürst unmittelbar ein größeres Verkehr, mit Landvolk oder mit Stadtvolk? Und doch, welche Sitten und Lagen – bitt' ich Sie ernstlich – kennt er wohl dürftiger, die der Landleute, die er so oft in der Feldarbeit, in der Kirche oder auf dem Markte sehen kann, oder nicht vielmehr die versteckten Seiten der eingebauten Honoratioren, der Apotheker, der Rentamtmänner, der Spitalschreiber? – War es also vom Fürstvater unklug gedacht, oder filzen Sie ihn auch, wie so mancher meiner Bekannten, darüber aus, daß sein Sohn sogar die Apothekerkunst und in Leipzig die akademische Laufbahn (ich versah schwaches Gouverneuramt dabei) studieren müssen, und aus welchen Gründen, bitt' ich, Herr Kandidat?» (Ich ersuche meine Leser, mir hier und sonst alle Querantworten zu schenken und solche selber zu geben.) «Um desto erfreulicher werden Sie es demnach finden, daß der Fürst sich endlich auf die Reise zu seinem so lange ungesehenen Herrn Vater macht, obwohl in einem starken Inkognito – denn er nennt weder seinen noch den väterlichen Namen bestimmt –, und daß gerade Ihr Wetter so paßt.»

«Wahrlich beim Himmel», versetzte Richter, «ist es nicht ein neuer Reiz der Jahrzeit mehr, daß die Vögel noch sichtbar, ohne Laubgehänge, auf den nackten Zweigen voll Knospen unverdeckt sitzen? Und nun vollends die Lustflüge der neugewordnen

Vögel, die uns aus den fernen Ländern die alten Gesänge, die für unsere Gärten gehören, wiederbringen; – und doch ist auch wieder der Gedanke schön, daß sie dieselben Töne, die sie jetzt auf nackten Ästen singen, vielleicht vor wenig Wochen in Asien auf immer grünen Gipfeln angeschlagen. Und hört man nicht in neuen Tönen alle vergangnen tausend Frühlinge auf einmal?»

«Sehr himmlisch scheint das Wetter», versetzte Worble, «und daher speisen Durchlaucht im Freien, droben neben dem Zollhäuschen auf der Anhöhe. Abends übernachten wir schon in einem Dorfe, wo alles sogar noch viel wärmer und der Frühling mehr herausgekommen. Auch ich erblicke gern die alten Sänger auf den Bäumen; aber weniger gefallen mir von den Schreiern die vorjährigen Nester-Betten ohne Vorhänge; jene Krähennester dort droben möcht' ich sämtlich heruntergabeln.» –

Die Gesellschaft kam nun vor dem Zollhäuschen an. Der Zolleinnehmer, ein dickes Männlein, war mit einem entzückten Gesichte unter sein Haustürchen gesprungen, ohne die geringste Not – denn er hätte bloß zum Fenster heraussehen und in der Stube den Schlagbaum aufziehen können –; und er faßte einen kostbaren Zug ins Auge, der ihm so viele Gulden zu zollen hatte, daß ihm selber davon fast ein halber zufiel, nach dem Zollgesetz. Um so weniger wußte er, was er aus der Sache machen sollte, als er sah, daß ein Teil des Gefolgs unter dem Schlagbaum fortfuhr, der andere aber diesseits desselben abstieg und Lager schlug. Denn in seinem Kopfe waren an die Gehirnkammerbretter nur zwei ausländische Wörter geschrieben: Invalid (das war er) und Defraudanten (das waren andere). Endlich hört' er den Reisemarschall überall herumsagen, daß der Fürst hier, unmittelbar nach dem déjeuner im Wirtshause, ein kurzes Lager aufschlagen wolle, um sein déjeuner dinatoire (Nikolausen gefielen solche französische Sprach-Kokarden oder dieses Wort-Rauschgold der Großen ausnehmend) zu nehmen, und da merkte der Einnehmer, man würde ihn nicht sowohl betrügen als beehren. Marggraf würdigte vom Wagen herab nicht nur das Haus eines Blicks in die Fenster, welches bloß ein einziges mit Ziegel gedecktes Stübchen war, sondern auch den Soldaten einiger Fragen über sein Privatleben. «Höchst Dero Durchlauchten», sagte der Mann, «es geht etwas knapp; doch läßt sich's leben. Jeden Sonnabend bringt mir meine Frau das Essen auf die ganze Woche, und ich brauche nichts. Jeden Sonnabend trägt sie auch den Zoll in die Stadt auf die Kammer, weil ich nicht aus dem Chaussee-Hause darf. Wäre nur das elementische Defraudieren nicht: so wollt' ich mich jährlich auf fünfundzwanzig bis siebenundzwanzig Gulden rheinisch schätzen, denn ich erhebe von jedem Chaussee-Gulden zwei Pfennige als mein, und ich könnte leben wie ein Prinz, da alle meine Kinder brav spinnen und krempeln. Aber das heilige Donnerwetter schlage doch in alle Defraudanten, die ich unten im

Tale mir vor der Nase kann vorbeifahren sehen! Ich kann ja nicht nachlaufen und auspfänden, weil sonst währenddessen rechtschaffene Passagiers mir oben gratis den Zoll verfahren.»

Hier verfügte sich Nikolaus selber vom Wagen ins Stübchen oder Häuschen und besah, was er darin antraf, den Hangtisch[153] mit *einem* Stuhl, ein Schränkchen mit einer gedruckten Zollzettelbank und dem nötigen Tintenfaß und einem großen Wasserkrug neben ein paar Tellern. Sogleich gab er dem Reisemarschall, der durch das Zollfenster hineinsah, einen Wink zum Eintreten und darauf einen Doppelsouverain mit dem zweiten Wink, den Souverain dem Einnehmer zu zollen. Große Fürsten geben und nehmen freilich gern mit fremden Händen; denn sonst hätte Nikolaus alles näher und kürzer gehabt. –

Der Soldat wies sogleich den Souverain zurück und schwur, in der ganzen herrschaftlichen Kasse hab' er jetzt nicht Silber zum Wechseln genug. Worble aber gab statt aller Antwort die Zollgebühren besonders. Der Einnehmer zählte zwar letzte genau durch, aber während des Zählens sagte er: «Zu viel ist zu viel! Meine Frau und meine Kinder fallen in Ohnmacht darüber. Die sollten beim Element da sein und meinen alleruntertänigsten Dank vor Ihrer fürstlichen Gnaden abstatten!» Er beniesete die Sache, nämlich seinen Dank, weil ihm die Freudentränen in die Nase gekommen waren.

Es ist aber ganz natürlich: Gold war zu viel und

zu bedeutend für das Auge eines Mannes, der denselben Wert nur in viele Silberstücke zerschlagen vorbekam und welchen stets mehrere klingende Münzen bezahlten, die nun von einer einzigen stummen vornehm repräsentiert werden; – ein Goldstück ist eine goldne feste Sonne, um welche die Silberplaneten laufen, die erst zusammengenommen eine ausmachen – es ist Patengeld, eine Residenzmünze, eine Summa Summarum für alle kleine Einnehmer und Ausgeber.

Daher nennen Fürsten nie Gulden, Kreuzer, Heller nach ihren Namen, Louis, Fréderic, Napoléon, sondern nur Goldstücke. So war's auch fürstlich von Nikolaus gedacht, daß er mit vieler Mühe eine Tasche voll Gold in Rom einwechselte, um, gleich andern Fürsten, die gern leicht tragen, nichts anders bei sich zu haben als das an sich schwerere Gold. Ein Fürst kann von der Paradewiege aufs Paradebett gelegt werden, ohne je einen Kreuzer in der Tasche gehabt zu haben; eine Fürstin vollends hat nicht einmal einen Kronentaler je getragen; denn sie hat gar nichts bei sich, nicht einmal die Tasche. Es würde indes dem liebenden Herzen einer Fürstin gut zuschlagen, wenn sie, um dasselbe auf der Stelle zu befriedigen, ohne von ihren Kammerherrn zu borgen – denn ihre Hofdamen haben auch keinen Heller –, etwa eine Tabatière voll Goldstaub oder einen Rosenkranz von Samenperlen bei sich führte, damit sie einem zerlumpten Bettler mit durchlöcherten Taschen, der um eine

Gabe winselt, eine kleine Prise oder kleine Perle geben könnte.

Jetzt wurde zur Tafel des Frühstücks gegangen oder vielmehr zu den Tafeln; die platte Erde, ein paar Schenkel, ein breiter Stein, ein Kutschkasten, ein Teller, ein Handteller, alles war Tafel, nicht bloß der Hangtisch des Zollhäuslers. Denn an diesem und auf dem Stuhl daneben setzte sich der Fürst vor den ersten Schinken und ersten Wein, der je auf diese Tafel gekommen, und lud freundlich den Kandidaten ein, sich ebenfalls an den Tisch zu stellen, ohne alle Umstände; denn er sei eben froh, sagte der Fürstapotheker, daß er unterwegs von allen lästigen Ketten seines Standes ganz entbunden sei. Die andern Gelehrten aber, Worble und Süptitz, und der Stallmaler mußten am Pfeifertische, nämlich auf der Ofenbank sitzen, mit ihren bloßen Handtellern in der Hand. Ich schreibe diese Auszeichnung des Kandidaten hauptsächlich der ungeheuchelten warmen Einfalt zu, in welcher er am marggrafischen Fürstenhut allen Filz für echtes böhmisches Hasenhaar und für gut gebeizt und gewalkt ansah, so daß er unter allen künftigen Landeskindern des Apothekers eigentlich das erste Kind war, das ihm mit Überzeugung huldigte; denn die am Pfeifertisch seßhaften Gelehrten hatten (wenigstens bis vor kurzem) den Fürsten selber als eines gekannt und waren hierin überhaupt unzuverlässig und nicht ohne Umtriebe. Daher hatte ihm das außerordentlich gefallen, was Richter vor einigen Minuten, sympathetisch die Süßigkeit des Wohltuns in fremden Herzen nachschmeckend, ganz berauscht ausgerufen: «Oh, es gibt für einen Fürsten keine lehrreichere grande tour als die durch die Hütten der Armut! Ein Großherr weiß nicht einmal, wo einen Kleinherrn, z.B. die Landrichter, der Schuh drückt, wenn er nicht selber der Schuh ist, geschweige einen Untertanen, wo es der Landrichter tut. Um den Mangel recht zu lindern, muß man ihn ordentlich selber nachempfinden.» – Was Marggraf gern bejahete, der genug davon in der Apotheke vorempfunden, wo oft nichts zu beißen war als Fieberrinde oder zu kochen als Klistierkräuter.

Der Zollhäusler war nach dem Kandidaten die zweite Macht, welche unbedingt den Apotheker als Fürsten anerkannte, aber freilich unter der Gewährleistung des Doppelsouverain leichter den einfachen Souverain als legitim annehmen konnte. Seine Soldatenfreude über die Fürstenehre seines Hangtisches und über den Abhub der herrschaftlichen Überbleibsel und sein Jammer über die gänzliche Unwissenheit seiner Frau in dieser Sache übergossen den Fürsten mit solcher Lust, daß er sogleich dem Rezeptuarius, dem Inhaber der Dreckapotheke, nach der Zoll-Stadt zu reiten befahl, um der Zolleinnehmerin die frohe Nachricht, ja das Goldstück selber zu überbringen. Letztes jedoch war dem Einnehmer nicht abzuringen, und er suchte sein Mißtrauen gegen seine Frau und den

Boten in die verliebteste Anhänglichkeit an den Doppelsouverain zu verlarven. Nichts bestach den wohlmeinenden Nikolaus mehr als das Dastehen eines unsäglichen in sich vergnügten Wesens; und die bloße Abschickung des Eilboten führte schon in seinen Kopf die Einnehmerin herein, wie sie die Hände zusammenschlug und die Augen überschwemmte vor bloßer klarer Freude; und die lebhafte Frau konnt' er in seinen Gehirnkammern mitführen bis ins Nachtquartier, wo ihm der Schnellreiter nachkommen mußte und alles frisch und breit vormalen; denn eigentlich bloß dieser Vormalerei wegen hatt' er ihn abreiten lassen.

«Wir bekommen höchst wahrscheinlich, Herr Einnehmer», sagte Nikolaus in seinem Frohsinn, «heute einen herrlichen Tag und überhaupt einen schönen Frühling zur Reise, versteh' ich mich anders aufs Wetter etwas.»

Der Zollhäusler unterschrieb schreiend die Weissagung und unterstützte sie mit den unleidlichen Schmerzen seiner alten Schußwunde im Knorren, und der Wetterkandidat Richter versicherte, dasselbe hab' er schon am Morgen gesagt, und Herr Reisemarschall erinnere sich's noch. Etwas unerwartet erhob sich hier der Hof- und Zuchthausprediger Frohauf Süptitz an seinem Pfeifertische (Pfeiferbänkchen eigentlich) und widersprach allem, ohne jene geistigen Parfüms von Schmeichelgerüchen, womit man sich sonst dem andern an Höfen annähert oder entzieht, indem er mit wahrem Unwillen über das deutsche Wetter anfing: vom deutschen Mai wolle er ohnehin nicht reden; dieser Wonnemonat habe mit Recht bei den Katholiken den Jeremias an der Spitze, dessen Fest sie da an dem ersten begehen; aber auch nur einen einigermaßen aushaltbaren Frühling hab' er nie erblicken können, weder am Himmel noch auf dem Erdboden – sei es oben etwas hell, so sei es unten kalt oder windig, gewöhnlich aber sei Naß und Kot die Regel. – Erschienen einige Blüten, die von weitem an einen Lenz erinnern möchten, so erfrören sie entweder, oder unter Regengüssen blühe der weißrote Garten voll Kot ab – und in den Nächten falle ohnehin einiger Reif oder Wonnemonatfrost. Ein trefflicher inländischer Lenz sei etwas, das man noch erwarte, und ein pium desiderium[154] Deutschlands. «Ach was!» stieg er begeistert höher, «oh! nur einen einzigen klassischen Preistag hienieden, der, zu gewöhnlichen vierundzwanzig Stunden gerechnet, weder morgens noch abends zu kühl, noch mittags zu schwül oder ohne störendes Gewölke oder Gewehe wäre! Aber wo ist er? frag' ich schon so lang, als ich lebe und reflektiere. Über den Grund dieser und ähnlicher Mühseligkeiten hab' ich allerdings mein eignes neues System.»

Hierauf versetzte der Kandidat mit einigem von Wein angesprützten vergrößerten Feuer, aber jedoch ohne nur von weitem gegen die Würde eines Hofpredigers zu verstoßen: «Vielleicht gibt es auf der andern Seite gar keinen ganz elenden Tag, sondern höchstens einen, der nach einem zu schönen kommt. Immer hat man doch manche majestätisch-ziehende oder majestätisch-gebauete Wolken – oder abends und morgens etwas Rot – einen und den andern Stern – vielleicht gar ein langes Stück Blau – und damit kann man schon haushalten, bis nach diesem Hausbrot wahres Himmel- und Götterbrot heruntergegeben wird. Und ebenso möcht' ich schwören, es sei kaum denklich, daß es eine ganz elende, erbärmliche, nichtsnutzige Gegend gebe. Den Himmel an sich schon – und also gerade das Herrlichste, die Hauskrone und Strahlenkrone jedes Erdenklumpens – hat jedes, auch das kleinste und sumpfigste Loch von Gegend so gut als eine weite Ebene; denn das Loch hat notwendig Berge um sich; und auf diese steigt man dann und sieht sich um; und von Sternen will ich gar nicht reden, die überall hinschimmern, wohin nicht einmal die Sonne blicken darf. Blasen Sie mich, ich erlaub' es gern, Herr Hofprediger, in irgendeine sandige platte Mark: der Frühling soll mir dort nicht entlaufen oder im Sandmeer ersaufen; etwas Grünes, dabei mit etwas Blütenweiß besprenkelt, wird es doch dort geben, etwa z.B. einen Schlehenbusch: an den Busch halt' ich mich, und irgendein Zugvogel, der gar darin nistet, besingt mir den Lenz. Irgendein frischfarbiges, ja buntes Blümchen müßt' ich in jedem Falle finden, und ich würd' es abreißen und lange ansehen und dabei fragen: ‹Sollte man unter so dickem harten Schnee ein so feines zartes

Schneeglöckchen erwarten?› – Und wär' es nun gar ein Veilchen mit seinem neuen Duft und ein Südlüftchen dabei, und der Himmel zeigte auch etwas von der Farbe des Blümchens: so würd' ich wissen, wie es einem Menschen im Frühling zumute ist. Wollten Sie mich aber noch weiter versprengen, wie ich fast vermute, etwa in die Lüneburger Heide: so tun Sie, fürcht' ich, sich selber den meisten Schaden; denn ich bekäme dort vielleicht ein gar zu gutes und zu üppiges Leben; nicht etwa, weil ich eines auf der Heide mit den Bienen und Schafen führte – obwohl auch dies reich genug ausfiele –, sondern weil dort mitten auf der Ebene nach jeder Poststation ein Haus anzutreffen wäre, ein Wirt- und Posthaus mit mehr als einem Baume und mit dem ganzen Sanggevögel dazu, indem die Tiere aus Mangel an Bäumen sich natürlich meilenweit umher auf die wenigen sammeln um das Posthaus. Allerdings steht die Gegend um Hof im Voigtlande, wo ich wohne, weit über der Lüneburger Heide, durch ihre vorbeifließende Saale, ihre nahen Tannenwälder und fernen Berge, und ich habe himmlisch genug da gelebt in der dortigen Natur. Freilich würden Durchlaucht in Berneck, dem Vorhofe und Vorhimmel des Baireuther Himmels, mehr vom letzten finden. Im ganzen ist auch jeder mit seinem *Lande* zufrieden, sei es noch so schlecht, aber selten mit seiner *Witterung*, sei sie noch so schön, und dies bloß weil jenes nicht sich, aber ihn ändert, diese hingegen aber immer sich, und nicht ihn; und wenn vollends diesem Menschen willkürlich einfällt zu verreisen, so soll es dem Himmel auf der Stelle ebenso willkürlich einfallen, sich zu erhellen. Ich für meine Person sehe sogleich jedes etwa mir verdrießliche Wetter für ein recht erwünschtes an, das sich eben einer oder der andere für seine Wirtschaft glücklicherweise gerade bestellt hatte, z. B. ein Landmann mit hochliegenden Sandäckern oder ein Fischer für seinen Aalfang. Leider hecken die meisten sich zu ihren Lust- und Rheinfahrten die Rheinschnacken selber aus; ich aber kehr' es um und zapfe mir, wenn bloß die Schnacken da sind, aber der Rhein nicht, irgendein Paradiesflüßchen dazu an, und wär' es schmal wie ein Krebsloch; und ich bin vielleicht in diesem Sinne für einen halben Wasserkünstler der Freude zu nehmen.»

Unter dem ganzen Redefluß – darum wurd' er immer länger – hatte der Fürst starr vorblickend immer in sich hineingenickt, weil es das herrlichste Wasser auf alle seine Mühlen war. Hingegen des Hofpredigers Denk- und Lehrgebäude wurde ganz vom Wasser untergraben. Dieser hielt deswegen mit dem Käuen inne und machte den Mund auf und sagte laut: «Aber Herr Kandidat!» – und gleich darauf leise: «O Brot, Herr Worble, Brot!» Aber letzter hatte seines aufgezehrt – und der Hofprediger hatte das ganze Maul voll Schinkenfett und kein Brot dazu. Ich trag' es absichtlich zur Warnung vieler philosophischer Mitbrüder recht ausführlich vor, daß der scharfe Nachdenker Süptitz mitten in seinen

Kriegzurüstungen – da er zugleich außen dem Kandidaten und innen sich selber zuhören mußte – einen fingerlangen Schnitt Schinkenfett in den Mund geschoben hatte, ohne im Feuer des Redens nicht sowohl als des Denkens dem Specke das nötige Brot nachzuschicken, mit welchem, als der Widerlage, man jede Fettigkeit unterbauen muß, obgleich sie selber wieder als Wickelgegengift zu dienen hat. So saß aber Frohauf da, mit seiner Rachenhöhle als Speckkammer und ohne eine Brosame als Gegenpol – und wußte nichts zu machen, am wenigsten eine Widerlegung, und sein bester Freund konnt' ihm nicht raten, was das Kürzeste und Unschicklichste gewesen wäre, geradezu das Fett herauszuspucken vor dem ganzen Hofe. So litt er, bis endlich Brot ankam und er es ordentlich (er käuete die nötige Zeit hindurch still vor allen) mit dem Schinken gehörig bis zum Verschlucken durchgewirkt hatte.

Nun fing er mit Gelassenheit, aber mit Nachdruck sich zu beklagen an: tausend ähnliche Unfälle und Zufälle wie der erbärmliche, der ihn im Antworten gestört, träfen ihn täglich und wären sein tägliches Brot, und er habe ein System darüber, dessen er schon gedacht – z.B. wenn er, wie vorgestern, der Reise wegen nach der Wetterfahne schaue, so könn' er wetten, daß sie ihm so mit der Schneide entgegenstarre, daß das schärfste Auge nicht herausfände, wehe sie von Süden oder von Norden. – Und woll' er in der Nacht darauf von den ausschlagenden Glocken für sein Leben gern erfahren, ob sie elf oder zwölf Uhr aussprechen, so sei er schon daran gewöhnt, daß, wenn er ihrer wegen von Dreiviertel an gewartet, die drei Stadtuhren in Rom, welche sonst kleine Stundenzahlen in billigen Pausen *hinter*einander ausschlagen, bei großen ordentlich an- und ineinandergeraten und sich wie toll ins Wort fallen. – Auch brauch' er z. B. nur lebengefährliche Arzeneien mit schärfstem Aufmerken in den Löffel einzutröpfeln, so müss' er gewiß nachher alles ausschütten, weil eben unter dem Tröpfeln irgendein Unglückvogel anklopfe und er natürlich mitten unter dem Abzählen rufe: herein! Daher mach' er, mit Fehlschlagungen aller Art so vertraut, desto weniger aus kleinlichen an sich, wie ihm denn schon einmal begegnet in Verhältnissen, daß er, wo höflichste Eile und ruhigste Ankleidung unerlaßbar waren, unter dem Zuknöpfen einer Bratenweste unten einen Knopf oder ein Loch übersprungen, so daß er, wenn nicht der eine Westenflügel unbändig am Halse vorstechen sollte, alles mit den Fingerspitzen (es waren zum Unglück die feinsten Löcher und Knöpfe) wieder einzureißen und einzufädeln hatte, wovon die nächste Folge gewesen, daß er bei dem Konsistorialrate eingetreten, als er schon bei Tafel saß.

Worble – welcher sah, wie der Zuchthausprediger den Fürstapotheker ebensosehr einzunehmen gedachte, als es dem Kandidaten gelungen, und wie er gerade die entgegengesetzte Stimmung erzeugte – Worble munterte ihn zur Fortsetzung auf und sagte, mit demselben Konsistorialherrn sei ihm schon am nämlichen Morgen Unglück begegnet. Es sei wahr genug, versetzte Frohauf, und der Vorgesetzte sei gerade zum Besuche in seine Stube getreten, als unter dem Lesen eben sein rechtes Bein tief eingeschlafen gewesen; er habe nun mit dem Schleppbein, das tot am Schenkel gehangen, nicht nur einen elenden Scharrfuß zu machen, sondern auch neben dem flinken weltmännischen Konsistorialis mit dem versteinerten Fußgestell – vergeblich wurden damit heimliche Fußstöße in die Luft zum Blutumtreiben getan – auf- und abzuwandeln gehabt; aber natürlicherweise sei der Gang mit einem dicken Säulenfuß ungemein plump und schiebend ausgefallen. – – Nur springe mit ihm leider der Böse auch in wichtigern Angelegenheiten arg um! Er solle nur, fuhr er fort, einmal im Freien im Gartenhause eines Beichtkindes so recht genießen und durchschmecken wollen, sich deshalb etwa gar ein dahin einschlagendes Predigtthema von den Entzückungen der Natur auserwählen: so habe natürlicherweise unter seinem ganzen Genießen und Darstellen der schönen Natur ein eingesperrter Hund in der Nähe geheult, oder ein geprügeltes Kind in der Nähe geschrien, oder war nichts anderes da, so habe eine Kuh nach ihrem entführten Kalbe, aber in langen Pausen gebrüllt, welche Pausen gerade das Erbärmlichste dabei gewesen, weil man während derselben immer auf das frische Brüllen aufsehe.

Am gottlosesten freilich, wiss' er wohl, werde mit ihm hausgehalten, falls er etwa, um einer wichtigen Predigt, einer Neujahr-, Buß-, Erntepredigt, möglichste Vollendung zu geben, gleichsam einer Peterskirche die Kuppel aufzusetzen, dazu sich einen besondern Tag aussteche: Stein und Bein könn' er voraus schwören, daß an einem solchen Tage des sogenannten Kuppelaufsetzens nun alles anklopfen und eintreten werde, was nur von Störern und Störenfrieden und Kirchnern und Zuchthausvorstehern und von Kauflustigen nach Taufscheinen und Trauscheinen und tausend Scheinen in der Welt vorhanden sei, so daß seine so sehr gewollte Predigtkuppel unter den ewigen Einstörungen sich durchaus, um bei der Allegorie zu bleiben, zu einer lächerlichen Dachstube oder Wetterfahne zuspitze oder zu einem Sargdeckel ausspreize.

Nun kam Frohauf in seiner Rede endlich auf den Zielpunkt und sagte: «Was ich einigemal in meiner langen Tatsachen-Darstellung versprochen, könnt' ich kurz geben, eh' wir aufbrächen, nämlich die Theorie oder Hypothese, die alle diese ewigen Fehlschlagungen erklärt und welche sich auf den Teufel stützt.» –

Da war es dem freude- und reisedurstigen Marggraf, der so auf einmal von Richters Himmelfahrt in Frohaufs Höllenfahrt einbeugen sollte, nicht mehr möglich, den Ausbau des düstern Lehrgebäudes abzuwarten: «Unterwegs, Herr Zuchthausprediger», sagte er, «oder im Nachtquartier; ich kann nicht früh genug im Zauberdörfchen *Liebenau* eintreffen, wenigstens ein paar Stunden vor Sonnenuntergange, um da zeitig genug zu dinieren.» Seltsam! so wurde denn der so sehr denkende Süptitz zum zweiten Male bei der Ausschiffung seines Lehrgebäudes angehalten.

Des vierzehnten Kapitels zweiter Gang

Der schönste Ortname – bewegliche Kirchengüter – Gefecht zwischen Stech- und Schießgewehr – Rückkehr des Eilreiters – Liebenau

«O *Liebenau!*» versetzte der Kandidat sehr frei, der einiges vom Weine und vom fürstlichen Beifall im Kopf hatte. «Ja Liebenau – ein solcher Name weiset hier auf die Morgenseite des Herzens – Nichts hör' ich so gern als Städte und Dörfer mit dem Liebenamen kopuliert. So gibt es noch sechs andere Liebenaue in Deutschland, ordentliche Sechsstädte[155] – ferner ein ansehnliches und arzneiliches *Liebenstein* in Meiningen – und ein *Liebenthal* in Schlesien im Hirschberger Kreis – und gar ein *Liebenzell* voll Löffelschmiede im Württembergischen – und sehr artig klingt ein *Lieberose* in Meißen, wo Sandsteinbrüche sind, aber gewiß keine Ehebrüche – nur das Städtchen *Lieblos* in der Grafschaft Ober-Isenburg klingt nicht gut, doch werden da viel Wollstrümpfe gewoben.»

Marggraf fand das Wetter – und sich dazu –

reich an Frühlingen; vorzüglich jenes ganz so, wie es der Kandidat vorausgesehen; und es war dem jungen Menschen ein solcher Königschuß von prophetischem Probeschuß und Meisterstück gar wohl zu gönnen. In Nikolausens Herzen webte die Entzückung des Zöllners süßzitternd fort, zu welcher ihm der Eilbote für Abend gute Beiträge von der Zöllnerin versprach. Ein Dank verfolgt das Herz lange auf der Reise und unter einem heitern Himmel; und glücklich ist, wer gerade durch das Himmelblau eine Wohltat oder durch diese das Blau sich verschönern kann. –

Nach einer Stunde begegnete dem Zuge ein Leiterwagen, worauf einige Juden und Viehhändler eine Kanzel, einen Beichtstuhl, einen Taufengel und andere Kirchenstücke führten, die sie bei dem Zerschlagen und Versteigern einer katholischen Kapelle erstanden hatten. Marggraf ließ halten und stieg aus, um vielleicht einige Bestandteile zu seiner Reise-Kapelle zu erhandeln. Der Handel wurde bald durch den Reisemarschall Worble über eine niedliche, sogar mit einer Sanduhr versehene Kanzel geschlossen, nachdem er zu ihrer Besichtigung den Hofprediger hinzugerufen, falls sie ihm zu enge sein möchte. Sie aber war dem dicken Prediger wie auf den Leib gemacht. Die Begierde, womit Nikolaus sie zu erstehen suchte, bewies wahre Freundlichkeit und Nachsicht für den Hofprediger, der überall das kirchliche wie das gemeine Leben nach den feinsten Mikrometern abmaß und also zum Mark einer geistlichen Rede den hölzernen Knochen einer Kanzel verlangte oder das halbe Holz-Rund für die halbe Eierschale oder auch Hirnschale der geistigen Geburt ansah. Ob aber nicht auch heimlich bei einem so gutmütigen Menschen wie Marggraf die Erinnerung an Süptitzens unterbrochenes Opferfest[156] seiner vorzutragenden Theorie zum Kanzelkaufe mitwirkte, möcht' ich fast zu überlegen geben. Auch wurde noch der Taufengel den Juden abgekauft, da er so schön geschnitzt und angestrichen war und nicht sehr ins Gewicht fiel. Denn die schweren Artikel, wie Beichtstuhl und Altar, ließ man ihnen, um den Packwagen nicht zu überladen. Noch wußte niemand, wem der Taufengel dienen und die Hände und Arme bieten sollte, wenn nicht etwa den mitreisenden Juden selber unter ihrem Abfallen und Bekehren; indes der Engel war doch leicht und schön, und unter solcher Bedingung sind wohl sonst lebendigere Engel auf Reisen mitgenommen worden.

Während des Engel-Einkaufs sah Nikolaus zwei Wagen mit Kronwappen vorüberfahren, worin auf dem Rücksitze mehrere Damen ansässig waren. Da sie, wie er, denselben Weg nach der Residenz Lukas-Stadt einschlugen, so sagte er zum Reisemarschall: «Ich merke wohl, daß Prinzessinnen darin müssen gesessen sein – sonst wären die Damen nicht rückwärts gefahren –; aber mir ist es gar nicht wahrscheinlich, daß hohe Bekannte meiner Amanda mit im Wagen gewesen; sie hätten sonst auf eine oder die andere Art, da mein Auszug aus Rom allgemein bekannt ist, zu verstehen gegeben, daß sie mich kennten.»

«Ganz gewiß», versetzte Worble, «wurden Sie nicht gekannt; aber auffallend bleibt es, daß die Fürstinnen mit uns gerade derselben Residenzstadt und an demselben Tage zurollen.»

Als der Zug vor einem prächtigen einsamen Gasthofe auf einem Hügel ankam, wurde auf Worbles Rat schon wieder gehalten und ein kleines diner à la fourchette oder Gabelmittagmahl eingenommen, damit die Leute bis zum Messermittagessen (abends in Liebenau) leichter ausdauerten. Mir ist als Geschichtschreiber dieser bloße Gabeltisch nicht unbedeutend, weil hier Worble ein wahres Wunder der Tapferkeit verrichtete, und zwar mit nichts als mit einem Blaserohr. Es saß nämlich ein gewisser Artillerieoffizier von Peuk mit unter andern Gästen im Freien und ließ einige Gläser blaue Milch aufgehen. Vornehme schämen sich nicht, wenig zu verzehren und zu bezahlen. Höchst gleichgültig und lächelnd und ohne, wie andere Gäste, den Hut nicht eher als auf Bitten des Fürstapothekers wieder aufzusetzen – denn er hatte seinen kaum gedreht –, sah Peuk das ganze marggräfische Gefolge und die Invaliden und Pferde und Wagen an und machte, ungeachtet das Gefolge von dem Gastwirte, wie ein Fruchtgarten von der Pomona[157], mit vollen Tellern und Gläsern aller Art behangen wurde, kalt ein vornehmes Gesicht, als halt' er den ganzen Hof für lustiges Zigeuner- oder sonstiges verrücktes Gesindel.

Der Reisemarschall erfuhr es geradezu vom redlichen Wirte, der sich sehr wenig aus dem Offizier machte, weil er ihn lange als einen versteinerten Geizhals kannte, der, wie er sagte, bei ihm in *einem* Jahre nicht für einen halben Gulden reinen Gewinn aufgehen lasse und den er daher bloß für andere Gäste seines Erzählens und Prahlens halber, auch um einen Gast mehr aufzuzeigen und weil der reiche Schabhals bloß von seinen Zinsen lebe, gern und ungern sitzen sehe. «Der Filz fordert auf mein christliches Wort», sagte der Wirt, «an Schalttagen seine besondern Interessen ein und gibt nicht nach, und ich weiß noch andere Züge, Ihro Gnaden.»

Über Geizige glaub' ich leicht alles Unglaubliche; den poetischen Überladungen der komischen Dichter selber kommen sie mit ihren prosaischen nach, ja zuvor. Am stärksten gilt dies, wenn die Zinsseele nicht von Arbeiten, sondern von Zinsen lebt. Der Zinsen-Pfründner muß das Kapital als die unantastbare Bruthenne der Zinsen unaufhörlich mästen, damit sie mehr Eier lege; sie selber könnte ebensogut sicher und ungerupft auf dem Monde sitzen und legen, wenn sie nur die Zinseneier herunterfallen ließe. Merkt aber vollends der Zinsen-Kostgänger einmal voraus, er könne am Ende sich schon mit den Zinsen von Zinsen behelfen, so hat er sich dann zum letzten Male in seinem Leben satt gegessen, desto mehr aber am Genusse der Zeit gewonnen, welche ihm durch ihre Flucht gerade so viel zurückläßt, als sie andern entführt; und jeden Abend kann er zu sich sagen: Gottlob! wieder einen Tag erlebt, der sich verzinste und der wie ein Apelles seinen Strich oder wie ein Titus sein Gutes für mich getan.

Worble, von jeher ein Widersacher aller Sparsamkeit und auch kein Liebhaber des Militärs, dem er fast Nichtstun und Wenigwissen schuldgab und unzeitige Tapferkeit im Gegensatze seiner eignen, ihm weit nützlichern, mußte in solcher Gemütstimmung noch vollends dem Großsprechen des Soldaten die Ohren darbieten; Ausbrüche waren unvermeidlich. Peuk zog eine goldene winzige Repetieruhr vor und ließ sie schlagen, indem er bemerkte, daß er sie einem tapfern Generale, den er gefangen, abgezwungen. Niemand gab sonderlich darauf acht als Marggrafs Leute, welchen er die Sage noch nicht, wie den andern, schon zum tausendsten Male vorgetragen. Als ein Beweisstück seines Mutes stellte er seinen Stachelstock auf, mit welchem allein, sagte er, ohne ein anderes Gewehr als einen kleinen Stockdegen, der darin stecke, er durch den nahen verschrienen Wald sich wage; «Gott aber sei den Kerlen gnädig, die mir darin aufstoßen und mir verdächtig vorkommen», setzte er hinzu und sah fast grimmig die unerschrocknen Mienen von Worble an.

Dieser versetzte endlich, er tret' ihm ganz bei,

denn er wisse aus eigner Erfahrung, was ein Mensch in der Tapferkeit vermöge; er habe ja in der kurzstämmigen Gestalt, wie er dastehe, und in bloßen Zivilkleidern und eigenhändig mehr als einen Militär *braun* und *blau* geschlagen, zwei unharmonierende Farben, welche freilich niemand gern trage, wegen ihrer so schreienden Geschmackwidrigkeit; aber er schlage um so lieber und ohne Gewissensbisse ein Schulterblatt unter der Epaulette oder einen gestickten Ellbogen in einem Monturärmel entzwei, da diese Knochenglieder sich nach neuern Erfahrungen[1] noch eher wiederherstellen als die verletzte Ehre selber.

Der Offizier würdigte ihn keiner Erwiderung, da ihn so etwas gar nicht anging, sondern bloß eines gleichgültigen Blicks und machte sich kaltsinnig, aber zum stärkeren Beweise seiner gedachten Kühnheit, reisefertig zum Gang in den Spitzbubenwald. Er ging, um abzurechnen, hinein zum Wirt und ließ den Hut da, nahm aber den Stock mit, und Worble sah in einem Winkel zu, wie er den hohlen dicken Stockknopf abschraubte und die Repetieruhr wie eine Kugel fest hineinlud; der Knopf sollte etwas Sicherstellenderes von Festung oder Königstein für die Uhr, die er vorher sein Tedeum klingeln lassen, im rekognoszierenden Walde abgeben,

1 Ein Unterkiefer wiedererzeugte sich (nach Siebold) – ein Ellbogenstück (nach Ruysch) – ein Schlüsselbein (nach Moreau) – ein Schulterblatt (nach Chopart).

als die bloße Hosentasche konnte. Der aufrichtige Wirt hatte schon vor der rednerischen Uhr-Ausstellung dem Marschalle die Aufbewahrung und das Transportschiff eines solchen Kunstschatzes verraten.

Von Peuk kam wieder und zog aus Verachtung ohne Grüßen ab. Seinen Stachelstock – wie der Bienenstachel nur die Scheide des eigentlichen Stechgewehrs – trug er waagrecht; und wie Löwen und Katzen ihre feinen Krallen unter dem Gehen zurückschlagen und schonen, so stach er aus gleichen Gründen den Stock nicht ein. Da begab sich Worble zu dem Fürstapotheker, dem überall nichts weher tat als eine Unhöflichkeit, mit einem leisen Schwur in dessen Ohr hinein, er wolle eine Woche lang Fischschuppen käuen und Fischgallenblasen dazu trinken, wenn er nicht den Artilleristen samt seinem Stocke, sobald solcher nur den Hügel hinab sei, vor aller Augen mit dem Blaserohre des Gastwirtjungen in die Flucht und in den Wald jage, und er bitte um nichts als zwei Minuten Geduld. «Ja, ja, das tu' ich», sagte er lauter vor vielen.

Die Sache schien in der Tat unglaublich, und von der Stockuhr oder dem Uhrstock hatt' er noch dazu aus Gründen kein Wort hervorgebracht.

Er rückte nun dem Artilleristen nach, mit keinem andern Artilleriepark bewaffnet als mit einem Blaserohr – die Tasche war das Kugelzeughaus –, und schoß in einiger Nähe ein paar naßkalte Kugeln wie zum Salutieren Peuken auf den Rücken.

Der Artillerist drehte sich wild um und fragte sehr ernst den Marschall, ob er ihn nicht vor sich gesehen unter dem Blasen. Worble aber hatte ihm schon wieder eine zweite schmutzige Kugel auf die Weste gesetzt, bevor er nur zur Antwort geben konnte, er schieße zu seinem Vergnügen gewöhnlich gerade und nie quer, und wer sich getroffen fühle, wie etwa von einer Satire, der müsse eben einen andern Weg einschlagen; er seines Orts blase fort.

«So will ich Euch Mores lehren, Ihr impertinenter Fürstenhund», schrie Peuk, der Ehre und Weste zugleich befleckt sah, und hob wütig den Stockdegen in die Höhe, teils zur Kriegdemonstration, als woll' er den innern Degen abschrauben und herausreißen, teils um unter diesem maskierten Angriffe geschickt vor allen Dingen den *Kron-* und *Schlagschatz* des Stockknopfs, die Repetieruhr, zu flüchten und einzustecken. Aber dazu, zur Anlegung seines Brückenkopfes, nämlich zur Abnehmung seines Stockknopfes, ließ ihm Worble keine Minute Zeit, sondern drang schreiend mit erhobenem Blaserohr, gleichsam mit dem Bajonett des vorigen Schießgewehrs, auf den Stock ein, und nun war dem Artilleristen die traurige Wahl ohne die geringste Bedenkzeit vorgelegt, ob er entweder mit dem Stachelstock das Rohr, das schon geschwungen wurde, ausparieren und legieren sollte und ob er folglich mit einem einzigen Schlag an seinen Stock, den beständigen geistigen Elektrizitätträger, gleichsam durch einen Uhrschlag an seine Schlaguhr, diese vermittelst der Erschütterung auf immer zerrüttet sehen wollte; –

oder ob er – war die andere Wahlseite – lieber zur Schande greifen und vor dem Kerl, den er in seinem Leben nie gesehen, geradezu waldeinwärts rennen sollte.

Von Peuk griff zur Schande. – Unter fünf oder acht der tapfersten und fürchterlichsten Flüche – sie sollten seinen Schwanengesang vorstellen, wie der Reisemarschall seinen Todesengel – warf er sich in den nahen Wald und rettete so mit wenigen Sprüngen das Köstlichste, was er nur hatte, die Uhr.

Der Marschall setzte ihm so lange nach, als es Ehre und Zorn nur geboten, und rief ihm noch zu: er habe ja nichts zu fürchten als ein elendes Blaserohr; kam aber bald darauf mit Lorbeeren bedeckt aus dem Walde zurück.

Mitten unter dem Amtjubiläum einer Tapferkeit, die er in der Schlacht bei Rom so gut wie nicht gezeigt, bekam er, der Jubilar und Großwürdeträger, dieselbe harte Nuß aufzubeißen, die ich selber schon am Eingange dieser Beschreibung öffnen mußte.

Nichts ist nämlich verdrießlicher und erhält einen Mann länger in Schwanken, als wenn er gern mit zwei Vorzügen oder Siegen auf einmal stolz tun möchte, von welchen er, da jeder den andern aufhebt, durchaus nur den einen oder den andern nehmen darf. «Recht fatal!» sagte Worble zu sich. «Erzähl' ich dem Gefolge meine Wissenschaft um den Repetieruhrfries und -karnies[158] und mache mit meiner Verschlagenheit Figur: so ragt meine Tapferkeit nicht vor; setz' ich diese ins Licht: so lass' ich meine Feinheit im Dunkeln; eins ist aber so verflucht wie das andere.»

Wie gesagt, ich selber hatte anfangs als bloßer Geschichtschreiber die ähnliche Frage aufzulösen, ob ich nämlich den Lesern (diese stellen hier das Gefolge vor) im Anfange des Schlacht-Bulletin den Umstand mit dem Stockknopf als Uhrgehäuse klug verdecken sollte – ich hätte dadurch die Erwartungen gespannt – oder ob ich ihnen aufrichtig den Umstand vorberichten und dadurch den Artilleristen komischer machen wollte. Die Welt weiß freilich schon seit Seiten, daß ich hier, wie immer, ganz redlich und ohne List geschrieben und alles herausgesagt.

Der Wunsch aber, widerstrebende (kontradiktorische) Kronen des Glanzes zugleich aufzuhaben, quält manchen von uns erbärmlich und macht, daß er sein eigner Gegenkaiser wird. Der Dichter z. B. möchte gern als einer erscheinen, der in der Begeisterung alles vergißt, und zugleich als einer, der in ihr nichts übersieht. – Ein Paar blaue Augen sähen zugleich herzlich gern wie ein Paar schwarze aus und eine Blonde wie eine Brünette. – Eine Residenzfrau erschiene mit Vergnügen als geistiger Hermaphrodit, zugleich zum Bewundern weiblichweich und männerkräftig. – Und überhaupt, wer wäre nicht gern ein paar tausend Menschen auf einmal, wenigstens ein paar hundert! – Aber die Juden verbieten schon, zwei Freudentage an *einem* Tage zu feiern, z.B. einen Sabbat und einen Hochzeittag; ja die Italiener verbieten in ihren Opern unmittelbare Aufeinanderfolge zweier pathetischen Arien hintereinander, ordentlich als wären es zwei Oktaven; und so muß denn häufig jeder von uns seinen Glanz ziemlich einschränken.

Etwas half sich jedoch der Reisemarschall durch ein Zwielicht entre chien et loup. Zuerst ließ er das Gefolge, das selber eigenäugig seinen kühnen Fechterstreichen zugeschaut, sich ganz auswundern über den Mut; dann aber, da doch die frühere Bewunderung seiner Keckheit (wußt' er) sich nicht ganz verflüchtigen konnte, ohne einigen festen glänzenden Bodensatz niederzuschlagen, deckte er offen – die Sache mit dem Uhrgehäuse auf, für deren Ausspüren er immer auch einige Lorbeerreiser für sein Kopfhaar erwarten konnte. Er verbarg es dem Hofe und dem Fürsten gar nicht, daß er überhaupt etwas keck gehandelt, da der Artillerist, dessen Mut er so absichtlich hinaufgeschraubt, doch mit der Uhr im Degenknopf hätte einhauen können oder anstatt desselben im Walde einen Knittel erwischen und damit auftreten. – «Inzwischen wenn auch», schloß er, «ich dürfte dann wohl dem Narren, der uns alle vom schäbigsten Kerl an bis zu Ihrer Durchlaucht hinauf ordentlich verlachte, doppelt gezahlt haben, in der einen Hand mit meinem Blasrohr, in der andern mit seinem Stachelstock, und er hätte auf seiner Reise an Ihren Reisemarschall denken sollen, Sire!» –

Wichtig genug bleibt übrigens das ganze Gefecht, schon wegen der Lehre, die ich daraus abziehe für hohe Häupter und noch tiefere Köpfe; denn sie heißt: macht nie den Knopf oder das Kapitell eures Waffenstocks oder Waffenstabs zur Zitadelle oder Burg euerer Repetieruhr, wollt ihr euch anders nicht erbärmlich schlagen lassen vom bloßen Blasewind, ohne nur einen Stoß oder Stich getan zu haben; ebensogut und so sicher könntet ihr eine wichtige Handelstadt in eine wichtige Grenzfestung stecken. – –

Nach diesem ersten Siege, der unter Marggrafs Regierung vom tapfern Marschall erfochten worden, kam mit den Nachrichten eines schönern eigenhändigen schon der Rezeptuarius nachgetrabt, der sich längst vom hohen Sattel auf den stillen Wagensitz herabgesehnt. Nikolaus ging ihm stracks entgegen und fragte mit den freundlichsten Linien um den Mund den Reiter, ob der dürftigen Frau die unerwartete Gabe recht gewesen, was sie gesagt und gemacht. «Das alte Stück dachte», sagte der Rezeptuar, «ich wolle sie Schulden halber kuranzen und festnehmen, und stieß vor Schrecken das Spinnrad um.»

«Die wird aber», sagte Stoß, «Freudensprünge getan haben, mon dieu.»

«Wer leugnet's?» versetzte der Reiter, der alles

lieber machte als viel Worte und aus dessen Phlegmablock irgendeine historische Gestalt nur Schlag nach Schlag konnte hervorgemeißelt werden; und der Stößer mußte ihm immer die Entzückungen der Soldatenfrau im Brennspiegel seiner eignen entgegenhalten, bevor der Rezeptuar versetzte: «Wer leugnet's?»

Für Marggraf gab es keinen feinern Nachgeschmack einer Wohltat als ein recht ausführliches Verhör der Empfänger über ihre Empfindungen und über ihre Beschlüsse und Hoffnungen dabei, nur ein so reicher Reisetag ließ ihn die Ein- und Dreisilbigkeit des Reiters aushalten, bis endlich dieser die Weitläuftigkeit selber wurde und berichtete: «Das unvernünftige Weibs-Präparat setzte sich in der Lustigkeit gar mir auf den Sattel, bloß damit sie den goldnen Batzen bälder sähe bei ihrem Manne; ich wäre ja sonst viel früher gekommen.»

Der wöchentliche Gastwirt des Gastes Peuk sah nun auf allen Seiten, was wahre Gäste sind und wahre Landesherren, und er sagte dem Reisemarschall dreist ins Ohr: könnt' er seinen Gasthof mit aufpacken, er führe, bei Gott! mit und aus dem Hungerleiderland hinaus; – und dann sollte es schon gehen. Damit es aber früher ginge, ließ er sich in seiner Wirtsrechnung von einem reisenden Landesherrn selber alle Steuern eines Untertanen zahlen, Kopfsteuer – Servicesteuer – Erbsteuer – Schuldensteuer – Prinzessinsteuer – Pferdesteuer – Juden- und Türken- und Nachsteuer – und viele

Gelder, wie Tafelgeld, Fenstergeld, Abzuggeld, samt den Pfennigen, wie Mahlpfennig, Schreibepfennig und Peterspfennig[159], so daß die ganze marggräfliche Konsumtion etwa ein Zehntel der Konsumtionsteuer betrug.

So von allen Ecken und Herzen bereichert und gefüllt, brach denn Nikolaus honigschwer nach Liebenau auf, um abends zeitig genug das Mittagmahl einzunehmen, zumal da er geringen Hunger hatte, das Gefolge aber starken. Wie voll Lust sah er in seine weite Reisewelt! Der Klang Liebenau war ein Nach- oder Vorhall Amandas; und sie schickte ihm das Dörfchen ordentlich entgegen. Endlich erschien es von weitem am Ende einer schönen hellblumigen Ebene hinter Obstbäumen versteckt, wie ein Mädchen hinter Gartenstaketen. Aus der Nähe aber lief ein Schäfer mit einer Schalmeie an die Landstraße heran und blies ihm ein schönes Stückchen vor; denn er wollte ganz schweigend und pfeifend ein Almosen haben. Wie viel eingreifender ist diese süddeutsche harmonische Feldbettelei als die gewöhnliche katholische mit einer ton- und sinnlosen Gebetklapperjagd nach einem Hellerstück! Und wie rührend kommen aus dem Mund, der sonst nur Seufzer gewöhnt ist, dem Freudigen bloß Töne der Freude entgegen und sprechen die bittende Armut hoffend aus! – Die Karlsbader Türmer und die Stadtvorpfeifer des Neujahrs und die Derwische mit ihrem Horne zum Betteln stell' ich weit unter den schalmeienden Schafhirten. – Marggraf warf eine Handvoll weißes Geld hinaus für das Ständchen, das man seiner Amanda und seinen Träumen gebracht, und ließ auf der Stelle Schritt vor Schritt fahren, weil er überall auf der Ebene weitsichtige Schäfer von den Herden mit Pfeifen an die Landstraße springen sah, um daran Reisenden ihr flüchtiges Konzert zu geben und bar mit klingender Münze ihr Almosen zu bezahlen. Sie kamen und bliesen sämtlich ordentlich an. Sogar oben an einer Krümme der Straße nach Liebenau hinein hatten voraus mehrere von diesen Kuhreigern sich fest gestellt, um die Herren nicht sowohl mit letzten Jüngsten Tags-Posaunen, sondern mit ersten des Lenzanfanges zu empfangen, und Nikolaus sagte in einem fort: «Echter Frühlingsanfang heute!»

Das Dorf Liebenau deckte sich vor ihm auf, wenn es eines war, und nicht vielmehr ein Dörfchen; und schöner konnt' er nicht einziehen als unter dem Glockengeläute der Schafe und unter dem Anblasen sämtlicher Schafhirten, welche, von den weißen Geldstücken berauscht, alle ihre weißen Schafe vor der Zeit ein- und ihm nachtrieben, welche letzte artig genug eine Herde weißgekleideter, auf zwei Füße gestellter Empfangmädchen eines Fürsten nachspiegelten.

Des Kapitels dritter Gang

Ortbeschreibung des Örtchens – die Portativ-Residenzstadt Nikolopolis – der Liebesbrief

Und da stand nun Liebenau da, das holde, und alle Welt war darin! Aber ihr glaubt doch nicht etwa, daß es ein belgisches, nettes, buntes, breites Dorf ist? – Kein Haus stand an dem andern, sondern bloß ein Gärtlein an dem andern; in jedem solchen stand erst das Haus, und jeder Baum wurde von dem andern (besonders im Sommer) abgesondert durch Blätter und Früchte. Zwei volle majestätische Lindenbäume regierten als Thronen das Dorf; der eine, ein breit- und langastiger und lasttragender, stand, vom Maienbaum nicht weit, mit einer kurzen Treppe da, welche an seinem Stamme zu einer an ihm herumgeführten Tanzgalerie hinaufführte; der andere Lindenbaum an der Kirche war mit Bänken umzingelt, damit die Kirchgänger auf den Pfarrer leichter sitzend warteten. Die Turmglocke schlug bei der allgemeinen Ein- und Auffahrt vier Viertel und fünf Uhr; aber auch sogar die metallkalte Aussprecherin der wärmsten Menschenstunden zählte sie in Liebenau dem wegeilenden Leben mit mütterlicher Stimme zu; denn es gibt Glocken, welche uns gleichsam die ganze Vergangenheit vorläuten und nachsummen, dergleichen eine der Verf. in Nürnberg im Abendgeläute, wie eines ganzen Mittelalters wehmütige Bewegung, hören konnte.

Auf dem Pfarrhause standen schon zwei weiße

Heimkehr-Störche und sahen über das Dorf hin. Und in der Gartenhecke des Schulmeisters sang gar eine Grasmücke, und draußen schweiften weiße Tauben als malerische Farbentinten über dem Saatengrün herüber, und die etwas vertiefte Sonne loderte auf ihrem Hügel noch ganz warm durch die halb vergoldeten Silberstämme eines Birkenwäldchens und färbte jede Wange und jeden Hügel rot. «Oh! ein echter Frühlingsanfang», sagte schon wieder der Fürst; aber es ist ihm jede Entzückung über einen ganzen schönen, noch von einem Abende verschönerten Tag zu vergeben, wenn man sich den armen, bisher im bangen Rom und in einer Apotheke zu einer trocknen Mumie gewürzten und umschnürten und eingewindelten Apotheker vorstellt, der nun das Freie vor sich hat und Länder an Länder und Zepter und einen Vater samt Braut!

Inzwischen sollte doch dem reichen Dorfe (als hätte Süptitz wieder recht) etwas fehlen – und zwar gerade das, was im All das Wohlfeilste (wie in Paris das Teuerste) ist und was jede Sonne auch mit ihren größten Wandelsternen so überflüssig vorfindet, daß noch millionenmal mehr davon übrigbleibt, als sie braucht – nämlich der Raum. Ich spreche vom Platz im Wirtshause.

Zum Unglück, wie es schien, war mitten im Dorfe gar eine Stadt einquartiert, bestehend aus zwölf Ochsen, vier Juden, drei Wagen und *einem* Pastetenteig zu einer artigen Stadt, sobald er gehörig unter dem Nudelholz gewalzet wurde und dann zusammengeklebt und gewölbt und sein gehöriges Füllsel von Einwohnern bekam. Es ist eine schon bekannte Sache, daß in Moskau, in London, in Philadelphia[1] ganze hölzerne Häuser, d. h. Bretter dazu, unaufgebaut auf dem Markte feilgehalten werden, mit welchen man z. B. in Philadelphia von einer Gasse in die andere ziehen und da ansässig werden kann, was einer oder der andere ein Hausieren der Häuser nennen würde. Hat ein Mann die rechten Bauleute zu solchen reisenden Passagierstuben: in wenigen Stunden tritt er in seine passive oder in seine häusliche Niederlassung und guckt hinaus.

Etwas Ähnliches, aber hundertmal Schöneres führten die vier Juden auf ihren Leiterwagen, deren jeder ein Treibhaus von feinen Häusern war. Sie hatten nämlich einem jungen Fürsten, der bei dem Antritte seiner Regierung sich gern mausern, hären und häuten und alles Väterliche bis auf jede Eierschale und jeden Kokon von elterlichen Tapeten und Zimmern abstreifen wollte, die ganze Lust-Einsiedelei oder hermitage seines Vaters, welche Einsiedelei für die Menge seiner Hofleute zu recht vielen Häusern eingerichtet war, wie gewöhnlich um halbes Geld abgekauft und die Häuserchen nebst dem Lustpark geschickt zerschlagen. Sie fuhren nun das artige Hoflager samt einem Zimmermeister zum schnellen Einfugen und Aufbauen,

---

1 Weylands Reise-Abenteuer, B. 4. Neuerdings erfand in Stockholm Major Blom solche Portativhäuser.

falls etwa ein Bau- und Kauflustiger auf der Stelle eine Probe von Haus zu sehen begehrte, lange Zeit zu Markte herum, aber ohne den geringsten Absatz und zu ihrem wahren Schaden. Denn überall begegneten ihrer Wanderstadt selber Wanderthronen und Wanderfürsten und auswandernde Untertanen; und dabei mußten sie ihr zartes Städtchen unter dem groben Stadttore teuer bezahlen.

Das war keine Sache für die guten Juden.

Ihrem Herzen war, als würde jeden Tag Jerusalem wieder zerstört, und sie hatten Tempelzerstörung-Feier.

Da begegneten sie ihrem Messias, der die heilige Stadt aufbauete. Mit *einem* verständlichen Worte: der edle Marggraf kaufte ihnen das ganze Städtchen ab, zwar nicht wie in alten Zeiten um Pfund Heller, sondern um Pfund Gulden; gab den Juden aber nicht einen Pfennig mehr, als sie verlangten. Dabei bekam er noch den Zimmermeister zum Kaufe darein, den er unterwegs schon zu einem künftigen Untertanen vernützen konnte.

Jetzt entstand in Nikolaus der wahrhaft fürstliche Gedanke, sogleich den Antritt seiner Regierung und Reise mit der Anlegung einer Stadt zu bezeichnen. Er gab mit seiner gewöhnlichen Heftigkeit dem Gefolge wider Erwarten Befehle zum augenblicklichen Aufbau wenigstens eines Stadtviertels oder -achtels. «Wenn man nur vor oder sogleich nach Sonnenuntergang», sagte er, «die Residenz und einige Dienerhäuser fertig bringt: so ist's für heute schon genug und recht viel, meine lieben Leute.» – Es mußte sogleich zum Werke gegriffen und ein Teil der Einsiedeleien abgepackt werden. Nur der Reisemarschall fand keinen rechten Geschmack an der unerwarteten Bauerei, weil er nach dem Reisetage so gern recht bequem im holden luftigen und duftigen Liebenau ruhen und kreuzen wollte nach schönen Gesichtern und vorher eine frühe Abendtafel vor sich sehen. In der Tat, eine kurze Ungnade hätt' er heute der ganzen Baubegnadigung zu einem Dienerhause vorgezogen.

«Eh' ich aber den Grundstein lege zu einer Stadt», sagte Nikolaus zu einigen Gelehrten beim Gefolge, «muß ich in mir über den Namen, den ich ihr schenken will, einig werden, besonders da es meine erste ist und ich den Ort unterwegs überall mitbringe.»

«Niklas*ruhe,* Ihre Durchlaucht, sollt' ich fast vorschlagen, so etwa wie es Karlsruh und ähnliche gibt», antwortete der nicht sehr aufgeräumte Worble.

«Mein Name ist Nikolaus oder auf griechisch Nikolo, deshalb ist Nikolopolis oder abgekürzt Nikolopel wohl der bestimmteste Name für meine Stadt», versetzte der Fürst, mit erlaubter Freude über seinen Sprachschatz. Der Zuchthausprediger fuhr wieder zwischen seine Lust und bemerkte: Nikolo sei völlig welsch, Nikolaus hingegen sei griechisch; als der ehrliche Kandidat Richter nachfügte: wie man ja beide und mehr Namen so gut einer Taufstadt wie einem Taufkinde geben könne, was Byzanz und Konstantinopel und Stambul nicht sowohl bezeugen als bezeugt. Der treuherzige Mensch – man gewinnt ihn je länger je lieber – hatte vor lauter Hinneigung zu seinem Nikolaus Marggraf so wenig wie dieser selber – und dies ist das rechte Liebhaben – nur von weitem daran denken können, ob Worble nicht mit *Niklasruh* auf das gleichnamige Kinderschlafpulver, noch dazu auch *Markgrafen*-Pulver[160] genannt, abzuzielen gemeint. Und ich frage: ist denn das Zielen auch so ausgemacht? –

Der Fürst entschied aber für den Namen Nikopolis und sagte: Polis ist griechisch genug. –

Er legte nun eigenhändig den Grundstein zu Nikolopolis, oder vielmehr zu seinem Residenzschloß, ja noch bestimmter zur Residenzstube, und nahm natürlicherweise zum Stein ein Brett. Christen und Juden luden ab, stellten auf, fügten ein und rundeten zu, so daß unter der Leitung des Zimmer- und Baumeisters die neue Residenzstadt Nikolopolis in wenig Stunden fertig dastand, natürlich anfangs nur die Hauptsache davon, nämlich die Residenz nebst vier Dienerhäusern für die vier Herren vom Hofe; so wie auch für die Menschenseele sich im Mutterleib ihr Sitz oder der Kopf zuerst ausbaut samt den vier Herzkammern. Künftig bei mehr Muße und bei längerem Bleiben an einem andern Orte konnten alle Wagen und die ganze Stadt abgeladen und aufgebaut werden, mit allen ihren Stadtrechten, Stadttoren und Stadtwappen und, wenn es nötig, sogar mit einem Judensackgäßchen, aus einer Stiftshütte bestehend.

Wie überhaupt alles groß bei unserem Fürstapotheker anhob und der Grundstein zu seinem künftigen Reich nicht wie bei dem Kapitolium durch einen gemeinen Stein, terminus genannt, sich legte, sondern durch einen echten Diamanten Regent: so war es natürlich und erfreulich, daß es so fortging auf der Reise und daß bei ihm und seinen Städten sogleich mit Residenzen und Dienerhäusern angefangen wurde, indes ganz Venedig mit einigen Fischerhütten, Petersburg nur mit einer einzigen in die Welt eintrat und Moskau gar aus der Eierschale eines hölzernen Hauses auskroch, wo der Czar Dolgorukoj eine Liebschaft hatte.[1]

Welch einen ganz andern Anblick gewährt ein solches neues Nikolopolis, das jeder schon bewohnt, ich meine, welchen ganz andern Anblick gegen jene gemalten bloßen Dorf-Façaden Potemkins, an denen alles blind war, nicht bloß Fenster, sondern auch Mauer, und auf welche doch (nach Kotzebue) der Feldherr die große Katharina auf ihrer Reise durch Taurien von der Landstraße herab aus der Ferne sehen ließ! Bei Katharina war alles nur Schein, hier bloß Wahrheit!

Das Residenzzimmer des Fürsten war nach der Vollendung geräumig genug, daß es den Fürsten und den Tisch und die vier Herren vom Hof, Richter,

---

1 Müllers vierundzwanzig Bücher allgem. Geschichte, Band 2.

Worble, Süptitz und Renovanz, die darin speisen sollten – ihre Dienerhäuser wurden während der Tafel gar ausgebaut –, gut fassen konnte. Über dem Speisen äußerte der Fürst: «Ich glaube, ich so wie das Publikum kann mit meinem ersten Tage und mit dem, was ich da vollführt, zufrieden sein. Mein neues Nikolopolis mag von andern Städten zwar leicht an Größe übertroffen werden, aber an nettem Glanz und Geschmack wohl schwerlich, und doch wird es mir ganz anders damit gelingen, wenn ich vollends das nächstemal mehr Zeit gewinne und die Residenz völlig ausbaue; denn Anstalten, Baumaterialien, Baurisse und alle Vorarbeiten dazu sind schon vollendet.» Er meinte damit das, was von der Stadt noch waagrecht auf den Wagen geladen war. Er hätte gern ein Lob aus den vier Hofherren herausgequetscht, aber niemand als der Marschall fiel ein: «Ich erinnere mich hier mit Vergnügen, wie Sie einmal in Leipzig, wo ich die Gnade hatte, Ihr Gouverneur zu sein, gegen mich im Theater geäußert, daß Sie sich unbeschreiblich in die hohen Paläste hineinsehnten, welche damals eine lang aufwärts steigende Straße hinaufstanden, die sehr gut vom Theatermaler gemacht und gehalten war. Durchlaucht wollten mit der Phantasie ordentlich die Einwohner darin besuchen und mit ihnen aus den gemalten Fenstern sehen. Auch mir kam ähnliche Lust an. Aber ist dergleichen nicht mehr als erfüllt durch die herrlichen nikolopolitanischen Zimmer der Hermitage, worin man in der Tat und Wahrheit ja eben ist und ißt?»

«Und doch», versetzte Nikolaus, «fang' ich nur gleichsam mit einem hölzernen Rom an – ich meine nicht das holzige kleine in Hohengeis, sondern das große in Italien –, aber ich endige, geliebt's Gott, mit einem marmornen, wie jener bekannte Römer[161]. – Jedoch glauben Sie mir, meine werten Freunde, ich achte all dieses Leblose und vielleicht Glänzende, was ich heute zustande gebracht, unendlich gering gegen das größte Doppel-Glück, das ein Fürst nur erobern kann, nämlich gleich Friedrich dem Großen einige Menschen mehr in den Staat gezogen, wie ich heute den Baudirektor und, da bei mir alle Religionen freie Übungen haben sollen, auch ein paar Juden zum Weiterreisen gewonnen zu haben. Auch hab' ich wohl schon unterwegs an meinem ersten Reisetag nicht wie Titus[162] einen Tag verloren, indem ich daraus einen frohen für manche Dürftige gemacht …… Ach sehen Sie doch, bei Gott! die allgemeine Freude draußen, wie alles zu den Fenstern hereinschauet, beinah das halbe Dorf, und wie drüben in der Laube alles tanzt und jubelt; denn Bier hab' ich sowohl meinen Leuten als den Liebenauern hinlänglich reichen lassen.»

Und da er jetzt gegen die Fenster grüßte und ihn vielleicht die Hereinschauer vernommen hatten: so erscholl ein weites Lebehoch von den Fenstergläsern an bis zum fernsten Biergläschen in Liebenau hinab. Nun hob der Fürstapotheker die Tafel auf und machte eine schwache Verbeugung gegen die Herren, zum Zeichen abzugehen.

Wie gern hätt' ihm aber der Kandidat die Hand zur guten Nacht gedrückt, wäre nicht der Abstand des Standes zu breit gewesen.

Aber wie würde der Kandidat sich erst diesen Abend noch in ihn hineingeliebt haben, wenn er gewußt hätte, was Nikolaus sofort nach dem Abgange der Herren getan! Denn ihm würde, wie ich ihn kenne, der wohlwollende, obgleich überflatternde Fürst, der wie der Vogel Strauß an seinen Flügeln selber wieder Stacheln trug, um sich zum Fluge zu spornen, ein Mann zum Herzandrücken dadurch geworden sein, daß er so spät abends das menschenfreundlichste Herz mit allen Irrtümern noch gegen ein ungekanntes wandte und das Tempelchen seiner Amanda aufmachte, um die lang entbehrte Geliebte wieder zu sehen und unter ihren Augen das folgende Briefchen an sie zu schreiben:

Wie hold und fest du mich wieder anblickst, Amanda! mit den stillen blauen Augen, still wie das Himmelblau! – Siehe, endlich bin ich auf der heiligen Wallfahrt zu dir, und das Herz, das dich von Jugend auf fromm in sich getragen, wird dir endlich nahe gebracht. Bin ich doch tausendmal seliger als hundert meinesgleichen, welche die Diplomatie verheiratet und welche von der aufgezwungenen Prinzessin nichts vorher zu Gesicht bekommen als ein flaches Porträt, das noch dazu mit Farben lügt; denn ich habe täglich deine volle treue Wachsgestalt um mich, und an ihr ist lauter Wahrheit, und alle ihre Schönheiten hast du selber; ja sogar die neuen unerwarteten, womit seitdem die Zeit dich wie eine Blume überhüllte. – Noch duften die Orangeblüten, die du für mich fallen lassen, mir den alten, nie welken Lenz *einer* Viertelstunde zurück, und obgleich von deiner Harmonikastimme nur wenige Worte aus dem Parke in mein Herz eingeflogen, singen doch diese Nachtigallen in meinem Innersten unaufhörlich, und deine Stimme versteckt sich als eine Echo überall in alle Ruinen meines Lebens und ruft mir, ach so lieb! O du Stimme! – Könnt' ich dir nur, Amanda, aussprechen, wie oft ich mir unser künftiges Zusammenfinden vorgemalt, und zwar jedesmal ein schöneres. Aber wahrscheinlich würdest du mich nicht sogleich wiedererkennen, da an dem jungen entzückten Gesichte, das du im Parke bei einem einzigen Begegnen in dein Auge aufgenommen, das Leben gar so manches durchstrichen hat oder doch entfärbt. – Aber gewiß werd' ich mich wieder in meine Vorjugend zurückleben, und da, wo jetzt weiße Rosen stehen, werden rote auch wieder aufbrechen – und, Amanda, du wirst mich glühen sehen.

Da meine Reise gleich am ersten Tage so anfing, daß ich fast jede Stunde um die andere einige Menschen beglücken oder doch erfreuen konnte: so werd' ich schon so herrlich alle Tage in Freuden leben, daß ich wieder ein verjüngter Jüngling werde und die Wunden, ja die Narben aus Rom verliere. –

Wie würdest du heute froh sein unter den Frohgemachten rings um dich her! – Bis jetzt pflückt' ich vom Throne nur die Freuden ab; o! wenn es dir leider auf dem deinigen anders ginge, wie möcht' ich fliegen, um dir über den kleinsten Schmerz, womit dich die Krone wund drückt, weichen Verband zu legen. – Wie füll' ich mir die Brust mit den Frühlingslüften, welche um dich geflattert haben und die nun mich umschließen! Glaube mir, ich gehe einen langen Weg zu dir, und die Sehnsucht dehnet jede Stunde aus, aber ich werde doch nicht müde auf ihm, da der Reisewagen vielleicht manche rohe Anhängsel von mir abrüttelt oder da (darf ich eine sehr schmeichelhafte Wendung meines Reisemarschalls gebrauchen) das Wagenrad gleichsam das Schleifrad werden kann, welches dem Diamanten sonst die Glanz-Facette einschneidet. – Ach, auf meine Flecken und dunkle Stellen dreh' ich zu leicht und schmerzend mein Auge; doch ein Lichtpunkt blinkt wie Diamantfeuer an mir, die Liebe zu dir.

Hätt' ich nur *eine* Seele, in die ich ganz frei Liebe und Seufzer für dich warm und heiß hinüberhauchen dürfte und für welche die warmzitternde Brust und das tränenzitternde Auge eines Mannes ein recht ernster und erquicklicher Anblick wäre! – Allein dieses Glück fällt überhaupt den Männern weniger zu als den Frauen, von welchen keine weiß, wie das stumme Einkerkern der Liebe drückt und schmerzt, indem jede eine zarte Freundin findet, vor welcher sie mit ihren feurigsten Geständnissen nicht lächerlich erscheint; der Mann hingegen schämet sich fast seines Herzens vor dem Mann. – Leider konnt' ich aus Rom, aus der Pflanzstadt meines Gefolges, keinen Glücklichen um mich bekommen, mit welchem ich unaufhörlich von dir und mir sprechen könnte. Überhaupt dekken die Romer dort dicht das Herz mit Brustknochen zu und mit allen Westen und Rockklappen; und ich verdenk' es daher denen, die ich mitgenommen, nicht im geringsten, wenn ich mich noch nicht vor sie, die mich bisher in meinen Bewegungen mehr als Mann denn als Jüngling zu sehen gewohnt, mit dem ganzen begeisterten Schlagen und Glühen einer Jugendbrust stellen darf.

Sie sind doch gut, die Guten!

Auch wird mir schon der Alliebende auf der langen Reise irgendeinen recht herrlichen Menschen entgegenführen, der die Liebe selber ist und dem ich alles sagen kann in lauter Strömen, so daß er am Ende fast so warm zu lieben weiß, als wär' er ich selber.

Wie herrlich ist es, daß ich dir nicht nur schon heute (und am Frühlinganfang), sondern auch zuerst aus meiner Stadt Nikolopolis schreibe, die ich vor wenigen Stunden erbauen ließ, was deren Anfang oder Mitte anbelangt.

Vor der nächsten Stadt soll schon mehr von der meinigen fertig gebracht werden; der Grundstein oder vielmehr ein schönes Brett ist doch gelegt.

Sollte wohl der heutige Wagen mit hohen Damen mir vorfahren und zu dir gehen? Ich hoffe aber wirklich zu viel. Und doch wie unerwartet schön fügt sich nicht alles, daß ich meine erste Stadt, gerade wie meinen ersten Brief, bei *Liebenau* mache! – Die so rührende Liebenauer Glocke schlägt eben meinen ersten Lenztag aus, und die erste Morgenminute des zweiten schimmert schon an den hellen Sternen.

Dein

Nikolaus

Nikolopolis bei Liebenau
Des Frühlings Anfang

Hierauf faltete er den englischen, von aufgepreßten Herzen und Blumen geränderten Briefbogen richtig zusammen, schob ihn in einen schon geleimten himmelblauen Umschlag hinein und setzte Siegel und Überschrift darauf ...... Ich seh' ihn noch sitzen, aber wahrlich ich nehme Anteil an ihm, nämlich an seinem Lieben. Macht ihr Leser doch nicht zu meinem Erstaunen einen so gar gewaltigen Unterschied, daß er das stumme kühle Wachs vor sich hat, und kein organisches warmes Körperbild, als ob an sich dieses geistiger wäre oder das geliebte Ich in diesem anderswo angeschaut würde als im liebenden! Warum dankt ihr nicht lieber Gott jedesmal, wenn ein Mensch nur etwas zu lieben bekommt, werd' er auch nicht auf der Stelle wieder geliebt, oder niemals? In eigner Liebe wohnt schon die fremde; und Nikolaus kann auf den wächsernen Flügeln eines Bildes hoch genug seiner warmen Sonne zufliegen; ihre Strahlen werden ihn vorher lange durchwärmen, bevor sie etwas von seinen Federn abschmelzen. – Hätte damals der Kandidat Richter um alles gewußt, wie später: er würde die wächserne Amanda weit über die hölzerne Charlotte jenes französischen Marquis gehoben haben. Der Marquis ließ nämlich von seiner verstorbnen Braut aus dem kostbarsten Holze ein bewegliches Nachbild verfertigen – kleidete es jedes Vierteljahr nach der Mode – versah es sogar mit einem Nachtkleide – mit Essen ohnehin – und mit zwei Aufwärterinnen – ließ es bald Gold zupfen, bald Bücher lesen – am Sterbetage der wirklichen Charlotte ließ er es weiß verschleiern und an seinem eignen, nach neunzehn Jahren, solches in Totenkleidern zu sich in die Gruft der wahren Braut begraben.[1] Aber wie anders und schöner lebt es sich mit der Gestalt einer künftigen Braut als mit dem Widerschein einer verstorbenen! Uns sollte dabei höchstens dieses wundern, daß dem Bräutigam nicht geradezu das täuschende Abbild unter seinen Blicken im Schreiben und Lieben lebendig geworden, da uns die Lebensähnlichkeit im Wachse schon an gleichgültigen Bil-

1 Mehr siehe in *Abwechselungen.* Hannover, Gebrüder Hahn. 1810.

dern bis zum Schrecken anschaut; und wahrlich, Nikolaus hätte sich ein Pygmalions-Schicksal[163] gemacht, wenn er dem Urbilde nicht eben zugereiset wäre und Amandas fernes Bild nicht unter dem Schreiben sich in ihm mehr beseelt hätte als das nahe bei ihm.

Und so hatte er nun nach so vielen Rüsttagen eines Jugendlebens endlich seinen ersten Festtag erlebt und gefeiert; wie aber ging's denn mit den andern Personen? –

Vierter Gang

Abend des Kandidaten – ferner des Hofpredigers – endlich des Reisemarschalls – und allerhöchstes Klistiernehmen und -geben

Der Kandidat ging in seine Hofwohnung, in das niedliche, nicht von Engeln, aber von Juden gebrachte Lorettohäuschen[164], und kam da vor Freude außer sich, ohne daß jemand wußte warum, ausgenommen er selber. Es war schon lange ein Liebling-traum von ihm gewesen, überall zu wohnen auf einige Wochen – dort mit seiner Wohnung auf einem Hügel am Strome – hier mit ihr mitten auf einer weiten Wiese – dort eng in einem Birkenwäldchen – ja, draußen kaum eine Viertelstunde weit von jenem mit Gärten umzingelten Städtchen – kurz der Schnecke zu ähnlichen, welche sich mit ihrem Haus auf jeden Zweig und Rasen setzt, wo es ihr gefällt, und dann, wann sie ausgeschlafen, sich auf einem andern Blatte ansiedelt und anklebt. «Welche prächtige Aussichten», sagt' er, «hätt' ich in jeder Woche! Denn gewechselte sind prächtige. – Aber wie könnte ein Mensch zu dergleichen gelangen?» Da er aber doch dazu kam und dabei vorauswußte, daß sein Schneckenhäuschen künftig sich auf allen möglichen Paradiesesbeeten niederlassen würde und ihn einkriechen lassen: so war er, wie gesagt, ganz natürlich abends außer sich und sah zum Fenster in den Mondschein hinaus und sehnte sich nach allerhand. Der arme Teufel wußte nicht einmal, daß an diesem Frühlinganfang außer dem Geburttage der Stadt Nikolopolis auch der seinige falle. Weder er noch andere hatten – bevor er eines oder das andere in Druck gegeben – auf den Tag seines Eintritts in den großen Druckort der Erde im geringsten gemerkt.

Auf dem Lande, besonders bei Unbegüterten, wozu Richter gehörte, wird fast so wenig an Geburttage gedacht wie bei den Türken, welche daher (nach Meinhard) selten wissen, wie alt sie sind; und nur die Mütter erinnern sich und stellen etwa bei den Vätern tags vorher die Bemerkung, aber ohne Geburttaggeschenke auf: «Eben morgen um ein Uhr bracht' ich unsern Fritz auf die Welt.» Aber sooft ich zuweilen einen armen Handwerker oder eine Magd höchst gleichgültig unter dem Arbeiten sagen hörte: «Heute ist mein Geburttag», und sie dann ohne weitere Feier fortarbeiteten bis ins Bett:

so tat es mir so innig wehe, als wär' ich eine Kronprinzessin, die sich einen solchen Tag gar nicht ohne Feste und Festgeschenke und Bälle gedenken kann. – Denn (um auf den Kandidaten wieder zu kommen) es wurde der Mann erst nach einem und dem andern Meisterwerke und näher seinem letzten Tage als seinem ersten mehr gefeiert samt diesem, wie überhaupt mit Menschen geschieht, welche man, wie die Wörter in den indischen Wörterbüchern, nicht nach den *Anfang-*, sondern nach den *End-*Buchstaben reihet und aufstellt. – – Das menschliche Herz in Betrachtung gezogen, sollte man freilich die Leute lieber nach Jugendgefühlen als nach Altertaten schätzen, da die Menschen nur in jenen ihre Vollendung zeigen, indes später etwas anderes in ihnen zunimmt als eben das Beste; so wie an ihnen im Gegensatze der Fische und Schlangen, welche das ganze Leben hindurch immer größer werden, später nichts Besseres fortwächst als Nägel und Haar. Zum Glücke haben die Menschen gegen das fatale jahrelange Verschlimmern ein treffliches und schnell wirkendes Mittel zum Verbessern erfunden, das wegen der kurzen Zeit seines Einwirkens nie genug zu schätzen ist, nämlich die sogenannte Galgen-Bekehrung, welche bei rechtlichen Menschen keine andere sein kann als die auf dem Sterbebett, so daß dann wirklich einer, wenn er wie die braunschweigische Mumme[165] unter dem Verfahren unten mehrmals sauer geworden, zuletzt wie diese ganz genießbar geworden oben ankommt. –

Aber wie weit verschlug Richters Wiegenfest uns von Nikolopolis!

Der Hof- und Zuchthausprediger wohnte in der nächsten Gasse, nämlich im nächsten Schmuckhäuschen. Süptitz war von jeher schwierig in ein Wirthaus zu bringen, weil es für ihn keine Person und keine Sache gab, die ihm reinlich genug war; er wünschte – der Pflück-Hände wegen – Kirschen und Beere wären so gut abzuschälen als Birnen oder Nüsse, und jedes Tafelgeschirr säh' er erst vor seinen Augen abfegen. Wenige Sachen aber floh sein Leib so bange als Gasthofbetten: «Ich verlange weiter nichts», sagt' er, «als daß ein Mensch, und besonders ein Prediger, bevor er in ein Lager von tausend Schläfern einsteigt, sich hinstellt und flüchtig überlegt, wie viele hundert Bettlägerige darin gelegen, wovon ein einziger hinreicht, um ihn mit jeder unheilbaren Krankheit überhaupt, aber am meisten mit jener unehrbaren zu verpesten, mit welcher als unschuldiger Ehemann im Priesterornat auf der Kanzel zu stehen grausenhaft sei; denn die frischen Bettüberzüge, worauf einige bauen, ziehen doch gegen altangesteckte Federn noch keinen Pestkordon!»

Zum Glück konnte der Hofprediger, wie ein Paradiesvogel, bloß auf der Luft schlafen. Denn Nikolaus hatte am Tage vor seiner Abreise seinem Hofbankier Hoseas die Vollmacht gegeben, für die Reise alles Gerät um jeden Preis einzukaufen und lieber Unnötiges zu viel als Nötiges zu wenig, und da hatte es sich gerade sowohl zu Marggrafs als zu Hoseas' Vorteile getroffen, daß in Rom eine gute Quantität luftdichte Bettzeuge von Clarks[1] zu verkaufen stand, welche der Hofbankier ohne langes jüdisches Handeln erhandelte und die so ganz für Süptitz passeten, da sie nicht frisch überzogen, sondern frisch aufgefüllt wurden, anstatt mit Federn bloß mit Luftkügelchen aus dem immer frischen Dunstkreise.

Der Reisemarschall aber, um endlich auf diesen zu kommen, kümmerte sich sorglos um gar nichts, weder um seine Betten in Gasthöfen (lieber um fremde) noch um den Schein seiner Unschuld, ja Schuld. So gab er gern dem Liebenauer Wirthaus den Vorzug vor dem Hofquartiere. Er hätte darin, so wie im ganzen Dorfe, sogar seine eheliche Treue auf eine der schwersten Proben setzen lassen, wenn jemand es hätte tun wollen. Er durfte sich hierin gewiß mehr zu den Leuten von Stand als zu denen vom Mittelstande zählen; denn sein Herz war in der Ehe nicht, wie etwa chinesisches Papier, bloß von *einer* Seite zu beschreiben, sondern auf der Rückseite war noch Platz für manche weibliche Hand, oder in einem mehr anliegenden Gleichnis:

---

1 Magazin aller neuen Erfindungen Nr. 64. Sie werden mit einem Blasebalge gefüllt, und ein Ventil hält die Luft fest; man kann sie sich härter oder weicher aufblasen. In Frankreich hat man (nach Knigge) längst lederne Unterbetten mit hermetisch verwahrten Nähten, aus welchen morgens die Luft wieder ausgelassen wird.

er hatte nicht, wie etwa der Norweger ein einziges Mal Brot für sein ganzes Leben bäckt, sich ein Hausbrot von Hausfrau auf immer aus dem Ofen geholt, sondern er nahm Sauerteig und heizte von Zeit zu Zeit für einige frisch gebackene Laibe, wie etwa die Türken, als norwegische Gegenfüßler, nicht säuern und deshalb täglich frisch backen.

Spät abends klopfte Worble – dem wahrscheinlich im andern Sinne sein Brot im Dorfe gebacken war – stark an des Kandidaten Fenster an, damit er heraussähe; er wollte nicht hinein ins Zimmerchen, sondern sagte, er könne auch außen vor dem Fenster seine Freude ausschütten oder seine Wonnenachtgedanken, welche wahrscheinlich in einem bittern Nachgeschmacke von Nikolaus und dem Abende bestanden. Er hatte sich gegen den so späten Aufbau des Stadtviertels aus den besten Gründen – denn sie bezogen sich alle auf sein eignes Ausruhen – ganz vergeblich und wider sein Erwarten gestemmt, da der Prinz zum erstenmal als Prinz sich zeigte und keine andern Vernunftgründe annahm, als die er schon hatte.

Er fing an, von Nikolaus zu sprechen, dessen Wert er vom Kandidaten, sagt' er, mit Freuden so schön anempfunden sehe. «Er hat nun einmal», fuhr er fort, «fürstliches Blut in seinen Adern, welche davon natürlich immer etwas schnell und fieberhaft pulsieren. Langsam – Sie sehen's am heutigen Bauwesen – kann er nichts leiden; wie alle Fürsten will er in seinen Freuden nur Schwung-

und Spornräder haben. Eben deshalb müssen Sie ihm auch sein bißchen Aufbrausen nachsehen; Fürsten fahren sämtlich auf, aber nur er unter ihnen am schönsten. Ich kenne hohe Personen, die wahre Vesuve sind, und zwar solche, wie einer im Wörlitzer Garten[166] speiet, der außen Fenster hat und innen ein ganz artiges Schmollstübchen; – und ebenso sind Durchlaucht; abgebrannt ist das Zündkraut, noch ehe Sie schießen.»

Dem Kandidaten gefiel zugleich die Freimütigkeit eines solchen Fürstendieners und der Charakter eines solchen Fürsten außerordentlich, und er konnte sein Doppellob beider nicht oft genug wiederholen und verdoppeln. Der Reisemarschall fuhr, ohne darauf zu achten, fort: «Man ersieht daraus wenigstens, wessen hohen Stammes er ist; aber ich will Ihnen einen Zug erzählen, welcher noch mehr beweiset, wie er zu einer Zeit, wo er ohne alle Geldmittel und ohne alle Nachrichten von seinem Herrn Vater war, dem er entgegenreiset, sich als wahren Fürsten fühlte; – es war, als er ein Klistier setzte. Es klingt komisch genug, benimmt aber der Würde bei der Sache nichts. –

Wie ich Ihnen schon am Morgen gesagt, das Inkognito, worin sich gegen Durchlaucht Ihr Fürstvater festhielt, war so streng als hart; und noch weiß niemand dessen Namen, ausgenommen nur vielleicht Seine Durchlaucht, und Diese selber wissen ihn wohl nur seit der Zeit, daß Sie Diamanten von ihm heimlich bekommen; denn daß Sie die Steine selber brennen und fertigen, wird wenig vom Hofe geglaubt. Nun kamen Durchlaucht und ich, Ihr damaliger Gouverneur, von Leipzig aus schlechten Umständen zurück in noch schlechtere; mein damaliger Hunger, Herr Kandidat, sei Ihnen ein Vorbild des durchlauchtigen, der noch weit größer gewesen sein mußte, denn Sie hätten sonst den meinigen gestillt. Sie wissen es vielleicht noch nicht, Herr Kandidat, wie ein Mensch, der auf Ehre hält, seinen leeren Magen vor der Welt so künstlich in allerlei verkleidet, wie ein Kunstgärtner in einem Park den geheimen Abtritt – das Gleichnis ist so gar weit nicht hergeholt – artig in eine Nische oder einen Holzstoß versteckt oder in ein Tempelchen. In eine Apotheke, sonach in das Nächste, verkleideten Durchlaucht Ihren leeren Magen – von den nobles masques[167] des meinigen ein andermal –, und Sie trieben darin völlig dasselbe, was Herr Henoch Elias Marggraf getan, wovon noch die Apothekergesellen nachzeugen.

In diese elende Zeit nun – ich bin noch immer nicht bei meiner Anekdote – fiel es hinein, daß sich der noch heute regierende Markgraf von Hohengeis nach Rom begab und erhob, um diese Landstadt, die er in seinem Leben nie gesehen – außer einmal in der Nacht beim Durchfahren –, mit seiner Gegenwart zu bestrahlen, hauptsächlich aber, um zu einer abgebrannten Heiligen-Geist-Kirche den Grundstein eigenhändig zu legen. Sie wissen, wie die gekrönten Häupter lieber diesen ersten leichtern Stein legen als die schweren Quader.

Den Jubel und Glanz und Klang und Rausch unseres neuen Roms beschreib' ich Ihnen nicht; im alten welschen finden Sie ähnlichen häufig; aus eigner Weltkenntnis wissen Sie ohnehin, daß ein Fürst sich nirgend länger als in einem Landstädtchen, gleichsam in dem Paradebett, ausstreckt oder in einer Paradewiege, was in einer Hauptstadt schon nicht geht. In letzter ist er nur ein Wochentag, weil er da seine Wochen hält; und nirgend als in einem Landstädtchen ein Sonntag, das seinen ganzen Namen mit Sonntagbuchstaben schreibt.

Was braucht es der Worte! Genug, zu Ehren des Herrn und der Geistkirche betrank sich unser ganzes Rom; darauf aber tat dasselbe, wieder zu Ehren Roms und des neuen Kirchenbaues, der Herr selber, anfänglich mit Maß, später ohne das Maß. Wer kennt dergleichen besser als ich, Herr Kandidat, wenn ich mit jemand trinke! Zuletzt konnt' es unser Hohengeiser Landesvater den Leichensteinen in Münster, welche aus Platzmangel aufrecht stehen, nicht mehr so gleich tun als unseren hiesigen, die liegen, und endlich droht' er selber unter einen zu geraten, wenn ihn nicht der Hebel einer Klistierspritze wieder hob.

Es wurden Eilboten an den Schloßapotheker abgefertigt; aber der war selber in dem Zustande, wo man mehr eine Spritze brauchen als gebrauchen kann, und vermochte nicht zu erscheinen. Es trug dieses sein Unglück, die Hintertüre zu Ehre und Geld umsonst offen gesehen zu haben, viel dazu bei, daß der Mann vor Gram länger auf dem Lager geblieben, als nach bloßem Trinken geschehen wäre.

Jetzt wurde zum zweiten Apotheker gesandt, was damalen Seine Durchlaucht waren. Nun hätte man von einem Manne wie der Fürst, welcher, nie bei Hofe gewesen, so plötzlich dahin gezogen wird mit einer Spritze, als dem Halbleiter zu einem gekrönten Haupte oder als dem Notruder zum Staats-Steuerruder, befürchten sollen, er werde den Kopf verlieren, teils vor Zagen, teils vor Jubeln, einen regierenden Herrn gerade von derjenigen Seite zu sehen, womit er sich auf dem Throne erhält – gleichsam das Untere der Karten und der Kartenkönige; – auch waren zwei Töchter des alten Apothekers, bei dem er erzogen wurde, über den goldnen Boden des Handwerks bei des Landesherrn bekannter Freigebigkeit schon voraus außer sich; – und auf den Schloßapotheker, über welchen unser Fürst wegschritt, werd' er, hätte man denken sollen, schon voraus heruntersehen .... –

Durchlaucht dachten höher. ‹Meine Unterziehstrümpfe und die Seidenstrümpfe›, sagten Sie kalt zu den Leuten.

Darauf zog der Fürst die feinen Überziehstrümpfe über die leinwandnen Unterziehstrümpfe mit solcher ruhigen Geschicklichkeit an, daß er – was so schwer, wie jeder weiß, der sich vor einem Tanze zur Fuß-Toilette niederkrempt – die Strümpf-Paare ohne Zerdrehen, Verdrehen und

Fälteln so glatt wie ein Knochenhäutchen anbekam und anhatte, kurz mit einer seinem sonstigen Hasten so unähnlichen Ruhe, als ob es für ihn Kronsitzteile samt deren Spritzen gar keine in der Welt gäbe, seine eignen ausgenommen; – ein schöner seltner Kaltsinn gegen eine Hofauszeichnung, welche freilich jetzt, da er selber Fürst ist, uns nur als eine geringe erscheinen muß, wo nicht gar lächerlich.

Nun verfügten Durchlaucht sich mit Spritze und Blase samt Kräutern an den Hof und durchschritten die Säle voll scharfsichtigen Hofgesindels so unbefangen, als gehörten Sie selber darunter. – Und dies tat im Vorgefühl fürstlichen Bluts ein Fürst, welcher in der ganzen Apotheke, auf Befehl des wahrscheinlich vom Fürstvater selber befehligten Pflegvaters Marggraf, nie als gnädigster Herr oder Durchlaucht angeredet wurde, so wie Augustus auf eignen Befehl (freilich aus andern Gründen) nie, sogar nicht von seinen Enkeln, Herr oder Dominus durfte geheißen werden.

Das übrige versteht sich nun von selber, nämlich die gleichgültige Art, womit er an dem ihn scheinbar regierenden Landes-Herrn das Menschen-Erdgeschoß, für einen Nikolaus kein *Noble*-Parterre, oder die tragende Erdkugel des den politischen Thronhimmel tragenden Atlas behandelte und ansah, nämlich bloß von der Seite der Kunst, ohne knechtischen Pöbelrespekt. – War es nicht, als ob er mehr klistiert würde als selber klistiere oder als ob er – wenn Friedrich der Einzige neben den Kommandostab eine Quanzische Flöte legen ließ – umgekehrt neben der Spritze einen Zepter liegen hätte, der freilich auch oft öffnet und abführt? –

So stand denn unbewußt – an sich eigentlich erhaben, wie Don Quixote neben Cardenio – ein Fürst dem andern als Verbündeter auxiliar bei. – Das andere geht mich nichts an, und somit Gott befohlen und gute Nacht!»

Aber hier barst Worble in ein Lachen auseinander, das er so lange zusammengehalten, und rannte davon.

Als einen Nebenumstand bemerk' ich noch, daß die Hauptgeschichte bloß erlogen war. Bis zum Betrinken des einen Fürsten und bis zu dem Hof- und Klistierrufen des andern inklusive war die Sache wahr; aber Nikolaus nahm, trotz aller Vorstellungen seiner Schwestern, den so einträglichen Ruf nicht an: «einem bürgerlichen Patienten», sagt' er, «beizustehen sei er bereit, aber einem Verstopften von Geblüt nun und nimmermehr, solang' er sich selber fühle» – ein Wort, das von vielen sehr falsch verstanden wurde.

Übrigens wünscht' ich, daß Sachwalter und Rezensenten – ein desto engerer Bund, wenn sie, wie der tragierende Müllner[168], beides sind – an diesem scherzhaften Muster Worbles sich ein wichtigeres ernstes nähmen, wie man parallel mit dem Wege der Wahrheit bleiben und doch in der Ferne auf lauter Lugabwegen fortziehen könne. Es gibt so treffliche chemische Verschmelzungen von Wahrheit und Lüge, wo die Lüge, wegen der stärkeren Wahlverwandtschaft mit der Wahrheit, *latent* und gebunden bleibt.

Nur traue man dem guten Kandidaten Richter nicht zu, daß er alles als ein völliges dummes Lamm von Worble gläubig aufgeladen; er war vielmehr ein altes Schaf mit einigem Gehörn und Gehirn, das in des immer scherzhaften Worbles Darstellung der Wahrheit die komischen Schelmereien ganz gut auswitterte und eben deshalb zu sich sagte: «Der feine Vogel will wohl, scheint es, durch seine Nachahmung meiner *Teufels-Papiere*-Manier mich bestechen und fangen; er weiß aber wenig, daß ich Scherz und Ernst stets absondere und besonders den guten Fürsten recht ernsthaft lieb habe.» – Indes wird uns der Kandidat zu einem neuen Beweise, wie man zugleich selber Ironien machen, deren Verständnis fordern und doch fremde zu ernstlich auffassen könne; so wie der Listige über sein Belisten das fremde übersieht. Und doch würd' ich mich einiger Parteilichkeit über den jungen Mann anklagen, wenn ich nicht bemerken wollte, daß er ja von den früheren apothekerischen Verhältnissen Marggrafs, welche der Leser aus zwei Bändchen seit Jahren ordentlich auswendig weiß, nie ein Blatt vorbekommen und folglich alles von keiner andern als der fürstlichen Seite ansehen müssen; aber dies ändert in der Sache viel.

Fünfzehntes Kapitel in drei Gängen

Neuer Untertan – Ankunft in Nikolopolis – Sitzungen über Inkognito – Wappenwahl – Paßwesen

Erster Gang

Rechte Erzählweise von Reisen – der Schlotfeger

Ich fahre hier in diesem fünfzehnten Kapitel recht ordentlich wohlgemut fort, weil ich mich über alles freue, was zu erleben gewesen und zu erzählen blieb. Tausend Reisen, z.B. nach dem Nordpol oder nach dessen Gegenpol, dem Äquator, sind viel verdrießlicher; und sogar in den gemäßigten Erdgürteln fehlt Mäßigung oft zuerst, und Reisende werden von den Erd-Stachelgürteln, wie von Franziskanerstricken und Schmachtriemen, sichtbar zusammengezogen und gleichsam in der Mitte stranguliert. Desto mehr lebe ein Fürst, der zuerst nach Lukas-Stadt abreiset.

In kurzer Zeit brach man Nikolopolis ab und brach sämtlich auf. Das ganze reisende Lustlager jubelte, und sogar alle Pferde wieherten darein. Die fremde fürstliche Residenz Lukas-Stadt, der man entgegenzog, stand vor allen mit ihren Türmen, wie mit Cocagnebäumen, in der Ferne, nur für jeden mit besondern, z.B. mit geistigen Viktualien behangen.

Da die Stadt in ganz Deutschland als ein Künstler- und Dichterplatz berühmt war und jede Gasse darin von Gemälden und Gedichten wimmelte: so sah der Hofstallmaler Renovanz sein Kanaan ausgebreitet vor sich liegen. Der Hofprediger konnte bei dortigen Hofpredigern und Gelehrten die gelehrtesten Besuche machen; und der Reisemarschall hatte in jeder Stadt außer den Leckerbissen noch nach hundert andern Bissen zu schnappen; denn Städte, nicht Dörfer waren seine Sache. Ich weiß nicht, was der Kandidat da erwartete; wie gewöhnlich, wenigstens alles. Gewiß ist, daß die sämtlichen Untertanen und Staatsbürger Marggrafs ein wenig hinter ordentlichen Stadtmauern zu ankern, um zu kantonieren, von Herzen wünschten.

Dasselbe aber wünschte niemand so eifrig als der Held selber. «Ich erwarte», sagte er bei dem Ankleiden zum Reisemarschall, «zwar nicht alles, aber viel von der Residenz. Es ist die erste, in die ich fahre. – Weitläuftige hohe Verwandte von mir könnten, sollt' ich denken, da ein Fürst Hof hält, mir wohl daselbst wider meine Erwartung begegnen, und die Aufnahme meiner wird sich darnach richten. Auch wollen wir nur nicht gar zu entschieden behaupten, daß der Prinzessinnen-Wagen, der uns vorausgefahren nach demselben Ziele und Stadttore, in gar keiner Verbindung mit jenem hohen Wesen stehe, welches ich ewig verehren werde. –

In welchen Himmel ich indes auch dort einziehe, ich werde doch aus ihm heraussehen nach den vielen Malern und Dichtern in dieser lebhaften Kunststadt, wovon viele gewiß meiner recht stark bedürfen, und *die* sollen auch bekommen. – – Aber es ist doch gewiß nicht weiter als beinahe anderthalb Tagreisen dahin, Herr Marschall?»

«Über zwei leichte», versetzte Worble.

Nun ging das allgemeine Rennen und Reiten an, von Dorf zu Dorf – von Marktflecken zu Marktflekken – von Dorf zu Marktflecken – von diesen zu Städtchen – von diesen zu Dörfchen. Man mußte und wollte durchaus in anderthalb Tagen ankommen in der Residenz; Marggraf war wie besessen; er gab Kost und Trank, und Geld über Geld, und Kost und Trank. – Die eigne Residenzstadt Nikolopel wurde gar nicht abgeladen und aufgebaut, und wär's vor elenden Dörfern gewesen, worin kaum die Einwohner hätten wohnen können. –

Und hier liegen nun auf dem Papiere alle die Ortschaften deutlich hintereinander, wodurch Nikolaus flog nach Lukas-Stadt. Soll ich denn aber auf den so weiten Reisen meines Marggrafen jedesmal berichten und ausrufen: von Geschwend ging's nach Wölfis – von da nach Trebsen – von Hohenfehra nach Niederfehra (denn Mittelfehra blieb seitwärts) – von Sabitz nach Zabitz – von da nach Fürberg – dann nach vielen Lumpennestern, durch die man hindurchschießt, ohne nach ihren Namen zu fragen – endlich von Scheitweiler nach Strahlau und nach Nikolopolis? . . . .

Diesesmal jedoch geschah es; denn es ist ja eben geschehen; und Nikolaus und Gefolge kamen wirklich durch die genannten Ortschaften in Strahlau, eine kleine Viertelstunde von der Residenz, in Nikolopolis an, welches letzte natürlich vorher abgeladen wurde und aufgebaut, aber, wie man denken kann, ungemein prächtig, nämlich ganz. – –

Inzwischen für die Zukunft kann es doch, hoff' ich, der Wille der Welt unmöglich sein, daß ich meinen noch rückständigen Stummel von Leben – worin ein Tag ein Jahr ist, indes bei dem alttestamentlichen Nichtsschreiber Henoch[169] ein Jahr bloß ein Tag ist, weil er erst im dreihundertfünfundsechzigsten Jahre gen Himmel fuhr – dadurch aufzehre, daß ich den Lesern jeden Fahrweg, jede Kneipe, jeden Torschreiber, jeden Schenkwirt der Reise auftische und solche Infinitesimalteilchen von Gradenbreite und -länge wie die genannten Dörfer Sabitz und Zabitz u. s. w. namentlich vorrechne; als ob der Fürst, wenn er nicht mit seinen Leuten und Pferden durch die Wolken den nächsten Luftweg nach Lukas-Stadt nehmen wollte, anders dahin hätte kommen können als durch die unterdrückten Dörfer.

Daß ich übrigens solche recht genau kenne und nicht erst zu erdichten brauche, wird mir hoffentlich jeder zutrauen, der sich erinnert, daß ich die weitläuftigen Tagebücher des Kandidaten vor mir liegen habe, aus welchen ich jede Zeile und Stunde schöpfen kann, noch abgerechnet ohnehin, daß ich, insofern ich er selber war, hier als meine eigne Quelle springe. Ausfuhr, Ausritt – Einkehr, Einfuhr – Abritt, Abfuhr – Flüsse – Wirte und Hütten schneid' ich demnach ab; gewinne aber desto mehr herrlichen Platz für manches historische Kolosseum. Gleichwohl nehme ich gern ohne Keifen Geographisches in die Erzählung hinein, sofern sich in ihm Geschichtliches begibt. Denn dieses allein gebietet und ist mein Herr; daher ist jedes Halbbedeutende und Halboffizielle, was vorfällt, jedes wichtige Gurgelwasser oder Fußbad, das der Held nimmt, redlich dem Leser zu geben, so wie jeder neue Passagier und Untertan, der zum Zuge stößt, mit seinen Streichen, Verdiensten und Späßen; denn wozu überhaupt, frag' ich als vernünftiger Mensch, den ganzen Bettel von Buch und dessen Kapitel und Gänge, wenn ein solches Werk über das Geschichtliche wegspringen wollte, als ob es außer diesem noch etwas anderes zu berichten gäbe?

Wie wenig mir dergleichen einfällt, sieht man am stärksten, wenn ich von dieser Ausschweifung wieder in die Reisegeschichte einlenke und mit Vergnügen berichte, was auf der Flugreise nach Lukas-Stadt vorgefallen. Es war abends bei Zabitz, daß Nikolaus gegen elf Uhr in der mondhellen Lenznacht spazierenging und aus einem nahen Wäldchen ein Waldhorn vernahm, das bloß in zwei Dreiklängen auf- und niederklagte. Näher traf er auf einem Baumstock den Kandidaten sitzend an, der es wenigstens in der Stimme nicht recht verbergen konnte, daß er der Musik immer zu weit offen war, zumal den einfachen Tongängen, die ihn wie

Erdstöße bewegten. Auch Nikolaus ließ sich gern von den geblasenen Tönen ergreifen, weil sie ihm gleichsam Amandas ferne Stimme zu begleiten schienen.

Beide gingen in den Wald; der Hornist mußte durchaus hinter dem nächsten Baume blasen; aber nichts war zu sehen und das Blasen verschwunden. Nach einigen Schritten weiter in den Wald hinein fing es auf der alten Stelle mit den alten Klagen an. Beide schlichen sich ihr mit so leisen Schritten zu, daß der Künstler sie in der Nähe seines Horns unmöglich hören konnte; aber nichts war da, ausgenommen die Musik, welche oben in einem Baume zu nisten schien, auf welchem man nichts sah. «Wer ist da?» fragte recht laut Nikolaus. «Ich selber bin's», antwortete es auf dem Baume, «ich habe da oben mein Nachtquartier, komme aber vor Hunger nicht zum Schlafen.»

«Lieber Freund», sagte Nikolaus, «ich sehe nichts von Ihm, tu Er mir doch den Gefallen und komme Er herab; Er soll hinlänglich zu essen haben.»

Auf einmal rollte ein runder dicker schwarzer Körper herunter und sagte: «Guten Abend, da steh' ich.» Es war ein fetter Schornsteinfeger. «Wo hat Er denn Sein Waldhorn?» sagte Nikolaus.

«Da hab' ich's», versetzte der Schwarze und wies auf seinen Mund, der selber das Mundstück vorgestellt und die Klag- und Fragtöne durch die kalte Luft in die warmen Tiefen des Herzens geschickt hatte.

Nach Marggrafs Ausfragen nach den Ursachen seines Einlagers auf Bäumen trat der Schornsteinfeger in den Mondschein hinaus und zeigte auf sich und sagte: «Aus Armut und Hunger.» Nikolaus und der Kandidat sahen fragend seine gesunde Dickleibigkeit an; er antwortete und wies auf den unglaublich dünnen Kandidaten, der damals nicht viel dicker war als sein Rückgrat oder seine Armröhre und so härtlich und schalicht wie ein Speckkäfer: «Ach! mit einem solchen Leibe wollt' ich lebenlang fegen.» – Es kam endlich die Entwicklung heraus, wie er schon seit Monaten sich zu einer solchen Speckkammer angebauet, daß er sich damit in keinen gewöhnlichen Schornstein mehr hinauftreiben und -drücken könne; daher er nun sehen müsse, wie er durch langes Laufen wieder etwas zum Steigen abmagere, und er wolle sich gern in der Luft ausdörren, wie Geräuchertes, und sich an der Sonne recht einbraten; – sein nächster Weg aber sei nach Luxstadt (so verkürzt das Volk Lukas-Stadt), ob er nicht vielleicht weitere Rauchfänge oder Rauchmäntel antreffe, in die er etwa hineinpasse.

Aber Nikolaus machte durch seine ganze Rechnung, sein eignes Verkleinerglas zu werden, einen dicken Strich, indem er ihn zu seinem ersten Leibwaldhornisten erhob und besoldete. Zu fegen konnt' er freilich dem Schornsteinfeger vor der Hand nichts anweisen, nicht einmal im ganzen faulen Heinz; denn der Ofen ging leichter in den Essenkehrer hinein als dieser in den Ofen; und nur als etwaiger Kammermohr war er künftig von Seite der Farbe noch zu verbrauchen.

Am Morgen wurde der neue Marggrafische Staatsbürger dem Gefolge gezeigt und sein Naturalisieren allgemein bekannt. Bloß um einen schönen Zug von Kandidat Richter zu erzählen, flick' ich hier die matten Vergleichungen ein, welche der Reisemarschall in Gegenwart des Hofpredigers zwischen Kanzelrednern und Essenkehrern anstellte und ausspann, indem er dazu, gleichsam zum Flachsrocken seines Gespinstes, das Fett von beiden nahm, das sie in der Esse und in der Kanzel einschnürte und welches beide auszuschwitzen reiseten – worauf er noch weiter bis zum mühsamen Gegeneinanderhalten zwischen Kanzeltreppe und Schlotfegerleiter und zwischen Gesetzeshammer und Essenkehrerbesen und endlich bis zum beiderseitigen Singen oben auf der Feuermauer und vor dem Kanzelpulte sich verstieg und dann mit der Lust aufhörte, womit schon ein Kandidat sich im voraus hie und da schlotfegerisch schwarz ausschlüge; z.B. Halsbinde, Rockknöpfe, Hosen. «Da sonach das Schwarze», versetzte unerwartet kühn der Kandidat, «das beste Ziel in der weißen Scheibe ist: so setzen Sie nur gar Stiefel und Hut dazu, welche beide ich schwarz trage als Kandidat! – Aber Himmel! ich bitte Sie, was ist denn alles protestantische Streben des Kandidaten nach der schlechtesten Farbe, die kaum eine ist und die jede verderbt, gegen das katholische der Mönche nach der roten, dieser Kardinalfarbe in manchem Sinne! [Wie viele tausend Mönche haben nicht den roten Strumpf und Hut im Kopfe und vor Augen, um es nur auszuhalten in ihren Kutten und Klöstern!] Daher ich solche Violettsüchtige gern mit dem redenden Raben Jacquot[1] vergleiche, dem man in jeden Käfig immer einen roten Lumpen halten muß, weil er sonst in Zuckungen verscheidet.»

Dies war das erstemal, wo Richter sich zeigte am Hofe, nämlich vor den beiden Hofherren. –

Schon nachmittags rückte Nikolaus – mit seinem neuen Staat- und Stadtbürger – in Nikolopel ein, nachdem er dasselbe unweit Lukas-Stadt völlig aufgebaut hatte, und viel schöner als vor Liebenau.

Mich dünkt, die ganze Baute samt den ersten Früchten dieses Treibhauses, oder eigentlich dieser Treibhäuserstadt, ist wichtig genug, daß man sie, da nicht sogleich wieder ein frisches Kapitel angefangen werden kann, wenigstens in einem frischen Gange aufführt, und zum Glücke ist er schon in der Nähe, nämlich der

1 Paris und London, XIII. No. 3.

zweite Gang.

Residenzbau – Sitzungen über das zu nehmende Inkognito des Fürstapothekers

Es waren zwei ganz andere Gründe, als die Welt bei ihrem flüchtigen Wesen herausbringt, warum Nikolaus so nahe, gerade vor den Augen einer Residenzstadt, wieder eine neue aufbaute, da es viel bequemer gewesen wäre, mit dieser auf der Achse in jene einzuziehen. Der erste, doch schwächere Beweggrund war freilich der, den Lukas-Städtern einen kleinen Begriff von der fürstlichen Macht dadurch zu geben, daß er vor ihren Augen eine Stadt von zwölf Häusern – die Vorstadt und Sackgasse aus Zelten sind gar nicht anzuschlagen – so leicht aus dem Boden aufgehen ließ wie Amphion[170] durch seine Leierhand Städte, oder Pompejus durch den Stampffuß ein Heer, oder Kinder durch Spiele eine Kartenhäuserstraße. Sogar wer sich lieber in einer Judengasse aufhielt – und dies wollten die mitreisenden Juden –, der zog nur in die Gasse hinein, sobald sie aus den abgepackten Zeltpflöcken und Zeltstangen und Leinwandmauern ordentlich aufgerichtet und hingestellt worden. Das Oberhofbauamt hielt ja der Bauten wegen still, und die Bauräte setzten sich in Bewegung und alles in baulichen Stand.

Abends sah man den glänzenden Erfolg: Leute jedes Standes kamen aus der Residenz Lukas-Stadt in die Residenz Nikolopolis gewallfahrtet und bewunderten unaufhörlich. Worble, der als Freimäuerer (wie er längst in Rom hieß) wissen mußte, was er sagte, erklärte öffentlich den Bau für geheime Arbeiten der Zimmerleute und seinen Nikolaus für den schottischen Meister vom Stuhl[171], und dessen Häuschen sei die Meisterloge zum hohen Lichte[172]; – er, Worble selber, habe die höhern Grade und schweige über das meiste, wie schon die Rosen auf den Ordenschürzen ansagten. – Sonst zwar, fuhr er fort, nehmen Logen keine Juden auf, aber der Hofbankier Hoseas könne halb und halb als ein Hiram oder Salomon betrachtet werden, von welchen beiden Juden sich ja alle Mäuerer herschreiben. – Was die Logenreden anlange, so werde in allen zwölf Häuschen geredet, und das Trinken der Arbeiter sei ja so gut da als in den Tafellogen, nur daß diese (nach Sarsenna) die Gläser Kanonen hießen und das Trinken Feuern, wiewohl es eigentlich mehr Anfeuern als Abfeuern zu nennen.

Wir kehren zur Geschichte zurück. Einer der wichtigsten Gründe – kein einziger Leser dachte daran – nötigte zum Aufbau der Kantonierquartiere: nämlich in Lukas-Stadt waren vorher die nötigen künftigen zu bestellen, aber zum Einlaß in diese gehörte für so viel Volk wieder ein Einlaß in die Stadt selber. Konnte denn der Fürst als ein Fürst einziehen; zumal da er nicht einmal den fürstlichen Namen seines Herrn Vaters angeben konnte oder wollte? – Das war offenbar unmöglich. Und wie stand es mit den sämtlichen Pässen? Wie viele führte Nikolaus bei sich und andere für sich?

Er hatte keinen einzigen überhaupt.

So seh' ich wahrhaftig denn wieder, daß der Fürstapotheker einigen hundert Feuerfrauen gleicht, welche sich eine Handel- und Wandelzukunft wählen, die ihnen bloß als ein ferner Berg vorliegt, woran sie aus der Ferne sich leicht gerade grüne Steinwege hinaufziehen, weil erst die Nähe die Schluchten und Hügel und Gebüsche bei jedem Schritte entwickelt. Hüte sich doch jeder vor dem Gesamt- oder Klumpkauf der Zukunft, deren Auseinandergehen in einzelne mehrere Stunden den dunkeln Plan *einer* zusammenmischenden Minute Lügen straft und täuscht. Niemand entwerfe nach einer Generalkarte seinen Postenlauf, den sein Leben ja nach einer Spezialkarte nehmen muß. Wie erbärmlich fahren deshalb nicht schon – desto mehr spiegle sich das Leben selber daran – in der Phantasie die Romanschreiber, welche oft in den ersten Kapiteln keck und leicht auf irgendeinen Vorfall in spätern Kapiteln auf geradewohl losborgen und Wechsel – der Begebenheiten – ausstellen, ohne vorauszuwissen, woher sie, wenn der Verfalltag, nämlich das Kapitel, kommt, den Vorfall nehmen und erstatten sollen! Die Schreiber wissen dann im Kummer weder aus noch ein.

Aber wahrlich um kein Haar besser war Nikolaus sogar in seiner Wirklichkeit daran, als die so wichtige Sache seines Einzugs in Lukas-Stadt, so wie die der Züge in alle künftigen Residenzen, näher vor das Auge genommen wurde. Was aber anzufangen? –

Gewiß am zweckmäßigsten eine Sitzung; – und diese setzten auch wirklich die vier Hofherren zusammen und sich um Nikolaus herum. Aber hier zeigte der Reisemarschall, daß er unter allen Herren am ersten verdiene, nach Lukas-Stadt zu reiten und da sämtliche Quartiere zu bestellen, so glänzend und gewandt erschien sein Hofverstand. Erst nachdem er Marggrafen absichtlich recht lange über die deutliche Erklärung, unter welchem fürstlichen Geschlechtnamen und Wappen er aufzutreten gesonnen sei, abgequält hatte: so kam er näher und setzte vor dem Fürsten, der auf alles keinen rechten, nur einen verworrenen Bescheid wußte, die unendlichen Vorteile auseinander, welche von jeher reisende Fürsten vom Inkognito gezogen; daher sogar völlige Kaiser, wie Joseph[173], als bloßer Falkensteinischer Graf in Frankreich und überall herumgefahren. «Bei dem Inkognito», sagt' er, «gewinnen Durchlaucht wenigstens dies in jeder Stadt, daß Sie nicht solenn empfangen werden, keine langweiligen militärischen Ehrenbezeigungen, keine fatalen hohen Visiten, auf die wieder die Gegenvisiten abzustatten sind, zu erwarten haben; alles verdrießliche Zeremoniell und Ausförscheln und Schleichen und Schwitzen fällt weg. Durchlaucht können in der Residenz den Niedrigen zuerst besuchen, ohne dadurch im geringsten bei den Höhern anzustoßen. Und dies, eine solche himmlische Freiheit, macht es eben, daß von jeher sich die größten Kaiser bis herunter zu den kleinsten, fast schon inkognito gebornen Fürsten dieses köstliche Privilegium nie nehmen ließen, sondern sich mit ihrer Größe hinter einen gemeinen Edelmann verbargen, wie etwa ein Fixstern mit aller seiner Sonnengröße sich vom Erden-Mond bedecken läßt. Dabei bleibt der Herr doch, wer er ist; die Welt kennt ihn ganz gut, und die Dienerschaft können Durchlaucht ohnehin nicht abhalten, den Stand aus Prahlerei auszuplaudern.»

In Rom – oder zwei Tage nach dem Diamantfunde, oder auch vorher – hätte niemand weniger eingewilligt ins Inkognito als Nikolaus; – aber hier unterwegs und unweit von Lukas-Stadt erwog er hundert Dinge – und tausend Hindernisse – und alle Dreh*kreuze,* Demarkationlinien und *lebendige* Zäune in den vielen Residenzen der Zukunft; und zwar mit solcher Scharfsicht sah Nikolaus alle diese Hemmungen und Stemmungen voraus an, daß er vor der Sitzung der Hofherren sich erklärte, er sei entschlossen, einen bloßen adeligen Namen anzunehmen, nur sei er über die Wahl des adeligen Geschlechts noch uneins.

«Und ein erloschnes», sagte Worble, «schickt sich am besten; aber ein Pitschaft des Geschlechts müßte man den Augenblick doch dazu haben in der Hand. Ich selber führe seit Jahren ein gutes seltenes an der Uhrkette – Durchlaucht kennen es.» (Nikolaus schüttelte und konnte sich der Kleinigkeit nicht entsinnen.) «Es ist das alte mit den drei Hasenköpfen», fuhr er unter dem Abdrehen desselben von der Kette fort, «ich wollte und durfte aber mit solchem als bloßer Bürgerlicher nicht eher zu siegeln mich unterfangen, als bis ich in den Adelstand erhoben worden. Die Hasenköpfe sind ein altes mecklenburgisches Geschlecht, das längst ausgestorben, und Paschedag Hasencop, der zwischen 1466 und 1498 lebte, war der letzte; mein Pitschaft aber ist das von Bolto de Hasencop, der drei solche Köpfe geführt, nicht aber zwei, wie die von Malzahn. Da ich einmal das so rare Pitschaft hatte: so schrieb ich mir aus Herrn von *Medings Nachrichten*[1] von adelichen Wappen die Notizen über die von Hasenkopff (dreihundertsechsunddreißigster Paragraphus, im ersten Band) ab, ein Blättchen, das ich da habe.»

Hier las Worble nun den Paragraphen der Seite zweihundertdreißig wörtlich vor:

Hasenkopff.

Ein Mecklenburgisches Geschlecht, welches sich auch Hasencop, Hasecop, Hazenkoppen, Hacen-

1 Das aus drei Bänden bestehende Werk hat den Titel: Nachrichten von adelichen Wappen, gesammlet und mit einer Vorrede des Herrn Professoris Gebhardi begleitet, herausgegeben von Christian Friedrich August von Meding, Erbherrn auf Schnellenberg, Capitularn und Scholastico zu Naumburg, Königl. Großbritann. Kurfürstl. Braunschw. Lüneburg. Land-Commissario. Hamburg, gedruckt zum Besten des Freyheit-Naumburgschen Waysenhauses, bey Johann Philipp Christian Reuß. 1786.

kop geschrieben findet. Ob dasselbe mit denen von Moltzahn einerlei Abkunft habe oder nicht, darüber sind die Gelehrten ungewiß. *Latomus* im MS. vom Mecklenburgischen Adel verneint es, unter andern auch wegen Verschiedenheit des Wappens, da die von Hasenkopff ohne Helm zwei Hasenköpfe im Schilde geführt. Diejenigen, welche die Abstammung bejahen, sagen: daß der Schild, den Otto de Hasencop 1316 gebraucht, mit dem Siegel Heinrichs von Moltzahn 1370 ganz gleichförmig gewesen, auch daß Bolto de Hasencop nicht zwei, sondern drei Hasenköpfe geführt.

Fridericus de Hasencop lebte 1221, und Paschedag Hasencop, der letzte dieses Geschlechts, † zwischen 1466 und 1498.

MS. abgegangner Mecklenb. Familien.

Man siehet hieraus wenigstens so viel, daß die von Hasenkopff zwei oder drei Hasenköpfe in ihrem Schilde gehabt. Wenn ich aber das Moltzahnsche Wappen mit obiger Angabe vergleiche, so halte ich dafür, *Latomus* sowohl als seine Gegner haben sich in ihren Beweisen widersprochen, denn im ersten Felde des Moltzahnischen Wappens sind zwei Hasenköpfe; ich sehe also nicht ab, wie *Latomus* die Verschiedenheit damit beweisen will, daß die von Hasenkopff sich zweier Hasenköpfe bedienet, oder seine Gegner damit, daß Bolto Hasenkopff drei Hasenköpfe geführet haben soll, eine Gleichheit beider Wappen behaupten können. –

«So heißt es wirklich», setzte Worble dazu; «den

Paragraphus aber über die Herren von Molt- oder Malzahn (es ist wahrscheinlich der fünfhundertfünfundfünfzigste) hab' ich, ob sie gleich das Landmarschall-Amt im Herzogtum Güstrow erblich bekleideten, nicht abgeschrieben, da sie nur zwei Hasenköpfe führen, ich auch das Pitschaft nicht besitze. Übrigens unterschreib' ich mit Freuden jedes Wort in der Vorrede, welches Herr Professor Gebhardi zum Lobe des Domherrn von Meding vorbringt, so wie das zweite Lob, das wieder dieser in seiner Vorrede jenem erteilt. Auch muß an einem Werke etwas sein, auf welches (wie ich aus dem Pränumeranten-Verzeichnis sehe) beinahe lauter Edele von Deutschland, nämlich unsere adelige Bank, als Nobel-Parterre vorausbezahlet, wenn ich einige wenige Niedrige, wie den Kandidat Vulpius in Weimar[174], einige Buchhändler und ritterschaftliche Leihbibliotheken ausnehme.»

Hier legte er nun das abgeschraubte hasenköpfige Pitschaft dem aufmerksamen Marggraf hin und versicherte, mit dem größten Vergnügen überlass' er's ihm, wenn er es zu seinem Inkognito gebrauchen und als bloßer Graf von Hazenkoppen oder Hacenkop oder Hasecop oder Hasencopp oder Hasenkopff reisen wollte. –

«Besser wär' es wohl», versetzte Nikolaus, «wenn bloß zwei Hasenköpfe auf dem Wappen ständen; man könnte dann füglich als Graf von Moltzahn reisen.»

«Indes zwei oder drei Köpfe macht nicht viel

Unterschied», fiel auf einmal der Hofmaler Renovanz, vielleicht mit hoher Freude ein, daß er sich nicht mehr mit der Umgehung von Marggrafs Fürstentitel abzumüden brauche. Der einfältige Kandidat Richter fand, vor lauter Liebe für den weit- und weichherzigen Marggraf verblüfft, gar nichts Arges, sondern recht etwas Schönes in dem grotesken Inkognito-Namen. Auffallendes, Fremdartiges war dem jungen Menschen gerade Hausmannskost, und einen *Kometen*schwanz trug er als einen ehrenden Bassaroßschweif, wie wir ja bald im Weiterlesen sehen können.

Der einzige Hofprediger Süptitz erklärte sich gegen die Hasenköpfe: «Ich stoße mich etwas an dem zu gemeinen Namen der Wappentiere, von deren Köpfen die Rede war, und noch mancher wird sich daran stoßen. Wenn einmal unser vortrefflicher Herr Marggraf sich unter fremdem Titel zeigen und verbergen wollen: so würd' ich wohl geraten finden, da man ja nach Gefallen wählen kann – ich sehe aber dabei vom Pitschaft ab –, daß lieber ein einnehmender, ja prächtiger Name angenommen würde, indem man zuverlässig unter so vielen Glanzgeschlechtern aussuchen kann, wie z.B. Falkenstein ..... oder ..... oder ....» (aber hier vermochte er mit allem innern peinlichen Herumspringen auf keinen zweiten Glanznamen zu kommen, etwa auf Ostheim, Westerhold, Spangenberg, Plotho, Sonnenfels, Löwenstern etc.[175]). «Es ist ein Leiden ohnegleichen», fuhr er fort, «daß ich oft gerade solche Namen, die ich am nötigsten habe, auf keine Weise, und brächt' ich mich um, erwischen kann, ob ich sie gleich in meinen vier Gehirnkammern gewiß sitzen habe und sie ordentlich von weitem vernehme.»

«Das ist recht», sagte Worble, «ist aber eben ein Beweis, wie wenig glänzende Namen es im Adel gibt; auch schon darum würd' ich keinen zum Inkognito wählen, weil ich fürchtete, mich damit des bloßen Scheinens verdächtig zu machen. – Aber, Himmel, Herr Hofprediger, ist denn nicht die Sache ganz anders und so umgekehrt zu nehmen? Hase, Hasenkopf, besorgen Sie, sei als adeliger Titel nicht edel genug? – Himmel! ich flehe Sie an, sind denn Ochs, Esel, Bock, Schwein, Gans, Schaf, Teufel so plötzlich und auf einmal als keine alten mehr anerkannt, welche von Geschlecht zu Geschlecht forterben? Es führen die Herren von Biberern, ein fränkisches Geschlecht, im silbernen Felde einen Eselkopf[I] – die Herren von Sackesel oder Garten[II] einen ganzen beladenen Esel – die von Riedheim gar einen springenden mit dem Schwanze zwischen den Beinen[III]; der berühmten Riedesel und ihres Wappens gedenk' ich kaum. Nicht anders ist es mit den heraldischen Ochsen des Adels; wovon ich nur den bloßen Ochsenkopf der ausgestorbnen von Os-

I Medings Nachrichten, Teil 3. § 56.
II T. 2. § 746.
III T. 2. § 712.

levessen[I] und den ganzen Ochsen der Grafen von Sprinzenstein[II] aufführe. – Nun kommen mir noch die Herren von Schaf, die Herren von Schwein und von Schweinichen[III], die Herren Gans von Puttlitz, die von Hund, die von Bock, alle mit ihrem verschiedenen Gevattervieh auf den Helmen, zu Hilfe, und die Freiherren Teuffel von Gunderstorff gar mit dem Teufel selber, und was eben das Stärkste, alle mit redenden Wappen[IV] wie wir es in der Wappenkunde nennen.

Aber ist denn diese Wildbahn oder dieser adelige Tiervorspann etwas anderes als der heraldische Tierkreis, worin die Adelsonne mit andern Sternen geht und steht? – Und selber ein Bürgerlicher findet sich leicht in diesem ägyptischen oder heraldischen Tierdienst zurecht, wenn er bedenken will, daß die Ägypter gerade unter den Tiergestalten ihre darein verwandelten Götter wiedergefunden und angebetet.»

«Fällt mir hier, Herr Reisemarschall, das Geschlecht der Närringer ein», bemerkte der Kandidat, «welche in ihrem Wappen einen leibhaften Harlekin führen»[V] …… Unglücklicherweise schaltete Richter dies ein, aber ich versichere in seinem

I T. 3. § 589.
II T. 3. § 801.
III T. 1. § 793.
IV Redende Wappen nennt man solche, welche mit den Namen derer, die sie führen, einerlei sind.
V Meding, T. 2. § 590.

Namen, daß er damit nicht auf Worbles Harlekinaden anzuspielen dachte; und doch nahm es der Hofstallmaler Renovanz für einen Ausfall – denn so ging's dem friedfertigen, nie auf einen Gegenwärtigen abschießenden Manne sein Leben lang – und sagte zum Marschall: «Ein hübscher Stich!»

«Sitzt doch», fuhr Worble ohne Antwort darauf fort, «unser Wetterprophet und Kandidat Richter leibhaftig hier und unterschreibt als Bürgerlicher sich von freien Stücken, ohne Anspruch auf Inkognito, unter der Vorrede seiner herrlichen ‹Auswahl aus des Teufels Papieren›: J. P. F. Hasus.»[I] – –

«Erst viel später», fiel Richter ein, «las ich in einem alten Buche, Facetiae Facetiarum, sogenannte theses de hasione et hasibili qualitate, auch das Wort hasibilitas; aber wahrlich ich erinnere mich nicht des geringsten Spaßes daraus und weiß kaum, warum ich's nur hier anführe.»[II]

«Alles spricht ja», fuhr Worble fort, «von Wort zu Wort immer mehr für den Hasen, der sogar – wenn ich ihn gegen den Bock, Esel, Teufel halte – sich unter die glänzenderen ‹Wappen› einreiht, da er ebenso schlau gegen die Jäger ist als lernfähig

---

I Diesen Namen Hasus, welchem aller Geschmack nicht abzusprechen ist, gab sich derselbe Verfasser damals auch in seinen Aufsätzen für Archenholz' Literatur- und Völkerkunde und im deutschen Museum; – wie im «Conversationslexikon» unter dessen Namen das weitere zu lesen.

II Ich bin ganz im nämlichen Falle. Als Werkchen gehört es unter die libri rariores und ist 1645 gedruckt.

bei ihnen, und immer offene Augen, erstlich schon bei der Geburt, und dann auch im Schlafe hat, und viel leichter bergauf – was jedem zu seinem Aufkommen zu wünschen wäre – läuft als bergab. Ein Wappenwesen überhaupt, das tapfer ist und die Trommel nicht scheuet, sondern selber rührt und das sich keck gegen seinesgleichen mit den Vorderläuften (wie wir Menschen ja auch mit den unsrigen) so laut herumschlägt, daß es nach Bechstein verschiedene Fuß weit zu hören ist ..... aber übergenug, und ich möchte doch wissen: was geht denn dergleichen alles Ihre Durchlaucht oder das hasenköpfige Pitschaft an, das ich aus so guten Gründen zum Inkognito vorgeschlagen und angeboten?» –

Nikolaus Marggraf genehmigte Inkognito samt Pitschaft – und ich darf sagen, mehr als einer freuete sich darüber –, jedoch gab der Fürst, recht vernünftig, vor dem zu modernen Wappentitel von Hasenkopf mit allgemeinem Einklang dem älteren, ehrwürdigen Titel *Hacencoppen* den Vorzug.

Sofort wurde der Reisemarschall beordert, aus Nikolopel noch diesen Nachmittag nach Lukas-Stadt abzureiten und für den Grafen und sein Gefolg ein Hotel zu mieten, was es auch koste. Er brauchte gewöhnlich alles mitgegebene Geld nur auszugeben, niemals vorzuberechnen.

Wenn ich dabei mit Wohlgefallen bemerke, daß er, bei aller seiner Vorliebe für Gerichte, Getränke und Gesichter, nie den Fürsten nur um einen Heller betrog: so werden viele Reisemarschälle sich verwundern und dabei sagen: ein seltsamer Mensch!

Er mietete nun in dem *römischen Hof* – dem größten, aber teuersten Gasthofe der Stadt – alle Zimmer dieses Vatikans. So nenn' ich den Gasthof zum Teil im Ernste; denn der Besitzer führte wirklich den Namen Papst und hatte deshalb den *heiligen Ochsen* – so hieß das frühere Gasthofschild, nach dem Stadtwappen, das den Ochsen des Evangelisten Lukas führte – zum römischen Hofe erhoben.

Der überraschte Papst nahm die Nachricht von einem einkehrenden Grafen von Hacencoppen und die starke Vorausbezahlung mit einer reinen Freude an, welche der Himmel seinem Herzen lange nicht gegönnt; denn seit Jahren waren alle hohen Häupter vorübergefahren, welche sonst, als Gegenspiel der otaheitischen Könige[1], deren Eintritt in ein fremdes Haus, nach den otaheitischen Reichsgesetzen, die Niederreißung desselben nach sich zieht, seinen römischen Hof gerade mit ihren eigenen Händen größer aufbauen halfen, sobald er in diese seine Wirts- oder Dataria-Zettel[176] gelegt und sie damit gleichsam beflügelt hatte auf eine Weise, welche wohl nur der allergemeinste Sprachgebrauch Prellen, Schnellen, Rupfen nennen kann. Freilich blieben die Fürsten, die der gute

1 Turnbulls Reisen um die Welt.

Papst auf solche Weise heimschickte, dann auch daheim.

Desto begieriger bin ich, wie jeder, auf alle die Weltgeschichten, welche Hacencoppen im römischen Hofe erlebt.

Aber vorher hatte Worble eine härtere, ganz grüne Nuß für Nikolaus aufzubeißen; jedoch hatt' er zum Glück Zahnlade und Nußknacker dazu mitgebracht.

Der Paß war die Nuß.

Dritter Gang des Kapitels

Schöner Nutzen eines Flebben – schöner Rüstabend zum Aufbruch nach Lukas-Stadt

Wahrlich, es wäre gar nicht gegangen, wenn es anders gegangen wäre und wenn nicht zum Glücke Worble an hunderttausend Dinge gedacht hätte. Denn sonst wüßt' ich nicht, wie der Graf Marggraf und sein Gefolge nur vor den Kunstrichtern, geschweige vor den Landrichtern wäre vorbeizubringen gewesen. Oder ist nicht ein Paß der einzige moralische Kreditbrief und Seelentaufschein außer Landes und das wahre Land-Segel, das man nur bei günstigem Winde einziehen kann oder einstekken? – Und kommt man nicht auf jeder Grenze als ein mutmaßlicher Spitzbube oder sonstiger Verbrecher an, da ein jeder fremder Grenzstein ein Rabenstein des ehrlichen Namens wird, oder ein fremder

Hoheitpfahl ein Schandpfahl desselben, und ein Grenzpfahl gleich einem Circes-Stab[177] den ehrlichsten Reisenden so lange in eine niedrige Gestalt verwandelt, bis er seinen Paß als Ablaßbrief hervorzieht und daraus das göttliche Ebenbild wieder erneuert? – So daß, wenn der Passagier wie ein Wechselbrief von Land zu Land giriert und endossiert[178] worden und zwanzig Unterschriften und Zeugschaften für seine Ehrlichkeit für sich hat, doch auf der einundzwanzigsten Grenze, falls das Papier zu kurz ist, kann protestiert werden oder er selber verdammt.

Dies aber hatte Worble schon bedacht. Er und die Kraftschwester Libette gingen – da in Rom mit Geld, nämlich mit vielem, alles zu machen war, folglich auch das Menschentitelblatt, Paß genannt – in das Polizeiamt und legten das ärztliche Zeugnis vom dasigen Hundedoktor vor, daß der Apotheker durch einen plötzlichen Glückwechsel übergeschnappt sei und sich für nichts Geringeres halte als für einen Landesherrn und deshalb auf Reisen gehe, sich das Land zu suchen. So wurde denn ein vollkommener Paß ausgewirkt und eingekauft, worin man höhern Orts alle Behörden ersuchte, den Apotheker Nikolaus Marggraf aus Rom, welchen Herr Doktor Peter Worble als sein Arzt und Aufseher zur Herstellung seiner geschwächten Verstandeskräfte auf Reisen durch Deutschland herumführe, ungehindert pass- und repassieren zu lassen. Als besonderes Signalement im Passe wurde verständig angeführt, daß angeregter Apotheker, seinem Glauben an fürstliche Abstammung zufolge, sich in allen Städten für einen Grafen von Hasenkopf oder Hacencoppen, um sich ein sogenanntes Inkognito anzumaßen, ausgeben und das Pitschaft des Geschlechts der Hasenköpfe, als sei es nicht ausgestorben, deshalb vorweisen werde .....

Ehe wir mit den Pässen nur drei Schritte weiterziehen, muß die Anmerkung gemacht werden, daß der Hundedoktor und der Reisemarschall nicht im geringsten als Erzspitzbuben bei der Sache verfuhren. Der Doktor hatte bei jenem berühmten Kirmes- und Diamantengastmahl die Doktorseelenwanderung und Heilhut-Metastase von Worble zu Marggraf aus dieses Munde selber erfahren; ohnehin konnte der altbefreundete Marschall, auch schon ohne offizinellen Hut, in seinem bloßen hellen Kopfe als Heilkünstler des warmen Nikolaus gelten.

Das Antedatieren des Hacencoppen anlangend, so wußte der Marschall, der ihn sehr oft das Pitschaft sehen lassen, recht entschieden, daß er ihn zur Wahl eines solchen Inkognitos – in Ermangelung eines bessern –, zumal nahe vor den Mauern einer Residenzstadt, bereden und bezwingen werde.

Ich frage überhaupt die ganze Welt: wie war es denn anders zu machen, um Nikolaus durch die Städte zu bringen? Und was mich dabei freuen muß, ist, daß sogar Libette, die Schwester, in alles einging, ja in manchem vorausging. – Gleichwohl übrigens, wenn ich hier den Paß wieder überlaufe, den ich eben zum Abschreiben vor mir ausgebreitet, und nun darin den trauenden Nikolaus nicht als Regenten, sondern als Patienten Worbles finden muß, kann ich mich doch nicht enthalten auszurufen: «Ach ihr armen umsponnenen Fürsten! – Wahrlich ihr täuscht selten so stark und so oft, als ihr getäuscht werdet, und Mißtrauen ist euch nach so vielen Erfahrungen ordentlich mehr anzuraten als Vertrauen, so gar sehr und oft wird, wie ich nur zu gut sehe, euere Thronspitze in der Ferne von lauter Luftspiegelungen umzogen und in der Nähe von Lerchenspiegeln und Spiegelgarnen umsteckt, und jeder Stammbaum streckt da Leimruten als Zweige aus!»

Noch denselben Abend brachte Worble auf der Polizeistube in Lukas-Stadt alles mit den Pässen ins reine, und sie wurden lachend unterschrieben. Es kann sein, daß er dieser Schnelle ein wenig mit geränderten Goldstücken nachgeholfen, die als eingezackte Minutenräder vorteilhaft einzusetzen sind; aber die Hauptsache ist doch diese: damals hatte sich Napoleon noch nicht als deutsche Feuersäule (im Kriege) und als deutsche Wolkensäule (im Frieden) auf den Weg gemacht und uns allen gezeigt und geboten, was zu tun und was zu lassen, besonders in Pässen; und in einer vorbuonapartischen Zeit konnte jeder leichter und unbehinderter in fremden Ländern ohne alles Signalelement wie ein ehrlicher Mann aussehen als jetzt im eignen Lande mit einem Passe.[1]

Desto besser, sag' ich, und man erlaube mir zum Beweise davon nur

ein kurzes schwaches Lob der jetzigen höhern Paßwissenschaft.

Das Lob läuft am Ende auf weiter nichts hinaus, als daß sie die menschliche Würde mehr anerkennt und groß schreibt und den ehrlichen Mann leserlicher stempelt, als früher geschehen.

Sonst konnte jeder auf Reisen mit einem Schelm verwechselt werden, weil er keinen vollständig bestimmenden Zettel – wie doch schon schlecht gemalte Figuren einen im Maule – in Händen hatte, worauf stand, was er war; der Passagier war ein Arzeneiglas, eine Weinflasche ohne angebundnen Zettel, und niemand über der Grenze wußte voraus, was er zu sich nahm. Jetzt aber unterscheide z.B. ich mich auswärts von sämtlichen Spitzbuben

1 Z.B. wer mitten aus Bayern in Bayern umherreiset, muß doch in jeder zweiten, dritten Kreisstadt seinen Paß so gut wie in einem fremden Lande visieren und unterschreiben lassen. Allerdings wär' es wohl weiter zu treiben und Paßvorzeigen in jedem Dorfe, ja in jeder Vorstadt zu verlangen; aber man will, scheint es, Ehrgefühl schonen und daher lieber Rechtschaffenheit voraussetzen, präsumieren, fingieren, wie Juristen täglich tun.

in der Welt; denn ich zeige meinen gestempelten Papier-Paß vor, worin (außer meiner Handschrift) steht, daß ich fünf Fuß und zehn Zoll lang bin, neunundfünfzig Jahre alt, in Wunsiedel geboren etc., daß meine Stirn breit und hoch ist und mein Mund klein. Oder läßt es sich nur träumen, daß es gerade einen Spitzbuben geben könnte, auf welchen alles von mir so passete, daß wir einander deckten, wie geometrischgleiche Figuren, oder ineinander eingriffen, wie Kerbhölzer? Unmöglich! – Sogar meine nächsten Nachahmer und Diebe würde mein Paß, so sehr ich auch Swift und Sterne nachgeahmt und bestohlen, auf der Stelle unterscheiden von mir.

Und dies ist eben der unschätzbare Vorzug eines heutigen Passes, daß er eine wahre *Monographie* eines Einzelwesens liefert, auf einem einzigen Folioblatt; und ich wüßte nicht, womit sie sonst zu ersetzen wäre, am allerwenigsten mit dem Grabschriftpaß auf dem dicken Marmor, der nur an das Inland, nicht an das Ausland lautet, wohin der Paßinhaber abgereist.

An Pässe sich übrigens stoßen, weil sie halb wie vorausdatierte Steckbriefe klingen und nicht genug Treu und Glauben voraussetzen, heißt wohl das Zartgefühl übertreiben und es am falschen Orte, nämlich in der Polizeistube anbringen; ja ich will hier jeden mit Diebbanden selber schlagen und beschämen. Denn gerade diese, welchen am Rufe und Scheine der Ehrlichkeit so viel, ja noch mehr gelegen sein muß als uns – weil alle ihre auswärtigen Geschäfte darauf beruhen, ja ihre innern größtenteils, indem in ihren kleinen Einschieb- oder Enklaven-Städtchen im Staat gerade Dieberei untereinander am stärksten und als ein Majestätverbrechen[I] gegen die ganze Verfassung geahndet wird –, eben diese Banden, Schwarzbündner und -bündler, sag' ich, finden Pässe so wenig gegen den Ruf und Schein ihrer Ehrlichkeit und unter ihrer Würde, daß sie einen eignen Beamten unter sich besolden, welcher ihnen falsche Pässe (für sie eigentlich wahre) macht.[II] Der Flebben- oder Paßmacher, der mit Mühe und Kunst die Stadtsiegel von unsern Flebben ablöset und auf seine anklebt oder der gar unsere Stempel erst nachstechen muß – daher er sich noch den Zinkenstecher betitelt –, steht im höchsten Ansehen unter sämtlichen Dieben und erhebt außer seinen jedesmaligen Paßgebühren noch von jeder Beute einen besondern Ausbeutetaler.

I Wie könnte auch ein solcher von außen nicht garantierter Transitostaat nur drei Wochen lang bestehen, da sogar die Nachdruckerzunft in Östreich, obgleich an sich ehrlich und beschützt, sich doch einander nicht nachdrucken darf, sondern jeder seinen Nachdruck eines ausländischen Buchs als rechtmäßiges ehrliches Eigentum gegen einen andern inländischen Nachdrucker behauptet.

II Falkenbergs Darstellung der verschiedenen Räuber etc. etc. B. 2. – Ich lese überaus gern Werke über die uns noch so wenig bekannten Verfassungen, Gesetze und Sitten der Spitzbuben und Räuber; sie hellen mir manches in den unsrigen auf und zeigen, was uns fehlt.

Es liegt allerdings in unsern Staatverfassungen, daß wir hier nicht ganz die Diebbanden erreichen können, indem diese die Pässe oder Flebben stets nur außerhalb ihrer Räuberhöhlen gegen die Fremden vorkehren, untereinander selber aber weder Pässe noch Aufenthaltkarten (die Kodizille der letzten) fordern. In unsern weit volkreichern Verfassungen verlangt die allgemeine Sicherheit eine Aufenthaltkarte noch neben dem im Polizeibureau niedergelegten Flebben; und sogar meinen niedergelegten Flebben muß ich in meinem eignen Lande, wegen der Größe desselben, mit Recht in jeder einheimischen Kreisstadt von neuem «visieren» lassen.

Man halt' es mehr für einen Einfall und Traum als für einen ernsten Vorschlag, wenn ich hier frage, ob nicht die Polizei allgemeine Pässe – etwa nach der ersten Beichte – auf den Rücken aller Volljährigen, als zweite Taufscheine, mit Geburtort, Eltern u. s. w. so einbrennen könnte, daß man's mehr sähe als spürte. Und zu machen wär' es. Wer bedenkt, daß der Kaiser Theophilus auf die Gesichter zweier Mönche jedem zwölf griechische Verse hat einätzen lassen: dem würde ein solches kurzes Paß-Tätauieren nicht viel anders, ja besser vorkommen als die Malzeichen des Tiers auf den Hinterbacken der Kavalleriepferde oder auf der Wolle der Schafe. Ein solcher immergrüner, immer-währender Rückenpaß bliebe für die Ehre eines ehrlichen Mannes ein drittes Rückendekret und eine tragbare Rückenlehne, und er hätte überall, wo er sich setzen wollte, sich bloß aufzudekken nötig und als sein eigner Hintermann dazustehen; denn ein solcher brauchte, um zu siegen, bloß den Rücken zu zeigen als die Kehrseite seines Gehalts ..... Doch genug von einem Einfalle, der nur zeigen sollte, wie sich eingeätztes Paß- oder Flebbenwesen ebensogut mit feinstem Ehrgefühl (trotz allem Anscheine von Brandmarken) vertrage als mit Ersparung von Schreibgebühren, Zeitaufwand und mehr dergleichen. – –

Der Reisemarschall kam abends rechtzeitig nach Nikolopolis zurück und konnte die ganze Stadt mit den schönsten Nachrichten erfreuen, daß er den römischen Hof gemietet und daß der Fürst jeden Augenblick als Graf von Hacencoppen ohne geringsten Polizeianstoß eintreten könne. (Von seinem aus Rom nach Luxstadt mitgebrachten und im Polizeiamte niedergelegten Flebben sagt' er kein Wort.)

«Überhaupt sei ganz Lux- oder Lukas-Stadt in besonderer Spannung auf etwas», setzte er dazu, «er wolle aber nicht verraten, auf was.»

Das nächste Kapitel wird wohl den Lesern selber aufdecken, was die Leute so spannt. Während seiner Bemerkung flog ein fürstlicher Wagen aus Lukas-Stadt vor Nikolopolis mit vier galoppierenden Pferden vorbei; auf dem Rücksitz saß nichts.

Jetzt ging Nikolaus mit sehr seligen Gefühlen durch die Straßen der Stadt und sagte allen Nikolopolitanern, er nehme morgen und überhaupt, solang' er in Lukas-Stadt verweile, und sonst bis auf weiteres den Namen eines bloßen Grafen von Hacencoppen an und befehle daher, daß man ihn dort bloß gnädigster Graf! anrede, nicht Durchlaucht. Frühes Aufbrechen aus Nikolopolis, mit Zurücklassung der Stadt, schon vor Sonnenaufgang, wurde besonders angeordnet. Der Leibhusar Stoß wurde mündlich beordert, schon um fünf Uhr aufzuwarten, aber nicht als fürstlicher Page, sondern als gräflicher Kammerdiener. Dieser allein hatte an dem freiwilligen Stande der Erniedrigung etwas auszusetzen und sagte: «Parbleu! Ihre Durchlaucht kommen so vom Pferd auf den Esel, wenn Sie wieder ein bloßer Graf werden; Graf oder Markgraf: Pardieu! da steht nur schlechter Unterschied dazwischen. Und der miserable Dreckapotheker (der Rezeptuar) wollte noch dazu glauben, daß Hacencoppen aussehe wie Hasenkopf; wir hätten uns aber beinahe gut geprügelt darüber; denn ich weiß die Sache.»

«Jean», versetzte der Graf lächelnd, «es sieht nicht bloß so aus, sondern ist auch wirklich so; nur daß Hasenkopf neuer ist; allein in der Heraldik verschlägt dergleichen wenig, und Er versteht es nur nicht gleich auf der Stelle, Jean!»

Der Graf ließ noch spät den Wetterpropheten Richter zu sich bitten, um von ihm die morgendliche Witterung zu erfahren; er wollte, wie der Mensch pflegt, seinen schon gereiften Hoffnungen noch ganz junge unreife zugesellen. Wie erfreulich aber war des Kandidaten feste Versicherung: «wenn er auch über die Abendkühle und über den Morgenwind, sonst zwei herrliche Wetterbürgen, wegsehe, so sei ihm der Stand des Mondes im aufsteigenden Zeichen des Krebses allein ein schlesischer Pfandbrief, daß er so gewiß, als er sich Hasus drukken lassen, prophezeien könne, morgen stehe der Himmel selber am Himmel und sei so blau wie ein altdeutsches Auge und mache den Menschen keinen andern Dunst vor als einen blauen.» Sonach war dem Grafen der Morgenhimmel so gut wie assekuriert in dieser prophetischen Versicheranstalt.

Da fuhr sogleich nach der frohen Weissagung der oben erwähnte Fürstenwagen – als sei er ein Stück von ihr – vorüber, auf dem Rückwege nach Lukas-Stadt, und zeigte auf seinem Rücksitz zwei Damen. Natürlicherweise, sagte Nikolaus, sitze noch etwas viel vornehmeres Weibliches im Vordergrund.

So wurde denn Nikolaus vom Lenzabende recht glücklich gemacht, und nichts sah er darin ziehen – Wölkchen ohnehin nicht, und das kleinste Sönnchen siebenter Größe blinkte ungetrübt – nichts als zehnmal hintereinander seinen Einzug mit großem Gefolg und Erfolg in die erste Residenzstadt, wo seinesgleichen thronte, wo Maler und Dichter zu genießen, zu besolden, ja aufzupacken waren und wo unter Prinzessinnen verschiedener Thronen wohl gar Freundinnen seiner Amanda aus leichten Gründen zum Besuch dahin gekommen sein konnten. Als nun vollends um zehn Uhr noch der Mond so schneeweiß und schneeglänzend über die Landschaft aufstieg wie über Rom in jener Nacht, wo Nikolaus zum ersten Male Amandas Bildnis in Lunas Heiligenschein gefunden; und als er in der keine halbe Stunde entfernten Lukas-Stadt recht gut von den Wetterableitern die vergoldeten Spitzen im Mondglanz leuchten sah, gleichsam als Amors goldene Pfeile: so brachte wohl niemand in ganz Nikolopolis so schönfarbige Träume in den Schlaf als er...... Es verlache aber doch niemand die Hoffnungen eines so harmlosen Menschen, diese nur schamhaft verkleideten Wünsche und Freuden, geliebt zu werden und lieben zu dürfen. Das Lieben ist ja das einzige oder Beste, was der Mensch sich nicht einbildet.

Sechzehntes Kapitel in einem Gange

Nebel – Zwillingfest – wunderbare Gestalt – und Einzug

Einziger Gang

Nebelleiden und -freuden – Sternenkonjunktion neuer Prinzen – reisemarschallische Freuden – wunderbare Gestalt – und Einzug

Der Morgen erschien in Blau und Rot gekleidet – der Zug fing sich an – und der Reisemarschall war längst voraus – man hörte ein schönes Waldhorn von weitem, nämlich den Schlotfeger in der Nähe –

der zarte Raphael (Renovanzens Bruder) sang in seinem Himmel oben ein dünnes, weiches Grasmückenliedchen herab – und der Graf von Hacencoppen war besonders gut gelaunt und gekleidet: als plötzlich ein entsetzlicher Nebel einfiel.

Es war ohne Frage der dickste im ganzen vorigen Jahrhundert; denn der beträchtliche am 17. November 1797 zu Paris, wo die Leute mit den spanischen Röhren als Sprachröhren auf das Pflaster aufschlugen, um in dem Nebelmeere nicht gegeneinander mit der Stirne zu segeln, und wo die Wagen nahe, aber unsichtbar vorüberrollten und kein Mensch den Weg mehr finden konnte als etwa Blinde von Geburt, dieser Nebel, so wie auch mancher andere in Amsterdam, wo die Holländer wie Zugheuschrecken oder wie die ungetauften Sachsen unter Karl dem Großen in die Flüsse fielen, diese waren gleichwohl gegen den Nebel, der auf Lukas-Stadt und auf die Kunststraße dahin sich niederlegte, weiter nichts als durchsichtig und bloß *latente* Nacht. Der Lukas-Städter aber war eine entbundene; nicht einmal die Finsternis selber war, wie etwa in Milton, sichtbar, oder sonst Schwarzes, vor lauter Grau. Hacencoppen und sein ganzes Gefolge stiegen deshalb aus, da in jeder Minute Wagen und Pferde ihre Chaussee-Gräber finden konnten. Jean und Richter drängten sich um Hacencoppen, als Beiständer in Notfällen – denn von den verschiedenen in die Hauptstraße einschlagenden Seitenstraßen her hörte man das unsichtbare Rollen von Wagen und Donnerwagen. Da man unmöglich Arm in Arm ziehen und sich lebengefährlich ausbreiten konnte: so reiheten sich mehrere Hofherren, Renovanz und Süptitz und Hoseas, hintereinander, Hand in Hand – und geringere Leute verknüpften sich durch Rockschöße. Auf allen Seiten schrie es: «Ausgewichen!»; aber niemand sah, wem zum Henker oder wohin. – –

Die Gräflich-Hasenkopfischen kamen endlich – bloß von der vorauslaufenden Kunststraße geführt – unter das Stadttor; aber hier war wieder frisches Verwirren. Sie passierten zwar ungehindert und unbefragt – im Nebel ist man noch winziger, ja unsichtbarer als ein Kleisteraal oder ein Minierräupchen[179] –; aber alle unsichtbaren Trommeln wurden plötzlich gerührt, unsichtbare Gewehre wurden hörbar präsentiert und «'raus!» wurde gerufen (wie hätten sonst die Gräflichen nur wissen können, durch was sie passierten?), und zu gleicher Zeit fingen auf den Türmen die Stadtpfeifer hinter ihren Nebelschleiern zu trompeten an und Glokken zu läuten und Kanonen zu donnern. –

«Ein Prinz ist gekommen!» rief es aus dem Nebel. – «Alle Wetter, der neue Prinz ist da, ich will aber heute saufen!» rief es dort. – «Er soll wohlgebildet sein und langgestreckt, hager aber.» – «Nur verflucht lang hat er auf sich passen lassen» – hörte man wechselseitig. Der Fürstapotheker konnte bei solchen Ehrenbezeugungen und in seinen Umständen natürlicherweise auf nichts in der Welt weniger verfallen als auf die Geburt eines lang erwarteten Erbprinzen, der zu gleicher Stunde in die Welt wie er in die Stadt getreten war; er konnte mithin, wenn er richtig genug mutmaßte, in den Wagen mit dem Fürsten-Wappen nicht, statt einiger wahrscheinlicher Prinzessinnen, die abends vorher zufällig oder gar seinetwegen vorausgefahren, etwa die Amme und Hebamme einsetzen, welche der fürstlichen Niederkunft wegen eiligst aus der Nachbarschaft herbeigeholt wurden: sondern er mußte als vernünftiger, besonnener Mann alle Wahrscheinlichkeiten zusammenstellen – seine Einmiete in den römischen Hof – und sein in die Stadt vorausgeschicktes Fürsten-Inkognito – und sein Gefolge – und seine Residenz- und Niklasstadt – und konnte folglich keinen andern Schluß aus allem ziehen, als daß man Wind von ihm habe und ihn als Fürsten in die Stadt hinein trommeln, pfeifen, läuten, schießen und schreien wolle; – was alles nebenher sich dadurch bestätigte, daß der vorausgerittene Worble im ganzen Nebel nirgend zu ersehen war, damit er, wie es schien, desto versteckter das ganze klingende Spiel des Einzugs leiten könnte, wenn nicht wirklich leitete.

«Herr Kandidat, der Nebel!» brach jetzt der Graf aus. «Hätten Sie doch etwas vom Nebel vorausgesagt, ich hätt' ihn zu Hause in Nikolopolis abgewartet; nun aber kann ich in ihm gar nicht erscheinen und die Ehrenbezeigungen ablehnen. – Ich sehe keine Leute, unter die ich Geld auswerfen könnte, und höre doch überall das Vivat zuschreien. – Gerade heute ist der Nebel eine sehr böse Sache.» – Er unterdrückte so zart seinen Mißmut, mit welchem der Kammerhusar Stoß so stark herausplatzte: «Diable! blauer Dunst! Alle Peste! das soll ein Wetter sein, ein gescheites?» – –

«Um des Himmels willen, es wird der himmlischste Tag, denn es steigt ja nichts!» beteuerte Richter, den Nebel meinend. «Zwar kann man nur *aus* dem Äquinoktium weissagen, nicht aber *in* ihm; allein heute trifft es doch.»

Drinnen in der Stadt selber ging das Babel vollends an. Entfernung, point-de-vue, Hintergründe und dergleichen gab es in der ganzen Dampfstadt nicht mehr – Sänftenträger, wütig schreiend: «Vorgesehen!» trabten alte Weiber nieder. – Auf einem nahen Töpfermarkt war Krieg und Krieggeschrei, denn die Fußgänger wanderten über die Schüsseln als über glatte Pflastersteine weg und machten sie als Chausseesteine möglichst klein. – Der Zuchthausprediger hörte einen galoppierenden Gaul und bat Gott um nichts als um einen Reiter, damit das Vieh nicht allein wäre, sondern beritten. – Einem Wagnergesellen war sein mit bloßen Händen gerolltes Kutschenrad entlaufen, und er schrie: «Wer hat mein Rad gesehen?», und eine Ganshirtin stand einsam unter fünf treuen Gänsen im Gewölke, die Hände über den Kopf zusammenschlagend über ihr bei Nacht und Nebel abgefallenes und entflohenes Federheer. – Gescheiter verfuhr ein Kerl mit einem Brett voll Gipsköpfe auf dem Kopf, der sich quer in die Gasse hinein an einen Laternenpfahl festpflöckte und unter unaufhörlichem Zionwächterrufen[180]: «Nicht 'runtergestoßen!» mit einem langen Stabe die Gasse hinauf- und hinunterschlug, um jeden Ankömmling durch zufälliges Treffen von sich abzuwehren. – Ein rotwangiger Frühprediger lief ängstlich mit nachfliegendem Priestermantel hin und her und rief aus dem weißen Meere: «O Gott, ihr Christen, wo steht meine Kirche? Es hat dreimal geläutet, und ich muß schon längst auf der Kanzel stehen.» –

Ein zappelnder Hoflakai in seidnen Strümpfen schwang einen Kanapee-Polster vor sich her, und unter dem Rufen: «Ich muß ins Palais; wo ist das Palais? Vivat der *kleine* Prinz!» stieß er mit dem Polster den Kammerhusaren Stoß auf den Bauch; und Jean, aufgebracht über den Stoß und das *Klein* im Prinzen, streckte in der Eile seinen Arm als ein festes Polster aus und legte dessen Ende oder Knauf absichtlich stark an des Lakaien Stirn und sagte: «Ihr Filou, mein Prinz ist nicht klein» und sprang seitwärts ins Nebelmeer.

Unermüdet fuhr der Kandidat in seinen Tröstungen fort: «Er fällt ja gleich auf der Stelle» und meinte seinen Nebel. «Ihr Pack, das soll er nicht; probier's einer und stoße mich», rief ein Kerl und meinte seinen Barometer, den er mit beiden Händen waagrecht wider das Anspringen des Quecksilbers fest gepackt hielt.

Öfter kamen kleine Wasserbogen, Prügel und Meteorsteine aus dem Nebelwolkenhimmel geflogen; wer aber diese wahrscheinlich von der Jugend aus den nächsten Häusern geleiteten Würfe für Siegbogen anstatt für bloße Steine dazu ansah, für geworfene Blumen anstatt bloßer Stengel dazu, und die Spritzbüchsen für Wasserwerke halten wollte, der müßte es mehr aus Spaß tun, und zwar gegen den einziehenden Grafen von Hacencoppen.

Der seligste im ganzen Nebel war wohl Worble, ein wahrer davon benebelter Himmelbürger. Ich führ' ihn absichtlich schon hier auf – noch eh' er sich wieder ans Gefolge kettet –, damit die Welt und ich doch etwas Frohes und Freies aus dem dikken Nebelweiher auffischen. Er soll's aber selber erzählen, weil er wahrscheinlich die Wahrheit nicht ganz rein aussondert, sondern etwas lügenhaft versetzt, ich aber so etwas lieber andern überlasse als mir. Am weitläuftigsten erzählte er seine Nebelpartie dem Hofprediger Süptitz, weil er wußte, er nehme am meisten Ärgernis daran aus Weiberscheu. «Ich wollte», fing er an, «Sie wären im Nebel an meiner Stelle gewesen und ebenso hin- und hergefahren. Ich meine nur, daß Sie so viele edle Weibergesichter umhalset hätten wie ich und dann eiligst hineingesprungen wären ins Nebel-Dickicht. Denn hierin unterscheidet sich Nebel vorteilhaft von Nacht, und der Kenner, so wie der Heilige, ja sogar der Scheinheilige, wird stets den Nebel vorziehen, weil man in ihm doch in der nächsten Nähe das

Schöne sieht, aber in der Nacht nicht. Aber wahrhaftig, ich macht' auch wenig Umstände. Wo ich in dem kurzen Point-de-vue, das der Nebel zuließ (es betrug keinen Pariser Schuh), ein schönes Gesicht oder Herz überkam: auf der Stelle war ich an ihm; schrie das Gesicht oder Herz, war ich wieder fort und stand im Dickicht. Denn wie ein gehobener Geisterschatz verschwand ich augenblicklich bei einem Schrei. So fiel ich denn bald in jener, bald in dieser Gasse, bald jenem, bald diesem Herzen ans Herz, es mochte nun seinen Schal überhaben oder bloß sein Halstüchelchen, sobald nur die Augen und Wangen und die Lippen himmlisch und herzig genug aussahen. –

Herr Hofprediger, ich lebte dabei fast in einer erlaubten Vielweiberei, der Markt war zwar kein Harem für mich, aber doch ein Nonnenkloster, ein Schwestern-Haus, eine Mädchenschule, und ich war der Mädchenschulmeister, mit dem Gygesring[181] des Nebels um den Leib. Ich darf schwören, daß ich den innen mit Glückwünschen und außen mit falschen Blumen befrachteten Kopf einer nach Hof gehenden Hofdame deutlich an dem meinigen gehabt und festgehalten (sie war zu lieblich) fast fünfundzwanzig Sekunden lang, denn eher konnte der nachtrabende Bediente uns nicht anschreien, uns, die wir als zwei edle Homerische Gottheiten im Nebel allen Sterblichen verdeckt waren und nur uns selber sichtbar. Nur *eine* machte ich etwas verdrießlich, welche ohne alle Vernunft schrie: ‹Polizei zu Hilfe! Man tastet das Extraweib aus dem Palais an›, weil darauf sogleich, als ich mich auf ihren Titel im Vorbeigehen näher einlassen wollte, ein Mensch, ein Bruder oder Liebhaber, einen Spazierstock als einen unnötigen Gesetzhammer über mich aufhob und mich damit zu einem gewaltigen Sprung ins Wasser bewog. So nenn' ich gern den Nebel, da er eigentlich doch nichts ist als ein verfeinertes, raffiniertes Wasser und eben dadurch naß macht. Deswegen ist alles, was darin einem Manne Weibliches von Badgästen begegnet, nichts als Meergöttin oder Venus, dann Meerfräulein oder Wassernixe, die ich zu mir herabziehe. – Sie merken aber doch, Herr Hofprediger, aus meinen eignen Geständnissen, daß *Nebel* für Jungfrauen viel gefährlicher ist als *Nacht;* diese ist nur *schwarze,* jener aber *weiße* Nacht. – Oh, jede laufe aus der weißen Nacht zuerst davon – und sogar vor einem zufälligen Mädchenschulmeister, wie ich war. Was sagen aber Sie dazu, würdiger Mann?»

«Ich muß froh sein, Herr Worble», versetzte er, «wenn ich bei allen diesen Werken des Nebels nichts mehr weiter zu tadeln habe als das, was Sie haben berichten wollen.»

«Die Zeiten», antwortete Worble, «litten nichts weiteres. Sonst freilich bei Einzügen anderer Fürsten, die nicht halb so freigebig waren als unser Marggraf und Graf, ging es weniger verschleiert her; es war vielmehr bei königlichen und kaiserlichen Einzügen sogar hergebracht, z.B. bei dem

Einzuge Ludwigs XI. in Paris oder des Kaisers Karl in Antwerpen, daß Mädchen sie bewillkommnen mußten, die gar nichts anhatten, nicht einmal gewebte oder ungewebte Nebel.[1] Jetzige Fürsten müssen freilich mit dergleichen warten.» –

Wir ziehen nun wieder unserem ernsten Nikolaus nach durch den Nebel, der nach Richters so oft wiederholten Versicherungen jeden Augenblick sich senken muß, und dann endlich kommt man in Lukas-Stadt noch einmal an und sieht sie. Plötzlich ging durch das helle Stückchen der immer dickern Nebel-Milchstraße ein ganz in Leder gekleideter, fleischloser, farbloser, langgedehnter Mann, mit Kopfhaaren wie Hörner und mit langem schwarzem Bart, und tat weite Schritte rückwärts in den Nebel hinein und wieder heraus. Er verschwand und erschien mehrmals, bis er endlich mit flammenden Augen und todbleichem Angesicht ganz nahe vor Nikolaus stehenblieb, und als gerade ein vorüberschießender Lohnlakai ausrief: «Es lebe der Prinz!» – langsam sagte: «Es lebe kein Prinz; Menschen sollen nicht regieren, sondern der Fürst der Welt.»

«Bist du auch da, ewiger Jude», antwortete der Lakai.

«Ich heiße Kain, siehst du die Schlange nicht?» versetzte die Gestalt, mit dem Finger auf der Stirn, die mit einer zum Sprunge aufgerichteten, roten Schlange gezeichnet war.

---

1 Flögels Geschichte der komischen Literatur. B. 1.

«Der Teufel selber bist du; hast noch in deinem Leben keinen Bissen gegessen und getrunken!» rief der Lakai aus dem Weißdunkel nach.

Darauf entwickelte sich so stark das Grausen des Stößers, daß er, der vorher den Polsterträger wegen des Beiworts «*kleiner* Prinz» kühn vor den Kopf gestoßen, nicht imstande war, die Gestalt auszuprügeln, welche statt «Vivat!» sogar das «Stirb!» gerufen. Die Gestalt aber stellte sich gerade vor Nikolaus und antwortete mit schneller Rede dem unsichtbaren Lakaien: «Nichts von euch braucht der Fürst der Welt in euerer kalten Welt als eure dicke Haut; man hätte statt des Affenleders Menschenleder zu meinen Beinkleidern und Armkleidern gerben sollen; mich fröstelt auf der Erde.» – –

Hier durchfuhr den Grafen selber etwas von Schauder, der aber verflog, da ein Paar Mädchen Arm in Arm durch das Helle liefen und die Gestalt plötzlich die mildesten Blicke und einiges Wangenrot annahm und ihnen, als sie zueinander sagten: «Denkt, wie schön ist der neue Prinz!», mit der liebreichsten Stimme nachrief: «Sprecht nicht so, nur ihr seid schön.»

Kaum hatten sie und die Gestalt sich in die Menge verloren, als der Himmel sich oben blau aufriß und der schwere Nebel auf allen Seiten niedersank – wie es der Kandidat pünktlich genug vorausgesagt –; das dunkelste Blau leuchtete vom ganzen Himmel herab; der römische Hof, nämlich der Gasthof, stand auf dem Marktplatz hellglänzend vor dem Grafen und seinem Gefolge, und gegenüber dem Hofe prangte der fürstliche Palast, in welchen diesen Morgen auch ein neuer Prinz eingezogen war, der aber freilich vor der Hand nichts weniger machte als Diamanten, oder sonst nur Figur von Bedeutung; man mußte nur Gott danken, daß der Erbprinz quäken konnte.

Siebzehntes Kapitel in drei Gängen

Wie der Fürst in Lukas-Stadt geachtet wird – und wie er da große Malerschulen findet – und wie er abends spazierengeht – und zuletzt mit dem Stößer spricht

Erster Gang

Die Höflichkeit des römischen Hofs – die niederländischen und die italienischen Meister und Gesichtmaler

Es ist angenehm zu erzählen, mit welcher Untertänigkeit und Höflichkeit der freundliche Papst samt seinem ganzen römischen Hof unsern Fürsten samt Gefolge empfing und aufnahm und wie alles, was Beine hatte, um Hacencoppen lief und stand, scharrte und rannte. Wäre eine dicke, vom langen Regenwetter ausgehungerte Winkelspinne edel genug, so könnt' ich des Wirtes Heranstürzen an den eintretenden Grafen mit dem Herausschießen der Spinne auf eine im Gewebe summende Mücke anschaulich machen. Denn der arme römische Hof hatte seit Jahren keinen Fürsten mehr zu sehen und von ihm Papstmonate abzuschöpfen bekommen, weil er an den früheren Fürsten, wie Juden an deren Münzen, stets zu viel Rand abgefeilt und dieselbe Kreide sogar doppelt gebraucht, womit Bierwirte schlechtes Bier entsäuern, aber die Gäste versäuern.

Endlich sah unser Pabst wieder einen langen Milchner bei seinem Peter-Fischzug in dem Hamen[182] schnalzen, und der Fisch hatte ein ganzes Maul voll Stater. Der Wirt hatte nämlich bei der Polizei, mit welcher er in ewiger Wechselwirkung stand, den ganzen Inhalt des Marggrafischen Passes erforscht und folglich die Sache erfahren, daß Nikolaus sich bloß für einen Grafen ausgebe, aber für einen Fürsten in der Tat ansehe; daher beschloß er, nun ihm keine gräfliche, sondern eine fürstliche Rechnung zu machen, ihn ganz als Fürsten zu behandeln. Und später darf ich auch zu meinem Vergnügen die Rechnung und die Behandlung als Beweise anführen, daß unser Fürst-Apotheker zuerst vom römischen Hofe als Fürst anerkannt worden.

Der Nikolausische Hof besetzte den ganzen Gasthof. Der faule Heinz und die voltaische Säule wurden von einer Bedeckung unter Stoßens Anführung und Trag-Ordres in ein Kabinett des Grafen hinaufgebracht. Die Prinzessin Amanda war der Reisemarschall Worble befehligt, in dem Inkognito ihrer mit rotseidenen Vorhängen umkleideten

Standuhr durch eine Sänfte und deren Träger in das schönste Zimmer Marggrafs bringen zu lassen; die nötigen Wachen waren schon an die wichtigsten Türen gestellt.

Sogleich bei dem Eintritt in den römischen Hof mußte Nikolaus bald gewahr werden, wie gut man sein Inkognito durchschaue und in ihm deutlich genug den Fürsten erkenne, so viele Müh' er auch angewandt, für einen bloßen Grafen zu gelten. «Im Gasthofe kann man sich», sagte er auf der Treppe zum Marschall, «dergleichen schon gefallen lassen, wenn ich nur dabei hoffen darf, daß man am Hofe mein Inkognito anerkennen und mir alle fürstlichen Zeremoniell-Lästigkeiten ersparen wird. Oder glauben Sie etwa das Gegenteil, lieber Marschall, und sagen Sie mir es frei?»

«Der Henker müßte den Hof holen», versetzte Worble, «es ist aber nicht das Kleinste zu befahren; ein Hof, der sich dergleichen unterfinge, wäre selber noch an keinem Hofe gewesen und legte dadurch am ersten dar, wie sehr es ihm am Wichtigsten fehle, an Zeremoniell, an Hofsitten, an Etikette, an Anstand, an allem.» –

Indes hatte Nikolaus doch von der Dienerschaft des römischen Hofs, von den Aufwärtern, Kellnern, Kleiderausklopfern, Lohnbedienten, eine solche scheue Ehrerbietung auszuhalten, daß er wohl sah, man halte ihn für etwas anderes als einen Grafen. Und darin hatte er auch recht; denn das ehrerbietige Gesinde und Gesindel hatt' es von seinem Herrn erfahren, der hohe Gast sei nicht richtig im Kopfe, und es war daher in der beständigen Angst, er drehe mit der Riesenstärke der Tollen vielleicht einem den Hals ab, der ihn nicht nach seiner fürstlichen Einbildung behandle.

Während Marggraf in seiner langen, von mehr als einem Möbel-Juden aufgeschmückten Zimmergasse zufrieden wandelte und sich endlich zum ersten Male in seinen fürstlichen Appartements antraf, so sagte er zu dem durchlaufenden Stoß: «Jean, siehst du, so sehen Fürstenzimmer wie meine aus. Denke dir aber einmal alle die Kur- und die Fürsten, die Erz- und die Herzoge und Mark- und Grafen auf einmal in corpore hier versammelt, welche vor mir nach und nach diese fürstlichen Appartements bezogen haben, Husar!»

«Diable!» versetzte Jean, «Pracht heißt das! Da müssen die ersten Herren brav geblecht haben, bis der Gastwirt die Sachen so weit hergerichtet. Nu, uns wird er vollends rupfen, hör' ich, und ich möchte meine Federn nicht hergeben; aber Sie sollten als ein vernünftiger Durchlaucht ein Einsehen haben und zu einem solchen Schelm mit seinen ganz unchristlichen Rechnungen sagen: Holla! mein Freund!»

Eben trat Pabst herein, um, wie die Gastwirte pflegen, seinen ersten Gesandtenbesuch bei dem hohen Ankömmling abzustatten. Es ist dem guten Pabste nachzurühmen, daß er von jeher höflich war, immer ein ehrerbietiger Wohllaut und Bückling in Person, der sein Haupt gar nicht genug entblößen konnte und gern drei Mützen aufeinander aufgehabt hätte, um zugleich mehr als eine abzunehmen.

Die Fischer in Venedig[1] müssen zwar ihre Fische mit unbedecktem Haupte verkaufen, damit der Sonnenstich sie zum Losschlagen für einen wohlfeilern Preis ansporne; aber die, die sich selber stets entblößen und barhaupt darstellen, wollen Fische erst fangen und andere anders entblößen als sich.

Der Gastwirt schlug sogleich auf der Schwelle den Kramladen seiner Neuigkeiten auf, die er für Schmeicheleien hielt; in dieser Hoffnung erzählte er, wie scharmant mit dem Grafen von Hacencoppen zugleich ein lang ersehnter Erbprinz des Landes eingetreten und wie der Herr Graf deshalb recht viele Feste mit seiner Gegenwart zu beehren bekommen werde. «Dies ist noch unentschieden», versetzte Nikolaus. – – Hier wird wohl jeder Leser, der nur einige Stücke und Minuten von Marggrafs so freudiger Verwechslung der Prinzgeburt mit seinem Fürsteneinzug im Kopf behalten, voraussehen, daß Nikolaus die obige Antwort mit der verdrießlichsten Stimme gegeben, die nur zu hören ist. –

Inzwischen tat er gerade das Gegenteil: er gab sie mit der freundlichsten.

Aber es konnte nicht anders sein; einmal war er

1 Jägers Zeitunglexikon.

über den verwechselten Willkomm in einer Entzückung, welche, wie jede Empfindung und wie die Fieber, noch über die Veranlassung hinaus fortdauerte. Auch schloß er ganz richtig so: entweder der Erbprinz langte ganz kurz *nach* mir an, dann bezog sich ohnehin das meiste auf mich; oder er kam kurz *vor* mir, dann war man am Hofe – er kenne dergleichen – ordentlich froh, daß die Geburt eines Thronerben einen schönen Ausweg eröffnete, die Feier eines Einzugs und jener Geburt ineinanderfallen zu lassen, ohne im geringsten weder sich selber noch das Inkognito zu kompromittieren. Später versicherte Nikolaus aufrichtig: «Mein Fall war ein ganz anderer als der lächerliche jenes deutschen Fürsten, welcher bei seiner Einfahrt in London die herrliche Gewölb-Erleuchtung jeder Nacht für eine bloß seinetwegen veranstaltete Illumination zu halten beliebte, weil er sich einbildete, die Erleuchtung falle, wie etwa die Feierlichkeit bei meinem Einzuge, zum ersten Male vor.» –

Welcher erfreuliche Stadt- und Reisemorgen mit seinem Glanzblau des Himmels und mit dem Jubelgetobe auf dem Marktplatz! Gegenüber sah den Grafen das weiße Schloß, worin sein neugeborner fürstlicher Vetter lag und schrie, mit den blitzenden Fensteraugen an, und Wagen hinter Wagen rollten ins Schloßtor hinein, um zum Vetter (er überschrie alle Hofleute) Glück zu wünschen. Wer nur auf dem Markte stand, sah in die Schloßfenster und wandte sich um und schauete an die Gasthoffenster hinauf zu ihm. Dem Grafen war eigentlich zu Mute, als führen alle die glückwünschenden Festwagen bei ihm vor und huldigten ihm bestens.

Nun sah er sich doch endlich in der berühmten Kunststadt, wo es statt eines Renovanz tausend Renovanze gab und wo er zeigen konnte, wie ein Fürst Künste beschützt. In der Tat durfte sich Lukas-Stadt nach dem evangelischen Patron der Maler nennen. – Luxstadt ist daher eine sehr einfältige Verkürzung, wenn die Rede davon ist, wie alles da färbte, pinselte, zeichnete und saß, teils um zu malen, teils um gemalt zu werden, und sogar der Fürst spitzte den Zepter zur Zeichenfeder zu.

Aus den Niederlanden und aus Unter- und Mittelitalien war längst so viel, ja weit mehr verschrieben und abgeholt, als zur niederländischen und italienischen Schule und Galerie eines kleinen Fürsten gehört. Man scheuete keine Opfer und bezahlte gern treue Kopien für ein Urbild und ließ sich aus Holland und Welschland gern Landschaften und Bauerhütten und Menschen und Vieh auf Holz und Leinwand kommen, sobald die Bilder nichts kosteten als alle ihre Urbilder in Natur auf dem Boden. Daher es dem Ländchen oft sehr an Geld und Geldeswert fehlte, weil man, wie bei dem sogenannten Schwenkschießen an einigen Orten der Schütze allezeit das in Natur gewinnt, was er im Gemälde trifft, umgekehrt in jener verlor, was man in diesem bekam; kurz das Ländchen lag gleichsam als das dünne Farbenspektrum um die lebhaftesten Farben her. Daher konnten Stadt und Fürst überzeugt sein, daß ihre jährlichen, fast übervölkerten Kunstausstellungen Werke lieferten, die man etwa in Berlin und in Weimar antraf. Der Stolz auf dieses Neu-Berlin und Neu-Weimar war allgemein; denn er ging bis zum Kerl hinab, welcher zu dem Rahmen seiner Bilder bloß die Galgenpfosten wählte und darin irgendein Urbild in effigie hing, das einzige Gemälde, wobei der Staat etwas gewann. Freilich müssen unter so vielen Malerdutzenden viele Dutzendmaler sein; und in der Tat konnte der Schutz-Evangelist Lukas hier fast in seine Lage in Persien wieder geraten, wo er den Patron der *Färber* vorstellt. Das Farbengeben wurde ihren Händen so leicht als bei Edelsteinen unsern Köpfen, die wir bloß leicht zu bewegen brauchen, um jene anders zu färben. – Die Wahrheit zu sagen, die Künstler stolzierten wohl, schmierten aber sehr, und mehrere aus der niederländischen Schule verdienten weniger Kopisten als Kopien zu sein. – Doch war's wieder auf der andern Seite ausgemacht, daß, wenn in Lukas-Stadt so viele Künstler eigentlich keinen Heller taugten, die meisten auch keinen hatten, sondern sich halfen, wo sie konnten; deshalb litten freilich in dieser schönen Kunststadt viele an der Malerkolik des Hungers – und die Lumpen, welche sonst der Gewändermaler an sein Modell als Studien herumhängt, hatte mancher selber an, wenn er aus dem Spiegel arbeitete – und das niederländische Still-Leben ohne Menschen und Geräteprunk war den lukas-städtischen Niederländern viel schwerer auf der Leinwand als auf der eignen Stubendiele darzustellen.

Zu diesem schwachen, aber treuen Bilde der vortrefflichen Kunststadt – und ich könnte diese noch mehr erheben, wäre sonst der Ort dazu – habe ich mir die schönsten Farben von dem Reisemarschall geben lassen, als er sie dem Fürstapotheker vormalte. «Ich will», sagte dieser voll größeren Eifers, als Worble erwartete, «den Künsten da schon aufhelfen; welche Malerschulen sind da?»

«Ich glaube wohl ein Paar, die einander entgegen malen», sagte Worble, der selber nichts Rechts davon verstand.

«So wird's», versetzte der Graf, «vielleicht eine niederländische und eine italienische sein?» – Zu keiner bessern Stunde als während dieses Gesprächs konnte sich ein langer, an Rock und Gesicht abgeschabter Mensch anmelden und mit der Bitte vorstellen, den Herrn Grafen zu porträtieren. Er suchte sich noch besonders durch die Nachricht zu empfehlen, daß man ihm bloß bei Gelegenheit, z.B. bei dem Essen, unter dem Frisieren, unter dem Rasieren, unter dem Schminken zu sitzen brauche, und setzte dazu, alle vornehmen Gäste des römischen Hofs seien bisher, gottlob! noch mit seinem Pinsel zufrieden gewesen. Es war also, so wie es Gasthofbartscherer gibt, der Gasthofmaler, der das *ganze* Gesicht der Passagiere, aber im schöneren Sinne abnahm als der Scherer ein Stück davon. «Ich unterstütze die Kunst, wo ich sie nur finde», sagte Nikolaus, «Sie sollen fünf Louis dafür haben.»

Nach einer halben Stunde trat der Wirt ein und trug vor: die größten niederländischen Maler der Stadt und seine innigsten Freunde, die fast jeden Abend eine Pfeife bei ihm rauchten, die Herren Denner, Zaft-Leeben, Paul Potter und Van Ostade und Dyk, wüßten und wünschten für sich und die Kunst kein größeres Glück als dieses, den Herrn Grafen von Hacencoppen zu malen.

«Himmel! solche berühmte, in allen Galerien ansässige Künstler hegt Ihre glückliche Stadt auf einmal», versetzte Nikolaus, «Herr Pabst? – Ich erstaune ganz. Wären solchen Heroen der Kunst zehn Louis für mein Bild anständig genug, so säß' ich gern; Künstler aufmuntern, war von jeher mein Bestreben.» – Hier stockte der Wirt ein wenig mit dem Dankerguß und ließ ihn nur tröpfeln, weil ihm zehn Goldstücke für fünf Maler zugleich doch etwas winzig gegen fünf Goldstücke für den einzigen Gasthofporträtierer vorkamen – bis Nikolaus deutlicher hinzufügte: «Ich wünsche aber noch mehr Künstlern, worunter Ihre Kunststadt ja so manche arme hat, zu sitzen und jedem, besonders dem dürftigen, meine Aufmunterung von zehn Louis zukommen zu lassen.» Da erriet der Wirt seine ganze Fehlrechnung mit Freuden; denn auf den Gedanken, daß der Graf in der Eile und Unwissenheit alle die genannten, aber längst verweseten Künstler, wie Denner, Potter u. s. w., für noch leibhafte, in Luxstadt angesiedelte angesehen, käme der Henker und kein Pabst. Indes mäßigte dieser doch die freudigen Ausrufzeichen und Handaufhebungen über einen solchen Kunstmäzen, die sonst ohne das Mißverstehen ausgebrochen wären.

Aber solche Preisaussetzungen laufen und fliegen umher, zumal in Lukas-Städten. Nach *einer* Stunde erschien der Gastwirt wieder, aber mit noch tiefern und langsamern Bücklingen, und fing an: «Es ist freilich kein Wunder, Ihro hochgräflichen Gnaden – Kenner der heiligen und nützlichen Malerkunst gibt es wenige – Gönner derselben kenne ich noch weniger, seit ich meinen Gasthof behaupte – aber gar einen Kenner und Gönner zugleich, wie Ihro Gnaden, beteuere ich mit Wollust, noch nie in meinem Gasthofe, seit dem Ochsenschild bis zum römischen Hof, alleruntertänigst bewirtet zu haben, nach meinen geringen, nur gar zu schwachen Kräften. – Dies ist aber nun schon in der ganzen Residenz weltbekannt, und unser berühmter Ochs, unser berühmter Laus, unser berühmter Esel, desgleichen die gewiß nicht weniger berühmten Meister Schnecke, Bettler, Fresser, Säufer und alter Mann, alle diese echten Künstler (sie treffen jede Blatternarbe, jedes Nasenhaar) wissen und träumen von keiner größern Ehre – denn Geld ist ihnen Nebenzweck und Hauptbedarf –, als einen Gönner und Kenner der Kunst, wie Euer Gnaden, treffend abzureißen – sie stehen sämtlich draußen im Vorsaale, die Meister!»

«Ich sitze Ihnen allen mit Vergnügen», sagte Nikolaus. «Das übrige hab' ich schon Herrn Pabst erklärt. Ich werde Sie wie Ihre Vorgänger behandeln, so wie Ihnen gleich Ihre Nachfolger, auf meiner ganzen Kunstreise.»

«So viel weiß ich, Ihro Gnaden, als bloßer Kunstfreund», fiel der Wirt ein, «daß unter unsern belgischen Meistern hier in diesem Saale einer steht, der den berühmten Balthasar Denner etwas übertrifft. Dieser soll ein altes Gesicht so fein gemalt haben, daß man alles Feine erst durch ein Mikroskop recht erkennen konnte; aber unser Luxstädter Denner trieb es schon weiter: er malte einem alten Kopfe sogleich ein Vergrößerglas in die Hand, durch das man jedes Schweißloch des Kopfes vergrößert sehen konnte.»

Es würde nur langweilig und verdrießlich fallen, wenn ich das neue gesteigerte Bücken des als ein Knecht aller Knechte dankenden Pabstes wieder mit Lebhaftigkeit darstellen wollte, zumal da ich's vorausweiß, daß er noch einmal kommt und noch stärker staunt.

Denn in der Tat kam er nach zwei Stunden von neuem wieder, an der Spitze eines ganzen Maler-Konklave, das er im Vorsaal hinter sich herzog, und fing, zurückweichend, fast mit einigem Beben an: «Er wage übermenschlich bei Seiner hochgräflichen Gnaden, könne sich aber nicht helfen – hätte er freilich früher nur irgendeinen Fürsten und Großen gekannt und unter seinem Dache zu bedienen gehabt, welcher alles von höchsten Gönnern und Kennern der Künstler so sehr wie Herr Graf von Hacencoppen überboten: so wären große welsche Meister von solchen Namen, als er hier ankündigen dürfe, längst in andern Umständen, ein Salvator Rosa, ein Anton Raphael Mengs, samt einem Raffael von Urbino, ein Paolo Veronese und Fra Bartolomeo di S. Marco, samt einem Tizian – Kolorit, Karnation, Projektion, perspektivische Vorgründe, Gruppierung, Idealismus und erhabenes Pittoreskes und tiefer Faltenwurf und höhere Seele in allem, dies sei es, was diese wahren Seelenmaler in ihren Porträten so ungemein auszeichne, daß Ihro Durchlaucht, die hohe Mutter des heutigen Erbprinzen, sich als ihre Mäzenin ausgesprochen; und eben dieser heutige hohe Tag ihrer Niederkunft befeuere ihn, für die Schützlinge der erhabenen Wöchnerin die Gnade der vorigen Maler auszuwirken, daß Ihro Gnaden ihnen ebenfalls säßen. – Dürf' er nach seinem eignen Gesichte schließen, das mehrere von ihnen zur Saldierung ihres Abendtisches gemalt und in welchem sie die kleinsten Züge so herrlich idealisierend hinaufgeschraubt, daß man ihn kaum wiedererkenne, wenn man es nicht wisse: so wiss' er sich nichts Schöneres und Idealischeres als ein Porträt vom Herrn Grafen, wenn dasselbe von solchen Idealisiermeistern hinaufgetrieben würde.»

Der Graf antwortete äußerst verbindlich: «Meine sehr geschätzten Herren, Ihrem Wunsche, mich abzumalen, biet' ich allerdings mit besonderer

Freude die Hand; und von Meistern, die sich so berühmte alte Namen zugeeignet, darf ich wohl Hohes und Höchstes erwarten. Mein Grundsatz war aber von jeher, keine Kunstschule ausschließlich hintanzusetzen oder aufzumuntern, sondern jede zu begünstigen. Daher sichere ich jedem von Ihnen für jedes Porträt so viel zu als früher den Künstlern der niederländischen Schule, nämlich zehn Louis. Die Sitzstunden werden künftig näher bestimmt.»

Man sieht aus der Rede, daß jetzt Nikolaus ohne besondere äußere Belehrung sich selber aus seinem anfänglichen Irrtum, als seien die Potter und die Denner in Lukas-Stadt lebendig zu haben, mit eignen Händen durch seine Kenntnisse der Kunstgeschichte herausgearbeitet. Da der Wirt auf seinen Fehlgriff gar nicht gemerkt hatte – so konnt' er ihn unter der Hand zurücknehmen. So werden hundert Irrtümer, so wie Einfälle, im gesellschaftlichen Platzregen nicht verstanden; man sieht erst hinterher, wenn man unnütz die einen zu verbessern und die andern zu erläutern denkt, daß niemand uns zuhörte als wir selber.

Ich versprach oben, nicht wieder mit Feuer zu malen; auch soll Wort gehalten und nichts von Freudensprüngen der italienischen Schule die Treppenstufen hinunter vorgebracht werden. Der Gastwirt sammelte sämtliche Entzückungen im Brennpunkte seiner eignen und bot der italienischen Schule seine niederländische Tabagie[183] auf den Abend in seinem Gasthof an; denn er liebte die

Kunst und die Künstler und den Grafen und sich wahrhaft; und versprach sich von der Vervielfältigung des gräflichen Gesichts eine noch größere der Stunden, die der reiche Nikolaus vor den Malern und in seinem Gasthofe versitzen müsse.

Hinter allen diesen Malern erschien bei Nikolaus ziemlich spät der eigene Hofmaler Renovanz; denn sein Kunsttrieb, für welchen kein Fürst und kein Graf ein Zügel oder eine Hemmkette war, hatte ihn in der Malerstadt umhergejagt, zu Kunstgenossen, zum Galerie-Inspektor und in die Galerie selber. Nikolaus konnte nicht genug eilen, dem Maler mit den Nachrichten alles dessen, was er an einem Vormittag für die Kunst getan, die größte Freude zu machen und es ihm zu sagen, wie er ganzen Malerschulen auf einmal zu sitzen versprochen. – Mehr und tiefere Stirnrunzeln hatte Renovanz dem Grafen nie auf seiner jugendlichen Stirn gezeigt: er verwundere sich darüber etwas, sagte er frei heraus – die Kerle seien Bestien, und kein einziger stelle ihn zufrieden, die Schelme aber aus der italienischen Schule am schlechtesten – dabei aber sei alles voll Neid gegen stärkere Künstler – und er selber habe heute bei dem Galerie-Inspektor, den er für einen wahren Kunstesel und Palmesel erkläre, auf dem ein Heiland der Kunst mit Mühe in das Jerusalem der Galerie einreite, am Ende mehr zum Gekreuzigtwerden als zum Königwerden, mit genauer Not drei von seinen Kunstwerken in die nächste Ausstellung zu schieben vermocht, weil man vielleicht einen ausländischen Mitkämpfer nicht gern auf der Palästra[184] ihrer schwächlichen welschen Schule auftreten sehe.

«Der Inspektor hat Sie aber doch», fragte der Fürstapotheker, nicht ohne einiges beleidigte und zornige Gefühl seines Stolzes, «sogleich aufgenommen, als er hörte, Sie wären mein Hofmaler?»

«Er hörte es nicht; ein Künstler zeigt bloß seine Kunstwerke, und damit will er stehen und fallen», sagte der Hohengeiser Stallmaler und erzählte mit Ingrimm, wie die Luxstädter Färber aus der italienischen Schule sich immer von den alten Meistern, nach deren Kopien sie kopierten, die Namen patenmäßig beilegten, wie etwa in Wien die Bedienten der Fürsten und Grafen sich wie diese selber nennen, so daß oft z.B. mehrere Metterniche und Kaunitze in *einem* Bierhause zusammen karten und ihre Herren erwarten. Am meisten erboste sich der Stallmaler über die zwei Luxstädter Raffaele, den aus Dresden und den aus Urbino, welche sich, mit solchen Glanznamen vor der Stirn, auch hinsetzen und im römischen Hofe auch porträtieren wollten. «Mein Bruder», setzte er hinzu, und Geschichtforscher dieses Kometen erinnern sich noch aus dem zweiten Bande dieser Geschichte des mitfahrenden zarten, schönen, phantastischen Jünglings unter dem Namen Raphael, «verdient wegen seiner höchst malerischen Visionen bei Mondschein wohl eher seinen Raphaelischen Namen; und wenn er sich nicht auf Praxis und Porträtieren einläßt: so tu' ich's doch, nenne mich aber ganz kurz weg Renovanz. – O die abscheulichen Prahlmaler!»

Nikolaus tat aus Mitleiden mit diesem ärgerlichen Selbgefühl ablenkende Fragen über die niederländischen Maler und über die Unterstützung des Fürsten; aber da Renovanzens neidische harte Darstellung den Ruhm dieser berühmten Kunststadt schmälern würde, so schildere ich lieber selber. Die Meister der belgischen Schule – wie sich die niederländische da nannte – ließen sich gewöhnlich, jeder von dem verstorbenen, dessen Schüler er war, z.B. von dem berühmten Balthasar Denner, aus der Taufe heben, und einer nannte sich z.B. Balthasar Denner; so wie gemeine Leute an Fürsten Gevatterbriefe schreiben, eines artigen Patengeschenks gewärtig. Andere belgische Meister, z.B. ein Hase, ein Sau, ein Laus, nannten sich nach ihren Stücken und liefen auch im gemeinen Leben auf dem Konventionfuß der Preistiere um, auf denen sie, wie Muhammed auf dem Esel oder wie in Rom die Kaiserseelen aus dem Scheiterhaufen auf einem emporgelassenen Adler, gen Himmel getragen werden. Andere Meister, welche der Gastwirt zum Porträtieren hergebracht, z.B. der sogenannte Säufer, der Bettler, der Fresser, ließen sich von ihren Meisterstücken dieses Namens, gleichsam die Väter von ihren Kindern, taufen, weil nicht zu verkennen war, daß sie solche nach dem Leben, nämlich nach ihrem eignen, gemalt.

Es wäre freilich gegen alle Natur des Menschen

und gegen die ganze Weltgeschichte gewesen, wenn beide Schulen, die Belgier und die Welschen, einander nicht tödlich angefeindet oder einander nicht zu vergiften, zu verpesten und zu brandmarken gewünscht hätten. Der einzige Hut, unter welchen sie zu bringen waren, war das Dach des römischen Hofes, wo allein sie ein paar Groschen auf Borg verzehren durften. Wie einmal in Paris die Piccinisten in einem Winkel der Theaterloge des Königs standen und die Gluckisten im Winkel der Königin[185]: so war auch hier der Lukas-Städter Fürst der Mäzen der Belgier und die Fürstin der der Welschen; denn natürlicherweise wird ein Mann lieber die Natürlichkeit und eine Frau lieber die Verklärung beschirmen.

Schutz nun erhielten auch die Maler reichlich und Lob hinlänglich; aber von Geld wenig oder nichts, wegen der die kleinen Fürsten so drückenden Armut an Papiergeld, das nur sehr große Reiche im Überfluß besitzen. Die Brotkrumen, womit sonst Pastellmaler die Druckfehler ihrer Gemälde wegscheuern, hätten den Malern schon zum Erschaffen der Schönheiten Dienste getan; denn in der Tat will ein Künstler – so wie, nach den heraldischen Regeln, im Wappen nach Farbe stets Metall und nicht wieder Farbe kommen muß – ebenso etwas wie Geld aufgelegt sehen.

Nun mag denn Renovanz in seiner stärkern Sprache fortfahren bei Nikolaus: «Diese Hungerleiderei ist nun das Motiv, warum das ganze luxstädtische Malerpack porträtieren muß; wo man nur steht mit ein paar Pfennigen im Beutel, wird man abgerissen oder abgeschmiert, und wer niemand zum Sitzen bekommt, der sitzt sich selber und guckt in den Spiegel. Für anderthalb Taler kann sich jeder bis aufs Knie gemalt erhalten, und fast in allen Haushaltungen hier hängt jeder an der Wand, der's kaum wert ist, daß er lebendig am Boden stehe. Glauben Sie mir als einem Künstler, unter allen den Kerlen, die Ihnen der höchst unwissende und höchst eigennützige Pabst (Wirt) empfohlen, ist vielleicht kein einziger, der heute etwas zu essen hat; lauter Lumpe, die nun auf Ihr Gesicht wie auf einen Brandbrief borgen.»

Zu des Stallmalers Erstaunen erwiderte der Graf: recht warm dank' er ihm für diese Nachricht zur rechten Zeit; jedes Wort sei ein Fürsprecher für die armen geldlosen Künstler; denn auf ihn könn' er mehr bauen als auf den hier vielleicht interessierten Wirt. Nun hab' er doppelte Gründe gewonnen, sich von beiden Armen-Schulen malen zu lassen und keine auffallend zu begünstigen. Er stelle sich jetzt die eingefallenen Gesichter der beiden Reihen von armen Teufeln, die er schon durch sein Versprechen so sehr ausgeheitert, recht lebhaft vor, wie herrlich sie aussehen und lächeln werden, wenn er gesessen und sie lauter Gold einstecken. «Bei Gott», setzt' er ganz im Feuer dazu, «schlüge ich auch einem einzigen Künstler mein Gesicht, etwa seines Pinsels wegen, ab: so würde mich dieser, das weiß ich, auf meiner ganzen Reise mit seinem eignen betrübten verfolgen und es mir ordentlich vorhalten. – Mein Grundsatz aber war in meinem ganzen Leben der und bleibt es auf der Reise hindurch, Herr Renovanz: ein Fürst muß den andern ergänzen, und was der ärmere nicht vermag, soll der reichere vergüten, und so werd' ich denn sitzen.»

Darauf blieb denn dem Hofmaler nichts zu tun, als seine Galle zu verdauen – die eigentlich sonst verdauen hilft – und ihre Ergießung nach oben zurückzuschlucken, da man bei Nikolaus die warmen Beschlüsse der Wohltätigkeit durch jeden Widerspruch nur anschüren, aber nicht abwehren konnte; und er hatte nichts Angenehmes mitzunehmen als etwa das für den gastfreien Wirt Unangenehme, daß der Graf beifügte, er werde natürlicherweise aus Zeitmangel nicht jedem einzelnen Maler sitzen, sondern jedesmal einer ganzen Schule zugleich.

Zweiter Gang
Spaziergang

Gegen Abend, vor Sonnenuntergang, ging er als bloßer Graf von Hasenkopf ein wenig in der festlichen Stadt umher, einfach, bloß von seinem Kammerhusaren Stoß und seinen drei Gelehrten, Richter, Worble und Süptitz, begleitet. Die Sonne hängte ihre rotglänzenden Tapeten des Abendrots, wie bei einem Feste, an den Häusern herab, und außer ihm und in ihm war viel Freude. Alle Welt sah ihn an und zog vor dem von Hacencoppen, ganz bekannt mitten im Inkognito, Hüte und Mützen ab; die Welt aber bestand teils aus den porträtierenden Akademikern und ihren Verwandten, teils aus ihren Gläubigern, endlich wohl auch aus einigen feigen Hasen, welche fürchteten, er nehme sie vielleicht in einem tollen Anfalle gar beim Kopfe, wenn ihrer bedeckt bleibe. Der Graf zeigte Verstand, daß er sogleich mit dem Hute unter dem Arm aus dem Gasthof heraustrat, schon auf das ewige Begrüßen vorbereitet. Da aus den obligaten Hutbewegungen, womit ein Gefolge in das Dank-Solo eines gegrüßten Großen einfällt, so viel auf diesen zurückzuschließen ist: so weiß ich keinen schönern Beweis von des Fürsten Popularität und Entfernung von allem Stolz als die äußerst verbindliche Weise, womit seine nachahmende Suite jeden mitgrüßte, besonders Richter und Stoß, und der Hofprediger griff unermüdet an seinen Hut, wiewohl mit einigem Verdruß, daß ihn die Gewissenhaftigkeit mitten unter so vielen Merkwürdigkeiten immer an eignen und fremden Filz zu denken nötigte. Bloß vom Reisemarschall merk' ich an, daß er, um sich und seinen Hut zu decken, unaufhörlich sich umsah.

Das Abend- und Festgetümmel war hübsch und groß. Die kleinsten Jungen schrien: «Vivat der Kleine!» und meinten den Erbprinzen; und die abgelöste Schloßwache sagte unterwegs ganz laut: «Unser alter Herr konnte, bei Gott! kaum mehr stehen, es kam aber bloß vom vielen Zechen des Mittags, und da hat er auch recht, man bekommt nicht alle Tage einen gesunden Erbprinzen.» – Da sich auf der Welt wohl niemand mit weniger Galanterie gegen das weibliche Geschlecht beträgt als dieses selber: so hörte der Graf überall Freudenausrufe von Weibern, welche Gott für die Gnade dankten, daß er das Land mit keiner Prinzessin heimgesucht. Der Fürst labte sich, ohne den geringsten Neid gegen den Erbprinzen und dessen Eltern, so innig an der allgemeinen Lust, als sei er selber gemeint. Der Kunsthändler, der im Morgennebel auf dem Kopfe sein waagrechtes Brett als einen Olymp voll Götter aus Gips herumgetragen, ging wieder mit dem Göttersitze durch die Gassen, und Nikolaus freuete sich, daß er im Nebel keinen einzigen Gott und Kopf verloren oder abgesetzt.

Da des Grafen ganzer Spaziergang durch die Stadt eigentlich zur Absicht hatte, vor dem fürstlichen Schlosse, das seinem Gasthofe gegenüberstand, bei der Rückkehr recht oft und nahe genug – doch nicht zu nahe oder etwa gar in der Schuß- oder Grußweite – vorbeizugehen: so ging er einige Male vorbei; und bei dem dritten Male sah er eine der anmutigsten und blühendsten Prinzessinnen, welche je im ältesten hundertjährigen Romane aufgetreten, an dem hohen Schloßfenster stehen und ihr kurzes vergoldetes Sehröhrchen (es war gewiß ein seltner Ramsden[186]) nach einem Reiter richten, welchen Hacencoppen wenig wahrgenommen. Der Reiter hatte sich eben in kurzen Galopp, nach den aufgerichteten Füßen des Pferdes zu urteilen, gesetzt und wollte aus dem Springbrunnen, worin er in Bronze stand, in das Schloß einsprengen oder doch davor paradieren. Der Mann war, wie leicht zu denken, nichts als eine glänzende Bildsäule zu Pferde, welche so martialisch und ähnlich, als Gußform und Gußofen zugelassen, den seligen Vater des regierenden Herrn, wenn nicht letzten selber, abbildete.

Nikolaus wurde auf der Stelle so wunderlich von der Schönheit der Prinzessin bewegt, als säh' er etwas längst Bekanntes, das er jedoch nicht sogleich erkenne. Er fragte den Reisemarschall, der auf der Reise alles wissen mußte; es war aber bloß eine fremde Prinzessin, inzwischen nicht die, die er im Hofwagen anstatt der Hebamme vorausgesetzt, sondern eine schon längst angelangte, zur Pflege der hohen Wöchnerin vielleicht. Jetzt schloß das durch den Ramsden guckende Gesicht auf einmal das linke Auge auf, das bisher nicht von dem Zeigefinger, sondern bloß von dem Augenlide zugedrückt worden, und zwar ohne die geringste Verrückung der schönen Züge; – wobei ich nebenher versichern will, daß diesen einäugigen Augenlidzug wohl wenige Leser ohne den sichtbarsten Nachteil ihrer Schönheit, ohne einen zänkischen Runzelkranz am Schließauge und überhaupt ohne das verdrießlichste Aussehen von der Welt nachbringen würden. – Himmel! welch reizendes Gesicht! – Ich meine nicht der wenigen Leser, sondern der Prinzessin ihres.

Als sie aber vollends ihr Auge aufdeckte: so hob auf einmal aus des Grafen nächtlicher Jugendzeit sich das Bild der einen von den vier Freundinnen Amandas herauf, welche damals der Venus am ähnlichsten geschienen. Er mußte für sein Augenpaar noch das fremde schöne haben, zum Wiedererkennen. Eine aus der Halbjugend in die Volljugend Hinübergeblühete ist gleichsam ein blumenvolles Frühlingtal, vom Sonnenschein aufgedeckt, das man vorher in der Nacht, bloß bei Mondlicht, mit schlafenden Blumen gesehen. – Er geriet außer sich vor Liebe gegen die – Wachsbüste zu Hause; die vollblühende Prinzessin war eine Zauberrose an Amandas Brust. Stets mußte er – dazu war er gemacht – in Reflexen oder Widerscheinen entbrennen und lieben.

Endlich wurde die fremde Prinzessin die auf der Gasse hinaufblickenden Herren gewahr; und mußte sich natürlicherweise umkehren. Das erste, was der Graf nach ihrem Umkehren vorkehrte, war, daß er es auch tat und den Reiter anschauete, welchen sie angesehen. Sein Herz war nun in Bewegung gebracht und wogte fort – der alte Steinfürst schien ihm immer mehr seinen künftigen Vater und die erste Umschließung von dessen Armen vorzumachen, und je länger er an ihm herumsah, desto mehr war ihm am Ende, als könn' er eiligst vom Pferde springen, um in der ersten väterlichen Entzückung des Findens seinem feurigen Sohn, der dessen Knie umfassen wollen, geradezu ans Herz zu fallen. Er hätte – wenn es sein Stand gelitten – in den Springbrunnen steigen und bis zur Bildsäule waten mögen, um nur sich zu kühlen und die Hand auf ihren Fuß zu legen.

So schwamm er vor der Abendsonne in einem unbeschreiblichen, aber milden Freuen, ohne akademischen Seelenlehrern recht angeben zu können, was er Namhaftes dazu vorbekommen; unter den spielenden Sonnenstäubchen und Abendmücken haftete er in dem warmen Goldstaubregen, wie die Schwebfliege an einer leeren Stelle in der Luft, fest, sah aber bald nach dem Schloßfenster, bald nach dem Reiter. Wenn er es aber schon jetzt so treibt: so wird es mir, wenn ich den Fund der wirklichen Amanda und des wirklichen Vaters selber zum Beschreiben erlebe, sauer genug werden, seinen Entzückungen dabei mit dem Pinsel nachzukommen.

«Jean», sagte er und kehrte sich gegen Stoß, «du erscheinst heute abend früher und ziehst mich aus.»

«Ausziehen, Seine Durchlaucht? – Ja!» versetzte dieser; denn er wiederholte jeden Befehl fragend und fügte dann spät sein Ja bei, als ob er etwas dagegen zu erinnern hätte, in Wahrheit aber, weil er das Vergnügen des Gehorchens recht durchschmekken wollte.

Als eben ein paar vorbeigehende Mädchen den

Reisemarschall recht aufmerksam ansahen, als ob sie sagen wollten: «Ist das nicht der Spitzbube, der arge Nebelstern oder Irrstern am Morgen?» – und als der Stößer auf einmal rief: «Alle diable! drunten kommt der verfluchte ewige Jude in seinem Lederhabit und sieht uns», so verfügte sich das ganze Gefolge in den Gasthof zum römischen Hofe hinein. –

Unter dem ewigen Juden hatte Stoß den seltsamen Mann gemeint, der am Morgen, ganz in Leder gekleidet, sich vor dem Grafen den Fürsten der Welt genannt.

Dritter Gang

Abendessen – Stiefelknechte – und Stoß

Es kommt darauf an, ob eine Dienerschaft lieber einem vornehmen Herrn in die Seele sehen will oder lieber einer vornehmen Frau. In jenem Falle helfe sie *auskleiden,* in diesem *ankleiden.* Um mit der Kammerjungfer anzufangen: so entschleiert sich ihr die Seele der Gebieterin mit jeder Hülle, womit sie den Körper einschleiert, und jedes Putzstück, besonders die Art, es anzulegen, die Eile und die Weile dabei, ist ein durchsichtiger Fenstervorhang oder Jalousiefenster des Innern der Frau; so daß ich jede Schmucknadel (was jede Stecknadel auch ist) eine Magnetnadel nennen kann, welche die Herzpole zeigt. – Kurz, die Kammerjungfer kann unter dem Heften, Falzen und Einbinden des anziehenden weiblichen Buchs bequem in die Blätter selber hineinblicken und hat noch dazu an den Nachrichten für die Buchbinderin (sie sind nur halb so dick als das Werk selber) genug zu lesen und zu ersehen.

So zeigt ihr denn die Dame bei dem Ankleiden sich und alles Innere, worin die Jungfer, wenn es auf mein Wünschen ankäme, nicht zuweilen sollte Übermut und Unmut, Reiz und Gefallsucht und Härte und Kleinlichkeit antreffen können. Inzwischen muß ich's dennoch glauben, wenn sogar eifrigste Verehrer hoher Damen mich versicherten, sie sähen lieber eine in der Badewanne (sie zeigte weniger Fehler) als *vor* dem Waschnapf oder mitten unter allen Schönheitwassern. Ich will leichter ein Held vor dem Kammerdiener sein als eine Heldin vor der Kammerfrau.

Hingegen das *Auskleiden* in der Nachmitternacht wirft nur wenig Psychisches ab für eine Jungfer, zumal wenn man die Eilfertigkeit der Dame bedenkt, die sich kaum so viele Viertelstunden zum Entpuppen nimmt, als sie vorher Stunden zum Verpuppen gebrauchte, und besonders bei dem Nachträumen der Vergangenheit, gekettet an ein Vorträumen der Zukunft (woran ich gar nicht einmal gedacht) – bei solchen Umständen, wo die Dame nichts sucht als ihr Bett, ist wenig zu erfahren, als bis sie wieder aus diesem heraus ist.

Ganz anders der vornehme Herr! Dieser kommt mit vollem Herzen und vollem Kopfe nach Hause und hat des Tages Lasten und Freuden überstanden und spricht, zumal wenn er's noch kann, lieber ein Wort zu viel als zu wenig. – – Dieses kann der Kammerdiener auffangen und so Leib und Seele miteinander enthüllen, zumal da bei unserem Geschlechte Auskleiden nicht viel kürzer dauert als Ankleiden.

Weder das Lever noch das Coucher des Fürstapothekers bestand bisher aus den vielen gewöhnlichen diensttuenden Kammerherren und Leibpagen anderer Fürsten – hierin hielt Hacencoppen mit andern Monarchen gar keine Vergleichung aus –, sondern alles war und tat der Stößer Stoß mit einigem Stolz. Desto erfreueter war er, daß er bald kommen und sich viel früher hinstellen durfte als den Stiefelknecht.

Vorher speiste man, und der Tafel- und Salon-Knecht, der Wirt, trug mit dem Suppennapfe zugleich die Bitte der einen unten trinkenden Malerschule, der belgischen, vor: «Herr Graf von Hacencoppen möchte die Stunden Dero Sitzens anberaumen, je bälder, je lieber; denn die Geburt des Erbprinzen habe die große Ausstellung zu nahe angerückt, und jeder Künstler wünsche nichts mehr, als das Porträt des Herrn Grafen bei dem allgemeinen Maler-Wettkampfe mit aufzustellen.»

«Morgen vormittags sitz' ich bestimmt der ganzen Schule», resolvierte Nikolaus. Pabst merkte höflich, aber frei an, der Belgier seien ihrer sechzehn an der Zahl, und da brauche wohl jeder seine volle Stunde. «Aber ich will», versetzte der Fürst lebhaft, «ja allen zugleich sitzen, vorwärts und links und rechts, im Vollgesicht, im Profil, im Halbprofil, im Drittel-, im Viertelprofil, und da, wo es nicht weiter zu machen ist, mögen die übrigen hinter mir mich aus den Spiegeln abkonterfeien, wie von jeher die größten Maler bei ihren eignen Gesichtsitzungen tun mußten; denn man braucht nur etwas von der Kunst zu verstehen, so sieht man die Leichtigkeit der Sache.»

Mit der größten Dankbarkeit und Lobpreisung, so wie mit der stillsten Verdrießlichkeit (über das Ineinanderschmelzen der Sitzstunden), trug der Wirt seine abgeleerten Teller und – Aussichten hinunter zur Schule, brachte aber hinter einem graulichten Hechte – der seinen Schwanz, als das beste Stück, selber zwischen den Zähnen hatte – wieder neue Entschuldigungen und neue Bitten hinauf: «Außerordentlich, Herr Graf, zu schätzen», fing er an, «ist allerdings die belgische Schule, welche so treu der Natur auch die kleinsten, ja die unsichtbarsten Züge abstiehlt, jedem Gegenstande, auch dem verächtlichsten, ein ewiges Leben einflößt durch Leinwand samt Pinsel, und ewig wird sie daher von wahren Gönnern und Kennern geschätzt und gestützt. Aber dieselbigen wahren Kenner oder noch mehr die von der entgegengesetzten Künstler-Bank werden auch zugestehen, daß das weite und breite Reich der Kunst noch bei weitem nicht durch sie erschöpft ist – es gibt hohe Formen – es gibt große Partien – hohen Stil – Ideale – geistreiche Behandlung – entzückende Farbentöne – überhaupt etwas Überirdisches im Kontur, kurz was Sie, Herr Graf von Hacencoppen, als Kenner am besten bewundern, und wovon ich statt aller Worte immer am liebsten meinen einzigen Raffael von Urbino anführe. – Wo aber sind alle diese malerischen Göttergaben vereinigt zu finden als in der welschen Schule allein, die deswegen sich auch gebildet hat? Fünfzehn Meister dieser Schule nun, welche heute unten in meinem zweiten Schenkkabinette sitzen, nähren gleichfalls keinen innigern Wunsch, ja keinen idealern als den, Ihro Gnaden im allerbaldigsten abzukonterfeien; denn sie können wahrlich – das hör' ich so oft, als ich einen Kork ausziehe – ganz unmöglich der zweiten Schule die Ehre lassen, daß sie allein im Bildersaale dasteht und feilsteht mit Ihrem großen Bildnis in der Ausstellung; sie wollen auch dabei sein und sich zeigen.»

Nikolaus versetzte: «Gern und parteilos sitz' er sogleich morgen nachmittags auch den andern Meistern auf einmal.» Außer der fürstlichen Sitte, alles recht eilig dazuhaben und wegzuhaben, die ihm auch ohne Krone angeboren war, befolgte er hier noch seine eigne andere, daß er nie einen Menschen auf etwas warten lassen konnte, schon aus eigner Ungeduld; – und hier war's ihm schon zu viel, daß entweder die Welschen auf die Belgier oder diese auf jene passen mußten.

Der Wirt Pabst trug seine abgeleerten Teller und Ernteaussichten hinab in das zweite oder italienische Schenkkabinett, wurde aber von ihm zum

Grafen zurückgejagt und vorher, soviel dasselbe auch bei ihm geborgt, aus Kunstliebe stark angefahren, daß er viel zu einfältig gewesen und mit so weniger Kenntnis der Malerei unterhandelt habe, daß er sich Abendlicht für Morgenlicht aufbinden lassen. Er brachte dann dem Grafen tausend Entschuldigungen der Maler, die er, wie seine Getränke, ihnen lieh, und die untertänige Bitte um eine vormittägige Sitzung, wegen des bessern Lichtes, hinauf.

«Ich setze voraus», antwortete der Graf, «daß man sich unten der inständigsten Bitten um mein baldiges Sitzen noch erinnert; bloß deshalb hab' ich gewillfahret, ob ich gleich ein tagelanges Sitzen in einer Stadt nicht liebe, wo mich so vielerlei erwartet.» –

Hat nun ein Fürst an einem einzigen Tage so viele Hoffnungen teils erfüllt und gemacht, teils selber geschöpft: so ist er etwas müde und sehnt sich mit Recht vor dem Bettgehen nach seinem Stößer zum Ausziehen, den er vorher zum rechten Sattessen und Sichselberaufwarten in den Speisesaal hinuntergeschickt. –

«Jean! um des Himmels willen den Stiefel gehalten», rief er dem eintretenden Stößer entgegen; denn er hatte wenig anders mehr an. Zwar wollte er jeden Abend sich vornehm und ordentlich ausziehen lassen, konnt' es aber vor fürstlicher und pharmazeutischer Ungeduld nie dahin bringen, daß er's erwartete.

«Um des Himmels willen den Stiefel gehalten», hatt' er gerufen ..... Schwerlich erhalt' ich in diesem ganzen Werke eine bessere Veranlassung als hier, einmal ein Wort zu seiner Zeit auszusprechen über einen Gegenstand, den eine gute Feder wohl früher als manchen anderen im allgemeinen gothaischen Anzeiger hätte beherzigen sollen, nämlich über die schlechten Stiefelknechte in deutschen Gasthöfen. Noch immer sieht man sie bedeutend unter dem Grade von Vollkommenheit stehen, welche andere Werkzeuge in Europa, wie sogar Schuhbürsten, Stiefelzieher, Stiefelhölzer und deren Wichse, längst erstiegen haben. So schmale Stiefelknechte, daß man auf ihnen nicht auffußen kann, oder solche, mit dem Fußboden auf *einer* Ebene liegend, berühr' ich nicht einmal; aber wenn es zwei Wechselbälge von solchen Knechten in den Wirtshäusern gibt, wovon der eine Balg unendlich eng ist und der andere unendlich weit: so kann man einen Schluß machen.

Und doch könnte ein Mann am Ende in die Kneif- und Beißzange eines zu engen sich vielleicht finden, zumal mit Schnürstiefelchen; aber wenn er nun schläfrig oder eilig auf einem Stiefelknechte wie auf einem Gabelwagen steht und seinen Fuß als Pferd in der Gabel hat und damit ziehen will, luftig aber und leicht, wie aus einem Freihafen, wieder herausfährt – weil er keine Kurierstiefel und keine Fußsäcke anhat –, wenn vollends ein solcher Fußmärtyrer keinen lebendigen Nebenknecht und

Oberdiener neben diesem untersten zur Seite besitzt, sondern am Ende zwischen die Stubentüre und den Türpfosten das Bein klemmen und auf solche Weise (er drückt nach dem Gesetze der Mechanik einige Fuß tief unter dem Schlosse die Türe grimmig gegen seinen Fuß) als sein eignes magnetisches Hufeisen ziehen und ausziehen muß: so wundre sich nur niemand, daß ich der Reisende bin und mein Bein aufhebe und vorzeige und frage: setzt man denn gar keinen männlichen Fuß mehr in der Welt voraus, der etwas niedlich ist und doch stark genug und den man als Konventionfuß für alle Stiefelknechte feststellen könnte? Ein allgemein gesetzlicher Kegelschnitt ins Holz täte hier Wunder. – Aber diese Klage reiht sich an die Klage überhaupt über alle Knechte und Dienstboten und Sklaven insgesamt, die jetzt alle auf zu großem Fuße leben, ja von welchen immer mehr eingehen – wie Baderknechte, Landsknechte etc. –, so daß, wenn es in Griechenland und Rom wie in den westindischen Besitzungen gewöhnlich mehr Sklaven als Freie gab, bei uns zuletzt die Zahl der Freien die Zahl der Sklaven gänzlich übersteigen muß. –

Auf dem gähnenden Stiefelknecht wartete, wie gesagt, Nikolaus auf einen lebendigen – wozu freilich der Gastwirt Pabst, als Knecht aller Knechte, im eigentlichen Sinne geboren war –, als sein Leibhusar Stoß eintrat und ihm sogleich die Spitze hielt, nämlich dem Stiefel. Stoß sagte etwas verdrießlich, da er dem Fürsten gar nichts weiter auszuziehen hatte: «Das andere hätte unsereins auch tun können», und half ihm nicht in, sondern auf das Bett.

«Niedergesessen, Leibhusar!» fing der Graf an. «Aber was sagst du zu allem? Trifft's nicht Wort für Wort ein, was ich dir einmal auf dem Romer Kanapee von meinem Fürstenwesen vorausverkündigt? Und doch sind wir erst in Lukas-Stadt. Hättest du dir aber einen so glänzenden Empfang bei meinem bloßen Inkognito vorgestellt, das Glockengeläute, das Schießen und die Leute überall, die uns so nachsehen? – Oder hättest du dir träumen lassen wie ich, daß eine Prinzessin mir hierher an den Hof vorauseilen würde, aus recht guten Gründen? Denn ich sage dir, sie ist mir eine Art wirklicher Vorhimmel.» (Der Stößer hob vor Freuden die ausgebreiteten Arme in die Höhe.) «Sei doch still! – Und sage mir, was sagst du in deiner Einfalt dazu, daß alle hiesige Malerschulen unter allen Gesichtern keines zur Ausstellung liefern wollen als meines? – Ist aber nicht gerade auf mein Gesicht meine ganze Zukunft und Krone gebaut? – Wie, Jean? Gerade heraus damit!» (Dieser steckte sogleich beide Hände ein und schüttelte damit die Taschen und den Kopf und den Oberleib vorwärts, um gleichsam ein allgemeines Körper-Zunicken zu geben.) «Ich bin dabei nur begierig, wie sich Rom schämen und benehmen wird, das mich in den letzten Tagen so schmerzhaft verkannte, daß ich wahrlich immer daran denken muß, um es nur zu vergessen.» (Hier fuhr Stoß vom Sessel auf und drohte mit geballter

Faust ernstlich nach der Stadt Rom hin und sagte: du!) «Husar! Noch einmal möcht' ich erinnern, sprich weniger! – Und so bin ich denn heute so recht nach Herzens Wunsch und über meine Erwartung hinaus glücklich geworden. Nur würd' ich es noch stärker werden, wenn ich es recht glaubwürdig und ausführlich vernähme, daß es auch allen meinen guten Leuten, die mir so anhänglich auf meiner Lauf- und Rennbahn nachgefolgt, nach Wünschen ergangen, dir aber besonders, alter Jean, und es wäre wohl ein kleines Dankzeichen, wenn du nur endlich den Mund auftun und nur etwas darauf antworten wolltest.»

«Alle diable! Will ich denn nicht reden, bis der Morgen graut? Und kann es jemand besser haben in der Stadt als ich! Den ganzen Tag geh' ich darin mit meinen goldnen Tressen herum, ob es gleich ein Werkeltag ist, und zeige mich. Die andern Herren haben es besonders herrlich und trinken, soviel sie wollen, und lassen sich ihr Essen bringen. Am meisten wundert's mich aber, daß unten zwei Stuben voll Anstreicher oder Malerleute sitzen und grausam jubeln, Ihnen zu Ehren. Gehören denn die zu unserer Suite? Ein ganzes halb Schock sind ihrer.» – Stoß hatte nicht im geringsten das verstanden oder beachtet, was Nikolaus von seinen Malern gesagt.

«Jean!» versetzte Nikolaus mit dem frohesten Gesichte von der Welt und im Zimmer, «morgen malen mich ja die einen sechzehn auf einmal ab, übermorgen aber die andern fünfzehn; auf das freuen sich nun die guten Leute so sehr.»

«Kann denn nicht *einer* allein Ihr Gesicht zustande bringen?» fragte Stoß, welcher glaubte, das halbe Schock arbeite es in Compagnie aus und teile sich in die Gliedmaßen für den Pinsel. Als er über seine einfältige Hypothese zurechtgewiesen war, gebar er die noch einfältigere Frage, was denn ein Mensch mit einunddreißig Gesichtern von sich anfangen wolle, zumal wenn er sein eignes noch habe.

«Page», fing Nikolaus ernstschwer an, «ein Fürst unterstützt die Kunst, zwar auf jede Art, aber durch Porträtmalerei am liebsten. So ist die Sache schon an und für sich. Geh aber weiter, Page! – Nur kannst du über viele Dinge gar keine Einsicht haben – – Bejah es nicht und störe mich – – Ließe ich demnach zehntausend Schock Bildnisse von mir verfertigen, und zwar teils auf Silber oder gar auf Gold, und gäbe die Porträts herum: wahrhaftig, niemand bekäme ihrer genug. – Ich wollte aber etwas anderes fragen; denn natürlich hat jeder Geld lieb, indes ist die Sache immer die, daß der Kopf eines Fürsten nicht oft genug abgebildet und repräsentiert werden kann, da er selber so viele tausend andere Köpfe repräsentiert, die er beherrschen muß. Sogar abbildende Geldstücke sind ihm nicht einmal genug, wenn er jemand mit sich selber beschenken will, sondern er beehrt ihn etwa mit einer Tabatière, auf welcher sein Bildnis im großen steht, obgleich oft unten darunter eine Menge seiner verkleinten Gesichter in der Gestalt von Goldstücken liegen mögen. – Bei mir aber hat es noch die höchst wichtige Bewandtnis, Jean, daß ich, eh' ich mich auf Münzen oder Münzen auf mich schlagen lasse, darauf zu denken habe, vorher zweien der größten und geliebtesten Personen auf der Welt, meinem durchlauchtigen Vater und meiner durchlauchtigen Geliebten, mein Bildnis, das sich nun durch die einunddreißig Maler zu Hunderten ausbreitet, vielleicht in die Hände zu spielen. – Ich denke mir's, wenn denn nun die Allergeliebtesten auf einmal mein Porträt zu sehen bekämen .... –»

«Ciel!» versetzte Stoß, «sie wären des Teufels lebendig und wüßten gleich, wen sie vor sich hätten, wenn Ihro Durchlaucht selber nachkämen und aufträten.»

«Und da die Künstler natürlicherweise ihre morgendlichen Kunstwerke in der großen Ausstellung mit aufhängen: so ist es höchst wahrscheinlich, daß die fremde Prinzessin, die im Schlosse ist, sich erinnert, mich in Rom neben einer ihrer hohen Freundinnen gesehen zu haben, und darauf die Freundin oder mich von manchem benachrichtigt.»

«Morbleu!» versetzte Stoß, «auf mein Wort! Die Prinzessin hat Sie ja ohnehin schon heute am Schloßfenster beschaut, durch das Spektiv.» Nikolaus, der, wie gesagt, alles nur bei Widerscheinen sah und bei Widerhallen vernahm, hatte vor lauter Zukunft gar nicht ans Heute gedacht.

«Denn überhaupt», fuhr er ruhig fort, «muß ich

besser erfahren, was der hiesige Hof von mir denkt.»

«Ei, das weiß ja der Hof selber noch nicht», sagte der Stößer, der bloß an den römischen Gasthof dachte. «Der Wirt wollte wohl mich hinten und vornen aushorchen, aber ich pfeif' ihm was. Bloß dem redlichen Kellner hab' ich's entdeckt, wie ich's mit meinen eignen Ohren vernommen und wie ich Dero Durchlaucht Vater selber gesehen, als er in der Apotheke Sie höflich invitiert, ihn einmal bei Gelegenheit zu besuchen auf seinem Throne; und Ihr Herr Vater wäre Ihnen wie aus dem Auge geschnitten, besonders an der Nase. Und an einen Grafen Hasenkopf sei bei der ganzen Sache bei Ihnen gar nicht zu denken.»

«Es verschlägt wenig, Ihr unpolitischer Jean», versetzte der Graf, «mein hiesiges Inkognito ist ohnehin nur Schein, und jeder weiß ganz gut, wer ich bin. Jetzt sieh endlich einmal nach dem faulen Heinz und danke Gott in deinem Abendsegen für alles, was dir hier schon begegnete und begegnen wird.»

«Nur der verfluchte ewige Jude in seinem Ledersacke soll mir nicht begegnen; der hat etwas gegen Fürsten und derengleichen und sah mich heute schon dreimal an, der Satan.»

«Dem stehe ich schon», sagte der liegende Nikolaus, welcher in sein heutiges Abendrot keinen Pechdampf wollte ziehen lassen, sondern sich in Nachträumen der Vergangenheit und Vorträumen der Zukunft so lange einsenken, bis er von der Nacht einen der herrlichsten Träume von der Gegenwart erhielte – und am Ende überkam er auch den, daß er vor *einem* Maler sich selber mit sechzehn Leibern und zweiunddreißig Armen sitzen sah, welche sich sämtlich zu einer artigen Gruppe verflochten.

Achtzehntes Kapitel in drei Gängen

Worin zweimal gesessen wird und einmal fehlgegangen

Erster Gang

Die belgische und Nürnberger Arbeit – Worbles Tischreden

Es kam zeitig genug die belgische Schule, sechzehn Mann stark, damit die Kunst, nämlich jeder von ihnen, mit zehn Louis glänzend vom Fürsten unterstützt würde durch Sitzen. Die größten niederländischen Meister in ganz Lukas-Stadt, ein Denner, ein Potter, ein Ochs, ein Esel, ein Laus u. s. w., zogen mit ihren Arbeitkasten die Treppe hinauf und der Wirt Pabst ihnen voran, als ihr Leo X.[187] – als ihr monte di pietà[188] und Gemeingläubiger – als ihr Oberhofmarschall, der sie einführte bei dem Grafen. Die Schule zersetzte sich wieder in vier Malerstoffe, in Miniaturfarben, in schwarze Kreide, in rote Kreide und in chinesische Tusche. Übrigens sah ihre Selber-Draperie nicht so glänzend aus wie die niederländische ihrer Figuren, sondern mehr etwas bettelhaft. Sie waren ihre eignen Gliedermänner, mit Lumpen und Studien behangen; und bei ihren angezognen Gewändern sah man, was man an den raffaelischen rühmt, in der Falte der gegenwärtigen Bewegung nicht etwa bloß die Spur der nächst vergangenen, sondern eigentlich gar keine andern Spuren als längst vergangene.

Darüber staun' ich gar nicht; zieht ein großer Gewändermaler sich elend an, so ist's so viel, als wenn eine meisterhafte Malerhand, nach Lavaters Bemerkung, gewöhnlich eine unleserliche schreibt. Denn dies ist wieder nicht verschieden vom Falle trefflicher Dichter und Prediger; – wie man guten Schweizerkäse nicht in den Schweizergasthöfen, sondern im Auslande bekommt, oder gute Rheinweine nicht am Rheine, oder den besten französischen Wein nicht in Frankreich, sondern außerhalb ihrer Pflanzstätte: so hat man auch nicht bei dem moralischen Dichter und Prediger selber gute Eigenschaften, Milde, Liebe, Religion und Erhebung zu suchen, sondern mehr in seinen Lesern, welche das Ausland von ihm, wohin er alles versandte, vorstellen; und ein Engländer konnte sich recht gut unter dem Galgen an einer Predigt des berühmten Doktors Dodd erbauen, während man den Kanzelredner selber daran knüpfte. – –

Der Graf schickte die nötigsten passenden Worte voraus, welche nicht sowohl den Kenner als –

was richtiger war – den Gönner der Kunst verrieten, und es war schmeichelhaft für jeden und ihn selber, daß er sich den zweiten Kaiser Karl den Fünften nannte, der auf allen seinen Reisen einen Maler mit sich führte und der von Tizian dreimal die Unsterblichkeit empfangen zu haben versicherte, nach seinem dreimaligen Abmalen; und er setzte hinzu, er dürfe vielleicht auf eine noch öftere Unsterblichkeit rechnen. Das Platznehmen und Lichtzuschneiden machte viele Not. Nur Hacencoppen war leicht in die Mitte des Saals gesetzt, großen Spiegeln gegenüber – um ihn herum stellten sich die Tischchen der verschiedenen Meister, aber nur einige konnten ihn im Vollgesicht ergreifen – andere bloß im Dreiviertelprofil – mehrere im Halbgesicht – ein paar im Viertelgesicht, und die vielen hinter seinem Rücken hatten gar nichts von vornen zu sehen; – diesen aber waren jedoch Spiegel gegenübergehängt, so daß aus letzten wieder Vollgesichter und Dreiviertel- und Halbgesichter äußerst bequem herauszumalen waren.

So fing denn das Konterfeien an allen Enden und Ecken mit Eifer an; denn in einen einzigen Vormittag wurden die sechs Schöpfungstage seines Gesichtes zusammengepreßt. In derselben Viertelstunde wurd' er sechzehnköpfig – wenn man seinen eignen Kopf für keinen rechnet – und bekam sechzehn Stirnen, entweder aus schwarzer Kreide oder aus roter oder aus Tusche oder sonst.

Als man an seine sechzehn Nasen kam: so stellte

er – und noch vorher bei der Stirne – richtige Grundsätze über Porträtmalerei auf, teils um in sein Sitzen hinein zu sprechen und solches sich zu erleichtern, teils weil er seine recht guten Gründe dazu hatte, nämlich seine zwölf Blatternarben. Er brachte vor, wie sehr gerade ihre Schule den Kenner befriedige, der sich oder jemand anders malen lasse, weil er von ihnen doch eigentlich kein Scheinbild seiner selber erhalte, sondern ein wahres, nichts Hineingepinseltes, nichts Herausgepinseltes, nichts Vertuschtes, sondern gerade nur das, was er selber sei. – Und eben dieses Selbst sei es ja, was der Liebende im fremden Bildnis allein aufsuche. – Niemand werde sich einen schönern Vater wählen, als sein wirklicher sei, und ebenso geh' es mit dessen Bildnis; und wenn ein Swift und Descartes sogar an den Geliebten selber das Schielen oder andere (St. Preux an seiner Julie[189]) sogar die Blattern selber reizend fänden: wieviel leichter natürlich an den bloßen Porträten. – Und er bedaure nur, daß gerade die unschuldigen Fürsten so leicht, so flach, so unkenntlich auf ihren Münzen erschienen, bloß durch lauter Schönkünstelei. –«Meine Herren, nur keck zu, nur redlich keine einzige Pokkengrube weggelassen, und wären ihrer ein ganzes Dutzend», endigte er fein genug; denn gerade diese zwölf Narben sollten zwölf himmlische Zeichen werden, worin ihn auf seiner Sonnenlaufbahn der Vater zu finden hatte.

Es war daher sehr verständig von ihm, daß er mit

seinem Vollgesicht gerade dem herrlichen und in ganz Lukas-Stadt berühmten Balthasar Denner saß, welcher, wie schon gedacht, über ein Bild von sich das Mikroskop sogleich mitgemalt, durch welches man die feinsten und unsichtbarsten Züge ganz sichtbar und vergrößert erblicken konnte. Hacencoppen verlangte von ihm, er solle auch über sein Porträt ein gezeichnetes Vergrößerglas anbringen, jedoch mög' er's nur über die Nase halten, und sogar dies nur so, daß nicht die Nase unendlich vergrößert würde – was schlecht im regelmäßigen Gesicht ausgesehen hätte –, noch auch die Pockengruben – welche dann noch unförmlicher, als zwölf Herzgruben oder waagrechte Nasenlöcher oder als Diamantgruben erschienen wären –, sondern alles sollte unter dem Mikroskop sich so ausnehmen, wie es in der Natur sei, nämlich als eine ordentliche vernünftige Menschennase, nebst ein Dutzend Blatternarben, «wenn ich anders richtig gezählt», sagte Nikolaus.

So bekam er denn fast in *einer* Stunde mehr lange Nasen als ein anderer in seinem ganzen Dienste; denn sein Gesicht brach sich in den Wellen der Farben sechzehnmal. Ich will dies nicht reichlich nennen; denn da der kleine Dresdner Kirschkern hundertundachtzig eingeschnittene Gesichter zeigte, so keimten freilich aus seinem Gesichtkern ein Hundert weniger Gesichter auf, was absticht, wenn ich auch das morgendliche Treibhaus der welschen Schule mitrechne. Zwölf Gruben, nicht weniger oder mehr, und jede in angeborner Reihe, schlug Balthasar Denner bergmännisch – dies war vorauszusetzen, aber es muß doch zu seinem Lobe hier allgemein bekannt werden – auf der Nase unter dem Glase ein, bloß treu der Kunst, bloß folgsam der Natur, ohne ein Wort zu ahnen, daß diese Blattergruben Gold- und Silbergruben des Fürsten sind und daß dieser ohne die Blatterpunkte für seinen Vater bloß ein unpunktiertes Alttestament bei allen seinen sonstigen Lesemüttern oder Matribus lectionis bleiben würde.

Indessen wünscht' ich, daß über Denner nicht ein Ochs vergessen würde, ich meine nicht den frühern französischen Gesandten in der Schweiz, sondern den zweiten Paul Potter in Lukas-Stadt. Wenn nämlich der erste Paul Potter eine pissende Kuh, wie Myron[190] eine säugende, gleichsam der Bundlade seiner Unsterblichkeit vorspannt, und jede Kuh so berühmt ist, wenn auch nicht so erhaben und gesucht als die Pisse-Vache – wie die Schweizer in ihrer Viehweidesprache den bekannten Wasserfall pomphaft genug nennen –: so stellte der Lukas-Städter Potter einen pissenden Ochsen neben den Evangelisten Lukas von solcher Vollendung auf, daß man nicht bloß den Evangelisten über sein Tier (wie oft in den Heiligenlegenden umgekehrt) vergaß, sondern auch auf den Maler den Namen des Viehes übertrug. Es brach der Galerie-Inspektor in seinem Programm über die vorjährige Ausstellung, wo er eben den Preisochsen öffentlich und ästhetisch schätzte, in eine solche Bewunderung aus, daß er spricht «von einer Nische, von einem Heiligtum, das die herrlichen vier Beine des Viehes als Säulen bilden». Fast zu feierliche Redensarten, die bloß ein Goethe, und zwar nur bei der Darstellung von Myrons Kuh mit dem Kalbe, sich wörtlich so erlauben konnte.

Aber eben der Schöpfer und Namenvetter des genialen Ochsen stellte auf Hacencoppens Nase, ob er sie gleich nur in Miniatur nachmalte, den ganzen Pocken-Zwölfpunkt – wenn ich aus Scherz den Grafen nach der Doppel-Ähnlichkeit mit dem Käfer-Sechspunkt oder coccinella sex punctata so nennen darf – mit schöner Reinlichkeit dar. Eine ganz unerwartete Freude machte aber Ochs dem Grafen durch einen Halbring über seinem Wirbel, der ordentlich dessen bekannte Schädelphosphoreszenz oder dessen Heiligen-Diffusionraum andeuten konnte. Es blieb der Heiligen-Anschrot[191] immer etwas Herrliches, so wie die Pockennarben-Interpunktion, wenn auch Potter, wie zu vermuten, nicht das Geringste von der hohen fürstlichen landesherrlichen Bedeutsamkeit der Narben und der Strahlen gehört; dann hatt' er den Halbring wahrscheinlich aus der Gewohnheit darübergezogen, entweder den heiligen Evangelisten Lukas so oft zu malen, oder neben ihn auch dessen Ochsen, wovon ihm die wie zwei Mondviertel einander zugebognen Hörner als eine Art Heiligennimbus geläufig geblieben.

Genug! Hacencoppen war mit Ochsen überaus zufrieden.

Sonst aber ist es historische Pflicht, nicht zu verhehlen, daß die andern Maler nur schlechte Denner und Potter waren und viele über zwölf, manche unter zwölf Blattergruben, ein paar vollends zusammenfließende Blattergruben ausgeheckt, der dazu gehörigen Nasen gar nicht zu gedenken; ja einer saß unter den Malern, welcher, wenn jene Männer im Tempel des malerischen Ruhms aufzustellen waren, gar auf den Kirchhof desselben gehörte; ich mache seinen Namen aus Liebe der Welt gar nicht bekannt, so grobgeschrieben er auch da vor mir liegt.

Niemand in der Akademie, die Maler am wenigsten, konnte so sehnlich das Ende der Sitzung herанwünschen als die Akademie[192], nämlich der Graf selber. Er konnte sich nichts Langweiligeres denken als sein unablässiges Augen-Auf- und Ablaufen auf den Gesichtern der sechzehn Kopisten, wo er auf kein einziges treffen konnte, das erträglich fett gewesen wäre. – Viel Farbe hatte auch keiner, ausgenommen die wenigen Lefzen der Miniaturmaler, die ihre Spitzpinsel an ihnen genäßt hatten. – Ermüdet schon Sitzung Fürsten, wieviel mehr, wenn einer, wie Marggraf, die Minute durchaus gar nicht erwarten kann, in der er aufstehen und den sechzehn dürren Schachfiguren – worunter nur drei reich genug an Gold und Silber waren, nämlich die Miniaturmaler an Muschelgold und -silber – zehn

Goldludwige (nämlich jeder Figur) auf die Tafel hinlegen kann, sondern wenn er ordentlich vor Ungeduld zappelt und wie ein Schullehrer denkt: häuslicher Fleiß könnte ja das Beste tun und mich ausmalen.

Endlich konnt' er aufstehen und auszahlen. –

Wie gesagt, jede (hier mehr ziehende als gezogene) Schachfigur erhielt zehn. –

Die Auftritte dabei gehören zu sehr der lyrischen Dichtkunst an und zu wenig der stillen planen Geschichte, wie sie musterhaft ein Adelung[193] in seiner «pragmatischen Staatsgeschichte Europens» schreibt, als daß ich etwas Stärkeres vorbringen dürfte als den Wunsch: wäre nur der arme Correggio[194] mit seinem Sacke voll erdrückenden Kupferehrensold darunter gestanden: er hätt' ihn wahrlich fallen lassen und gesagt: ich bin auch ein Maler, nämlich ein Lukas-Städter.

Die Schwüre sind nicht zu zählen – ich nehme sechzig an –, welche die Meister unter dem Goldeinstecken taten, daß sie die Kunstwerke nach Hause nehmen und da so arbeiten und mit neuen Zügen, die sie bis zur öffentlichen Ausstellung ihm täglich im Vorbeigehen abstehlen würden, so nachbessern wollten, daß man ihn bei der Ausstellung unter Tausenden auf tausend Schritt weit erkennen sollte.

«Ich weiß, wer den Herrn Grafen unter allen im Saale am besten und ähnlichsten getroffen: – er sich selber, durch sein Bezahlen», sagte der Reisemarschall abends, als er, in gräflichen und seinen eignen Angelegenheiten den ganzen Tag zwischen Nikopolis und Lukas-Stadt hin- und hergeweht, endlich zur Tafel kam und die sechzehn Pensionen und Baubegnadigungen aus der Staatskasse vornahm. Er sah sich sogleich für einen fahrenden Landstand an; denn in ältern Zeiten führten die Fürsten auf ihren Reisen die Stände selber mit, die jetzt erst zu ihnen reisen. –

Auch hatte er gerade den ganzen Tag genug geträumt, um mit einigem landständischen Feuer und Freimut den Fürsten auf seine übermäßige Güte aufmerksam zu machen. Auf keine Weise durfte der Landstand Worble sich unterfangen, etwa untertänigst und treugehorsamst zu bemerken, daß auf solche Weise der nächste künftige Diamant sich voraus verflüchtigen könne, eh' er nur aus dem Feuer heraus wäre, und daß so die Wände des Kammerbeutels, wie die eines ausgehungerten Magens, schlapp zusammenfallen dürften. Aber so viel durft' er vermeinen, zumal er den ganzen Tag das Seinige getrunken: sowenig er auch von der Malerei verstehe – recht hatt' er hier und keinen Sinn für sie –, so müss' er doch dem Hofmaler Renovanz beifallen, welcher die ganze luxstädtische belgische Schule mit der Schule in London vergleiche, worin ein altes Weib Kindern Grimassen und Stellungen zum Erbetteln beibringt. – «Ich will keinen Tropfen luxstädtischen Krätzer in Ihrem Hotel mehr trinken,

Herr Pabst», fuhr der Landstand, gegen den Gastwirt sich kehrend, fort, der hinter dem Fürstenstuhle Hacencoppens als maitre de plaisirs aufwartete, «wenn nicht mit solchem Malerhonorar alle Bettler der Stadt sich hätten abfinden und heben lassen; so wäre die Sache ein gründonnerstägiges päpstliches Fußwaschen von Armen gewesen, statt ein Handwaschen von Pinslern.»

«Die sechzehn Künstler», versetzte Pabst, «sind eben, Gott erbarm's! selber schon Arme, und jeder ist mir schuldig.»

«Und deswegen», fuhr Worble fort, «haben Sie als Kenner mehr ihrer Zeche als ihrer Kunst Prosazeichner und Kurrentkünstler anempfohlen, welche nie das Ideale einer Physiognomie, mit Renovanz zu sprechen, begreifen, geschweige ergreifen können.»

Der Gastwirt versicherte – und berief sich auf Nikolaus –, er habe auch die «idealisierte» Schule, die welsche, ebenso stark empfohlen, morgen kämen sie ja, und Seine gräflichen Gnaden säßen.

Jetzt rief Worble wie außer sich: «O Pabst und alle Götter! Dies ist gar der Hub, Durchlaucht! Unser Hofmaler Renovanz sagt – ich wollt', er wäre da; er arbeitet aber Tag und Nacht für die Ausstellung –: mit seinem Fußzehennagel, wenn er spitzig genug geschnitten wäre, wollt' er ein feineres Ideal-Oval auf das Papier hinkratzen und hinreißen als sie alle in der Stadt. Und Gott sei doch dem Gesichte gnädig, das unter die Glättzähne ihrer Pinsel geraten; das erste, was der Pinsel wegkehrt und abfrißt, ist die inländische Nase, um eine griechische aufzusetzen, oder wenigstens eine römische, an die Stelle einer romischen; und das kräftigste eckigste Gesicht wird so glatt gescheuert wie das einer scharfen Münze in einem Truthahnmagen. Ich möchte mir meines um kein Oxhoft Wein mit ihren Farben einseifen lassen. – Diese aber, Herr Graf, möchten doch noch abzuweisen und die Treppe hinunterzutreiben sein, zumal da sie gewiß auf ähnliche Benefize wie die belgischen Planspiegel sich spitzen.» –

Hier nahm endlich der Graf lächelnd und mild das Wort und sagte: «er habe ihnen das Versprechen gegeben, folglich halt' er's unbedingt. – Wenn ein Fürst wie der von Lukas-Stadt die Kunst sogar auf Kosten seiner Finanzen zum Blühen getrieben: so könn' er selber in seinen eignen Verhältnissen nicht weniger tun, als sie in diesen Blüten zu erhalten und zu begießen. – Auch woll' er seinem allseitigen Geschmacke nicht vorgeworfen wissen, daß nur die eine Schule vorzüglich begünstigt würde, die andere aber weniger.»

Hier fiel der freundliche Pabst mit Entzücken ein: er ergreife diese Gelegenheit, da der welschen Maler morgen nur fünfzehn bestellt wären und Herr Graf von Hacencoppen zum ewigen Preise Ihres unparteiischen Geschmacks auf beide Schulen Ihre so gnädigen Augen würfen, den sechzehnten anzuempfehlen und nachzuschieben, der sich diesen Nachmittag fast weinend angemeldet; – von

Natur und Profession sei er ein welscher Maler und habe wohl ohne Frage die besten Heiligen in Lukas-Stadt gemacht; daher er auch nur unter dem Namen Heiligenmaler allgemein umlaufe; – und überaus nett und andächtig seien besonders seine elftausend kölnische Jungfrauen, wovon er ein paar Dutzend geliefert. – Da aber die Stadt mit Heiligen beiderlei Geschlechts längst überladen, so sei er aus Mangel an Absatz ein Kupferstecher geworden und steche eben jetzt ein paar Kupferplatten zu einem äußerst unzüchtigen Romane; es sei jedoch ein ordentlicher Jammer, dabeizustehen und es mit anzusehen, wie der hagere hungrige lange Mann an den zu anstößigen Figuren verdrießlich mit dem Stichel weiterarbeitend grabe; für den Mann ein wahrhaft fremdes Fach, in das er sich durch das vorige nicht im mindesten eingeschossen. «Dero untertänigster Knecht möchte denn wohl», beschloß der kunst- und gastliebende Pabst, «zum Behufe des dürftigen unzüchtigen Heiligenmalers das Wort für ihn einlegen, da heute Herr Hofprediger Süptitz ausgesprochen: ein einziges Gesicht von Deroselben könnte samt dem Honorarium dafür den Heiligenmaler gar aus des Teufels Klauen ziehen.»

«Bei Gott!» rief Nikolaus, «das Gesicht soll der Mann bekommen, aber vielleicht noch mehr dazu, als er erwartet.»

Da kehrte sich Worble gegen den Wirt und sagte: «Eben seh' ich, Herr Pabst, aus meinen Reden, daß ich heute beinah halb betrunken erscheinen soll, obgleich sonst einer der nüchternsten Trinker in ganz Lukas-Stadt. Ihnen, sehr nüchterner Herr Pabst, sind Ihres Ungleichen freilich lieber, zumal in Ihren Schenkkabinetten Leute, deren Lebenstage, wie bei dem Becherbandwurm[I], in Gestalt von Bechern ineinanderstecken; so eine Art mir sehr fataler Flaschenorgelmenschen[II], die erst Flaschen leeren müssen, um sich hören zu lassen und das Maul voll zu nehmen; kurz Leute, welche durch ihr eignes Beispiel den Bacchus als den Erfinder des Kegelspiels[III] zeigen und ehren, das bloß im Umfallen besteht. – Wenn mir freilich jetzund ist, als könnt' ich kaum stehen, so ist der Fall viel anders; denn Ihr braver prächtiger Graves-Wein, so in seiner Jugendblüte, so wenige Herbste zählend, ist ein guter Ringer und wirft, nach Plautus, um. – Der Wein ist keiner von jenen alten Ladenhütern oder Kellerhütern, die oft erst nach einem halben Jahrhundert sich endlich aus dem Fasse herauswagen in Flaschen und Gläser – ein solches frisches, junges, minderjähriges Blut trinkt sich selber durch Weingeist einen Geist an, oder veniam aetatis[195], und wir

I Der bechergliedrige Bandwurm (T. Cyathiformis) ist aus lauter Bechern gestaltet, die er, da sie oben weiter als unten sind, aus- und einzuschieben vermag.

II Wilh. Engel in der Berliner Blindenanstalt erfand eine Flaschenorgel, worin leere Flaschen wie hohle Schlüssel von Blasbälgen angeblasen werden. Magazin aller neuen Erfindungen. No. 66.

III Jacobsons technologisches Wörterbuch.

jungen Trinker an ihm dergleichen – kurz im ganzen ist die Sache so. – Und dasselbe will ich rühmen von Ihrem Barsac und Haut Sauterne und andern Bordeaux-Weinen, die sich trefflich weiß gewaschen, nämlich gelb.»

Da hier der Wirt recht freudig über die Einfälle, wie ein Sokrates in dem aristophanischen Gewölke[196], lachte, so fuhr der Marschall fort: «Wäre aber nur zu wünschen, jeder Papst, Herr Pabst, hätte den Kalixtinern so willig jeden reinen Wein eingeschenkt wie Sie mir oder ich Ihnen. Haben Sie nicht einen seltnen Franz (wenn ich ausgesprochen, bitt' ich noch um eine Flasche), welchen ich ordentlich einem gesunden reinen Schwefelregen oder Schwefelbade gleichsetze? Und von einem so reichen Schwefelgehalt ist er, daß man mit dem Weine wieder andere Weine prüfen und jeden Bleizusatz darin niederschlagen könnte, so gut als mit dem Hahnemannschen Probier-Liquor, der's ja auch durch Schwefel tut! Sogar im Kopfe schlägt das reine Getränk jedes Blei nieder, und er ist am Morgen viel schwerer.»

Als der Wirt in des Grafen fürstlichem Gesicht, auf das er in einem fort sah, keine Unterschrift der lustigen Behauptungen antraf: so lächelte er leicht und selbgefällig; aber diese Unverwundbarkeit schärfte ordentlich Worbles Hieber und Raufer. «Und ist's nicht», fuhr er fort, «eine kindliche Liebe der Weinhändler zu den Weinkunden, wie man in Tunkin bei Kindern gegen Väter findet? – Die Kinder bestellen heimlich für jeden Tunkinesen das Leibmöbel – einen zierlichen Sarg – und überraschen damit den Vater an seinem Wiegenfeste; so stellt ein Weinfaß, innen mit Bleizucker, recht gut einen versüßten verdünnten Sarg vor, und noch dazu einen fürstlichen bleiernen, in einen hölzernen eingefaßt; nur daß der Sarg, wie natürlich, früher in den Trinker kommt als der Trinker in ihn. – – Aber was Henker gehen mich bleisüße Franze an, wenn ich meine guten herben Deutschen haben kann, welche das Leben ebensosehr verlängern als versäuern! Wollte nur Gott, junge Leute ergössen und mischten sich ebensogern in älteste als die jungen Weine in alte; oder alter Adel ließe sich so leicht mit neuem kopulieren und auffrischen. Edeln paritätischen Wirten verdankt man hier viel, die Hauptsache, das Wein-Simultaneum[197]. Haben sie am Ende nichts, keinen tiers-état[198] zur Fässervereinigung, so tun sie das Ihrige und nähern Weine, die sich nach so berühmten Flüssen wie Rhein, Neckar und Mosel taufen, einem neuen Ufer und Jordan und wiedertaufen sie darin.»

Pabst konnte gar nicht aus dem Lachen kommen und beteuerte mehrmal: «herrliche aufgeweckte Einfälle! Er habe ein paar Kollegen, wo er sie anzubringen gedenke; denn bei ihren schlechten Weinen wäre schwerlich Herr von Worble auf dergleichen Pointen verfallen», und er eilte davon, um die verlangte letzte Flasche selber zu holen; aber der Graf, der Worbles Fortsteigern der Satire kannte und scheute, bat, sie ihm aufs Zimmer nachzuschicken.

Worble ging der Flasche sogar voraus – er hatte seine Gründe dazu, und zwar viele, nicht bloß die getrunknen Flaschen, noch die trinkbaren, sondern sein Nacht-Abenteuer. Es ist schwer zu entscheiden, ob es den Lesern recht ist, wenn ich dasselbe ihnen erzähle, weil es auf eine gewisse Art den Ernst dieser Fürstengeschichte, wenn nicht dieses Fürstenspiegels, unterbricht; sie sollen aber alle selber richten, wenn sie erst den zweiten Gang wirklich gelesen.

Zweiter Gang
Worbles Gang oder Nachtabenteuer

Es ist schon erzählt worden, daß Worble am Morgen, wo er im Nebel viele Schöne seiner Arme wert gehalten, auch eine Schönste umhalset hatte, welche ihm nachher, als der Nebel nieder war, gerade unter dem Tore des römischen Hofes begegnete; es war Pabsts Tochter. Beide erkannten sich sogleich in der reinen Luft auf der Stelle wieder; Jeannette lächelte ohne den geringsten Zorn, und er war der freundlichste, herablassendste Reisemarschall, den es in einem Gasthofe nur geben konnte. Er spann das Seil der Liebe, wie andere Seiler ihres, gewöhnlich ehrerbietig zurückgehend, bis er's lang genug zurückgedreht; dann kam er, es in Händen, damit wieder und ging so lang um die Person herum, bis sie verstrickt war. Bei andern, bei leichten Wesen wie Jeannette, zog er bloß die Rede- und Spinnenfäden der Scherze hervor und drehte eine schöne Mücke so lange in seinem weißen unschuldigen Gewebe herum, bis sie fest umwickelt war mit allen Füßen und Flügeln, dann zog er an *einem* Faden die Mücke leicht weiter .....

Aber Himmel, stelle ich so nicht den armen Marschall, bloß um eine elende Allegorie kunstgerecht auszuspinnen, den Lesern zehnmal ärger dar, als er aussah? Das Ganze bestand offenbar nur darin, daß er seiner Gattin nicht ganz treu war, sondern nur halb, ein Viertel, ein Achtel, und so in die «Brüche», juristisch zu sprechen, hinunter. Er verglich mehrmal seine Ehe und die beiden Eheringe – sowie mehr als tausend andere Ehen – mit den beiden Ringen des Saturns und die Ehe mit dem Saturnus selber, der anfangs ein goldnes Zeitalter verlieh, dann aber das Zeichen des Bleies wurde, und auf welchem ein Jahr sich dreißig Jahre lang ausdehnt.

Schon am ersten Tage, wo er in Geschäften immer vor Jeannetten vorbeiging, schlug er ihr vor, daß er am zweiten ihr abends einen Besuch geben wolle, wenn sie und er keine mehr habe, um mit ihr so manche, die den Fürsten angingen, zu bereden, da sie, wie er höre, alles in allem bei Herrn Pabst sei, die wahre Papissa Johanna[199]. Sie sagte, sie willige ungern in die Sache, da sie erst ganz spät, um ein Uhr, allein und in ihrem Zimmerchen geschäftlos sei, woll' aber doch seinetwegen bei Licht aufsitzen und auf ihn passen. Ihr Stübchen, setzte sie hinzu, könn' er übrigens leicht finden, es sei, wenn er die Treppe hinaufgehe, gerade das dreizehnte oder vorletzte im Korridor, und er brauche bloß die Türen am Tage zu zählen; «aber», schloß sie mit schöner Jungfräulichkeit, «kurz fassen müssen Sie sich mit allen und jeden Reden; denn ich stecke nur ein kurzes Lichtstümpfchen auf, und ist dieses abgebrannt, so müssen Sie ohne Gnade fort.» Er versprach ihr den kürzesten Vortrag von der Welt.

Um sein Wort ehrlich zu halten, stieg er am Tag die Treppe hinauf und zählte alle Zimmertüren, worunter eine vermauerte oder blinde war, zweimal durch, bis er an die vorletzte oder dreizehnte kam, die er ein bißchen aufmachte und hier sehr leicht das Zimmerchen der Tochter des Hauses erkannte.

Punkt ein Uhr nachts war er mit dem Graves-Wein fertig – denn er eilte – und zählte sich nun tappend, aber leise von Türgriff zu Türgriff fort, bis er den dreizehnten erfaßte. Ein Unglück war's, daß er nicht, wie Jeannette, die gemalte Türe und deren gemalten Türgriff mitzählte und daß er also anstatt der dreizehnten die vierzehnte aufmachte. Aber stockfinster war es darin, besonders für seine von dem Wein eben nicht sehr hell gewaschnen Augenfenster, und alle Vorhänge waren herabgezogen. Er glaubte jedoch Jeannettens schöner Seele mit rechter Freude, und sie habe, dacht' er, so redlich Wort wie er gehalten, nur sei das Licht zu kurz gewesen.

Da man nun in finstern Zimmern die Menschen nirgends leichter findet als im Bette: so tappte er nach einem umher, und endlich glitt seine Hand auf eine kalte tote Wange, welche sogar abglitt und ihm in den Händen blieb. Hier fuhr ein lebendiges Wesen mit einem weiblichen Schrei aus dem Bette und darauf zur Türe hinaus. Der Marschall stand vor dem Kopfkissen, mit dem kalten Etwas in der Hand, und konnte in alles in der Welt sich finden, nur nicht in das Fleisch. Indem er damit an den Fenstervorhang ging, um hinter ihm dasselbe vor dem Fenster besser zu besehen, trat er auf ein zweites Stückchen, das er auch mitnahm. Er befand es bald als gutes, noch frisches Kalbfleisch, dessen Dienste er bei seiner Bekanntschaft mit den weiblichen Sublimier- und Filtrierkünsten der Reize bald erriet: es waren ein Paar Nachtwangen, um sogar das Bette zu einer Wachsbleiche der zarten Haut zu machen; oder Schmutztitel für das schöngestochene Titelblatt des Gesichts. Indes konnt' er aus dem Kalbe, mit dem er jetzt pflügte, leicht hinter das Rätsel kommen, daß solche Schminklappen nicht der reiz- und kraftvollen Jeannette angehören könnten, sondern irgendeiner an der Zeit sich abfärbenden Schönheit – kurz, er war, sah er, ins unrechte Zimmer gekommen.

Während dieses so vernünftigen Mutmaßens

wurde vollends außen die Tür abgeschnappt und jenes völlig bestätigt. Es war eine Witwe, welche unter dem Fließpapier ihres zarten feinen Kupferstichs im Bette gelegen; diese war in das nächste helle Zimmer gerannt und hatte da Jeannetten den Einbruch in ihr Gemach und Bette mit mehr Fassung und Lachen erzählt, als zu erwarten war. Aber die zärtere Wirtstochter war wie außer sich: so etwas, sagte sie, sei im römischen Hofe ganz unerhört. «Hätte der Ehrenräuber sich nicht in den Stuben vergreifen und ebensogut zu mir kommen können? Ach lieber Gott, ich wäre auf der Stelle umgefallen.»

«Wenn's bloß ein Ehrenräuber war», versetzte die Witwe, «und kein schlimmerer Dieb; woher kann man aber das wissen?» – Am besten sei es in jedem Falle, artwortete Jeannette, sie bleibe bis am Morgen hier in ihrem Zimmerchen und man drehe den Schlüssel des andern Zimmers um und lasse solchen im Schlosse stecken, um auf diese Art – sie tu' es auch eigner Sicherheit wegen –, bis es Tag wird, den gefährlichen Menschen einzusperren und ihn sich dann bei Licht zu besehen, zumal da der Spitzbube, wenn man ihn jetzt im Finstern heraus ließe, das Beste der Madame, ja alles eingesteckt haben könne. Und so wurde denn über den Marschall das Nachtgarn gezogen, und er saß darunter und schlug mit den Flügeln. – –

Schwerlich wird der Leser hier mit mir weitergehen wollen, ohne sich zu einer von den verschiedenen Parteien zu schlagen, in welche sich die Kunstrichter spalten, um Jeannettens unerwartete Sperrordnung oder Fruchtsperre auf eine oder die andere Art, aber immer mit Scharfsinn zu erklären. Die eine kann alles aus der Jungfrau Verdruß über das Mißlingen und über Worbles Dummheit ableiten; – die zweite aus ihrem Mißtrauen gegen ihn, ob er nicht gar mit Absicht fehlgegriffen; – die dritte, welche daher an die zweite grenzt, aus ihrem Neid und ihrer Vorsicht gegen die Witwe, bei der Mutmaßung, diese nähme ihn am Ende doch wohl auf; – die vierte kann den zarten jungfräulichen Ehrenpunkt benutzen und aus Jeannettens Pflicht, auch den kleinsten Verdacht einer Verletzung desselben abzuwenden, die Einsperrung erklären; – die fünfte, welche hierin eine starke, aber einer Wirtstochter gar nicht nachteilige Sprödigkeit findet, ist von der vorigen im Grunde wenig verschieden; – und die sechste, die ich selber bin, denkt eklektisch und verknüpft alle fünf Sekten mit ihrer eignen und läßt in dem wogenden Weiberherzen alle diese fünf Gefühle miteinander und widereinander segeln und reagieren. –

Die Geschichte tritt wieder auf:

Nach Abgang der beiden Zionswächterinnen und Schließerinnen lief der Gefangene in der *Engelsburg* des weiblichen Schlafzimmers überall umher; da er aber merkte, er könne nicht hinaus, so ging er ohne besonderen Lärm hinein, nämlich in das Bette, mit den Wangenklappen in der Rocktasche und dem Graves-Wein im Kopfe, und entschlief ohne weiteres.

So waren denn am Morgen beide Damen genötigt, dem Marschalle einen der frühesten Besuche abzustatten. Sie klopften stark vor dem Aufsperren, damit der Schelm in die Kleider komme; aber schon in den Kleidern fuhr er aus den Vorhängen und wie ein geblendeter Finke im Zimmer wild umher, rufend: wer ihn so früh störe? Denn er war nämlich mit dem Augenliderübel – wogegen auch in des göttingischen Richters[200] Wundarzeneikunst Mittel stehen – und zwar besonders auf Reisen behaftet, daß er am Morgen – wie auch wohl Minister, aber bloß in politischer Morgenzeit – die vom Schlafe zugeklebten Augen eine Zeitlang nicht aufzubringen vermochte mit allem Ziehen und Streben. Es fügte diesmal sich noch der neue Jammer zu, daß sich aus seinem Kopfe vollends alles verflogen hatte, Rausch, Schlafort, Abenteuer, Wangenflügeldecke, sogar sein Schelmenvorsatz, und er also anfangs zu seinem Nachteile mit einem Bewußtsein gänzlicher Unschuld dastand. Mit solchem Gefühle und bei solcher Augensperre mußte der schuldlose Reisemarschall es hören, wie er eine vornehme Dame im Schlafe gestört und erschreckt und wie er sie aus ihrem Zimmer verjagt. – Unaufhörlich bat er, hin- und herrennend, um Verzeihung, daß er sie nicht sehe; er wolle den Augenblick antworten, sobald er wisse, wen er vor sich habe. Als er jetzt der Augen wegen in die Tasche griff nach dem Schnupftuch und mit diesem zugleich das kosmetische Kalbfleisch herauszog: so frischte plötzlich das Fleisch die ganze Nachmitternacht auf, und die Augenlider sprangen auseinander – und die klägerische Witwe stand, fast mehr gewelkt als blühend, vor ihm. Denn manches Gesicht ist ein wahres schönes Tempe[201]; wie das griechische in der Ferne der Geschichte und der Augen unendlich reizend ist, nur aber für den reisenden Walpole und Bartholdy[202] in der Nähe ein wilder zierloser Engpaß wird: so werden die schönsten Gesichter, deren Reize durch die künstliche Entfernung vermittelst des Abendlichtes am besten erscheinen, vom Taglicht wahrhaft derselben beraubt, weil es zu stark nähert.

Aber Worble wußte sich in keinen Fällen leichter zu helfen als in solchen. «Hier», fing er an, «halt' ich meine Entschuldigung in der Hand Ihnen vor, den Beweis meiner erbärmlichen Augen, auf die ich jede Nacht das Stückchen Fleisch zu legen pflege, um sie zu stärken; aber werden sie leider viel davon besser? – Tapp' ich denn nicht – Sie sehen es ja –, sobald kein helles Licht in der Stube brennt, in jede hinein und störe die schönsten Damen auf? – Deswegen schon allein sollte jede Schöne ein dünnes Nachtlicht brennen, und je jünger sie, desto länger das Licht. – Auch der Wein in diesem Hotel ist wirklich zu stark für meinen schwächlichen Kopf, verehrte Mamsell Jeannette.»

Hier hob er auch die zweite Überziehwange von

der Erde auf und steckte sie ein. Die Witwe wurde ganz verdutzt und doch entzückt von solcher närrischen Delikatesse und Spitzbüberei zugleich und versprach sich etwas von dem Mann. Jeannette aber, die in ihr leichtes Vergeben und in sein lügenhaftes Entschuldigen sich gar nicht finden konnte, hoffte auf Licht und Rache in irgendeiner nächsten Zusammenkunft und schied als reine Johanna Pabst von ihm.

Inzwischen wurde doch ein Viertel der Begebenheit am ganzen Nikolausischen Hofe, so wie im römischen, ruchtbar; viel von den übrigen Vierteln wurde erraten; bloß der Kandidat Richter erriet und glaubte nichts weiter, als was ihm der Reisemarschall, wenn nicht aufrichtig, doch freundlich auseinandersetzte.

Dritter Gang

Worin von neuem gesessen wird allen hohen Meistern und dem unzüchtigen Heiligenmaler

Zur rechten frühen Tagzeit kamen die fünfzehn Meister in Lukas-Stadt die Treppe hinauf, und ihnen schloß sich als der sechzehnte der unzüchtige Kupferstecher an. Namen wie Tizian, wie Fra Bartolomeo di S. Marco, Rosa, Reni fühlten sich und ihren Nachruhm und einige Unzufriedenheit mit dem Vorruhm der belgischen Vorgänger.

Mit Vergnügen konnte man das fürstliche Zartgefühl bemerken, daß Nikolaus die welsche Schule ganz mit demselben leutseligen Anteil wie die Schule des vorigen Tages behandelte und so dem Neide, soweit es unter Künstlern möglich, vorbaute. So schickte er auch, ehe er und alle sich setzten, wie tags vorher einige kurze Anreden voraus und tat dar: Kunst als solche veredle stets; sie sei kein bloßes Silhouettenbrett des Gesichts oder eine englische Kopiermaschine der Gestalten, sondern eine selber gebärende Madonna – sie solle mehr sein als ein bloßer Planspiegel des Gesichts, den man überall hinhänge, sie solle sein ein erhabner Spiegel, der vergrößere; – das sei eben die große welsche Meisterschule, daß sie sogar ein bloßes Porträt verschönert zu geben wisse, ohne die Ähnlichkeit zu beleidigen. – Man werd' ihn, zumal in diesem Saale, schon verstehen; das heilige ewige Innere so vom Menschen heraus zu malen auf das Gesicht oder Porträt, eigentlich so von dem ganzen Geiste, der sich nicht immer in Taten und Gesichtzügen rege, oder sich doch nur in schlechten zeige, in Farben, Mienen und Blicken, den wahren echten Silberblick zu malen durch das Porträt – – «O meine Künstler, was brauch' ich weiter zu sagen? Beginnen Sie!»

In dieser Anrede scheint Hacencoppen mehr der welschen Schule als sich selber beizufallen und seiner früheren an die belgische fast zu widersprechen; aber er wird uns befriedigen, wenn wir bedenken, daß er die halbe Meinung und manche

Wendung vom Hofstallmaler Renovanz her hat, der sich ganz für die italienische Schule geboren glaubte und oft im Pferd-Stalle die Schönheiten derselben – Zuhörern malte mit unendlich feuriger Beredsamkeit. Seine besten Pferde, die in den fürstlichen Ställen zum Nachgebären aufgehängt wurden, und seine kräftigsten Schlacht- oder Prügelstücke setzte er tief unter die Heiligen- und Madonnenbilder herab, die er der Kunstwelt geben wollte.

Jetzt setzten sich nun die sämtlichen Meister in Bewegung und auf die Stühle – ein Tizian, Fra Bartolomeo di S. Marco, ein Da-Vinci, ein Kaufmann (wahrscheinlich Kaufmann Angelika[203]) – vorwärts, nebenwärts, seitwärts, hinterwärts, vor den Spiegeln. Aber hinter ihm und an dem Hauptspiegel saß der Heiligenmaler oder unzüchtige Kupferstecher und fing daraus sein Vollgesicht auf. – Herrlich und ungebunden und im großen freien Stile malten und zeichneten alle – der Nase wurde im Vorbeigehen auf dem Gesichte gedacht, aber jeder Pinsel war ein Jenner, der die Pocken abschaffte; denn man ging allgemein weniger der eignen oder der Hacencoppenschen Nase als der griechischen nach. – Auf der hohen Schneelinie des griechischen Statuenprofils standen sämtliche Künstler und pflanzten da glänzende glatte Schneegestalten und folglich auch seine auf – ihre Farben waren gesunde Abführmittel und Waschwasser, die jede Unreinigkeit und jeden Flecken der Porträthaut so gut vertrieben, daß man nachher schwören wollte, man habe einen andern Kopf vor sich. – Denn dies war eben von jeher das Ausgezeichnete der welschen Schule in Lukas-Stadt und sonst, daß sie das Gesicht, das zu sitzen hatte, zu einem Paradiesvogel machte, dem man zur höhern Schönheit die Füße abschneidet, und an welchem die malerische Beschneidung der Lippen, der Ohren und des Fleisches die Hauptregel war. – Wie die Büsten der Alten, nach Herder, bloß Ideale waren, denen man, so wie es sich gab, einen dazu passenden Namen eines Einzelwesens beilegte – etwa die des Euripides ausgenommen –, so wurde den glatten griechisch-schönen Porträten, welche die welsche Schule erschuf, allemal der Name der Person gegeben, die eben saß.

Hacencoppen sah aus wie ein Engel, man kannt' ihn kaum.

Und doch bestand dabei wahre Mannigfaltigkeit des Gesichts, jeder Meister tischte ein Bildnis seiner eignen Eigentümlichkeit auf, keiner schrieb oder druckte dem andern diebisch nach, sondern jeder lieferte seinen besondern Hacencoppen; so erbaute sich, wie von selber, ordentlich eine Grafen- oder Fürstenbank von sechzehn Nikolausischen Gesichtern.

Und dennoch siegte eines über alle fünfzehn, nämlich das sechzehnte vom unzüchtigen Kupferstecher oder Heiligenmaler. Der Spiegel, aus welchem er, wie ein Selbermaler, zeichnete, tat gewiß viel Großes dabei. Durch das verdoppelte Entfernen des Urbilds hatte der Kupferstecher schon die halbe ideale Milderung des Kopfes gewonnen und durch die Kurzsichtigkeit, die er sich durch Stechen zugezogen, erbeutete er die zweite Hälfte. Auf diese Weise war der im Spiegel fast unsichtbare Nikolaus von einem Heiligenmaler, der früher, eh' er stach, selber zwei oder drei heilige Nikolaus gemalt, schon so zu idealisieren und darzustellen, daß Hacencoppen sich kaum mehr gleichsah und sich mehr dem Bilde ähnlich fand, das er sich selber in seiner Kindheit von seinem Namensheiligen vorgemalt.

Der unzüchtige Kupferstecher tat oben am Scheitel aus alter Gewohnheit noch eine Art Heiligenschein hinzu und war leicht zu rechtfertigen, hätte auch der Graf nicht schon von Kindheit auf phosphoresziert; der Mann durfte sagen, er sei diesen Halbring oder diese türkisch-christliche Mondsichel von seinen alten Heiligen her gewohnt und man habe überhaupt diesen Sichelbogen als sein Malerzeichen zu nehmen; daher er dem Putzkamme und Diadem weiblicher Köpfe auf seinen Kupferstichen unwillkürlich sogar etwas von einem dünnen Heiligenschein-Komma anzeichne. –

Aber ihr Leute samt und sonders, was verschlägt es denn überhaupt, wenn der Maler auf seinem Pergament ebensogut Heilige erschafft als der Papst auf dem seinigen, und zwar ebenso leicht durch einen halben oder ganzen Ring über dem Scheitel, nur aber viel wohlfeiler als der Papst und ohne Hunderttausend-Gulden-Zuschüsse aus allen katholischen zweiunddreißig Winden her? – Der Papst schlage nur selber in Spittlers Kirchengeschichte[I] nach und sehe da, ob nicht jeder Bischof bis in das zehnte Jahrhundert hinein das Recht gehabt und ausgeübt, Heilige in seiner Diözes zu machen und allda verehren zu lassen; ein Recht der Heiligungen, das erst im zwölften Jahrhundert den Bischöfen von Alexander III. verboten wurde, der den heiligen Vater allein für den Heiligen-Vater erklärte. Wenn Päpste in dem einzigen Benediktinerorden Teig zu fünfundfünfzigtausend Heiligen antrafen und ihn auskneteten und ausbuken – das bloße Kloster Kassin lieferte fünftausendfünfhundertundfünfundfünfzig[II] –: so können sie sich's wohl gefallen lassen, wenn ein unzüchtiger Kupferstecher zu einer solchen Heiligen-Schar, unter die gewiß mancher Schelm sich eingeschwärzt, auch von seiner Seite ein paar Heilige von nicht besonderer Aufführung anwirbt und sie durch den Ringkragen oder die rote Halsbinde eines Kopfzirkels zur Heerschar enrolliert. Kann es doch auf der Erde der Heiligen kaum zuviel geben, und wenn alle Menschen dergleichen würden, so daß am Ende gar alle bloß sich untereinander selber zu verehren hätten, sogar ein advocatus diaboli den andern: so säh' ich eigentlichen Schaden davon nicht ab; am allerwenigsten für den heiligen Vater selber. Denn diese von

I B. 2.
II Briefe über das Noviziat. B. 2.

seinem Fischerringe über die Köpfe gesiegelten Heiligenringe halten ja seit Jahrhunderten die lange Ruder-Ringkette zusammengereiht, woran er Weltteile festgemacht, und ein paar hundert wunderliche Heilige würden unter so vielen Wunderheiligen weit weniger stören als fruchten. Übrigens wollen wir gar nicht lange darüber reden, ob, wenn ein Konklave von Kardinälen, oft sogar von einigen sündigen darunter, einen Papst, also einen Schöpfer der Heiligen, selber schaffen kann, sogar aus der eignen Mitte heraus, ob, mein' ich, ein unzüchtiger Kupferstecher nicht statt eines heiligen Vaters und Heiligen-Vaters wenigstens einen heiligen Sohn der Kirche erzeugen könne. Die Hauptsache bei allem diesen ist jedoch, zum Grafen zurückzukommen und von ihm zu erzählen. –

Es ist dies aber nicht viel: daß er nämlich mit der herzlichsten Freude die ganze welsche Schule bar bezahlte, erst darauf sie um schleunige Vollendung und Verdopplung ihrer heiligen Werke ersuchte, damit sie noch ihn in die Ausstellung hineinhingen, bevor er abginge – und daß er, nachdem er die sechzehn Bilder durchflogen, worin jeder etwas anderes von ihm getroffen, bei dem ganzen mehr freundlichen als feindseligen *Treffen* sich nach den Goldstücken noch mit Worten bedankte. Er verbarg sich nicht, daß er wie die sechzehn Gesichter auf einmal aussähe; nur daß er das von dem Heiligenmaler für das schönste und ähnlichste nehmen mußte.

Wie freilich letztes Bild die fremde Prinzessin erfassen und mit hundert Erinnerungen aus den längst vorübergezogenen Roms-Tagen jetzt im Lenze übersäen werde, wenn es in der Galerie dastehe und die Freundin Amandas mit Freuden davor; nicht einmal zu gedenken, daß sie das Bild wohl gar in den ersten Überraschungen an Amanda selber schicke – dies alles zu erleben, konnte Nikolaus kaum erwarten an dem Tage, wo er den welschen Meistern gesessen.

Neunzehntes Kapitel in einem Gange

Beratschlagungen über einen Gang an den Hof

Historiographen fürstlicher Personen genießen ein besonderes Vergnügen auf dem Papier, wenn sie eine endlich vor ihresgleichen stellen können, so wie jetzt für mich die Hoffnung aufgeht, daß Nikolaus in seinem Leben zum ersten Male vor eine fürstliche Person gelangen werde, und zwar, was noch mehr ist, vor eine weibliche. Die Sache kann den größten Einfluß auf ihn selber haben, wenn sie wirklich geschieht; denn das erste Sprechen mit einem Fürsten tönt unglaublich lange ins Leben nach und hinaus; wie ja sogar eines mit jedem ersten Menschen, z.B. mit dem ersten General – ersten Minister – ersten Hoflakai – Schriftsteller oder Negersklaven, der auch, wie jener, ein Schwarz auf europäisches Weiß ist – und mit dem ersten Urangutang.

Seit der Graf eine der Begleiterinnen Amandas am Schloßhoffenster ersehen, wußte der Reisemarschall so wie der Hofprediger nicht, was sie anfangen sollten mit ihm; denn er wollte sich ihr durchaus vorstellen; «er wisse ganz gewiß», sagte er, «daß sie ihn zum Teil noch kenne, und wäre es auch nur durch die göttliche Amanda, die ihr so wahrscheinlich von dem ersten entscheidenden Begegnen im Park das Kleinste oft genug wird wieder vor die Seele geführt haben. – Von wem aber könn' er besser und früher den Aufenthalt und Thron der Geliebten erfahren als von ihrer Freundin? – Und dabei, wen könn' er schöner überraschen als sie, wenn er ihr sich als den liebenden Dieb der prinzeßlichen Wachsbüste mit allen Beweisen darstelle und so seinen bisherigen Mantel der Liebe ganz zurückschlage und aufmache?» Frohauf Süptitz sah als ein tapferer Mann jede Gefahr schon von weitem und schwitzte, wie die römische Viktoria[204], prophetisch vor einer Niederlage; «denn da der Raub der Durchlaucht», sagte er zu Worble, «in die besonnene Zeit Herrn Marggrafs falle und da leider er selber und Herr Worble von der Sache etwas wüßten: so seh' er für sie alle nichts Besseres als Schandstrafen, wenn nicht Kerker voraus.»

Unglücklicherweise hatte in Marggrafs Feuer noch der Stößer Stoß durch das Freudengeschrei geblasen, das er von Nikolopolis zurückbrachte und erhob über die «adeligsten goldensten» Kutschen, die im Städtchen gehalten, und über die vornehmsten Prinzessinnen, die daraus gestiegen und die in mehrere Fenster spazierend hineingeblickt. «Gott», sagte Nikolaus, «wie die treue Freundin alles, auch das Unbedeutendste, nach Amandenlust – so heißt sehr wahrscheinlich der Herrlichen Frühlingsitz – haarklein hinterbringen wird, und ich muß hier sitzen und weiß von nichts.»

Der Reisemarschall, auf welchem jetzt viel Ausgang ruhete, erbat sich ein ganz besonderes Gehör bei dem Fürsten, und zwar darum, weil dieser eben jede Minute zu ihm kommen konnte. «Durchlaucht», fing er an, «vielleicht muß ich zu ernsthaft sein wider meinen Willen. Sie wünschen nach einem allgemeinen Vernehmen noch vor der Ausstellung Ihrer Porträte den Lukas-Städter Hof mit Ihrer eignen Aus- und Vorstellung zu beehren. – – Einige Schwierigkeiten hat es, bekenn' ich frei. Das winzige Höflein hier hat das Eigne so mancher andern Höfe und besonders großer, daß man da – etwa Geld abgerechnet – alles leichter erhält als Zutritt. Unter allen Ämtern wird wohl das alte Reichserbtürhüteramt am besten und strengsten verwaltet, in Hinsicht des Einlassens; – und der künstliche Augsburger Einlaß[205], der jetzt für Augsburg zu keinem mehr zu brauchen ist, ist am Hofe wohl an Ort und Stelle. Ein Kammerherrnschlüssel sperrt nur zu, und an allen Türen des Lukas-Städter Hofes hangen Kombination- und Vexierschlösser. Was ich von ihm vernommen, so wie von noch mehr als einem und dem andern deutschen Hofe, übertrifft jede Vorstellung, am meisten die Ihrige; denn Ihro Durchlaucht denken freilich anders und höher.

Ich möchte sagen, wenn es nicht unschicklich wäre, am Lukas-Städter Staatskörper geb' es, wie am Menschenkörper, eine Stelle, die der Schließmuskel (Sphincter) immer verschlossen erhält, nämlich den Hof. Und doch, wenn man mit dem japanischen Kaiser[1] und Hof, an welchen schon zu schreiben Hochverrat ist (an den Gouverneur muß man alles adressieren), oder mit so manchen orientalischen Fürsten und Dalai-Lamas, die man nicht essen, ja nicht einmal existieren sehen darf, den luxstädtischen oder andere Höfe zusammenhält: so gewinnen diese freilich viel und erscheinen als wahre Glasflaschen, in denen man allen Inhalt sehen kann, sogar durch den Glasstöpsel hindurch, der zusperrt. – Und doch bei alledem, was fordert man nicht, ihr Götter, für ein Vorfahren bei dem Oberhofmarschall von Lukas-Stadt – für ein Anmelden – ein Entgegenfahren – ein Einladen – ein Antichambrieren und Chambrieren, bis endlich ein Christ mit seinen Schuhsohlen unter der Fürstentafel auffußt!

So steht's bloß mit dem Lukas-Städter *Fürsten* – nämlich mit den tausend Altarstufen zu dem Tischaltare –

Aber mit den *Fürstinnen* ist der Teufel gar los; diese hangen vollends als Altarblätter überm Altar; und man müßte auf diesen selber steigen, um ihnen

---

1 Langsdorfs Bemerkungen auf einer Reise um die Welt. B. 1.

die gemalte Hand zu küssen: Ich glaube nicht, daß es andere Prinzessinnen als verwünschte gibt, so sehr haben sie Schloßarrest, Thronarrest, Hauptstadtarrest, ja Sophaarrest; und je höher, je enger; in der uneingeschränktesten Monarchie such' ich für meine Person die eingeschränkteste Monarchin; etwa in Ländern, wo repräsentiert wird, mag Präsentieren leichter gehen. Ich kann mich nicht überzeugen, daß jemand anders als etwa ein Präsident oder Geheimrat oder ein Adeliger bei der Luxstädter Fürstin einen Teelöffel bekommt, mache aber auch, solange Ihre Durchlaucht mich noch nicht nobiliert haben, nicht den geringsten Anspruch darauf. – Was vollends für Umstände erforderlich sein mögen, um gar vor eine fremde Prinzessin am hiesigen Hofe vorzurücken, an welchem noch dazu eben eine allerhöchste Kindbetterin liegt, das weiß niemand weniger als ich; nur so viel weiß ich durch Zeitungen, daß ich als ein fürstlicher Bräutigam die hohe Braut früher abgemalt als verkörpert zu Gesicht, geschweige in die Hand bekäme – – Allein ich wollte etwas anderes sagen, aber in der Eile verfitzt sich der Mensch.»

Er hatte die Farben in seinem Hofgemälde etwas breit durcheinanderrinnen lassen, weil er selber noch keine Höfe gesehen – ausgenommen die wenigen auf dem Leipziger Theater vom Parterre aus – und weil ihm, wie so vielen Tausenden, von einem Fürsten nichts als Gefolg und Anhängsel zu Gesicht gekommen war, wie den Italienern und

Spaniern von dem großen Kometen 1702 nichts aufging als nur der lange Schwanz; aber Worble tat doch seine Striche ganz keck im Bilde, weil er wußte, daß sein Graf ebensowenig davon verstand wie er; und so ist es immer ein wahrer Vorteil für jede sprechende Unwissenheit, wenn sie auf eine hörende rechnen darf.

Allein der Graf war überall aus allem leichter siegend zu treiben als aus seinen Einbildungen, die er immer mit neuen umschanzte – diesesmal mit einem ganzen Heere, das am römischen Hofe und unter den Abmalern geworben war –, und er stellte daher, lächelnd über des Reisemarschalls unzeitige Ängstlichkeit, diesem weiter nichts entgegen als die simple Frage: ob er denn nicht Graf von Hacencoppen sei und folglich schon als solcher ohne weiteres courfähig? In Paris wählt man für venerische Säuglinge ähnliche Ammen, um diesen die Arzeneien für jene einzugeben und zu überliefern; – so verwandelte sich Worble zum Patienten, um durch Selbertäuschung die fremde anzugreifen, und erklärte entschieden: «und nach einem so langen stummen Inkognito komme das Vorstellen sehr spät, und der Hof werde für das vergebliche lange Erwarten sich vielleicht rächen; doch woll' er vorher durch die fünfte, sechste Hand den Oberhofmarschall ausforschen.»

«Jetzt hab' er's doch», sagte er auf einmal, «den ganzen feinsten Ausweg; er schlage nämlich dem Grafen vor, am Tage der Ausstellung gerade in der

Stunde den Bildersaal zu besuchen, wann der Hof und mithin die Prinzessin anwesend seien, worauf sich, da er zugleich in Bildnissen und in eigner Person selber da sei, alles auf das schönste entwickeln müsse.»

Aber ein besonderer geheimer Artikel, den bloß Worble kannte und ohne welchen alles *ein* Teufel gewesen wäre, war bei dem Vertrage dieser: durch Ab- und Zuläufer am Hofe für ein paar Taler alles so zu karten, daß Hacencoppen gerade dann in den Bildersaal einträte, wenn der Hof schon wieder abgetreten.

Der Graf stellte sich auf der Stelle die Prinzessin und sein Bild vom Kupferstecher und sein eignes Gesicht vor, samt den Erfolgen davon, und versetzte: «Ihr Vorschlag, Herr Marschall, ist mir ebenso unerwartet als höchst angenehm, und er wird vollkommen genehmigt.»

«Denn wenn ich noch nebenher bedenke», fuhr Worble, ganz ermuntert durch die schöne Aussicht, fort, daß Nikolaus die Prinzessin und den Hof gewiß verfehlen werde, «wie die herrliche fremde Prinzessin, der Hof ohnehin, einen malerischen Mäzen, von dessen Protektionen der Künstler sie schon so viel vernommen, wird sehen wollen, mitten unter seinen Abmalern und Abbildungen, besonders um das Treffen zu vergleichen – wie sie dabei, da sie selber in Nikolopolis sich umgesehen, auch den architektonischen Mäzen nicht übersieht – wie eine so hohe zarte Prinzessin als die

Prinzessin Sie nur von der Seite (zum Scheine) ansehen wird, aber Ihre Porträte desto mehr, aus sehr guten und delikaten Gründen, wär's auch nur, um für irgendeine Freundin das ähnlichste Bild von Ihnen zu wählen – – ich rede nicht aus, Durchlaucht; indes, wenn dergleichen Prozedur nicht tausendmal fruchtreicher ausfällt als tausendfaches Vorstellen durch alle Oberhofmeisterinnen hindurch oder sonst – – – ich rede aber, wie gesagt, absichtlich nicht aus.» –

Es war auch gut, denn es erhitzte den Grafen zu stark. Er fertigte auf der Stelle einen langen Feuerbrief an Amanda ab – Tinte und Feder nahm er nicht dazu, bloß seine Gedanken – und schrieb es ihr voraus, wie ihre Freundin vor ihm in der Ausstellung als die Blumengöttin stehen werde, mit allen Orangeblüten des so eilig entflogenen Paradieses im romischen Park behangen, und wie ihm neben ihr nach einer so langen Unsichtbarkeit sein werde, als säh' er sie selber – und er malte den Brief, den er schreiben wollte, mit den Worten aus: «Ja sie wird mich ganz erraten und dir selber schreiben, wie der Orangen-Blütenstaub, den du an jenem Abende in der Wüste meines leeren Lebens gesäet, zu einem Garten aufgegangen und sie ganz mit blühenden Orangen überdeckt.» – –

Und so war denn Hacencoppen ganz im Himmel; aber ich lache nicht über ihn und seinen Himmel. Ob er sich oder ob Worble ihm das Himmelblau weismachte: die Sache ist doch die, er hält seine

Himmelfahrt dahin, und jeder Tag bis zur Ausstellung hebt ihn um eine Staffel höher hinein. – –

Wenn ich sein Glück nicht glauben will, so brauch' ich mich in dem Garten, wo ich dieses schreibe, bloß nach den kleinen Mädchen umzusehen, die neben mir spielen und ein ebenso großes Eden gewinnen, indem sie zueinander sagen: «Ida, das soll unser Mehl sein (nämlich der Märzstaub), aber gib der Frau nicht mehr dafür als drei Dukaten (Scherben) – das soll die Tortenpfanne (nämlich eine Muschel) sein, Fanny – deine Schürze aber, Malchen, die ist der Fenstervorhang – und hier steht unsere Putzstube, Jette, ihr müßt aber nur erst alle Bohnenstecken wegtragen, und dann sollen alle Damen kommen, und der Tee dansant ist parat.»

Wenn man einige Fuß abrechnet, um welche diese Teegesellschaft zu kurz ist, samt der Langweile, die ihr fehlt: so kann sie sich mit jeder erwachsenen messen, sogar im Reden und Afterreden und in jedem geistigen Genuß, zu welchem sogar körperlicher gehört. –

Und so ist an dem Himmel, in welchen Nikolaus blickt und fährt, wenig auszusetzen, da solcher dem allernächsten Menschenhimmel, dem atmosphärischen über unsern Köpfen, gleicht, nach welchem wir Blicke und Seufzer schicken, ob er gleich am Ende nichts ist als die blaue Farbe unserer aufgetürmten Luft, die wir einatmen und ausstoßen. – Aber der blaue Himmel wohnt eben eigentlich in dem himmelblauen Auge, das aufblickt.

Zwanzigstes Kapitel in zwei Gängen

Der Ledermann – die Bildergalerie

Erster Gang

Der Nachtwandler – der Wohlfahrtausschuß – Schloßwachen

Wenn ein Mann in einem fort von Morgen bis Abend mit Lob erhoben wird, sowohl von den andern als von sich – wenn er die besten Aussichten auf Thronen und Prinzessinnen genießt – wenn er mit seinem Gesichte zweiunddreißigmal in die Gemäldeausstellung hineinkommt, ja selber mit seinem eignen dreiunddreißigsten darin nachzukommen vorhat, so sollte wohl jeder denken: was kann ihm fehlen, dem Manne? Aber doch sumste und sauste und schnurrte dem Grafen mitten in den Lustgängen seines Paradieses eine fatale Hornisse ins Gesicht, die sich jeden Augenblick darauf setzen konnte; – und dies war der sogenannte ewige Jude in Lukas-Stadt. Wir wollen hier nicht lange fromme und einfältige Betrachtungen darüber anstellen, daß auch die Hohen der Welt ihre Plagen haben und Menschen bleiben und daß sogar für Thronen trotz ihrer Höhe noch Schlaglawinen auf den Gebirgen der Zukunft bereitliegen; sondern wir wollen uns lieber gleich erinnern, daß Nikolaus von der mit Affenleder überzogenen Gestalt, die ihn im Nebel gleichsam angeredet, besonders aufgeregt worden. In den Wellen seiner einmal bewegten Phantasie brach und verzog sich dann die Gestalt immer unförmlicher, und daß sie vollends Nasenspitze und Ohren bewegen konnte, war ihm schrecklicher, als säh' er einen Löwen mit dem Schwanze oder eine Schlange mit der Zunge wedeln. Am fünften Morgen nach dem Einzuge brachte der tiefdenkende Stoß die Schreckenpost, der ewige Jude habe in der Nacht Nikolopel in Brand stecken wollen und sei auf den italienischen Dächern mit einer breiten Mordbrennerfackel umherspähend gesehen, aber durch das Hinaufblasen des Nachtwächters gestört und hinabgezogen worden.

Der Fürst, als Landesvater seiner Residenzstadt und seiner Residenzstädter, wollte eiligst Eilboten dahin beordern, als sich der dicke Schlotfeger melden ließ, der, sofort vorgelassen, mit einem verfaulten Brett eintrat. Er sei – berichtete er – nachts draußen in der Stadt gewesen und habe zu seiner Lust waldhornieret; da sei der Ledermensch mit dem faulen Holze, das er oben auf den Häusern wie eine Fackel herumgeschwungen, auf einmal vor ihm gestanden und habe ihm dasselbe als einen Brief an den Herrn Grafen zum Überreichen übergeben; und es sei wahrscheinlich ein altes Sargbrett aus dem benachbarten Kirchhofe, wie aus der angestrichenen Farbe und aus den noch leserlichen Wörtern: «denn ich bin Herr und sonst keiner» zu ersehen.

Wiewohl jetzt Stoßens ganze Mordbrennerei zu einem phosphoreszierenden Faul- und Sargbrett erlosch und das ganze Gerücht auf einen Dachwandler einlief, welchen ein Lippen-Waldhorn statt eines Nachtwächterhornes herabgetrieben: so wurde dem Grafen das Wesen gerade durch die abenteuerliche Knotenlösung noch schauerlicher. Er ließ den in der Stadtgeschichte unfehlbaren Pabst vorrufen, um Licht zu bekommen. Dieser schenkte ihm so viel reinen Wein, als er hatte, ein: der Ledermann – dies war stadtkundig, dem Wirt zufolge – blieb jedem ein Wundertier, besonders da er (Tausend sind Zeugen) von nichts lebte, ausgenommen von der Luft, und niemals einen Bissen oder Tropfen zu sich nähme oder sonst natürliche Bedürfnisse verriete; und doch ergriff' er die stärksten Männer mit Riesenmuskeln, wäre aber durch ein einziges Wort von einer Frau zu bändigen, weil er für das weibliche Geschlecht ebensoviel Zuneigung äußerte als für das männliche Haß. «In dieser Woche aber», bemerkte Pabst, «sei er ganz besonders des Teufels lebendig; er marschiere mehr als sonst auf den Dächern herum, und sogar schon aus dem Schornstein des römischen Hofes hab' er dreimal herausgeguckt. In dergleichen Paroxysmen gerate er aber jedesmal, vorzüglich wenn große Herren in der Stadt eintreffen, die er sämtlich nicht ausstehen will, weil er allein der regierende Fürst der Welt in seiner ganz erbärmlichen Narrheit zu sein denkt; aber nach der Stärke seines jetzigen Unwesens müsse er fast urteilen, daß ihn mehr als ein einziger, bloß durch die Geburt angekommener Fürst in Hitze setze.» – –

Hacencoppen verstand recht gut die feine Anspielung auf seinen Rang. Der Stößer aber fing Feuer bei dem Schornstein des Gasthofs, aus dem das Ledergespenst dreimal geschaut; und er fluchte mehrere Mon-dieus und Au-diables ins Zimmer hinein, um augenscheinlich zu machen, der Drache rutsche gewiß wohl in der nächsten Nacht den Rauchfang herunter aufs Kamin und erdrossele am Ende den Herrn, der Seibeiuns! «Sacre», sagt' er, «es ist ein höllischer Hexenmeister, so wahrhaft, als ich mit meinen zwei Füßen dastehe. Da muß aber der Herr Wirt alle Abende einen Besen ins Kamin legen, so kann er nicht darüber weg.» – Stoß steift sich nämlich auf einen bekannten Paragraphen der Rockenphilosophie[206], daß eine Hexe über keinen in den Weg gelegten Besen schreiten kann, ohne ohnmächtig zu werden; ein freidenkender Paragraph, der denselben Besen, welcher das Zauber-Reitpferd ist, zum spanischen Reiter und Schlagbaum der Hexen macht.

Der ehrerbietige Pabst schlug in allem Scherze vor, statt des Besens den Kaminfeger selber in den Kamin zu legen, da er doch draußen in der Residenz Nikolopolis aus Mangel an Feuermauern nichts zu fegen habe, hier unten aber im Kamin mit seinem Fett ganz bequem im Hinterhalt liegen könne, um den Nachtwandler zu empfangen, wenn er oben vom Rauchfange herunterkomme.

Der Fürst resolvierte auf alles vor der Hand nichts als die wichtige Frage: warum man den

Wahnsinnigen frei umlaufen lasse, da er sogar in das Schloß zum Fürsten dringen könne? Aber der Wirt erklärte: «dem sei schon durch Befehle an die Wache vorgebaut; – auch brauche Herr Graf von Hacencoppen», setzte der Wirt nach einigem Nachsinnen hinzu, «bloß unten am Tor ein paar Mann Wache hinzustellen, die diesen Fürsten der Welt, wie der ewige Jude sich nenne, nicht einlasse, da er ohnehin im Hotel nichts zu suchen habe.»

«Natürlich», fügte Stoß, aber nicht als Satiriker, bei, «da das Gespenst nichts braucht und bloß die Gäste vertreibt.»

Diplomatiker haben gewiß ohne mein Erinnern oben wahrgenommen, daß der Fürst, gleichsam als hab' er einen heiligen Bund mit andern Fürsten geschlossen, nicht ohne ein Beispiel des lukas-städtischen zur Wehre oder zum Kriege greifen wollte, nämlich zur Türsteher-Wache am römischen Hofe und zur Wegelagerung des Schlotfegers im Kamin. Er genehmigte aber vor der Hand weder einen Türsteher noch die Kamin-Wegelagerung des Waldhornisten. Doch konnt' er kaum die Mittagtafel erwarten, um den seltsamen Nebelstern durch seine Fernröhre, d. h. durch seine Gelehrten, zu beschauen und näher an sich heranzuziehen, und sollte das Gestirn sich ihm zuletzt in einen bedenklichen Schwanzstern verlängern. Manche Menschen können den Gedanken nicht ertragen, einen ordentlichen Feind zu haben, nicht aus Furcht, sondern aus Unbehaglichkeit des Herzens; – und vollends jetzt ein Graf von Hacencoppen, der von einem warmen Meere der Liebe ins andere schwamm! Ein Feind war ihm, als stieß' er sich darin an eine Eisinsel.

Aber er merkte bald, daß die Frist bis zur Mittagtafel, da er erst spät, nämlich mit dem Hofe speiste, zu einer halben Ewigkeit werde. Wenigstens der Hofbankier und Schächter Hoseas mußte eilig erscheinen, der als zeitlicher Jude wahrscheinlich auf den ewigen gestoßen. Er kam in der Hoffnung angerannt, etwas Besseres, nämlich einen Diamanten statt eines Juden zu taxieren. Allein er wog dem Grafen auf seiner Goldwaage, die zu einer Hexen- und Fleischwaage wurde, den Ledermenschen nicht einmal als vollötigen Israeliten vor, sondern als einen Juden-Antichristen; denn er erzählte, der Mensch könne gar keine Juden leiden, sondern nenne sie alle Habel oder Abel, die er sämtlich zu erschlagen wünsche, so wie er, nach seinem Glauben, als Kain den ersten Habel totgemacht; auch die Christen nenn' er seine Habels.

Der Vorsänger Hoseas machte nun mit Flehen dem Grafen Fürsorge für sein teures Leben zur Pflicht und fügte zur Verstärkung hinzu: seitdem er dies und anderes wisse, weich' er selber dem Tollhäusler, den leider die Polizei nicht einfange, ob er gleich Fremden nachsetze, straßenlang aus; denn als Jude überbot Hoseas den Löwen an Mut, welcher so sehr gepriesene Tierkönig (nach Sparrmann[207] und Naturgeschichtschreibern) nur im Hunger angreift und kämpft, aber feige davonläuft, wenn er sich satt gefressen; indes Hoseas gerade dann am tapfersten sich wehrt, wann er sich völlig gefüllt mit Geld und Geldes-Wert. –

Jetzt wurde dem Grafen die Zeit zum Mittagessen noch länger, ob sie gleich etwas kürzer geworden. Der Reisemarschall wurde einberufen. Dieser stattete folgenden Bericht ab: «Mein Gönner ist der Lederne eben nicht; wenigstens wünscht er mich zu vergiften. Er versicherte mich erst gestern, bei einer gewissen Diskrepanz unter uns, wahrhaft offen: er sehe sich schon lange, aber vergeblich nach einer langen frischen Viper um, damit er mir solche, indem er sie ohne Schaden am Schwanze fasse und herabhängen lasse, so geschickt ins Gesicht schleudere, daß sie mit *einem* tödlichen Imbisse mich ausrotte und abtue; denn er trage nicht umsonst eine Schlange auf der Stirn als Kain-Zeichen! Seinen langen Knittel-Zepter – so tauft er ihn – hebt er schon von weitem, wenn er mich sieht, als einen Türklopfer oder Stundenhammer in die Höhe, um das Schlagwerk an meinem Glockenkopfe anzubringen. Aber ich ziehe jedesmal, wann er seine Aufziehbrücke als Fallbrücke herablassen will, um mit mir zu kommunizieren, da zieh' ich von fernen in die Luft mit allen meinen Fingerspitzen bloß mehrere Linien langsam herab und gehe damit wieder seitwärts hinauf – Sofort kann er seinen Zepter-Prügel nicht mehr aufrecht halten, sondern läßt ihn sinken; seine Augenlider senken sich wie zum Schlafe, und sein Gesicht fängt ordentlich zu welken an, und er läuft fort. Wahrscheinlich magnetisier' ich ihn von weitem; denn sonst, glaub' ich, hätte mich dieser etwas verspätete Kain wohl durch seinen Schäferstab oder Zauberknittel in seinen Abel verwandelt.» –

Der Graf fragte verwundert, womit er denn das seltsame Wesen so sehr gegen sich aufgebracht. «Gnädigster Herr!» versetzte Worble, «bloß durch Liebe, nicht gegen den Kerl, sondern gegen die guten Weiber. Er nennt alle Weiber Hevas oder Heven, Even, und sich die redliche Schlange, die ihnen den Apfel und die Erkenntnis des Bösen und Guten zu geben hat. Die Mannspersonen aber erklärt das Geschöpf sämtlich für Schelme, darunter aber mich für einen großen. O Gnädigster, mich! – als hätt' ich nicht dasselbe auf dem Baume vor wie er und säße droben, um sie auf ihre Selberbeschauung und Blättertoilette zu bringen. Der Lederne affektiert nämlich eine besondere Hochachtung für Weiber – ein Blick, ein Laut bezähmt ihn – und will darum Leute nicht dulden, die sich nur kleine Weinproben von ihnen nehmen, aber deshalb nicht das ganze Faß heiraten wollen. Bloß den Höfer Kandidaten Richter läßt er laufen; aber auf mich und meinen Kopf soll die *Inklination* seiner langen Magnetnadel fallen, wie die Russen den Stock auf die Weiber fallen lassen, für welche sie besondere eheliche Liebe tragen.» –

Jetzt wär' es gar nicht möglich gewesen, daß dem

von Hacencoppen die von neuem abgekürzte Eßfrist nicht wieder zu lang geworden wäre. – Es wurde schnell zu Süptitz geschickt.

Aber der Hofprediger war in Nikolopolis und wurde erst zur Tafelzeit erwartet.

Gegen seine Gewohnheit erschien er viel später als sonst und brachte ein ganzes Gesicht voll Wogen mit, die sogleich noch jäher gegeneinander zu laufen anfingen, als Nikolaus seine Frage nach dem Ledermenschen tat; denn von diesem kam er eben her. Er erzählte: er sei in Nikolopolis in sein niedliches Zimmerchen, das er bei Liebenau genossen, zum Vergnügen der Wiedererinnerung gegangen, als sich auf einmal der ewige Jude mit seinem langen Stocke vor die Türe gestellt und ihn nicht wieder hinausgelassen. «Zum Fenster hinaus», sagte er, «ließ mich meine Dicke nicht springen, und zu erschreien war im ganzen Städtchen kein Christ. Die Haupt-Fluchtröhre, die man in solchen Gefahren sich vor Tollen, als Jäger zu reden, graben muß, ist nun die, daß man nach ihrer eignen Idee spricht und handelt, als habe man selber ihre Tollheit, was bei einiger Philosophie, nach Cicero, nicht schwer wird. ‹Bester Mensch!› fing ich an.

‹Du Habel›, unterbrach er mich, ‹ich bin keiner. Mein Vater, der Fürst der Welt, ließ sich herab und erzeugte mich als Schlange mit Heva, und sie nannte mich, als einen Göttersohn, Kain und sagte: ich habe den Mann, den *Herren.* (1. B. Mos. K. 4. V. 1.) Siehst du nicht die Schlange auf meiner Stirn als

Geschlechtwappen? Darauf fiel meine Mutter und vermischte sich mit dem bloßen Menschen Adam und gebar den ersten Habel, den ich auf dem Felde totgeschlagen, weil er ein paar von meinen Untertanen und Tieren umgebracht und verbrannt zu Opfern. Denn ich habe als Fürst der Welt die Herrschaft über die Tiere, so wie über euch Habels. Hab' ich unrecht, Habel, du eingebildeter Hofprediger eines eingebildeten Fürsten?›

Ich versetzte diesem eingebildeten Fürsten der Welt: ‹Bester Kain, ganz unbekannt ist mir deine Behauptung nicht; schon im Dictionnaire von Bayle und in den biblischen Diskursen von Saurin wurde der Glaube mehrerer Rabbinen angeführt, daß Eva zuerst mit der sogenannten Schlange in ein ganz vertrauliches Verhältnis geraten; und in Michaelis'[208] orientalischer Bibliothek[1] steht schon längst die Meinung des Engländers Pye angeführt, aber nicht widersprochen, daß eine Schlange auf der Stirn das Zeichen Kains gewesen. Aber wie kann es denn bei solchen Umständen kommen, daß man, bester Kain, vom dummen Volke der ewige Jude genannt wird?›

‹Was›, rief er, ‹bin ich's denn nicht, eingebildeter Hofprediger eines eingebildeten Fürsten? – Bin ich etwa seit Habels Tod gestorben? In euerem alten Buche steht schon, daß ich siebenmal gerochen werden soll und daß ich meine Zeichen der Unver-

1 Erst. Teil. S. 52.

letzbarkeit trage;[209] aber, eingebildeter Hofprediger, wo steht denn in euerem alten Buche, daß ich je gestorben bin? War ich nicht in tausend Schlachten und habe hunderttausend Habels totgeschlagen, und mein Wappen war meine Unsterblichkeit?! – Antworte auf der Stelle, eingebildeter Hofprediger!›

So sprach in der Tat dieser eingebildete Kain, aber zum Glück konnte *ich* ihm mit Wahrheit antworten, daß ich mich selber oft gewundert, warum im fünften Kapitel Mosis, wo die Sterbejahre adamitischer Nachkömmlinge bestimmt werden, nirgends des Alters, geschweige des Todes eines Kain gedacht werde.

‹Ich wandle›, fuhr er mit starker Stimme fort, ‹unvergänglich, unermüdet, unbezwinglich, eueres tierischen Kauens und Schluckens unbedürftig auf der Erde; denn ich erwarte die Ankunft meines Vaters, des Antichristus, um mit ihm euch Habels, am meisten gekrönte Usurpatoren, für euere Abtrünnigkeit zu strafen, so wie er in Jerusalem euern Gottmenschen, der vor ihm auf dem hohen Berge nicht niederfallen wollte, mit dem Kreuztod heimgesucht.›

Da fuhr ordentlich ein unbändiger Geist in den Tollen, und er arbeitete mit einer richtigen, aber fürchterlichen Beredsamkeit, welche der Psycholog öfter bei den von *einer* fixen Idee entzündeten und getriebenen Menschen wahrnimmt, auf der Stelle eine so bittere, von vielseitiger Belesenheit und von so vielseitigen Erfahrungen und historischen Kenntnissen strotzende Strafpredigt, wenn nicht Schmährede auf die Menschen aus, besonders aber über ihre Fürstendienerei und ihr ewiges Dummbleiben, über ihre ewige Feigheit vor Gott und Menschen und Teufel, über ihre Tierfellsucht, über ihre Putzsucht nämlich, daß ich ordentlich wie erstarrte, zumal da er dabei mit der Nase zuckte und die Ohren hin- und herschlug und zwei Büschel Scheitelhaare zurückgekrümmt fast wie weißliche Hörner aufrichtete. Und immer mehr wurde mir im stillen zumut, als säh' ich den Teufel lebendig vor mir, und ich kehrte in meinem Innersten alle die Hilfmittel vor, welche (ich meine nicht das Kreuzigen) einem Christen in solchen Umständen zu Gebote stehen. Wie sich manche Philosophen sogar ihr eignes Sterben zu beobachten vorsetzten, obgleich die Beobachtungen keiner Seele nutzen konnten als nur ihnen allein, so stand ich mitten in meinen Gefahren wie auf einer Sternwarte, zum genauesten Observieren des Tollen. Da nahm ich augenblicklich wahr, wie das mündliche Waldhornieren unseres Schlotfegers ihm ins Ohr fiel und er auf der Stelle davonrannte, aber noch in der Ferne mit dem Prügel mir zurückdrohte, als ich noch unter der Türe stand und auf sein Verschwinden wartete.» – –

Der Hofprediger erklärte nun, er wolle seine aufrichtige Meinung unbewunden über den Menschen sagen – was wohl das Schwerste für einen Hofprediger ist, da jeder so voll Rücksichten wie ein Hofmann spricht, nur aber freilich ein katholischer noch dreißigmal mehr als ein protestantischer –, und zwar woll' er seine Erklärungen ohne alle Beziehung geben – ausgenommen auf den Apotheker, wie bald zu merken war – «da biet' er denn», fuhr er fort, «zur Auflösung des Rätsels zwei Wissenschaften auf, Seelenlehre und Theologie, genauer zu sprechen, Natürliches und Übernatürliches. Eine fixe Idee – um psychologisch anzufangen – sei wirklich vorhanden, welche der Närrische, der so viele Gelehrsamkeit verrate, wahrscheinlich durch das Lesen von den jüdischen und kirchenväterlichen Meinungen über Kain aufgefangen, auf welche er vollends die Mittelaltersagen vom ewigen Juden künstlich gepfropfet und wirklich, wie Tolle leicht vermögen, in erträglichen Zusammenhang gebracht. Das Nacht- und Dächer-Wandeln sei ziemlich Ausbruch und Nahrung des Wahnsinns, und was das Nicht-Essen (auch Wahnsinns-Nahrung) anlange, worüber alle einig sind, so finde man nicht erst heute in den Werken der Physiologen und Psychologen viele Beispiele, daß Rasende stärkste Laxanzen, größte Kälte und Hitze und längste Schlaflosigkeit ohne Nachgefühle ausgehalten und folglich Hunger auch.»

Es wurde ihm zwar an der Tafel eingewandt, wie der Lederne nach allen Stadtzeugen schon jahrelang nichts in Lukas-Stadt zu sich genommen oder von sich gegeben; aber Süptitz versetzte: «darauf komm' er eben, indem er die zweite Wissenschaft, die Theologie, versprochnermaßen zu Hilfe rufe; er hege nämlich, dringe aber seine Privatmeinung nicht auf, die kühne, daß in unsern Zeiten so gut wie in den apostolischen der Teufel als ein Besessener erscheinen könne, und die Scheu, welche die sonderbare Gestalt vor des Herrn Reisemarschalls Kreuzzeichen in die Luft an den Tag lege, bestätige viel; so auch ihre Vorliebe für Weiber, welche der Teufel aus Erinnerung an die zuerst willfährige Menschenmutter von jeher, wie die Hexen-Überzahl dartue, vorzugweise aufgesucht und gemietet.»

«Auf diese Weise könnte der Lederne», unterbrach ihn Worble, «eine Stütze oder eine Folge Ihrer Hypothese werden, daß der Böse oder Arihman noch lebendig unter uns hantiere, weil er in Kleinigkeiten jedem von uns nachsetze und immer unser Butterbrot auf die bestrichene Seite fallen, oder die aufeinanderliegenden Papiere, gerade als die gesuchten, immer ganz unten finden, oder die Spalte der Feder nach langem Drücken zuletzt fingerlang aufreißen lasse.» –

«Wenigstens ist es seltsam, was ich noch gar nicht vorzubringen Zeit gehabt», antwortete Süptitz, «daß die Gestalt sich sehnt, in die Hölle zu kommen, weil sie glaubt, dort ihre verwandten Seelen, nämlich die verstorbenen Tierseelen, wiederzufinden. Die Tierwelt, glaubt sie nämlich, sei eigentlich die höhere und werde durch junge, noch unreife Teufelchen beseelt; in ihr geb' es daher die größern Kenntnisse und Künste – die Instinkte genannt –, den größern Zorn, die größere Unbezähmbarkeit, und das Reich schließe endlich mit dem Affen, dem vollendetsten Tiere und dem Ebenbilde des sogenannten Teufels, ganz unbezähmbar, listig, kunstreich und keck und sonst; auch nennten die Menschen wirklich einen an sich trefflichen Affen den Simia Beelzebub, obwohl mehr wegen seiner Schwärze, seines Brüllens und seiner Furchtgestalt; der Mensch aber sei nichts als ein schwächlicher, ausgearteter, unvollendeter Affe, so wie (nach Buffon) das Pferd ein ausgearteter Esel, und daher hätten die Menschen in bessern ägyptischen Zeiten die Affen und alle Tiere als ihre wahren Götter angebetet. – So spricht die Gestalt; aber, meine Herren, ich habe viel bei ihr erwogen, und manches frappiert wirklich. Jedoch alles Psychologische und Theologische beiseite, in jedem Falle kann sie wenigstens Unglück anstiften, schon mit menschlichen Muskelkräften, geschweige mit andern; besonders bin ich sehr verwundert, daß kein Mensch dem Fürsten von Lukas-Stadt die Gefahr ernstlich vorhält, in die er sich durch ein solches ganz ungehindert auf Gassen und Dächern umherlaufendes Wesen setzt, welches der einzige Fürst der Welt, sogar des höhern Tierreichs, geschweige der geringern Menschen zu sein vermeint und das folglich dem Lukas-Städter Fürsten, wie jedem andern, als einem Usurpator das Lebenslicht in der ersten besten Minute ausbläst, in welcher die Wut des bisher zahmen Untiers oder Unmenschen unvermutet ausbricht. – – Und sollte meine Rüge», sagte er, sich zum Wirte wendend, «noch heute an den Hof gelangen, Monsieur Maître d'hôtel, ich hielt sie für Pflicht.»

Auf diese Weise klopfte Süptitz mit seiner Psychologie im Ledermenschen eigentlich den Grafen aus, wie man sonst in Persien den Rock anstatt des Sünders geißelte. – Er holte noch in der Eile aus ärztlichen und psychologischen Hörsälen die besten Wahrscheinlichkeiten zusammen, wie die Gestalt sich in die Einbildung, ein Fürst zu sein, möge hineingelesen haben. «Sehr sollte es mich wundern», dachte der Hofprediger, «wenn Nikolaus nichts heimlich merkte und auf sich bezöge; am Ende verläßt er früher die Stadt oder wohl gar seine – Narrheit.»

Aber Menschen mit Phantasie, wie Nikolaus, finden in der Phantasie selber schon eine stille Abwehr gegen jedes Niederdrücken derselben durch vergebliche Heilmittel; sie gleichen Verwundeten an dem Scheitel oder den Kinnbacken, wo das nachwachsende Haar das aufgedrückte Pflaster immer wieder hebt und abstößt, zum Ärger des Wundarztes.

Der Graf von Hacencoppen ließ den Wirt abtreten. «So viel ist endlich gewiß», fing er auf- und abgehend an, «nun wird die Sache ernsthaft. Das unselige Wesen schaut hell durch mein ganzes Inkognito hindurch, es verfolgt mich unausgesetzt, es hoffte draußen wahrscheinlich mich in meiner eignen Hauptstadt zu treffen und anzugreifen. – Was kann es mir oder irgendeinem Manne nützen», rief er heftiger, «daß er sich für den Kain, für den Ahasverus, ja für den Teufel selber ansieht? Gott, desto gefährlicher ist ja eben ein Mensch, mit einem eingebildeten Brudermord und Christus-Haß im Gewissen! – Hinmorden wird der alles, was ihm nicht gefällt; aber am allerersten muß er, bei seinem Teufels-Ingrimm gegen die guten Menschen, gerade jeden anpacken, der ihnen recht zugetan ist und recht wohltun will und der wegen seines höhern und weitern Wirkkreises es am besten vermag.»

Er lief immer schneller auf und ab und fuhr fort: «das nachsetzende Wesen zeige sich ihm immer gefährlicher, je länger er sich's vorstelle, und er erstaune, wie er solchem bisher bei seiner Sorglosigkeit entgangen. – Über ein nahes hohes Fürstenbild» (er meinte Amandas Büste) «könn' es ja herfallen und überhaupt wichtige Majestätverbrechen verüben.»

«Um Gottes willen, wenn man sich einen zweiten Ravaillac[210] gegen einen zweiten Heinrich den Vierten denken müßte!» fiel der Kandidat Richter bloß scheinbar albern ein, weil er für andere gerade da fürchtete, wo er für sich gar nichts scheute.

«Wenn man nun vernünftig erwägt», fuhr gefaßter Nikolaus fort, «wie die größten Fürsten aller Art, sogar mitten unter ihren liebenden Völkern und Heeren, sich mit unzähligen Schildwachen ordentlich umgittern: so ist es noch natürlicher, daß Fürsten sich noch mehr, vollends gegen Fürsten oder gegen Thronräuber oder Thronprätendenten, oder mit andern Worten, gegen den Krieg rüsten.» –

Plötzlich stand er still: «Ja, ich will Leibwache», sagt' er; «wozu hab' ich einen ganzen Wagen voll mitgenommen?»

Somit hatt' er sich auf den Kriegfuß gesetzt, seine Landmacht mobil gemacht, nämlich stehend, d.h. zu Schildwachen. Da er sehr viele Invaliden – sie waren ihre eignen Ehrensäulen und Ehrenkreuze der Tapferkeit – bei sich hatte: so wurden nur solche noch denselben Tag als Vorlegschlösser an die Zimmertüren kommandiert, welche stehen konnten, sowohl an und für sich als vor dem tollen Feinde; die andern aber, die zu sitzen vermochten, wurden als Kavallerie zu Pferd verbraucht. Er ließ daher den Wirt einberufen und sagte ihm unverhohlen, daß er, Hacencoppen, von heute an vor das Tor des römischen Hofs eine Wache zu Pferd beordere, welche dem sogenannten Ledermann den Eintritt durchaus verwehre.

«O heiliger Gott, schön!» versetzte Pabst. «Der eingebildete phantastische Fürst der Welt hat in meinem Hôtel ohnehin nichts zu suchen.»

«Ich wüßte selber nicht», fiel Worble bei, «zumal da der Kerl, wie man hört, ja gar nicht ißt und trinkt, geschweige säuft, Herr Wirt!»

Durch denselben Reisemarschall wurde nun – da er der einzige im Reisefürstentum war, der hier Generalissimus sein konnte – die Wachparade so richtig organisiert, daß das Ritterpferd vorm Gasthoftore von Zeit zu Zeit mit einem andern Reiter besetzt wurde, der gleichsam als ein lebendiger spanischer Reiter dastehen und den etwa mit Gewalt andringenden starken Ledermann leicht niedertreten konnte. Sogar der Inhaber und Dispensator der Dreckapotheke löste, weil er mußte, einmal ab und saß verdrießlich auf. Nicht ohne Vergnügen nahm Hacencoppen in seinem Fensterbogen den Parallelismus wahr, daß im Springbrunnen (wie ich schon erzählt) ein in Galopp gesetztes Pferd mit Reiter und wieder aus dem römischen Hofe heraus ein berittenes hinschaue, das noch dazu Scharren und Wiehern voraushatte, der bronzene Schloßgaul aber ganz und gar nicht.

Der Kaminfeger und Waldhornist bekam die Höhen zu bewachen und im Notfall zu besetzen, die Rauchfänge nämlich, falls in der Nacht der Ledermann eine feindliche Landung auf diese Küsten etwa versuche.

Ging der Fürst aus, so war er hinlänglich vom Gefolge gedeckt, vom Kandidaten Richter, Hofprediger Süptitz und Reisemarschall Worble. «Ich kann Ihnen wahrlich nicht genug danken, Herr Hofprediger», sagte er im vollen Genußgefühl seiner Umgebung, «daß Sie zuerst durch Ihre lebendige Darstellung mich auf meine Lage aufmerksam gemacht»; für den Prediger freilich gerade ein umgekehrter Erfolg, da der Ledermensch den Grafen eben aus dem fürstlichen Goldrahmenwesen herausdrücken sollte. «Der geistliche Arm», sagte Worble und meinte den Kandidaten und den Hofprediger, «würde bei einer noch größern Tapferkeit, als man nur voraussetzen wollte, den Herrn Graf von Hacencoppen niemals so breit und muskulös und mannhaft decken als der weltliche, der in seiner eignen Achsel wurzle und an dem eine Hand mit einem sechsten und Sextenfinger sitze, einem Six-et-leva[211]-Finger, der gegen einen Teufel Kain mehr ausrichte als eine volle päpstliche Faust mit Segens- und mit Exorzisierfingern.»

Worauf Worble hier zielt und worin Süptitz hier fehlschießt – und letzter zwar so außerordentlich, daß er dessen Luftstriche magnetischer Einschläferung für teufelaustreibende Hand- und Kreuzzüge ansehen wollte –, das im eignen Kopfe auszukundschaften, dazu braucht ein Leser von allen Bänden dieses Kometen nichts gelesen zu haben als im ersten Worbles magnetisches Gastmahl: so sagt er: das dacht' ich mir längst. Der Hofprediger aber, argwöhnisch und fein wie alle seine Kanzelvettern, brachte leicht heraus, daß der Reisemarschall kein besseres Versprech- und Drohmittel, um den Fürsten in seiner Nähe und Wache und Gewalt zu haben, ergreifen konnte als dieses, immer neben demselben als ein magnetischer Waffenträger gegen den Ledermann, als eine magnetische Rettleiter, als Meßgeleit herzugehen, oder als was man will, das herrlich schirmt. –

Was aber nicht gemutmaßet zu werden braucht,

ist, was man sah, daß der Kandidat Richter jetzt dem Grafen noch inniger anhing, weil er vor Gefahren vorbeizugehen hatte, und daß er recht gern immer um ihn geblieben wäre.

Des Hofstallmalers wurde von mir bisher gar nicht gedacht; er murmelte aber bloß für sich: hole der Teufel alle die Narrenpossen und Narren!, erklärte aber übrigens laut: «man brauche ja nichts, als dem Narren zur nötigen Stunde Arme und Beine entzweizuschlagen und ihn dann laufen zu lassen.» – –

Der Himmel beschütze denn unsern guten Fürsten, bei seinen wenigen Beschützern! – Denn er gibt sich uns allerdings mehr tapfer als vorsichtig, wenn wir ihn gegen andere Fürsten stellen, welche mitten in ihrer Hauptstadt sich gerüstet halten gegen die Hauptstadt und die ihre Residenz zu einer Grenzfestung gegen die Stadt bewaffnen und bemannen. Die Wachen sind ihre lebendigen Panzer-Hemden, und die Helme sind ihre Bienenkappen, als Staats-Weisel; der Thron stellt mit seiner Palmenkrone voll Palmenwein eine Palme dar, welche bis oben hinauf zur Wehre gegen Ersteigen mit langen Stacheln – womit man erträglich Bajonette vergleichen kann – umgürtet ist. Noch dazu tun es Fürsten mit kriegerischer Gesinnung und in kriegerischer Uniform und umpanzern und fortifizieren sich so mannigfach; kurz, Helden und Eroberer, welche gegen die größten auswärtigen Feinde Wunder des Siegs getan, oft bloß durch ein paar oder mehrere Handschreiben an die Generale, weil ein gut und recht gebauter Kriegstaat einem Strumpfwirkerstuhl gleichen muß, der als ein Meister-Werk der Mechanik bei seinen zahllosen kunstvollen Bewegungen nichts nötig hat als ein paar mechanische Griffe und Tritte des Meisters; und der Strumpf oder (im obigen Fall) der Sieg hängt da.

Zweiter Gang

Der Bildersaal – Renovanzens Bruder – Paolo Veronese – Irrtum in allen Ecken – der Tiroler Hofnarr – der Marschbefehl

Endlich erschien der Tag mit seinem Morgenrot, an welchem Nikolaus die Ausstellung der Gemälde und seiner Porträte und die Ausstellung der Prinzessin und seine eigene erleben sollte. Der Reisemarschall hatte ihm, wie noch jeder von uns weiß, das Versprechen gegeben, dafür bestens zu sorgen, daß der Graf eilig den Eintritt der Prinzessin erfahre, um sogleich darauf, wie von ungefähr, hinter ihr nachzukommen und aufzutreten. Da nun der Marschall nichts eifriger zu hintertreiben trachtete, als eben die Konjunktion dieser beiden fürstlichen Sterne in *einem* Planeten-Hause: so hatt' er mit dem Hof- und Stallmaler Renovanz, der den ganzen Tag in der Galerie sich aufhielt, die zweckdienlichen Mittel getroffen, daß dem Grafen nicht eher etwas von dem Eintritte des Hofes gemeldet würde, als bis alles wieder fort wäre und er zu spät nachtappe.

Der Stallmaler nahm die Sache gern auf sich; denn so ungern er auch dem Marschall den kleinsten Gefallen tat, dem porträtierten Hacencoppen tat er noch lieber das Gegenteil, weil er sich zweiunddreißigmal hatte abkonterfeien lassen ohne seinen Pinsel, den er für die Kirchenvereinigung der welschen und niederländischen Schule oder für eine welsche Perlenbank und belgische Austerbank zugleich ansah. «Ich hätt' ihn», sagt' er, «so gut verzieren und veredeln wollen als irgendein Narr. Ich hätte freilich damals unter der Vollendung meiner drei Preisstücke für die Ausstellung keine Sekunde Zeit für sein Gesicht gehabt; aber dies entschuldigt ihn bei mir keineswegs.»

Der Fürst stand nun in seinem Grafen-Inkognito – kein Stern der Weisen auf seinem Rocke bezeichnete andern Königen und Fürsten, was sie unter diesem schlichten Kleide zu suchen und zu honorieren hätten – eine Stunde lang fertig angekleidet da, und seine Hofleute, der Kandidat, der Hofprediger, der Marschall, um ihn her; und alles wartete auf Nachricht von der Ankunft des fürstlichen Hofs, um ihn zu verstärken durch den gräflichen; aber keine Seele kam.

Worble ging auf einen Augenblick aus dem Zimmer und holte von seiner Freundin Johanna Papissa, die er als einen Vorläufer Johannes zur Beobachtung des Lukas-Städter Fürstenhauses sich angestellt, die gewisse Nachricht ein, daß sie alles bei der Galerie habe vorfahren und absteigen sehen. Da flog er wieder zurück und konnte – um dem Grafen die Wartezeit so lange zu vertreiben, bis der Stallmaler von dem Abzuge des fürstlichen Personals die verabredeten Zeichen geben lassen – nicht Einfälle genug auf das zu späte Kommen der Fürsten vorbringen: «Und wie sämtliche Zeitungen», sagte er unter andern sehr gut, «fürstliche Abreisen und Ankünfte der Prinzessinnen in Ländern monatelang auf Tag und Stunde vorauszusagen wüßten, wie aber kein Nürnberger und Hamburger Korrespondent und kein Altonaer Postreiter weissagen könnte, in welchem Zimmer eine in der nächsten Stunde aus ihrem eintreffe, gleich wie man wohl die Partial- und Total-Finsternisse der Sonne auf Jahrhunderte vorausberechnen könne, aber auf keinen Monat die kleinen unsichtbaren Flecken auf ihr; und wenn schon eine Edeldame ihren Kutscher, Haarkräusler, jeden fremden Bedienten warten lasse und alle Welt dazu: wieviel mehr aber eine fürstliche!»

Noch immer fehlte der Bote des Stallmalers, und in Worbles Seele wurde eine ganze Schreckbilder-Galerie nach und nach fertig und voll. Denn wenn er sich es recht ausmalte, wie ein kleiner Hof, besonders ein Luxstädter, tausendmal leichter und gefahrvoller zu beleidigen ist als ein großer, weil er eben sich selber und folglich damit die Verbrechen gegen ihn vergrößert sieht – je kleiner der Glastropfen, ein desto stärkeres Vergrößerglas ist er –, so wußte der Reisemarschall gar nicht wohinaus vor Jammer, sobald er sich den Grafen in den Bildersaal hindachte, mit dessen kecken Schritten an die fremde Prinzessin hinan, sich ihr traulich heiß-ergießend über seine romantische Vorzeit bei der Prinzessin Amanda. – Und in der Tat, mir selber, der ich doch in größter Ruhe hier in meinem Zimmer längst hinter dieser ganzen Vergangenheit sitze und sie betrachte, steigen die Haare zu Berge, wenn ich mir den höchst beleidigten Hof vorstelle, den Grafen als einen Narren hinausjagend, den Marschall als dessen Oberaufseher und Kurator in die Festung werfend und wohl einige vom Hofpersonale, vielleicht gar noch den unschuldigen Kandidaten Richter dazu, der damals noch wenig ahnete und noch sehend (erst später blind) in alle Netze lief. – Denn wahrlich ein Kefter, ein Hundeloch, eine Fronfeste in einem Fürstentümlein, in einer Schweizerstadt, in einem Klostergebäude ist schlimmer als eine Spandauer Festung, eine Engelsburg, ein Tower in einem Königreiche; denn hier auf der so hohen Weltspitze werden, als auf einem Telegraphen, alle Bewegungen überall gesehen und von täglichen Schreibern leicht weitergemeldet; aber ein kleines Höfchen liegt unsichtbar im Tale und Schacht und arbeitet gewaltig, ohne daß ein Zeitungschreiber dessen Hofstaat oder dessen Aufgedeckte, geschweige dessen Gefangene oder Zugedeckte kennt und meldet. Daher schreiben die Völker mit Recht das Fürchterliche und Grausenhafte (nach Schellings Bemerkung) dem Zwerggeschlechte zu.

Mitten in den entgegengesetzten Erwartungen Worbles und Nikolaus'– daß nämlich fürstlicher Abzug und fürstlicher Einzug angesagt werde – und auf dem hohen Meere allseitiger Bewegungen über das Rätsel, daß schon Mittagzeit anrücke und doch die Prinzessin noch nicht fort wäre zum Ankleiden oder angekommen zum Bilderbesehen, trat glücklicherweise der Wirt ein, und der gute Pabst sagte dem Grafen die Wahrheit, ohne besonderes Wollen und Wissen: nämlich die Fürstlichen ständen schon längst vor den Bildern.

Da erhob sich sogleich Graf samt Gefolge.

Der Reisemarschall ging seinen Armensünderweg zur Richtstätte mit und fühlte sich hingezogen auf einer Kuh- oder Pabsts-Ochsenhaut samt eigner Ganshaut. «Alle Kreuz-Donnerwetter!» war sein stiller Seufzer.

Und wirklich fanden Graf und Gefolge etwas Ähnliches von Gewitter im Bildersaal: – ein brausender Bienenschwarm schien um *einen* Blütenzweig gelagert, nämlich eine Menge Kenner um den schönen Bruder des Stallmalers Renovanz, den blassen, zarten, blauäugigen Raphael.

Man wird sich vielleicht erinnern, oder hat es wenigstens vergessen, daß der Stallmaler den träumerischen Bruder, namens Raphael, nach einer väterlichen Testamentsbedingung der Erbschaft immer bei sich haben und über ihn wachen mußte.

Die Wache war leicht. Fast den ganzen Tag schloß dieser die Augen, und seine Gehirnkammern waren Raffaelische Logen, welche rundum mit himmlischen Glanzgemälden wie mit Sternbildern überzogen waren; seine Seele wiegte sich wie ein Engel in diesem gestirnten Pantheon. Sah er aus sich heraus in die Welt, und traf er dann irgend einmal auf ein vollendetes Zauberkunstwerk, das sein Bruder – geborgt hatte, nicht gemacht: so fuhr dasselbe mit solchen heißen Strahlen in seine zart-wunden Augen, daß er abends im Mondschein das Bild als sein eignes an der Wand, nur aber weit verklärter, glänzen sah; daher er das spätere Wahnbild für das Urbild ansah, das fremde Gemälde aber für eine matte Kopie desselben. Auf ähnliche Weise sah Justus Möser[212] Blumen in der Luft schweben, und auf eine noch ähnlichere sah (nach Bonnet[1]) ein Mann täglich vor seinen offnen Augen schöne Gebäude sich erheben und leere Tapeten sich mit Bildern füllen. Du froh-wahnsinniger Raphael! der keine andern Geschöpfe vor sich erblickt und belebt als die schönsten, vor denen alle die fremden erblassen, und für welchen jeder seltene Malerblumenstaub nur zur auferstehenden Phönixasche eines neuen Phönix wird! Jedes Allerheiligste der fremden Kunst wird eine Brautkammer von Schöpfungen für dich, und jeder Engel aus Farben bringt dir einen Gruß zur Empfängnis eines schöneren En-

1 Dessen Essai analytique sur l'ame, ch. 18.

gels. Und hättest du einmal das Glück, durch die Logen deines Namenverwandten zu gehen: so fändest du zu Hause ein Göttergemach und Pantheon für dich. – –

Sein Bruder, der Stallmaler, der sich selber im stillen für den Brocken des welschen Kunstlandes ansah – nämlich nicht für einen Brocken, sondern für den Berg Brocken –, konnte sich nicht genug darüber ärgern, daß der müßige Träumer sich ohne alle Pinselmühe an jedem Mondscheinabend für einen der größten welschen Meister halten konnte, indes er, Raphael, ihm nicht einmal den Gefallen tat, seine Werke wenigstens für schlechte Kopien von Urbildern zu nehmen, die er abends vor sich sah.

So stand alles, ehe beide in Lukas-Stadt einzogen. Hier nun, in diesem Tummelplatz von Malern und Bildern, sah Renovanz schon vorher aus den kühnen Absprechungen Raphaels lauter erboste Gesichter aufkeimen; denn ganz einzuschließen und abzuzäunen war der Bruder nicht. Da nun gerade damals der Buchhändler Nicolai sich in Berlin Blutigel an den After als Gens-d'armes oder Alien-Bills[213] gegen die fatalen Vexiermenschen, die ihn in seiner eignen Stube umzingelten und umtanzten, setzen lassen, und zwar mit einem Erfolge, daß er nichts mehr sah, sondern es der Akademie der Wissenschaften mitteilte: so hoffte Renovanz mit einigem Grunde, noch zehnmal glücklicher mit den Blutigeln, welche bei Nicolai so ruhmbedeckte Stoßvögel und Raupentöter ganzer dicker Kubikmenschen geworden, gegen die bloßen Flächenmenschen auf Wand und Leinwand zu operieren, wenn er die Blutigel als maîtres des hautes-œuvres[214] an dem After des eingebildeten raphaelischen Namenvetters einbeißen ließe, gegen dessen Abend-Ideale. – «Durch die Abschwächung», redete er physiologisch sich zu, «werden dem Narren bald, ich schwöre darauf, seine dummen stolzen Einbildungen und Vorbildungen von selber vergehen, und er wird meine wahrhaften Ideale mit ganz andern Augen anschauen.»

In dieser Hoffnung legte nun der Stallmaler mehrere Abende in Lukas-Stadt einige Igel an das Rückgratende des schlafenden Bruders, hob sie aber vor dem Erwachen wieder ab und machte darnach dem Arglosen das Nötige weis; allein nichts wollte zum Vorschein kommen als gerade das Widerspiel, und anstatt daß dem geschröpften Raphael die Blutigel – wie einst dem Welschlande die französischen Generale – die Meisterstücke entführt hätten und abgezapft, zogen diese Nicolaitischen Ableiterspitzen des himmlischen Feuers vielmehr das Gewitter erst recht heran; – der Blutverlust entzündete durch ein Fieber der Schwäche seine Träume noch heftiger, er sah nun ohne Mondschein, fast schon bei Taglicht Gemälde – er häutete sich wund gegen die niederländische Schule ab und konnte nicht einmal den Viehstand Renovanzens mehr ausstehen, geschweige dessen Engel- und Heiligenstand. –

Zum Unglücke hatte er den Tag der Gemälde-

Ausstellung abgelauscht – nun war an kein Halten durch Renovanz mehr zu denken; der bildertrunkene und bilderdurstige Träumer brach ein in den Saal zum Erschrecken des Stallmalers, der darüber alle Nachrichten und Lügen zu schicken vergaß, die er dem Reisemarschall so redlich versprochen.

Ich versichere die Welt, Raphael ging anfangs träumerisch auf und ab und trug vor allen Bildern eine Entzückung auf seinem Gesichte vorüber, die kein Abglanz und Widerschein von außen war, sondern von innen; denn er wandte sich von einem Gemälde der Luxstädter Welschen nach dem andern eilig ab, und vor der niederländischen Wandfibel ging er gar vorbei, ohne nur den Kopf hinzudrehen. Sogar über seines Bruders drei Preisgesuche glitt eiligst der Blick, was der Galerie-Inspektor bloß aus der Bekanntschaft mit ihnen unter dem Fertigmachen ableitete. Es bestanden aber die Versuche erstlich in vier trefflichen Roßschweifen, denen Renovanz als Attribute die zwei nötigen Bassas angeheftet, sein einziges Viehstück für die belgische Schule; zweitens in einem Prügelstück, welches die bekannte Schlacht bei Rom zwischen Nikolaus und Schleifenheimer darstellte; und drittens aus einem Werke im italienischen Stil, nämlich aus einem Stall mit den anbetenden drei Königen, worin keine Figur so vielen Beifall davontrug und so sehr den Meister verriet als der Esel und der Ochs.

Auf einmal aber hielt Raphael vor einem Gemälde aus der venezianischen Schule, von Paolo Veronese, still, Katharinas Vermählung darstellend. Maria sitzt auf einem Throne, die heilige Agnes kniet mit einem Palmenzweig in der Hand, ein Engel mit einer Lilie reicht der Braut Katharina den Arm, und das Christus-Kind steckt ihr einen Ring an den Finger. Es gab wohl keinen Menschen in ganz Lukas-Stadt und am Hofe und in der Kammer – welche noch über den Einkaufpreis trauerte – und im Bildersaale – darin etwa den Galerie-Inspektor ausgenommen – gab es keinen, der das Werk nicht für einen echten Paolo Veronese anerkannte. Die Krone und Peters-Kuppel der Galerie nannte man es, und ein Poet, der zu Bildern, ganz wie Goethe zu Tischbeins Zeichnungen, dichtete, reimte vom Kopfe der Hauptfigur Katharina, daß er wie ein Jupiterkopf, nur aber schöner und milder als mit Augenbraunenhaaren, nämlich mit Augen selber die Welt und die Herzen bewege und erschüttere. – Der Verfasser dieses, der schon mehr als eine Bilder-Galerie (nämlich zwei) im Durchgange gesehen (eigentlich drei), traf wirklich diesen herrlichen Paolo in keiner an und will ihn insofern für echt halten; bloß in der kaiserlichen Galerie in Wien hängt dieselbe Katharina im ersten Stock des zweiten, venezianische Meister fassenden Zimmers an der zweiten Wand, wie er bloß gelesen.[1]

1 S. 58. Gemälde der k. k. Galerie, erste Abteilung. Italienische Schule. Wien 1796 bei Matthias Andreas Schmidt, k. k. Hofbuchdrucker.

Der bisher ruhige Raphael schüttelte vor dem Bilde – dem in einiger Ferne noch das Gerüste eines nachzeichnenden Kunstschülers gegenüberstand – den Kopf ungewöhnlich heftig und deutete mit dem Finger auf Katharinas Augen; vergeblich suchte Renovanz, der diese Vorspiele kannte, ihn wegzubringen. «O meine Amanda amata, wie bist du kopiert, entfärbt und entstellt, deine Augen ausgelöscht und deine Lippen verblutet!» rief er. «Warum sind lauter Nachbilder in diesem Saale und kein Original! Kommt doch abends zu mir, ihr Zuschauer, und du auch, du Nachzeichnender (er wandte sich zu dem Herren- und Kenner-Halb-Zirkel) «heute ist gute Mondscheinbeleuchtung in meinem Zimmer, und ihr könnt da die besten Originale sehen, von denen hier so matte Kopien hängen. Ach, meine Amanda amata, wie anders siehst du hier aus als bei mir. Oh! das ist ja so traurig für mich!» – Der dürre Galerie-Inspektor versetzte ihm: «Ich komme abends gewiß, mein Freund!»

Hier trat Graf Hacencoppen, der Fürst Nikolaus, mit seinem Gefolge ein. Aber die Kenner-Masse neben Raphael und der Luxstädter Hof standen am fernsten Pole der Galerie. Der Hof, mit den Augen in die Kunst und mit den Ohren in die raphaelische Nachbarschaft vertieft, wollte, wie es schien, den Eintritt eines Inkognito-Fürsten nicht zu bemerken scheinen, welchem, gleichsam als zweiunddreißig blasende Postillone, zweiunddreißig stumme stille Ahnen vorausgegangen waren, wie ich seine zweiunddreißig aufgehangene Gesichter nennen kann, da er mit seinem eignen Gesicht ihr Ahnherr ist, ob er gleich darunter (wie jeder Stammvater) auch manche ihm unähnliche Ahnen und nur sechzehn ganz veredelte aus der welschen Schule zählt. – In der Tat, der romische Fürst glaubte sich dem Luxstädter gewachsen, aber ich behaupte, ganz mit Recht.

Der Reisemarschall hatt' ihn unterwegs recht dringend gebeten, sich vor dem Luxstädter Hofe nie das Kleinste zu vergeben, ja nicht entgegenzugehen, geschweige anzureden, da der Hof bisher so offenbar ihn gänzlich ignoriert habe und da überhaupt der Graf selber (was vielleicht den Hof etwas entschuldige) gar noch nicht vorgestellt und anerkannt worden. Worbles Wink war nicht unzeitig angebracht; denn Hacencoppen kam mit einem Mute vor fremder Fürstlichkeit an, daß ihn nur zarte Schonung seiner eignen zurückhaltend machen konnte.

Ohnehin lag ihm nun als Kunstkenner und -gönner das langweilige Geschäft auf dem Halse, die Gemälde sehr aufmerksam anzusehen und entzückt zu genießen; – zuweilen hatte er ein Wort von Mitteltinten, von Draperien und Tönen fallen zu lassen, desgleichen von großen Partien und kecken Pinselstrichen, oder vor manchen Bildern ein bedeutendes Schweigen zu beobachten, das andern auszulegen überblieb.

Den Bildersaal strichen über hundert der feinsten Kenner auf und ab und hatten Brillen auf, ausgenommen die Kennerinnen; und der Mut des Urteils ersparte oft tiefere Einsicht. Kunstrichter in Galerien sind überhaupt in der krönenden Wahl und Ernennung der besten Stücke am schicklichsten römischen Kardinälen gleichzustellen, welche bei der Wahl eines heiligen Vaters sich wahrhaft von dem heiligen Geist getrieben und angeblasen glauben; nur daß die Kardinäle, da sie den heiligen Vater oft aus ihrem eignen Konklave, ja sich selber als einen wählen, nur mehr aus sich machen als die feurigsten Bilderkenner, welche nur einen oder den andern Fremden zum Meister und Polyklet-Kanon[215] kanonisieren. Den auf- und abgehenden Kunstrichterbänken war es – sie vozierten sich bloß durch ein kurzes Stehen vor einem Bilde zum Gerichtstand desselben – ungemein leicht, ja sogar ein Spiel, über Kopien und Originale ordentlich und richterlich zu sprechen und jene zu diesen zu erheben, aus Liebe und Achtung für jede Malerhand, so wie etwa in London das Volk die ausgestopfte Hand, welche der Fürst Blücher, den Zeitungen nach, zur Schonung seiner lebendigen aus dem Wagen hängen ließ, so warm wie seine faßte und preßte. Im ganzen war das Publikum, besonders das, welches in der Nähe des fürstlichen Kreises sich entzückte und aussprach, ungemein mit allem, vornehmlich mit den neuen Ausstellungen beider lukas-städtischen Schulen zufriedengestellt, sogar mit dem Elendesten, was ich an und für sich für den schönen Zug eines Publikums ansehe. Denn dasselbe hat mit den Cureten[1] gemein, daß diesen nicht, wie andern Göttern, besondere Tiere darzubringen waren, sondern daß ihnen alle Opfer wohlschmeckten und man gewöhnlich mit Ochsen anfing und mit Vögeln beschloß.

Nur Raphael flocht den Lobwerbern Körbe statt der Lorbeerkränze und ließ höchstens Lorbeerblättchen durch kurzes Stehenbleiben vor einigen Bildern fallen; aber auf dieses Stehen gab der magere, listig-gerunzelte Galerie-Inspektor wie auf eine Ehrengarde eines Kunstwerks acht, und es schien dieses seltene Stehen mit seinem eignen heimlichen Herabsetzen der Masse übereinzustimmen; denn öffentlich belobte er alles stark, was gekauft dastand. –

Dem Grafen von Hacencoppen aber wurden nicht über drei Minuten Zeit gelassen, um sich flüchtig als Kunstkenner zu zeigen; denn kaum hatte ihn Raphael erblickt, so flog er ihm zu, von einigen Damen in der Ferne begleitet, welche sich an des Träumers milder Stimme und verklärtem Gesicht gar nicht genugsam laben konnten, und rief: «O Marggraf, Marggraf! Blicket dort die beraubte Amanda an! Steht sie nicht lieblicher in dem Bilde von Wachs vor Euch? – Aber kommt heute im Mondlicht zu mir, da sollt Ihr sie schauen, die himmlische Amanda und Maria und Agnes und den

---

1 Pausan. IV. 31.

Engel und das Kind.» Der Galerie-Inspektor sagte: «Ich hab' es schon gesagt, daß ich gewiß komme.»

Aber welches andere Gesicht konnte hier der Graf zu solchen durchaus neuen Offenbarungen machen als in jedem Falle das betroffenste oder vierunddreißigste Gesicht, da er sein ursprüngliches dreiunddreißigstes zu den zweiunddreißig Gesichtern mitgebracht, welche von den beiden Malerschulen an die Wände gehangen worden! Raphael konnte zwar – diese Gedanken durchschossen sein Gehirn und seine Gesichthaut fliegend hintereinander – die Wachsbüste seiner Amanda gesehen und in seinem allen Reizen so nachgiebigen Gehirn abgeformt haben; aber wo und wann mag er dann die fünf Prinzessinnen, besonders Amanda, in ein Gemälde gebracht haben? Etwa in Rom, als sie im Parke als himmlische Wachsköpfchen standen?

Die Verwirrung war im Saale nicht kleiner als in seinem Kopf. Ein Dutzend Anschauer wandten sich von ein paar Dutzend seiner kopierten Gesichter auf sein eignes. – Raphael setzte nichts Geringeres als den Hof in Erstaunen, denn die Keckheit war übermenschlich. – Die fremde Prinzessin oder die romische Venus Urania stand mit dem ersten Kammerherrn und einer Hofdame vor dem Paolo Veronese. – Der Graf von Hacencoppen ging auf das Gemälde los, und der Träumer flog ihm voran.

«Ist dies Euerer himmlischen Amanda ähnlich, Marggraf?» fragte Raphael vor dem Gemälde, ohne Rücksicht auf die fremde Prinzessin ...... –

Hier nun ist wirklich der historische Ort, wo ich – obwohl Historiograph des von Hacencoppen und früherer Begleiter und Prophet desselben – doch außer mir geraten möchte und zornig fragen: was in aller Welt fruchten denn einem Helden von bedeutender Geschichte seine Aussichten und Einsichten und seine seltene Überfülle von Phantasie, wenn er fähig ist, sich einzubilden, daß die Figuren in Paolos Vermählung der Katharina die fünf Prinzessinnen im Park vorstellen, indes er doch auf der Leinwand ein Kind und einen Engel vor der Nase hat? – Freilich in etwas spricht für ihn der Sturm der Eile, daß er sich vor der Prinzessin tief verbeugte und sie – statt Raphaels – anredete in feurigem Anblicken: «Wer anders als eine Maria auf dem Throne kann entscheiden, ob die Freundin erreicht worden!» – Ja, man hat bei der Sache sogar noch von Glück zu sagen, daß Nikolaus nicht gar des Ringes, den das Jesus-Kind der Braut Katharina oder Amanda ansteckte, gedachte, noch von dem Kinde auf sich anspielte. – «O dürfte nur die Frage gewagt werden», fuhr er, begeistert von dem milden Schweigen der so nahe vor ihm glänzenden Prinzessin, fort, «wo das Original jetzt weilt, das in Rom in der schönsten Beleuchtung vor Ihrer Durchlaucht stand!» Sie senkte sinnend den Blick, weil sie, in der Meinung, er spreche von ihrem vorjährigen Aufenthalte in Rom in Welschland, sich eines Gemäldes von Paolo entsinnen wollte. – Raphael machte sie vollends noch irrer durch die

Zwischenrede: das Original weile bei ihm selber im Gasthofe. «Oh, wie beglückten mich damals die *Orangeblüten* neben so großen Blüten der Schönheit», fuhr Nikolaus fort. Die Prinzessin konnte natürlich nicht aus dem Mißverstehen herausgelangen – denn sie mußte da, wo er an seinen alten aufgelesenen Orangenstrauß in Rom dachte, bloß auf die welschen Gärten verfallen und auf die römischen Kunstschönheiten und auf seinen Kunsteifer, der statt der Gemälde die Maler selber in Gold eingefaßt –; sie konnte daher bloß eine an den Kammerherrn gerichtete Antwort geben: «Rom vergißt man wohl nie.»

«Es müßte denn über ein anderes Rom sein», versetzte der Kammerherr ironisch, in seiner Erbosung über die anredende Zudringlichkeit eines Grafen mit dem Wahnsinns-Passe, «von woher uns auch manches Außerordentliche kommt», und er verstand darunter wieder das Hohengeiser Rom, so wie Nikolaus das welsche.

Erbärmlich aber ist's freilich, und zwar sehr, wie oft die Menschen einander nur halb vernehmen und ganz mißverstehen, was ich nicht erst hier auf dem biographischen Papier, sondern häufig am Teetische erlebte, wenn ich Gedanken, die ich nach dem Aussprechen und Gebären mißgestaltet fand, vor den Zuhörern zurücknahm und ihnen verbessert wiedergab: da hatte gar kein Mensch den mißgeschaffnen Gedanken wahrgenommen als ich. –

Der Graf bekam Mut nach Mut durch solchen

Einklang von allen vornehmen Seiten, und hinter dem Frührot der Freude, das lange auf seinem Gesichte gestanden, ging am Ende seine ganze Sonne der Liebe hell auf, vor einer so schönen und nahen Freundin der verklärten fernen Freundin, und er sagte laut zu ihr: «O daß ich *sie* seit dem Abende in Rom nie vergessen, Ihre Durchlaucht – daß ich *sie* suche – und meine Reise nichts hat als nur diesen Zweck und einen ähnlichen des Herzens – soll dies noch ein ewiges Geheimnis bleiben? – Gewiß nein, göttliche Amanda!»

Hätte doch Hacencoppen diese Anrede, statt sie mündlich zu halten, lieber auf Papier überreicht und folglich *sie* mit einem kleinen S hingesetzt: so würde die Prinzessin sich kein großes weisgemacht und sein ganzes Hohelied nicht auf sich bezogen haben. – Aber wir armen Deutschen müssen nun, solange die deutsche Zunge dauert, den Jammer einer vierfachen Vielzüngigkeit in uns schlucken, wenn wir sagen: erstlich «sie hat», zweitens «Sie hat», drittens «sie haben», viertens «Sie haben».

Da Prinzessinnen überhaupt bei ihrem Mangel an übenden Überraschungen ebensoleicht (wenn nicht leichter) verlegen werden als verlegen machen: so wußte die gute fremde Lukas-Städter, die sich schon lange aus Hacencoppens Entzücken nichts Vernünftiges nehmen konnte als eine tolle Liebeserklärung, nicht anders darauf zu antworten als wie auf eine vernünftige, nämlich durch *Über*sehen und Über*sehen*, und *Über*hören und Über*hören*;

zumal da man schon bei einer bürgerlichen Jungfrau fordert, daß sie ihren Liebhaber nicht namentlich ausspreche, so wie in Japan[1] der Name des regierenden Kaisers bei Strafe als ein Geheimnis verschwiegen bleiben muß.

Das Erröten der Prinzessin Maria über den gut stilisierten Wahnsinn sah der Graf für ein so erwünschtes Rot der Freude und der Wärme an, daß er eben seine Anstalten machte – noch erschrickt der Schreiber dies in seiner Ruhe darüber –, die Fürstin auf seine dahängende Gesichterausstellung zu lenken und ihr Wünsche irgendeines Gebrauchs davon für seine Geliebte von weitem anzudeuten: als zum Glück der Reisemarschall ihn antraf und benachrichtigte: er habe ihm im Hôtel etwas Wichtiges vom Fürsten zu überbringen. Zu gleicher Zeit langte ein adeliger Gesandtschaftrat mit Eilpost an, um dem Kammerherrn zu melden, daß seine Durchlaucht wünschten, die Hofdame würde ersucht, Ihre Durchlaucht die Prinzessin zu befragen, ob es Ihr jetzt gefällig, daß der durchlauchtige Fürst Sie zur Mittagtafel begleite. – –

Und darauf begab sich denn die reizende Gestalt hinweg, aber mit einem ganz freundlichen Scheidegesicht, das vielleicht es desto mehr wurde, weil sie eilig und geheißen davonmußte. Kunstverständige erklären sich das Gesicht im ganzen leicht und sagen: einer Prinzessin gefällt, nach dem ohnehin

1 Langsdorfs Reise um die Welt. B. 1.

auf Thronen seltnen Wahnsinn in der Liebe, doch immer ein wenig bloße Liebe im Wahnsinn.

Aber wir haben uns vor allem zu den richtigern, mehr kriegerischen Bewegungen auf dem Throne zu wenden. Der regierende, etwas ältliche Herr war über Hacencoppens von weitem herleuchtendes Liebefeuer gewissermaßen wie außer sich. Offnes Feuer des Hasses, geschweige der Liebe, leiden Höfe nicht; dergleichen ist ein brennendes Licht in einer öffentlichen Bibliothek oder ein eisenbeschlagner Stiefel in einer Pulvermühle. Was konnten dem ältlichen Herrn bei einem solchen Rechenverstoß Hacencoppens gegen Hofanstand die Goldstücke, womit er die einfältigen Preisstücke der luxstädtischen Maler wie elende Votiv- und Heiligenbilder behangen, Besseres sein als Rechenpfennige und Pappenstiele! Er gab daher sofort dem zweiten oder letzten Kammerherrn (denn in eigner Person dem Verbrecher der beleidigten Cour-Majestät näherzutreten, war zu tief unter ihm) den mündlichen Kabinettbefehl, dem Reisemarschall das fürstliche äußerste Befremden nicht unverhohlen zu lassen, daß er, der von Worble, mit dem sogenannten Hacencoppen, dessen Führer er doch bei seinen Gehirnumständen zufolge des Passes zu sein vorgebe, einen hohen anwesenden Hof habe behelligen können. –

«Es ist wahr», versetzte Worble, «es sind der Narren fast zu viele im Saal. – Himmel, dort tritt ja gar ein neuer mit einem Tiroler Hut an Seine Durchlaucht, fast den Hofnarren spielend. Aber was man sonst noch für närrisch im Saal hält, will ich sogleich daraus wegführen und mich selber nicht einmal mitzählen.»

So sprach Worble, ohne über den Blitzkeil der Kabinettordre im geringsten zusammen- oder auseinanderzufahren.

Aber der zweite oder letzte Kammerherr sah vor Schrecken über diesen Menschen nicht einmal auf den Tiroler hin, der vor dem Fürsten spaßen sollte, sondern versteinerte sich vor dem Hofsodoms-Loth ordentlich wie Loths Frau, wenn auch nicht zu Salz; denn ein mit *Stärke* gesteiftes glänzendes Hofweißzeug war er schon vorher. – Aber desto leichter können wir von dem versteinerten Mann einen Schluß auf seinen Beherrscher ziehen und auf dessen ältliches, ganz ausgeglättetes Gesicht; denn Kammerherren sind Ziffer- und Temperamentblätter ihrer Herrn: je behaglicher und freisinniger jene aussehen, desto mehr sind es diese; und umgekehrt kündigen wieder steife – steife an.

Indes mag, als flüchtige Rechtfertigung kleiner Höfe, die Beobachtung hier stehen, daß sie keine großen sind und man an kleinen Hofleute und Hofgäste um so pünktlicher durch strengste Etikette zu regieren hat, weil sich außerdem wenig zu beherrschen vorfindet. Wenn indes die Luft stärker an kleinen als an großen Höfen – so wie auf kleinen Wassern die Seekrankheit heftiger ist als auf großen – zur Hoftrommelsucht aufbläht, welche Höhenkrankheit, gleichfalls wie die Seekrankheit, in

Ekel und in Ausstoßen alles Fremden besteht: so wird wieder auf der andern Seite durch Steigerung der Würde gewonnen; ein Kammerherr, der nur neben wenigen seinesgleichen am kleinen Hofe aufwartet und glänzt, darf sich gern verschieden von jedem Titels-Vetter ansehen, der an einem großen Hofe in einem dicken Kammerherrnstab-Bündel halb ungesehen mitdienen muß; und so sind Höfe Haarröhrchen, worin Wasser desto höher steigt, je dünner und enger sie sind. – –

Jetzt erst, nach dem Abschiede der Prinzessin, bemerkte der Graf, was hinter ihm oben bei dem Fürsten vorging, mit welchem ein schön gebildeter, aber nicht hochstämmiger Tiroler sich in ein kühnes Gespräch eingelassen. «Fürst, du hast dir viel hübsche Bilder angeschafft», redete dieser mit dem Quäker-Du den Fürsten an, «weißt nicht recht, wohin mit deinen Gulden. – Aber deine Felder und deine Untertanen draußen sehen gar nicht so hübsch aus als die gefärbten Bauern da an der Wand. Ich täte an deiner Stelle ein Paar Schock davon zu Geld machen und ließe Saatkorn und ganze Kittel dafür einkaufen und schenkte die Sachen den Untertanen draußen – die würden hoch springen.» Obgleich der Fürst, an dessen Hof jedes Jahr ein ähnlicher Tiroler seine kurzen Waren und seine kurzen Reden auspackte, nicht dazu lachte: so hörte er ihn doch ohne Zürnen an. –«Gefall' ich dir?» fuhr der Tiroler fort. «Stelle mich als deinen Hofnarren an: so will ich dir und deinen vornehmen

Leuten um dich herum alle Tage schlecht schmekkende Wahrheiten vorsetzen ohne Tischtuch – Ihr bekommt die Wahrheiten sonst nur in der Kirche als Seelenzopfl am Allerseelentage[I] und als Fastenbrezel in der Passion; aber ich will euch überall einen kräftigen *Lehr*braten[216] auftischen. – Vor der Hand verlang' ich kein anderes Handgeld als das schlechte halb Schock Bilder dort, wovon jedes aussieht wie das andere; heilige Mutter Gottes, es ist wohl gar am Ende nur ein einziges Gesicht an zweiunddreißigmal da, wie ein Zahn im Maul.» –

Ein Hofherr sagte, die Stücke gehörten nicht zur Galerie, und der Fürst gab dem Tiroler einen Handwink zum Abgehen, mit den Worten: «Nach der Tafel wird Er gerufen», als eben die Prinzessin kam und Hacencoppen sich mit dem Gesichte gegen die Fürstlichkeiten hinkehrte. «Was Sepperle, dort steht ja der gemalte Narr eigenhändig», rief der Tiroler und ging geradezu auf den Grafen los.

«Grüß dich Gott, Gräfli! Da bist du ja selber noch einmal! Weswegen hast du denn dein Gesicht so oft malen lassen und bist als eine ganze Compagnie an der Wand? – Hast du nicht an deiner eignen Nase genug und läßt dir eine Garnitur von über dreißig Nasen drehn? Sie werden dich grausam kosten – und ziehst mit lauter langen Nasen ab. – Von den Maler-

I Seelenzopfl oder Seelenwecken nennt man in Bayern ein weißes Brot in Zopfgestalt, das der Pate am Allerseelentage dem Kinde schenken muß. Jacobsons technologisches Wörterbuch.

kerlen hat jeder dir deinen Kopf anders frisiert als der andere; es sollte etwas Apartes vorstellen, und du solltest jedem dafür die zwei Taschen der Frisierschürze vollstecken. Und ist mir lieb, wenn du's getan: so kannst du einen Hofnarren gebrauchen, der dich zum Narren hat, gutes Gräfli. Der alte große Herr wollte mich ohnehin nicht ansetzen; so nehm' ich mit einem Gräfli vorlieb.»

«Der Worte einige Hunderte weniger, lustiger Mann; ich nehme dich hiemit gern auf in mein Gefolge», antwortete der Graf laut zu einigem Erstaunen von Umstehenden. –

Ich müßte sehr fehlschießen, wenn hier nicht einige hunderttausend Mann (meine Lesewelt mit Millionen Bevölkerung gedacht) darauf schwören wollten, daß ihnen der Name des Tirolers so gut bekannt sei wie mir, weil es doch niemand sein könnte als Libette, des Fürstapothekers Schwester, die ihm im zweiten Bande[1] unter der männlichen Charaktermaske eines Hofnarren nachzufolgen zugesagt. Und wirklich sie war es. –

Der Fürstapotheker verließ den Bildersaal sehr befriedigt, als seinen halben Krönungsaal; denn hatt' ihn nicht die Prinzessin unerwartet aufgenommen? – Hatte nicht der grämliche Fürst ihm durch Worble sagen lassen, er werd' ihm nachher etwas sagen lassen? – Hatte nicht seine Schwester Libette ihn bei der Prinzessin stehen sehen und er wieder

1 B. 2. S. 245. [In dieser Ausgabe: S. 403.]

die Schwester bei dem Fürsten? Und hatte er in seinem Inkognito-Fürstentum nicht der letzten eine Hofstelle öffentlich bewilligen können, welche ihr der Lukas-Städter Herr aus wahrscheinlichem Geldmangel abschlagen müssen? – Und hatte bei dieser kitzlichen Sache nicht Libette – freilich in einem ihm unbewußten Handelverein mit Worble, der allein um ihre Verkleidung wußte – den blumichten Umweg zu seinem brüderlich-fürstlichen Herzen genommen? – – Natürlicherweise aber ging Nikolaus nach solchen Begebnissen mit desto größerer Selbererhebung die Palasttreppe hinab – und doch auf der Straße schon wieder noch neuern Merkwürdigkeiten entgegen, welche das ganze nächste Kapitel einnehmen und schließen .... Himmel! so hören hienieden die Merkwürdigkeiten nicht auf, im Leben wie im Lesen! –

Einundzwanzigstes Kapitel in einem Gange,

worin jeder immer mehr erstaunt und erschrickt

Der Gang

Vorfälle und Vorträge auf der Gasse – seltsame Verwandlungen vorwärts und rückwärts

Indem ich es eben betrachte, wie der Hofnarr, der erst im vorigen Kapitel nachkam, sogleich im jetzigen ohne weiteres in Handlung tritt, ohne verdammt langweilige Paß-Inquisitionen und Nachfragen, was er seitdem getan und erlebt, wo man gewesen und gereist: – so seh' ich fast mit einigem Selbgefühl auf mich als den Geschichtgünstling einer Geschichte hinauf, in der ich sogar Romanschreiber hinter mir lassen kann, welche sonst so sehr erdichten können; – und sogar über Walter Scott rag' ich etwas vor hierin. Denn gibt es im Leben eines Lesers etwas Verdrießlicheres, als wenn er – wie ebensooft bei Scott – auf einmal mitten aus der freundlichen zusammengewohnten Gegenwart des Helden (der bleibt sitzen) in die erste beste Vergangenheit eines alten oder neuen Ankömmlings zurückgeschleudert wird und so mitten im Paradiese voradamitische Zeiten zu durchleben bekommt? – Keinen Augenblick bin ich in Scott neben dem schönsten Blücher-Vorwärts vor einem Scott-Rückwärts gedeckt, wovon ich am Ende, wenn nun die neue oder die alte Person ihre Geschichte bis zur Ankunft bei dem Helden mitgeteilt, doch nichts bekomme, als was ich verloren, nämlich den weitern Fortgang der Geschichte. – Wenn es, beim Himmel! wie ich hoffe, unter allen Menschen keinen gibt, der sich so bequem bereden und belügen läßt als einer, der liest: so bitt' ich euch inständig, ihr Romandichter, warum in aller Welt versichert ihr den Leichtgläubigen nicht geradezu: *die* war so, *dem* ging's so, oder was ihr wollt, oder tischt ihnen euere Krebse – um nicht selber krebsgängig zu werden – als gute gare, wirklich in der

Pfanne rot gesottene auf, wenn sie auch gleich noch zappeln und rückkriechen, so wie Krebse in Solothurner Bächen oder auch die von Branntwein rot aussehen ungekocht und lebendig?

Ja sogar Männer meines Fachwerks, nämlich Geschichtschreiber, haben in ihren Darstellungen ähnliche Romanfehler begangen, die ich mir nicht vorzuwerfen habe. Oder spring' ich etwa, wie der große Thukydides, von den Mitylenäern ohne Endigung ihrer Geschichten zu den Spartern – und von diesen wieder ohne Endigung zur Belagerung der Platäenser – und endlich wieder zu den ersten zurück – und endlich wieder davon nach Corcyra, um gleichwohl darauf mit den Athenern gegen Sizilien zu ziehen? Und kann ein Dionysius von Halikarnassus[217], der das Vorige dem alten Griechen vorgerückt, darin fortfahren und mir Fünfziger, wie jenem Siebziger, vorhalten, ich spränge darauf nach dem Peloponnes und nach Dorien – und nach Leukas – und nach Naupaktus – und nach Und-so-weiter? ...... Doch ohne diese oder eine andere Unähnlichkeit, worin ich mich von Thukydides absondere, länger ruhmredig zur Schau zu tragen, geh' ich lieber ohne Absprünge zu meiner Geschichte zurück. – –

Hacencoppen drang sogleich auf dem Straßenpflaster dem Reisemarschall den Bericht ab, was der Lukas-Städter Fürst ihm Wichtiges sagen lasse. Worble versetzte dürr und trocken: «der Lukas-Städter wünsche bloß, daß Herr Graf von Hacencoppen ihm und seinem Hofe künftig nicht mehr nahekommen möchten, sondern aus dem Wege gehen.» – Der Graf – aus seinen himmlischen Wolken fallend auf das Steinpflaster, als ein Glanzmeteor aus dem Äther in die Erde fahrend mehrere Fuß tief – wollte in zehntausend Millionen Vermutungen auseinanderfahren; aber der Marschall fuhr zu schnell fort: «der etwas verliebte Lukas-Städter sei nämlich in dem unglücklichen Falle einer wenig verhehlten Eifersucht gegen den Grafen.» – Allein hier wäre dieser wieder und noch stärker außer sich gekommen, da er bei dem Fürsten Amandas Kenntnis oder Nähe oder gar Gegenwart annehmen mußte, wenn nicht noch eiliger, jedoch sehr gelassen, Worble fortgefahren hätte: «Wohl weniger auf Prinzeß Amanda als auf Prinzeß Maria ist die Eifersucht gemünzt; weil mit der letzten sich Herr Graf so lange über die Kunst, unter den Augen des Fürsten und des ganzen Hofes, unterhalten und sie selber sozusagen die ersten Schritte getan zum Gemälde und zum Herrn Grafen. Grimmige Blicke schoß der Lukas-Städter so viele auf Sie beide Fürstlichen hin, daß er dabei über die Späße unseres künftigen Herrn Hofnarren, der da eben eintrippelte, ordentlich zu lachen vergaß. Aber haften läßt sich mit mehr als einem Kopfe dafür, daß er alles der himmlischen Maria als Untreue, Abfall, Nebenschritt kundtut, sobald er nur mehr solche Anzeichen davon aufzubringen weiß.»

Hier bot Nikolaus alles auf, um auch jeden

kleinsten Verdacht von dieser Art abzuwehren, «und er laß' es darauf ankommen», sagt' er, «ob selber ein Argwöhnischer in der kurzen Entrevue Spuren warmer Herzverhältnisse zwischen ihm und der Prinzessin nachzuweisen vermöge». Hauptsächlich stützte er sich bei der ganzen Sache auf den wichtigen Punkt, daß überhaupt der Fürst jetzt in dem schönen Verhältnis, als Landes-Vater eines Kronprinzen, seiner Gemahlin unmöglich untreu sein könne, wenn auch mit zartester Liebe.

Da lachte der Marschall fast und sagte: «Einige große Herren oder mehrere springen doch wohl mit hohen Damen voll stolzer Reiherfedern wie mit hochschwebenden Reihern selber um und beizen beide, lassen sie jedoch nach der Beize gerne wieder mit einem Metallringe, worauf der Name der jagenden Herrschaft steht, ins Freie zurückfliegen, so daß ein solcher Vogel oft eine Menge Ringe von Herrschaften trägt. Fürstliche Vermählungen auf beiden Seiten, fürstliche Niederkünfte auf der einen schaden dabei nur wenig; die eheliche Magnetnadel zeigt doch immer nach dem Norden der Gemahlin, sooft sie auch abweicht in der Breite, oder sinkt in der Tiefe, und man mißt es deswegen bei den Nadeln durch die Deklinatorien und Inklinatorien. Es ist dergleichen nur ein abonnement suspendu der Ehe oder ein hors-d'oeuvre und opus supererogationis[218], wozu bei einiger Werkheiligkeit sich wohl auch Bürgerliche entschließen. Was die durchlauchtige Niederkunft in Lukas-Stadt betrifft, so kann noch bemerkt werden, daß die fremde Prinzessin schon lange vor ihr dagewesen, und jetzt wieder nach ihr. Gewiß ist, als Höchstdieselbe vor der sehr langen Gesichterkolonne des Herrn Grafen mehr gelassen vorüberwandelte als vorübertanzte, so sahen Höchstderselbe ihr ein wenig nach und hatten natürlich Ihre Gedanken; denn bloß des malerischen und teuern Werts wegen, wußte Derselbe wohl, hätten Dieselbe die Porträte nicht angesehen.» – –

Hier stürmte Worble Libetten, welche den Preis längst mit Schrecken erfahren, absichtlich auf, und der Hofnarr brach los: «Nimm's nicht übel, Gräfli, wenn du mehr als die Farben daran bezahlt hast, so haben dich die Gesichtmacher sauber beschnitten, dein ganzes hübsches Gewächs zu einem grünen Vieh, wie drüben im Schloßgarten den Buchs.»

«Der Herr Graf», sagte Worble, «haben aus eigner Bewegung und bloß aus Kunstliebe zehn Louis für jedes Bild bewilligt.» – Da schlug der Hofnarr die Hände zusammen und rief: «Nun, wenn dir das Geld so entfließt wie einem Maikäfer der Saft, sobald man ihn angreift: so gib mir was Weniges, und ich male dich in die Luft her mit den Fingern, wie du innen aussiehst, und sollst besser getroffen werden als oben im Saal.» – Hierauf nahm der Narr seine Finger und setzte sie so geschickt an seinem Kopfe an, daß sie als Umrisse etwas Kopf-Äußeres von zwei bekannten Tieren und auch von seiner Narrenkappe gut genug darstellten in der Eile.

Hacencoppen wollte am Ende doch der eigne Kopf etwas warm darüber werden – ob er gleich das Schwesterherz unter der Narrenjacke kannte –, als auf diesem Triumphzuge nach dem Gasthofe zum römischen Hofe wieder etwas Neues sich aufrichtete. – –

In der Tat, es war ordentlich, als wenn an *dem* Tage eine seltene Planetenzusammenkunft von vier sogenannten Narren – nach Anzahl der noch unendlich seltenern Konjunktion der vier obern Planeten – statthaben sollte; denn zum Hofnarren, zu Raphael, zu Nikolaus stieß unter dem Gasthoftore etwas Viertes, der Ledermensch fechtend.

Die Verordnung des Grafen ist längst bekannt, daß unter dem Tore seines Palastes immer eine Schloßwache zu Pferde halten mußte gegen den etwa eindringenden Ledermann. Der wachthabende Reiter war unglücklicherweise der phlegmatische Rezeptuarius oder der sogenannte Dreckapotheker, gerade diesmal, wo eben der ewige Jude durchaus hineinwollte. Der Reiter hatte aber keine andere Waffe in den Händen und an den Beinen als das stehende Schießpferd selber, mit welchem er auf den Juden einzuhauen trachten mußte, wenn er die Torsperre durchbräche. Da aber das Roß nicht so lang war wie die Torschwelle, so mußte es unaufhörlich umwenden, zumal weil der Feind aus Bosheit dasselbe tat, um die Lücke als Engpaß ruhig zu durchziehen. Schon ein Mensch kann sich vorstellen, daß ein solcher Strich und Widerstrich, in kurzer Zeit und auf so kurzem Wege, am Ende dem schweren Vieh teils beschwerlich, teils ganz unverständig vorkommen mußte und daß sich daher wirklich das Pferd immer mühsamer zu seiner Sonnenwende bewegen ließ. Sogar der Dreckapotheker bekam den Zelter und dessen schnelles Lauffeuer – schneller als das einer angezündeten Lunte – und das ganze Hin- und Herreiten herzlich satt; und nur dies hielt ihn etwas munter, daß der Lederne im Bewußtsein eines Erd-All-Fürsten es unter seiner Würde fand, durch eine zufällige Öffnung einzuschießen, und bloß still mit dem Prügel-Zepter auf- und niederging, breitere Tore fordernd.

So weit waren die Sachen gediehen, noch bevor Fürst und Gefolge auf der Gasse hertraten.

Jetzt eben saß der Rezeptuarius ab – ganz ermattet von seinen Umtrieben mit einem Treibeise von Pferd – und zog den Laufzaum desselben als eine Sperrkette über den Eingang, indem er sich fest so dem Gaule gegenüberstellte; die ganze Linie war auf diese Weise gedeckt.

Auf einmal wendet eben der Ledermann seinen Kopf nach dem daherziehenden Grafen und Gefolge um und zeigt seine gekrümmten Haarhörner, ein Hervorblinzeln unter dicken Haarbedecken und eine liegende, vom Zorn oder vom Gang gerötete Schlange auf seiner Stirn, so daß er in der Tat niemand reizte, ihn in den Gasthof hineinzuwünschen.

Nur der Hofnarr lachte. «Warum verrennt denn

der steife Kerl, der weder reiten noch gehen kann, dem lustigen Manne den Weg?» sagte Libette. «Er sucht ja mich, und ich selber hab' ihn ins Haus bestellt. – Schwarzer», rief sie ihm zu, «kommt nur her! – Seht, kommt er nicht? Ich mache mit ihm, was ich will, weil ein Weiser den andern versteht; und ich habe gestern in den kleinen Häusern» (sie meinte nicht petites maisons[219], sondern Nikolopolis) «ein Langes und Breites über sein Dünnes und Schwarzes und Ledernes mit ihm gesprochen.»

Man geriet in Erstaunen über des Hofnarren Einfluß auf den sonst unbändigen Kain; nur der Reisemarschall, der um Libette alles wußte, erläuterte sich die Sache durch die Annahme, daß der Tolle durch Ahnung ihr Geschlecht errate, vor welchem sich immer sein Menschenhaß versüßte und bezähmte. Worble war übrigens so scharfsichtig – und vielleicht ist es jeder von uns –, daß er Libettens Annäherung an diesen ganzen Narren im Weltregieren für eine politische ansah, mit welcher sie durch den ganzen auf den halben, ihren Bruder, heilend einzufließen dachte.

Unter allen Umständen konnten Hacencoppen und Gefolge nichts anders tun, als so kühn zu sein wie Libette und dem Feinde die Festung zu öffnen, bei solcher Besatzung. Kain ging ruhig und stumm auf die Gesellschaft zu und antwortete Libettens Scherzen mit nichts. Ebenso mild und ruhig ging er vor dem Reiter zu Fuß vorüber und die Treppe hinauf. Sobald er aber in des Grafen Zimmer gekommen war: so bewegten sich seine härnen Hörner, und am Kopfe zuckten Ohren und Nase. Er hatte mit der gewöhnlichen Verschlagenheit der Tollen seine Ausbrüche aufgehoben. «So hab' ich euch denn», fing er an, «lebendig zwischen vier Wänden vor mir, und ihr müßt mir alle zuhören. Bin ich fertig, so könnt ihr gehen; wer eher geht, fährt ab. Mich tötet keiner, ich aber einen und den andern. Ihr wollt meine Reichskinder, die Affen, nachäffen, ihr Unteraffen; aber ihr versteht es schlecht – ihr seid vom Antichristus abgefallen und macht euch der Hölle unwürdig durch euere feige Frömmigkeit und euer Dummbleiben mitten unter tausendjährigen Erfahrungen. Meine Affen sind klüger und lassen sich nicht, wie ihr, von euch regieren, nicht einmal von ihresgleichen. Bildet euch nicht ein, weil ihr einigen von ihnen mit manchen Gliedern ähnlich seht, vollständige Affen zu sein; auch der Hund, der Löwe, das Schwein sehen wie manche Affen aus, sind aber gar keine[I], und der Waldmensch betrübt sich über seine Verwandtschaft mit euch[II]. – Helvetius'[220] Menschenstolz auf zwei Hände beschämt der Affe mit vier Händen, und euere soge-

I Der Hundaffe, der Schwein- und der Löwenaffe, der Bärenpavian, die Meerkatze erinnern durch die Tierähnlichkeiten, die ihre Menschähnlichkeit durchziehen, an den physiologischen Satz, daß der Mensch Auszug und Gipfelblüte des Tierreichs sei.

II Der Urangutang ist bekanntlich im Gegensatze der anderen Affen ernst und trübe.

nannte hohe Gestalt bückt und bricht mitten unter ihrer Aufrichtung durch euern Horaz und Herder vor der Eden- und Riesenschlange, wenn sie aufrecht wandelt und über Türme schaut.

Schälet einmal euere Haut ab und seht euch aufgedeckt und aufgemacht an: so hängen statt euerer Reize und Menschenmienen Gehirnkugeln und Herzklumpen und Magensäcke und Därme vor euch da und würmeln; darum breitet ihr noch Häute vom Tier auf euere Füße und Hände, und Haare vom Tier auf euere dünnen Haare, und prangt mit schwarzen Beinen und Köpfen und mit bunten Überziehleibern eurer kahlen abgerupften Unterziehleiber.

Und nun kommt gar euer ewiges erbärmliches Sterben dazu, daß ihr nicht einmal so lange lebt wie eine Kröte im Marmor, geschweige wie ich aus euerm Paradies. Seid ihr denn nicht sämtlich bloß Luftfarbenleute und nicht einmal hölzerne, nur luftige Marionetten, wie sie der Buchhändler Nicolai in Berlin vor kurzem so lange um sich tanzen und reden sah, bis er ein Hausschlachten dieser Menschheit um sich her vornahm und unter die Gestalten seine Steiß-Blutigel als Würgengel schickte, womit er die ganze Stube ausholzte und lichtete, bis bloß auf sich selber, welchen Menschen dieser Nicolai nicht den Tieren oder Würmern vorwarf, was erst sein Tod tun wird?» – –

Ganz gewiß spann der Ledermann die Vergleichung bloß wegen des Gleichnamens Nicolai und

Nikolaus so lange fort. Aber in seinen reißenden Redestrom war mit keiner Gegenrede zu springen, und das Reißen war ganz unerwartet, da der gelassene Zuchthausprediger immer seine früheren Reden nur breit und lange und den Strom nur als Sumpf nach Hause gebracht.

«Rechnet einmal euere Nächte in *einem* Jahre zusammen und seht in der dreihundertfünfundsechzigsten nach, was euch von den langen Traumaffären auf dem Kopfkissen, von den Schlachten, den Lustbarkeiten, den Menschengesellschaften und Gesprächen und den langen bangen Geschichten, zurückgeblieben! Kein Federchen, kein Lüftchen; – und nun rechnet noch euere dreihundertfünfundsechzig Tage dazu: so habt ihr ebensoviel und der Teufel lacht und herrscht in euern Nächten und in euern Tagen; aber ihr wißt es nicht.

Und doch wollt ihr euch lieber von den matten, dünnen, durchsichtigen Menschen regieren lassen als vom Teufel, der tausendmal mehr Verstand und Leben hat als ihr alle und der bloß aus Mitleid euere Herrscher beherrscht. – Was seid ihr denn für Wesen und Leute? Euere Mutter gebiert euere Religion und macht euch entweder zu Juden oder zu Christen oder zu Türken oder zu Heiden; der Mutterkuchen ist die Propaganda, die Töpferscheibe eueres Glaubens. – Thronen sind auf Geburtstühle gebaut, und welchen ihr anzubeten habt als einen Herrscher, oder zu begnadigen als einen Untertan, entscheidet ein delphisches Mutterorakel. Ein Knabe von fünf Jahren und sieben Monaten, Louis XV., ernennt vor dem Parlament den Herzog von Orleans zum Regenten während seiner Minderjährigkeit[I] und der Herzog trägt dem Knaben alle Staatbeschlüsse zur höchsten Genehmigung vor; und sein unmündiger Vorfahrer, der Vierzehnte, befiehlt dem Parlament, ihn selber auf der Stelle für mündig anzusehen und ihm zu gehorchen. – Zwei Kronschufte, die Gebrüder Caracalla, wovon keiner nur zu einem römischen Sklaven taugte, aber jeder den Freien und Sklaven zweier Weltteile die Gebote gab, wollten in das damalige All sich teilen und der eine bloß über Europa, der andere bloß über Asia schalten und Aufsicht führen.[II] So waret ihr von jeher, und die Zeit macht euch nur bleich aus Angst und schwarz aus Bosheit, und erst hintennach rot aus Scham. Und euere Generationen werden durch nichts reif als durch die Würmer-Kaprifikation[221] unter der Erde, und ihr legt, da keine Zeit euch weiter bringt und treibt, euern Soldatenleichen Sporen an den Stiefeln an, die eben auf der Bahre liegen. – – Tötet euch nur öfter ..... gehorcht ihnen jedesmal, wenn sie euch in das Schlachtfeld beordern ..... tut etwas noch darüber, sterbt wenigstens, wenn ihr nicht umbringt ..... Was hindert mich jetzt im Reden? Ich spür' etwas, die Augenlider fallen mir nieder – ich mag auch

I Die Memoiren des Herzogs von Richelieu. B. 1.

II Herodian. c. 4.

nicht lange mehr sehen auf der dummen, trüben Erde, die Hölle ist heller.» –

Allerdings fühlte der Ledermann etwas, denn Worble hatte ihn bisher im Rücken mit allen seinen magnetischen Fingerhebeln aus dem Wachen in den Schlaf umzulegen gestrebt und dabei eine Masse von Wollen aufgeboten, womit er ein weibliches Krankenheer würde erlegt und eingeschläfert haben. Nur wurd' es ihm schwer, den Strom Kains mit seinem Gegenstrom aufzuhalten und rückwärts zu drängen; das Feuer gegen alle mit dem Feuer für einige zu bändigen.

Kain fuhr fort: «Ich bin gewiß schon sehr lange aus der Ewigkeit heraus und muß durch die dünnen Augenblicke der Zeitlichkeit schwimmen und sterben sehen – – Es ist närrisch auf der Erde – soeben entschlaf' ich.»

Worble hatte ihn gerade am Hinterkopfe mit zusammengelegten Fingern wie mit einem elektrischen Feuerbüschel berührt und blitzartig getroffen und ihn plötzlich in die höchste Magnetkrise emporgetrieben. Wie sonst als Nachtwandler, versuchte der Kranke das Aufklettern[1] mit geschloßnen Augen und drang in den nahen Kamin und an äußern kleinen Anhaltpunkten leicht darin hinauf.

---

1 Bekannt und erwiesen ist die Fertigkeit mehrerer Somnambulen, an den Wänden und überall wie Tiere durch kleine Hilfen sich in die Höhe zu heben.

Aber alle wurden bestürzt über eine fremde, liebliche, herzliche Stimme, welche jetzt verborgen zu ihnen sprach: «Ihr teuern, lieben Menschen, vergebt es mir, daß ich geflohen bin, ich ertrage vor euern Augen meine Schuld und euere Güte nicht; ich seh' euch aber alle. Oh, Dank habe du vor allen, der du mir den schwarzen Äther blau und licht gemacht und mich aus meiner brennenden Wüste auf einige Minuten in das kühle Land des Abendrots geführt. O wie ist mein trübes, flutendes Herz jetzt still und hell und rein! Und ich liebe nun die ganze Welt, als wär' ich ein Kind. Ich will euch mit Freuden alles von mir sagen, lauter Wahrheit.

In den Nächten ging ich bisher als Nachtwandler mit düstern zugeschloßnen Sinnen ergrimmt umher und irrte über die Dächer hin, aber ich stieg überall ein, um mich zu nähren und zu tränken; und überall tat ich es im Wandelschlaf, um mich zu erhalten. Aber sobald ich erwachte, wußt' ich von meinem Stehlen und Nähren nichts mehr, ich sah mich fort für den unzerstörlichen Kain an und fiel wieder ab, von Menschen und von Gott. Denn ich soll gestraft werden für meine tausend Sünden, lauter Sünden in der Einsamkeit; auf meiner Studierstube war ich alles Böse durch Denken – Mordbrenner – Giftmischer – Gottleugner – ertretender Herrscher über alle Länder und alle Geister – Ehebrecher – innerer Schauspieler von Satansrollen und am meisten von Wahnwitzigen, in welche ich mich hineindachte, oft mit Gefühlen, nicht herauszukönnen. – So werd' ich denn gestraft und fortgestraft durch Gedanken für Gedanken, und ich muß noch viel leiden. – Ach, ihr Glücklichen um mich her, ihr könnt den Unendlichen lieben, aber ich muß ihn lästern, wenn ich erwache; und um drei Uhr, mit dem ersten Anschlage des Kindtaufglöckchens, werd' ich wieder wach und teuflisch; dann hütet euch vor dem Unglücklichen; denn meine Hölle wird heißer stechen und brennen, wenn sie hinter dieser kühlen Himmelwolke wieder hervortritt, die Schlange auf meiner Stirn wird giftiger glühen, und kann ich nach dem Waffenstillstand der bösen Natur morden, so tu' ich's; – besonders scheue du mich, sanfter Marggraf, wenn dein Heiligenschein dein Haupt umgibt. Ich habe einmal um Mitternacht, auf einem Dache stehend, dich mit einem gesehen und innig gehaßt; aber sobald ich erwache, wird er durch deine bewegte Seele wieder um dich schimmern und mich entrüsten.

Jetzt lieb' ich euch Sterbliche alle so herzlich und kindlich und hasse niemand auf der Welt. – Ich habe in meinem Herzen dich, unendlicher Gott der Liebe, wieder, der in alle tausend tiefen Wunden der Menschen wärmend niedersieht und endlich die Wunde nimmt oder den Verwundeten. O Gott der Liebe, lasse dich fortlieben von mir, wenn ich erwache. Die schreckliche Stunde steht schon nahe, trägt mir meine Furienmaske entgegen und deckt sie auf mein Gesicht! – Vater der Menschen, ich bin ja auch dein Sohn und will dir ewig gehorchen; Vater, verlaß mich nicht, wenn das Glöckchen läutet» .....

Eben schlug es drei Uhr, und man hörte nur noch sein Weinen, und jede Seele weinte innerlich mit. Plötzlich erklang das Kindtaufglöckchen, und der Unglückliche stürzte aufgewacht herab. Gesicht und Hände waren geschwärzt, die Haarbüschel sträubten sich zornig empor, auf der geschwollnen Stirnhaut ringelte sich die rote Schlange wie zum Sprunge, und er rief freudig: «Vater Beelzebub, ich bin wieder bei dir; warum hattest du mich verlassen?»

Alle traten weit von ihm hinweg, nicht aus Furcht, sondern vor Entsetzen.

ZWANZIG ENKLAVEN

zu den vorstehenden zwanzig Kapiteln

Entschuldigung

Da ich in allen zwanzig Kapiteln des dritten Bandes keine einzige Abschweifung geliefert: so fürchtete ich, wenn er herauskäme, dem Homer ähnlich zu werden, dem mehrere Kunstrichter den Frosch- und Mauskrieg darum absprechen, weil er nicht darin[1], wie in seinen andern Heldengesängen, abgeschweift; – und ich nahm mir daher vor – damit dieser Band keinem fremden Verfasser zugeschrieben würde –, die mir gewöhnlichen Abschweifungen unter dem Namen Enklaven im folgenden Kometenschweifanhängsel nachzutragen, wenigstens für jedes Kapitel *eine.* Aber Verschieben und Verdicken des Buches zugleich – und manches Traurige sonst – verhindern, mehr als *drei* zu geben; sonst hätte man noch des Kandidat Richters Tagebuch – seine Bemerkungen über Weiber und Hofleute an Hacencoppens Hofe – und tausend bessere Sachen geschenkt bekommen. Indes, was schadet es, wenn einem Buche auch einige Bogen fehlen – oder manchem andern sogar alle –, da noch immer Zeit und Raum genug in der Welt übrigbleiben, sie nachzutragen.

Baireuth, im September 1822

---

1 Fuhrmanns Handbuch der klassischen Literatur der Griechen. B. I. S. 118.

I. Enklave

Einige Reiseleiden des Hof- und Zuchthauspredigers Frohauf Süptitz; aus dessen Tagebuch entnommen von einem aufrichtigen Verehrer und Stubenkameraden desselben

Der rechtschaffene Süptitz äußerte einmal gegen mich und einen andern sich so: «Trieb' ich, Freunde, das Spitzbubenhandwerk: so könnt' ich bei jedem Gaunerstreich, den ich leise zu verüben hätte, mich darauf verlassen, daß mich ein heftiges Husten oder langes Niesen ergreifen und überliefern würde. Und was könnte mir anderes zustoßen, wenn ich als Jagdbedienter mich auf dem Anstand so still und tot wie ein angerührter Speckkäfer anzustellen hätte, als daß gerade, wenn der Auerhahn nicht balzte, mich alles mögliche Insektenvolk überall stäche, damit ich rauschte, und er entflöge! Denn so ist einmal der Teufel gegen mich gestimmt.» –

Es ist bekannt genug, daß der Hof- und Zuchthausprediger ein ordentliches Lehrgebäude hatte, worin er den Satz festgestellt, daß der Arihman oder der Teufel, d. h. nämlich Teufelchen oder boshafte Geschöpfe den Menschen mit mikroskopischen Wunden, mit elenden Kleinigkeiten hetzen, deren ein guter Engel von Verstand sich in die Seele hinein schämen würde. «Traue man mir aber nie zu», fuhr er fort, «als lieh' ich dem Beelzebub körperliche Kräfte, etwa zum Bewegen von Körpern,

Maschinen, Büchern und dergleichen – wahrlich, wo bliebe dann noch Verlaß auf einen Uhrzeiger, auf eine Windfahne, auf ein eingesperrtes Stück Geld? – Sondern ich lasse nur zu, daß dieser Fliegengott, ob er gleich nicht einmal so viel Körperkraft wie eine Fliege hat um gleich dieser nur einen Spinnenfaden oder gar eine Fliege selber damit fortzutragen, doch durch seine organische Hülle (jeder Geist muß eine umhaben) sich mit jeder Menschenseele in einen magnetischen Bezug setzen und diese dann, wie ein Magnetiseur die Hellseherin, seine Gedanken kann denken lassen und dadurch alles durchsetzen; denn durch eine Reihe von Menschen, die ihm und einander nachwirken, kann er mit feinster Berechnung (Verstand hat der Teufel genug) tausend Ringe von körperlichen Vorgängen zu einer so künstlichen Kette schmieden und einhäkeln, daß er gerade, zum Beispiel wenn ich mich rasiere und noch den halben Seifenbart zu scheren habe, an der Kette einen alten heißgeliebten, seit Jahren unerblickten Freund in meine Stube zieht, der an meine Brust und an das eingeseifte Gesicht mit Küssen stürzt, und ich halte das zurückgebogene Schermesser hoch in der Hand empor aus Angst. – Aber wahrscheinlich ergötzt sich eben daran, an solchen komischen Ansichten, der Fliegengott, an dem weißen Kurzbarte und dem Verlegensein darüber. Ein solcher gefallner Engel will doch lieber spaßen als rasten und greift, da man ihm von oben große Einschreitungen versperrt, wenigstens nach kleinen und führt lustige Streiche aus. Luther nennt ihn Gottes-Affe. In den ältern christlichen Possenspielen erscheinen gewöhnlich vier Teufel und machen bloß die Hanswürste. Übrigens führ' ich dieses auf tausend Erfahrungen erbaute und auf sie zurückleuchtende Lehrgebäude ganz frei vor allen Augen auf; denn der Ruf, worin ich seit Jahren bei allen Klassen in Rom als ein Philosoph von nur gar zu häufigem Reflektieren stehe, wehrt, denk' ich wohl, den Verdacht eines Schwärmers von mir ab.»

Wir haben nun das Tagebuch des trefflichen Philosophen und Hiobs oder Werthers voll Leiden vor uns hergelegt, um daraus treu mehrere Blätter wörtlich mitzuteilen – sogar einen ganzen Brief an seine Frau, den er der Malereien-Gleichartigkeit wegen mit hineinkopierte –, da wir auf drei Tage lang das Glück genießen, dessen Stubenkamerad im Gasthof zum römischen Hofe zu sein und in diesem schönen Verhältnisse ihn bequemer kennen zu lernen aus seinen Worten und Schriften. Die Blätter des Tagebuchs sind ganz ungebunden und bloß numeriert; auf jedem steht gewöhnlich nur *eine* Not. Wir geben die Nummern unter dem Namen Nesselblätter, da leider sein Tagebuch mehr ein Nessel- als Nelkenblätterkatalogus ist. Wir sagten ihm früher selber, er blase sein Leben gern auf einer Harm- und Trauerflöte ab, und ein Harmzusatz sei ihm ein lieber neuer Flötenansatz. Allein dessen ungeachtet liefern wir hier das erste (Nessel-)Blatt ganz wörtlich, so wie es geschrieben lautet, um womöglich zu zeigen, daß wir, wie überall, so hier, redlich ohne Selbstsucht zu Werke gehen.

Nesselblatt 1

Es gehört gerade nicht zu meinen Reisefreuden, daß ich den luftigen sogenannten Reisemarschall Worble wenigstens auf einige Tage zu meinem Zimmergenossen haben muß, zumal da der satirische Mensch sich der spanischen Wand bemächtigt hat, die zwar ihn gegen mich in seinem Bette deckt, hinter welcher er aber jede Minute, wenn ich gerade aus meinem mühsam aussteige, vorbrechen und mich sehen und stören kann. Ob er nicht vollends diese Nachbarschaft benutzt, um mich zu behorchen, wenn ich nachts im Schlaf die unsittlichsten Reden ausstoße – weil der Teufel ordentlich meinem frömmsten Wachen und Wandel zum Trotze mich im Schlaf Niederliegenden in die sündlichsten Träume hineinschleppt –, daran ist bei einem so lockern Gesellen wie W. gar nicht zu zweifeln, der mit Freuden einen reinen Mann in seinen epikurischen Stall-Gespann und Kollegen wird verwandelt hören. Oh, ich werde zuweilen ordentlich rot, wenn ich dem Schadenfroh meinen Morgengruß biete.

Daß sie in Gasthöfen die Kopfkissen etwa hoch genug für den Kopf aufschlichten, bringt man durch vieles Vordeuten und Fingerzeigen – obwohl immer ein halb lächerliches Kolloquium für einen gesetzten Geistlichen bei einer Gasthofdirne – vielleicht dahin; aber das ist nie zu machen, daß die Bettdecke gerade um keine Handbreite schmäler oder kürzer oder um kein Pfund leichter ausfällt, als man seit vielen Jahren gewohnt ist, sondern man muß sich eben bequemen, daß man die ganze Nacht bald vornen, bald hinten etwas Anwehendes, abgekühlte Stellen und Glieder verspürt und das Erkälten wechselnd unter sie durch Umwälzen im Bett verteilt; wobei man sich bloß durch die Aussicht tröstet, daß dieses Nachtleiden etwas abmagere, wenn man zu dick ist. – Ist endlich das Wälzen vorbei und frisches Morgenrot da, so fehlt für einen beleibten Mann der Bettzopf – denn gewisser als diesen will ich einen Weichselzopf, einen Weihwedel in Gasthöfen antreffen –, und ich muß mich nun mit meiner Last ohne Bettaufhelfer aufrichten und erbärmlich hebellos über das Bettbrett herausdrehen, mit jeder Windung gewärtig, daß der komische Schadenfroh hinter seiner Wand plötzlich hervorkommt und scheinbar zurückfährt.

Sonst wird man im März nicht von Stubenfliegen heimgesucht, aber auf Reisen weiß der Fliegengott wenigstens eine oder ein paar Fliegen aufzutreiben, die er einem Gelehrten, der den so geiststärkenden Morgenschlummer durchaus nicht entraten kann, ins Gesicht treibt. Gegen eine solche Verbündete des Teufels grub ich gestern mich in Schlafmütze und Deckbette ein bis auf Mund und Nase, lieber das Schwitzbad vorziehend; – tausendmaliges Wegjagen mit Händen hilft ohnehin nichts; und schon Homer singt daher von der Unverschämtheit der Fliege – aber wer mit Fliegen umgegangen, oder mit welchem sie, der weiß längst, daß man ihrem Saugrüssel keine Blöße geben darf, z. B. durch das kleinste Loch im Strumpfe, wenn der Rüssel sie nicht benutzen soll. Meine Fliege setzte sich gern und immer auf Nase und Umgegend. Dadurch wurd' ich gegen meine ganze Natur, da ich sonst alle Tiere schone, weil ich mit Bonnet[1] sogar an die Beseelung und Unsterblichkeit der

1 Siehe dessen Palingénésie philosophique, T. 1. part. IV. Süptitz ließ gewöhnlich, wenn er einen stundenlangen Hin- und Herspaziergang von zehn bis zwölf Schritten zu machen hatte, seinen Mops daheim, weil er befürchtete, daß er durch das immerwährende Umwenden, wovon der Hund die Gründe nicht einsah, auf dessen Sittlichkeit nachteilig einfließen könnte und ihn zur Veränderlichkeit verführen oder ihm doch Langeweile machen.

Blätter glaube, geschweige der Blattläuse, grimmig und blutdurstig; ich stellte den Mund als Mäusefalle auf und wollte den Feind etwa zufällig mit den Lippen erschnappen. Viel Morgenschlummer war nicht dabei zu erwarten. Zuletzt, als der Feind nach einer halben Viertelstunde mich noch nicht auf dem rechten Ort angriff, setzte ich mich lieber aufrecht und hielt mich unverrückt und zugleich ganz fertig, um diesen Störenfried, sobald er sich auf meine Backe begeben, mit einem Schlage zu erlegen. Ich verfehlte ihn aber vielleicht fünfmal. Da hörte ich etwas neben mir lachen – denn der Bettschirm-Lauscher hatte in einem fort observiert –, und ich antwortete: «Zuletzt fall' ich selber in Ihr Gelächter ein, daß mir der Teufel die Backenstreiche durch meine eigene Hand zuteilt.» – Wirklich trat Herr Worble hervor und an mein Bett und sagte ganz freundlich «Guten Morgen! Die Bestie will ich schon fangen.» Aber mir war die gewiß andern nicht ungewöhnliche Täuschung begegnet, daß ich für *eine* wiederkommende Fliege gehalten, was zehn aneinander ablösende waren. Natürlich hätt' ich mich lächerlich gemacht, wenn ich so lange, bis dieser Spaßvogel meine Stoßvögel und Harpunierer – (welche letzte Metapher von ihm wirklich passend ist, in bezug auf Stechen sowohl wie auf relatives Größenverhältnis zwischen Fischer und Walfisch) – insgesamt hätte eingefangen und erquetscht gehabt, wenn ich, sag' ich, so lange im Bett geblieben wäre, um dann noch auf

Morgenschlummer zu lauern, was wohl der Schadenfroh am diesmaligen Nicht-Frohauf gern gesehen hätte; aber ich stieg ohne weiteres aus dem Bett.

Bl. 4

Der Morgenschlaf bringt leicht auf den Nachmittagschlaf. Aber wie wäre solcher auf Reisen denkbar? Kann ich ihn schon daheim nur wie eine Zeitung brocken- und blätterweise zu mir nehmen, ob ich gleich jedes Klängchen von Geräusch, das vor meiner Stube vorbeilaufen will, abwehre und sogar meine Singdrossel einsperre, weil sie mich aus dem ersten Schlummer treibt: so ist wohl nichts natürlicher und unausweichlicher, als daß in Gasthöfen unter dem Wagenrennen der Kutscher und unter dem Treppenrennen der Kellner niemand als ein Stocktauber ein Auge zutun kann oder etwa ein Berauschter unter dem Tische. Senk' ich mich endlich gewaltsam in ein halbes Entschlummern: so seh' ich darin schon von weitem Stallknechte Pferde herausziehen zum Anspannen und die Kellner als meine Wecker die Treppe hinauflaufen. – Inzwischen hab' ich doch ein kleines psychologisches Kunststück (wohl wenige machen mir's nach) zweimal glücklich durchgeführt, daß ich mich nämlich entschied, die vier oder fünf Minuten, die mir vor dem Aufwecken frei blieben, keck zu einem freien

Schlummer zu verwenden und den Kopf ordentlich in ihn wie in einen Lethe-Pfuhl tief hinunterfallen zu lassen und erst aufzutauchen, sobald die Türe aufginge. Es waren zwei eigene Genüsse, diese Kurz- und Zwangschläfe, aber die Gründe, die ich schon von weitem sehe, entfalt' ich leicht näher bei Muße.

Bl. 5
Des Waisenhauspredigers Süptitz Brief an seine Frau in Rom

Reiseleiden wird man eigentlich in keinem Tagebuch so gut beschreiben als in einem Brief an die eigne Frau, da man ihr, die ohnehin an Hausleiden gewöhnt ist, desto lieber und breiter die außerordentlichen vortragen wird, zumal wenn der Gatte bedenkt, daß eine gute Frau durch sein elendes Ergehen draußen sich fast über das daheim geschmeichelt fühlen kann. Inzwischen ist die meinige noch besser, und ihr wär' es wohl am allerliebsten, wenn ich in der Ferne gar ein ganzer Seliger wäre. Daher hab' ich vor ihr manche Disteln meiner Reise umgebogen und dagegen manche Rosen höher aufgerichtet. Ich kann daher eine treue Abschrift des Briefes recht gut als ein paar Blätter des Tagebuchs gebrauchen.

Meine sehr geschätzte Ehefrau!

Fett bleib' ich freilich noch immer, aber Einflüsse – die ich dir in meinen letzten Briefen breit genug vorgemessen – werden mich schon verdünnen. Dem guten Marggraf kann man nur leider nie entzückt genug sein. Manches Herrliche aber habe ich dir wirklich von vorgestern zu deinem Mitgenusse aufzutischen; um so leichter wirst du den Nachgeschmack der Henkermahlzeit von gestern verwinden, die ich dir nahher bringen werde.

Verzeihe nur – muß ich dich noch vorher bitten, eh' ich mich an das heilige Liebe- und Abendmahl von vorgestern mache – meine teuflische Handschrift in dem vorgestrigen Briefe. Aber der Teufel wußte eben seine Sache recht gut zu machen, wie gewöhnlich mit mir. Nämlich mitten im freudigsten Ergusse meiner Liebe für dich sprang mir durch Aufdrücken der Federschnabel um einen halben Zoll auf und trug keinen Tropfen und Buchstaben mehr. Nun wird in Wirtshäusern nichts mehr vernachlässigt als (außer etwa Tinte) Federn; und mit *einer* müssen oft zehn Landkutscher ihre Briefe schreiben – Federmesser fehlen ohnehin. Ich nahm daher meine Etui-Schere (ordentlich ahnend hast du mich mit einem Flick- und Nähzeug versorgt) und schnitt von der Feder den langen Storchschnabel ab – verkürzte wieder diesen, aber leider zu einem zu breiten Löffelgansschnabel – der mußte wieder mit der Schere geschmälert werden –

dann war wieder die Spalte zu sehr verkürzt – und doch war neues Aufspalten wieder äußerst bedenklich – da schrieb und ackerte ich denn mit dem breiten Federspaten meine Freuden an dich ohne weiteres zu Ende und erwies dem Satan, gegen welchen ich mit einem fast lutherischen Trotze gerade, was er stören wollte, durchsetzte, gar nicht den Gefallen, nur nach Feder und Messer zu klingeln. – Lieber hätt' ich mit der Schere dir geschrieben und die beiden Spitzen als eine Federspalte eingetunkt. – –

Nun steh' ich bei dem seligen Vorgestern, das ich gar nicht freudig genug darstellen kann, damit du das nachherige Gestern mit noch weniger Schmerzen aushältst als ich, du edle Teilnehmerin! Ich sah und hörte nämlich dem vorgestrigen Amtjubiläum des Generalsuperintendenten *Herzog* in der Lukaskirche zu! Denke dir nun alles! Der junge Hofkaplan *Hasert,* das Faktotum oder Kann-Alles bei Hof, voll Wohlwollen und voll Vorbitten für Notleidende, aber ein feiner glatter Weltmann (der mich sehr zu suchen scheint), erhob den Jubelgreis mit Feuer und segnete ihn feierlichst ein. Vorher aber hatte der Greis dasselbe gleichsam an sich selber getan und in einer majestätischen Rede voll Würde und Gefühl für seine Amts-Leiden, Lasten und Taten und Saaten erzählweise Gott und seinen Kirchenkindern gedankt. Über alle Maßen und bis zu Tränen rührt' ich mich, indem ich mich ganz in seine Stelle versetzte und mich selber als den Jubilarius dachte, welcher mit seinen größeren Verdiensten und Würden dir gegenüber weinend auf dem Altar stände. Aber schon in dieser fremden Kirche sah ich voraus, daß mich der Teufel nie eine Rührung würde so rein durchsetzen lassen wie etwa den Generalsuperintendenten, dem es sogar gegönnt wurde, daß hinter ihm tags darauf seine alte Köchin jubilierte, wegen ihres langen Dienstes bei ihm. Denn herrliche Herzergießungen – schöne Empfindungen bei schönem Wetter – unbezahlbare Gefühle nach Wohltun leidet der Satan nicht, sondern setzt mich von ihnen unmittelbar auf Hiobs bekannten Misthaufen und läßt mich klagen wie diesen früher auch überglücklichen Mann.

Lasse mich nebenbei, nämlich bei Gelegenheit der Rührung, die Reflexion machen, daß es im ganzen erbärmlich ist, auf wie vielen Subsubsubdivisionen von gemeinen Mitteln man endlich zum Edeln gelangt, z.B. ich in der Kirche zum Gefühl der Rührung: wie ich mich anziehen mußte, Stiefel, Weste und alles, Treppen hinab- und hinaufzusteigen, in den Kirchenempor zu treten, hinauszusehen und vieles Körperliche anzuhören hatte, bis ich endlich das Geistige in die Seele bekam, was man eine Rührung nennt. Ja wieder dieser rein geistige Gedanke selber, auf wie vielen körperlichen Umwegen erst kann er bei dir, meine Gute, ankommen! Muß ich nicht leider eintunken, Sand streuen, siegeln, auf die Post schicken (Zwischen-Kleinigkeiten lass' ich zu Hunderten weg) und du deinerseits wieder Porto zahlen, Siegel aufbrechen, am Papier hinablesen bis zum gedachten Punkte? –

Ich komme auf den schönen rührenden Jubeltag zurück, wo nachmittags sich der böse Feind schon in einige Bewegung zu setzen schien. Anfangs gelang vieles, und von dem Schneidermeister wurde mir – weil ich am nächsten Morgen dem ehrwürdigen Jubelgreis einen Besuch und Handdruck und Glückwunsch zudachte – ein neues schwarzes Kleid, ohne das ich unmöglich auf Reisen länger mit Anstand erscheinen kann, zum Anversuchen gebracht. Da du weißt, wie selten meiner Dicke etwas sitzen will: so mußte der Meister mir den Rock bloß mit kursorisch-gehefteten Lappen-Hälften anprobieren, und so auch einen bloß mit weiten schlechten Stichen zusammengenähten Ärmel. In der Tat sah ich mich in einem ganz richtigen und, nach künftigem Zunähen, wie angegossenen Gewande dastehen – als eben höchst unerwartet der Hofkaplan Hasert mit Seidenmantel und Seidenstrumpf eintrat, um mich noch spät einzuladen für morgen auf sein Landhäuschen, nahe an der Stadt, zu einer freundschaftlichen Eß-Nachfeier des Jubelgreises, wo er mich am schönsten und längsten vorzustellen hoffte. – –

O Gott! liebe Gattin, ich stand denn in meinem lächerlichen einarmigen Anprobierrock und mit dem Ärmel, den ein vorklaffendes Hemd noch von der Achsel absonderte, dem großstädtischen, zierlichen, zartlächelnden Hofmann vor Augen. – Aus-

und Ankleiden in seiner Gegenwart wäre schrecklich gewesen, wurde von ihm auch sehr verbindlich verbeten – vielmehr mußt' ich Skandals und Symmetrie halber sogar den linken Schau-Ärmel auf dem Tisch anziehen, zum Verstecke des Hemdärmels. – Und so spaziert' ich denn in meinem grobnähtigen Marterkittel und mit den beiden Ärmeln, die wie zwei abgehauene Arme von den Achseln abstanden (innerlich lacht' ich selber über mich), an Haserts Seite auf und ab, wozu später noch vollends Herr Worble stieß. Dieser nannte später mich den eignen Gliedermann meiner Bekleidung, die malerische Selber-Akademie, den aufrechten Probierwaagbalken meines Rocks; vielleicht ungesalzene Einfälle!

Sonst zieh' ich – getreu meinem Namen Frohauf – eben nicht das Kleinsauer des Lebens sonderlich ans Licht; aber das Tragen des lächerlichen Probier-Ornats machte mich aufmerksam auf die lästige Mühe, im Auf- und Ablaufen mit dem beweglichen Hasert mich mit meiner Dicke, der Schicklichkeit gemäß, bei dem Umkehren so zu schwenken, daß ich wieder links zu stehen kam, was mir das Sprechen und Gehen, zumal da der Kaplan auch anfing, höflich zu wetteifern und links zu springen, unbeschreiblich erschwerte; – bis endlich Herr Worble als der dritte Mann ins Spiel eintrat, welcher samt mir den Kaplan so in die Mitte nahm, daß wechselnd einer von uns, da Hasert doch nicht zwei linke Seiten hat, ihm mit aller

Höflichkeit ohne Grobheit zur rechten gehen konnte und mußte.

Ich durchschauete ganz gut, daß der Hofkaplan als Hofspion der marggrafischen Verhältnisse und Verschwendungen, worüber jeder staunte und fragte, mich besuchte und einlud; indes er spielte den feinsten Mann.

Endlich komm' ich auf den künftigen Tag, auf gestern, wovor ich, schon weil ein herzvoller Vorgesternvormittag vorausging und weil zweitens ein wahres Fest versprochen wurde, mich wohl etwas hätte ängstigen sollen; denn bei dem Genusse der Freuden ist der Mensch, wie bei dem Kirschkuchen, mitten im frohesten Einbeißen ins Mürbe hinein keine Minute lang vor einem übersehenen Kirschsteine gesichert, den er zwischen die vordern Schneidezähne bekommt.

Ich führ' es nicht eigentlich als Unglück des Festes – ob die Sache gleich mich verspäten half –, sondern als bloße Folge meines ungewohnten Reflektierens an, daß ich später aus dem Bette herauskam, weil ich darin bei meinem Hemde, das ich tausendmal ganz mechanisch ohne Nachdenken angezogen, auf einmal achtgeben wollte, wie ich's bisher dabei gemacht; – aber ich bracht' es zu nichts, nicht einmal das alte herab unter dem Achtgeben und wußte nicht einmal, welchen Arm ich sonst zuerst in den Ärmel gesteckt, bis ich endlich nach vielem Abarbeiten mich blindlings dem alten Mechanismus überlieferte und ohne alles Reflektieren das frische Hemd anzog – da ging's, und die Kunst des Instinkts wies sich mir wieder.

Glücklicherweise hatte Herr Worble diesmal, wenn nicht außer Hause, doch außer seinem Bett geschlafen; inzwischen kam ich dabei auf einer andern Seite zu Schaden. Da ich mich nämlich abends mit einem heisern Halse niedergelegt hatte: so macht' ich, um zu erfahren, ob er noch da sei, einige Versuche mit recht lautem Anreden ohne allen Sinn und Bezug: «Komme Sie doch her! He! wer ist Sie denn?» Da brach Herr Worble, der alles gehört, zur Türe herein und suchte seine Lust darin, mich über die Person listig auszufragen und sich schadenfroh-ungläubig über das bloße Probieren des heiseren Halses zu gebärden, indes stellte mich freilich auch schon das Hals-Probieren in das lächerliche Licht, das ich so unendlich scheue.

Es müssen viele Hemmräder ineinandergreifen, wie du, Liebe, weißt, bis ich irgendwo zu spät als Gast ankomme, zumal da ich schon, aller Hemmungen gewärtig, eine halbe Stunde vorher fertig dastehe; – aber ich langte doch später als die Suppe bei Hasert an. Frischgewaschene knappe Strümpfe, leinene – dann seidene – vollends beide zugleich über- und untereinander anzulegen, war schon zu Hause von jeher meine wahre Sabbat-Arbeit; aber gar außer Hause, ohne allen Beistand, mit zehn elenden dicken Fingern, das Ziehen – Zerren – Zupfen – Glätten – Dehnen – Bücken, nein, meine Gute, dazu bot ich diesesmal meine Hand nicht.

Auch hatte der zuvorkommende Hofkaplan mir, da sein Landhäuschen etwas weit außer der Stadt lag, Stiefel fast aufgedrungen. Aber der Satan weiß mich auch ohne Strümpfe, an die er sich fest, wie eine Stechfliege am liebsten an Beine, setzt, zu finden in Stiefeln. Nachdem ich den rechten glücklich-mühsam angebracht: so sucht' ich, indem ich die leider fußlange Ferse in den linken eingetrieben, etwas auszuruhen, und die beiden Ziehleder des Stiefels (Strupfen nennen's die Hiesigen) in den Fingern haltend, dacht' ich bloß darüber nach, wie lang' ich etwa in dieser ruhigen Lage fortdenken könnte und auf welche Weise endlich damit nur aufzuhören wäre. Himmel! da saß ich und dacht' ich und sah kein Enden ab, bis ich allem ein plötzliches Ende machte durch einen raschen Entschluß und derben Zug am Stiefel und – diesem eine Strupfe abriß. Aber – teuere Gattin! wie ich jetzt an *einem* einzigen Ziehleder zog, das auch abfahren konnte – wie die andere Hand den glatten Stiefelschaft selber festpackte und zerrte – wie ich als lebendiger Stiefelknecht, obwohl bloß zum Anziehen, mich wegen voriger Zeiteinbuße abnutzte wie an einem Pumpenstiefel – Wasser zog er mir wohl genug heraus auf die Stirn –, diese Martern sind wenigstens einige Dornen aus der Krone, welche ich einmal ganz in einer der vertraulichen ehefrohen Stunden vor dir sozusagen aufsetzen will, damit du nur siehst, was ich ertragen.

Desto mehr hatt' ich nachher zu eilen. Von fünfzehn weißen Pfefferkörnern, welche ich gewöhnlich als Mitarbeiter am Verdauen eines Gastmahls zu mir nehme, spuckte ich lieber sieben wieder heraus, weil ich sie mit Wasser, ungeachtet alles Schluckens – letztes war aber eben zu eilig und wie das Hemdanziehen zu absichtlich –, immer nach verschlungenem Flüssigen, wie Muscheln nach einer Ebbe, im Munde sitzen behielt und ich mich auf zeitspielige Versuche, mit Einwickelung in Gekäutes, nicht einlassen konnte. Endlich trat ich, spät genug, auf die Gasse hinaus. Aber schon wieder Spuk, wenn auch leichter. In meiner so zeitgemäßen Eilfertigkeit hatt' ich meine Halsbinde hinten im Nacken nicht straff genug geknüpft, und sie fing unterwegs an, sich allmählich immer weiter aufzumachen. Da ich nur noch fünf Gassen ins Freie hinaus hatte: wollt' ich draußen im Gehen knüpfen und knöpfen; aber mit jedem Schritte wickelte sich der elende Halsstrang mehr auf zum Langrund, und das Fruchtgehänge um den nackten Hals – das erbärmliche Gefühl eines sachten Losgehens und Abgleitens schlag' ich gar nicht an – drohte bei stärkerem Laufen gar abzufallen, so daß ich noch vor dem Tore hinter eine Haustüre mit dem vergrößerten Narrenkragen treten mußte, um ihn fest zu schließen.

Außerhalb der Stadt wurd' ich durch nichts aufgehalten, ausgenommen kurze Zeit weit draußen an der Kirchhofkirche (ein fehlerhafter Name) von einer Sonnenuhr, auf der ich meinen Zeitverlust ersehen wollte; ich mußte einige Minuten warten, bis eine auf der Scheibe ruhende Wolke dem Schatten wieder Platz gemacht. Nur hatt' ich unter dem Hinaufschauen das Unglück, daß ich einem vorbeigehenden Bürger, der guten Tag zu mir sagte, aus Vertiefung ins Zifferblatt mit dem Gegengruß: gute Nacht, mein Freund! antwortete, worauf dieser mit Recht etwas zurückzumurmeln schien. Ich überlegte ein wenig hin und her, aber mein Abscheu, irgendeinem unschuldigen Wesen auch nur im Kleinsten, sogar zufällig, Kränkung zuzufügen, zwang mich, dem Mann nachzulaufen und nachzurufen: «Wahrlich, ich wollte sagen: guten Morgen, guter Freund; nimm er's nicht übel.»

«Suchen Sie sich künftig einen andern Narren», brummte er mit viertel umgedrehtem Kopfe zurück und schritt hastig vorwärts.

Im Freien lachte mir Haserts gleißendes Landhaus von weitem entgegen, und man konnte mich später in jedem Falle schon unterwegs erblicken. Wahrscheinlich kam dies dem Teufel nicht gelegen, und er suchte etwas dagegen hervor. Der unterste Knopf an meiner zu engen Weste hatte sich (davon erleichtert, spürt' ich's nicht sogleich) von allen seinen Faden losgemacht, bis auf einen, so daß er daran wie ein Vorhängschloß vor dem fernen Knopfloch lag. Annähen – da alle Gäste mich sehen konnten – durft' ich auf offener Straße nicht, gesetzt auch, ich hätte (Nadel und Zwirn fehlen mir nie) mich zum Anheften umgedreht, oder es auch hinter einem Baum gemacht; denn ich wäre vom Landhause aus sehr falsch ausgelegt worden. Sitzen bleiben durfte der Knopf auch nicht wie ein hängendes Siegel, da unten die Weste – wie bei den Landleuten aufgeknöpft zur Zier – mit einem lächerlichen Triangelausschnitt klaffte. – Folglich trug ich meinen schon wie eine Spinne am Faden gaukelnden Knopf in das Landhaus hinein und machte ihn unten an der Treppe wieder fest; aber freilich nicht nur mühsam genug mit der dünnen Nadel zwischen den fetten Fingern, sondern auch in der größten Besorgnis, daß der Hausherr die Treppe herabfliege, um mich noch unter meiner Schneiderarbeit höflich zu empfangen. Zum Glück aber wurd' ich von niemand bemerkt als von einem der oben rennenden Bedienten, der über das Geländer schauete und einem andern leise sagte: «Blitz! drunten steht ja der Dicke und flickt.»

Ich begab mich hinauf und traf noch zeitig genug hinter der rauchenden Suppenschüssel, gleichsam meiner vorausziehenden Wolkensäule, ein. – Mit größter Artigkeit von so vielen Seelsorgern bewillkommt, war ich um so eifriger darauf bedacht, den majestätischen Jubelgreis Herzog auffallend und würdig zu bewillkommnen in seiner seltnen Würde, zumal da die so freundlichen Mienen seines alten, von Arbeiten und Sorgen durchschnittenen Gesichts mein Gemüt ungewöhnlich bewegten und von mir ordentlich bittend erwarteten, daß ich, als ein Fremder und als ein Mann von einigem philosophischen Ruf, des gestrigen Jubelgreises Fest durch eine überraschende Anrede, da er keine mehr zu erleben hatte, verlängern und verdoppeln möchte. –

Ach meine geliebteste, werteste Gattin! wäre dir doch ein Gatte beschert, der zehnmal weniger dächte! – Aber es steht nicht in meiner Macht, sondern ich denke viel. – So durchdacht' ich denn auch, bevor ich den Jubilarius anredete, schleunigst, was es heißt: reden (anreden vollends), und ich erstaunte über die dabei zusammenarbeitenden Tätigkeiten des Menschen: erstlich, daß man die bloße *reine* Gedankenreihe des Menschen Gott weiß wie weit in die Länge vorausspinnen und dann das Gespinst mit Bewußtsein anschauen muß – zweitens, daß man jedes Glied der Kette in sein Wort umsetzen – drittens wieder diese Worte durch eine grammatische Syntaxis in eine Sprachkette zusammenhaken muß (unter allen diesen Funktionen setzt das Selbstbewußtsein unaufhörlich sein vielfaches Anschauen fort) – und viertens, daß der Redner, nachdem alles dies bloß innerlich gemacht worden, nun die gedachte innere Kette in eine hörbare umzuarbeiten und aus dem Munde Silbe nach Silbe zu holen hat – und fünftens, daß er unter dem Aussprechen eines Komma oder Semikolon oder Kolon gar nicht auf dieses horchen oder sehen darf, weil er jetzt schon das nächste Komma innen zu bearbeiten und fertig zu machen hat, um es sofort außen an das herausgerollte anzusetzen, so daß man freilich eigentlich nicht weiß, was man sagt, sondern bloß, was man sagen wollte. – – Wahrlich, ich begreife bei solchen Umständen kaum, wie ein Mensch nur halb vernünftig spricht. – –

Genau entsinn' ich mich nicht mehr, in welcher Gestalt, wenn nicht Mißgestalt, nach einem so langen Philosophieren und Gebären meine Anrede an den Jubelgreis abging; – aber mich erfrischt es, daß ich nachher manchen innigsten geglückten Glückwunsch dem Jubilarius im Vorbeigehen darbrachte. – Über die reiche Eß- und Jubeltafel geh' ich hier nur kurz weg, weil zu viele bedeutende Personen daran saßen, als daß ich meine Urteile über sie einem Briefe anvertrauen möchte, den ich ja wieder der Post und tausend Zufällen anvertrauen muß. Wenn ich aber bloß über einige Gäste und etwa über den kleinen Unfall noch weghüpfe, daß ich mit einem Munde voll Wein ganz unbegreiflich in ein plötzliches Niesen ausbrach – ich traf glücklicherweise nur mich –, so versaß ich, darf ich sagen, den ganzen Nachmittag an einem herrlichen Göttertisch ..... Doch das selige Abschildern behalt' ich mir für übermorgen vor. Denn jetzt schau' ich eben meiner dicken Hand im Schreiben zu und höre die Feder; dies aber stört mich zu sehr in der Freude der Malerei. – So lebe denn froh, ja froher als dein

ewiger

Frohauf S.

II. Enklave

Des Kandidaten Richter Leichenrede auf die Jubelmagd Regina Tanzberger in Lukas-Stadt

(Vorbericht vom Herausgeber des dritten Bandes des Kometen)

Die Predigt des Kandidaten muß zum gewöhnlichen Eingange noch einen zweiten haben, den man denn hier anstößt als Heidenvorhof[222]. Die verstorbne Tanzberger war die einzige Schwester des Rezeptuarius, des sogenannten Dreckapothekers. Er, der Bruder, hatte sie mit größter Gelassenheit sowohl als Magd bei dem Superintendenten behandelt, dann als Dienst-Jubilierende (wovon das Nähere nachher) und endlich als Kranke unter seinen Kurhänden, und darauf sie ebenso kühl aufgegeben, eingesenkt und beerbt. Nun war der Kandidat Richter von jeher – und fast noch jetzt – keinem Menschen so aufsätzig als den sogenannten phlegmatischen, welche kalt und langsam die Pfeife rauchten, noch kälter und langsamer die Zunge regten, und welche das Leben nicht lasen, sondern buchstabierten, und zwar ganz jüdisch, indem sie z.B. das Wort Rokiah so buchstabieren: Komoz Resch oder Ro; dann Chirik Kuph oder Ki; dann Patach Ain oder Ah.[1] «Der Donner fahre in die kühlen Schnecken», sagte der Kandidat, «kann nicht der Narr kurz und schnell sein wie sein Leben und, was

1 Leben Mos. Philippsohns von Salomon.

schon der große Friedrich forderte, jeden Bericht auf *einer* Blatt-Seite vollenden und jeden Prozeß schon in *einem* Jahre?»

Da der Bruder an der Schwester so wenigen Anteil nahm, ob sie ihm gleich wie aus den Augen geschnitten war: so ärgerte sich der Kandidat nebenher darüber noch aus dem Grunde stark, weil ihr Gesicht dem brüderlichen so ähnlich war, daß er seines darin gleichsam im altmachenden Spiegel sehen konnte. Aber für ihn wollte alles nicht viel vorstellen, nicht einmal ihr Jubel und Tod. Beide waren aber so:

Sie war bei dem Lukas-Städter grauen Generalsuperintendenten *Herzog* als Magd alt und fast mehr Lebens als Dienens satt geworden. Nun hatte die Dreiundsechzigjährige gerade an dem Tage, wo ihre Herrschaft – nämlich die männliche – ihr Amt-Jubiläum feierte, bei einer Viehausstellung, wo mehrere Preise für die fettesten Tiere und die magersten, d.h. ältesten Dienstboten ausgeteilet wurden, von der Regierung das Belobschreiben empfangen, daß sie vierzig Jahre bei einer und derselben Herrschaft ausgeharret. Sie hatte ihrem sehr strengen frommen Jubelherrn, dem Generalsuperintendenten, schon gekocht und gewaschen, als er erst Subdiakonus war – dann war sie ihm auf der gewöhnlichen Schneckentreppe des geistlichen Münsters, wo die Stufen Jahre sind, nachgestiegen zum Syndiakonat – dann zum Archidiakonat – dann zum Stadtpfarrer – bis sie endlich mit ihm in der

Generalsuperintendentur ankam. So hatte sie von unten mit ihm hinaufgedient. Als sie nun vor vielen hundert Paar Ohren öffentlich auf der großen Wiese ein Lob überkam – sie, die ihr ganzes Leben hindurch nur unter vier Ohren in der Küche mit der Gans zugleich erhoben wurde, die sie richtig gestopft –; als sie von dem Präsidenten persönlich angeredet, mit dem Ehrenkaftan angetan, nämlich verbriefet wurde mit dem Belobungpapier und statt einer gewöhnlichen Ehrenminute einen ganzen Ehrentag erlebte: so war es, wenn man bedenkt, daß Tasso *vor* seiner Lorbeerkrönung starb, fast ein Wunder, daß sie erst *an* ihr umkam, ja *nach* ihr sogar. Denn sie hatte an einem doppelten Ehrenkreuze zu tragen, nämlich auch an dem Gefühle der Elite, daß ihre Brotherrschaft, der Superintendent, ein paar Tage vorher das eigne Amtjubiläum gefeiert, wovon breite Glanz-Silberflittern an sie anflogen und ihr Haar versilbern halfen.

Endlich schlug gar noch etwas anderes ihre letzte Stunde aus, nämlich eine Uhr selber, und zwar eine Repetieruhr; denn als Marggraf die Feierlichkeiten sah – jede ergriff ihn sehr – und das zugleich verjährte und ausgedörrte Gesicht dazu: so überwältigte ihn seine immer liebende bewegte Natur so sehr, daß er mit mehr Eile, als wohl schicklich war, zur Jubelmagd durch die Masse schritt und ihr, was er eben Bestes bei sich hatte, seine Repetieruhr mit einem breiten roten Seidenband – das er für jemand anders in der Tasche geführt hatte –

gleichsam wie eine Guitarre um den Hals befestigte.

Das Band gehörte unter ihre Sargseile – es war zu viel, eine alte Magd nach der Uhr[223] wie eine Dame zu behandeln, die mehr eine Männin *wider* die Uhr ist, nicht eine für sie. Regina wollte niemals wagen, sie aufzuziehen, um nichts abzusprengen; aber repetieren ließ sie, von Kunstverständigen beruhigt, das stillstehende Werk des Tages öfter die letzte Stunde des Stillstandes, welche elf Uhr war. Daß sie später gerade um elf Uhr abends einschlief oder selber stillstand, ist ordentlich die Fortsetzung jenes schon an sich wunderbaren Falls, wo in Beek (im Crefeldischen Kreise, s. Nürnberger Korrespondenten No. 68. 1815) am 11. Jenner der Blitz gerade um elf Uhr die Ziffer elf vom Turmzifferblatt wegschlug.

Nur in ihrer letzten Mattigkeit ließ sie, um endlich einmal den Genuß der Uhr zu haben, solche sich aufgezogen anhängen; aber die Uhr ging noch fort, als ihr Herz schon stand.

Der Kandidat hatte sie und ihr ehrliches, bedächtiges, runzelvolles Gesicht bei der Krönung gesehen und hier wieder sein altes Mitleiden mit bejahrten Dienstboten empfunden, welche unentfesselt mit dem schweren Dienstblocke an den alten Füßen in die Grube einsteigen. Ihr würde er damals bloß die alte Pfaff im Landgericht Müdesheim vorgezogen haben, welche bloß achtundsiebzig Jahre im Dienste und davon achtundvierzig in demselben verlebt, aber nachher hundert Jahre und zehn Monate alt geworden.[1]

Dieses und manches andere benutzte der Reisemarschall Worble, den Kandidaten der Theologie zu einer Antrittpredigt – etwa diesesmal zu einem kurzen Leichensermon – aufzumuntern. «Eine Kanzel ist ja schon da im Gasthof», sagte er, «– Honoratioren als Leichenkondukt auch, ich und der Hofprediger – der Leidtragende desfalls, der Rezeptuar Tanzberger, und nichts fehlt als die Leiche.»

«Nicht einmal diese», versetzte Richter. Da ihm nämlich hier die seltene Gesichtähnlichkeit des Rezeptuars mit der Schwester einfiel, so daß dessen Gesicht als ein Schieferabdruck und Steindruck des ihrigen im Feuer der Leichenrede für ihr eignes angesehen und angesprochen werden konnte: so war dies dem Kandidaten, teils Scherzes, teils Rache halber am ungerührten Bruder, so erwünscht als irgendein Spaß auf der ganzen Fahrt. So fing er denn vor Süptitz, vor Worble und vor Tanzberger, dessen kaltes Gipsabdruckgesicht zugleich ihn selber und die Erblaßte vorstellte, die Rede auf der Mobiliar-Kanzel an wie folgt:

*

1 Nürnberger Korrespondent. 1817. Nro. 298.

Gebeugter Tanzberger!

So ist denn Ihre Schwester Regina Tanzberger nicht mehr; denn was noch vor uns steht (hier deutete der Kandidat leicht mit der Hand gegen einen Spiegel rechts auf Tanzbergers Bild darin, und dieser suchte wieder im Spiegel nach und sah hinein) – dies sind bloß die kalten seelenlosen Hülsenreste des entflogenen Geistes, der seinen kallösen[224] Körper, sein corpus callosum oder caput mortuum[225] nicht länger beseelen wollte; es ist bloß das schildkrotene Uhrgehäuse der herausgehobenen Repetieruhr; das bloße Hippokrates-Gesicht[226], ja die Hippokrates-Mütze[1] oder Mitra capitalis Hippocratis der kranken, nun geheilten Seele. Aber das gebeugte Rezeptuariat vor mir richte sich an dem Troste empor, daß die Arbeitsame mit ihren Runzel-Kreuzen und mit ihrem Grauhaar nicht anders als nach der Zurücklassung des Kopfes, also bloß in der andern Welt ein Bandeau de Ninon[227] gegen Falten und einen Metallkamm gegen graue Haare finden konnte; und daher wird sie jetzt schöner aussehen als selber ihr jüngeres Ebenbild vor uns.

Nur wenige Herrschaften setzen es sich auseinander, was eine Dienstmagd aussteht, wenigstens hundertmal mehr als ein Bedienter, der doch zuweilen seine Pfeife rauchen und recht oft und weit aus seiner Bedientenstube weg sein kann – aber ich

1 So heißt bei den Wundärzten eine gewisse Bandage des Kopfs.

tat es längst, ohne doch eine zu sein, nämlich eine Herrschaft; und daher kann ich sogar aus dem Stegreif – nämlich aus dieser Kanzel, die mich einweiht, nicht ich sie – Leiden und Freuden eines verstorbenen Dienstboten flüchtig und obenhin in zwei Teilen darlegen. Es war schon unter der Jubelkrönung der verewigten Jungfer Regina Tanzberger, daß ich mir ihr vierzigjähriges Dienstwühlen auf dem Gerüste auseinandermalte, wo ich stand und herabsah; aber nach ihrem Auszug aus dem Dienste und aus dem Leben holte ich mir alle übrigen Personalien von ihr als nötige Funeralien ein und kann daher etwas sagen.

Wunderbar und doch nicht ohne Ruhm fing die selige Tanzberger ihre vierzigjährige Laufbahn bei dem Superintendenten dadurch an, daß sie von Herzog auszog, als er bloß Subdiakonus war und noch unbeweibt. Er hatt' es nämlich nicht aushalten können, daß sie unaufhörlich fegte, kehrte, kratzte, wusch – überall, wohin niemand kam, z.B. die Dachtreppe oder gar laut bis an drei Schritte vor seiner Studierstube, in der selber freilich nie ein weiblicher Besen an Armen gearbeitet hatte. Sie konnte aber sich nicht ändern, sondern nur den Dienst, da die weiblichen Wesen niedern Standes durchaus nichts sind und bleiben als ihre angeborne Natur, indem sogar die der höhern Bildung der Sonne gleichen, welche ihre Flecken immer wieder zeigt durch die monatliche Drehung um sich. Wollen wir nur einen Augenblick ihrem trüben Auszuge zusehen, um dabei an andere ihresgleichen zu denken, die nicht wieder den Rückzug machen. Stumm und langsam packte sie in eine große Schachtel – denn erst später dehnte ihr bewegliches Vermögen sich zu einem Köfferchen aus, und endlich gar bis zum Kleiderkasten – ihren Festtagglanz von weißen Hauben und bunten Schürzen ein, welche sie sonst an schönen Sommertagen mit ganz anderen Gefühlen ausgepackt; indes die heitere Nachfolgerin ihre weibliche, mit Blumen bemalte Kleider- oder Gewehrkiste auf die Stelle der Schachtel lagern ließ. – Aus dem kurzen Dienste schied Regina mit aller Teilnahme am herrschaftlichen Glück, die einen langen begleitet; und sie konnt' es am Abzugmorgen kaum aushalten, daß sie die Kochtöpfe mußte am Feuer sehen, ohne zu wissen, ob das Fleisch saftig genug herausgezogen werde. Überall standen frohe Gesichter, die sie entbehren konnten, von dem Subdiakonus an bis zu den angenommenen Kindern von Verwandten seiner Braut, die sich gewöhnlich über alles Neue, besonders über einen neuen Haus-Menschen, als über einen neuen Weltteil ihrer Weltchen erfreuen. So schied die Trübe von Frohen, und alles sah wohl der Nachfolgerin zu, aber niemand der Abgehenden nach.

Da er aber als Syndiakonus die Braut heiratete: so kam Regina wieder, und auch das Scheuern, aber doppelt; denn jene wußte das Wasser als das Urelement der weiblichen Schöpfung und Welt so gut zu schätzen als Pindar und Thales. Seitdem ging bei dem Jubilarius die selige Jubilaria vierzig Jahre aus und ein, ein langer Wüstenweg ins gelobte Land. Allerdings flog ihr manche ungebratene Wachtel in den Mund, und gerade am Sonntage fiel (anders als bei den Kindern Israels) Manna der Lust vom Himmel. Sie konnte da meistens schon nach der Nachmittagkirche die Stuckaturarbeit des Sonntags an sich anfangen und brauchte den weißen Anwurf erst spät vor dem Abendküchendienst wieder abzulösen, nachdem sie doch auch wie andere abends empfunden, daß es ein heiliger Tag sei. So stellte sie an Sommerabenden unter der Haustürtreppe ihren Hausschmuck wie eine Fürstenbraut stundenlang zur Schau aus, indem sie noch dazu selber im Schmucke steckte und alles Vorbeigehen ansah. Ich wünschte nur, in diesen und einigen andern Punkten hätte der strenge Jubilarius weniger geeifert und es mehr bedacht, daß für das arme Volk der rotgedruckte Sonntag die Schminke des unscheinbaren Wochenlebens ist und daß ein sechstägigdunkler Leib von Wandelerde sich auch in eine sonntägige Sonne durch bloße Kleider verklären kann, wie ja ein Prediger sich selber ganz anders und geistiger im Priesterrock empfindet als im Schlafrock. Ja die Selige trug oft aus Mangel an Fingerarbeit – da der strenge Herzog, wie England und Schweiz, alles sonntägliche Nähen und Stricken untersagte – schon am zweiten Feiertage Verlangen nach Faustarbeit und Wochensumpf.

Wenn freilich die Selige zuweilen viel länger, nämlich einen ganzen Tag lang, mit ihren architektonischen Verzierungen, sechzehn Schnörkeln, acht Stengeln und drei Blätterreihen am Kapitell, und mit dem korinthischen Säulenfuß als eine lange Säule (unser gebeugter Tanzberger ist kürzer) dastehen konnte: so war es, wenn der Jubelsuperintendent etwas von seinem Kindersegen an Töchtern oder Söhnen taufen ließ, welche sie alle so lange lieb hatte und am Herzen trug, als sie nicht gehen konnten; und sie sagte oft mit erlaubtem Stolze: «Da steht keiner von des Herrn Herzogs jungen Pfarrherren auf der Kanzel, dem ich nicht zu seiner Zeit hätte die Nase geschneuzt.»

Bei einem solchen mäßigen Nachlaß von Freuden darf im Inventarium am wenigsten eine große, ob sie gleich jeder haben kann, ausgelassen werden, daß Regina ihren Gottestischrock anzog und durch das genommene heilige Abendmahl einen ganzen und dabei verdreifachten, ja verklärten Sonntag durchlebte. O so hat doch der Hungrigste einmal denselben – Tisch mit dem Reichsten gemein und kann sich an einem Brot und Wein begeistern, worauf noch keine Konsumtionssteuer gelegt worden. Setzte man vollends einen Generalsuperintendenten und seine Magd gegeneinander in die Waagschale: so gewann letzte ein großes Gewicht durch seines, da der Brotherr sich vor ihr etwas bücken und als ihr Abendmahlbrotherr sie bedienen mußte.

Freilich nach solchen Dienstfreuden einer Jubel-Regina folgen die Dienstleiden, welche ich heute, da sie vorüber sind, am wenigsten verschweigen darf; nur aber denkt an diese so wenig ein Herr oder vollends eine Frau, ja sogar eine Magd wie die verklärte, denn sie würde heute, von Toten auferweckt, Herrn und Frau beifallen und erklären: mein Dienst war gut genug, und ich wüßte noch heute, den Gottesdienst ausgenommen, keinen besseren.

Da auf der Erde gerade von Jahrhundert zu Jahrhundert die Freiheit immer mehr gesucht wird – so wie die Keuschheit immer niedriger im Preise sinkt –, so spürt jeder seine durch Abstich, wenn er in Reginas Gesindekerker blickt, wo vierzig Jahre hindurch Millionen Gänge nur an dem Zuck des fremden Fadens erfolgen und ebenso jede Sitzung sich an einen bindet. Es ist hart, den ganzen Tag im Kleinsten wie im Größten keinen andern Willen zu vollstrecken als den fremden; und etwa höchstens in der Nacht durch Träume eine dunkle Freilassung zu gewinnen, falls sie nicht ganz wieder die Knechtschaft nachspiegeln. – Diese *Regina* oder Königin kannte nach der schlechten lukas-städtischen Verkürzung ihres Namens nur *Regel.*

War in allen Zimmern der Superintendentur die geputzteste lachendste Gesellschaft, so trieb sie im Wochenrocke ihr ernstes Fegwesen in der Küche, und die Gäste gingen vorbei, ohne nach ihr zu sehen. – Wie viele tausend andere Butten als bei der

Weinlese trug sie in ihrem Leben vom Springbrunnen die Treppe hinauf, beide Hände wie betend gefaltet und nicht so leicht zurückschreitend, als sie hinlief, die leere Butte schief wie einen Hut hängend und die Arme müßig ineinandergeschlagen.

Ihre einzige Braut-Menuett und noch dazu nur eine halbe war's, daß sie, wenn sie an der rechten Hand schwer trug, mit der linken die Schürze, wie zum Tanze, etwas faßte. – Doch mag auch ein kleiner Großmutter-Tanz auf der Gasse das Seinige gelten, wenn sie in früheren Jahren mit einem Herzog-Söhnchen nach der abendlichen Turmmusik zerrend herumhopsete. Ja sie kam oft dem Weiberhimmel voll Sphärenklang und Sphärengang, nämlich dem Tanzplatze, zuweilen nahe bis auf die Schwelle, wo sie mit der Laterne zum Glücke recht lange warten mußte, bevor vom Hochzeitballe ihre Pfarrmamsellen aufbrachen. Ein ansehnlicher Leichenzug, dessen Anblick ihr zuweilen beschert wurde, war auch noch etwas von Tanz.

Immer wechselten Freud' und Leid wunderlich bei ihr. Ein neuer Besen war ihr ein Palmzweig – ein Pascharoßschweif – Putzfächer – umgekehrter Christbaum und Maienbaum; aber es begegnete ihr zuweilen – und sie durfte nichts sagen –, daß, wenn sie ihr Wasser nicht wie Säeleute den Samen geradeaus, sondern in weiten Zirkeln auf die Diele ausgesprengt, auf einmal der Jubilarius ihre Archimedes-Zirkel störte mit seinen breiten Fußstapfen. Reiner blieb ihr der Genuß eines ganz neuen Tragkorbs, zumal wenn er und also sie recht viel tragen konnte.

Sogar eine Gevatterschaft bleibt für eine arme Magd immer ein Sauerhonig und Helldunkel[228]. Regina mußte anfangs bei einer ersten und letzten doch mehr vor Schrecken als vor Freude zittern; denn sie mußte dabei zwei Taler dem Patchen ins Kissen stecken – ebenso viele Kopfstücke der Hebamme in die Hand – und noch über einen halben Gulden Nebenausgaben in andere Hände. Diesen Aufwand eines vierteljährigen Dienstlohns kann wohl eine Magd bedenken, wenn auch nicht abweisen; aber dafür werden auch alle weiblichen Gesindstuben, alle Küchen- und andere Mägde, Köchinnen und Kammerjungfern meiner Meinung sein, daß die Religion, als ein höheres Leben, gleich dem Tode alle Stände gleich macht und daß eine Magd am Taufstein so viel Menschenwert besitzt als der Pfarr- und Taufherr selber – daß allein in der Kirche ihre Person gilt, in der Küche aber nur ihre Arbeit – und daß ihr eiserner Name, der Taufname, den ihr kein Bräutigam rauben kann, sich ohne einen Mann von selber fortpflanzt, und zwar, falls künftig der Tauf-Knirps wieder zu Gevatter gebeten wird, auf eine unabsehliche Reihe weit. So war Regina denn für ihr Geld und ihre Konfession einen ganzen Nachmittag lang eine Honoratiorin gewesen, bis sie abends wieder Küchenfeuer anschürte in der Pfarrei des Taufherrn.

Wir kommen nun auf ihre vorletzte Ehre, welche die Veranlassung zu ihrer letzten wurde, zum Tode, nämlich auf ihr Jubelfest. Es ist überhaupt schon an sich gefährlich, über irgendeine lange Lebensdauer öffentlich zu jubilieren; der Tod, der überall herumschleicht, hört den Jubel und denkt dann in seinem gehirnleeren Schädelknochen, er habe das Spätobst übersehen, und bricht es sogleich. Die selige Regina konnte also wohl eine kostspielige Gevatterschaft aushalten; hingegen im gebückten Alter den schweren Krönmantel und Herzoghut und alle Kroninsignien zu tragen, drückt ein gebücktes Alter schwer. Ich erinnere mich noch recht gut, wie sie dort stand, den Kopf etwas vorgesenkt, aber sonst lang und aufrecht – mit vielen Runzeln, die sich durchschnitten, aber voll lauter freundlicher Mienen, und mit blauen hellen Augen im grauen Kopf – und mehr demütig als beschämt – und sie schien sich am meisten darüber zu freuen, daß ihre Herrschaft eine solche Jubelmagd sich gehalten.

Der Husten, den ihr der Zugwind aus Famas Trompete anblies, ist bekannt; und was Sie dagegen heilend versuchten, geschickter Rezeptuar Tanzberger, weiß alle Welt in diesem Trauerkondukt, Herr Marschalch sowohl als ich und andere. Es muß aber doch besonders berührt werden, obgleich in Ihrer bescheidenen Gegenwart, wie viel Sie getan und aufgewandt und wie Sie zugleich rezeptierten und präparierten und nichts gespart, was die «Neu vermehrte heilsame Dreckapotheke von Christian

Franz Paulini etc. 1714, in Verlegung Friedrich Knochen und Sohns» im vierten Kapitel[I] gegen den Husten ins Feld stellt von Unrat – Sie wandten Hirschkot auf nach eines Plinius und Dr. Wolffs Rat – Sie nahmen von Albert Heymbürger Ganskot an, in etwas Huflattichwasser – Sie opferten ein gutes, schon im Maimonat gesammeltes album graecum auf und ließen sich von Paulini selber leiten – ja gepulverte Geißbohnen in einigen Tropfen Wein waren Ihnen nicht zu kostbar, denn Gufer war Ihr Gewährmann und Vorgänger.

Kurz, als Bruder und als Sterkoranist[229] strengten Sie Ihren anus cerebri[230], wie man den Anfang der vierten und wichtigsten Gehirnkammer anatomisch nennt, nach Kräften an, und immer kam etwas dabei heraus; denn in dem Tempel, welchen die Römer dem Husten (tussis) geweiht, waren Sie ein fleißiger Opferpriester und apostolischer Stuhl und brachten, wie andere Ärzte, der Gottheit Gaben oder Dosen. Das Genesen selber, da es, als eine Nebensache, nicht zum Kurieren gehört – denn mederi oder heilen kann bloß die Natur, hingegen wohl curare oder die Natur besorgen der Arzt, was eben seine Kuren und Sinekuren sind –, das Genesen blieb natürlich aus.

Aber darüber tröste sich doch endlich ein Rezeptuariat, das so viel für die Hustende getan! Es bedenke hier nicht bloß einiges, sondern das meiste.

I S. 94.

Was wir da von irdischen Resten vor uns sehen, ist bloß das niedergeschlagene Tanzbergersche Phlegma; aber der feinere aufgestiegene Geist ist längst in eine durchsichtige Phiole aufgetrieben und wird vollkommen aufbewahrt. Wir wissen, die Seele ist am besseren Orte und fragt nichts darnach, was wir hier als bloßen polnischen Rock und Kaputrock derselben, als Futteral des Kopfes, ja als Hutfutteral noch vor uns stehen sehen. Indes sogar der zurückgebliebene entseelte Kopf (hier wies der Leichenredner wieder auf des Provisors Gesicht im Spiegel, und dieser kehrte wieder seines dahin) kann uns noch dadurch erfreuen, daß er so ruhig und gleichsam unbekümmert um den Verlust seines Geistes uns ansieht, wie schon Lavater eine leidenschaftlose Verklärung auf kalten erblichenen Gesichtern wahrgenommen.

Das niedergebeugte Provisorat kann sich an dem Troste erheben, daß seine Regina weder zu spät noch zu früh für ihre Verdienste um die Welt aus solcher gegangen. Wenn die Küche – die Kinderstube – die Gesindestube – die prächtigen Herrschaft-Zimmer – der große Hausplatz – die Treppe – der Keller, wenn alle diese Statthaltereien oder Intendanturen unter ihrer von Herzog verliehenen Belehnung gediehen und alle Zweige ihrer Verwaltung, als der Ministerin des Innern, grünten und blühten unter ihrem Borstwisch und Kochlöffel: so hatte sie mehr getan und erreicht als manche Fürstin, welche höchstens stickt, aber nicht spinnt als

Grundlage und die nichts Größeres wäscht als ihre eigenen Hände, mit ihnen aber nichts. Und doch blieb Ihre hohe Verwandte, Herr Tanzberger, von jeher so bescheiden, daß sie sich eher unter eine Fürstin hinab- als über eine hinaufsetzte. Ihrer Bescheidenheit sei dies zugelassen und sogar hoch angerechnet; aber wir alle, Sie Leidtragender und das ganze Trauergefolge, das hier steht, bis auf mich herab, wir sehen recht gut ein, daß das Körperlich-Kleine nicht das Kubikmaß des Geistig-Großen ist, und die Meilenquadratur des Territoriums nicht der Tasterzirkel[231] des Territorialherrens; denn sonst müßte sogar ein Universalmonarch der Erde tausendmal einschrumpfen gegen einen Pater Provinzial[232] auf manchem Flecken der Sonne, der bekanntlich zuweilen tausendmal größer ist als unsere Erde selber; und wo hörte denn die körperliche Vergrößerung auf, da der Raum unendlich groß ist, aber nicht irgendein Regent desselben, z. B. ein Mensch? – Das Storchpflugrad, worin ein unscheinbarer Mensch sein Nest bauet, gehört auch zu den Weltpflügen und Weltuhrrädern; und das Backrädlein, womit die selige Regina ihre Kuchen auszackte und zuformte, geht nach meiner Meinung sogar den Kanonenrädern vor, durch welche die Fürsten Länder zu Enklaven ausschneiden.

Am meisten erfreut mich, daß ihre alten Tage nicht länger währten als bis zum Ehrentage. Schon dem begüterten Alter gehört Ruhe und *Müßiggehen* auf der früher mit Schweiß gepflügten Erde; aber wo will das dürftige Alter eines Dienstboten seine Ruhe finden als im *Müßigliegen,* unter sie untergeakkert? – Bei dem Leben wird, wie bei dem Montblanc, nicht das Hinauf-, sondern das Heruntersteigen am schwersten, zumal weil man statt des Gipfels Abgründe sieht. – Unsere Jubilaria Regina kannte schon in ihrer Jugend nichts Schöneres als Sterben – ein Wunsch, den man gerade bei jungen Wesen ihres Standes am aufrichtigsten antrifft, indes die unnützen Mönche, je mehr sie bei ihren sinnlosen Memento-moris veralten, desto weniger aufhören wollen, älter zu werden, ordentlich als ob sie zum Sterben sich so wenig schickten als zum Leben. – Zum Glück ist Sterben der einzige Wunsch, der stets in Erfüllung geht, sei man noch so verlassen von Menschen und Göttern. So ist auch ein Dienstjubiläum das einzige Fest, das man nur *einmal* feiert im Leben. Nach solchen Festen ist es denn gut, wenn der Mensch hustet – wie viele tun, eh' sie zu singen anfangen; – denn in der Tat hatte unsre Jubilaria ihren Husten bloß vorher, ehe sie in ganz schöneren Gefilden des All ihren frohen Gesang anfing, den wir wohl ja auch einmal vernehmen werden und begleiten. Amen!

III. Enklave

Ankündigung der Herausgabe meiner sämtlichen Werke

Eine Herausgabe sämtlicher Werke kann eigentlich nur der Tod veranstalten, aber nicht ein Verfasser, der lebt und den sämtlichen Operibus jährlich opera supererogationis nachschickt. Auch das redlich-nachdruckende Östreich, das von so vielen deutschen Schriftstellern Gesamtausgaben in *einerlei* Format besorgt – z. B. von mir –, muß immer wieder überzählige Werke nachschießen. (Im Vorbeigehen! Redlich nannt' ich den Wiener Nachdruck ohne Ironie, und zwar darum, weil dessen Unrechtmäßigkeit erst vor gar nicht langer Zeit durch mehrere Fürsten und selber durch den Bundstaat anerkannt worden und er folglich noch einige Jahrzehnte fortdauern darf, wie die Kriegsteuer in den Frieden hinein, welche mit Recht nach dem Kriege, wie ein Regenschirm nach dem Regen, noch eine Zeitlang aufgespannt bleibt zum Abfließen.)

Der Verfasser dieses will überhaupt – obwohl aufgefordert von Käufern und Verkäufern seiner Werke und von Innen- und Außenfehlern der letzten selber – lieber seinen kurzen Kalenderanhang von Stunden, die etwa vom Himmel noch beigeschaltet werden, dem Vollenden der *ungedruckten* Hälfte seiner Werkchen ernstlich weihen und opfern, zumal da schon die *gedruckte* sich über siebenundfünfzig beläuft.

Folglich will er hier statt der *zukünftigen* Herausgabe seiner Werke bloß die *vergangne* angekündigt haben, indem er alle Titel derselben vollständig, und zwar, was sehr wichtig, nach der Zeitfolge ihres Erscheinens – welche auch die ihres Lesens sein sollte – sämtlichen deutschen und nichtdeutschen Lesern in kleiner Schrift herdrucken läßt:

1. 2. Grönländische Prozesse. Zweite Auflage.
3. Auswahl aus des Teufels Papieren. (Nicht mehr zu haben, ausgenommen stückweise in den Palingenesien.)
4. 5. Die unsichtbare Loge. Zweite Auflage.
6–9. Hesperus. Dritte Auflage.
10. Leben des Quintus Fixlein. Zweite Auflage.
11. Geschichte meiner Vorrede zur zweiten Auflage des Quintus Fixlein.
12. Biographische Belustigungen unter der Gehirnschale einer Riesin.
13–16. Siebenkäs. Zweite Auflage.
17. Der Jubelsenior.
18. Das Kampanertal – nebst der Erklärung der Holzschnitte unter den zehn Geboten des Katechismus.
19–22. Titan.
23. 24. Komische Anhänge zum Titan.
25. Clavis Fichtiana. (Anhang zum ersten komischen Anhang des Titan.)
26. 27. Palingenesien, oder Fata und Werke vor und in Nürnberg.

28. Jean Pauls Briefe und bevorstehender Lebenslauf.

29. Das heimliche Klaglied der jetzigen Männer; und die wunderbare Gesellschaft in der Neujahrnacht. (In diese Gesellschaft blickte ein ernstes Auge.)

30–33. Flegeljahre.

34–36. Vorschule der Ästhetik. Zweite Auflage.

37. Freiheits-Büchlein, oder dessen verbotene Zueignung an den regierenden Herzog von Sachsen-Gotha; dessen Briefwechsel mit ihm; und die Abhandlung über die Preßfreiheit. (Diese Abhandlung sollt' ich fast unsern Zeiten so sehr empfehlen, als sie selber es tut.)

38–40. Levana. Zweite Auflage.

41. Ergänzblatt zur Levana. Zweite verbesserte und mit neuen Druckfehlern vermehrte Auflage. (Ein unentbehrliches Hilfbuch für alle Leser Jean Paulscher Schriften, weil es auf wenigen Bogen alle die verschiedenen Druckfehler enthält, welche in jenen zerstreut umherliegen und sonst nirgend so gesammelt zu finden sind. Außerdem liefert das Werkchen noch zwei Vorreden, die zur ersten Auflage und die zur zweiten.)

42–44. Herbstblumine, oder gesammelte Werkchen aus Zeitschriften.

45. Des Feldpredigers Schmelzle Reise nach Flätz mit fortgehenden Noten, nebst der Beichte des Teufels bei einem Staatsmanne.

46. 47. Katzenbergers Badereise. Nebst einer Auswahl verbesserter Werkchen. (Ist nicht mehr zu haben, ausgenommen nächstens in einer zweiten, vermehrten Auflage.)

48. Friedenspredigt, an Deutschland gehalten.

49. Dämmerungen für Deutschland.

50. Leben Fibels, des Verfassers der Bienrodischen Fibel.

51. Museum.

52. Mars' und Phöbus' Thronwechsel im J. 1814.

53. Politische Fastenpredigten, während Deutschlands Marterwoche gehalten.

54. Über die deutschen Doppelwörter; eine grammatische Untersuchung in zwölf alten Briefen und zwölf neuen Postskripten. (Die zweite oder Postskripthälfte ist ganz neu und widerlegt alle Gegner der ersten, ja der zweiten.)

55–57. Gegenwärtiger Komet.

58 u. 59. Diese beiden Werkchen setz' ich geradezu als herausgegeben her, obwohl noch ohne Titel und noch in keine Bände eingescheuert; es bestehen aber solche aus der künftigen Sammlung der drei Vorreden zu Kanne, zu Dobeneck und zu Hoffmann, der Rezensionen Fichtes, Krummachers, Fouqués und der Stael in den Heidelberger Jahrbüchern und der vielen zerstreuten Aufsätze im Morgenblatt, im Damenkalender und anderswo. – Die Hauptsache ist nur, durch Augenschein

zu zeigen, daß ich gerade jedes Jahr meines Lebens durch ein Buch, wenn nicht verewigt, doch bejährt habe, indem ich, mit neunundfünfzig Werken umhangen, den 21. März 1822 aus der Eierschale des neunundfünfzigsten Jahres gekrochen und noch mit ihr auf dem Rücken als junger angehender Sechziger herumlaufe. Für die übrigen Jahre und Bücher sorgt Gott.

Anmerkungen

1 Vgl. Horaz, «De arte poetica», V. 388–89: «nonumque prematur in annum / membranis intus positis» (neun Jahre halte es unsichtbar und laß die Handschrift eingeschlossen ruhen).

2 Jupiter ließ die Nacht, in der er mit Alkmene den Herkules zeugte, doppelt so lange dauern wie gewöhnlich.

3 Vgl. Justus Möser (1720–94), «Patriotische Phantasien», I. Bd. (1775), S. 357.

4 Der zweitgrößte Komet des 19. Jh.

5 Komet.

6 Der schottische Maler Benjamin Wilson (1721–88) konstruierte einen kugelförmigen Blitzableiter.

7 «Vertreter ohne Nachfolgeaussichten».

8 Die Karlsbader Beschlüsse vom 20. Sept. 1819 verschärften die Zensurmaßnahmen zunächst für fünf Jahre.

9 Stundenbrief auf fünf Jahre.

10 «Fünffach».

11 Anspielung auf 1. Sam. 6, 4, wo die Philister fünf goldene Springmäuse als Sühne entrichten.

12 Carl Friedrich Flögels (1729–88) «Geschichte der komischen Literatur» erschien 1784.

13 Vgl. Johann Christoph Adelung, «Älteste Geschichte der Deutschen» (1806), S. 249ff. (S.a. Anm. 193.)

14 Der deutsche Astronom Johannes Hevelius, eigtl. Johannes Hewelcke (1611–87), gab 1668 eine «Cometographia, totam naturam cometarum exhibens» heraus.

15 Christian Heinrich Wolke (1741–1825): Pädagoge und

dilettantischer Sprachforscher, dessen Marotten Jean Paul in seinen späteren Schriften gefolgt ist, so in der Tilgung des Genitiv-S und in der Bevorzugung der unumgelauteten Pluralformen. Sein «Anleit zur deutschen Gesamtsprache» erschien 1812.

16 Der jüd. Prophet Henoch (Elias) wurde von Gott in einem Wagen zum Himmel emporgehoben. Vgl. 2. Kön. 2, 11.

17 Bei dem Bau von Theben fügten sich die Steine der Mauern durch das Saitenspiel des Sängers Amphion von selbst zusammen.

18 *Notae ad usum Delphinorum* («Anmerkungen zum Gebrauch der Schüler»): nach der entspr. Bezeichnung für Ausgaben klassischer Autoren, die unter Auslassung der obszönen Stellen gedruckt wurden; *versiones interlineares:* zwischen den Zeilen eingefügte wörtliche Übersetzung.

19 «Zusätzliche Möglichkeiten».

20 Verordnungen über die rechtliche Stellung von Staatsfremden in England.

21 Gepochtes und ausgewaschenes Golderz.

22 Gemeint ist Carl Friedrich Benkowitz (1764–1807), der 1797 die Abhandlung «Der Messias von Klopstock, ästhetisch beurteilt und verglichen mit der Iliade, der Aeneide und dem verlornen Paradiese» veröffentlicht hatte, vgl. dort S. 146.

23 Antiker Geheimkult der Persephone. Deren Mythos wurde dabei jährlich zweimal, an den «großen» und «kleinen» eleusinischen Mysterien, in der Stadt Eleusis symbolisch dargestellt.

24 Holl. Jesuiten, die eine Sammlung von Lebensbeschreibungen der Heiligen, die sog. «Acta sanctorum» herausgaben.

25 Auch «liquor probatorius»: Durch das einfache Auflösen von Weinsäure in Schwefelwasserstoff kann man die Verfälschung des Weins durch Bleisalz feststellen.

26 Chemischer Ausdruck für die Aufbereitung von Mineralien in wässrigen Lösungen.

27 Abführmittel.

28 Ein physikalisches Spielzeug, bei dem kleine Figuren aus Papier zwischen zwei elektrisch aufgeladenen Metallscheiben bewegt werden.

29 Eigtl. «senkrecht», hier etwa: «schwer durchzufechten».

30 Kassenverwalter, Steuereinnehmer.

31 Bei der Fahrt eines von den Brüdern Montgolfier konstruierten Ballons 1783 in Versailles wurde das Luftschiff mit einem Hahn, einer Ente und einem Hammel beladen.

32 Nikolaiten nennt die Apokalypse des Johannes die häretischen Freigeister, vgl. dort 2, 6ff.

33 Anspielung auf den Erlanger Pandektist Christian Friedrich Glück (1755–1831).

34 Oberdt. für «presthaft»: gebrechlich, krank.

35 Bedeutende Freimaurerloge.

36 1811 war ein besonders gutes Weinjahr.

37 Johann Timotheus Hermes (1738–1821): ev. Theologe und Autor stark moralisierender Romane.

38 Absonderungs- oder Quarantänehaus.

39 Pluto ließ an dem Ort, wo Proserpina, die Tochtet der Göttin Demeter, sich aufzuhalten pflegte, einen prächtigen Blumengarten entstehen. Er lockte sie dadurch von ihren Begleiterinnen fort und entführte sie in den Orkus.

40 Der ev. Kirchenhistoriker Johann Matthias Schröckh (1733–1808) verfaßte eine «Allgemeine Biographie» (1767–91).

41 Johann Heinrich Zedlers (1706–51) «Großes vollständiges Universal-Lexikon aller Wissenschaften und Künste» erschien 1732–54.

42 Wundarzt.

43 Quellnymphe, die Frau und Ratgeberin des zweiten römischen Königs Numa Pompilius.

44 Wortspiel mit (frz.) *bis* = «da capo» und (frz.) *tant pis* = «wie schade».

45 «Verlorene Kinder», so nannte man früher das nur mit

Arkebusen bewaffnete Fußvolk, das beim Sturmangriff vorauslief und darum als verloren galt.

46 Die von Don Quixote zur Herrin seiner Abenteuer erkorene Bauernmagd.

47 Ein damals viel gebrauchtes Beruhigungsmittel gegen Krämpfe und Schlaflosigkeit bei Kindern, auch «Niklasschlafpulver» genannt.

48 Der Held in Jean-Jacques Rousseaus Briefroman «Julie ou la nouvelle Héloïse» (1761).

49 Röm. Göttin, die schon früh mit Aphrodite, der griech. Göttin der Schönheit und Liebe, gleichgesetzt wurde, deren Beinamen Urania sie hier trägt.

50 In der Philosophie von Johann Jakob Wagner spielt die Zahl vier eine besondere Rolle.

51 In der Logik die vier möglichen Schlußfiguren einer Folgerung.

52 Grundbuch für die ersten, noch ungeordneten Eintragungen in der Buchhaltung.

53 Da der Gulden fast in ganz Deutschland als gebräuchlichste Münze die Münzeinheit war, benannte man nach der Anzahl der Gulden, die aus einer Mark feinen Silbers geprägt wurden, die verschiedenen deutschen Münzfuße. Man unterschied dabei den 18-, den 20- und den 24-Guldenfuß.

54 Freitischgänger.

55 Der Arzt Karl Hohnbaum, Sohn eines mit Jean Paul befreundeten Rodacher Superintendenten, veröffentlichte 1817 eine Abhandlung: «Über den Lungenschlagfluß».

56 Ältere deutsche Bezeichnung für «Chemie».

57 Flavius Eutropius (4. Jh. n. Chr.): röm. Geschichtsschreiber, Verfasser eines für seine knappe und klare Stilistik berühmten «Breviarium historiae Romanae».

58 Der Berg Tabor in Galiläa gilt als der Ort der Verklärung Christi.

59 Vgl. Jes. 6, 2.

60 Nach der griech. Sage sieben Nymphen, die Töchter des

Atlas, die Ammen des Bacchus. Sie wurden als Sterne an den Himmel versetzt und gehören zum Sternbild des Stiers.

61 D. i. die Plejaden. Sie gelten als regenbringend.

62 Nach der Lehre des Epikur besteht die Welt aus kleinsten Bestandteilen, die sich durch eine Veränderung ihrer Fallbewegung zu Dingen oder Lebewesen zusammenballen.

63 Der Tempel der ägyptischen Göttin Isis trug die Inschrift: «Ich bin alles, was war, ist und sein wird, und meinen Schleier hat niemand aufgedeckt.»

64 Turmalin, der bei Erhitzung Asche und Staub anzieht.

65 Das Antimon-Metall, das sich in Antimon-Blüten auflöst.

66 «San Benito» nannte man das Armesünderhemd mit Kapuze, das die von der Inquisition Verurteilten tragen mußten.

67 Hier wohl: das Militär.

68 Mit geriebener Baumrinde (Loherde) gefüllte Treibkästen.

69 Damals häufig gegen Trunksucht verwendetes Heilverfahren, bei dem kleine Teile von Brechstein dem Wein zugesetzt wurden.

70 Kleines Schloß des Grafen von Wied.

71 Angenagelte Raubvögel sollten als Schutz gegen das Eindringen böser Geister dienen.

72 Latitudinarier: Freidenker.

73 Dem röm. Kaiser Titus wird der Ausspruch: *«Diem perdidi»* («Ich habe einen Tag verloren») zugeschrieben.

74 Hier im Sinne von: als sei ihm schon das Urteil gesprochen.

75 Vgl. Joh. 6, 9ff.

76 Versteinerungssammlung (von «Konchylien»: Versteinerungen von Schnecken).

77 Unsichtbar machender Ring, mit dessen Hilfe der Hirt Gyges sich zum Herrscher von Lydien machte.

78 1808 in Königsberg gegründeter Verein zur Erneuerung des preußischen Reichs, wurde nach den Freiheitskriegen von der Reaktion der Demagogie bezichtigt.

79 «Halboffene», «stärkere» und «schwächere Beweisführung».

80 Galgenberg.

81 «Bildlich».

82 Franz Anton Mesmer (1734–1815): Arzt in Wien, Begründer der damals weit verbreiteten Lehre vom tierischen Magnetismus, nach der manchen Menschen eine besondere Naturkraft innewohne, mit deren Hilfe man magnetische Kuren vornehmen könne.

83 Im Buch Esther ist Hamann der Ratgeber des persischen Königs Ahasver, der versuchte, die Juden auszurotten. Der Tag seines Sturzes und seiner Hinrichtung wurde später zu einem Festtag erhoben.

84 Hier im Sinn von «Modell».

85 Name von zwei berühmten niederl. Genremalern, den Brüdern Adriaen (1610–85) und Isaak (1621–49) van Ostade.

86 Für den Maler Philipp Hackert, der im Auftrag der Kaiserin Katharina der Großen die Verbrennung der türkischen Flotte durch die russische im Hafen von Tschesme malen sollte, ließ der General Orlow bei Livorno eine russische Fregatte in die Luft sprengen.

87 Das Blut des San Gennaro, des Stadtheiligen von Neapel, wird zweimal im Jahr wieder flüssig, wenn man das Behältnis mit dem Blut den Reliquien des Heiligen nähert.

88 Stickstoff.

89 Eine durch großes Silbervorkommen ausgezeichnete Provinz in dem span. Vizekönigtum Rio de la Plata.

90 Aus Österreich wurden die entlassenen Gauner im sog. Wiener Schub außer Landes gebracht.

91 Der höchste Orden des kaiserlichen Rußland, 1698 von Peter dem Großen gestiftet.

92 «Ich habe gesprochen – du hast gesprochen!»
93 Claude Adrien Helvetius (1715–71): berühmter Philosoph der franz. Aufklärung.
94 Eines der sieben Weltwunder.
95 Als Stadtschloß Richelieus errichteter, später im Besitz der franz. Könige und der Herzöge von Orleans befindlicher Palast in Paris. Von der erwähnten Uhr sind mehrere Nachbildungen erhalten.
96 Eine in diesem Beruf damals häufig auftretende Bleivergiftung.
97 Der Schweizer Topograph Franz Ludwig Pfyfer (1715–1802), Stadtrat von Luzern, verfertigte ein aus Wachs, Pech und Papier bestehendes Relief der Urschweiz.
98 Nach der Eroberung der Stadt am 21. Oktober 1792 durch die franz. Revolutionsheere wurde im März 1793 von kosmopolitisch gesinnten Parteigängern der Revolution, den Mainzer Klubisten, die rheinische Republik ausgerufen.
99 Von dem Holländer Abel Janszoon Tasmann 1643 entdeckte Inselgruppe in Polynesien, die durch die Erforschung Cooks bekannt wurde.
100 Tod, Gericht, Himmel und Hölle.
101 Bei fürstlichen Begräbnissen wurde im Trauerzug ein schwarzgedecktes Pferd mitgeführt.
102 Eine Schrift von J. J. v. Hagen trug den Titel «Schnurren, Schnacken und Charakterzüge» (1783–88).
103 «Glaube, und du hast den Beweis».
104 Richtig Balthasar Grimod de la Regnière (1758–1837): franz. Schriftsteller und Sonderling, schrieb den im Text erwähnten «Almanach des gourmands» (1803–12).
105 Goldhaltige Flüsse; besonders der lydische Paktolus war im Altertum durch seinen Goldreichtum berühmt.
106 Einfältiger Glauben.
107 Elisabeth Gertrud Mara (1749–1833) war eine gefeierte Opernsängerin, deren Stimme bis zum dreigestrichenen C reichte.

108 Wiedergebären.

109 Anspielung auf die Sage von der böhmischen Fee Libussa, die den Hirten Przemislaus zum ersten König von Böhmen machte.

110 Hoheit.

111 Bevollmächtigter Gesandter.

112 «Griechisches Weiß», d.i. gebrannter Hundekot, der damals als Arznei verwendet wurde.

113 S. Anm. 25.

114 Anspielung auf die sog. Grotta del Cane bei Neapel, die durch ihre unerklärliche Luftleere seit dem Altertum berühmt war. Hunde, die man in die Grotte warf, erstickten nach wenigen Augenblicken.

115 *Neunerprobe:* Math. Rechenprobe, ob eine Zahl durch neun teilbar ist. *Neunundneunziger:* Schimpfname der Apotheker, weil sie – nach Grimm – angeblich immer neunundneunzig Prozent nehmen.

116 Eigtl. der zauberkräftige Helm eines berühmten Zauberers. Don Quixote erobert von einem Barbier dessen Becken, in der Meinung, den Zauberhelm gewonnen zu haben. Vgl. Don Quixote I, 21.

117 «Abhandlung über Blähungen».

118 «Im hier vorliegenden Fall».

119 Stellvertreter im Kampf und in Rechtsangelegenheiten.

120 Kaiserlicher Gesandter auf dem Reichstag in Regensburg.

121 Arzneilichen, heilsamen.

122 Buchstabenrätsel.

123 Ovid schrieb in seiner Verbannung am Schwarzen Meer fünf Bücher mit Klagegesängen, die «Libri tristium ex Ponto».

124 Heizer.

125 Nischen, in denen ein Bild eingelassen ist.

126 Der König Midas bekam von Apoll Eselsohren angezaubert, weil er in dessen Wettstreit mit Marsyas diesem den Sieg zuerkannt hatte.

127 Ein altes Gemäuer am Ätna, das lange als das Observatorium des Philosophen Empedokles galt.

128 Ein gelbes Kupfer, ein Gemisch aus vier Teilen Kupfer und einem Teil Zinn, nach seinem Erfinder, dem Prinzen Robert von der Pfalz, benannt.

129 Gemeint ist der bekannte Professor Gottfried Christoph Beireis (1730–1809) in Helmstedt, der behauptete, einen Diamanten von 6400 Karat zu besitzen.

130 S. Anm. 30.

131 Für die Parkanlagen der Schlösser von Versailles und Marly hatte Ludwig XIV. die berühmte «Maschine von Marly» bauen lassen, welche die großen Wasserspiele mit Wasser versorgte.

132 «Hausarmen».

133 Zum Judentum Bekehrte, die sich nicht an die Rituale des mosaischen Gesetzes zu binden verpflichtet hatten und die nur im Heidenvorhof des Tempels verweilen durften.

134 Bereits im Altertum bekanntes Kriegsmittel, das vor allem im Seekampf verwendet wurde, da dieses Feuer auch durch die Berührung mit dem Wasser nicht gelöscht wird.

135 Thomas Pitt, der Großvater des berühmten Politikers, verkaufte 1717 einen riesigen Diamanten an den Herzog von Orleans, den damaligen Regenten von Frankreich.

136 Hier synonym mit «Rat»; eigtl. Hoher Rat: der höchste israelitische Gerichtshof.

137 «Verletzungen über die Hälfte», d.h., der Kaufpreis übersteigt den Wert der Ware um mehr als das doppelte.

138 Gemeint ist die Geschichte des guten, auf dem Land verborgen aufwachsenden Prinzen Tifan in Wielands Staatsroman «Der goldne Spiegel» (1772).

139 D. i. erprobte.

140 Einmalige Steuererhebung von allen Untertanen für die Aussteuer einer Prinzessin bei ihrer Verheiratung.

141 Lat. Merkverschen, um sich die Umstandswörter leichter einzuprägen.
142 Ein vermauerter Seiteneingang zur Peterskirche, der nur alle fünfundzwanzig Jahre zum Jubeljahr vom Papst eigenhändig geöffnet wird.
143 S. Anm. 25.
144 «Ohnehosen» oder *«sansculottes»* wurden die proletarischen Aufrührer während der franz. Revolution von den Adligen genannt, weil sie nicht mit der *«culotte»,* der vornehmen Kniehose, bekleidet waren.
145 Engl. Staatsgrundgesetz von 1679 zum Schutz der persönlichen Freiheit.
146 «Bruder Redner» war ein Amt in den Freimaurerlogen.
147 S. Anm. 143.
148 D. h. mit offenem Kragen.
149 «Stufen zum Parnaß»: So wurden lat. oder griech. Wörterbücher genannt, die den Worten Synonyme, passende Beiwörter und metrische Bezeichnungen beigaben, zum Gebrauch bei prosodischen und poetischen Übungen.
150 «falsches Mischen» / «falsche Mischung». (Das unkorrekte Femininum ist nach dem deutschen Synonym «Mischung» gebildet.)
151 Röm. Geograph aus Tingentera in Spanien (um 50 n. Chr.).
152 Vgl. Spectator, Nr. 409 vom 19. Juni 1712.
153 Gemeint ist wohl ein an der Wand festgemachter Klapptisch.
154 Frommer (nicht erfüllter) Wunsch.
155 Im Voigtland gab es einen Kreis der «Sechsämter».
156 Anspielung auf die heroisch-komische Oper «Das unterbrochene Opferfest» von Peter v. Winter (1754–1825), die 1796 uraufgeführt wurde.
157 Röm. Göttin der Früchte.
158 Karnies: ein doppelt gekrümmtes Zierprofil an Bauten.
159 Ehemals bis zur Reformation in England und in den

nordischen Staaten eingerichtete Abgabe an den röm. Stuhl, später freiwillige Beisteuer der Gläubigen.

160 S. Anm. 47.

161 Augustus. Ihm wird der Ausspruch beigelegt, er habe ein Rom aus Holz vorgefunden und es in eine Marmorstadt verwandelt.

162 S. Anm. 73.

163 D. h. Nikolaus hätte sein Leben lang die Wachsbüste Amandas geliebt, wie Pygmalion die von ihm geschaffene Figur.

164 Das Geburtshaus der Maria wurde der Sage nach 1295 von Engeln in die Stadt Loreto in Süditalien gebracht. Dort wird es noch heute, eingebaut in einen Dom, verehrt.

165 Damals bekannte Biersorte.

166 1796–1802 errichteter Park bei Dessau.

167 Die schwarzen Maskenmäntel des venezianischen Faschings (Dominomasken).

168 Seitenhieb auf den romantischen Schauerdramatiker und Literaturkritiker Adolf Müllner (1774–1829), der in einer hämischen Kritik im «Literaturblatt» des Cottaschen «Morgenblattes» Jean Pauls Schrift über die Doppelwörter verspottet hatte.

169 Vgl. 1. Mose 5, 21–24.

170 S. Anm. 17.

171 Amt in den Freimaurerlogen.

172 Name einer berühmten Freimaurerloge.

173 Kaiser Joseph II. unternahm in seiner Jugend als Graf von Falkenstein eine große Reise durch die Schweiz und Frankreich.

174 Gemeint ist der Romanschriftsteller Christian August Vulpius (1762–1825), der als Verfasser des «Rinaldo Rinaldini» (1798) bekannt ist.

175 Ein Teil der Namen ist Jean Pauls eigenem Bekanntenkreis entlehnt; so war Ostheim der Mädchenname der Charlotte v. Kalb, mit dem Grafen v. Westerhold war

Jean Paul 1816 in Regensburg zusammengekommen, die Familie v. Spangenberg kannte er von seiner Töpener Hauslehrerzeit, Frau v. Plotho war die Gönnerin seiner Eltern.

176 Erlaß der Dataria apostolica, der Behörde der röm. Kurie, die Gnadensachen bearbeitet, Rechtsakte bestätigt und auch kleinere Pfründen vergeben kann.

177 Vgl. Homer, «Odyssee», X, 237ff.: Circe verwandelt die Gefährten des Odysseus in Schweine, bis dieser, durch ein Kraut gegen den Zauber gefeit, sie zwingt, ihnen die alte Gestalt wiederzugeben.

178 Weitergegeben und übertragen.

179 Infusionstierchen.

180 Vgl. Apokal. 21, 12.

181 S. Anm. 77.

182 Fischnetz.

183 Rauchstube, Kneipe.

184 Ringschule.

185 Der ital. Opernkomponist Nicola Piccini (1728–1800) wurde in Paris von den Anhängern der älteren ital. Opernschule gegen Gluck ausgespielt. Darüber zerfielen die Komponisten und das Publikum in zwei sich heftig befehdende Parteien.

186 Ein damals eben neu entwickeltes Fernglas.

187 Der Medici-Papst Leo X. war der Gönner Raffaels in Rom.

188 Eine im 15. Jh. in Italien gegründete Gesellschaft von Gläubigern, die Darlehen unter Vermeidung von wucherischem Gewinn gaben.

189 In Rousseaus Briefroman «Julie où la nouvelle Héloïse» (1761).

190 Griech. Bildhauer, der um 450 v. Chr. in Athen arbeitete. Sein berühmtestes Werk stellt eine säugende Kuh dar.

191 Eigtl. Ausschnitt, dann Rand und Besatz.

192 S. Anm. 85.

193 Johann Christoph Adelung (1732–1806): aufklärerischer

Grammatiker und Lexikograph, Oberbibliothekar in Dresden.

194 Corregio soll nach einer zuerst bei dem franz. Kunsttheoretiker Roger de Piles belegten Anekdote in Rom vor den Bildern Raffaels ausgerufen haben: *«Anch' io son' pittore!»* («Auch ich bin Maler!»)

195 «Nachsicht für das Alter».

196 D. h. wie Sokrates in den «Wolken» des Aristophanes über sich selbst lacht.

197 Eigtl. zum gemeinsamen Gebrauch der Konfessionen dienende Kirche.

198 Der dritte Stand in der franz. Revolution.

199 Nach einer verbreiteten Sage des 13. Jh. regierte nach 855 eine Frau zweieinhalb Jahre die Kirche, bis die Geburt eines Kindes sie verriet.

200 Gemeint ist August Gottlieb Richter (1742–1812), der 1782ff. seine «Anfangsgründe der Wundarzneikunst» veröffentlichte.

201 Idyllisches Tal des Penaios zwischen Ossa und Olymp in Thessalien, das vielen arkadischen Erzählungen als Schauplatz diente.

202 Gemeint sind wohl die Reisebriefe von Horace Walpole sowie Jakob Salomo Bartholdys «Bruchstücke zur nähern Kenntnis des heutigen Griechenland» (1805).

203 Gemeint ist die berühmte Malerin Angelika Kauffmann (1741–1807).

204 Im alten Rom gab es einen Tempel der «Victoria sudans». Das Standbild der Göttin zeigte durch Schwitzen an, wenn eine Niederlage bevorstand.

205 «Eine mechanische Öffnung eines kleinen Tors, vermittelst welcher jemand in der Nacht mit völliger Sicherheit in die Stadt gelassen werden kann, ohne daß ein Mensch dabei erscheint» (nach Friedrich Nicolais «Beschreibung einer Reise durch Deutschland», 1786, S. 80f.).

206 Vgl. «Die gestriegelte Rockenphilosophie» (1714), 3. Hundert, Kap. 69.

207 Der Zoologe Anders Sparrmann (1747–87) begleitete Cook auf seiner Weltumseglung und bereiste später das Innere Afrikas.

208 Der Theologe und Orientalist Johann David Michaelis (1717–91) gab die «Orientalische und exegetische Bibliothek» heraus (1771–91).

209 Vgl. I. Mose 4, 15.

210 François Ravaillac (1578–1610): fanatischer Papist, der am 14. Mai 1610 Heinrich IV. von Frankreich in Paris ermordete.

211 Beim Pharao die sechsfache Verstärkung des Spieleinsatzes und der entsprechende Gewinn.

212 Justus Möser (1720–94): Staatsmann und Publizist, Verfasser der «Patriotischen Phantasien».

213 S. Anm. 20.

214 Henker.

215 Der «Lanzenträger», das Hauptwerk des griech. Bildhauers Polyklet von Argos, galt im Altertum als Kanon, um an ihm die Proportionen des menschlichen Körpers zu studieren.

216 Essen, das der Lehrling nach Abschluß seiner Lehre auszurichten hatte.

217 Griech. Geschichtsschreiber der Augusteischen Zeit, vgl. das 9. Kap. seiner Schrift über Thukydides.

218 Bezeichnung in der Scholastik für die Werke der Heiligen, die den Sündern zugute kommen.

219 Zellen in Irrenhäusern.

220 S. Anm. 94.

221 Befruchtung, Aufpfropfung.

222 S. Anm. 135.

223 Anspielung auf den Titel von Theodor Gottlieb v. Hippels Komödie «Der Mann nach der Uhr» (1765).

224 Schwieligen.

225 *corpus callosum:* Hirnbalken; *caput mortuum:* Rückstand von mineralischen Stoffen in der Retorte.

226 Der Gesichtsausdruck des Sterbenden.

227 Band, um den Hals zu straffen, das angeblich zuerst von der alternden Ninon de Lenclos (1620–1705) eingeführt wurde.

228 «Chiaroscuro» (Helldunkel) nennt man in der Malerei die Technik des monochromen Farbauftrags.

229 Die frühchristliche Sekte der «Kotgläubigen» behauptete, wenn im Abendmahl wirklich Christi Leib und Blut enthalten sei, müsse beides wie jede andere Speise verdaut und zu Kot werden. Sie nahmen daher nur eine geistige Anwesenheit Christi an.

230 «Gehirnausgang».

231 Greifzirkel mit einwärts gekrümmten Schenkeln, um die Dicke von Körpern zu messen.

232 Ordensvorsteher einer Provinz.

Nachwort

«Wenn es Homer nicht verübelt wird, daß er alles *sah:* warum dann einem jetzigen Dichter, daß er alles *las,* weil jetzt das Sehen unmöglich ist.»

J. P. Aus dem Nachlaß

Der Erzähler Jean Paul trägt, wie er hartnäckig versichert, eine wahre Geschichte vor, wie im «Hesperus» und im «Titan» auch hier in seinem «Papierdrachen» (so lautete ein Arbeitstitel), dem letzten großen Erzählwerk. Doch wird sie erst in dem Augenblick wahr, in dem erzählt wird, und dies in einem solchen Maße, daß sich die Wirklichkeit nach ihr zu richten beginnt. Jean Paul als Erzähler benutzt den Stoff nicht einfach, er verfügt über ihn wie einer das Wasser verwendet, mal um seinen Garten zu berieseln, mal um ein Schiffchen im Bassin schwimmen zu lassen, mal um es umzuleiten, mal um es zu stauen.

Die Schwierigkeiten sind für den Leser offenkundig, sie waren es wohl auch für viele Zeitgenossen. In den «Noten und Abhandlungen zu besserem Verständnis des Westöstlichen Divans» erklärt Goethe, eine Bemerkung des Orientalisten J. von Hammer aufgreifend, der in Jean Pauls Schriften die Freiheit der Einbildungskraft und die Larve von Laune und Witz entdeckte, unter dem Stichwort «Vergleichung», daß kein deutscher Schriftsteller sich der orientalischen Poesie so sehr angenähert habe wie Jean Paul. Das macht Goethe, der noch lange Zeit Mühe hatte, dem sonderbaren Erzähler gerecht zu werden, offenkundig nachdenklich. Er räumt ein, daß die Werke dieses Schriftstellers von verständigem, unterrichtetem, ja durchaus frommem Sinne zeugen; der begabte Geist blickt in gleichsam orientalischer Weise in die Welt, stellt höchst seltsame Bezüge her und «verknüpft das Unverträgliche, jedoch dergestalt, daß ein geheimer ethischer Faden sich mitschlinge, wodurch das Ganze zu einer gewissen Einheit geleitet wird». Goethe muß sich offenbar ein wenig Mühe geben, die Anregung v. Hammers aufzunehmen und weiterzuspinnen. Dann aber wird er genauer, indem er auf die historische Differenz hinweist, die weit mehr ist als nur ein zeitlicher Abstand, dergestalt nämlich, daß, wenn die orientalischen Dichter «in einer frischen, einfachen Region gewirkt, dieser Freund hingegen in einer ausgebildeten, überbildeten, verbildeten, vertrakten Welt leben und wirken, und eben daher sich anschicken muß die seltsamsten Elemente zu beherrschen».

Allerdings sind, wie Goethe wohl sieht, die materiellen und sozialen Verhältnisse derartig verschieden, daß eine Fülle scheinbar absurder Einzelheiten der gegenwärtigen «überbildeten Welt» zum Material der spielerischen Verknüpfung werden kann, so daß nun ein dem Orientalen ähnlicher Geist durchaus berechtigt sein mag, «dieselbe Verfahrungs-Art auf einer völlig verschiedenen Unterlage walten zu lassen».

Noch mehr ist Goethe bereit, dem Widersacher zuzubilligen: Um in einer so späten Epoche geistreich zu sein, ist er veranlaßt, «auf einen, durch Kunst, Wissenschaft, Technik, Politik, Kriegs- und Friedensverkehr und Verderb so unendlich verclausulierten, zersplitterten Zustand» auf vielfache Weise anzuspielen. Somit meint Goethe, die an Jean Paul bemerkte Orientalität hinreichend bestätigt und seine antiklassizistische Darstellungsweise gerechtfertigt zu haben. Da er überdies als Prosaautor freier und verwegener vorgehen kann, meint Goethe weiter, als der durch Reim, Rhythmus, Parallelismus und andere eng gebundene Poet, so kann er es sich auch leisten, das Geschmacklose nicht auszugrenzen, das Unschickliche vom Schicklichen nicht ständig säuberlich zu sondern. Dann weiß sich der Leser mit dem Gebotenen rasch anzufreunden – «alles ist erlaubt und willkommen». Indem Jean Paul nun alles mit allem scheinbar willkürlich verknüpft, regellos abschweift, Einschübe wie Arabesken sich gestattet, Extrablätter einlegt, die Erzählung mutwillig unterbricht, Thema und Tonart überraschend wechselt, zeigt sich eine sozusagen orientalische Besonderheit, und Goethe nimmt Gelegenheit, frühere scharfe polemische Äußerungen glaubhaft zu korrigieren.

In dieser Weise verfährt Jean Paul auch in seinem letzten Erzählwerk, das, geplant schon seit 1811, 1820 (Band I und II) und 1822 (Band III) erschien. So stößt der Leser der «komischen Geschichte», als die Jean Paul sein spätes Werk bezeichnet, auf ein Urkapitel, dann auch noch auf sechs Vorkapitel, denen ein «Anhang der ernsten Ausschweife für Leserinnen» zugeordnet wird. Das zweite Bändchen erst enthält dann die obligaten Kapitel, was im dritten Bändchen fortgeführt wird. Doch hat das 17. wie auch das 18. und das 19. Kapitel jeweils drei Gänge aufzuweisen, das 20. Kapitel deren zwei. Ihnen sind wiederum zwanzig Enklaven nachgestellt, von denen freilich nur drei abgedruckt werden.

In einer «Vorerinnerung» zum dritten Bändchen entschuldigt sich Jean Paul für angebliche Länge seiner Kapitel; Kurz-Kapitel, wie die neuere Schreibart sie aufweist, sind ihm angeblich lieber. Kapitel, so heißt es, «sind steinerne Bänke auf der langen Kunststraße eines Kunstwerks, damit man ausruhe und überschaue; aber die Bänke dürfen nicht stationenweit auseinanderstehen. Der Leser, der die vorläufige Inhaltsanzeige kaum ansieht, vergißt sie vollends bei einem langen.» Das also hat ihn, behauptet er, bewogen, die Kapitel mit der allgemeinen Angabe des Inhalts in Unterkapitel zu gliedern, die von bestimmten Inhaltsangaben gekennzeichnet sind. Was Ordnung stiften soll, führt, so gesehen, zu einer zusätzlichen Verwirrung. Die Enklaven, die das fragmentarische Werk beschließen, werden zudem mit einer weiteren Entschuldigung versehen, die charakteristisch ist: «Da ich in allen zwanzig Kapiteln des dritten Bandes keine einzige Abschweifung geliefert: so fürchtete ich, wenn er herauskäme, dem Homer ähnlich zu werden, dem mehrere Kunstrichter den Frosch- und Mauskrieg darum absprechen, weil er nicht darin, wie in seinen andern Heldengesängen, abschweift; – und ich nahm mir daher vor – damit dieser Band keinem fremden Verfasser zugeschrieben würde –, die mir gewöhnlichen Abschweifungen unter dem Namen Enklaven im folgenden Kometenschweifanhängsel nachzutragen, wenigstens für jedes Kapitel *eine.* Aber Verschieben und Verdicken des Buches zugleich – und manches Traurige sonst – verhindern, mehr als *drei* zu geben; sonst hätte man noch des Kandidat Richters Tagebuch – seine Bemerkungen über Weiber und Hofleute an Hacencoppens Hofe – und tausend bessere Sachen geschenkt bekommen.» Das, meint er weiter, schadet vielleicht nicht, bleibt doch noch Raum und Zeit in der Welt genug, das Aufgesparte nachzutragen.

Der Leser, der dem Erzähler bis hierher gefolgt ist, wird bedauern, daß es auch dazu nicht mehr gekommen ist. Jean Paul stirbt am 14. November 1825 im Alter von zweiundsechzig Jahren. Die Gedenkrede, die Ludwig Börne ihm in Frankfurt hält, weist in die Zukunft: Jean Paul steht lächelnd an der Pforte des 20. Jahrhunderts in der Erwartung, daß sein «schleichend Volk» ihm endlich nachkomme.

In der Tat hat es im vergangenen Jahrhundert wiederholt Bemühungen gegeben, diesem zwischenzeitlich fast nur noch als schrullig, unordentlich, sentimental und kunstlos verschrienen Erzähler einer nüchtern gewordenen Leserschaft wieder gegenwärtig zu machen, einer Leserschaft, der mit der Geduld auch die Zeit abhanden gekommen war. Vollständige und gekürzte, bearbeitete und ausgewählte Werkausgaben, Anthologien und gedankenreiche Lesefrüchte, Aphoristisches, Lyrisches und mancherlei Verschnitt waren darunter, doch eine Einzelausgabe der «komischen Geschichte» vom Apotheker Nikolaus Marggraf war nicht dabei.

Im Vorgehen des Erzählers Jean Paul steckt nicht allein Zeit-, sondern auch Selbstkritik, die nicht selten auch zur Selbstparodie wird, wie hier etwa beim Auftritt des Kandidaten Richter aus Hof. Der «Held» des Romans «Der Komet» ist hinreichend skurril, wie Jean Pauls Spätwerk überhaupt voll seltsamer Gestalten steckt, man denke nur an Figuren wie den Feldprediger Attila Schmelzle, an Doktor Katzenberger auf seiner Badereise, an Fibel, den Autor und Verfasser des nach ihm benannten Buches. Die Erzählweise ist immer wieder und stets wieder auf andere Art vertrackt, ist ein überlegenes Spiel mit dem Stoff, der ihn einengt und fesselt, vor allem aber ein Spiel mit dem Leser, der nicht minder seine Erfindung ist als der Erzähler selbst. Der Erzähler will sich «elektrisch zeigen», er will sich in

Blitzen entladen. Die Wirklichkeit muß der Fiktion, so will er es, ihr sozusagen nachwachsend zu entsprechen suchen. Was er gern als «historische Wahrheit» bezeichnet, ist nichts anderes als nur «geniale Dichtung».

Die aber ist nicht selten satirisch und parodistisch: So spottet der Erzähler über den empfindsamen und leichtgläubigen Charakter, über die deutsche Kleinstaaterei, aber auch über den zweifelhaften Künstler, dem Schein und Wirklichkeit durcheinander geraten. Das alles erscheint, wie Jean Pauls Sonderlinge, in nicht nur heiterer, sondern auch in bedrohlich wirkender Beleuchtung, wie in der Erscheinung des Ledermenschen, der aus dem Nebel kommt, dann in der Begegnung von Wahn mit Wahn.

Nikolaus Marggraf, der Apotheker, ist – noch – nicht, wofür er sich ausgibt und was er ja auch zu sein wähnt, doch nimmt man ihn für das, als was er erscheinen möchte. Wenn ihm die einen, wie der junge Kandidat Richter aus Hof, glauben, daß er als Fürst lediglich incognito auftritt, so sind viele andere bereits vorgewarnt und spielen amüsiert mit, was der leutselige junge Fürstensproß zu inszenieren geruht. So wird dem hochstrebenden Apotheker sein Anspruch trotz reichlich dubioser Abkunft ständig bestätigt, und die Kulissenwelt einer abgeschlagenen Einsiedelei, die er von einigen Juden erwirbt, die sie einem jungen Fürsten abgekauft hatten, erlaubt es dem Schwindelfürsten, wo immer es ihm beliebt, seine kleine Residenz aufzuschlagen.

Der Wahn triumphiert über das selbstverliebte Ich, das sich in seiner Leere sozusagen von ihm aufblähen läßt, so wie es sich vervielfältigt noch als Porträtsammlung genießen darf.

Phantasie verführt, mit Eitelkeit im Bunde, den Pillenprinzen, der glücklich ist in seinem unangefochten wirksamen wahnhaften Bewußtsein, ein junger Fürst zu sein, der seinen Vater (und sein Erbe) sucht. Produkt der Phantasie aber ist auch die vom Erzähler aufbereitete und ausgebreitete Fiktion. Als Erzähler unternimmt er bewußt, was Nikolaus Marggraf in seinem seligen Wahn beinahe unwissend tut ... Mag er im Anfang noch Zweifel gehegt haben, nach einiger Zeit hat sich der Glaube an seine Besonderheit und seine Zukunft schon verfestigt. Der Erzähler weiß das. Dergestalt erscheint fiktive Welt als real: im Leben des unerfahrenen Apothekers wie in der Erzählung, die uns der Autor davon liefert. Das erzeugt zuweilen eine Art von Schwindelgefühl; Vieldeutigkeit, Verschleierungen und Unwirklichkeit sind vielleicht als Reaktion auf die Epoche zu lesen, in welcher Jean Paul, der die Französische Revolution in allen ihren Phasen bewußt verfolgt hatte und festhält an seinem frühentwickelten, entschiedenen Republikanismus, sich durch Satire, parodierende Zeichnung und durch Darstellung wirklichkeitsfremder und zweifelhafter Fürstlichkeit rebellisch behauptet. Denn die Kritik der trügerischen Phantasie macht den Roman Jean Pauls – auch ohne die aphoristischen und gleichnishaften Abschweife wie Einschübe – zu einem auch politischen Buch, zeigt doch Nikolaus Marggraf als Markgraf Nikolaus die «mäßige Gabe zeitverwandter Tollheit sammt großen Anlagen zur Wahrheit und zur Unwahrheit».

Dennoch hat man mit dem Blick auf diesen späten Roman von einem Scheitern sprechen wollen: von dem des Protagonisten in der Begegnung mit dem schreckenerregenden wahnsinnigen Ledermenschen und dann von dem des Erzählers, der die sich selbst verzehrende Innerlichkeit der Figur nicht mehr abschließend darzustellen vermochte. Jedenfalls kann vom «Ahnen einer größern Zukunft als hienieden» («Vorschule der Ästhetik») nicht mehr die Rede sein. Nicht notwendig aber ist der unvollendete Roman eines Scheiterns auch ein gescheiterter Roman.

Wie schon in seinem Roman «Flegeljahre» verzichtet Jean Paul auf eine falsche Versöhnung, die ein falscher Abschluß wäre. Es wäre dies die Versöhnung der Gegensätze oder der von Wahn geschlagenen Figuren mit der Wirklichkeit. Doch läßt sich der Abschied des Flötenspielers Vult von seinem unheilbar poetischen Bruder Walt im Morgengrauen immerhin als ein Abschluß lesen. Für die Geschichte von Nikolaus Marggraf kann dies nicht mehr gelten.

Dabei fängt doch die Reise ziemlich harmlos an: Was da in die Welt zieht, ähnelt im Grunde einem kleinen Wanderzirkus. Fünf, sechs Wagen vielleicht, ein paar Tiere gehören dazu und auch ein wenig Personal, ein ungewöhnliches für einen Hofstaat: neben dem Hofmarschall, der zugleich als Vorreiter fungiert, in der großen Karosse Nikolaus Marggraf selbst, mit der Wachsbüste der angebeteten Prinzessin im Gehäuse einer Standuhr, ferner eine Handvoll angeworbener Reiter, der Apothekengehilfe mit dem Rezeptuarius, ein Hofmaler mit seinem Bruder, in einer Kutsche der Hofprediger, dazu der Schächter Hoseas mit einem Küchenjungen. Ein leeres Gefährt ist für die künftige Ehegattin bestimmt, und beschlossen wird der Aufzug von einem Küchen- und Kellerwagen, sowie einem weiteren Wagen, auf dem man die Weiber der begleitenden Reiter vom Regiment Marggraf findet. Dann, «endlich, hinter der Reiselinie galoppierten gar zwei Leiterwagen mit Ochsen nach, und waren mit Krüppeln, Lumpengesindel und Bettlern geladen». Die aber sind in der Hoffnung nachgezogen, aus dem Schatzhaus der unendlichen fürstlichen Milde mit Almosen bedacht zu werden. Schließlich wird noch ein Wetterprophet eingestellt, der Kandidat Richter aus Hof, eine Zierde des ganzen Hofes und geblendet vom Glanz dieses wahrhaft unerhörten Aufzugs.

Bald kann man am Rande einer kleinen Stadt haltmachen, ein Zelt errichten und eine bescheidene Wagenburg aufstellen, bis nach wenigen Tagen die Reise weitergeht – wer kennt das nicht? So verhält es sich nun auch mit der wunderlichen Wander-Residenz von Marggraf Nikolaus, der zur rechten Zeit die abgebrochenen Eremitage-Kulissen hat erwerben können, um fortan, wo immer er zu verweilen gedenkt, eine fast fürstliche Residenz aufzuschlagen. Auch ist die von Ferne Geliebte, Amanda, dabei: Die Porträtbüste reicht aus, um im illegitimen Fürstensproß und ehemaligen Apotheker die Liebe feierlich und erhaben wachzuhalten, ein Motiv, das Goethe bereits in seinem «Triumph der Empfindsamkeit» in satirischer Absicht verwendet hatte, seinen «Werther» dabei so wenig schonend wie die «Nouvelle Héloïse» und die ganze selbstverliebte, ja verlogene Empfindsamkeit.

Ein junger Fürst von ungewisser Abkunft und zweifelhaften Fähigkeiten also (ganz das Gegenbild Albanos aus dem «Titan», der in wohlerwogener Unkenntnis seiner fürstlichen Abkunft und späteren Ansprüche erzogen wird), ein dubioser «Vertreter» des Hochadels, der ein wiederholt huldvoll gelüftetes Incognito vorlebt, mit einer Residenz aus bloßen Kulissen, einem Hofstaat aus mehr oder minder zweifelhaften Gestalten – wie kam es dazu, und was soll daraus noch werden? Was hat der als Biograph «wirkliche Geschichte» schreibende Erzähler und mit ihm Jean Paul eigentlich vor? Ein Künstlerroman wie die wunderbaren «Flegeljahre» scheint es nicht zu werden, natürlich auch kein heroischer Erziehungsroman wie der «Titan» es war, eher doch schon eine Hochstaplergeschichte, und als solche freilich, gut hundert Jahre vor dem «Felix Krull», eine Analogie des Künstlerromans. Denn es weist Nikolaus Marggraf, mehr verführt als Verführer, überhaupt nichts Niederträchtiges auf und hat auch nichts Böses im Sinn, wenn er sich einen fürstlich wirkenden Anflug verleiht. Erziehung und hochentwickelte Phantasie, ja ein Übermaß davon, haben das Ihre dazu beigetragen, dem sensiblen jungen Mann eine Rolle anzubieten, in der er sich glaubt erfüllen zu können. Künstliche Diamanten gewährten ihm den finanziellen Grund für sein kühnes Unternehmen, der eigenen Herkunft nachzureisen. Er ist wohl ziemlich sicher, sie bald auszumachen, und nimmt einen Teil des Ergebnisses in seinem Auftreten bereits vorweg. Als Graf von Hacencoppen ist er schon sehr viel mehr als eine nur bürgerliche Abkunft ihm gewähren würde, doch immer noch weit weniger, als er meint eines Tages beanspruchen zu dürfen.

Wie aber sieht die von ihm und seinem anschwellenden Troß Hofstaat durchfahrene Welt eigentlich aus? Wie nimmt der eingebildete Pillenprinz sie wahr? Im Grunde nur so, wie er möchte und wie sein Reisemarschall dies für ihn arrangiert. Er ist befangen, ohne es zu wissen. Willkürlich aber verfährt nun der Erzähler. «Ich habe zwar», bemerkt er, «im zweiten Kapitel das Versprechen gegeben, einige Vorkenntnisse vom Klub, vom Freimäuerer, vom Zuchthausprediger und vom Hofstallmaler (es sind meine eigenen Worte) mitzuteilen; aber ich bin nicht mehr gesonnen, es ganz zu halten, sondern ich will bloß vom Freimäuerer – um desto früher zum Apotheker in sein so viel versprechendes Laboratorium zurückzukommen – das vorausschikken, was ich nachzuholen habe nach seiner Rückkehr aus Leipzig, wo er Student und Prinzengouverneur gewesen.» So berichtet er, und in dieser Weise handelt er vom Personal seines Romans, das er, wie der Vorrede zu entnehmen ist (der zum zweiten Band), auch als Traumgestalten in Kopf und Sinn der Menschen zu schicken weiß, wo sie mancherlei Unsinn, Verwirrung, Gefährliches, ja sogar Rebellisches anzurichten vermögen, denn der erzählende Dichter ist schließlich vor allem ein – Traumgeber.

Man denke dabei nicht sofort an idyllische Träume oder Walts Dichtung über «Das Glück eines schwedischen Pfarrers», auch satirische Träume sind vorstellbar, die zu Albträumen nur für jene werden, die sie zu fürchten alle Ursache haben; der Mann freilich, Jean Paul also, der den nunmehr berühmten Brief an den einflußreichen Saalpater richtet, zeigt sich als gesetzestreu, staatserhaltend und als Gegner jener Aufklärung, die stört, da sie befreiend wirken könnte. Er scheint daher auch keinen Staat zu gefährden, eher ist solcher mit ihm zu machen, bleibt es doch «eben so wahr, als gefährlich – denn wenige würden so vorträumen wie ich – daß die Erfindung des Traumgebens wie die des Bücherschreibens und Druckens, die Entdeckung einer neuen Welt, und dadurch die Verdopplung und Umkehr der alten ist – –». Schreiben, Erzählen, Büchermachen ist Traumgeben und also gefährlich. Die Satire vom Traumgeberorden, vor dem der Erzähler nachdrücklich zu warnen weiß, wird zur Allegorie seines schriftstellerischen Unternehmens. Man könnte auch sagen: er warnt vor sich und seinesgleichen.

Die Welt aber, in der so gefahrvolles Wirken stattfindet (bis es unterbunden wird), entdeckt sich dem freigiebigen Apothekerfürsten auf das verlockendste an jenen Märztagen seiner hoffnungsvollen Reise: «Das Dorf Liebenau deckte sich vor ihm auf, wenn es eines war, und nicht vielmehr ein Dörfchen; und schöner konnt' er nicht einziehen als unter dem Glockegeläute der Schafe und unter dem Anblasen sämtlicher Schafhirten, welche von den weißen Goldstücken berauscht, alle ihre weißen Schafe vor der Zeit ein- und ihm nachtrieben, welche letzte artig genug eine Herde weiß gekleideter, auf zwei Füße gestellter Empfangmädchen eines Fürsten nachspiegelten.»

Das ist keineswegs alles; von Liebenau ist noch mehr zu sagen, und der Erzähler tut es: «Und da stand nun Liebenau da, das holde, und alle Welt war darin! Aber ihr glaubt doch nicht etwa, daß es ein belgisches, nettes, buntes, breites Dorf ist? – Kein Haus stand an dem andern, sondern bloß ein Gärtlein an dem andern; in jedem solchen stand erst das Haus, und jeder Baum wurde von dem andern (besonders im Sommer) abgesondert durch Blätter und Früchte. Zwei volle majestätische Lindenbäume regierten als Thronen das Dorf.»

Die «komische Geschichte», die so gar nicht komisch endet, trägt den Titel «Der Komet oder Nikolaus Marggraf», was jedoch der Komet bedeutet, findet allein in der Vorrede, im Erzählwerk selbst weiter keine Erklärung. Deutlich ist das Irreguläre und Unberechenbare gemeint. In der Tat ist der Komet eine seltsame Erscheinung: er wandert auf Ellipsenbahnen um die Sonne, und seine feinteilige Materie beginnt bei der Annäherung an diese aufzuleuchten. Ein magnetisches Leuchten bei besonderen Gelegenheiten zeichnet auch den kleinen Nikolaus aus. Als Himmelszeichen verkündet der Komet nach alter Überlieferung Unheil oder Segen; wenn Jean Paul auch die Absicht nicht weiter verfolgt hat, die Geschichte von Nikolaus Marggraf mit der eigenen Lebensgeschichte zu verknüpfen, so endet das Werk doch in einer Ambiguität, die wahrscheinlich auch bei einer schließlichen Vollendung kaum hätte aufgelöst werden können. Daß aber das Entsetzen, mit dem die Erzählung endet, das letzte Wort des Werks nicht hätte bleiben sollen, läßt sich vermuten. Auch darf man daran denken, daß ein Komet nicht zuletzt deshalb als ein Omen (meist unheilvoller Art) gilt, weil er sich außerhalb der Gesetze bewegt, die für die anderen, die uns vertrauten Himmelskörper gelten.

Wie Nikolaus Marggraf mit seinem verschlagenen Reisemarschall an Don Quijote und Sancho Pansa nicht zufällig erinnert, so ist auch der Ledermensch, von dem nach seiner aus dem Kamin heraus gehaltenen großen Rede die Zuhörer sich voller Entsetzen abwenden, in seiner wahnhaften Vorstellung nicht nur ein Abkömmling des verfluchten Kain, sondern in seltsamer Nachfolge sogar dieser selbst. Die Magnetisierungskünste scheitern letztlich doch an seiner Obsession.

Doch für einen Augenblick spricht aus ihm eine Gegenstimme: Dann ist er die Liebe, an deren Gott er sich flehend wendet. Denn er hat Angst vor dem Rückfall in den Wahn, der ihn so fürchterlich besitzt: «Vater der Menschen, ich bin ja auch dein Sohn, und will dir ewig gehorchen.» Das aber spricht er noch in Trance, dann stürzt er erwacht aus dem Kamin, geschwärzt, fürchterlich anzusehen, und meldet sich bei seinem Meister zurück: «Vater Beelzebub, ich bin wieder bei dir; warum hast du mich verlassen?»

So endet die Rede, die mit dem Vorwurf begonnen hatte, daß die Menschen als mißratene Affen vom Antichristus abgefallen sind, der Hölle unwürdig, feige und dumm, einer tausendjährigen Erfahrung zum Trotz. Das ist die Sprache der Revolte, die wir bald auch bei Lord Byron und bei Baudelaire vernehmen werden und ein Gegenstück zur «Rede des toten Christus vom Weltgebäude herab daß kein Gott sei» aus dem «Siebenkäs». So erklärt der

Ledermensch: Weder die Hände noch der aufrechte Gang sind Auszeichnungen, deren der Mensch sich rühmen dürfte: denn auch der Affe hat Hände, und die Schlange aus dem Paradies reicht höher hinauf, wenn sie sich aufrichtet. Wenn man sie erst einmal enthäutet, dann sind die Menschen nichts als widrige Organe und voller Gewürm. Schließlich sieht er die vor ihm versammelten Menschen auch nicht anders an als «bloß Luftfarbenleute und nicht einmal hölzerne, nur luftige Marionetten, wie sie der Buchhändler Nicolai in Berlin vor kurzem so lange um sich tanzen und reden sah, bis er ein Hausschlachten dieser Menschheit um sich her vornahm und unter die Gestalten seine Steiß-Blutigel als Würgengel schickte, womit er die ganze Stube ausholzte und lichtete, bis bloß auf sich selber, welchen Menschen dieser Nicolai nicht den Tieren oder Würmern vorwarf, was erst sein Tod tun wird».

Weiter macht der Ledermensch die Apologie des Teufels, seine «Theodizee»: Der Teufel besitzt mehr Verstand und Leben als die Menschen, und nur aus Mitleid mit diesen beherrscht er die Herrscher der Menschen. Im magnetischen Schlaf ist der Ledermensch allerdings ein anderer, und wir erfahren von seinen Leiden, seiner Sehnsucht, seinen Sünden; es sind dies alles Sünden der Einsamkeit: «auf meiner Studierstube war ich alles Böse durch Denken – Mordbrenner – Giftmischer – Gottleugner – ertretender Herrscher über alle Länder und alle Geister –

Ehebrecher – innerer Schauspieler von Satansrollen und am meisten von Wahnwitzigen, in welche ich mich hineindachte, oft mit Gefühlen, nicht herauszukönnen. – So werd' ich denn gestraft und fortgestraft durch Gedanken für Gedanken, und ich muß noch viel leiden.»

Das ist, genau gelesen, eine Abrechnung. Sie gilt dem Solipsismus der geistigen Existenz, dem, was man den philolosopischen Egoismus nennen darf, gegen den Jean Paul seine «Clavis Fichtiana» geschrieben hatte. In solcher Denk- und Existenzweise erscheint der fiktive Kain, der Wahnsinnige aus dem Nebel, als der gesteigerte, der dämonische Marggraf, verführt, gestraft, geschlagen – und stolz, aber nicht Herr seiner selbst. In diesem Zusammenhang erscheint er sogar als Komplementärgestalt zu Nikolaus Marggraf in seinem eher sanften fürstlichen Wahn. Doch vermag der eine den anderen nicht von seinem Wahn zu erlösen, es müßte denn ein Wunder geschehen wie die künstliche Verwandlung von Kohlestaub in Diamanten. Doch davon zu erzählen war Jean Paul nicht mehr gestattet. Sowieso war er sich für eine falsche Versöhnung zu gut.

Ralph-Rainer Wuthenow

Inhalt

DRITTES BÄNDCHEN

Die Übersetzung der M[illegible]
[illegible]
[illegible]
[illegible]
[illegible]
[illegible]

Die Deutsche Bibliothek – [illegible]

[illegible]
Der Zauber oder Nikolaus [illegible]
[illegible]
Nachwort von [illegible]
Zürich: [illegible] Verlag, 2005
[illegible]
ISBN 3-7[illegible]
ISBN 3-7[illegible]

Diese Buchausgabe der *Manesse Bibliothek der Weltliteratur*
wurde mit der Berthold Bembo gesetzt,
im Bogenoffset gedruckt und in Fadenheftung gebunden.
Alle verwendeten Materialien entsprechen alterungs-
beständiger Qualität, die Papiere sind
chlor- und säurefrei.

Die Deutsche Bibliothek – CIP-Einheitsaufnahme

Jean Paul:
Der Komet oder Nikolaus Marggraf. Eine komische
Geschichte / Jean Paul
Nachwort von Ralph-Rainer Wuthenow
Zürich : Manesse Verlag, 2002
(Manesse Bibliothek der Weltliteratur)
ISBN 3-7175-1998-0 Gewebe
ISBN 3-7175-1999-9 Leder